Elmar Bereuter
Die Lichtfänger

SERIE PIPER

Zu diesem Buch

Trier, Ende des 16. Jahrhunderts: Der niederländische Theologe Cornelius Loos wird Zeuge eines fatalen Gerichtsprozesses gegen den reichen Bürger Dietrich Flade. Nach und nach erfasst eine neue Welle von Hexenprozessen ganz Deutschland. Loos versucht eine Schrift gegen die Hexenverfolgung zu veröffentlichen, doch noch in der Druckerei wird das Buch konfisziert ... Über dreihundert Jahre später stößt der amerikanische Historiker George Lincoln Burr auf einen Teil der verloren geglaubten Gerichtsakten und nimmt die abenteuerliche Suche nach der Wahrheit auf, die ihn quer durch Europa führt. Doch die Zeit drängt: Vieles ist bereits verschwunden, Archive wurden gesäubert, Unterlagen vernichtet. Aber Burr findet dennoch Spuren der Menschen, die Europa als »Lichtfänger« Schritt für Schritt aus der Dunkelheit ans Licht führten. Denn auch in der Zeit der Hexenprozesse gab es einige wenige, die sich nicht einschüchtern ließen, sondern unter Einsatz ihres Lebens zu erbitterten Kämpfern gegen die allgemeine Hysterie wurden. Profund recherchiert und nah an der historischen Wirklichkeit lädt Elmar Bereuters Roman zu einer faszinierenden Zeitreise ein.

Elmar Bereuter, geboren 1948 als ältestes von vier Kindern einer Bauernfamilie im Bregenzerwald, verbrachte seine Kindheit zwischen Dorfleben, Alpwirtschaft und Internat. Nach einer Karriere als PR-Manager führt er seit 1991 eine Werbeagentur und lebt mit seiner Familie in der Nähe des Bodensees. Seinem Bestseller »Die Schwabenkinder«, der von Jo Baier verfilmt wurde, folgten die Romane »Hexenhammer« und »Die Lichtfänger«. Weiteres zu diesen beiden Büchern unter: www.der-hexenhammer.de

Elmar Bereuter
Die Lichtfänger

Roman aus der Zeit der Hexenverfolgung

Piper München Zürich

Von Elmar Bereuter liegen in der Serie Piper vor:
Die Schwabenkinder (4066)
Hexenhammer (4223)
Die Lichtfänger (4771)

FSC

Dieses Taschenbuch wurde auf FSC-zertifiziertem Papier gedruckt. FSC (Forest Stewardship Council) ist eine nichtstaatliche, gemeinnützige Organisation, die sich für eine ökologische und sozialverantwortliche Nutzung der Wälder unserer Erde einsetzt (vgl. Logo auf der Umschlagrückseite).

Ungekürzte Taschenbuchausgabe
Piper Verlag GmbH, München
Dezember 2006

Umschlag/Bildredaktion: Büro Hamburg
Heike Dehning, Charlotte Wippermann,
Alke Bücking, Daniel Barthmann
Umschlagabbildung: William Morris (»Rose 90«; Private Collection/Bridgeman Giraudon – oben) und Georg Pencz (Porträt; Galleria degli Uffizi, Florence; Alinary/Bridgeman Giraudon – unten)
Satz: VerlagsService Dr. Helmut Neuberger &
Karl Schaumann GmbH, Heimstetten
Papier: Munken Print von Arctic Paper Munkedals AB, Schweden
Druck und Bindung: Clausen & Bosse, Leck
Printed in Germany
ISBN-13: 978-3-492-24771-9
ISBN-10: 3-492-24771-7

www.piper.de

Inhalt

Vorwort

> Es gibt keine Wissenschaft, keine Kunst, keine Erfahrung, nichts, was geholfen hätte, die menschliche Zivilisation und den Charakter mehr zu formen als das Wissen und Verstehen um unsere Vergangenheit.
>
> *George Lincoln Burr*

Der vorliegende Roman beruht auf seltenen authentischen Berichten von Menschen, die direkt in die Hexenverfolgungen als Befürworter, Jäger, Richter, Beichtväter, als Täter und/oder Opfer eingebunden waren. Erst der unmittelbare Blick von innen her ließ einige wenige von ihnen unter Einsatz ihres Lebens zu erbitterten Gegnern und Kämpfern wider die allgemeine Hysterie werden. Wie schon im »Hexenhammer« habe ich versucht, mich möglichst eng an die historischen Fakten zu halten. Des leichteren Verständnisses der Zusammenhänge und der Lesbarkeit wegen erschienen mir auf der Zeitschiene ein paar kleine Vorwegnahmen nötig. Ein Anliegen ist mir auch das Sichtbarmachen von im Grunde einfachen Mechanismen, die schon vor Jahrhunderten Menschen zermalmten und es bis heute noch tun.

Mein besonderer Dank gilt Rita Voltmer/Trier, die mich auf George Lincoln Burr hingewiesen, mir mit ihrem profunden Wissen zur Seite gestanden und mich über weite Strecken kritisch begleitet hat. Liebe Rita, danke für deine Geduld – ich hoffe, »Poppy« schmunzelt ein wenig!

Weiter zu Dank verpflichtet bin ich Christian Kummer/Wien sowie den vielen, die mich mit ihrem Wissen unterstützt und oftmals auch nur mit einem kleinen Hinweis weiter geholfen haben.

Elmar Bereuter

Prolog

Langsam schob sich der riesige Rumpf dem tintenschwarzen Himmel entgegen, verharrte für einen Moment zitternd, bevor er kopfüber in die dunkle, brodelnde Tiefe stürzte. Schaumkronen tanzten über die Wellen, ein schwerer Wind von Osten riss den dunklen Qualm förmlich aus den Schloten und blies ihn in die Düsternis. Vom Heck her dröhnte der anschwellende und zunehmend höher werdende Ton der Schiffsschraube, die sich hoch über dem Wasser leer in der Luft drehte. Mit einem Ächzen, das beinahe wie ein gequältes Aufstöhnen klang, schlingerte der eiserne Leib auf den Fuß der nächsten gewaltigen Mauer zu und bohrte sich mit dem Bug in den turmhohen Wasserberg. Fast schien es, als würden die herabstürzenden Massen das Schiff verschlingen.

George Lincoln Burr stand auf dem Vorderdeck und krallte sich mit aller Kraft an der Reling fest, sodass die Knöchel seiner Hände weiß hervortraten. Wie eine undurchdringliche Decke rauschten die Wasser hoch über ihn hinweg und ein kalter, feiner Sprühregen rieselte auf den rutschigen, genoppten Stahlboden. Stampfend und fauchend trieben die Dampfmaschinen dem nächsten Gipfel zu.

Burr hatte es schon längst aufgegeben, Haltung bewahren zu wollen. Eine Dame, die sich offensichtlich als Einzige außer ihm an Deck gewagt hatte und deren Kleid auf der Vorderseite mit gelb schimmernden Spuren verschmiert war, erleichterte sich ungeniert neben ihm und er tat es ihr gleich.

Vor dem Ablegen in New York hatte der Kapitän einen Vorrat an getrocknetem Walsekret verteilen lassen und empfohlen, es zur Vorbeugung gegen Übelkeit bereits morgens und dann mehrmals täglich in heißem Tee aufgelöst einzunehmen. Auf die zweifelnde Frage der Passagiere, ob diese Ambra wirklich etwas nütze, hatte der Steward lächelnd geantwortet, der Wal sei schließlich auch ein Säugetier, und die Gegenfrage gestellt, ob sie denn schon einmal einen seekranken Wal gesehen hätten. Das Zeug sehe zwar nicht sonderlich appetitlich aus, schmecke aber nicht einmal so übel.

Wieder stieg ein kurzes, trockenes Würgen in George Lincoln hoch, doch sein Magen gab nichts mehr her. Er war einer der letzten Passagiere, die es erwischt hatte. Fast ausnahmslos lagen die anderen apathisch in ihren Kojen und nicht wenigen von ihnen wäre ein rascher Tod als gnädige Erlösung erschienen. Auch Burr konnte seit zwei Tagen trotz stechenden Hungers nurmehr trockenen, bröseligen Zwieback zu sich nehmen, den er mit Pfefferminztee und der darin gelösten Ambra hinabspülte.

Mühsam tastete er sich nun an der Reling entlang, nickte matt seiner sich wieder über dem Geländer krümmenden Leidensgefährtin kurz zu und hatte dann alle Mühe, den Griff der eisernen Tür zu erwischen, die zur Treppe hinab zu den Kajüten führte. Burr hatte, als er im Hafen das ihm auf den ersten Blick mächtig erscheinende Schiff gesehen hatte, gedacht, dass wohl auch die Behausungen in der zweiten Klasse noch über einen gewissen Komfort verfügen würden. Aber selbst die Besenkammer in der Corneller Universität erschien ihm dann geräumiger. Das Inventar umfasste neben einer schmalen Koje einen Spind aus grauem Blech und einen am Boden festgeschraubten Tisch. Das einzige bewegliche Möbel war ein Stuhl, der allerdings mit einem Ledergurt an ein Tischbein gebunden war. Von der Decke warf eine durch ein Eisengitter geschützte elektrische Lampe ihr spärliches Licht zitternd in den Raum. Von außen sorgte das durch ein trübglasiges Bullauge einfallende diesig graue Licht für ein wenig zusätzliche Helligkeit, die aber sofort wieder verschluckt wurde, sobald das Schiff in einem Wellental verschwand.

George Lincoln streckte sich auf der Pritsche aus, was ihm jedoch nur kurzfristige Erleichterung verschaffte, da der Schiffsrumpf so stark hin- und herrollte, dass er befürchtete, herausgeschleudert zu werden und sich den Hals zu brechen. Der Steuermann hatte ihm empfohlen, sich auf die Koje zu setzen, den Rücken an die Wand zu lehnen und die Füße gegen die Betteinfassung zu stemmen. Aber schon nach kurzer Zeit musste Burr einsehen, dass diese Haltung mehr Kraft kostete, als sie seinen rebellierenden Magen zu besänftigen vermochte.

Das Zuschlagen von Türen, das Knarren und Knarzen der Wände, das Brausen der See, das Heulen des Sturmes, das Geschrei der Seeleute und das Scheppern loser Ladung unter ihm – all das machte einen Lärm, dass man glauben konnte, die Besatzung sei mit Brecheisen, Äxten und Vorschlaghämmern dabei, das Schiff zu zertrümmern.

Abends flaute der Sturm ab, zwischen schweren Wolken blinkten vereinzelt ein paar Sterne, aber das Meer beruhigte sich nur langsam.

Noch fünf Tage, dachte Burr, lieber zehn Tage Zahnweh als nochmals fünf Tage seekrank.

Am Morgen nach einer elendig langen Nacht lag das Meer wie ein frisch gebügeltes Leintuch vor ihnen, auf dem rückwärtigen Deck hatten sich bereits die ersten Passagiere unter dem ausgespannten Sonnensegel eingefunden. Ein Finnwal begleitete sie ein Stück des Weges, tauchte immer wieder mit dem Rücken aus dem Wasser und verschwand dann als schimmernder Streifen in die Tiefe. Bis zum Nachmittag wurde die Hitze so unerträglich, dass der Kapitän Anweisung gab, das Oberdeck stündlich mit Meerwasser abzuspritzen, was aber nur eine kurzfristige Abkühlung brachte.

Welche unsäglichen Strapazen musste wohl sein Vorfahre Jehu Burr durchgemacht haben, als er 1630, nur zehn Jahre nach den Pilgervätern der Mayflower, aus England auf einem nicht einmal dreißig Meter langen Segler in die Neue Welt übersetzte? Was waren da schon der Sturm, die nun sengende Sonne und seine Seekrankheit? Damals hatte die Überfahrt an die sechzig Tage gedauert, das Brot war schimmelig, das Wasser brackig und die Passagiere waren im Bauch des Schiffes eingepfercht – sieben von den etwa einhundert hatten die Überfahrt nicht überlebt. Vier

Tage waren sie in einer Flaute gelegen und bestimmt hatte niemand von der Besatzung die Deckplanken abgekühlt.

George Lincoln stand auf, um sich abseits einen schattigen Platz zu suchen, da er das weinerliche Lamentieren und Stöhnen eines dicken, backenbärtigen Tabakhändlers aus den Südstaaten nicht mehr ertragen konnte.

»Stellen Sie sich vor, Sie müssten jetzt noch über fünfzig Tage auf dem Schiff sein wie unsere Vorfahren. Wir sind nur acht Tage auf See und in ein paar Tagen wieder an Land. Wir haben genug frisches Trinkwasser und werden gut verpflegt!«, hatte er noch freundlich zu ihm gesagt, worauf ihn der Mann nur verständnislos angesehen hatte.

Burr konnte kein Mitgefühl aufbringen für Leute, die vor Selbstmitleid zerflossen und so damit beschäftigt waren, sich selbst zu bedauern, dass sie ihre Umwelt kaum mehr wahrnahmen. Er hatte als erst Sechsjähriger während des Bürgerkriegs einige Zeit in einem Feldspital verbracht, wohin sein Vater als Feldarzt abkommandiert gewesen war. Seine Mutter Jane und sein siebzehnjähriger Bruder William gingen bei der Verwundetenpflege zur Hand, während er selbst Botengänge erledigte oder den Patienten Gedichte vorlas, was aufgrund seines Alters ziemliches Erstaunen hervorrief. Doch schon zu seinem sechsten Geburtstag hatte sich der kleine Burr, vor die Wahl zwischen Schaukelpferd und Rollschuhen gestellt, für etwas ganz anderes und Billigeres entschieden, nämlich die »Kleine Geschichte Griechenlands« von Smith.

Die Wochen im Lazarett hatten George Lincoln geprägt und er hatte beobachtet, dass fast immer diejenigen mit den geringsten Verletzungen die lautesten Jammerer waren und damit ihren Mitmenschen das Leben noch schwerer machten, als es ohnehin war.

Seine Eltern waren tiefreligiöse Baptisten, die Nächstenliebe nicht nur predigten, sondern sie lebten, und die größte Sorge seines Vaters war, eines seiner Kinder könnte den Glauben verlieren. Ihr Vorbild bestimmte George Lincolns Denken und Handeln bis zum heutigen Tag und so kramte er im schmalen Schatten der Schiffsaufbauten in dem großen Sack neben sich, in den er kurz vor seiner Abreise seine gesamte unerledigte Korrespondenz gestopft hatte. Wahllos zog er ein Schreiben heraus. Ein gewisser Harold Puntigam hatte eine Frage zu einem Kometenschweif, den er beobachtet haben wollte. Das nächste Kuvert war gewichtig und enthielt ein Buchmanuskript mit der Bitte um eine Beurteilung. Eine Mistress Gaspery wollte etwas über einen Hexentrank wissen. Dazwischen fand er Schreiben einer Versicherung, Bankauszüge, den Brief einer verzweifelten Frau, die sich wegen ihrer Eheprobleme an ihn wandte, und mindestens fünf Schreiben, deren Absender ihn mehr oder weniger offen um Unterstützung in irgendeiner Sache baten. Aus Cambrigde kam eine Anmahnung wegen eines längst überfälligen Beitrags zur Geschichte des Mittelalters und ein Michael Taylor aus Washington wollte etwas zu einem neuen Hämorrhoidenmittel wissen. Burr war ob der postalischen Flut hie und da der Verzweiflung nahe, brachte es aber nicht übers Herz, einen Brief unbeantwortet zu lassen, selbst wenn seine wissenschaftliche Arbeit darunter zu leiden hatte.

Ein Matrose stellte den gewünschten runden dreibeinigen Eisentisch vor ihm ab. Burr ließ sich in den ebenfalls bereitgestellten Sessel aus chinesischem Rohr fallen, legte den Block mit Briefpapier vor sich und suchte dann in der Tiefe seiner Aktentasche, die ebenfalls alles Mögliche beherbergte, nach seinem Füllfederhalter, auf dessen Schaft der Schriftzug »Waterman« eingraviert war. Er selbst wäre nie auf den Gedanken gekommen, sich ein solches Schreibgerät zuzulegen, da er lieber Grafitstifte oder herkömmliche Federhalter benutzte, aber einer der Studenten hatte ihm ein Exemplar als Dank für einen Themenvorschlag für eine Dissertation geschenkt. Dieser Louis Waterman war eigentlich Versicherungsvertreter und hatte sich seine Erfindung erst vor kurzem patentieren lassen; nun war er dabei, sich eine goldene Nase zu verdienen. So hatte es ihm jedenfalls sein Schüler erklärt und Burr musste nach anfänglichen Bedenken eingestehen, dass diese Erfindung einen wirklichen Fortschritt darstellte. Sie war auf jeden Fall besser als die Schreibmaschinen, eiserne Ungetüme, die auch in der Universität bereits Einzug gehalten hatten und in denen er keinen Vorteil sehen konnte, außer vielleicht, dass man, wenn man mehrere Blätter mit Kohlepapier dazwischen einlegte, gleich auch Durchschläge erhielt. Was aber nützte das, wenn man sich mehr auf die Technik konzentrieren musste als auf das, was man eigentlich zu Papier bringen wollte? Mit Schaudern dachte er daran, dass der Schriftsteller Mark Twain angeblich ein komplettes Manuskript Buchstabe für Buchstabe in ein solches seelenloses Ding eingetippt haben soll.

George Lincoln stieß einen langen, schweren Seufzer aus, als er sich an die Beantwortung des ersten Briefes machte, der klare Priorität hatte. Einer seiner Schüler war in den Ferien beim Durchqueren eines Flusses ertrunken und dessen Freundin wollte ohne ihn nicht weiterleben. Allen Ernstes fragte sie nach einer Selbstmordmethode, die einerseits sicher wirkte, andererseits nicht mit übermäßigen Schmerzen verbunden war. Und er solle nicht versuchen, sie umzustimmen. Er kannte dieses labile, introvertierte Mädchen und wusste, dass ein offen dahin zielender Versuch zwecklos wäre. Burr antwortete ihr, auch er sei todtraurig, müsse aber ihren Willen akzeptieren, und stellte ihr eine Rezeptur zusammen, mit der sie sanft aus dem Leben schlummern würde. Doch solle sie bedenken, wie viel Leid und Schmerz sie über die Menschen brächte, die ihr nahe stünden und die sie liebten, und ob es fair sei, aus dem eigenen Unglück ein noch viel größeres zu machen.

»Ich mache mich mitschuldig an Ihrem Tod. Ihr Tod wird einsam und sinnlos sein, da er nichts bewirkt«, schrieb er. »Ihr Schatten wird sich auch über mich legen, aber das Leben wird weitergehen und es werden wieder fröhliche Tage kommen. Für alle – außer für Sie.«

Er erhob sich und trat in das grelle Licht der von einem wolkenlosen Himmel herabstechenden Sonne. Weit ging sein Blick zum endlos erscheinenden Horizont, ohne etwas wahrzunehmen.

Was, wenn sich das törichte Ding womöglich schon umgebracht hatte? »Egal«, sagte er sich, »du musst dir etwas einfallen lassen, wie der Brief schnellstmöglich nach Amerika kommt!«

Siebenundzwanzig Jahre war er nun alt, kam sich aber viel älter vor. Wieso kommen sie alle zu mir, wenn sie einen Rat oder Hilfe brauchen? Wieso schreiben mich wildfremde Leute an und teilen mir ihre intimsten Geheimnisse mit? George Lincoln hatte es aufgegeben, darüber nachzugrübeln. Nicht nur seine Schüler, sondern auch deren halber Bekanntenkreis wandte sich mit den unmöglichsten Problemen an ihn. Frag den Poppy, hieß es einfach.

In Gedanken verloren wischte er sich mit dem Hemdsärmel über die Stirn und kehrte in den Schatten zurück, um den Brief zu beenden.

Als die Schiffsglocke zum Mittagessen läutete, blieb Burr sitzen, da er beschlossen hatte, erst am Abend zu versuchen, wieder eine vernünftige Mahlzeit zu sich zu nehmen. Am Nachmittag kam Aufregung auf dem Achterdeck auf, als ein Schwarm fliegender Fische, die aussahen wie Heringe mit Flügeln, kaum einen Steinwurf entfernt aus dem Wasser aufstieg. Sofort entbrannte eine lebhafte Debatte darüber, ob die Fische wirklich wie die Vögel fliegen könnten, was von einigen bestritten wurde, die der Ansicht waren, sie könnten eben nur besonders hoch und weit springen.

»Sie fliegen nicht, sie gleiten«, mischte sich Burr ein, »sie benutzen dazu die Brustflossen als starre Flügel.«

Auch er war von dem Schauspiel fasziniert. Die Tiere mit ihren leuchtend blauen Rücken und silbrig glänzenden Flanken segelten an die vierzig, fünfzig Meter weit wie flügelschlagende Enten durch die Luft, um dann auf der bleiern schimmernden Wasserfläche aufzuklatschen.

»Besonders gut schmecken sie, wenn man sie in einer Mischung aus Zwiebackbröseln, Kokosraspeln und gemahlenen Pinienkernen wendet und in heißem Fett herausbäckt«, sagte der dicke Tabakhändler, der sich offensichtlich wieder erholt hatte und nun genießerisch mit der Zunge über die Lippen leckte.

Am späten Nachmittag suchte Burr den Kapitän in dessen Kajüte auf, der bald darauf alle Mühe hatte, Fassung zu bewahren. Im Lauf der Jahre hatte er genug Spinner erlebt, aber so einer war ihm bisher noch nicht untergekommen. Da stand nun dieser junge Herr vor ihm und erklärte freundlich, aber bestimmt, dass er, der Kapitän, das nächste entgegenkommende Schiff anhalten müsse, weil er einen dringenden Brief nach Amerika habe, der keinen Aufschub dulde.

»Wie stellen Sie sich das vor? Wir sind hier auf hoher See und reisen nicht mit der Eisenbahn oder Kutsche! Hier gibt es keine

Bahnhöfe oder Haltestellen! Was glauben Sie, wie viel Zeit das in Anspruch nimmt? Ein paar Stunden sind da gleich um und ich habe einen Fahrplan einzuhalten. Überdies sind wir wegen des schlechten Wetters ohnehin in Verzug! Ich weiß, was Sie meinen: Dann sollen wir eben schneller fahren! Aber jeder Knoten mehr kostet unverhältnismäßig mehr Brennstoff!« – Landratte!, dachte der Kapitän verächtlich. – »Wenn wir zwölf statt acht Meilen in der Stunde zurücklegen«, fuhr er mit erzwungener Höflichkeit fort, »brauchen wir nicht ein Drittel mehr Kohlen, sondern dreimal so viel! Also statt acht Kohleladungen nicht zwölf, sondern vierundzwanzig! Nicht nur, dass ich das einteilen muss – wer soll für die Kosten aufkommen?«

»Es geht vielleicht um Leben und Tod!«, entgegnete George Lincoln ruhig, ohne auf die Argumente des anderen einzugehen.

»Ach was! Das ist doch nur eine Vermutung! Wenn sich jemand wirklich umbringen will, so kündigt er das nicht groß an. Das können Sie mir glauben, ich habe in meinen Jahrzehnten zur See schon genügend Selbstmörder erlebt!«

»Das mag schon sein«, beharrte Burr, »doch ich kenne das Mädchen und weiß, dass es ihm ernst ist, wenn sie überhaupt noch lebt!«

»Sie sagen es ja selbst – wenn sie noch lebt! Wenn es ihr ernst war, hat sie sich sowieso schon umgebracht, und falls nicht, dann macht sie es nun auch nicht mehr, weil ihr dazu der Mut fehlt! So oder so – die ganze Aktion ist sinnlos und ich hätte nichts als Ärger am Hals! Wie soll ich der Reederei erklären, dass ich wegen eines Briefes ein Schiff gestoppt habe? Nein, Sir, diesen Schuh ziehe ich mir nicht an! Und überhaupt, wieso erfahren Sie erst auf dem Schiff davon?«

Burr gestand etwas kleinlaut, dass er daheim keine Zeit gehabt und die ganze angefallene Post einfach in einen Sack gestopft und auf das Schiff mitgenommen habe, was den Kapitän nur noch mehr aufbrachte.

»Mit Verlaub, Sir – und für Ihr Versäumnis soll ich den Kopf hinhalten?«

Burr bemühte sich um sein entwaffnendstes Lächeln und entgegnete: »Ja, Sir. Ich wusste doch, dass ich es mit einem Gentleman zu tun habe!«

Unwillig brummend begann der Kapitän auf und ab zu gehen, blieb dann an einer Wand stehen und starrte auf sein Sturmglas. »Hm«, machte er dann, schwieg eine Weile und machte nochmals: »Hm!«

»Und, was sagt es?«

»Schönwetter«, knurrte der Kapitän.

»Unter diesen Umständen wäre es mehr als unverantwortlich ...«, meinte Burr mit einem freundlichen Lächeln und ließ den Satz unvollendet in der Luft hängen.

In aller Früh am nächsten Morgen klopfte ein Matrose an Burrs Kajütentür und meldete ein Schiff voraus. Burr solle zum Kapitän auf die Brücke kommen.

Im Osten schwang sich der glühende Sonnenball langsam über die Linie des Horizonts und malte einen orangerot leuchtenden Streifen in die noch nachtschwarze See. Zwei dunkle Rauchfahnen hielten fast direkt auf sie zu, das Schiff war aber noch zu weit weg, um es mit bloßem Auge identifizieren zu können.

Der Kapitän starrte durch sein Fernglas und erwiderte Burrs Gruß nur knapp. »Ein deutsches Schiff«, sagte er dann und reichte George Lincoln sein Glas, der aber nichts als einen großen Dampfer sah und es zurückgab.

»Die Elbe. Viertausendfünfhundert Bruttoregistertonnen und Platz für elfhundert Passagiere«, murmelte der Kapitän beinahe ehrfürchtig. »Vor vier Jahren hat sie das Blaue Band für die schnellste Atlantiküberquerung gewonnen. Und ausgerechnet die sollen wir anhalten?«

George Lincoln nickte lächelnd. »Genau die ist für uns richtig!«

Der Kapitän brummte etwas Unverständliches und gab dann Anweisung, die Kilo-Flagge zu setzen.

»Was ist das, eine Kilo-Flagge?«, wollte George Lincoln wissen.

»Sie signalisiert, dass man mit dem anderen Schiff in Verbindung treten möchte.« – Landratte!, dachte der Kapitän nun schon zum zweiten Mal. »Nicht einmal das weiß er!«

Hektische Betriebsamkeit kam in die Mannschaft, dann ließ das Stampfen der Maschinen nach, das Schiff verlor an Fahrt und die soeben noch hohe Bugwelle fiel in sich zusammen. Der Dampfer begann nun in der langen Dünung heftig auf und ab zu schaukeln und am Rauschen des Wassers war zu hören, dass kaum mehr Kraft an der Schiffsschraube lag.

»Soll ich einen kurzen Begleitbrief schreiben? Ich meine, auf Deutsch?«, fragte Burr unvermittelt. »Aber ich möchte Ihnen nicht zu nahe treten!«

»Sie können Deutsch? Ich habe zwar schon etwas aufgesetzt, aber wenn Sie auch ein paar Zeilen schreiben würden, wäre das sicher nicht verkehrt.« Insgeheim dachte er bei sich, dass es dann ein weiteres Dokument gäbe, das, falls er später Scherereien bekommen sollte, zeigen würde, dass die Aktion keine Eigenmächtigkeit seinerseits gewesen war.

Burr stieg eilig hinab in seine Kajüte und suchte nervös nach seinem Füllhalter, den er endlich in der Innentasche seiner Jacke fand. Als er wieder auf die Brücke kam, lag der gewaltige Rumpf der Elbe bereits längsseits in Sichtweite und auf den Decks beider Schiffe wimmelte es von Menschen, die sich verwundert oder ängstlich fragten, wieso die Fahrt unterbrochen wurde.

Ein Beiboot wurde zu Wasser gelassen und eine Strickleiter ausgeworfen. Zwei Seeleute kletterten an der leicht überhängenden Bordwand nach unten, sprangen in die heftig schwankende Nussschale und warfen sich sofort mit aller Kraft in die Riemen.

Mädchen, du solltest sehen, was hier deinetwegen abgeht ..., dachte Burr, während ein viereckiger Behälter von der Elbe knapp vor dem Beiboot spritzend aufklatschte und kurz darauf mit seinem Brief nach oben gezogen wurde.

Teil I

De vera et ficta magia

1

Peter Binsfeld war in jahrelanger Zielstrebigkeit zu ansehnlicher Macht gelangt und viel höher würde die Leiter nun nicht mehr reichen. In seinem Leben hatte er gelernt, dass Beziehungen mit das Wichtigste waren. Aber bevor Beziehungen entstehen konnten, musste man die richtigen Leute kennen lernen und diese auf sich aufmerksam machen. Der Sohn armer Bauern aus dem kleinen Dorf Binsfeld in der Eifel wäre vermutlich heute noch der Kuhhirte des nahen Zisterzienserklosters Himmerrod, wenn er nicht dem Abt als außergewöhnlich aufgeweckter Knabe aufgefallen und von ihm als Schüler in das Kloster geholt worden wäre. Als Binsfeld vierundzwanzig Jahre alt war, ermöglichte ihm der Trierer Landesfürst Erzbischof Jakob III. von Eltz auf Empfehlung des Abtes ein sechsjähriges Studium am elitären Collegium Germanicum in Rom, das eigentlich nur adligen Sprösslingen zugänglich war und wo er zu den sieben Besten zählte. Zurück in Trier, wurde er vom Erzbischof mit der Reform der Benediktinerabtei in Prüm betraut. Deren Kirche glich einem Kuhstall, durch das schadhafte Dach platschte ungehindert der Regen auf den wertvollen Mosaikboden, der kaum mehr als solcher zu erkennen war, und auch die Wandgemälde waren fast rettungslos zerstört. Es gab nur noch fünf Priester und einen wahnsinnigen Diakon. Der Abt aus dem Geschlecht derer von Manderscheid war bei Amtsantritt gerade mal neunzehn Jahre alt gewesen, hatte keine theologische Ausbildung, von einer Priesterweihe ganz zu schweigen, und hatte die Kirche kaum je betreten. Zudem kungelte er mit den Ketzern, seine lutherischen Freunde soffen, völlerten und hurten auf Kosten der Abtei. Das waren die Zustände, die Binsfeld nach Trier meldete, verbunden mit der Bitte um freie Vorgehensweise. Prüm war seine Feuertaufe. Er konnte zwar keinen auf Anhieb durchschlagenden Erfolg vermelden, bewies aber Beharrungsvermögen und Standfestigkeit. Bereits zwei Jahre darauf wurde er gegen den Widerstand der Stiftsherren zum Probst des Simeonsstiftes ernannt und mit Unterstützung Jakobs als Weihbischof vorgeschlagen, als welcher er zwei Jahre später von Rom bestätigt wurde.

Peter Binsfeld rückte mit einem scharrenden Geräusch den schweren Sessel nach hinten und trat ans Fenster. Leicht und behutsam schien sich die Dämmerung über die Dächer zu legen, in den Häusern wurden die ersten Lichter angezündet und Trier machte einen in sich ruhenden, gelassenen und friedlichen Eindruck. Doch der Schein trog. In den Straßen und Gassen der Stadt und auch draußen auf dem Land machte sich mit zunehmender Dunkelheit die Angst breit und kroch wie lähmendes Gift in die Seelen der Menschen. Wie viele würden heute Nacht wieder auf Ziegenböcken, Besen oder goldenen Kutschen durch die Lüfte fliegen, um sich auf Hexensabbaten zu treffen und wüste Orgien zu feiern? Wann würde das nächste Unwetter über das Land hereinbrechen, wann die nächste Pestwelle die Menschen wie Fliegen hinwegraffen? Seit Anfang der Achtzigerjahre war es nun fast ununterbrochen so. Die Menschen hungerten und darbten, die Böden waren nass und lehmig, die Ernte verfaulte auf den Feldern, die Weinberge trugen nur winzige Trauben, die nicht ausreiften, und die Kühe, aber nicht nur diese, sondern selbst die genügsamen Ziegen gaben kaum noch Milch. Die Menschen wanden sich unter Schmerzen, ihre Körper waren mit braunen, entsetzlich stinkenden Pusteln überzogen. Wer das überlebte, war für sein ganzes weiteres Leben gezeichnet.

Seit die Seuche im Herbst auch die Stadt erfasst hatte, war die Stadtkasse leer und der Bürgermeister musste um sein ausstehendes Gehalt vom letzten Jahr bei Johannes von Schönenberg vorstellig werden. Der Druck der Straße, befeuert durch die Jesuitenschüler, wurde immer größer, da halfen auch die Ermahnungen des Magistrats zur Zurückhaltung und die Tanz- und Verkleidungsverbote des Erzbischofs nicht viel.

Der Ruf nach Bestrafung der bösen Weiber, die zweifelsohne für das ganze Unglück verantwortlich waren, wurde immer lauter, aber Rat und Hochgericht zögerten noch, während im Umland eine dieser Unholdinnen nach der anderen hingerichtet wurde. Die Wende kam, als ein paar Frauen in Trier Zuflucht suchten. Zwar wurden sie unverzüglich bis auf eine aus der Stadt getrieben, doch eben diese eine, die Ehefrau des Saarburger Schultheißen, konnte kein Entlastungsschreiben für die ihr angelasteten Zaubereien beibringen. Bevor sie in ihren Heimatort überstellt wurde, um dort ihrer Bestrafung zugeführt zu werden, hatte sie unter der Folter die Trierer Bürgerin Margarethe Braun sowie deren Tochter der Komplizenschaft bezichtigt. Die Braun, auch von der zeitgleich verhafteten Witwe Margarethe Lenninger beschuldigt, war nicht nur Wäscherin, sondern zudem eine stadtbekannte Kupplerin, was ihrer Tochter, die mit einem ehrbaren Bäcker verheiratet war, gehörig zuwider lief. Und auch der alte Braun war übel beleumundet und zusammen mit seiner Frau der Geldfälscherei verdächtig. Zusätzlich angeheizt wurde die Stimmung durch Studenten, die gehört haben wollten, wie ein Knecht die Braun beim Wäschewaschen in der Weberbach als Zauberin beschimpft hatte, und die das Gerücht umgehend durch die Stadt trugen. So jedenfalls versuchte sie sich dann vor Gericht zu verteidigen, aber da war sie beim vorsitzenden kurfürstlichen Schultheißen Dietrich Flade an den Falschen geraten.

Flade saß fest im Sattel und hatte Stadt und Magistrat im Würgegriff. Er hatte sein als Jurist und durch Ämter erworbenes nicht unbeträchtliches Vermögen durch die Heirat mit der wohlhabenden Witwe Barbara Walter und geschickte Geldgeschäfte weiter vermehrt und war nun unbestritten der reichste Bürger Triers. In zwei unsäglichen Prozessen hatte er die Stadt in den wirtschaftlichen und politischen Ruin gehetzt, sodass von Schönenberg, damals noch Statthalter, und die beiden regierenden Bürgermeister sich gezwungen sahen, ausgerechnet bei ihm einen gewaltigen Kredit aufzunehmen, um die angefallenen Prozesskosten bezahlen zu können. Unterwürfig hatte der gedemütigte Rat, wenn auch mit heimlichem Zähneknirschen, Dietrich Flade für diesen Kredit einen vergoldeten Becher für seine Verdienste um die Stadt überreicht. Flade war einer der unbeliebtesten Männer Triers und er wusste das. »Wenn sie mich schon nicht mögen, dann sollen sie mich zumindest fürchten!«, das hatte er mehr als einmal nicht nur zu Binsfeld gesagt.

Peter Binsfeld stand noch immer am Fenster, als es an der Tür klopfte. Seine schweren Gedanken wichen nur zäh aus seinem Kopf, als er den Gerichtsschreiber zum Eintreten aufforderte.

»Was macht der Prozess gegen die Braun?«, fragte er müde, während er eine zweite Kerze auf dem Schreibpult entzündete.

»Hier sind die Protokolle, wie Ihr sie angefordert habt!«

»Legt sie da drüben auf den Tisch!«, sagte er mit einem Blick auf den etwa daumendicken Papierstapel. »Und, kommt das Verfahren voran?«

Der Schreiber hob leicht die Schultern. »Schwer zu sagen. Doktor Flade hat bis jetzt immer wieder neue Indizien vorgebracht, um eine erneute Tortur zu rechtfertigen. Er befragt sie jedes Mal etwas schärfer, aber sie ist halsstarrig, auch eine Verlegung in eine Kammer mit schlechteren Haftbedingungen machte sie nicht gesprächiger. Er hat zudem selbst schon persönlich mehrere Hausdurchsuchungen durchgeführt – allerdings ohne Ergebnis. Wie Ihr vielleicht wisst, ist ihr Mann mit der gesamten beweglichen Habe auf und davon. Sie ist nun siebenmal gemartert worden und der Doktor meint, sie würde wohl eher gestehen, wenn man ihres Mannes habhaft werden könnte, der ja selbst der Münzfälscherei verdächtig ist!«

»Was ist Euer Eindruck?«, wollte Binsfeld wissen.

»Sie ist bestimmt eine Hexe, der Doktor ist felsenfest davon überzeugt. Sonst würde er sich ja mit ihr nicht so viel Mühe geben. Wenn sie den Braun nicht erwischen, will er in ein paar Tagen weitermachen!«

Binsfeld öffnete eine Schublade und holte ein Geldstück hervor. »Haltet mich auf dem Laufenden!«, sagte er kurz, trat wieder an das dunkle Fenster und starrte erneut in die Finsternis, die ihm wie ein weites, düsteres Meer erschien, das auch die wenigen Lichter nicht erhellen konnten. Wo war die Zeit geblieben, als seine Seele noch hoch flog wie ein junger Adler und seine Gedanken noch die Bläue des Himmels stürmten? In der er nur die Helligkeit sah und ihm alles mit strahlendem Licht erfüllt schien? In der die Luft rein und klar war und nicht verpestet durch Lügen, Intrigen und Boshaftigkeit? Wann hatte er das alles verloren?

Widerwillig drehte er sich um und nahm wieder hinter seinem Tisch Platz, auf dem neben dem Gerichtsprotokoll ein gewichtiges Buch lag. »Malleus maleficarum« stand auf dem Umschlag, »de Henrico Institoris et Jakobo Sprenger«. Geschrieben vor nunmehr beinahe einhundert Jahren, war es immer noch das universelle Werk zum Aufspüren, Überführen und Aburteilen von

Hexen. Das Buch hatte nunmehr schon über zwanzig Auflagen erreicht und man fand es in jeder Bibliothek, sei es an einer Universität, in einem Gericht oder einer Kanzlei. Zwar gab es zwischenzeitlich eine Menge dämonologischer Literatur zu demselben Thema, aber der »Hexenhammer« zählte immer noch zu den fundiertesten und verbreitetsten Abhandlungen. Was Binsfeld daran störte, war der etwas wirre Aufbau und die unübersichtliche Gliederung in den einzelnen Bereichen, die sich zudem oftmals wiederholten. Darüber hinaus war er der Meinung, dass der »Hexenhammer« vielfach nicht weit genug ging und es dringend notwendig wäre, neuere Erkenntnisse und Umstände zu berücksichtigen. Er hatte daher vor längerem begonnen, alle ihm zugänglichen Akten über Hexereiprozesse anzufordern und zu studieren, gleichzeitig führte er eine weit reichende Korrespondenz mit vielen anerkannten Fachleuten in ganz Europa. Sie alle bestätigten ihm, dass er auf dem richtigen Weg war, und ermunterten ihn, mit seinem Werk fortzufahren, das er »Bekenntnisse der Zauberer und Hexen. Ob und wie viel denselben zu glauben sei« nennen würde.

»Weyer«, knurrte er verächtlich und musste an Antonius Hovaeus denken, der in seinem Kopf untrennbar mit dem Namen Weyer verbunden war. Zwischen dem brabantischen Doktor und dem Benediktinerabt in Echternach hatte es eine rege Korrespondenz gegeben und der Lutheraner-Sympathisant und Quacksalber hatte stolz einen Auszug aus einem der Briefe Hovaeus' in seiner Neuauflage »Vom Blendwerk der Dämonen« abdrucken lassen.

Binsfeld beugte sich hinunter zu einem Haufen Bücher, die sich seitlich seines Tisches am Boden stapelten, und zog mit spitzen Fingern eines davon heraus. Nach kurzem Blättern fand er die Stelle.

»Es ist ein Werk, das nach meinem Erachten deinen Namen mit unsterblichem Ruhm in die Nachwelt tragen wird und Kleve mag sich glücklich preisen, so bedeutende Literaten zu haben«, stand da und weiter hieß es: »Hat es unserem gemeinen Nutzen nicht mehr Schaden zugefügt, dass man dem Teufel und seinen Geistern mehr glaubt, als man Christus, dem eingeborenen Sohn Gottes, Glauben geschenkt hat und nachgefolgt ist?«

Unterzeichnet war das Ganze mit A. H. H. A. E. Offensichtlich hatte der Verfasser seinen Namen verbergen wollen, aber es war nicht allzu schwierig gewesen, herauszubekommen, was die Abkürzung bedeutete, nämlich nichts anderes als Antonius Hovaeus Haecmundanus Abbas Echternacensis.

Anton von Hove, der sich Hovaeus nannte, soll ein Mann von gewaltigem Körperbau, mit messerscharfem Verstand und hoher Gelehrsamkeit gewesen sein. Von seinem Vorgänger Godefroi d'Apremont hatte er eine unglaublich verlotterte Abtei übernommen. Unter dessen Amtszeit waren alle Mönche bis auf einen einzigen innerhalb eines Jahres verstorben. Ein Wahrsager hatte d'Apremont daraufhin eingeredet, dahinter stecke Hexerei, und eine alte, arme Frau benannt, die man sofort festsetzen ließ. Er behauptete steif und fest, unter den Stufen zum Chor, also dort, wo die Mönche meistens standen, seien Zaubermittel vergraben und er sei bereit, dies zu beweisen. Am nächsten Tag wurde unter dem Chor gegraben, wobei sich der Hellseher selbst eifrig zu schaffen machte. Es fanden sich tote Frösche, Schnecken und Eidechsen, und das Leben der Frau wäre verwirkt gewesen, wenn nicht ein scharfsinniger Mann den Wahrsager durchschaut hätte. Er packte ihn plötzlich am Arm, riss ihn von der Grube weg und schüttelte aus dessen Ärmel alle möglichen toten Tiere. Später stellte sich heraus, dass die Mönche an gepanschtem Wirtshauswein zugrunde gegangen waren. Der Echternacher Abt war nun schon seit geraumer Zeit tot, aber es gab noch genügend Leute, die damals dabei waren und einstimmig bezeugten, der Mann mit den scharfen Augen sei Hovaeus gewesen.

Für Binsfeld war klar, dass solche Betrügereien immer wieder vorkommen würden, aber man durfte diese Einzelfälle nicht aufbauschen und sollte nicht versuchen daraus abzuleiten, dass solche Vorkommnisse die Regel seien. Was er Hovaeus am wenigsten verzieh, war, dass dieser als katholischer Würdenträger ausgerechnet einem Lutheraner-Sympathisanten Munition lieferte. Sogar noch bedichtet hatte Hovaeus diesen Weyer:

»*Fahrt fort, mein Herr, mit dieser Kunst,*
Ihr werdt erlangen Ehr und Gunst.
Wierus, Euer löblich Nam
und gut Gerücht wird nie vergan!«

Binsfeld empfand abgrundtiefe Abscheu und Verachtung bei dem Gedanken, dass ein rechtschaffener Christ Umgang mit einem Mann gehabt hatte, der ein Schüler des Agrippa von Nettesheim gewesen war, eines Ketzers, Alchimisten und Okkultisten, der die Hexerei zwar nicht leugnete, aber die im »Hexenhammer« vertretenen Ansichten als Phantastereien abgetan und behauptet hatte, Hexenmale gäbe es nicht, das seien lediglich Leberflecken und Muttermale! Das musste man sich einmal vorstellen! Im lothringischen Metz hatte dieser Agrippa eine angeklagte Zauberin freibekommen, aber wahrscheinlich nur, weil er dem Richter eine Krankheit angehext hatte und dieser vor seinem Tod schriftlich deren Freilassung verfügt hatte. Diese Ansicht vertrat jedenfalls der große, berühmte französische Staatstheoretiker und Jurist Jean Bodin. Bodin war auch der Auffassung, der schwarze Hund, der Agrippa stets begleitet hatte, sei der Höllengeist selbst gewesen und sein scheinbarer Herr in Wirklichkeit ein Hexenmeister. Der Rechtsgelehrte Martin Del Rio, der erst vor zwei Jahren in den Jesuitenorden eingetreten war, ging noch einen Schritt weiter und behauptete, Agrippa sei schlimmer gewesen als sein Zeitgenosse Doktor Faustus, der gewiss ein arger Zauberer und Schwindler gewesen war und um dessen Namen sich wüste Geschichten rankten. Aber hatte nicht auch dieser Doktor Faustus immer einen schwarzen Hund dabeigehabt? Agrippa war 1535 in Grenoble gestorben. Auf dem Totenbett, so erzählte man sich, habe er seinem Hund das mit Zaubersprüchen und Symbolen versehene Halsband abgenommen und zu ihm gesagt: »Hau nun ab, du verdammte Bestie, du hast mir nur Unglück gebracht!«, worauf sich das Tier in den nahen Fluss gestürzt und ersäuft habe.

Weyer war inzwischen ein betagter Mann, wurde es aber nicht müde, den Anschuldigungen gegen seinen Lehrer zu widersprechen und seine eigenen Thesen zu verteidigen. Gerade war wieder ein Buch von ihm, »De lammiis«, erschienen. Die Übeltaten ließen sich auf natürliche Weise erklären, aber der Teufel mache die Hexen glauben, sie hätten diese vollbracht. Wenn Satan aber das bewerkstelligen könne, warum verübe er die Verbrechen dann nicht gleich selbst? Wozu brauche er denn noch die Weiber?, fragte Weyer darin in spöttischem Ton.

Peter Binsfeld schreckte hoch, als sich mit einem leisen Quietschen die Tür einen Spalt breit öffnete. Im schwachen Schein erkannte er das Gesicht von Bartholomäus Bodeghemius.

»Entschuldigt bitte, aber ich habe schon dreimal geklopft. Ich wollte mich vergewissern ...«

»Ist schon gut. Ich war in Gedanken ganz woanders. Tretet ein!« Binsfeld stellte erschrocken fest, dass er die ganze Zeit nur dagesessen, aber keine einzige Zeile zu Papier gebracht hatte. Er tastete in der nur spärlich erhellten Ecke des Tisches nach dem feuchten Schwamm, wischte sorgfältig die eingetrocknete Tinte vom Federkiel und legte ihn dann beiseite.

Bodeghemius war Offizial in Trier und vertrat damit als Gerichtsvikar den Bischof im Bereich der innerkirchlichen Gerichtsbarkeit. Aber er war auch so etwas wie ein Vertrauter des Weihbischofs. Freund wäre zu viel gesagt, denn Binsfeld ließ keinen Menschen nahe an sich herankommen, sondern war immer auf eine gewisse Distanz bedacht. Das hielt er schon seit seiner Jugend so und bis jetzt war er damit gut gefahren, da er auf diese Weise unangenehme Entscheidungen rein verstandesmäßig fällen konnte. Zauderei oder falsche Rücksichtnahme konnte man ihm jedenfalls nicht nachsagen.

Bodeghemius war ein aufmerksamer Zuhörer, besaß eine manchmal beinahe erschreckend schnelle Auffassungsgabe, die niemand in dem kleinen, unscheinbaren Mann vermutet hätte, und beherrschte wie nebenbei sieben Sprachen. Binsfeld war es mehr als einmal vorgekommen, als könne Bodeghemius in den Köpfen anderer Menschen spazieren gehen und deren Gedanken bereits lesen, noch ehe sie überhaupt formuliert waren. Es war eine Gabe, um die er ihn heimlich beneidete, die Bodeghemius aber nie offen zu seinem Vorteil nutzte.

»Jean Bodin ...«, sagte Binsfeld, »ich war in Gedanken bei Bodin. Ich weiß nicht, was ich von ihm halten soll. Er ist unbestritten ein bedeutender Gelehrter, andererseits habe ich so meine Schwierigkeiten.«

Bodeghemius wartete, bis sich die Stirn des Weihbischofs in Falten legte und er ihn ansah. »Ihr habt Schwierigkeiten mit seinen Theorien, was den Staat, genauer gesagt die Kirche betrifft, nehme ich an, weil er Religionsfreiheit fordert!«

Binsfeld nickte leicht und fuhr fort: »Ja, er sieht den Staat als Garanten für die allgemeine Ordnung, fordert aber gleichzeitig, der Staat müsse offen sein für verschiedene Glaubensrichtungen. Er gesteht also de facto auch den Lutheranern und den Calvinisten ihre Rechtmäßigkeit zu. Ja, er geht so weit zu sagen, alle Religionen seien gleich, solange sie richtig ausgeübt würden. Das widerspricht aber unserer Lehre!«

»Ich denke, wir müssen diese Haltung vor dem persönlichen Hintergrund Bodins sehen. Er ist infolge der Religionskriege zwischen die Fronten der calvinistischen Hugenotten und der Katholiken geraten. Man hat ihn für einen Hugenotten gehalten und er entkam nur knapp und schwer verletzt einem Mordanschlag. Das ist sicher mit einer der Gründe, weshalb er politische und religiöse Toleranz fordert!«

»Nein – nicht ...«

»Ich weiß. Seine Toleranz hat ihre Grenzen dort, wo es um Hexerei und Zauberei geht! Da ist er eisenhart!«

Binsfeld nickte.

»Ja, da denkt er in der geradlinigen Tradition des ›Hexenhammers‹. Er plädiert für ein rücksichtsloses Vorgehen gegen dieses Ungeziefer und für eine härtere Bestrafung als die eines Mörders! Sein Buch ›Démonomanie de Sorciers‹ wird in hohen Auflagen gedruckt und ist bereits in vier Sprachen übersetzt. Er beklagt die Laschheit der Richter, die vielfach auf eine uneinheitliche Rechtsprechung zurückzuführen sei, aber ebenso die Zweifel mancher Juristen an der Existenz von Hexern. Wie schon die Autoren des ›Hexenhammers‹ kommt er zu dem Schluss, es handle sich um ein außerordentliches Verbrechen, wodurch in den Prozessen der juristische Beistand entfallen könne, ein Zeuge genüge und selbst bloße Gerüchte für eine Anklage ausreichend seien. Auch dürfe der Richter lügen, wenn es für ein Geständnis Erfolg versprechend sei!«

»Was macht denn Euer eigenes Buch, kommt Ihr voran?«

Der Weihbischof schüttelte den Kopf. »Leider nein. Ich komme nur nebenbei dazu und muss mir die Zeit dafür stehlen. Aber was noch schlimmer ist, sind die Gegner der Hexenprozesse, und einer der hartnäckigsten ist dieser Johannes Weyer, der eigentlich selbst angeklagt gehört. Del Rio berichtet, von den Teilnehmern eines Hexensabbats habe er erfahren, dass der Teufel gesagt habe: Seid getrost, denn es werden nicht mehr viele Jahre vergehen und ihr werdet über alle Christen triumphieren, weil unsere Sache durch die Bemühungen Weyers und seiner Anhänger trefflich steht, indem sie behaupten, das alles sei nichts als törichte Einbildung. Hat er nicht Recht? Benutzt ihn nicht der Höllenfürst, um Zweifel zu säen, woraus dann Zwietracht entsteht? Er ist Medicus – man munkelt, sogar ohne Doktortitel – und hat weder von der Juristerei noch von Theologie eine Ahnung, bläst sich aber auf wie ein Frosch und quakt auch so und es gibt genügend Leute, die das für Gesang halten und ihm Beifall spenden. Bodin vertritt die Meinung, Gott habe ihm den Verstand geraubt und sein Werk sei nach Art und Stil des Teufels selbst geschrieben! Aber durch die Rückendeckung des Klever Herzogs nimmt er auf die Rechtsprechung Einfluss. So hat er es tatsächlich geschafft, dass einige der Hexerei verdächtige Frauen freigelassen wurden und an deren Stelle diejenigen ins Gefängnis geworfen wurden, die sie angezeigt hatten!«

Die beiden Kerzen waren beinahe vollständig herabgebrannt und Binsfeld ersetzte sie durch zwei neue, die er aus einem kleinen Schrank an der Längswand holte.

»Weswegen wolltet Ihr mich eigentlich sprechen?«, fragte er dann unvermittelt.

Bartholomäus Bodeghemius lächelte gequält. »Es liegen einige Dinge an, die das Domkapitel betreffen und keinen Aufschub dulden.« Als er Binsfelds Blick bemerkte, beeilte er sich zu versichern: »Nein, nein – es sind nur Kleinigkeiten!«

Durch das halb geöffnete Fenster drang der monotone Singsang eines Nachtwächters, der die elfte Stunde ausrief. Bodeghemius schob seine Papiere zusammen, machte sich noch ein paar Notizen, während der Weihbischof nach einem Fackelträger rief.

Obwohl Binsfeld todmüde war, nahm er noch die Prozessakten gegen die Braun zur Hand. Schon in der ersten Vernehmung hatten sieben Trierer Bürger gegen sie ausgesagt, später kamen noch die Äbtissin sowie die Priorin des Klosters Sankt Agnes dazu, die bezeugten, der Braun sei, während sie im Kloster Leintücher verkaufen wollte, in ihrer beider Gegenwart der Buhlteufel erschienen, worauf sie sich ganz sonderbar benommen und zuerst von einer Bußwallfahrt nach Eberhardsklausen, dann von Selbstmord und schließlich von Pilgerfahrten nach Sankt-Nicolas-de-Port und Santiago de Compostela zum Grab des heiligen Jakobus gesprochen habe. Vom Rat, sich bei den Jesuiten Beistand und Trost zu holen, habe sie aber nichts wissen wollen und sich sogar ein wenig abfällig über diese geäußert. Jedenfalls könne man es so auslegen, weil sie gesagt habe, die Jesuiten würden sie nicht viel bekümmern. Nach der fünften Tortur hatte Schultheiß Flade bei den Jesuiten um einen Beichtvater gebeten, der die Braun zur Wahrheit ermahnen sollte, aber selbst Pater Peràxibus war es nicht gelungen, sie umzustimmen. Daraufhin war sie noch zweimal peinlich befragt und beim letzten Mal wieder von Flade persönlich verhört worden, und zwar zwei Stunden unter großen Schmerzen, wie es hier im Protokoll vermerkt war, das vorläufig damit schloss, dass sie nicht bekennen wollte und zurück ins Gefängnis geführt worden sei.

Peter Binsfeld spürte durchaus so etwas wie Mitleid mit diesem armen Weib, das sich offensichtlich so fest in den Netzen des Teufels verfangen hatte, dass es sich daraus nicht mehr lösen konnte. Im Gegensatz zum »Hexenhammer«, der auch die Hinrichtung Reuiger forderte, da ein Rückfall nicht auszuschließen wäre, vertrat der Weihbischof die Ansicht, eine rechtzeitige reumütige Umkehr rechtfertige unter bestimmten Umständen eine mildere Strafe. Aber im Fall Braun war dieser Zeitpunkt längst überschritten und den Richtern blieb keine andere Wahl, als auf »schuldig« zu plädieren. Binsfeld blieb noch einen Moment gedankenverloren sitzen, stand dann auf, löschte die Kerze und begab sich zur Ruhe.

Nach der Morgenmesse im Dom suchte er am nächsten Tag John Gibbons auf. Gibbons war Rektor der Jesuiten, die 1560 von Johann VI. nach Trier geholt worden waren und von den Franziskanern Kirche und Kloster übernommen hatten. Vorausgegangen waren Auseinandersetzungen mit der lutherischen Minderheit im Rat, die mit einer kurzen Belagerung der Stadt und der Vertreibung der Rädelsführer endeten. In diese Zeit war der Aufstieg des Dietrich Flade gefallen, der sich als kurfürstlicher Rat dem Reformationsversuch entgegengestellt und den Erzbischof persönlich über die protestantischen Umtriebe informiert hatte.

Peter Binsfeld und der Engländer John Gibbons kannten sich aus ihrer gemeinsamen Studienzeit in Rom, wo sie bald Übereinstimmungen in ihrem Denken und den sich daraus ergebenden Folgerungen festgestellt hatten.

»Johann Zandt von Merl ist vom Kurfürsten zum neuen Statthalter bestimmt worden. Er übernimmt im Januar sicher kein leichtes Amt. Zwar hat sich die Stadt inzwischen, wenn auch widerstrebend, dem Kurfürsten unterworfen, aber die wirtschaftliche Lage ist katastrophal. Und die Judenvertreibung kommt nicht voran, da sich viele von ihnen weigern wegzuziehen, bevor die verarmten Bürger ihre Schulden beglichen haben!«

»Ich weiß«, nickte Gibbons, »man vertröstet sie auf den Herbst in Erwartung einer endlich einmal guten Ernte. Aber das ist nur eines von vielen Problemen. Die Lutherischen ...«

»Ich hatte gestern noch ein langes Gespräch mit Bartholomäus Bodeghemius. Zandt von Merl hat sie ganz oben auf seiner Liste stehen. Es sind zwar nicht mehr allzu viele hier, aber jeder, der hier bleibt, ist einer zu viel. Bodeghemius hat da einen nicht uninteressanten Vorschlag gemacht!« Binsfeld hielt kurz inne, betrachtete scheinbar interessiert seine Fingernägel und hüstelte leicht.

»Und der wäre?«

»Bodeghemius wurde, wie du weißt, von den Calvinisten aus den Niederlanden vertrieben. Verständlich, dass er nicht viel von diesen Ketzern hält. Hier an der theologischen Fakultät unterrichten ausnahmslos Jesuiten ...«

»Wobei es auch bleiben soll!«, unterbrach ihn Gibbons.

Binsfeld schüttelte den Kopf. »Nein, nein, mein lieber John! Schau her – wenn wir das Lutherische eindämmen wollen, genügt es nicht, nur Trier ketzerfrei zu bekommen. Wir brauchen hier Theologen, die ihren Studenten aus eigener Anschauung erzählen können, wie es um diese Ketzer wirklich bestellt ist, und die dieses Wissen verbreiten. Wie viele aber davon lehren an der Universität, die das können? Um es gleich zu sagen: kein Einziger! Es sind alles Theoretiker! Bodeghemius kennt da einen, Niederländer wie er, der mit seiner Sippe verjagt wurde und der in Loewen Philosophie und Theologie studiert hat. Derzeit unterrichtet er als Professor an der Mainzer Universität. Glaube mir, so ein Mann wäre Gold wert. Allerdings werden wir ihn nicht nach Trier bekommen, wenn wir ihm nicht eine zumindest gleichwertige Professur anbieten können! Wir sollten ihn holen, bevor ihn uns eine andere Universität wegschnappt!«

Gibbons überlegte nur kurz. »Das wird hier für einige Unruhe sorgen. Aber du hast Recht! Wie heißt der Mann?«

»Cornelius Loos.«

»Nie gehört. Aber wenn ihn Bodeghemius empfiehlt, ist es sicher nicht verkehrt, wenn wir ihn uns einmal näher ansehen!«

2

In Trier und im Umland folgte eine Krise auf die andere. Immer wenn die Menschen glaubten, es könne nicht mehr schlimmer kommen, brach das nächste Unheil über sie herein. Im April 1583 versetzten Gerüchte über marodierende Söldner die Bürger in Angst und Schrecken, im Sommer fuhr der verderbende Atem einer Pestilenz durch die Stadt, der die Medici hilflos gegenüberstanden, 1584 war zwar die Ernte ertragreicher als in den vorherigen Jahren, aber die Spekulanten trieben die Preise weiter in die Höhe, worauf sich die Stadträte gezwungen sahen, jede Ausfuhr von Getreide unter schwerer Strafe zu verbieten. Zu alledem kroch schon die nächste Seuche in die Häuser. Hexereigerüchte tauchten auf und wurden von Studenten in farbigen Schilderungen durch die Straßen getragen. Im nächsten Jahr folgte eine nochmalige Teuerung, die Speicher waren nun endgültig leer und der Magistrat musste gegen immenses Geld Getreide von auswärts kaufen. 1586 beschwerten sich die Fuhrleute über die kaum mehr erschwinglichen Haferpreise, und von dem Brotgetreide, das aus dem Lothringischen kommen sollte, wurde nicht einmal die Hälfte geliefert, da auch dort Mangel herrschte. Eine alte Frau aus Pfalzel, die schon lange des Milchzaubers verdächtig war und angeblich durch einen Wasserhahn in ihrem Haus mithilfe des Teufels fremde Kühe melken konnte, wurde von einer wütenden Menschenmenge kurzerhand von der Moselbrücke geworfen. Auch in diesem Sommer kam eine neue Pest über die Stadt und der Rat gab die Anordnung, die Toten wegen des von ihnen ausgehenden Gestanks unverzüglich zu bestatten. Bereits im Februar war unter dem Ankläger Zandt von Merl und dem Schultheißen Flade als Vorsitzendem eine Frau als Hexe verbrannt worden und in den kurtrierischen Ämtern Saarburg und Pfalzel sowie in den Hochgerichten der nicht zur städtischen Verwaltung und Rechtsprechung gehörenden Abtei St. Matthias als auch in der Reichsabtei St. Maximin war es zu Hinrichtungen gekommen.

In Trier wurde der Druck der Straße immer größer, wozu die Kanzelpredigten einiger Jesuiten das Ihre beitrugen. Im Orden sorgte ein Vorfall für Gesprächsstoff, der sich vor kurzem in Wien zugetragen hatte: Dort wurden einem besessenen Mädchen, dessen Großmutter es dem Teufel übergeben hatte und die dafür verbrannt worden war, nicht weniger als sage und schreibe zwölftausendsechshundertzweiundfünfzig Dämonen ausgetrieben. In Ingolstadt hatte sich ein ähnlicher Fall ereignet und hier in Trier war Binsfeld auf einen Buben aufmerksam gemacht worden, der behauptete, als Trommler an einem Hexensabbat teilgenommen zu haben. Unverzüglich hatte er John Gibbons gebeten, den Jungen unter die Aufsicht der Jesuiten zu nehmen. Und es ging folgende Geschichte eines Bauern und seiner achtjährigen Tochter um: Der Vater hatte die Kleine wegen ihrer Geschicklichkeit beim Kohlpflanzen gelobt.

»Ich kann noch mehr«, sagte das Mädchen darauf stolz und bat den Vater, sich umzudrehen. Sie machte eine kleine Grube, erleichterte sich da hinein und rührte das Ganze dann mit einem Stöckchen um, wobei sie leise vor sich hin murmelte. Kaum hatte sie aufgehört, fing es genau an dieser Stelle zu regnen an.

»Wer hat dich das gelehrt?«, fragte der Vater entsetzt.

»Die Mutter. Sie kann aber noch viel mehr!«

Nach ein paar Tagen hieß der Bauer Frau und Tochter, sich zum nächsten Morgen zu schmücken und ihr gutes Gewand anzulegen, da sie zu einer Hochzeit eingeladen seien. Mit dem Wagen fuhren sie in die Stadt, wo er die beiden dem Gericht übergab.

Solche und ähnliche Geschichten hörte Cornelius Loos beinahe tagein, tagaus und es wurde immer schwieriger, die erfundenen von den wahren zu unterscheiden. Seit 1585 war er nun in Trier und unterrichtete als einziger Nicht-Jesuit Theologie an der Universität. »Lutheranerfresser«, so nannten ihn heimlich nicht nur seine Schüler, weil er den Glaubensabfall der Protestanten als allerschlimmste und verachtungswürdigste Form der Ketzerei geißelte. Ja, er schätzte dieses Vergehen verdammungswerter ein als den Tatbestand der Hexerei und redete der vollständigen Ausrottung des Ketzertums das Wort.

»Sie nennen sich Christenmenschen, aber sie sind verblendet und verroht! Sie sind schlimmer als der Teufel selbst!«

Immer wieder erzählte er, wie seine ganze Familie unter Einsatz ihres Lebens aus Gouda hatte fliehen, sich in Wäldern, unter Brücken und in verfallenen Ställen hatte verstecken müssen, gehetzt und gejagt, immer in der Angst, aufgegriffen und wie Vieh abgeschlachtet zu werden.

Obwohl seine Vorlesungen meist sehr polemisch waren, hatte von seinen Vorgesetzten keiner etwas dagegen einzuwenden, schließlich wetterten die Lutheraner nicht minder scharf gegen die Papisten und in Loos' Fall konnte man ein Auge zudrücken, wenn er die Hexen als das kleinere Übel ansah. Peter Binsfeld war nicht wenig stolz, einen so fähigen Kopf nach Trier geholt zu haben, und dass der hagere Priester manchmal etwas Demut vermissen ließ und hochtrabend werden konnte, wenn er von seinem Standpunkt überzeugt war, sah er ihm nach.

Dass der Weihbischof ein glühender Verfechter des Hexenglaubens war und Kurfürst Johann von Hexenängsten geplagt war, davon hatte Loos schon in Mainz gehört. Aber wer war schon frei davon? Das war in Mainz nicht viel anders und er maß dem insgesamt keine allzu große Bedeutung bei. Geredet wurde überall darüber, gelegentlich beschäftigten sich die Gerichte damit und hier und dort kam es zu vereinzelten Hinrichtungen. Das hatte er jedenfalls geglaubt, bis er nach Trier gekommen war.

Kurz nach seiner Ankunft war einer gewissen Barbara von Nittel der Prozess gemacht worden, der weitere Kreise zog. Die Barbara war eine reiche Witwe, die in zweiter Ehe einen nicht unvermögenden Weißgerber geheiratet hatte. Zwei im Hochgericht

St. Matthias hingerichtete Frauen hatten übereinstimmend bezeugt, sie in vornehmen Kleidern auf einem schwarzen Pferd stolz bei einem Hexensabbat einreiten gesehen zu haben. Während der Verhöre hatte sie zugegeben, den Sohn ihres Nachbarn, des Bäckers Peter Edlinger, mit teuflischen Mitteln gelähmt zu haben. Nach ihrer Verbrennung forderte der Vater des Buben Schadenersatz vom Weißgerber, da sein Sohn inzwischen so verkrüppelt sei, dass selbst jeder Unchrist oder Türke mit ihm Erbarmen hätte. Ein erstes Urteil fiel nicht zur Zufriedenheit Edlingers aus, worauf er am Koblenzer Hofgericht erneut Klage einreichte. Aber auch dort bekam er nicht Recht, obwohl das Kind von Wundärzten visitiert worden war, die einen furchtbar verwachsenen Körper attestierten, der zudem aus vielen Wunden stank.

Als Loos einen Stadtrat darauf ansprach, meinte dieser kurz: »Wieso soll der Gerber dafür geradestehen? Schließlich war es ja eigentlich der Teufel, der daran schuld ist! Wie aber soll man Satan leibhaftig vor einem Gericht verklagen?«

»Wenn nur die Hälfte der Geschädigten Schadenersatz verlangen würde, hätten sich die Hexenprozesse bald von selbst erledigt, da die Gerichte über Jahre mit Forderungen eingedeckt wären. Nein, nicht weil man den Teufel nicht finanziell haftbar machen kann, wurde das Verfahren abgewürgt! Das ist doch nur der Vorwand!«

Der Rat hatte ihn darauf etwas merkwürdig angesehen, war aber eine Antwort schuldig geblieben.

Nur wenige Tage später wurde Loos zum Weihbischof bestellt. Peter Binsfeld begrüßte ihn freundlich, fragte, was die Arbeit mache, und bekundete seine Freude darüber, dass er, Loos, so regen Anteil am öffentlichen Leben nehme und sich nicht scheue, juristische Angelegenheiten zu hinterfragen.

Wie er das Wort »juristische Angelegenheiten« betonte, ließ Loos aufhorchen.

»Mein lieber Mitbruder«, fuhr Binsfeld unvermittelt fort, »mir wurde zugetragen, Ihr mischt Euch hier mit Eurer Meinung in Dinge ein, deren Hintergründe Ihr nicht kennt. Ich unterstelle Euch damit keine Böswilligkeit oder gar, dass Ihr Unruhe stiften wollt – im Gegenteil. Aber die Leute haben es nicht gern, wenn jemand, der nicht schon mehrere Jahre an einem Ort lebt, ihnen sagen will, wie sie sich zu verhalten haben. Das gilt nicht nur für Trier, sondern ist überall so. Ich meine das nur im Guten!«

Der Weihbischof hielt einen Augenblick inne, ganz so, als ob er sich nicht sicher sei, was er als Nächstes sagen sollte.

»Im Übrigen«, fuhr er dann fort, »von Eurer Lehrtätigkeit wird nur Gutes berichtet, auch wenn ich nicht damit einig gehe, dass die Hexerei weniger verderblich sei als die lutherische Irrlehre. Ich würde beide auf eine Stufe stellen. Das zeigen die Gerichtsakten der laufenden Prozesse in aller Deutlichkeit. Ihr könnt mir glauben, oft muss ich mich zwingen, diese Ungeheuerlichkeiten in meinen Kopf zu lassen! Durch unsere eigene Laschheit – und ich meine da durchaus auch die Kirche – wurde dem Satan Tür und Tor geöffnet. An die einhundert Jahre hat sich die Dämonologie kaum einen Schritt weiterbewegt, wir stehen faktisch immer noch auf dem Stand der Erkenntnisse und der Methoden des ›Hexenhammers‹. Es geht längst nicht mehr um versponnene theologische Spitzfindigkeiten«, Binsfeld drehte die Augen nach oben und zeichnete mit dem Zeigefinger zwei Kreise über seinem Kopf in die Luft, »sondern inzwischen um das nackte Überleben. Die Zauberer sind Vaterlandsverräter, sie richten sich gegen das Volk als Ganzes, indem sie versuchen, ihm die materielle Lebensgrundlage zu entziehen! Wie der Fürst der Finsternis, so meiden auch seine Anhänger das Licht, daher geschieht alles heimlich des Nachts. Sie rauschen dann wie die Nachtvögel, um ihre Zauberei zu verrichten. Um zu ihren Tanzplätzen zu kommen, ist ihnen jedes Mittel recht, auch die arglistige Täuschung ihres Ehegatten. Denn welcher Mann, selbst wenn seine Frau Tag und Nacht bei ihm ist, wird wirklich bezeugen können, dass sie tatsächlich die ganze Nacht sein Lager geteilt hat und unschuldig ist? Umgekehrt – welche Frau kann ihren Mann reinen Gewissens von diesem Laster freisprechen?«

»Aber der *Canon episcopi*!«, wagte Loos einzuwerfen. »Er sagt eindeutig, dass nächtliche Flüge nichts als Traumbilder seien, und wer anderes glaube, der versündige sich schwer!«

»Der alte Canon und die Flüge mit der Göttin Herodia, Diana, Richella oder wie sie sonst noch heißen mag …«, Binsfelds Stimme wurde nicht viel, aber doch um eine Spur schärfer, »… der Canon ist durch die Wirklichkeit längst widerlegt!«

»Beim Kloster Sankt Matthias habe ich den Torso einer Statue aus weißem Marmor gesehen, von deren ursprünglicher Form man allerdings nicht mehr viel erkennen kann, da die Leute sie mit Steinen bewerfen. Alle sagen aber, es handle sich um ein Abbild der Göttin Diana. Auf einer Steintafel darunter steht ...« Loos musste einen Moment überlegen.

»Wollt ihr wissen, was ich bin,
ich bin gewest ein Abgottin!
Da Sankt Eucharius zu Trier kam,
er mich zerbrach, mein' Ehr' abnahm.
Ich war geehret als ein Gott,
jetzt steh' ich hier, der Welt zum Spott!«

In den Augen des Weihbischofs blitzte leichte Verärgerung auf.

»Die Leute sagen, die Figur, also die Göttin, habe noch die Ankunft des heiligen Eucharius vorhergesagt und sei dann verstummt. Also müssen die alten Götter existiert haben. Auch wenn Eucharius ihr wirklich den Kopf abgehauen hat, dürfte das nicht viel bewirkt haben, da es sich ja um ein eigentlich geistiges Wesen handelte. Die Leute sind hin- und hergerissen – da die Göttin Diana mit ihrem Nachtheer, das im Canon scharf als Hirngespinst verurteilt wird, und hier die verderbenden Zauberer, die das plötzlich doch können ...«

»Ihr wollt doch wohl nicht ernstlich Schadenszauber und Hexerei in Abrede stellen?«, unterbrach ihn nun Binsfeld scharf.

»Nein – um Gottes willen, nein«, beeilte sich Loos zu versichern, »ich wollte damit nur sagen ...«

Wieder schnitt ihm der Weihbischof das Wort ab. »Da, seht selbst!« Er deutete herrisch auf einen Seitentisch, auf dem sich geordnete Papierbündel stapelten. »Alles Prozessakten! Ich würde sie Euch gern zur Verfügung stellen, wenn ich sie nicht selbst benötigte. Ich kann Euch versichern, Ihr würdet bald anders darüber denken! Hier in Trier wird immer noch zu wenig gegen dieses Laster unternommen. Praktisch vor unserer Haustür, in Sankt Maximin, wird viel härter vorgegangen! Gerade haben sie dort wieder eine Reihe von Teufelsbündnerinnen gefangen genommen!«

Gedemütigt trat Cornelius Loos auf die Straße und spürte nicht den Regen, den ihm der kalte Wind ins Gesicht blies. Vom Hörensagen wusste er, dass es Rivalitäten mit Sankt Maximin gab. Wen konnte er dazu befragen? Zuerst dachte er daran, bei Flade vorzusprechen, verwarf aber den Gedanken. Der würde sicher nur wolkig um den Brei herumreden und sich auf nichts festlegen. Der Domprediger Lukas Ellentz? Ja, der war eher der Richtige. Zum einen war er ein eifriger Befürworter der Verfolgungen, zum anderen Flades Beichtvater und damit so etwas wie sein Vertrauter. Oder der Doktor Macherentius, gleichfalls von den Jesuiten? Dieser hatte Barbara von Nittel auf ihrem letzten Gang begleitet und unterstützte die Forderungen der Bürgerschaft nach der Bildung von Hexenausschüssen, für die auf Sankt Maximiner Gebiet bereits Geld gesammelt wurde und die dort schon eifrig unterwegs waren.

Loos hielt auf das Jesuitenkolleg zu, wo er an die Pforte klopfte. Nein, Bruder Macherentius sei nicht da, hieß es, aber Pater Lukas sei soeben zurückgekommen und er solle bitte im Besucherzimmer vorlieb nehmen.

Lukas Ellentz war von kleiner, gedrungener Statur und was als Erstes auffiel, war sein hochroter Kopf. Seine hohe Stimme klang gehetzt und auch in seinem Blick war eine rastlose Unruhe. Wie Wild, wenn es eine Gefahr wittert, dachte Loos.

»Es freut mich, Euch hier zu sehen. Ich fühle mich zwar geehrt, dass Ihr nach mir verlangt habt, weiß aber nicht, womit ich Euch helfen könnte!«

»Ich komme gerade von seiner Exzellenz, dem Weihbischof, und hätte ein paar Fragen, die Ihr mir als Kenner der örtlichen Gegebenheiten sicher beantworten könnt. Es gibt da offensichtlich Spannungen zwischen Trier und Sankt Maximin, die gerade jetzt mit den Hexenverfolgungen wieder zunehmen. Zudem sind die Maximiner allem Anschein nach eifrigere Verfolger als die Trierer. Ihr seid schon lange hier und als Beichtvater bei einer Reihe von Hinrichtungen dabei gewesen. Deswegen komme ich zu Euch!«

Pater Lukas schien einen Augenblick nachzudenken. »Das ist eine etwas verworrene Geschichte. Das Amt der Abtei Sankt Maximin hatte von alters her eigene Hochgerichte mit eben Sankt

Maximin, Detzem, Fell und Oberemmel. Als Reichsabtei, die nicht einem Landesherrn, sondern dem Kaiser untersteht, sieht sie sich selbst als souveränen Landesherrn. Aber 1570 erging ein Urteil des Reichskammergerichts, wonach die Abtei der Landeshoheit und damit die Gerichte dem Trierer Kurfürsten zu unterstellen seien, woran sich aber bis heute in Sankt Maximin niemand hält. Zwar leistete der jetzige Abt Rainer Biewer Kurfürst Johann VII. einen Treueschwur, aber er versteht sich dennoch wie schon seine Vorgänger als rechtmäßiger Landesherr. Es ist also ein Kampf zwischen Kurtrier und der Abtei. Was die Lage nicht einfacher macht, ist der Umstand, dass der Kurfürst zugleich Erzbischof und daher in geistlichen Belangen Sankt Maximin vorgesetzt ist.«

»Das ist tatsächlich verwirrend.« Loos strich mit der linken Hand über seine noch immer regenfeuchten Haare. »Die Hexenprozesse ...«, hob er vorsichtig an, »... also, dieses verabscheuungswürdige Laster wird im Sankt Maximiner Gebiet viel härter verfolgt als im übrigen Kurtrier, obwohl Weihbischof Binsfeld einer von denen ist, die ein schärferes Vorgehen fordern!«

»Wie gesagt, die Maximiner halten an ihrer Gerichtsbarkeit fest und wollen sich von den Kurtrierern nicht hineinreden lassen.«

In Loos keimte ein Verdacht auf, der so ungeheuerlich war, dass es ihm beinahe den Atem verschlug. Konnte es sein ... Wie aus weiter Ferne hörte er Ellentz' Stimme, nahm aber nicht mehr wahr, worüber dieser sprach. Nein, das wäre zu einfach ... Wie ein spitzer Holzsplitter ins Fleisch, so hatte sich der Gedanke in sein Hirn gebohrt und je mehr er sich bemühte, ihn herauszuziehen, desto tiefer grub er sich ein. Bin ich der Einzige, der es so sieht? Vielleicht ist es aber doch so!, gab er sich widerstrebend die Antwort. Da werden möglicherweise Unschuldige verfolgt, vor Gericht gezerrt, gefoltert und hingerichtet, nicht weil sie ein Verbrechen begangen haben, sondern weil es um eine Demonstration und die Manifestierung von Macht geht! Wenn sein Verdacht stimmte, war er jetzt besser auf der Hut, jedes unüberlegte Wort konnte gefährlich werden.

»... sein Vorgänger, Abt Matthias von Saarburg, wurde von Hexen umgebracht! Es ist daher gewiss auch Selbstschutz und verständlich, wenn Abt Biewer nicht zuwarten will, bis er der Nächste ist!«

Loos hob den Blick und sah die Aufregung in Ellentz' Gesicht.

»Ich bin schon einer ganzen Reihe von Gefangenen als Beichtvater beigestanden und so gut wie alle haben zugegeben, die gegen sie erhobenen Anschuldigungen würden der Wahrheit entsprechen. Das ist es, was mich bestärkt, die Menschen von der Kanzel aus aufzurütteln!« Ellentz' Stimme senkte sich zu einem Flüstern ab, obwohl niemand außer ihnen beiden im Raum war. »Abt Biewer hat die Hexenausschüsse legitimiert, und sie arbeiten gut und effizient. Aus dem ganzen Land werden Beschuldigungen gemeldet und mir ist zu Ohren gekommen, in den nächsten Wochen würden im Sankt Maximiner Territorium eine Reihe von Festnahmen anstehen!«

»Wie gehen denn diese Hexenausschüsse vor?«

»Dazu könnte Euch Bruder Macherentius mehr erzählen, da er sie stark befürwortet.« Pater Lukas hob bedauernd die Schultern. »Na ja«, fuhr er mit normaler Lautstärke fort, »es sind einfache Bürger und Bauern, die sich zu einem Bündnis zusammengetan haben, so ähnlich ...«, er suchte nach einem passenden Wort, »... so ähnlich wie die Bürgerwehren. Sie durchkämmen die Dörfer und Weiler, halten Augen und Ohren offen und gehen Verdächtigungen nach!«

»Ich nehme an, ausschließlich Männer?«

»Ja sicher!«

»Aber so ein Ausschuss wäre ja die perfekte Tarnung für einen Zauberer. Er tritt einfach einer solchen Vereinigung bei, ist damit selbst vor Verdächtigungen und Nachstellungen sicher und kann ohne Angst vor Entdeckung seinen Lastern nachgehen.«

»Nein, nein«, wehrte Ellentz beinahe erschrocken ab, »jeder, der einem Ausschuss beitritt, erklärt sich ausdrücklich damit einverstanden, dass gegen ihn selbst eine Untersuchung eingeleitet werden kann. Und das ist nicht alles: Jedes Mitglied des Ausschusses und der Gemeinde muss für die Angehörigen seiner Familie die Verpflichtung eingehen, im Fall einer Verhaftung alle Prozesskosten zu tragen, unabhängig vom Ausgang des Verfahrens!«

»Das ist gegen das Gesetz! Das Gesetzbuch, die Carolina,

schreibt vor, dass nur schuldig Gesprochene für die Kosten aufkommen müssen!«

Der Domprediger zuckte die Schultern.

Irgendwann kamen sie auf das unnatürlich nasskalte Wetter zu sprechen, dass der Rat nun schon Brot und Erbsen an die Bedürftigsten verteilen ließe und die Armenfürsorge zu einem immer drängenderen Problem würde, an dem auch die von Doktor Flade aus eigener Tasche gestifteten dreihundert Taler nicht viel ändern könnten. Überhaupt – der Doktor Flade, der ja sein Beichtkind sei, wie Ellentz mit nicht wenig Stolz vermerkte, der sei ein wahrer Wohltäter. Er und der ehemalige Bürgermeister Hans Kesten würden in diesen schweren Zeiten großzügig Kredite vergeben oder Geld gegen Pfand vorstrecken, aber das sei natürlich nur ein Tropfen auf den heißen Stein.

Cornelius Loos war schon im Begriff, sich zu verabschieden, als ihm noch etwas einfiel. »Der Hexenbube«, sagte er dann, »ist er noch in Eurer Obhut?«

»Welchen meint Ihr?«

Loos sah ihn überrascht an. »Wieso? Gibt es mehrere?«

»Ja. Man hat uns soeben wieder zwei überstellt!« Ellentz' Stimme bekam wieder diesen gehetzten, flackernden Ton. »Es ist furchtbar. Inzwischen macht Satan selbst vor Kindern nicht mehr Halt!«

Bevor er zu einem weiteren Monolog ansetzen konnte, unterbrach ihn Loos freundlich. »Verzeiht bitte! Ich würde gern so einen Buben sehen. Wäre das möglich?«

Der Domprediger sah ihn an, als ob er verlangt hätte, den Teufel höchstpersönlich herzuschaffen.

»Ich weiß«, lächelte Loos einnehmend, »die Neugier ist ein Laster!«

»Das meine ich nicht. Aber es ist nicht ganz ungefährlich. Tragt Ihr denn ein Agnus Dei?«

Das Agnus Dei war ein von den Jesuiten verbreitetes wächsernes Amulett, das angeblich zuverlässig vor Verzauberungen schützte. Es gab nicht mehr allzu viele Leute, die auf diesen Schutz verzichteten.

Beinahe ungläubig starrte Ellentz den Professor an, der mit verneinendem Kopfschütteln vor ihm stand. »Also gut«, meinte er etwas gequält, »ich hole die Buben. Aber vorher legt Ihr ein Agnus Dei um!« Seine Stimme duldete keinen Widerspruch.

Kurz nachdem Pater Lukas den Raum verlassen hatte, brachte ein Novize ein Amulett und wenig später kam der Pater in Begleitung eines Ordensbruders und zweier Jungen zurück.

Die beiden Buben waren sauber gekleidet und schienen ausreichend verköstigt zu sein. Sie machten keinen verschüchterten Eindruck, im Gegenteil. Loos beschlich augenblicklich das Gefühl, dass sie es durchaus genossen, im Mittelpunkt zu stehen, und sich der Aura des Schreckens, die sie umgab, sehr wohl bewusst waren. Für einen Moment fühlten sie sich unbeobachtet und er sah aus dem Augenwinkel, wie sie sich zuzwinkerten. Als er aber eine Frage an sie richtete, blieben sie stumm und wichen seinem Blick aus.

»Also, erzähl mal, wie das war. Du brauchst keine Angst zu haben!«, ermunterte Ellentz den Älteren, der an die zehn Jahre alt sein mochte.

Der Bub druckste anfangs verlegen herum, fing sich aber, als ihm die Patres aufmunternd zunickten. »Also, das war so ... ich war ... also ich war bei einem Hexensabbat auf dem Franzens Knüppchen als Pfeifer gedungen und der Teufel selbst hat mir dafür Geld gegeben. Aber als alles vorbei war, hat es sich in Dreck aufgelöst. Es waren viele vornehm gekleidete Leute gekommen. Die Kutschen waren wie aus purem Gold und funkelten und glänzten fast heller als das Feuer. Gezogen wurden sie von feurigen Rappen ...«

»Ein- oder zweispännig?«, wollte Loos wissen.

»Zweispännig natürlich!«, erwiderte der Junge ohne Zögern. »Und eine Kutsche war sogar vierspännig!«, setzte er dann nach.

»Das hattest du bis jetzt gar nicht erwähnt!«, sagte der begleitende Pater.

»Es ist mir auch gerade erst wieder eingefallen!«, maulte der Bub. »Es war ja so viel, das konnte ich nicht alles auf einmal erzählen, es fällt mir halt nach und nach wieder ein!«

»Es muss schauerlich gewesen sein. Die armen Kinder! Es kommen immer neue Sachen ans Licht, obwohl er die Geschichte sicher schon ein Dutzend Mal erzählt hat!«, warf Ellentz dazwischen.

»Und weiter?«

»Es waren sicher Trierer Bürger, und zwar reiche. Arme habe ich dort keine gesehen. Einer war sogar aus dem Gefolge des Kurfürsten. Ich habe mit eigenen Ohren gehört, wie er gesagt hat, dass er dem Fürsten Gift ins Essen oder Trinken mischen will. Aber wer genau es war, weiß ich nicht, ich bin ja nicht aus Trier und kenne die Leute nicht. Und es war dunkel und alle hatten Masken vor dem Gesicht!«

Der zweite Junge berichtete, an einem Sabbat auf der Hetzerather Heide teilgenommen zu haben, zu dem ihn eine Frau mitgenommen hätte. Der Teufel habe auf der Versammlung gesagt, er habe eine Mordswut auf die Jesuiten, weil sie ihm mit dem Agnus Dei und ihren Predigten viele Seelen abspenstig machen würden.

Was die beiden da erzählten, klang glaubwürdig. Sie machten einen ernsten Eindruck und schienen immer noch unter dem Einfluss des Erlebten zu stehen. Loos fiel auf, dass sie weder ihm noch den beiden Patres in die Augen sehen konnten. Trotzdem wäre er nach der Eindringlichkeit ihrer Schilderungen versucht gewesen, ihnen Glauben zu schenken, hätte er nicht zufällig ihre verräterischen Blicke bemerkt.

»Seine Beobachtungen«, Ellentz deutete auf den Älteren, »haben geholfen, bereits einige Frauen festzunehmen!«

Loos hätte den beiden Buben gern noch einige Fragen gestellt, befürchtete aber, sie damit zu weiteren Phantastereien anzustiften, die womöglich neue Verdächtigungen nach sich gezogen hätten.

Loos hatte es nicht eilig, nach Hause zu kommen, und machte einen kleinen Umweg. Was mochte die Knaben dazu getrieben haben, von sich aus solch schwer wiegende Anschuldigungen zu erheben?, fragte er sich immer und immer wieder.

Dünne, hohlwangige Kinder sahen ihn teilnahmslos aus den Hauseingängen an. Sie lärmten nicht, sie spielten nicht, sie lachten nicht, saßen einfach nur da, als ob sie auf etwas warteten, aber nicht wüssten, worauf. Lediglich ein etwa sieben- oder achtjähriges Mädchen redete leise auf einen schreienden Säugling ein, den sie beinahe verzweifelt in ihren kleinen Armen schaukelte.

»Wieso bist du bei diesem Wetter mit dem Kind auf der Straße und nicht im Haus?«

Das Mädchen sah ihn an aus Augen, die erheblich älter waren als es selbst. »Der Vater hat es befohlen. Er sagt, er kann das Geplärre nicht mehr ertragen!«

»Und warum schreit das Kind?« Noch während er die Frage aussprach, schämte er sich für seine Gedankenlosigkeit und seine Blindheit.

»Hunger«, sagte das Kind, »die Brüste der Mutter sind leer, sie hat keine Milch mehr!«

»Wie heißt du denn?«

»Maria«, kam es scheu zurück.

»Und wie weiter?«

Sie zögerte, anscheinend wusste sie ihren Nachnamen nicht.

»Pfeiler«, antwortete statt ihrer ein Bub, »aber alle sagen Schuster.«

»Weil ihr Vater Schuster ist!«, ergänzte ein anderer altklug.

»Sag deiner Mutter, sie soll sich noch heute beim Pfarrer melden!«

Loos änderte die Richtung, um den Pfarrer aufzusuchen, der für die Ausstellung der Zuteilungsscheine zuständig war, und ihn zu ersuchen, für die Schustersfrau eine etwas großzügigere Brotration zu empfehlen.

Kaum hatte er sich ein paar Schritte von den Kindern entfernt, blieb er unvermittelt stehen und tippte sich kurz mit den Fingerspitzen an die Stirn. Genau das war es ... die Hexenbuben hatten sich als solche bezichtigt, nicht nur, um sich wichtig zu machen, sondern wahrscheinlich auch, um dem Hunger zu entkommen.

Die Bevölkerung wurde zunehmend aufsässiger und die Studenten der theologischen Fakultät zogen durch die Straßen und Gassen und erzählten mit jedem Tag neue Schauergeschichten, die sie von den Hexenbuben erfahren haben wollten und die von den Menschen begierig aufgesogen, weiter aufgebauscht und bis in winzigste Kleinigkeiten ausgemalt wurden. Eine vom Stadtrat angeordnete Bittprozession brachte keine Wetteränderung, ebenso wenig wie die Verbrennung einer Frau aufgrund der Aussagen des Trommlerbuben. An der Universität erfuhr Loos von einem der jesuitischen Professoren, dass der zuständige Ordensgeneral Aquaviva in Mainz wegen der geschwätzigen Denunziationen des Trommlers sehr ungehalten war und dessen sofortige Entfernung aus dem Kloster angeordnet hatte. Wie es der Domprediger Ellentz vorausgesagt hatte, füllten in Sankt Maximin in kurzer Zeit vermutliche Zauberer – Männlein und Weiblein – die Verliese bis auf den letzten Platz und viele von ihnen wurden nach ebenso kurzem Prozess hingerichtet. Nicht nur in der Stadt, sondern ebenso im Umland wucherten weitum die Gerüchte wie Unkraut, bei der Teufelssekte handle es sich um einen Zusammenschluss reicher Trierer Bürger, die den Schadenszauber verursachten, um die Ernten zu verhindern und dann durch den Verkauf ihrer Vorräte ihre Taschen zu füllen. Besonders Doktor Flade war inzwischen ins Gerede gekommen, hatte er doch nicht nur Kredite und Pfandleihen vergeben, sondern in großen Mengen ganze Kornernten aufgekauft, die er nun versilberte. Zudem machte der ältere der beiden Hexenbuben nach mehrmaligem Nachfragen vage Andeutungen, den Schultheiß auf dem Sabbat gesehen zu haben. Ja, die Statur könnte stimmen und auch der Gang ...

Wie man hörte, traute sich der Flade kaum mehr auf die Straße, da die Leute allen Respekt vor ihm verloren hatten. Nicht wenige, die ihn früher unterwürfig gegrüßt hätten, zeigten nun immer unverhohlener ihre Verachtung, Jugendliche pöbelten ihn an und Kinder liefen vor ihm her, drehten lange Nasen und streckten die Zunge heraus. Vereinzelt wurde über den zweimaligen Bürgermeister Hans Kesten gemunkelt und über Hans Reuland, der vor Jahren ebenfalls Bürgermeister gewesen war. Loos erfuhr, wenn auch erst nach einigem Fragen, dass die beiden bei der Unterwerfung der Stadt unter die kurtrierische Herrschaft maßgeblich ihre Finger mit im Spiel gehabt hatten und nun zu denen zählten, die von den horrenden Kornpreisen profitierten.

Von der Mosel herauf zog dichter Nebel durch die Straßen, dicker als manche Milchsuppe in den halbleeren Tellern. Cornelius Loos fröstelte und zog sich seinen Mantel fest um die Schultern. Er hatte an einem der Seitenaltäre des Domes eine heilige Messe gelesen und schritt nun über den Marktplatz hinunter zum Simeonsstift. In der Sakristei war ein Brief an ihn hinterlegt gewesen, in dem der Weihbischof bat, ihn nach Möglichkeit noch im Lauf des Tages aufzusuchen. Grund war keiner angegeben, das Schreiben in freundlichem Ton gehalten, was aber nicht unbedingt etwas zu bedeuten hatte. So gut kannte er Binsfeld mittlerweile und er überlegte, was wohl so dringend sein mochte.

Seine Exzellenz empfing ihn ungewöhnlich entgegenkommend und bot ihm unverzüglich einen Stuhl an, was er bisher noch nie getan hatte. »Mein lieber Mitbruder«, fing er ohne Umschweife an, »ich möchte Euch um einen Gefallen bitten!«

Aha!, dachte Loos. Gefallen heißt Befehl!

»Wie Ihr wisst, arbeite ich an einem Werk über die Bekenntnisse der Zauberer und Hexen. Was mir dabei zunehmend Kopfzerbrechen bereitet, sind die Schriften dieses Johannes Weyer. Ursprünglich wollte ich ihn einfach ignorieren und mit keinem Wort auf seine dümmlichen Argumente eingehen. Aber seine Anhängerschaft wird von Tag zu Tag größer, eine Nichtbeachtung würde sicher in bestimmten Kreisen als Bestätigung für die Richtigkeit seiner Ansichten oder als Feigheit meinerseits – je nachdem – ausgelegt werden. Ich komme also nicht umhin, mich mit seinen haarsträubenden Thesen über die schwermütigen Weiber auseinander zu setzen. Inzwischen soll er sich sogar an den Kaiser gewandt haben mit der Bitte, die Verbrennungen zu verbieten. Ihr, mein lieber Loos, habt selbst unter den Ketzern gelitten und Weyer versteckt sich bei ihnen, wenn er nicht gar selbst einer ist.« Binsfelds Oberkörper straffte sich und er sah Loos nun gerade in die Augen. »Dieser Weyer muss zum Schweigen gebracht werden! Ausgerechnet er als verkappter Lutheraner bezieht sich immer wieder auf den Canon episcopi, wo doch auch Luther und Calvin die gnadenlose Verfolgung der Hexen und Zauberer fordern. Die sächsischen Juristen nehmen ihn ebenfalls nicht ernst und spotten über diesen anmaßenden Medicus! Er sitzt praktisch zwischen allen Stühlen! Es wäre daher hilfreich, diesen Weyer in allen Punkten zu widerlegen, und wer könnte das besser als Ihr, der sich gründlich mit den Lehren Luthers und Calvins befasst?«

»Mit den Ketzerlehren – ja. Ich muss aber ehrlich gestehen, mit zauberischen Dingen habe ich mich nur am Rand beschäftigt, da gibt es sicher Leute, die ein tieferes Wissen haben!«

Binsfeld ließ dieses Argument nicht gelten. »Das mag sein. Aber Ihr als Kenner der lutherischen Ketzerei könnt fundierter an die Sache herangehen als jemand, der auf diesem Gebiet keine oder nur wenig Ahnung hat! Ihr könnt ihn mit seinen eigenen Waffen schlagen!«

Es wäre übertrieben zu behaupten, dass Loos mit Feuereifer an die Widerlegung der Weyer'schen Schriften ging, zumal er schon nach wenigen Tagen in Erfahrung brachte, dass der Verfasser vor kurzem gestorben war. Trotzdem beharrte Binsfeld auf seiner »Bitte«. Die einzige Genugtuung, die Loos aus seiner Arbeit nun noch zog, war die, den lutherischen Ketzern eins auswischen zu können.

In der Zwischenzeit war ein Knabe – der Jeckel aus Reinsfeld – den Jesuiten zur Fürsorge überstellt worden und belastete mit seiner Aussage Doktor Flade schwer. Ein weiterer Bub, ein Matthias aus Weiskirchen, der unter erzbischöflicher Obhut stand, behauptete geradeheraus, den Flade auf einem Hexensabbat erkannt zu haben. In der Bevölkerung wuchs der Unmut über die Untätigkeit des Magistrats und es gab nicht wenige, die dessen Absetzung und die sofortige Hinrichtung Flades – wenn es sein musste ohne Prozess – forderten. Seine Standesgenossen wollten mit ihm unter diesen Umständen nichts mehr zu schaffen haben. Zu Ratssitzungen wurde er erst gar nicht mehr geladen, sie fanden hinter seinem Rücken statt. Um die immer bedrohlicher werdenden Gerüchte über ihn zu zerstreuen, beantragte er die Ausstellung eines Leumundszeugnisses, doch dessen anberaumter Besiegelung blieben die meisten Ratsherren fern und man verschob sie auf unbestimmten Zeitpunkt. Der gesundheitlich schwer angeschlagene Kurfürst Johann von Schönenberg, dessen Hexenfurcht seit dem Bekanntwerden von Mordplänen gegen ihn ins Unermessliche gestiegen war, bestellte bei den jesuitischen Theologen an der Universität ein Gutachten, von dem er sich Rat wegen der Besagung Flades durch den Weiskirchener Hexenbuben erhoffte.

Als der Ordensgeneral Aquaviva davon erfuhr, befahl er dem Trierer Konvent unmissverständlich, sich aus den Hexereigeschichten und den Prozessen herauszuhalten und sich nicht als

Beichtväter dazu missbrauchen zu lassen, geständige Hexen in ihren Aussagen zu bestärken und damit von einem etwaigen Widerruf abzuhalten.

Die Schlinge um Flades Hals zog sich indessen immer enger. Er sei der Oberste auf dem Tanzplatz, der von einem goldenen Thron aus das Treiben dirigiere, die schwere Amtskette umgehängt und auf dem Kopf ein samtenes Barett. Aussagen bestätigten, er sei für das verheerende Unwetter verantwortlich, bei dem vierzig Kühe erschlagen wurden. Um die Ernte zu verhindern, habe er Schnecken auf die Felder gezaubert, und um weitere Hexenverbrennungen zu vereiteln, wollte er den Wald vernichten, damit es kein Holz mehr für die Scheiterhaufen gäbe. Um vor möglichen Besagungen sicher zu sein, habe er einen Schweigezauber verhängt, indem er mit anderen Pfannkuchen gegessen habe, für deren Zubereitung die Herzen ungetaufter Kinder mitverwendet worden wären. Hans Kesten, der über Jahre hinweg mit ihm gekungelt hatte, und Niclas Fiedler, über den ebenfalls Gerüchte im Umlauf waren, waren als Hochgerichtsschöffen mit Untersuchungen gegen ihn betraut. Dass sich Kesten als Bürgermeister in einer undurchsichtigen Sache mit einem halben Zentner Käse hatte bestechen lassen, das hatten die Leute noch nicht vergessen, daher war ihm nun daran gelegen zu zeigen, dass er unbeeinflussbar seines Amtes waltete, und zwar ohne Rücksicht auf Ansehen und Person. Unverzüglich hatte er deshalb zusammen mit Fiedler beim Statthalter Zandt von Merl Bericht erstattet, als er von einem Fluchtversuch Flades erfahren hatte. Flade war mit seiner gesamten Barschaft in Begleitung eines Neffen unter einem Vorwand in die Kutsche des Deutschordenskomturs eingestiegen, aber nur bis Beckingen gekommen, da es sich schon bis dorthin herumgesprochen hatte, dass der Zauberer auf der Flucht war. Der Komtur hatte daraufhin sofort kehrtgemacht und den Flüchtigen samt seinem großen Geldsack vor dem Stadttor Triers abgesetzt. Kurz darauf war Flades ständige Beobachtung angeordnet worden. Die Kosten für diesen Aufwand und für die anfallenden Untersuchungen wurden von der Pension abgezogen, die er sich für den 1581 der Stadt gewährten Kredit ausbedungen hatte.

Cornelius Loos war nach und nach zu der Einsicht gelangt, dass Binsfeld einerseits durchaus gelehrt, andererseits aber so leichtgläubig war, dass es schon ans Kindische grenzte. In seiner Hexenfurcht wurde er nur noch von Kurfürst und Erzbischof Johannes von Schönenberg übertroffen, und Loos beschlich das Gefühl, dass der Weihbischof die Angst des Fürsten weidlich ausnutzte, um diesen an sich sanften und bedächtigen Mann zu einem schärferen Vorgehen anzustacheln.

Binsfelds Anfragen wegen der Widerlegungsschrift wurden immer drängender, aber Loos vertröstete ihn damit, er wolle sich zuerst noch mit Weyers Umfeld befassen, besonders mit dessen Lehrer Agrippa, da er sich davon Aufschlüsse über seine Denkweise erhoffe.

Dieser Agrippa von Nettesheim schien ein bunter Vogel gewesen zu sein, dem Loos wegen seines Mutes, für seine Ansichten geradezustehen, seine Achtung nicht verwehren konnte. Agrippa hatte in Paris Rechtswissenschaften und Medizin studiert, er war Soldat, Leibarzt, Archivar und Historiograf gewesen, hatte sich mit Optik und Mechanik beschäftigt und mehrere Sprachen beherrscht, aber seine großen Leidenschaften waren Astrologie und Magie gewesen. Zudem hatte er sich mit Alchimie befasst und ein umfassendes Handbuch über okkulte Weisheiten geschrieben. Die Magie hatte er als wichtige Kraft zur Erlangung von Weisheit und Macht betrachtet, aber seine Ansichten und Lehren waren meilenweit entfernt von den dumpfen und einfältigen Vorstellungen, die landauf, landab gang und gäbe waren. Agrippa hatte in ihr eine Hilfe gesehen, die Brüche zwischen den Naturwissenschaften zu überwinden, und eine Befähigung des Menschen, die Geheimnisse der Natur und damit auch Gottes besser zu verstehen.

Bei Bodin hatte Loos gehässige Anwürfe gegen Agrippa wegen eines Mainzer Hexenprozesses gelesen. Aus seiner eigenen Zeit dort kannte er die Geschichte in verschiedenen Variationen, nun aber hatte er Agrippas Schilderung der Ereignisse vor sich liegen.

»*Als ich juristischer Berater in der Stadt Mainz war*«, stand da, »*hatte ich 1519 eine harte Auseinandersetzung mit einem Inquisitor, der ein ganz übler Geselle war und ein armes Bauernweib auf die Folterbank gezerrt hatte, weniger, um sie zu verhören, sondern vielmehr, um sie abzuschlachten. Als ich ihre Verteidigung übernommen und ihm bewiesen hatte, dass nicht die Spur eines Beweises vorlag, sagte er mir doch mitten ins Gesicht: Es ist doch völlig ausreichend, wenn schon ihre Mutter als Hexe verbrannt worden ist. Als ich das nicht zur Sache gehörig und als juristisch belanglos abwies, begann er einige Geheimnisse des ›Hexenhammers‹ zum Beweis seiner Behauptungen anzuführen, wonach die Hexen ihre Kinder sofort nach der Geburt dem Teufel weihen, wobei diese Kinder sowieso meist einer teufelsbuhlschaftnerischen Verbindung entstammen, wodurch das Böse bereits wie eine Erbkrankheit eingewurzelt sei. Da rief ich: Ist das deine Theologie, du schändlicher Mönch?! Zerrst du mit solchen Phantastereien unschuldige Frauen auf die Folterbank und erklärst mit solchen Winkelzügen Menschen zu Ketzern? So bist du selber ein schlimmerer Ketzer als Faustus und Donatus! Damit sprichst du ja direkt der Taufe ihre Gnadenwirkung ab! Da wurde der grausame Heuchler fuchsteufelswild und drohte, er werde mich als Förderer der Ketzerei vor Gericht bringen. Kurz und gut, ich entriss das arme Weiblein unversehrt dem Rachen des Löwen. Der blutgierige Mönch Nikolaus Savini war moralisch vernichtet und für immer bloßgestellt. Diejenigen aber, die das arme Weib verleumdet und vor Gericht gebracht hatten, wurden selbst empfindlich bestraft!«*

Diese Darstellung war in sich schlüssig und logisch, ganz anders als das wütende Gegeifere des Juristen Bodin. Zudem hatte es Agrippa klaren Auges auf sich genommen, aufgrund dieser mutigen Verteidigung seines wohldotierten Amtes als Rechtspfleger enthoben zu werden.

Was Loos ihm ankreidete, war seine gelegentliche Nähe zu lutherischem Gedankengut, von dem auch Agrippas Schüler Johannes Weyer nicht frei war, aber er bemühte sich, das eine vom anderen zu trennen. Hatte er Weyer anfangs noch für einen Spinner und Feigling gehalten – so wie er ihm von Binsfeld geschildert worden war –, der vom sicheren Burgturm eines Landesfürsten aus lauthals herablärmte, der die Richter als Tyrannen, Folterknechte, Schlächter und wilde Räuber bezeichnete, so war er nun nicht mehr abgeneigt, ihm in manchen seiner Ansichten zuzustimmen. Je tiefer sich Loos in Weyers Schriften einlas, desto mehr wuchs seine Sympathie und seine Bewunderung. Ein Feigling würde sich vorsichtiger ausdrücken und sich hüten, die Schuld am Tod vieler unschuldiger alter Weiber nicht nur den Juristen und Medizinern, sondern auch den Theologen zuzuweisen, die schweigend dem gottlosen Treiben zusehen würden, anstatt die Menschen in christlicher Nächstenliebe zu unterrichten und zu ermahnen. War es im Trierischen denn nicht genauso? Zog nicht auch hier ein aufgepeitschter Pöbel durch die Straßen, Dörfer und Weiler und forderte immer noch mehr Blut? Was war erst vor ein paar Tagen losgewesen? Hatten sie nicht den Doktor Flade wie einen tollen Hund durch die Stadt getrieben, als er einen weiteren verzweifelten Versuch unternommen hatte, durch das Stadttor zu entkommen? Sie hätten ihn auf offener Straße erschlagen, wäre es ihm nicht im allerletzten Moment gelungen, in die Sicherheit des Domes zu fliehen.

Als Cornelius Loos weiterlas, zog er die Luft scharf durch seine Zähne. »*… so frage ich den Zauberern, Teufelsbeschwörern, Wahrsagern, Hexen, Unholden, ja dem Teufel und allen Gespenstern und sonst dergleichen nicht einen Pfifferling nach, obwohl sie mir alle böse sind und sich an mir reiben werden.*«

Und der Schluss verschlug ihm beinahe den Atem: »*Alles, was des Teufels Heere macht / Komm her / Ich hätt' sein' schier gelacht!*«

Wer sich so wie Weyer gleich mit allen anlegte und sie offen verspottete, obwohl er eigentlich nur ihre Glaubenslosigkeit anprangerte, durfte sich nicht wundern, wenn ihm ein scharfer Wind entgegenblies und seinen Gegnern in ihrer Hilflosigkeit nichts anderes einfiel, als sein Ansehen zu beschädigen und ihm so jegliche Kompetenz abzusprechen. Die Juristen mokierten sich, er habe keine Rechtswissenschaften studiert, die Theologen protestierten, er sei keiner von ihnen, einige Mediziner gaben ihm Recht, andere versuchten ihm zu schaden, indem sie die Rechtmäßigkeit seines Doktortitels anzweifelten.

Loos hatte bei seiner Ankunft in Trier im Haus einer älteren Witwe Quartier bezogen, die sich geschmeichelt fühlte, einen Professor zu beherbergen, und ihn entsprechend umsorgte. Sie war die Zuvorkommenheit und Rücksichtnahme in Person, die seinen strengen Tagesablauf kannte und sich danach richtete. Wenn er morgens von der heiligen Messe kam, stand das nicht gerade üppige, aber seiner Bedürfnislosigkeit entsprechende Frühstück bereits auf dem großen, runden Tisch inmitten seiner Studier- und Wohnstube, an die sich eine kleine Schlafkammer anschloss. Meistens war es eine große Schale heißer Milch, in die er trockenes Brot einbrockte.

Doch heute war der Tisch leer – zum allerersten Mal. Er legte seinen Mantel ab und wollte gerade in der Küche nachsehen, als es zaghaft an seiner Tür klopfte. Vor ihm stand die Witwe mit verheulten Augen und nestelte nervös an ihrer Schürze.

»Entschuldigt … ich weiß nicht … aber … ich weiß nicht …«

»Ganz ruhig!«, sagte Loos. »Was ist passiert?«

»Entschuldigt bitte!«, fing sie nochmals an, fasste sich dann aber. »Ich weiß nicht, an wen ich mich wenden sollte, außer an Euch! Sie haben die Anna Meisenbein ins Gerede gebracht. Sie soll eine Hexe sein, das haben einige Männer und Frauen beim Amtmann bezeugt!«

»Wer ist Anna Meisenbein?«

»Sie ist eine Jugendfreundin von mir, wir sind miteinander in Ruwer aufgewachsen. Sie hat vier Kinder, zwei Söhne und zwei Töchter, ihr Mann ist vor kurzem verstorben. Ich brauche Euren Rat!«

»Nehmt Platz!«, forderte Loos sie auf und schob ihr einen Stuhl hin, während er ein paar Bücher auf dem Tisch zur Seite schob. »Nun der Reihe nach. Sie ist also beschuldigt worden. Von wem denn?«

»Das weiß ich nicht genau. Aber in Ruwer beschuldigt sich schon der halbe Ort gegenseitig!«

»Ich habe davon gehört. Wo ist sie jetzt?«

Er sah, wie die Frau zögerte. Offensichtlich hatte sie Angst, in die Sache hineingezogen zu werden.

»Fürchtet Ihr, ich könnte etwas verraten?«, fragte er in schrofferem Ton als beabsichtigt.

»Nein, nein«, wehrte sie ab, aber ihre Stimme klang unsicher.

»Es ist in diesen Zeiten nicht einfach, zu jemandem Vertrauen zu haben. Aber ich verspreche Euch, dass alles, was Ihr mir sagt, unter uns bleibt!«

»Sie ist daheim, aber sie weiß nicht, was sie machen soll!«

Loos überlegte eine Zeit lang schweigend, nur der Zeigefinger der rechten Hand trommelte auf die Tischplatte. »Hat sie Geld?«

»Ja, ihr Mann hat ihr ein nicht unbeträchtliches Vermögen hinterlassen!«

»Ruwer – das gehört zu Sankt Maximin. Der Amtmann Piesport ist nicht gerade zimperlich und die Hinrichtungen haben ein Ausmaß angenommen, dass sie inzwischen Claudius Musiel beauftragt haben, ein Register über die Besagungen und Urteile anzulegen, um nicht den Überblick zu verlieren«, sagte er mehr zu sich selbst.

»Am besten verschwindet sie von hier, solange sie noch kann«, sagte er nach einer Weile bestimmt. »Hat sie irgendwo Verwandtschaft? Ich meine, nicht gerade hier in der Nähe?«

Die Vermieterin dachte kurz nach. »In Köln, glaube ich.«

»Köln? Ja, Köln wäre gut!«

Die Frau schien mit der Antwort nicht zufrieden. Ihre Hände fuhren unruhig über die Schürze, ganz so, als ob sie ein paar störende Falten glätten wollte. »Ich meine ... also, es ist so ... Ihr seid ja hier Professor und habt bestimmt bessere Beziehungen als ich. Könnt Ihr nicht ...«

Loos schüttelte gequält den Kopf. »Ich bin Professor der Theologie und die Prozesse werden nicht von der Kirche, sondern von den weltlichen Gerichten angestrengt und geführt!«

»Aber Ihr geht doch beim Weihbischof ein und aus!«, ließ sie nicht locker. »Und der ist inzwischen der eigentliche Herrscher von Trier!« Der letzte Satz war ihr herausgerutscht und erschrocken hielt sie inne.

»Sagt das ja nicht laut. Solche Worte können gefährlich werden!«, wies er sie scharf zurecht.

Aber Loos wusste, dass sie Recht hatte. Schließlich wurde auch an der Universität mehr oder weniger offen darüber gesprochen, dass Binsfeld alles tat, um die schon krankhafte Hexenfurcht des Kurfürsten am Kochen zu halten, und ihn damit ziemlich fest in der Hand hatte. Allerdings – und das schien ihm etwas unverständlich, scheute sich der Fürst offensichtlich davor, die Verfolgung der Zauberer in Trier zu verstärken, obwohl Binsfeld zunehmend darauf drängte.

»Also gut!«, sagte Loos. »Ich muss heute noch zum Weihbischof, um für eine Druckerlaubnis für mein soeben fertig gestelltes Gebetbuch anzufragen. Ich werde bei dieser Gelegenheit versuchen herauszubekommen, wie schwer die Besagungen sind. Aber ich kann Euch versichern, der Versuch einer Einflussnahme meinerseits auf den Fortgang ist zwecklos!«

Das Verhältnis zwischen Loos und dem Weihbischof war in letzter Zeit immer angespannter geworden. Zwar begegneten sie sich mit höflichem Respekt, aber selbst Binsfeld, durch die fast schon domestikenhafte Unterwürfigkeit seiner Umgebung längst abgestumpft, spürte, dass er es hier mit einem Mann zu tun hatte, der sich nicht so einfach einschüchtern ließ, der ihm zwar nicht offen widersprach, aber seine Meinung in Haltung und Gestik auszudrücken verstand, während sein Gesicht sich zu keiner Regung verzog. Der Weihbischof hatte es inzwischen aufgegeben, die Widerlegung der Weyer'schen Thesen anzumahnen, da er immer nur wachsweiche Antworten bekommen hatte, denen er glaubte entnehmen zu können, dass Loos zu den Ansichten dieses brabantischen Doktors neigte, was Loos natürlich niemals offen zugeben würde. Als er ihm auf dessen Wunsch hin einen Teil seines eigenen halb fertigen Werkes zur Verfügung gestellt hatte, war es nach einiger Zeit kommentarlos an der Pforte abgegeben worden und Loos daraufhin für vier Wochen nach Mainz verschwunden. Auch nach seiner Rückkehr äußerte er sich mit keinem Wort und Binsfeld hätte sich eher die Zunge abgebissen, als diesen hochnäsigen niederländischen Professor nochmals um seine Meinung zu fragen oder um Hilfe zu bitten.

Nun standen sie sich wieder gegenüber, ihre Blicke kreuzten sich, gingen aber gleich darauf aneinander vorbei. Jeder schien dem anderen weit entfernt zu sein. Nur das Rascheln von Papier unterbrach die Stille.

»Das ist also das Manuskript zur Imprimatur?«, fragte der Weihbischof knapp, während er eine Seite umschlug.

»Ja!«, antwortete Loos einsilbig, indessen seine Augen verstohlen zum Tisch hinüberwanderten. Waren die Akten dort noch bei seinem letzten Besuch lediglich Stapel gewesen, so waren sie nun zu regelrechten Türmen angewachsen. Ebenso unauffällig musterte er den Bischof, der einen müden und abgeschlagenen Eindruck machte.

»Ich werde es überprüfen lassen. Ihr hört von mir!« Seine Stimme klang schleppend und flach.

Kein Wunder, dachte Loos, während sein Blick wieder zu den Aktenbergen ging, das muss ja aufs Gemüt schlagen!

Der Weihbischof räusperte sich leicht, als sein Besucher keine Anstalten machte, sich zu verabschieden.

»Ich hätte noch eine Frage beziehungsweise eine Bitte!«

»Ja, und? Worum geht es?«

Wieder begegneten sich ihre Blicke für die Länge eines Wimpernschlags.

»Sagt Euch der Name Anna Meisenbein etwas?«

»Meisenbein? Meisenbein – Anna Meisenbein ... nein, sagt mir nichts! Was ist mit ihr?«

»Ich habe gehört, sie steht im Gerücht!«

»Wo wohnt sie?«

»In Ruwer!«

»Ruwer – das ist Sankt Maximin. Das ist alles Maximin!«, deutete er auf den Aktenberg und begann Mappe für Mappe in dic Hand zu nehmen.

»Logen Margreth ... Rofer Peter, der Jüngere ... Nöfel Trein ... Mirten Eva ... Feilen Suin ... Steffans Suin ... Koch Hans ... Sontag Barbara ...«, murmelte er. »Rofer Peter, der Ältere, Kochs Greth und Rofer Anna – die wurden alle drei am gleichen Tag hingerichtet. Zeihen Peter ... da, Meisenbein Maria ...«

»Nein, nicht Maria! Anna!«

Der Stapel wuchs wieder zum Turm.

»Keine Anna!«, sagte Binsfeld, als er das letzte Bündel ablegte. »Vielleicht ist da etwas!«, meinte er dann und langte nach einer Mappe von einem gesonderten Stapel, unter der eine dicke Akte zum Vorschein kam.

»Doktor Dietrich Flade« konnte Loos selbst aus der Entfernung entziffern. Halb schräg darunter lugte der Name »Johannes Kyllburg« hervor.

Binsfelds Finger glitt inzwischen über eine Liste.

»Das Musiel-Register. Musiel führt genau Buch über die Vorgänge in Maximin! Gegen einen Hans Meisenbein scheint etwas vorzuliegen, aber was, geht hieraus nicht hervor. Aber eine Anna ist nicht vermerkt!«

Als Loos durch die Pforte des Simeonsstiftes wieder auf die Straße trat, schien die ganze Stadt in hellem Aufruhr zu sein. Kurz vor dem Kornmarkt war kaum mehr ein Durchkommen, in den Gesichtern der Menschen stand Neugier, aber auch Wut und nackter Hass. Es war ein einziges Geschiebe und Gedränge, dem Loos in die entgegengesetzte Richtung auszuweichen versuchte, aber von da strömten immer noch mehr Leute herbei. Als er sich nach einem anderen Ausweg umsah, entdeckte er ein Stück neben sich den Stiftsherrn Johann Linden, dessen Gestalt die Menge um Haupteslänge überragte.

»Was geht denn hier vor?«, wollte Loos, eingequetscht zwischen kreischenden Frauen, wutgeladenen Fuhrleuten, Handwerkern und Bauern, wissen.

»Anscheinend verhaften sie gerade den Flade!«, rief Linden durch den Tumult. »Kommt, schauen wir, dass wir hier wegkommen!«

»Das versuche ich schon die ganze Zeit!«, ächzte Loos.

Wie ein Schiff durch die Wellen, so pflügte Lindens massiger Körper nun mit seitlich vorgeschobener Schulter durch die johlende Menge und Loos achtete darauf, direkt hinter ihm zu bleiben. Sie retteten sich schwer atmend auf ein paar Stufen in einem Hauseingang. Mit einem Mal schwoll das Geschrei zu einem infernalischen Lärm an, Pfiffe gellten durch hassvoll ausgestoßene Verwünschungen, geballte Fäuste reckten sich in die Höhe, Pferdeäpfel flogen nach vorn und der aufgebrachte Pöbel begann zu skandieren: »Verbrennt den Flade! Verbrennt den Flade!«

»Schaut Euch das an!«, sagte Linden fassungslos.

Von ihrem erhöhten Platz aus hatten sie einen guten Überblick. Vier Büttel trugen den ehemaligen Schultheißen und reichsten Mann Triers in einem Sessel wie eine Trophäe durch die spottende und geifernde Menge, die nur mühsam durch knüppelnde Magistratsbedienstete zurückgehalten werden konnte.

»Er hat ein Bruchleiden und kann nicht gehen! Sie hätten ihn wenigstens nachts verhaften können, um ihm diese Schande zu ersparen!«

Loos schüttelte den Kopf und sah seinen Mitbruder an. Johannes Linden war einer der wenigen Menschen in der Stadt, mit dem ihn so etwas wie eine Seelenverwandtschaft verband. Auch Linden war eher ein Einzelgänger, der lieber mit sich, seinen Gedanken und der Stille allein war.

»Nein!«, sagte er dann entschieden. »Das gehört mit zum Schauspiel! Das Maximiner Gericht mit seinen Hexenausschüssen bringt jede Menge in die Verbrennungshütten, während Trier hinterherhinkt! Sie brauchen dieses widerwärtige Theater, um zu zeigen, dass auch hier hart durchgegriffen wird, und damit die Leute mit eigenen Augen sehen, dass sie selbst vor den Reichen und Vornehmen nicht zurückschrecken!«

»Sie machen nun nicht einmal mehr vor Priestern Halt! Pfarrer Lambrecht von Schillingen und der Kanoniker Johannes Kyllburg aus dem Simeonsstift haben bereits gestanden, Hexer zu sein, und beide haben den Flade beschuldigt, ihn auf einem Sabbat gesehen zu haben!«

»Kyllburgs Akte liegt bei Binsfeld. Ich komme gerade von ihm.«

Angewidert und dennoch gebannt sahen sie auf die rasenden Menschen.

»Binsfeld«, sagte Loos dann nach einiger Zeit, »was spielt er für eine Rolle? Ich meine nicht nur bei Flade, sondern auch bei Kyllburg. Schließlich ist er Probst des Simeonsstiftes!«

»Hm. Er scheint sich hier allgemein sehr zurückzuhalten. Der Flade hat sich trotz aller Anwürfe viel zu lange sicher gefühlt in der Meinung, der Fürst sei ihm zu Dank verpflichtet und würde seine schützende Hand über ihn halten. Vielleicht kommt Binsfeld die Verhaftung Flades nicht ungelegen, da Johannes von Schönenberg trotz seines Drängens immer noch eher zögerlich und abwartend ist. Ich denke, der Flade ist ein Bauernopfer. Seine Appelle und Unschuldsbeteuerungen haben nichts genutzt, so wenig wie sein Angebot, sich für den Rest des Lebens in ein Kloster zurückzuziehen und sein Vermögen dem Kurfürsten zu überschreiben.« Er deutete mit dem Kopf über den johlenden Pöbel hinweg. »Wenn Ihr mich fragt, ist sein Leben keinen Pfifferling mehr wert.« Linden schwieg einen Augenblick und fuhr dann fort: »Ähnlich dürfte es mit den beiden Priestern sein. Auch da scheint Binsfeld keinen Finger zu rühren, obwohl er als Probst Kyllburgs direkter Vorgesetzter ist und beinahe täglich mit ihm zu tun hatte. Ein Wort von ihm …« Linden ließ den Satz unvollendet in der Luft hängen.

Der Prozess gegen Dietrich Flade kam nur schleppend voran. Erst verzögerten ihn marodierende Soldaten, dann drängten zwei Prozesse gegen Frauen, die schon seit längerem im Kerker lagen und dem ohnehin leeren Stadtsäckel zur Last fielen, und zu alledem füllte eine Pestilenz wieder einmal die gekalkten Leichengruben. Hans Kesten, bis vor kurzem in Untersuchungen gegen Flade eingebunden und weitum als raffgieriger, beinharter Geizhals verrufen, entdeckte plötzlich die Mildtätigkeit: Nur wenige Tage nach der Verhaftung Flades spendete er der Stadt zweitausendfünfhundert Goldgulden für die Einrichtung einer Armenhausstiftung. Eine Woche später übergab Bürgermeister Willhelm Killburg Rektor John Gibbons und Pater Lukas Ellentz in Kestens Namen zweihundert Taler zusammen mit einer Urkunde, die dem Kloster eine jährliche Weinernte zusicherte. Die Schöffen des Hochgerichts erhielten Kreditbriefe in Höhe von einhundertfünfundsiebzig Gulden und das Jesuitenkolleg wurde in seinem Testament mit mehreren Legaten bedacht. Johannes von Schönenberg beglaubigte Kestens letzten Willen, als dessen Vollstrecker Kesten den Statthalter Zandt von Merl, Bürgermeister Killburg und den Hochgerichtsschöffen und Oberschultheiß von Sankt Maximin, Claudius Musiel, einsetzte, die er zugleich als Kuratoren für seinen noch minderjährigen Sohn bestimmte. Wenige Wochen nach der Abfassung seines Testaments wurde Kesten zwar von einem Schlaganfall ins Bett geworfen, war aber vorerst aus der Schusslinie seiner Verfolger. Denn dass er der Nächste gewesen wäre, darüber brauchte er keine endlosen Erwägungen anzustellen.

Cornelius Loos saß mit Johann Linden auf einer verwitterten Holzbank, deren verfaulte Lehne sich auf der einen Seite von den Nägeln gelöst hatte und beinahe bis zur Hälfte im halbhohen Gras verschwand. Zu ihren Füßen wand sich das glitzernde Band der Mosel, die Lastkähne sahen von hier oben aus wie Spielzeug. Ein lauer Wind strich sanft über die Hügel, über der Stadt lag leichter Dunst und am blauen Himmel trieben träge ein paar Haufenwolken. Es war einer der seltenen Tage dieses Sommers, die nicht vom Regen ersäuft wurden, und Loos hatte am frühen Nachmittag Linden aufgesucht, da er es zwischen den engen, trostlos grauen Mauern der verlotternden und verfallenden Häusern nicht mehr aushielt. Die Hände im Schoß gefaltet und mit vorgebeugtem Oberkörper hielten beide den Blick auf das jenseitige Ufer des Flusses gerichtet.

»Einer der Hexenbuben«, hob Linden mit schwerer Stimme an, »hat angeblich auf einem Hexensabbat das Hirn einer Katze verzehrt. Seitdem spüre er, sagt er, wie sein Verstand bei abnehmendem Mond schwächer werde. Selbst im Jesuitenkolleg finde er keinen Schlaf und während eines Exorzismus in der Kirche halte er seinen Blick immer ängstlich auf ein Seitenfenster gerichtet. Zuerst wollte er nicht mit der Sprache heraus, gestand dann aber, dort sehe er seinen Herrn und Dämonen, Sambucus mit Namen, der ihm drohe. In Binsfelds und des Kurfürsten Anwesenheit hat er erzählt, einer aus dem Hofstaat habe während der Orgie damit geprotzt, einen Mordanschlag auf den Fürsten verübt zu haben, aber es sei nicht genug Gift im Becher gewesen.«

»Flade?«

Der Stiftsherr nickte. »Ja. Flade hat daraufhin den Domdechanten Bartholomäus von der Leyen bezichtigt, die Ermordung vorgeschlagen zu haben, die Aussage aber später zurückgenommen. Dafür hat er die ehemaligen Bürgermeister Kesten, Niclas Fiedler, Peter Behr und dessen Frau beschuldigt. Die beiden geständigen Priester haben ihm mitten ins Gesicht gesagt, auch sie hätten ihn auf dem Sabbat erkannt, und genau beschrieben, wie er gekleidet war, und das, obwohl sie schon zum Tod verurteilt waren. Flade hatte darauf erklärt, er sei nicht bewusst und körperlich auf dem Sabbat gewesen, sondern der Teufel habe seine Gestalt angenommen!«

»Oh weh!«, sagte Loos. »Als Jurist hätte er es besser wissen müssen!«

»Ja, das war nicht sonderlich klug, denn zu so etwas braucht der Teufel seine Zustimmung!«

»Das ist Flade dann wohl auch eingefallen. Deshalb also hat er einen nicht unbeträchtlichen Teil seines Vermögens der Stadt und wohltätigen Einrichtungen gespendet. Sogar den Kurfürsten und die Prozessbeteiligten hat er bedacht, aber zu spät. Wahrscheinlich – nein, nicht nur wahrscheinlich, sondern ganz sicher – hätten sich die Leute das Maul zerrissen, wenn sich neben dem Kesten auch noch der Flade mehr oder weniger freigekauft hätte.«

Der Blick der beiden ging unwillkürlich wieder hinüber zur anderen Moselseite nach Euren, wo von herabgebrannten Feuern dünner, fädiger Rauch aufstieg. Gestern hatten sie den Doktor Flade dort in einer Strohhütte verbrannt. Das Gericht hatte sich gnädig gezeigt und seine vorherige Erdrosselung genehmigt.

»Es ist schon sonderbar«, brach Loos das Schweigen. »Vier Bürgermeister und ein Schultheiß ... Letzteren haben sie schon verbrannt und die vier anderen – Kesten, Fiedler, Reuland und Behr – sind stark im Gerücht. Und alle gehörten damals zur kurfürstlichen Partei, die für den Verlust der Freiheitsrechte verantwortlich war!«

»... und alle sind nicht unvermögend!«, ergänzte Linden. »Schaut Euch die Welt an, wie sie vor uns liegt. Ruhig, friedlich und im Willen des Schöpfers vollkommen.«

»Im Willen des Schöpfers – ja, aber nicht in den Köpfen und Herzen der Menschen!«, schränkte Loos ein. »Wie hat letzthin ein einfaches Bäuerlein zu mir gesagt? Gott ist tot und der Teufel regiert! Ist es nicht tatsächlich so, dass sie den Teufel mehr fürchten als Gott und ihm mehr Macht zutrauen? Ein gelehrtes Buch nach dem anderen schreiben sie über die Hexen und jeder versucht, den anderen mit noch wüsteren Gedankengängen und noch spitzfindigeren Theorien zu übertrumpfen. Nehmt nur Binsfeld, unsere hochlöbliche Exzellenz, diesen Wirrkopf! Wisst Ihr, wieso er mit seinem Buch noch nicht fertig ist? Nein? Ich sage es Euch: Weil er den Ausgang des Flade-Prozesses abwarten wollte! Wegen der Kinder!«

»Ich habe davon gehört!«, erwiderte Linden leise.

»Er ist der Auffassung, der ›Hexenhammer‹ ginge nicht weit genug, besonders was die Aussagen von Kindern anbelangt, und er ist regelrecht besessen davon. Ihr könnt abwarten, bis Kinder anfangen sich gegenseitig zu bezichtigen! Das gibt noch was ...«

»Die Jesuiten sind daran auch nicht ganz unschuldig«, unterbrach ihn der Stiftsherr, »und Binsfeld geht ja bei ihnen ein und aus. Immer neue Geschichten kommen in Umlauf, besonders Macherentius und Ellentz fordern ein schärferes Vorgehen, obwohl sie deswegen schon wiederholt von der Ordensleitung gerügt und aufgefordert wurden, sich aus den Hexengeschichten herauszuhalten. Der Ellentz ist mir heute früh über den Weg gelaufen und der Stolz, mit dem er von der Begleitung seines Beichtkindes Flade zu dessen Hinrichtung berichtet hat, lässt sicher nicht auf künftige Mäßigung hoffen. Überhaupt – für ihn scheint der letzte Gang mit den Verurteilten geradezu ein Steckenpferd zu sein!«

»Auf Binsfelds Buch bin ich gespannt!«, setzte er nach einer Weile hinzu.

»Ich habe schon einen Teil gelesen.«

»Und?«

»Akademischer Schwachsinn! Das aber auf hohem Niveau!«, entgegnete Loos spöttisch. »Er wollte von mir eine Widerlegung von Weyers Schriften, doch da kann er lange warten. Der Weyer hat mir die Augen geöffnet, aber wenn ich dem Binsfeld das sage, habe ich ein Problem, und zwar kein kleines!« Loos seufzte und seine Augen wanderten über das stille Land. »Welch Aufwand wird betrieben, welch geistige Kraft wird verschleudert, welch kühne Gedankengebäude werden errichtet, wie viele Seelen verdunkelt und Leben ausgelöscht, nur um einen Irrtum zu beweisen, wo doch die Wahrheit so einfach und nahe liegend ist!«

»Die Wahrheit! Was ist hier die Wahrheit?«

»Nichts anderes als gottlose Leichtgläubigkeit bringt diesen Wahnsinn hervor. Es ist eine scheußliche, schauerliche, ungeheuere Maschinerie von Zauberern und Hexen, die durch Denunziation und Folter in Gang gehalten und mit unsinnigem Geschwätz geölt wird. Schriftsteller und Juristen tun alles, um diese Maschine zu verteidigen, zu verstärken und noch größer zu machen! Die einen beschreiben bücherweise inhaltsleere Geständnisse und die anderen die vielfältigen Strafen und Folterungen! Lasst die unter Folter abgepressten Geständnisse weg, und Ihr seid der Wahrheit ganz nahe! Auch ein Binsfeld muss allerhand Verrenkungen machen und beweist seine gnadenlose Dummheit damit, indem er Gott vorschiebt und behauptet, der Herr würde es nicht zulassen, dass Unschuldige verurteilt und hingerichtet werden. Fordert von ihm den Beweis, dass selbst Christus nicht unschuldig am Kreuz gestorben sei – und er wird ihn Euch mit seiner Argumentation erbringen!«, schnaubte Loos verächtlich, erhob sich und nestelte in seiner Tasche. Mit einem Taschenmesser trat er an den hinter der Bank stehenden jungen Baum, schabte die grobe schuppige Rinde vom Stamm und fing an, etwas einzuritzen.

Linden war neugierig dazugetreten.

»18.9.1589« stand da, dahinter ein Kreuz und »D. F.«.

»Dietrich Flades Hinrichtungstag. So wie der Baum wachsen wird, so wächst die Schrift. So wie aber die Schrift wächst, wachsen die Hinrichtungen. Verlasst Euch darauf! Mit Flades Verbrennung haben sie den Rubikon überschritten, es gibt kein Zurück mehr und sie werden nicht eher Ruhe geben, bis sich auch die anderen in Asche und Rauch aufgelöst haben!«, prophezeite Loos. »Und diesen werden noch viele folgen. Was wir bis jetzt erlebt haben, war nur der Anfang!«, setzte er düster nach.

Linden schauderte und sein Blick wanderte erneut zur anderen Flussseite, wo der Wind den Rauch der Richtstätten spielerisch zu Fetzen verwirbelte und sie vor sich hertrieb, bis sie sich in luftiges Nichts auflösten.

»Es ist ein gutes Geschäft und leicht verdientes Geld«, hörte er Loos wie von weitem, »sie sind jetzt schon wie hungrige Wölfe dabei, an Kestens Vermögen zu kommen. Killburg, Zandt von Merl und Musiel, die als Kuratoren für seinen Sohn eingesetzt sind, haben den Buben kurzerhand weit weg in eine Schule in Pont-à-Mousson gesteckt, weil er ihren Machenschaften im Weg steht. Aber der Junge scheint nicht auf den Kopf gefallen zu sein und Schneid zu haben!« Loos konnte ein schadenfrohes Lachen nicht unterdrücken. »Jedenfalls hält er sie ziemlich auf Trab. Seine Erzieher werden mit ihm nicht fertig, fast jede Woche kommt ein Beschwerdebrief aus Lothringen!«

3

Ende 1589 war Binsfelds Traktat »Bekenntnisse der Zauberer und Hexen« in lateinischer Sprache erschienen und in Loos war kalte Wut aufgestiegen, als er es das erste Mal in Händen hielt.

Der Denunziation und der Folter wurde darin das Wort geredet, der Besagung durch Kinder hatte der Weihbischof einen breiten Raum gewidmet, und den schwülstigen, salbungsvollen Ton empfand nicht nur Loos als abstoßend. Trotzdem fand das Werk reißenden Absatz.

»Kein Buchladen ohne Binsfeldius«, bemerkte Linden sarkastisch, der soeben von einer Reise aus Münster über Köln und Aachen zurückgekehrt war.

»Um die Ohren hauen sollte man ihm diesen Unsinn, und zwar so lange, bis das ganze Buch in Fetzen fliegt«, knurrte Loos. »Wisst Ihr, was er schreibt? Es wäre zum Lachen, wenn er es nicht ernst meinen würde. Er behauptet doch tatsächlich, Dämonen würden sich beim Beischlaf deswegen so eisig anfühlen, weil ihr Körper aus verdichteter Luft bestehe – ähnlich wie die Wolken. Wolken können sich aber in Flüssigkeit auflösen, sonst gäbe es ja keinen Regen. Das heißt, die Dämonen müssen sich vor wechselnden Temperaturen höllisch in Acht nehmen!« Loos lachte laut auf. »Besonders gefährlich wird es für sie demnach im Sommer bei schönem Wetter!«

»Wie steht es schon bei Erasmus von Rotterdam?«, entgegnete Linden. »Unverstand ist so beliebt, dass die Menschen lieber alles verwünschen als die Torheit! Sie sind unersättlich, wenn es um Schauergeschichten geht, und je unwahrscheinlicher diese sind, desto bereitwilliger werden sie geglaubt und umso angenehmer juckt und kitzelt es in den Ohren! Das hat er schon vor achtzig Jahren geschrieben, aber geändert hat es nichts – im Gegenteil!«

»Man müsste Binsfeld widerlegen. Punkt für Punkt! Sozusagen wie in einem Spiegel ... genau so, wie er es macht, als Buch!«, murmelte Loos.

Linden fuhr leicht zusammen. »Und wer soll das machen? Wer das tut, spielt mit seinem Leben. Die Leute wollen diesen Wahn, er ist so etwas wie Farbe in ihrem grauen Dasein, er beflügelt ihre Phantasie – das Hexenbrennen erregt sie, wie schon die Gladiatorenspiele im alten Rom die Menschen erregt haben! Wie rasende Wölfe werden sie über denjenigen herfallen, der es wagt, ihren Irrwitz als solchen zu bezeichnen und dagegen aufzustehen!«

»Ich weiß!« Um Loos' Lippen spielte ein spöttisches Lächeln. »Wir beide sind nicht die Einzigen, die das etwas klarer sehen, aber es ist wie in der Geschichte von der Katze und den Mäusen. Kennt Ihr sie?«

Linden verneinte.

»Die Mäuse leben in ständiger Angst vor dem großen Kater und beschließen einstimmig, dieser andauernden Bedrohung ein Ende zu machen. Eine der Mäuse hat den Einfall, der Katze eine Glocke umzubinden, und der Vorschlag wird von allen stürmisch begrüßt. Nur, als es darum geht, wer der Katze die Schelle umhängt, werden alle plötzlich sehr schweigsam. Und daher läuft die Katze bis heute ohne Glocke herum und die Mäuse leben weiter in beständiger Furcht!« Er hielt inne und sah dem Domherrn gerade in die Augen. »Ich werde ihr die Glocke umbinden!«, sagte er dann bestimmt.

Loos wollte gerade über die knarzende Holztreppe in den ersten Stock hochsteigen, als sich hinter ihm die Tür zum Wohnzimmer der Witwe öffnete. Er blieb überrascht stehen, da dies so gar nicht der Gewohnheit seiner Vermieterin entsprach – schließlich hätte sie ja den Herrn Professor in einem wichtigen Gedankengang stören können.

»Kann ich Euch bitte kurz sprechen? Nur einen Augenblick!«, bat sie fast unterwürfig mit zitternder Stimme.

Als Loos näher trat, sah er, dass sie geweint hatte, und ahnte, was geschehen war.

»Die Anna ... die Anna Meisenbein ...«, kam es stockend.

»Haben sie sie verhaftet?«

»Nein, noch nicht. Sie hat sich zuerst hier in der Gegend versteckt, ist aber, nachdem sie vom Amtmann Piesport aufgefordert wurde, vor Gericht zu erscheinen, nach Köln zu ihren Verwandten geflohen. Aber stellt Euch vor, einer ihrer Söhne hat angegeben, sie habe auf dem Tanzplatz damit geprahlt, ihren Mann vergiftet zu haben! Nun ist der Hexenausschuss dabei, weitere Beweise gegen sie zu sammeln!«

»Ich habe es geahnt! Sie hätte sofort verschwinden sollen! Nun werden sie ihr die Flucht als Schuldeingeständnis auslegen!«, rief Loos ungehalten.

»Es ist furchtbar! Ihr eigener Sohn …«

Ein krampfartiges Weinen schüttelte ihren dünnen Körper.

In den schrecklichen Tragödien, die sich um ihn herum abspielten, war es Loos inzwischen kaum mehr möglich, einen Überblick über einzelne Schicksale zu behalten. Die Meisenbeins gehörten zur Oberschicht in ihrem Dorf. Anna hatte eine nicht gerade unbedeutende Mitgift in die Ehe eingebracht und ihr Mann Hans war der Pächter der Ruwer-Maximiner Zollstation gewesen. Die Zöllner standen nicht im allerbesten Ruf und auch Hans Meisenbein hatte seinen Reichtum mit nicht immer ganz legalen Mitteln gemehrt, was zu einigen gerichtlichen Auseinandersetzungen geführt hatte. Im Zuge der Nachforschungen im Fall Flade war Annas damals achtjähriger Sohn Hans Jakob verhört worden und hatte ohne Umschweife eingestanden, von Satan zur Hexerei verführt worden zu sein, worauf er unverzüglich in einem der Maximiner Gefängnistürme in Gewahrsam genommen wurde. Immer wieder stellte man ihm Verdächtige gegenüber, die er meist als Teilnehmer an Sabbaten erkannte. Nur gelegentlich bedurfte es einer Androhung der Rute oder vereinzelter Schläge mit einem Lederriemen, um ihm die Wahrheit zu entlocken. Als er seinen älteren Bruder Hans Cuno als Mitverschworenen entlarvte, war das nicht nur für den Amtmann Piesport und die Schöffen, sondern auch für Binsfeld wie eine Offenbarung. Hans Cuno wiederum belastete in seinem ebenfalls freiwillig abgelegten Geständnis seinen Bruder und ging noch viel weiter. Seine Schwestern Maria und Margreth seien ebenfalls Hexen, die Mutter sei jedoch die allerschlimmste von allen. Bis hierher war Loos mit den Umständen vertraut, was aber nun kam, verschlug selbst ihm, der zu Spott und Hohn neigte, die Sprache.

»Er hat behauptet, seine eigene Mutter habe ihn bereits als Neunjährigen zum Beischlaf verführt!«

Die Stimme der kleinen Frau war zu einem Wispern abgesunken und Loos musste sich vorbeugen, um sie verstehen zu können. »Geht … das … überhaupt? In dem Alter?«

Loos schüttelte in wütender Betroffenheit den Kopf.

»Aber das ist noch nicht alles!«, fuhr die Witwe mit geweiteten Augen und bebenden Lippen fort. »Er gibt an, sie habe ihm die Hexerei beigebracht, ihn auf einen Tanzplatz mitgenommen und dort an eine Teufelin verheiratet! Könnt Ihr Euch vorstellen, was das für eine Mutter bedeutet … vom eigenen Kind …«

Cornelius Loos spürte eine unbändige, eisig kalte Wut in sich hochsteigen. Wortlos stürmte er auf die Haustür zu, riss sie so heftig auf, dass sie krachend an die Wand schlug, und rannte mit geballten Fäusten hinaus auf die Gasse. Trotz des kühlen Abends lief ihm der Schweiß über die Stirn, wort- und grußlos hastete er an den Menschen vorbei. Waren denn jetzt alle verrückt geworden, die Piesports, von Merls, Biewers, Ellentzens, Binsfelds und wie sie alle hießen? Außer Atem blieb er vor der Pforte des Simeonsstiftes stehen, wischte sich mit dem Ärmel über das Gesicht, zögerte einen Augenblick – und machte dann kehrt.

Nein, das würde Binsfeld so passen. Loos war beinahe auf sich selbst wütend, da er kurz davor gewesen war, diesem Wirrkopf eine Blöße zu bieten. Was wusste er denn? Gar nichts. Außer dass ein Neunjähriger kaum in der Lage sein dürfte, einer Frau beizuschlafen! Linden, Macherentius oder Ellentz? Nein, nicht zu den beiden Jesuiten, er würde Mühe haben, sich zu beherrschen. Er brauchte jemanden, mit dem er offen reden konnte. Wenige Augenblicke später stand er in der Studierstube des Stiftsherrn.

»… fünfundsechzig Komplizen hat er benannt, sein Geständnis eigenhändig niedergeschrieben. Am heftigsten hat er seine Mutter besagt. Inzest mit einem neunjährigen Kind? Ich weiß, das ist lächerlich. Aber er hat es so glaubwürdig vorgetragen, dass Piesport und alle Schöffen ohne Ausnahme davon überzeugt sind.« Linden hielt inne. Über seine Wangen lief ein Zucken, seine Finger verkrampften sich ineinander, bis die Knöchel weiß hervortraten, und er musste mehrmals ansetzen, ehe er weitersprechen konnte. »Händeringend hat er das Gericht gebeten, nein, nicht gebeten, regelrecht angefleht – sagt jedenfalls Piesport –, seiner Mutter habhaft zu werden und sie einem Verfahren zuzuführen!«

Irgendwo knackte ein Balken in die mit Entsetzen erfüllte Stille.

»Wie alt ist denn dieser Hans Cuno?«, fragte Loos nach einer Weile heiser.

»Jetzt dürfte er so um die achtzehn sein!«

»Um Gottes willen – dann kann er ja schon zum Tod verurteilt werden. Er redet sich um Kopf und Kragen!«

»Und er ist sich darüber im Klaren!«, antwortete Linden.

»Wie bringt man Kinder und junge Menschen zu so ungeheuerlichen Aussagen?«, flüsterte Loos leise.

»Angst – und indem man sie immer und immer wieder mit den gleichen Fragen traktiert, diese aber jedes Mal ein wenig umformuliert und das so lange, bis sie verwirrt genug sind, um felsenfest davon überzeugt zu sein, alles, was sie aussagen, sei wirklich geschehen.« Linden begann vor Loos auf und ab zu laufen. »Versetzt Euch zurück in Eure Kindheit: Da habt Ihr fast alles für bare Münze genommen, was Euch ein Erwachsener erzählt hat. Hier aber ist es nicht nur einer, sondern sind es viele, die unentwegt auf Euch einreden, Euch das Gefühl von Wichtigkeit geben, Euch freundlich zur Wahrheit ermahnen, aber sofort böse mit dem Finger oder der Rute drohen, wenn das, was Ihr sagt, nicht ihren Vorstellungen entspricht. Dann liegt Ihr tagelang eingesperrt im Turmverlies, verlassen von Gott und den Menschen, herausgerissen aus Eurer Kindheit, allein mit Euren verzweifelten Tränen. Das Einzige, was Euch bleibt, sind Eure Gedanken und die Phantasic. Und die Phantasie wird von Tag zu Tag mächtiger, sie quillt und wächst von Stunde zu Stunde, sie füllt Euch aus und sie ist alles, was Ihr Eurer Verzweiflung entgegensetzen könnt. In Euren Kopf lasst Ihr nur noch die Bilder, die Ihr auch sehen wollt. Plötzlich könnt Ihr durch Mauern gehen, Ihr bekommt Flügel, fliegt hinaus zu Euren Spielkameraden am Bach daheim in Eurem Dorf, Ihr seid federleicht, schwebt in der sonnenwarmen Luft über lichtüberflutete Hügel und Täler, obwohl Ihr in einem dunklen Loch in feuchtem Stroh auf kaltem Steinboden liegt. Vielleicht landet Ihr sogar unten an der Mosel, badet in dem herrlich klaren Wasser und schwimmt auf die andere Seite des Flusses, obwohl Ihr gar nicht schwimmen könnt? Hast du beim Hexensabbat eine Kutsche gesehen?, fragt Euch Piesport. Nein, sagt Ihr zuerst, aber sie reden auf Euch ein, und je länger sie reden, desto unfreundlicher werden sie. Ja, sagt Ihr dann irgendwann und in Eurem Kopf fängt die Kutsche an zu fliegen. Waren Leute darin? Ja sicher, eine Kutsche ohne Menschen wäre doch unsinnig! Hast du jemanden erkannt? Nein, sagt Ihr. Sie nennen Euch ein paar

Namen, mit denen Ihr aber nichts anfangen könnt. Geduldig beschreiben sie Euch die Personen. Die Soundso, die ist immer vornehm gekleidet, meistens in Schwarz. Und der Soundso, so ein kleiner Dicker mit einer festen Nase? Er trägt meistens einen samtenen Hut!, hilft Euch – sagen wir Musiel – weiter. Sie bringen Euch wieder zurück in Euer Loch, aus dem es nur diese eine und einzige Möglichkeit des Entkommens gibt. Die Kutsche wird golden, sie funkelt und glänzt, gezogen wird sie von kohlenfarbenen Rappen – hat das nicht auch einer der Schöffen gesagt? Die schwarze Kleidung der Frau ist mit goldenen Fäden vernäht, und ist nicht das Wams, das sich über dem Bauch des Mannes spannt, wie seine Mütze aus Samt? Zum Hexensabbat sind sie gefahren, wo du sie getroffen hast? Ja, sicher! Davon habt Ihr schon genug schauerliche Geschichten gehört, aber keine war schauerlich genug, als dass Ihr sie nicht überbieten könntet. Ihr habt ja Zeit und außer der Zeit habt Ihr nichts als Eure Phantasie. Den alten, hässlichen Hexen haben die Unterteufel Kerzen in den Hintern gesteckt – das habt Ihr schon einmal irgendwo aufgeschnappt. Ja, das ist lustig, da müsst Ihr selbst in Eurem Verlies lachen, wie sie gebückt dastehen und ihre Ärsche in die Luft strecken. Wollte sich da nicht eine aufrichten? Nichts da! Sofort ist ein Dämon zur Stelle – seine Hörner sind gebogen wie Dolche, blinkt da nicht ein Edelstein auf seiner Stirn? – und wusch, wusch, streicht seine Rute über das nackte Hinterteil. Hei, ist das ein Spaß! Mit Eurer eigenen Mutter wollt Ihr geschlafen haben, und das bereits im Alter von neun Jahren? Wieso nicht? Schließlich seid Ihr ein Hexer, ja sogar schon mit einer Teufelin verheiratet, die Euch in der Fleischeslust eingehend unterwiesen hat, darüber seid Ihr inzwischen achtzehn, habt da und dort schon einiges mitbekommen. Und haben nicht ein paar der Gerichtsherren gerade hier außergewöhnliche Geduld bewiesen und Euch weitergeholfen, wenn sie glaubten, Ihr würdet Euch schämen, weiterzusprechen? Hat es Euch nicht beschäftigt, wie sie alles ausgemalt haben? Ihr habt geträumt, bis Ihr nicht mehr wusstet, ob es dabei Tag oder Nacht, wirklich oder eingebildet war? Haben Sie nicht einen Beichtvater geschickt, der Euch immer wieder zur Wahrheit ermahnt, der aber wie die Richter böse wird, wenn Ihr mit dem matten Aufflackern eines klaren Gedankens etwas aus Eurem

Geständnis zurücknehmen wollt? Alle um Euch herum wollen es glauben, sie hängen an Euren Lippen wie die Wespen am Honigtopf, begierig drängen sie Euch zur Preisgabe weiterer Einzelheiten, je schauriger und wüster, desto glaubwürdiger. Eure Phantasie arbeitet unablässig, immer verrückter und wahnsinniger werden die Ausschmückungen, von denen Ihr inzwischen schon längst selbst überzeugt seid und die Ihr genauso glaubt wie die Richter, die nicht müde werden, Euch darin zu bestärken. Eure Wirklichkeit ist nur noch Eure Phantasie. Ihr seid schon längst wahnsinnig geworden, aber Ihr merkt es nicht. Gerade das verleiht Euren Aussagen Glaubwürdigkeit, da Ihr ob Eurer Schlechtigkeit selbst entsetzt seid!« Linden hielt einen Augenblick inne und blieb vor Loos stehen. »Er hat mit seiner Mutter geschlafen! Nicht wirklich, aber er wird es bei allen Heiligen beschwören, weil es in seinem Kopf wirklich geschehen ist! Sie haben ihn dazu gebracht!«

»Was ist mit der Anna Meisenbein?«

Linden zuckte mit den Schultern. »Auf Giftmord gibt es nichts anderes als die Todesstrafe! Gnade ihr Gott, wenn sie ihrer habhaft werden sollten!«

»Ich denke, Köln ist weit genug weg!«

»Übrigens, seine Exzellenz, der Wirrkopf – wie Ihr zu sagen pflegt –, war beim letzten Verhör persönlich anwesend. Er soll von der Ernsthaftigkeit des Buben sehr angetan gewesen sein. Ich war am Nachmittag in Sankt Paulin, der dortige Schultheiß, Doktor Botzemer, der auch Schöffe in Maximin ist, war ebenfalls von seiner reuigen Aufrichtigkeit sichtlich berührt!«

Am 15. Mai 1590 wurde die von ihren beiden Brüdern ebenfalls der Hexerei bezichtigte Schwester und zweifache Mutter Maria hingerichtet. Hans Cuno wurde am 3. Juli 1590 auf eigenen Wunsch hin verbrannt. Richter Piesport hatte ihm unter dem Eindruck seiner offen gezeigten Reue und seiner Geständigkeit den vorherigen Gnadentod durch das Schwert angeboten, aber der Junge hatte dies ob der Schwere seiner Schuld strikt abgelehnt und auf der Einäscherung bei lebendigem Leib bestanden. Wie man hörte, war Binsfeld tief beeindruckt. Gegen Anna Meisenbein wurde in Köln ein Antrag auf Auslieferung wegen Giftmischerei gestellt, dem stattgegeben wurde. Am 5. Oktober wurde sie unter schwerer Bewachung ins Gefängnis von Sankt Maximin eingeliefert. Unter der Folter gab sie zu, mithilfe des Dämonen Federhanß ihren Ehemann durch Zauberei vergiftet zu haben, da sie durch seine Misshandlungen eine Fehlgeburt erlitten habe und seiner Gewalttätigkeit überdrüssig gewesen sei. Auch gestand sie, ihre vier Kinder zu den Sabbaten mitgenommen und in die Zauberei eingeführt zu haben, ebenso die Unzucht mit ihrem Ältesten. Außerdem benannte sie dreiundneunzig Kumpane und Gesellinnen auf den Hexentänzen. Nur zwei Wochen nach ihrer Überstellung aus Köln wurde sie am 20. Oktober lebendig den Flammen übergeben. Der noch immer in Gewahrsam gehaltene Sohn Hans Jakob besagte indessen auch Annas Bruder, seinen Onkel Theis, der kurz darauf auf den Richtplatz geführt wurde. Selbst der schon verstorbene Hans Meisenbein kam ins Gerede. Als Wiedergänger und ruhelose Seele soll er in Feuer gehüllt auf den Hexenplätzen erschienen sein. Allein aus Ruwer, der Heimatgemeinde der Meisenbeins, wurden von den ungefähr hundertsechzig Einwohnern in nicht einmal fünf Jahren über vierzig hingerichtet. Kaum eine Familie blieb verschont, manche wurde vollständig ausgelöscht. Die horrenden Prozesskosten, die von den ohnehin meist schon verarmten Angehörigen eingefordert wurden, trieben diese unentrinnbar in den sicheren Ruin.

Es war schon spät in der Nacht. Durch das halb geöffnete Fenster in der Schlafkammer wehte ein Lufthauch. Auf dem großen runden Tisch blakte eine Öllampe und verstreute trübes Licht. Cornelius Loos, den Kopf in beide Hände gestützt, konnte keinen klaren Gedanken fassen. Genau unterhalb des Fensters bedrängte ein rolliger Kater eine Katze, was sich wie das Weinen eines verlassenen kleinen Kindes anhörte. Zweimal hatte Loos schon versucht, ihn zu verscheuchen, aber kaum hatte er wieder Platz genommen, fing das Vieh wieder an. Unwillig erhob er sich, ging in seine Schlafkammer, öffnete leise das Fenster ganz und leerte den Inhalt seines Nachttopfes nach unten. Mit einem lauten, erschrockenen Fauchen schoss der Kater in die Dunkelheit. Zufrieden setzte Loos sich wieder und griff nach seinem Gänsekiel.

Er war sich der Gefährlichkeit seines Tuns durchaus bewusst. Schon des Öfteren hatte er sich an der Universität dazu hinreißen lassen, über Binsfelds Buch spöttische Bemerkungen abzulassen, die diesem durch seine Nähe zu den Jesuiten, insbesondere zu John Gibbons, bestimmt schon zu Ohren gekommen waren. Ihr Verhältnis war nun nicht mehr nur gespannt – es war regelrecht feindselig und ihr Umgang beschränkte sich auf das Allernotwendigste. Das Fass zum Überlaufen hatte der Nachweis von Loos gebracht, dass Binsfeld in seinem Buch den heiligen Cyprian mit Cyprian von Antiochien verwechselt hatte. Es ging um einen Teufelspakt, mit dessen Hilfe der Zweitere ein Mädchen gewinnen wollte und der mit Blut unterschrieben worden sein soll. Loos meinte, das würden vielleicht zwei Liebende machen, aber bestimmt nicht ein Verliebter und ein Dämon. Das sei dummes Geschwätz. In der Tat lag in keiner Lebensbeschreibung des Ersteren auch nur die Spur eines Hinweises auf Magie vor, wie es Binsfeld ausgeführt hatte, und Loos hatte dafür gesorgt, dass sich dieser offensichtliche Irrtum in Windeseile herumsprach.

Nun hatte Binsfeld sein Traktat überarbeitet und auf den neuesten Stand gebracht. Tatsächlich hatte er dabei die gesamte Stelle über Cyprian neu geschrieben, wobei er sich eines Kommentars über seinen Kritiker – dessen Namen er allerdings nicht nannte – nicht enthalten hatte können. Loos meinte Binsfelds gekränktes Zähneknirschen zu hören und konnte ein leichtes Schmunzeln nicht unterdrücken, als er las: »Als mein Kritiker dies gemerkt hatte, hat er es tadelnd herausgestellt und auch anderen, einfältigeren Leuten mitgeteilt, als ob es sich um eine ungeheuerliche Ignoranz meinerseits handle, und das alles, um meine Autorität zu untergraben!«

Besonders breiten Raum hatte der Weihbischof, wie nicht anders erwartet, dem Fall der Familie Meisenbein gewidmet und der Ton, in dem er davon berichtete, troff geradezu vor eitler, geschwätziger Selbstgefälligkeit.

»*Aber, Gott hat es so eingerichtet*«, stand da, »*Verbrechen kommen immer ans Tageslicht! Sie hatte nämlich ihre zwei Söhne und zwei Töchter verführt! Der eine Sohn und die eine Tochter hatten vor der Verhaftung ihrer Mutter unter der trauernden Anteilnahme von vielen ihr Leben ...*«

In Loos stieg wieder dieses Gemisch aus spöttischem Zorn und höhnischer Verachtung hoch. Von wegen Anteilnahme! Unter Strafandrohung wurden sie zu den Hinrichtungen befohlen: Angehörige, Nachbarn, Männer, Frauen und selbst Kinder – eine Maßnahme zur Abschreckung! Es wurden nochmals ausführlich die zur Last gelegten Untaten und die Urteile verlesen, sogar neue Besagungen wurden vorgetragen. Misstrauisch beäugten sich die Menschen unter gesenkten Lidern und versuchten möglichst Abstand zu halten von denen, die auch nur ansatzweise im Gerücht standen. Gelegentlich kam es zwar vor, dass eine Bezichtigung zurückgenommen wurde, aber das war die Ausnahme. Nein, insgeheim atmeten viele erleichtert auf, wenn die Flammen die Delinquenten mit lautem Prasseln verschlangen.

»*... der andere Sohn und die andere Tochter, die noch Kinder waren, sind noch in Gewahrsam und werden unterrichtet. Möge Gott ihnen eine gute Gesinnung und eine dauernde Bekehrung schenken!*«

Loos griff zum Lineal, unterstrich ein paar Stellen und machte sich auf einem gesonderten Blatt Notizen.

Die kleine Margreth war zwar vom Gericht als Hexenkind befunden worden, aber da sie für einen Prozess noch zu jung war, hatte man sie in geistliche Obhut gegeben. Nicht einmal als Zeugin taugte sie, da aus ihr nichts Vernünftiges herauszubekommen war. Darüber hinaus waren die Gefängnisse sowieso schon überfüllt und in Maximin war man froh um jeden Platz. Ihr Bruder Hans Jakob hingegen sprudelte wie eine Quelle im Frühling. Weit über hundert Leute wollte er bis jetzt auf den Sabbaten erkannt haben, darunter die beiden ehemaligen Bürgermeister Behr und Fiedler. Ersterer hatte sich daraufhin aus seinem Turmgefängnis in den Tod gestürzt, der andere wurde hingerichtet, nachdem er in seinem Testament eine beträchtliche Summe der Armenstiftung des inzwischen gestorbenen Hans Kesten vermacht hatte. Die ebenfalls angeklagte Witwe Behr wurde begnadigt und zu einem bußfertigen Leben verurteilt.

»*Als nun der ältere Sohn, Hans Cuno, den Richterspruch vor dem Tribunal hörte*«, so stand es in Binsfelds unerträglich salbungsvollem Ton, »*bat er, vom Eifer für das Heil seiner Mutter entflammt, wie es sich für einen guten Sohn gehörte, man möge sich doch bemühen, diese zu verhaften, damit sie durch kurze zeitliche Schmach und Tod vor der ewigen Strafe gerettet werde. Von der reuigen Haltung des jungen Mannes und den ungeheuerlichen Verbrechen der Mutter zutiefst erregt, schrieb der Offiziat einen Brief an den Kölner Senat.*«

Fast konnte man meinen, den Richtern wäre es nur darum gegangen, dem Verurteilten einen letzten Gefallen zu erweisen. Loos war sich im Klaren: Eine offene Anzweiflung der Urteile hätte unabsehbare Folgen nach sich gezogen. Urteilsschelte war ein schweres Vergehen und wurde entsprechend bestraft.

»Du musst im Vorfeld beginnen«, sprach er laut mit sich selbst, »mit Anna, wie sie in ihrer hoffnungslosen Lage sich geradezu danach sehnt, dass die Anschuldigungen der Wahrheit entsprechen, um sich wenigstens schuldig fühlen zu können, wenn sie es schon nicht war, und mit Hans Cuno, der sich in der seelischen Verwirrung eines Heranwachsenden in immer wahnwitzigere Vorstellungen hineinträumt.«

Er zog ein neues Blatt zu sich her und begann wörtlich aus Binsfelds Buch abzuschreiben, entsprechende Stellen zu unterstreichen und Entgegnungen zu notieren.

»*Wer wird nicht Mitleid empfinden mit dieser armen Frau, die so Furchtbares von ihrem Mann erduldet hatte? Aber wer wird den Worten und Erzählungen dieser Frau Glauben schenken können? Ich sage jetzt nicht einmal, dass sie unter Folter befragt worden ist und gestanden hat, sondern nur, dass sie von ihren Träumen und Phantastereien getäuscht worden ist.*«

Vorsorglich fügte er hinzu, die Meisenbein sei eigentlich wegen Vergiftung ihres Mannes vor Gericht gestellt worden, und ging auf die bis ins Detail geschilderten Aussagen von Hans Cuno ein, aus denen Binsfeld gefolgert hatte, sie müssten wahr sein, da man so furchtbare Geschichten nicht frei erfinden könnte. War denn diesem Wirrkopf nicht aufgefallen, dass es sich bei den Schilderungen um ein genaues Spiegelbild der Burschenschaften an den Schulen handelte, wobei der Junge lediglich die fromme Struktur durch eine satanische ersetzt hatte?

Je länger Loos' Feder über das Papier kratzte, desto zorniger wurde er. »*Törichtes Gerede ... lächerliche Possen ... Wahnvorstellungen eines kranken Gehirns ... Erzählungen aus dem uner-*

schöpflichen Fundus des Aberglaubens ... aus den Träumen der Nacht fortgesetzte Tagträume ...«

Während sein Blick das Geschriebene überflog, kamen ihm Bedenken. Konnte man ihm das als Urteilsschelte auslegen? Ja, kann man!, kam er dann zum Schluss. Widerwillig tauchte er den Kiel in die Tinte und fügte hinzu, dass es sich bei Hans Cunos Geständnis wahrscheinlich um versteckte Verbrechen handle, die den Richtern als todeswürdig erscheinen mussten.

Hatte Binsfeld schon in seiner ersten Ausgabe die verstärkte Berücksichtigung von Kindern und Jugendlichen bei Besagungen verlangt, so schien ihm nun mit den beiden Meisenbein-Buben der Beweis für die Richtigkeit seiner Forderung erbracht zu sein. Wie tapfer und mutig war etwa der kleine Hans Jakob dem Fiedler gegenübergestanden und hatte ihm auf den Kopf zu gesagt, ihn mehr als zwanzigmal als Hexenmeister auf dem Tanzplatz gesehen zu haben, worauf der Fiedler fast aus der Haut gefahren war, während der Bub ruhig und gefasst bei seiner Aussage blieb?

Loos war klar, worauf Binsfeld hinauswollte. Dem Weihbischof ging es um nichts anderes als die Aufweichung der Carolina, der peinlichen Halsgerichtsordnung, die für schwer wiegende Anschuldigungen ein Mindestalter der Beschuldiger von zwanzig Jahren verlangte. Auch widersprach sein Zeugnis dem Artikel 66, wonach des gleichen Deliktes Beschuldigte nicht gegeneinander aussagen durften.

Die Zeit war günstig, denn noch hatte sich die Carolina in der Rechtsprechung nicht überall durchgesetzt, noch gab es in den herrschaftlichen Konglomeraten jede Menge Städte, Fürstentümer und Hochgerichte, die weitgehend nach ihren eigenen hergebrachten Gesetzen Urteile fällten. Zudem hatte Binsfeld etwas aufgedeckt, was selbst den Autoren des »Hexenhammers« entgangen war oder vielleicht bei dessen Abfassung vor hundert Jahren noch nicht existiert hatte: Kinderhexer! Waren Kinder dem »Hexenhammer« zufolge unschuldige Opfer, die auf den Sabbaten geschlachtet und zu Salben und Tränken verkocht wurden, so hatte er, Petrus Binsfeldius, nun den Nachweis erbracht, dass selbst Kinder furchtbare Untaten zu vollbringen vermochten. Nicht anders konnte es Loos deuten, wenn da stand, Hans Cuno habe sich schrecklicher Laster gerühmt, die nicht weiter zu erwähnen seien. Loos spürte den Stolz, der ihn zwischen den Zeilen heraus ansprang, in denen Binsfeld den Hexenkonvent genau beschrieb und kaum eine Einzelheit ausließ. Sicher kam sich der Weihbischof wie ein großer Forscher vor, der gerade entdeckt hatte, wie man aus Blei Gold machte. Nein, nicht aus Blei, sondern aus Blut!, schoss es Loos durch den Kopf. »Das ist treffend!«, sagte er dann halblaut und schrieb es auf.

4

In Liverpool fand George Lincoln Burr einen schon ziemlich heruntergekommenen Lastensegler, dessen Kapitän nach kurzem Schachern bereit war, ihn gegen ein wenig Handanlegen an Bord zu einem günstigen Preis nach Bremen mitzunehmen. Kaum auf dem Schiff, wurde er angewiesen, die Kombüse in Ordnung zu bringen und für das Essen zu sorgen. Als George Lincoln bewusst wurde, worauf er sich eingelassen hatte, war es bereits zu spät. Die ihm zugewiesene Kajüte hatte bestimmt seit Jahren keinen Besen mehr gesehen. Aus der Matratze, oder besser dem, was als ehemals solche zu identifizieren war, quoll aus ellenlangen Rissen die Füllung und der sie nur mühsam zusammenhaltende Bezug war mit Maschinenfett verschmiert. Die Zudecke sah keinen Deut besser aus und die ursprüngliche Farbe des Kopfkissens war nicht einmal mehr zu erahnen. In der Küche war es noch schlimmer: Die Blechteller starrten vor Schmutz, Essensreste bedeckten den Boden, in die Einfassung des Herdes hatte sich der Dreck eingebrannt und konnte nur mühsam mit einem Spachtel abgetragen werden. George Lincoln malte sich aus, was seine Studenten an der Cornell-Universität wohl denken würden, wenn sie ihn hier mit dem Gleichgewicht kämpfen und mit Pfannen und Töpfen hantieren sähen.

Auf dem Schiff waren acht Mann, die alle ausnahmslos zum Aussehen des Seglers passten. In ihren ausgemergelten Gesichtern stand Widerborstigkeit oder Resignation und der Umgang miteinander war roh und derb. Es war eine jener zahllosen Männergemeinschaften, zusammengewürfelt vom Schicksal, ohne einen Hoffnungsschimmer auf eine bessere Zukunft. Arbeitslose, entlassene Fabrikarbeiter, ehemalige Sträflinge, Trunkenbolde. Hier war Endstation. Wer erst einmal auf einem solchen Seelenverkäufer gelandet war, hatte kaum mehr eine Chance auf ein besseres Schiff. Burr begegnete ihnen mit Freundlichkeit, ohne sich anzubiedern, und schon am zweiten Tag schien sich in einigen von den Leuten etwas zu verändern. Irgendwie spürten sie wohl, dass der junge Herr mit dem Backenbart nicht auf sie herabsah, und insgeheim imponierte es ihnen, wie er ohne Aufforderung an der Winde mit anpackte, wobei er sich nicht einmal unbeholfen anstellte.

»Wenn Sie verstehen wollen, wie ein Volk denkt und wie es fühlt, dann müssen Sie nach unten. Je weiter, desto besser. Sie können Zeitungen und Bücher lesen, Ihren Kopf mit akademischem Wissen anfüllen und hochgestochene Diskussionen führen, aber Sie werden dem Volk dadurch nicht näher kommen. Erkennen werden Sie es nicht durch die gebildeten, sondern durch die einfachen Leute!« Das war eine seiner Einsichten, die er seinen Studenten in Cornell immer und immer wieder einbläute.

Nun war er bei denen, die wirklich ganz unten waren, und wenn es nach ihm gegangen wäre, hätte die Überfahrt längst vorbei sein können. Er hatte diesen Weg gewählt, weil er mit seinem Geld haushalten musste, vielleicht noch mehr, als er es schon sein ganzes Leben lang getan hatte.

Der Einstieg zu seinem Studium an der Cornell-Universität in Washington D. C. war das buchstäblich vom Mund abgesparte Geld gewesen, das er sich als Drucker verdient hatte. Gegen den Willen des Vaters hatte George Lincoln damals die Lehre angetreten. Hart war seine Berufsausbildung gewesen, um vier Uhr aufstehen, frühstücken, ein wenig lernen und dann eine gute Stunde Fußmarsch zu seiner Arbeitsstätte. Arbeitsbeginn um sieben Uhr, um sechs Uhr abends war zwar für die anderen Schluss, nicht aber für ihn, da es zu den Pflichten des Lehrlings gehörte, die Räume zu kehren und aufzuräumen. Manchmal, meistens samstags, stand er bis nach Mitternacht an der Presse. Die kleineren Pressen wurden alle mit der Hand bedient, lediglich die größeren Maschinen wurden von einem Generator angetrieben, wobei das Wasser zu dessen Betrieb mühsam von Hand in das oberste Stockwerk gepumpt werden musste. Das war eine Tätigkeit, bei der selbst an schwere körperliche Arbeit gewöhnten Männern die Kraft ausging. Die Späße waren rau, aber das gehörte eben dazu, und der Beruf als Drucker hatte durchaus seine praktischen Seiten. Falls eine Show in der Stadt war, konnte man sich ein paar Eintrittskarten abzweigen oder fälschte sie kurzerhand.

Als eines Tages die Abonnentenlisten der Zeitung spurlos verschwunden war, kam hektische Betriebsamkeit auf, noch im letzten Winkel des großen Gebäudes wurde gesucht. Allein der junge Burr bewahrte Gelassenheit. Mehrmals versuchte er seinen verzweifelten Chef zu beruhigen, der aber hörte ihm erst zu, als allen klar wurde, dass die Liste der Bezieher des Standard unauffindbar verloren war. George Lincoln hatte sie einige Male in der Hand gehabt und war nun dank seines phänomenalen Gedächtnisses in der Lage, alle Namen und Adressen wie eine Litanei herunterzubeten. Wie sich später herausstellte, vergaß er keinen einzigen.

Kaum hatte er zweihundert Dollar gespart, kündigte er in der Druckerei und schrieb sich in Cornell ein. Das war 1877, er war zwanzig und damit um einiges älter als die anderen Studenten. Cornell war eine junge Universität, gerade mal zehn Jahre alt, auch der Lehrkörper bestand aus hauptsächlich jungen Männern. Mit seinen fünfundvierzig Jahren war der Präsident, Andrew Dickson White, beinahe ein Methusalem, ein hoch aufgerichteter, breitschultriger Mann mit Vollbart, gescheiteltem Haar und funkelnden scharfen Augen hinter den Brillengläsern. Das Hauptproblem von Cornell bestand darin, dass die Lehrer allesamt ziemlich unbekannt waren und Professoren mit Ruf sich höchstens zu gelegentlichen Gastvorlesungen bewegen ließen. Gute Lehrer kosteten Geld und Geld war etwas, was in Cornell an allen Ecken und Enden fehlte, obwohl der großzügige Stifter Ezra Cornell alles tat, um möglichst genügend aus eigener Tasche zur Verfügung zu stellen oder über Spenden aufzutreiben. Vielleicht aber war es gerade das, was sie näher zusammenrücken ließ. Andrew Dickson White hatte aus der Not eine Tugend gemacht und behalf sich damit, die vielversprechendsten und besten Absolventen der verschiedenen Studienrichtungen als Lehrer zu verpflichten.

In Cornell wehte ein jugendlich eifriger Geist und die Universität sah ihre Aufgabe darin, die Bildung zur Grundlage der Demokratie zu machen. Hier konnten sich angehende Landwirte, Ingenieure, Journalisten, Beamte und Politiker austauschen, was aus anderen Fächern als Bereicherung erschien, wurde übergreifend in den Lehrplan eingearbeitet, den sich jeder Student frei zusammenstellen konnte. Nur der Hunger nach Bildung und die Liebe zum Lernen sollten der Antrieb sein. Akademischer Schnickschnack und aufgeblasenes, geschwollenes Gehabe wurden abgrundtief verachtet. Es gab keine sturen Studienzeiten und abends mussten die Studenten buchstäblich aus der Bücherei geworfen werden. Ihre Gier nach Wissen schien unersättlich und oftmals brachten sie die Lehrer mit ihren Fragen in Bedrängnis. Im zweiten Studienjahr fasste George Lincoln den Geist von Cornell in einem Satz zusammen: »Andere Colleges versuchen, Jungs scheinheilig zu machen – Cornell versucht, aus Jungs Männer zu machen!«

Burr war ein Experte darin, einerseits für ein gewisses Einkommen zu sorgen und andererseits die Ausgaben so niedrig wie möglich zu halten. In seinem ersten Jahr war auch seine Schwester Ella nach Ithaca gezogen, wo sie zur Schule ging und sie beide einen gemeinsamen Haushalt führten, der finanziell weitgehend von George Lincoln bestritten wurde. Ella war noch mehr als ihr Bruder aufs Sparen bedacht und kam mit spitzem Bleistift gerechnet für Essen und Kohlen auf drei Dollar pro Woche, schaffte es aber, selbst diesen geringen Betrag noch zu unterbieten, indem fast ausschließlich gekochtes Weizenmehl auf den Tisch kam. Als Ella dann heiratete, wurde George Lincoln die verhältnismäßig große Studentenbude zu teuer und er zog mit einer Gruppe Kommilitonen in ein Haus, das allgemein nur »Der Kampf« genannt wurde. Das zweistöckige Gebäude war eigentlich ein wüster Bretterverschlag, den einige Studenten vor ein paar Jahren zusammengezimmert hatten und der nur durch den stetigen kämpferischen Einsatz der Bewohner vor dem endgültigen Kollaps bewahrt werden konnte. Eines der vielen Probleme der Behausung bestand in der Innenbeleuchtung beziehungsweise deren vollständigem Fehlen. Aber auch in dieser Hinsicht wusste sich George Lincoln zu helfen: Sein Chemielehrer gestattete ihm, nächtens im Schein einer im Labor installierten Gaslampe seine Studien fortzuführen.

Mit der Bibliothek war er inzwischen so vertraut, dass er selbst in völliger Finsternis jedes gewünschte Buch fand, und sein beinahe fotografisches Gedächtnis für Bücher war schon Legende. Die Nennung eines Titels ließ in seinem Kopf eine Reaktion ablaufen, die an eine Sortiermaschine erinnerte. Vor seinem inneren Auge tauchte zuerst der Einband auf, die Stärke des Werkes mit der Titelschrift und dann der Standort in der Bibliothek. Reynolds? Schwarzer Leinendeckel, Schrift rot, Type Britannica, Maße ungefähr zweiundzwanzig mal fünfzehn Inches, viertes Regal von hinten, fünfte Reihe oben links, von dort sechzehntes oder siebzehntes Buch. Bücher waren sein Leben, sie waren es, die ihn dazu bewogen hatten, zuerst den Beruf eines Druckers zu erlernen. Da saß er sozusagen an der Quelle, erfuhr das Neue noch vor den anderen, die Arbeit des Setzens war für ihn keine stupide und langweilige Tätigkeit wie für manche, die sie nur als stumpfsinniges Aneinanderreihen von Buchstaben betrachteten. Diebisch freute es ihn, wenn er einem sperrigen Satz eine elegante Form verpasste, ohne dass es dem Verfasser auffiel. Es gab zwar kaum etwas, was ihn nicht interessierte, aber wenn er etwas über europäische Geschichte in die Finger bekam, war es um ihn geschehen. Das war schon so, seit er lesen konnte, und er erinnerte sich immer noch an seinen ersten »Smith« über die Geschichte Griechenlands zu seinem sechsten Geburtstag.

Andrew Dickson White hatte vor Jahren damit begonnen, eine Bibliothek aufzubauen, wobei der größte Teil der Sammlung weitgehend ungeordnet in Syracuse deponiert war. Burrs Herz machte einen Sprung, als ihn der Corneller Präsident eines Tages bat, in den Ferien diese Bücher zu ordnen und zu katalogisieren – und das auch noch gegen Bezahlung. Regelrecht fieberte er nun dem Ende des Semesters entgegen. Und White stellte bald fest, dass das Urteilsvermögen dieses Studenten über den Wert eines Buches dem seinen weit überlegen war.

Den ganzen Sommer über war George Lincoln damit beschäftigt, die Bücher in Syracuse zu katalogisieren, zuzuordnen und sie dann nach Cornell in die Bibliothek zu verschicken, wo er sie wiederum eigenhändig in die Regale stellte und ihren Standort sorgfältig in eine Kladde eintrug.

Nach und nach hatte sich die Bibliothek in Cornell gefüllt. Die von White zusammengetragene Sammlung, in der allein schon die dämonologische Literatur und die Bücher über die Hexenverfolgungen viel Platz beanspruchten, war so umfangreich, dass zusätzliche Räumlichkeiten unumgänglich wurden, weshalb Burr eine großzügige Erweiterung der Bibliothek angeregt hatte.

Nun aber stand er in Leipzig. Das Wetter war schon seit Tagen nasskalt und schmuddelig und die spärlichen Schneeflöckchen schienen schon beschmutzt zu sein, noch ehe sie die Erde erreichten. Was war das hier für ein Winter im Vergleich zu der glitzernden Herrlichkeit in Cornell, wo jeder Schritt in der trockenen Kälte von einem Knirschen begleitet wurde? Wo die im Sommer stürzenden Wasser der Taughannock Falls zu matt schimmernden Kaskaden erstarrt waren und der Cayuga Lake breit und behäbig im Winterschlaf lag. Wo die kalte Luft beinahe in den Lungen schmerzte und der Atem wie eine Dampfwolke entwich, während es hier gerade einmal zu einem flüchtigen trüben Hauch reichte!

Burr wollte es nicht eingestehen, aber er hatte Heimweh. Die Bedingungen an der hiesigen Universität waren eher verdrießlich, die Menschen kleinkariert und spießig. Da war nichts zu spüren von einem Geist wie in Cornell, alles war irgendwie muffig, die Vorlesungen wurden in zackigem Ton gehalten und die meisten Professoren hätten ebenso gut einem Bataillon oder einer Kompanie vorstehen können. Aber er selbst hatte sich letztlich für Leipzig entschieden, als Andrew Dickson White gemeint hatte, es könne nicht schaden, wenn er, obwohl inzwischen selbst Lehrer, sein Wissen und sein Geschichtsverständnis an einer europäischen Hochschule vertiefen würde. Leipzig hatte er auch deswegen gewählt, da hier etwa zwei Drittel der Studenten von außerhalb des Deutschen Reiches kamen, von denen die Amerikaner den größten Anteil ausmachten. Weitere große Gruppen stellten die Schweizer und die Österreicher, aber auch Russen und Bulgaren waren stark vertreten. Dies hatte sicher mit dem Ruf der Lehrfreiheit der Universität zu tun, aber bestimmt noch mehr mit den niederen Kosten für die Lebenshaltung. Dieser Umstand erleichterte Burrs Entscheidung, ausschlaggebend war jedoch gewesen, dass White die historische Fakultät als beste in Deutschland empfohlen hatte.

Mit Franz Stieglitz, der aus Siebenbürgen stammte und acht Jahre jünger war, ging er auf das graue Gebäude zu, das die Bibliothek beherbergte.

»Ja, Buch-Herberge, nicht Bibliothek, das ist der richtige Ausdruck. Wie soll man unter solchen Umständen Nachforschungen und Vergleiche anstellen? Mir kommt es vor, als ob hier die Bildung nicht gefördert, sondern eher alles getan wird, sie zu behindern. Schau dir doch den Lesesaal an! Lesesaal? Ha, dass ich nicht lache! Eher eine größere Kammer, selbst das Lehrerzimmer in Cornell ist geräumiger!«

Stieglitz sah ihn von der Seite her an und wagte einen zaghaften Einwurf, den Burr ärgerlich zur Seite wischte.

»Ich bin hierher gekommen, um etwas zu lernen, nicht um meine Zeit zu verplempern. Das ganze System ist ineffizient und marode. Ein Lesesaal, der nur drei Stunden am Tag geöffnet ist – wo gibt es das sonst noch? Bücher werden nur an zwei Stunden ausgegeben! Dazu müssen genauer Titel und Autor auf einen kleinen Zettel notiert und am Vorabend in einen Karton vor der Tür gelegt werden. Wenn du einen weiteren Band benötigst oder ein falsches Buch erwischt hast, so ist das Pech und du musst einen weiteren vollen Tag warten. Es gibt nicht einmal ein Verzeichnis über die Bestände! Falls du nicht exakt weißt, was du benötigst, kannst du nur hoffen, dass der Bibliothekar mit Erleuchtung durch den Heiligen Geist irgendwann das Richtige findet! Und erst die Bücher selbst! Der reinste Hohn! Letzte Woche suchte ich nach Leckys »Geschichte der europäischen Moral«, seit über zehn Jahren ein Standardwerk! Wo findest du es? Genau! Es steht in jeder Buchhandlung, aber weder in der Universität noch in der Stadtbücherei!«

»Ja, das ist schon ein Ärger!«, pflichtete Stieglitz nun bei. »Selbst wenn ein Werk verfügbar ist, dann oft nur in einem einzigen Exemplar! Wir sind dazu übergegangen, manche Werke selbst zu kaufen und uns den Anschaffungspreis zu teilen!«

Der enge Leseraum, in dem glühende Kohlen in einem gusseisernen Ofen für etwas Wärme sorgten, war hoffnungslos überfüllt und die feuchten Gewänder der Anwesenden verdichteten die Luft zu einem dampfenden, stickigen Konzentrat. Natürlich war Leckys »Geschichte des Rationalismus« nicht vorhanden, nicht auffindbar, ausgeliehen oder was auch immer.

»Selbst auf die Gefahr hin, dass ich überheblich klinge, mein lieber Franz«, meinte Burr ärgerlich, »eine Bibliothek sollte wenigstens über die gängigsten Bücher verfügen und von diesen mehr als nur ein einziges Stück besitzen. Und sie sollte nicht nur die Heimat der Bücher sein, sondern auch die Heimat der Leser! Aber langsam verstehe ich, warum der Saal nur drei Stunden täglich geöffnet ist – länger hält es hier sowieso niemand aus. Wie soll man sich zwischen triefenden Nasen, scharrenden Stühlen, flüsternden Stimmen, Husten und unruhigen Schritten konzentrieren können?«

Gerade war er im Begriff, den Leseraum zu verlassen, als ihm John Meyers aus Ontario über den Weg lief. »Wir planen in nächster Zeit ein kleines Fest! Wenn Sie ... ich meine, wenn du willst, bist du herzlich eingeladen!«

Immer noch hatten einige Scheu davor, ihn zu duzen. War er doch um etliches älter als die meisten von ihnen und war es doch aufgekommen, dass er selbst Lehrer an einer Universität war – obwohl es Burr geheim zu halten versucht hatte.

»Vielen Dank!«, erwiderte er freundlich. »Aber ich werde zusehen, möglichst bald für einige Zeit von hier wegzukommen, um mich ein wenig in Berlin umzuschauen!«

5

Die Zelle in Sankt Maximin war eng, kalt und feucht. An der Längswand eine schmale Pritsche mit ein paar löcherigen Decken, ein altersschwacher Tisch und ein ebensolcher Stuhl – das war alles. Aber Cornelius Loos war mit seinem Schicksal nicht unzufrieden, wenn er an die Gefangenen drüben in den verwanzten und verlausten Gefängnistürmen dachte. Im Frühjahr 1592 hatten sie ihn eines Nachts aus dem warmen Bett gezerrt und wie einen Verbrecher in Binsfelds Arbeitszimmer geführt. So hatte er den Weihbischof, sonst immer um überlegene Beherrschtheit bemüht, noch nie erlebt. Kaum dass er den Fuß über die Schwelle gesetzt hatte, war Binsfeld aus seinem Sessel hochgeschossen und hatte zu schreien begonnen. Bodeghemius stand wie eine Statue daneben, das Gesicht bewegungslos und die Augen starr geradeaus gerichtet.

»Was habt Ihr Euch gedacht, Loos? Habt Ihr wirklich geglaubt, wir wären so dumm und würden Euch nicht auf die Schliche kommen? Hier – frisch aus Köln!«

Triumphierend hielt Binsfeld einen Packen bedruckten Papiers in die Höhe.

»›De vera et ficta magia‹ – Von der wahren und eingebildeten Magie!«, höhnte er. »Verfasst von einem Angsthasen, der sich nicht getraut, seinen Namen zu nennen, und sich hinter einem Pseudonym versteckt!«

Loos stand hoch aufgerichtet und mit versteinerter Miene vor ihm. Wer hatte ihn verraten? Nein, es war sicher keine allzu große Kunst gewesen, ihn als Urheber ausfindig zu machen. Oft genug hatte er sich über Binsfelds Werk lustig gemacht und seine Ablehnung nicht verborgen.

»Der päpstliche Nuntius in Köln, Ottavio Mirto Frangipani, hat sich höchstpersönlich um die Angelegenheit gekümmert und die sofortige Beschlagnahmung aller Druckbogen und Vorlagen in der Kölner Druckerei angeordnet, ebenso Eure sofortige Verhaftung und Inhaftierung!«

Loos war immer noch durcheinander und die Stimme schien von weither zu kommen.

»Cornelius Loosius Callidus, der sich neuerdings Finius Callidus zu nennen beliebt, glaubt entgegen der allgemein anerkannten und bewiesenen Tatsache des Hexenwesens kundtun zu müssen, Hexenflug sei reine Phantasie, die Angeklagten würden gezwungen, Dinge zu gestehen, die sie nie getan hätten, und versteigt sich dazu noch zu der Aussage, es handle sich um eine neue Art der Alchimie, mit der Menschenblut in Gold und Silber verwandelt würde!«

Hoffnungslosigkeit beschlich Loos, so sehr er auch dagegen aufbegehrte. Sollte das alles gewesen sein? Seine Bittschriften, Eingaben und Briefe an Magistrat, Richter und Fürsten – umsonst? Seine monatelange Arbeit in vielen einsamen Nächten – sinnlos?

»Euer Kampf gegen die Häresien der Irrlehrer – ist das vielleicht ebenfalls nur ein Vorwand? Bei den Lutheranern und Calvinisten kennt Ihr keine Gnade. Die schlimmsten aller Ketzer aber, die Hexen, die sich mit dem Teufel selbst verbündet haben, die nehmt Ihr in Schutz!«

»Ich beziehe mich ausdrücklich nur auf die Bibel und die frühen Kirchenväter wie Augustinus …«

»Auf dessen Gnadenlehre bezieht sich auch Luther ausdrücklich!«, unterbrach ihn Binsfeld erregt.

»Wieso soll ich denn Angst vor dem Teufel und seinen Hexen haben? Wer ist mächtiger – Gott oder Satan? Wenn man Eurem Buch über die ›Bekenntnisse der Zauberer und Hexen‹ folgt, hat der Herrgott überhaupt nichts mehr zu sagen. Er ist ein hilfloser, schwacher und machtloser Gott, dem ein gefallener Engel mit seinem Gefolge auf der Nase herumtanzt. Ein Gott, der zwar die Erde, das Universum, Menschen und Tiere aus dem Nichts erschaffen kann, aber nun unfähig zusehen soll, wie …«

»Das ist Blasphemie, das ist Gotteslästerung!«, mischte sich Bodeghemius scharf ein.

»Ja, das finde ich gleichfalls. Aber genau so denken die Hexenjäger!«, erwiderte Loos, nun etwas gefasster, mit spöttisch nach unten gezogenen Mundwinkeln.

»Euer Hochmut wird Euch schon noch vergehen! Verlasst Euch darauf!« Binsfeld trat ganz nahe an ihn heran, die Hände auf dem Rücken verschränkt, auf seiner Stirn glitzerten selbst im schwachen Kerzenlicht erkennbare Schweißtropfen und in den Augen stand die entschlossene Bereitschaft, Loos zu vernichten. Seine Stimme senkte sich zu einem kaum hörbaren Flüstern ab. »Ich lasse mich nicht von Euch zum Gespött machen. Nein, das macht Ihr nicht mit Petrus Binsfeldius! Aber da Ihr Euch schon erdreistet habt, mein Ansehen in den Schmutz zu ziehen, und da immer etwas hängen bleibt, werden wir Euch widerlegen – und zwar Satz für Satz, Zeile für Zeile, Wort für Wort!«

»Das ist ganz in meinem Sinn! Nur wird Euch das kaum gelingen! Aber wenn Ihr bereit seid, Euch mit meiner Schrift kritisch auseinander zu setzen, ist das ein gewaltiger Schritt nach vorn! Doch wie wollt Ihr etwa Eure Behauptung beweisen, dass Satan nicht die Form eines Schafes annehmen könne, da Jesus der Gute Hirte seine Herde als Schafe bezeichne, oder sich nicht in eine Taube verwandeln könne, da diese das Sinnbild des Heiligen Geistes ist? Wie wollt Ihr beweisen, dass der Böse Geist hässlich und wild und schwarz sei und dem heiligen Makarius in Form eines kohlrabenschwarzen Negers erschienen sei?« Loos dachte nicht mehr an die Gefahr, in der er schwebte, sondern gab aus dem Gedächtnis seine Erwiderungen auf die entsprechenden Stellen in Binsfelds Buch wider. »Keine Schafe also, Donnerwetter! Sollten die Dämonen plötzlich Gewissensbisse bekommen haben? Keine Taube? Wahrhaft fromm ist doch der Dämon! Aber dass er Menschengestalt annimmt, also die Form, in der Christus uns erlöst hat, daran stößt sich niemand! O lächerliches Geschwätz des Aberglaubens, o Träume der Illusion, o Phantasmen der Nacht! Welcher Äthiopier, der vor Schwärze nur so glänzt, wird dies unwidersprochen hinnehmen?«

»Schweigt!«, brüllte nun Binsfeld tief getroffen und seine Augen drohten aus den Höhlen zu quellen. »Ich muss mich nicht hinter einem Pseudonym verstecken, ich kann meinen Namen offen nennen! Bringt ihn nach Sankt Maximin, sie sollen ihn dort einsperren, bis er wieder zu Verstand kommt! Abt Biewer weiß Bescheid!«

Loos zuckte leicht zusammen, obwohl er nichts anderes erwartet hatte, hielt aber Binsfelds Blick stand, was diesen nur noch wütender machte.

»Schafft ihn weg!«, schrie der Weihbischof die beiden Bediensteten an, die in diensteifriger Unterwürfigkeit sofort nach Loos fassen wollten, der sie jedoch unwillig abschüttelte wie lästige Fliegen.

Der 24. Oktober 1592 war in Sankt Maximin fast ein Tag wie jeder andere. Ein wenig Aufregung entstand, als sie den jüngsten der Meisenbein-Buben, den Hans Jakob, auf den Richtplatz führten. Vier Jahre hatten sie ihn in Haft gehalten, in denen er an die hundertfünfzig Menschen als Komplizen bezichtigt hatte. Nicht wenige hätten ihn gern schon früher hingerichtet gesehen, aber dem war bislang sein Alter entgegengestanden.

Von seiner Zelle aus sah Loos zu, wie sie den mageren Jungen mit auf den Rücken gefesselten Händen aus dem Turm holten. Unter dem Tor blieb Hans Jakob für einen Augenblick stehen und blinzelte in das ungewohnte Licht, das für ihn in etwa einer Stunde erlöschen würde. Loos sah, wie sich der schmächtige Brustkorb unter der dreckigen und durchlöcherten Kutte hob. Wie ein Ertrinkender schien der junge Meisenbein nach Luft zu ringen, die Haare hingen ihm wirr ins Gesicht und verdeckten seine Augen, während ihn einer der Büttel roh vorwärts schubste. In Cornelius Loos stieg eine solch unbändige Wut auf, dass er glaubte, daran ersticken zu müssen. Von unten trug der Wind Hans Jakobs leises Wimmern an sein Fenster, Loos hielt sich mit beiden Händen die Ohren zu und ließ sich auf die Knie fallen.

»O christlicher Glaube, wie lange wird dich noch der verderbliche Aberglaube quälen? O christliche Gemeinschaft, wie lange noch wird das Leben der Unschuldigen in dir gefährdet sein?«

Er schrie seine Wut in den engen Raum, aber die kahlen Wände gaben keine Antwort.

Zwei Wochen später, an einem dämmerigen Mittwoch, drehte sich wieder einmal schwer der Schlüssel im Schloss. Die Zellentür wurde aufgestoßen und Binsfelds ausladende Gestalt schob sich in den Türrahmen. Loos spürte, wie sich sein Puls beschleunigte. Was wollte er? Heute Vormittag war bereits Bodeghemius bei ihm aufgetaucht und hatte beinahe beschwörend auf ihn eingeredet, die Thesen in seinem Buch zu widerrufen. In düsteren Farben hatte er ihm ausgemalt, welche Folgen ein weiteres Beharren für ihn haben würde, und unausgesprochen war es im Raum gehangen, dass es nicht nur um die Auseinandersetzung zwischen zwei verschiedenen Ansichten ging, sondern vor allem um einen Weihbischof, der seine Autorität untergraben und seine persönliche Ehre auf das Tiefste verletzt sah.

Etwas Unverständliches murmelnd machte Binsfeld steif die zwei, drei Schritte in den engen Raum und ließ sich besitzergreifend auf dem einzigen Stuhl nieder, von dem sich Loos gerade höflichkeitshalber erhoben hatte. Es war eine Geste der Demütigung, beabsichtigt und berechnend, eine Machtdemonstration. Für einen kurzen Augenblick fühlte sich Loos tatsächlich eingeschüchtert, gab sich dann aber einen Ruck und setzte das spöttische Lächeln auf, das Binsfeld so hasste.

Der Weihbischof tat, als bemerke er es nicht. »Und, Loos?«

»Ich werde nicht widerrufen! Wenn Ihr deswegen gekommen seid, so hättet Ihr Euch den Weg sparen können!«

»Immer noch hochmütig und überheblich!« Binsfelds Kopfschütteln schien mitleidig und sein Ton nahm die widerliche, salbungsvolle Färbung an. »Es geht bei Eurem Traktat nicht nur um theologische oder scholastische Fragen, Ihr stellt damit gleichzeitig die Rechtsprechung infrage und beleidigt in ehrabschneiderischer Weise die Obrigkeit. Wie die Richter das sehen ...«, Binsfeld griff sich wie zufällig mit der Hand an den Hals, »also wie die Richter das sehen ... ich weiß es nicht. Aber Ihr seid in großer Gefahr und ich als Euer Weihbischof fühle mich verpflichtet, Euch darauf aufmerksam zu machen und Euch zu helfen, so weit es in meiner Macht steht!«

Loos' Lachen kam bellend, kalt, höhnisch. Beinahe belustigte es ihn, wie Binsfeld zusammenzuckte. Ihn so mitten ins Gesicht zu verspotten – eine solche Respektlosigkeit hatte sich in ganz Trier schon lange niemand mehr herauszunehmen gewagt. »Ihr und um meine Wenigkeit besorgt? Was ist denn mit der Widerlegung meiner Schrift, Wort für Wort, wie Ihr es angekündigt habt? Seit über einem dreiviertel Jahr hält man mich nun hier in Sankt Maximin gefangen und ich habe davon noch keine Zeile gesehen! Stattdessen werde ich von allen möglichen Seiten bedrängt, mich freiwillig von meiner Abhandlung zu distanzieren. Nein, Exzellenz, es geht nicht um mich und mein Traktat, sondern vielmehr um Euch und Eure Eitelkeit. Zwar habe ich nirgendwo Euren Namen erwähnt, aber wer Euer Buch kennt, wird unschwer erkennen, wer gemeint ist. Deswegen habt Ihr Angst davor, dass den Leuten die Augen aufgehen, welch unsinnigen Hirngespinsten sie hinterherlaufen – Hirngespinsten, deren eifrigster Verkünder ausgerechnet der Weihbischof ist! Euer so scheinbar hochgelehrtes Buch übertrifft in seiner Einfalt sogar noch den unsäglichen ›Hexenhammer‹ von Institoris und Sprenger!«

Loos war es durchaus bewusst, dass er sich um Kopf und Kragen redete und dass sie alles nur Mögliche unternehmen würden, um das Ganze zu vertuschen. Darum hielten sie ihn hier eingesperrt, deswegen hatten sie alles säuberlich vernichtet und verschwinden lassen, was auf sein Werk »De vera et ficta magia« hätte hinweisen können. Wie ihm zu Ohren gekommen war, hatten sie die Werkstatt des Kölner Druckers regelrecht auf den Kopf gestellt, um ja auch des letzten Papierschnipsels habhaft zu werden.

Binsfeld hielt es nur mit mühsamer Beherrschung auf dem Stuhl. »Ihr stellt Euch nicht nur gegen die Obrigkeit, sondern auch gegen die Kirche!«, schrie er Loos mit hochrotem Kopf an. »Gibt es nicht den päpstlichen Auftrag, gegen Zauberer und Hexen vorzugehen? Was ist mit der Hexenbulle Summis desiderantis affectibus von Papst Innozenz VIII., in der er bestätigt, dass es Personen gibt, die mithilfe des Teufels Schadenszaubereien verüben? Auch das wollt Ihr als Dummheiten abtun?! Hat nicht der Teufel selbst vor Augenzeugen Papst Silvester II. geholt, nachdem er ihn auf den Thron Petri gebracht und mit dessen Hilfe Zaubereien verübt hatte?«

»Dessen größte Zaubereien darin bestanden, dass er den Abakus weiterentwickelte, diese Rechenmaschine mit Kugeln, die er bei den Sarazenen in Spanien gesehen hatte, und dass er die arabischen Zahlen ins Abendland brachte? Und er war nicht der einzige Papst, der der Zauberei verdächtigt wurde. Denkt an Gregor XII., Benedikt den XII., Benedikt XIII. oder Johannes XXI. Wie Ihr seht, schützt selbst die Nachfolge Petri nicht vor solchen Verdächtigungen und ich stelle lediglich die Frage, ob der Auftrag, gegen Zauberer und Hexen vorzugehen, vielleicht nur deshalb erteilt wurde, um nicht selbst der Zauberei bezichtigt zu werden. Übrigens – die wüsten Geschichten um Papst Silvester II. begannen sich erst hundert Jahre nach seinem Tod zu verbreiten. Was die Hexenbulle anbelangt: Wie Ihr selbst wisst, war Innozenz ein schwer kranker, schwacher Mann, der unter dubiosen Umständen Papst wurde, und es gibt Leute, die der Ansicht sind, dass auch mit der Bulle etwas nicht stimmt. Schließlich ist sie in Rom nicht einmal im Register eingetragen! Was meine Entgegnungen betrifft, so lasse ich zu dieser Frage nur die Lehren der alten Kirchenväter gelten, und bei diesen kommt kein einziges Wort …«

Binsfeld war nun aufgesprungen und seine Gestalt füllte den Raum zwischen Zellenwand und Pritsche. In seinen Mundwinkeln hatte sich weißer Speichel gesammelt, seine Stimme klang nun leise, heiser und gefährlich. »Loos, nehmt Euch in Acht! Nehmt Euch nur in Acht! Wir werden Mittel und Wege finden …«

Der letzte Satz blieb in der Luft hängen, schwebend wie eine giftige Wolke.

Loos starrte auf den breiten Rücken, als Binsfeld wütenden Schrittes die Zelle verließ und die Tür krachend hinter sich zuwarf. Trotz allem war er erleichtert, denn insgeheim hatte er darauf gewartet, dass Binsfeld versuchen würde, ihn in die Nähe Weyers zu drängen. Er ließ sich auf den noch warmen Stuhl nieder und stützte den Kopf in beide Hände. Nach kurzem Nachdenken kam er zu dem Schluss, dass das schon noch kommen würde. Binsfeld wusste, dass er ihm, Loos, nicht gewachsen war, und würde dennoch alles daransetzen, ihn loszuwerden, ob tot oder lebendig. Schließlich blieb ihm gar nichts anderes übrig, wollte er sich nicht zum Gespött machen lassen. Der Weihbischof musste Recht behalten – um jeden Preis.

Der 25. März 1593 war ein kalter, regnerischer Tag. Schon seit längerer Zeit war niemand mehr bei Loos gewesen, der versucht hätte, ihn umzustimmen. Beinahe ein Jahr war es nun, dass sie ihn hinter Schloss und Riegel hielten, offensichtlich hatten sie doch einige Mühe damit, den Fall möglichst geräuschlos zu erledigen. Als sich auf dem Gang Schritte näherten und Loos kurz darauf in die ernsten Gesichter der beiden Benediktiner blickte, wusste er instinktiv, dass heute der Tag gekommen war. Der Tag, an dem sich Vernunft und Wahnsinn gegenüberstehen würden, Glaube gegen Aberglauben.

»Licht gegen Finsternis!«, murmelte Loos.

»Was meint Ihr?«, fragte einer der Mönche.

»Nichts!«

Im prächtigen Arbeitszimmer des Abtes zu Sankt Maximin waren sie versammelt: der Abt Reiner Biewer, der Offizial Bartholomäus Bodeghemius, der Weihbischof und Generalvikar Peter Binsfeld, die beiden Kommissare – der Jurist Dr. Johann

Collmann und der Theologe und Dekan von Sankt Simeon, Dr. Georg Helffenstein –, Nicolaus Dolert und Daniel Major als Zeugen sowie der Notar Adam Tectonius.

Um Binsfelds Lippen spielte für den flüchtigen Augenblick eines Wimpernschlags ein überlegenes Lächeln, dann hatte er sich wieder in der Gewalt und zeigte sein ausdrucksloses Gesicht.

»Cornelius Loosius Callidus – oder soll ich Finius Callidus sagen? Ihr wisst, weswegen Ihr vor diesem Tribunal steht! Wir …«, er machte eine schweifende Handbewegung hinüber zu den Versammelten und seine Stimme wechselte in den Loos so verhassten jovialen Tonfall, »wir haben es uns nicht leicht gemacht, das seht Ihr schon daran, wie viel Zeit seit Eurer Inhaftierung verstrichen ist. Wir haben alles gewissenhaft gegeneinander abgewogen, haben Eure Häme und Euren Spott beiseite gelassen, nur die reinen Aussagen bewertet und sind zu dem einmütigen Entschluss gekommen, dass Eure Schrift betrügerisch, unverschämt und insgesamt verwerflich ist. Seid versichert, es geht nicht um die Beleidigungen gegen meine armselige Person, obwohl die Angriffe gegen mich offensichtlich sind. Wie es scheint, habt Ihr zu viel Weyer gelesen, der scheint Euch das Gehirn gehörig vernebelt zu haben!«

»Ich …«, wollte Loos scharf erwidern, wurde aber von Abt Biewer mit schneidender Stimme unterbrochen. »Haltet den Mund!«

Nun hatten sie sich verraten. Dieses Tribunal war nicht zusammengekommen, um ihm die Möglichkeit zur Rechtfertigung zu geben, sondern um ihn zu beugen, wenn nicht gar zu brechen.

Binsfeld nickte dankbar und fuhr fort: »Im Vorwort schon beklagt Ihr das Erscheinen des ›Hexenhammers‹ und tadelt die Obrigkeit. Das könnte genauso von Weyer stammen!« Er trat zum Arbeitstisch des Abtes und hob einen Packen beschriebener und zusammengehefteter Blätter empor. »Ist das Eure Handschrift?«

So dumm waren sie sicher nicht, dass sie seine Schrift nicht verglichen hätten. Aber es war gar nicht seine, lediglich der Index sowie einige Änderungen im Text stammten aus seiner Feder. Loos überlegte einen Moment, kam aber zu dem Schluss, ihnen keinen Anlass zu geben, ihm Taktieren vorwerfen zu können.

»Nein«, erwiderte er wahrheitsgemäß, »das ist die Handschrift eines bezahlten Schreibers, nur die Anmerkungen sind von mir. Sie sind leicht an der etwas blasseren Tinte zu erkennen!«

»Wir haben das in Eurer Stube gefunden. Das war nicht besonders schlau. Existiert eine weitere Abschrift?«, wollte Collmann misstrauisch wissen.

»Nur das Manuskript für den Drucker in Köln!«

»Das wurde bereits zusammen mit allen Druckbogen vernichtet!«

Loos spürte, wie es ihm einen Stich ins Herz gab. Was sie mit dem Original anfangen würden, war klar.

»Gut! Ihr gebt es wenigstens ohne Umschweife zu!«, meinte Binsfeld, dem der Unmut anzusehen war. Lieber wäre ihm ein Leugnen gewesen, je vehementer, desto besser. Darauf hatte er sich vorbereitet und Loos mit Fragen bombardieren wollen. Wieso dieser das Manuskript nicht hier in Trier zum Druck hatte geben wollen, sondern es wie ein Dieb in der Nacht nach Köln hatte schmuggeln lassen und sich selbst dort nicht getraut hatte, seinen wahren Namen preiszugeben. Das hätte im Protokoll einen nachhaltigen Eindruck gemacht und verdeutlicht, was für ein hinterhältiger, durchtriebener und verschlagener Geselle dieser Professor Loos war.

»Wir haben ein Schriftstück vorbereitet, das Ihr heute noch unterzeichnen werdet. Es beinhaltet sechzehn Punkte, die Ihr widerruft, oder aber …«, Collmann machte eine bedeutungsschwangere Pause, »Ihr werdet vor ein Gericht gestellt. Ihr bezeichnet die Obrigkeit und die Richter als Tyrannen, die unschuldiges Blut vergießen, um daraus Gold und Silber zu machen. Allein das ist schon eine Ungeheuerlichkeit und Ihr wisst, was darauf steht. Wir geben Euch eine Stunde Zeit, um die einzelnen Punkte durchzulesen.«

Er drückte Loos ein paar Blätter in die Hand und der Abt ließ nach den vor der Tür wartenden beiden Mönchen rufen, die den Gefangenen in seine Zelle zurückgeleiteten.

»Sieht nicht gut aus für Euch!«, meinte der Kleinere.

»Ihr habt gelauscht?«

»Sicher!«, antwortete der andere ein wenig verlegen.

Loos atmete tief durch, als sich die Zellentür hinter ihm

schloss. Bedächtig breitete er das Papier auf seinem Tisch aus und begann zu lesen.

»Erstens«, stand da, »widerrufe, verdamme, verwerfe und missbillige ich, dass es bloß Einbildung, lügenhafter Aberglaube und reines Hirngespinst sei, was man von den Flügen der Hexen schreibt«, seine Augen flogen weiter, »und darum nach dem Verbrechen der Beleidigung der Obrigkeit schmeckt.«

Dann folgten die soeben im Zimmer des Abtes vorgetragenen Punkte, dazu noch, dass er den Trierer Kurfürst unterschwellig der Tyrannei bezichtigt habe, da dieser die Prozessordnung und die Gerichtskosten bestimmt habe. Im Weiteren sollte er zurücknehmen, dass es keine Zauberer gebe, die Gott absagten und sich mit dem Teufel verbündeten, um Unwetter und ähnliche Taten zu verüben. Ebenso forderten sie die Zurücknahme der Behauptungen, der Teufel könne keine menschliche Gestalt annehmen, es gebe keinen Geschlechtsverkehr zwischen Satan und Menschen, das Wort aus dem Alten Testament »Zauberer sollst du nicht leben lassen« gelte nur für diejenigen, die mit natürlichem Gift auf natürliche Weise töteten, und dass der Teufel dem heiligen Hilarion nicht in Knabengestalt erschienen sei.

Es war genau so, wie er es geahnt hatte. Im Wesentlichen ging es um die Widerrufung seiner Thesen, die sich gegen den »Hexenhammer« und Binsfelds »Bekenntnisse der Zauberer und Hexen« richteten. Kein Wort zu seinen Ausführungen über die wahre und die fiktive Magie, keine Stellungnahme zu seinen Ansichten über Astrologie, Bilderverehrung, abergläubische Medizin und Prophezeiungen, nichts zur Magia naturalis als perfekte, höchste Macht der Wissenschaft. Wo war ihre großmäulige Ankündigung, ihn Wort für Wort zu widerlegen? Diese elenden Feiglinge! Mit Hohn und Spott hätte er sie überschüttet, sie Satz für Satz auseinander genommen –, aber ihr einziges Argument war nackte Gewalt.

»Herr, was soll ich tun?« Cornelius Loos ließ sich auf die Knie nieder und bestürmte den Gekreuzigten an der Wand. »Herr, ich weiß, Du würdest Dir die Ohren zuhalten, wenn sie Dir Deine Hände nicht festgenagelt hätten. Diese Schreie, dieses Wimmern, dieses ohnmächtige Entsetzen, wie sie Deine Ebenbilder zerschlagen und zerfleischen. Du bist den Gang gegangen, Herr, bis zum bitteren Ende, Du bist gestorben für eine Welt der Liebe und des Verzeihens. Sie aber verkehren Deine Lehre in das Gegenteil. Eigentlich behaupten sie sogar, Satan hätte mehr Macht als Du, und überbieten sich darin, ihren gelehrt verbrämten Irrsinn in immer noch irreren und eitleren Büchern zu beweisen und sich gegenseitig zu übertrumpfen. Ich habe versucht, ihnen eine Antwort zu geben, ihnen einen Spiegel vorzuhalten, aber sie wollen ihn nicht sehen. Den Spiegel haben sie bereits zertrümmert, nun bin ich an der Reihe. Sie werden mich vernichten, falls ich nicht widerrufe. Still und möglichst ohne großes Getöse werden sie mir einen Prozess machen, dessen Urteil jetzt schon feststeht. Herr, ich bin nicht so stark wie Du!«

Den letzten Satz schrie er fast und im gleichen Augenblick spürte er, wie es in ihm heller wurde und eine beinahe leichte Heiterkeit in ihm aufstieg. Nein, er hatte gekämpft, hatte nicht wortlos dagestanden und verängstigt seinen Mund gehalten. Sicher, er hatte den Kampf vorläufig verloren. Vorläufig, ja! Sein Entschluss stand fest, denn was nützte den Geschundenen sein Tod? Wer würde sich groß um ihn aufregen? Seit einem Jahr hielten sie ihn hier fest, wer dachte überhaupt noch an ihn? Cornelius Loos? Ach ja, da war einmal ein Professor der Theologie, der so hieß, ein großer hagerer. Wo ist der jetzt? Schulterzucken. Hingerichtet haben sie ihn, glaube ich, weil er sein Maul zu voll genommen und sich gegen die Obrigkeit aufgelehnt hat.

Wieder drehte sich quietschend der Schlüssel. Loos erhob sich entschlossen und warf nochmals einen Blick hinüber zum Gekreuzigten, während er die Papiere an sich nahm.

Binsfeld gelang es nicht, seine Aufregung zu verbergen. Seine Hände verrieten ihn, wie er dastand und seine Finger fahrig aneinander rieb. Niemand sprach ein Wort, bis Bodeghemius die Stille schließlich mit einem Hüsteln unterbrach.

»Na, Loos, seid Ihr zu einem Entschluss gekommen?«

Ihre Blicke kreuzten sich, blieben aber nicht aneinander hängen. Cornelius Loos schwieg und sah ruhig einen nach dem anderen an. Dr. Helffenstein sowie die beiden Zeugen und Schreiber Dolert und Major sahen zu Boden, Collmann und der Notar versuchten auszuweichen, nur Binsfelds und Biewers Augen blieben starr auf ihn gerichtet.

»Euer Leben – es liegt nun in Eurer Hand!«, sagte Binsfeld fürsorglich, aber es klang, als ob er Angst hätte, Loos' Antwort könnte nicht wie erwartet ausfallen.

»Ich weiß«, kam es zurück, »da hilft mir selbst mein Priesteramt nichts. Bis jetzt neun Priester auf dem Scheiterhaufen oder kurz davor, da kommt es auf einen mehr oder weniger nicht mehr an. Auch den Flade ...«

»Schweigt!«, bellte nun Binsfeld. »Ihr habt hier keine langen Erklärungen abzugeben. Widerruft Ihr oder widerruft Ihr nicht?«

Loos sah ihn lange an. Dann nickte er kaum merklich. »Ich widerrufe!«

Binsfeld war die Erleichterung anzusehen. Er nickte den beiden Schreibern zu.

»Wir bringen es jetzt in die endgültige Form«, sagte er knapp und begann zu diktieren: »Ich, Cornelius Loos Callidus, geboren in Gouda, Holland, zurzeit auf Befehl des Apostolischen Nuntius Octavius Frangipani ... inhaftiert und festgehalten in der Kaiserlichen Abtei Sankt Maximin bei Trier wegen der Schrift ›De vera et falsa magia‹ ...«

»Ficta, eingebildet«, warf Loos ein, aber Binsfeld schenkte ihm keine Beachtung und fuhr fort.

»... die ich ohne Wissen und Erlaubnis der hiesigen Obrigkeit vermessen und dünkelhaft nach Köln geschickt habe, damit sie dort gedruckt werde. Nachdem eine Untersuchung eingeleitet worden war, weil in diesem Buch, in einigen meiner Briefe an den Klerus und den Stadtrat und in anderen geheimen Schreiben, die die Gerichtsverfahren gegen Zauberer und Hexen verhindern sollten, viele Sätze und Abschnitte enthalten sind, die nicht allein irrig und anstößig, sondern auch häresieverdächtig sind und einem Verbrechen gegen die Obrigkeit nahe kommen, insofern sie aufrührerisch und unbesonnen sind und im Gegensatz zu den Theologiegelehrten, den Entscheidungen zu den Bullen der Päpste ...«

»Es gab nur eine Bulle, Summis desiderantis ...«

Binsfeld ließ sich nicht beirren. »... wie auch der Erzdiözese Trier und anderer Kirchenprovinzen und Fürstentümer stehen, widerrufe, verdamme und verwerfe ich die genannten Sätze und Abschnitte in der Reihenfolge, wie sie unten angegeben sind;

auch will ich, dass sie so aufgenommen werden, als ob ich sie nie gesagt hätte noch von mir bejaht worden seien.« Er warf einen kurzen Blick hinüber zu den Schreibern und wartete, bis sie nachgekommen waren. »Die einzelnen Punkte nummerieren«, wies er sie dann an. »Erstens widerrufe, verdamme, verwerfe und missbillige ich, dass es bloß Einbildung, lügenhafter Aberglaube und reines Hirngespinst sei, was man von den Flügen der Hexen schreibt ...«

Hie und da traten die Ankläger kurz zusammen und tuschelten geheimnisvoll miteinander, worauf Binsfelds Gesicht jedes Mal einen wichtigen Ausdruck annahm, wenn er weiterdiktierte. »Gerade so, als ob soeben der Heilige Geist über ihn gekommen wäre«, dachte Loos angewidert. Im Wesentlichen aber hielt sich der Weihbischof an den vorformulierten Text.

Binsfeld war nun mit den einzelnen Punkten fertig und zog sich mit den anderen in eine Ecke des Raumes zurück, wo sie wieder eifrig leise aufeinander einsprachen, wobei die Wortführer Binsfeld und Abt Biewer zu sein schienen. Von den anderen bekam Loos nicht viel mehr mit, als dass sie gelegentlich beipflichtend nickten.

»Sie werden jetzt versuchen, dich endgültig mundtot zu machen. Schämst du dich nicht, Loos, vor diesen von ihrer Macht berauschten Wichtigtuern zu kuschen? Kannst du, wenn das alles vorbei ist, noch Achtung vor dir selbst haben? Wie willst du das mit deinem Gewissen vereinbaren? Noch ist der Weg zurück frei!« Die Gedanken rasten durch seinen Kopf, unklar, verhuscht, wie im Fieber. Kaum dass er Binsfeld wahrnahm, der nun bei den Schreibern stand und getragenen Tones auf die beiden einsprach. Es interessierte ihn nicht. Nicht mehr.

Der Raum war nicht sonderlich groß, trotzdem kam es Loos vor, als befände er sich ganz allein in einem riesigen Saal. Hier waren lebende Menschen um ihn, aber so einsam war er selbst in seiner Zelle nie gewesen. Beinahe erschrocken fuhr er zusammen, als der große Schatten des Weihbischofs auf ihn fiel.

»Ihr seid also zum Widerruf bereit?«

Loos nickte müde.

»Dann kniet Euch vor mir nieder und lest das laut und deutlich vor!«

Mit einer herrischen Bewegung drückte ihm Binsfeld eine Ausfertigung des eng beschriebenen Schriftstückes in die Hand. Cornelius Loos tat, wie ihm geheißen. Kalt und unbewegt, als ob ihn das Ganze nichts anginge. Erst am Schluss begann seine Stimme für einen kurzen Augenblick leicht zu schwanken.

»Ich verspreche heilig, dass ich in Zukunft, wo immer ich auch hinkommen werde, nichts Derartiges mehr lehren, verteidigen oder behaupten werde. Sollte ich dem zuwiderhandeln, so unterwerfe ich mich alsdann, wie auch jetzt, allen Gesetzesstrafen für rückfällige Häretiker, Widerspenstige, Rebellen, Ehrabschneider und Beleidiger der Obrigkeit als öffentlich überführter, entehrter Betrüger.« Loos musste schlucken, ehe er weiterlas. »Ich unterwerfe mich auch jeder willkürlichen Strafe sowohl des Erzbischofs von Trier als jeder anderen Obrigkeit, unter der ich leben werde und welche von meinem Rückfall und meinem Eidesbruch erfahren wird, damit sie mich nach Verdienst bestraft an Ehre, Namen, Hab und Gut und am Leibe.«

Nein, so billig würden sie ihn nicht kriegen. Bevor er das unterzeichnete, wollte er wissen, was auf ihn zukam und dass keine Finte Binsfelds dahinter steckte. Bodeghemius schien seine Gedanken zu erraten.

»Ihr werdet des Landes verwiesen und habt Kurtrier innerhalb von zwei Tagen zu verlassen. Bis dahin ist es Euch selbstverständlich untersagt, mit irgendjemandem Kontakt aufzunehmen oder über den Fall zu sprechen!«

»Außer mit dem Stiftsherrn Linden! Der macht inzwischen ebenfalls schon unvorsichtige Bemerkungen. Er soll ruhig sehen, wohin das führt!« Binsfelds Augen funkelten. »So, und nun unterschreibt!«, befahl er dann kalt.

Cornelius Loos schritt erhobenen Hauptes zum Tisch und setzte seinen Namenszug unter die beiden Abschriften.

Nachdem die Zeugen und der Notar ebenfalls ihre Unterschriften geleistet hatten, nahm Binsfeld Loos' handschriftliches Manuskript von Biewers Arbeitstisch und reichte es Bodeghemius.

»Ist das bestimmt das einzige verbliebene Exemplar?«, fragte er.

»Mit absoluter Sicherheit!«, antwortete der Offizial.

»Vernichtet es! Werft es in den Ofen!«

Bodeghemius nickte und steckte es in die Tasche seiner Soutane.

6

Genau so hatte er sich die Stadt vorgestellt und das ärgerte ihn ein wenig. Alles war, wie es ihm Andrew Dickson White geschildert hatte und wie er es von Bildern kannte. Es kam ihm so vor, als wäre er schon öfter in Berlin gewesen, und er vermisste den Reiz des Neuen, des noch Unentdeckten. Hier vom Potsdamer Platz aus ging es zum Tiergarten, zum Schloss Charlottenburg, zum Brandenburger Tor und zur königlichen Residenz. Die breite Flaniermeile da vorn hieß Unter den Linden und die Pferdestraßenbahn war rot und gelb angestrichen. Sie war der einzige Farbklecks, der so gar nicht in die sonst so ernste Umgebung passen wollte.

Burr hatte sein Gepäck, einen kleinen Koffer und eine Aktentasche, auf den Boden gestellt. Ruhig glitt sein Blick über die dahineilenden Menschen, streifte für einen Augenblick den aufgeputzten und ausladenden Hut einer Dame und blieb schließlich an den Gesichtern von drei behäbigen Männern hängen, die sich angeregt miteinander unterhielten. Eine Weile blieb er so stehen und versuchte die Eindrücke in sich aufzusaugen. Das war sie also, dic Hauptstadt des Deutschen Reiches. Über allem lag eine unbestimmte Atmosphäre, von der er nicht wusste, wie er sie deuten sollte. Wichtig! Ja, wichtig!, so entschied er nach einer Weile. Wichtig sahen die imposanten Gebäude aus und ebenso viele der Gesichter. Hier also hatte Andrew Dickson White studiert und hier war er als Minister der amerikanischen Regierung bei Reichskanzler Otto von Bismarck ein und aus gegangen.

Burr hatte in seinen letzten Briefen darum gebeten, die Post nicht mehr nach Leipzig, sondern postlagernd nach Berlin zu senden. Es war ein ganzer Packen, der nun im Postamt zur Abholung bereitlag, weit mehr, als er erwartet hatte. Er überflog die Absender, zwei Kuverts stammten von White, einige von seinen Studenten, auf einem zartrosafarbenen Umschlag erkannte er Pees fein geschwungene Handschrift und es gab ihm einen feinen Stich. Pee! Wie sehr er sie vermisste, ihr helles Lachen, den schelmischen Blick ihrer blauen Augen und ihre Wärme. Er musste sich dazu zwingen, den Brief nicht an Ort und Stelle zu öffnen. Warm durchflutete es ihn, er hauchte einen flüchtigen Kuss auf das Kuvert und schob es vorsichtig in seine linke Jackentasche, direkt über seinem pochenden Herzen.

Ein Kuvert aber öffnete er an Ort und Stelle. »Lieber Mister Burr«, las er, »es tut mir unsäglich Leid, dass ich Ihnen so viele Unannehmlichkeiten bereitet habe. Ohne Sie wäre ich nicht mehr in der Lage, einen Brief zu schreiben. Bis ans Ende meines Lebens werde ich tief in Ihrer Schuld stehen. Vielleicht mag es undankbar erscheinen, dass ich mich nicht schon früher bei Ihnen gemeldet habe, aber ich lag im Krankenhaus, da ich mir in meiner Verzweiflung die Pulsadern aufgeschnitten hatte, allerdings stümperhaft und man hat mich noch rechtzeitig gefunden. Ich war fest entschlossen, sofort nach meiner Entlassung einen zweiten Versuch zu unternehmen, diesmal mit sichererem Ausgang. Auch Ihr Brief konnte mich anfangs nicht umstimmen, doch dann erfuhr ich, welche Anstrengungen es sie gekostet hat, meinetwegen ein Schiff aufzuhalten. Allein schon das hat mir aufgezeigt, dass niemand auf dieser Welt allein ist, solange es auch nur einen einzigen Menschen gibt, der an ihn denkt und sich für ihn einsetzt. Mein Verhalten war selbstsüchtig und unverzeihlich, für diese Erkenntnis habe ich einige Zeit gebraucht. Sie waren es, der mir die Augen öffnete, Sie waren einer der wenigen Menschen, die mich ernst genommen haben. Sie als Einziger haben nicht versucht, mich von meinem Vorhaben abzuhalten, sondern akzeptierten meine Entscheidung und meinen Willen. Ich weiß nicht, ob das Rezept funktioniert hätte, will es auch gar nicht wissen. Mir wurde gesagt, dass Sie sich noch längere Zeit in Europa aufhalten, aber ich werde mich bei Ihrer Rückkehr umgehend bei Ihnen melden, um mich nochmals persönlich zu bedanken. Gott segne und schütze Sie.

Ihre in tiefer Schuld stehende

Joana Shriver«

George Lincoln faltete den Brief zusammen und steckte ihn in die Aktentasche. Er wollte sich noch ein wenig in der näheren Umgebung umsehen, kam aber nicht weit. Vor dem Schaufenster eines Buchladens blieb er stehen und studierte die ausgestellten Titel. Kurz entschlossen betrat er daraufhin den Laden.

Scheppernd schlug die Türglocke an. Ein großer, schwerer Mann, offensichtlich der Besitzer, erhob sich umständlich hinter dem Tresen und schob seine Brille auf die Stirn. »Guten Tag, mein Herr, kann ich Ihnen behilflich sein?«

»Führen Sie auch Antiquariate?«

Der Buchhändler nickte und deutete mit der Hand nach hinten in den Raum, dessen Ende in der Düsternis nicht auszumachen war. »Sucht der Herr etwas Bestimmtes?«

»Nein. Aber Sie haben sicher eine Liste oder ein Verzeichnis?«

Aus dem Regal hinter sich fischte der Mann eine dicke, schwarz gebundene Kladde und reichte sie Burr, der seinen Zeigefinger von Zeile zu Zeile gleiten ließ, bis er auf der dritten Seite fündig wurde.

»Albertus Magnus, ›Summe de creaturis‹, könnte ich das einmal sehen?«

»Selbstverständlich!«

Der Albertus Magnus war in einem erbarmungswürdigen Zustand. Es handelte sich um einen unvollständigen Teildruck, dem im Lauf der Zeit auch noch eine Reihe von Seiten abhanden gekommen war. Jedes Buch hatte seinen eigenen Geruch, atmete den Geist der Vergangenheit, dieses aber stank nach Moder, Schimmel und feuchtem Keller. Zudem waren einige Blätter unlösbar miteinander verklebt.

»Dieses Buch hier«, Burr hob es leicht in die Höhe, »ist nichts wert.«

Sollte das wieder eine der üblichen Finten sein, um den Preis zu drücken?, fragte sich der Buchhändler. Das kannte er zur Genüge. Da kamen sie, drehten die Bücher hin und her, blätterten sie von vorn bis hinten durch, während ihre Gesichter immer gelangweilter dreinsahen, und begannen an allem Möglichen herumzumäkeln, weil sie glaubten, er würde dann schon von sich aus einen günstigeren als den ursprünglich angesetzten Preis fordern, den sie dann noch weiter herunterhandeln könnten.

»Was würden Sie denn dafür bezahlen?«

»Keinen Pfennig«, erwiderte George Lincoln freundlich, »weil es wirklich nicht von Wert ist. Höchstens für jemanden, der Bücher wegen ihres Alters, nicht aber wegen ihres Inhalts sammelt! Sehen Sie selbst, wie viele Seiten fehlen oder verklebt sind.«

Zum Gehen entschlossen wandte er sich um und stieß dabei mit dem Ellbogen an einen am Thekenende gestapelten Stoß Bücher, von denen die obersten vier ins Rutschen kamen. Er versuchte noch sie aufzufangen, aber es war schon zu spät. Dumpf schlugen sie auf dem Boden auf. Hastig bückte sich Burr, um sie aufzuheben, hielt dann aber mitten in der Bewegung inne. Aus einem der Exemplare waren einige bedruckte Zettel herausgefallen. Erst dachte er, es seien Lesezeichen, aber es waren Artikel aus Zeitungen. Offensichtlich waren sie ehemals eingeklebt gewesen, aber der Klebstoff war im Lauf der Zeit spröde und müde geworden. Unter mehrfachen Entschuldigungen für sein Missgeschick versuchte George Lincoln sie den ursprünglichen Stellen zuzuordnen, überflog dazu kurz die Überschriften. Es war ein wahlloses Durcheinander, hauptsächlich ging es um lokale Ereignisse vor etwa hundertfünfzig Jahren. Nichts von Bedeutung. Doch auf einmal stutzte er, zog den bereits eingelegten Ausschnitt wieder heraus und las ihn aufmerksam durch. Es ging um einen Hexenprozess hier in Berlin. Um 1728 hatte ein Gerücht genügt, die Dorothea Steffin sei eine Hexe, und aus Angst vor der Folter hatte diese dann sofort zugegeben, mit dem Teufel verbündet zu sein, um unbeobachtet stehlen zu können. Zwar wurde sie nicht mehr verbrannt, sondern nur noch zu lebenslanger Zwangsarbeit verurteilt, was aber vermutlich ebenfalls einem Todesurteil gleichkam.

»Was möchten Sie dafür haben? Ich meine, nicht für die ganze Sammlung, sondern für diesen einen Zeitungsartikel?«, fragte er und es klang beinahe entschuldigend.

Der Buchhändler warf kaum einen Blick darauf. »Ach was«, lachte er, »nehmen Sie ihn mit!«

»Nein, das möchte ich nicht!«, entgegnete Burr, kramte aus seinem Geldbeutel ein paar Münzen und legte sie auf die Theke.

Dann machte er sich auf den Weg zum Anhalter Bahnhof. Ein Kommilitone aus Leipzig hatte ihm die Adresse einer Frau in Lichterfelde genannt, die gelegentlich gegen ein geringes Entgelt ein Zimmer vermietete.

Beim Schaffner kaufte er ein Billett zu zwanzig Pfennig, was ihm für die kurze Strecke als horrend teuer erschien, während sich der Wagen mit schneidigen Militärs der in der Nähe liegenden Hauptkadettenanstalt füllte. Mit einem bis ins Mark gehenden Aufkreischen fuhren die Wagen los, schoben sich zunehmend schneller den glänzenden Schienenstrang entlang, rumpelten quietschend über Straßenübergänge, wobei die Wagons bedenklich hin- und hergeworfen wurden, während der elektrische Generator des Triebwagens von alldem unberührt einen tiefen, gleichmäßigen Brummton von sich gab. In der Straßenbahn hing ein Geruch aus Lederfett und Zigarrenrauch.

Da, wo George Lincoln aus der Straßenbahn stieg, waren die Häuser noch stattlich, zeigten Wohlhabenheit und Stolz. Sie waren mehrstöckig, neu oder sogar noch in Bau. Doch nur wenige Schritte dahinter sah es anders aus. Trostlos. Das Grau der Wände schien bemüht zu sein, sich dem Grau des verhangenen Himmels anzupassen, die steinernen Vortreppen waren ausgetreten, die Fenster hatten einen stumpfen Blick, der Putz war von Salpeter zerfressen und das Holz der Haustüren rissig.

Ein Windstoß scheuchte eine Wolke Rauch vom Dach und jagte sie durch die enge Straße, geradewegs auf Burr zu. Stechend fuhr ihm der Geruch billiger Braunkohle in die Lunge und er hielt für einen Moment den Atem an. Ein paar Kinder, die unter Gejohle und Geschrei damit beschäftigt waren, einen Ball aus Stofffetzen in eine Pfütze zu befördern, unterbrachen ihr Spiel und gafften mit halboffenen Mündern den Fremden ungeniert an. Dann begannen sie zu tuscheln, ob der feine Herr wohl aus der vornehmen Villensiedlung drüben käme, aber von dort war bis jetzt noch nie jemand hier gewesen.

Misstrauisch beäugte die Witfrau Schmidtchen den jungen Herrn, der soeben an ihre Tür geklopft hatte, trocknete umständlich ihre großen Hände an der Schürze ab und schob dann ihr Kopftuch zurecht. Ihr dunkelbraunes Haar war bereits mit ein paar silbrigen Fäden durchzogen.

»So«, sagte sie dann, ihre hohe Stirn legte sich dabei in feine Falten, »Sie wollen also bei uns wohnen?«

Hinter ihr lugten neugierig drei Kinder, zwei Buben und ein Mädchen, hervor.

»Wenn es Ihnen und den Kindern keine allzu großen Umstände macht – gern«, erwiderte er freundlich.

»Kommen Sie herein und schauen Sie sich das Zimmer erst einmal an. Sicher sind Sie Besseres gewohnt!«

»Ich habe nur bescheidene Ansprüche!«, entgegnete Burr.

Die Haustür führte direkt in eine große Wohnküche. Unter der Decke war eine Leine gespannt, an der Wäsche zum Trocknen hing, an der rückwärtigen Wand befand sich ein altersschwacher, gekachelter Herd, von dem schon einige Platten abgebrochen waren und so einen unverstellten Blick auf die Schamottsteine freigaben. In einer Ecke stand ein Tisch mit einer Vase, deren ehemals vermutlich kirschroter Rand nur mehr zu erahnen war. Neben dem Herd führte eine steile Treppe zu einer Luke. Nachdem sich seine Augen an das Dämmerlicht gewöhnt hatten, machte George Lincoln zwischen den Wäschestücken zwei weitere Türen aus.

»Das ist die Kammer der Buben«, sagte Frau Schmidtchen und schlüpfte behände zwischen den feuchten Tüchern, Hemden und wollenen Strümpfen hindurch.

Der Raum bot gerade genug Platz für zwei schmale Betten, einen einfachen, kleinen Schrank, einen Tisch und einen Stuhl.

»Das Bett vom Sebastian können wir in die Küche stellen, der Kleine kann bei mir schlafen«, meinte sie resolut, »vorausgesetzt, dass Sie das Zimmer wollen!«

In Burr stritten die Gefühle. Nicht weil ihm die Kammer zu gering gewesen wäre, sondern weil seine Anwesenheit die Familie zwänge, noch enger zusammenzurücken. Schließlich gab er sich einen Ruck und nickte.

»Wie lange wollen Sie denn bleiben?«

»Ich weiß es noch nicht. Wahrscheinlich nur ein paar Tage«, gab er zur Antwort. »Was soll das Zimmer denn kosten? Und kann ich bei Ihnen auch ein Essen bekommen?«

»Ja, sicher. Fünfzig Pfennig pro Tag?« Sie hob die Schultern und sah Burr unsicher an. »Ist das zu viel?«

Er lachte. »Nein, siebzig sind eher angebracht! Aber nur, wenn ich für die Mahlzeiten extra bezahle!«

George Lincoln zog seine Schuhe aus und legte sich probehalber auf das Bett. Wenn er sich ausstreckte, stießen Kopf und Füße an den beiden Enden an, aber er hatte schon unbequemer geschlafen. Die Unterlage, bestehend aus mehreren Lagen übereinander gelegter Tücher und wollener Decken, war zwar hart, aber gerade deshalb ganz nach seinem Geschmack. Als er sich wieder erhob, entdeckte er die Waschschüssel auf einem Hocker am Fußende der Schlafstatt.

»Ein Handtuch liegt im Schrank, das Wasser müssen Sie in der Küche aus dem Eimer holen!«, sagte Frau Schmidtchen, die seinem Blick gefolgt war. Erst jetzt fiel ihm auf, dass ihr ein Schneidezahn fehlte und sie ein wenig lispelte. »Ich mach mich mal ans Abendessen!«, meinte sie dann und machte leise die Tür hinter sich zu.

Burr langte nach seiner Aktentasche und suchte die beiden Briefe von Andrew Dickson White heraus. Sie hatten absoluten Vorrang, denn schließlich hatte er es allein seinem Mentor zu verdanken, dass er hier war. Ein warmes Gefühl der Dankbarkeit stieg in ihm hoch, wiewohl ihm bewusst war, dass Whites Hilfe und Unterstützung nicht ganz frei von Eigennutz waren: George Lincoln hatte, nachdem ihn White zum Bibliothekar berufen hatte, nicht nur eine Reihe wertvoller Werke angekauft und das oft zu einem Preis, der geradezu lachhaft war, sondern im Lauf der Zeit eine geradezu traumwandlerische Sicherheit entwickelt, wenn es darum ging, den Wert eines Schriftstückes oder Buches abzuschätzen.

So war es auch bei einem Antiquariatsverzeichnis gewesen, das White von dem Berliner Buchhändler Albert Cohn erhalten hatte. Die beiden hatten sich in Berlin kennen gelernt und White hatte Cohn ersucht, ihn regelmäßig über neu eingegangene Schriftstücke auf dem Laufenden zu halten. In einer dieser Auflistungen tauchte dann ein etwas ominös erscheinendes Dokument auf, das sich nirgendwo eindeutig zuordnen ließ. In der Beschreibung stand nur etwas von Gerichtsakten eines Hexenprozesses im Trierer Raum, dabei ein unleserlicher Name, der aus fünf, vielleicht auch sechs Buchstaben bestand. Angemerkt war noch eine Jahreszahl, 1589, mit der aber niemand etwas anzufangen wusste – außer Burr. Und der ließ sich seine Aufregung nicht anmerken, da er White gut genug kannte, um zu wissen, dass dieser nur auf einen Verdacht hin keinen müden Cent herausrücken würde. Eine innere Stimme flüsterte drängend, er sei einer wichtigen Sache auf der Spur, warnte ihn andererseits, ja nichts zu überstürzen. Kurz ging ihm durch den Kopf, das Dokument von seinem bescheidenen Salär zu erwerben, aber es hätte ihn das Gehalt eines halben Jahres gekostet. George Lincoln kam sich vor wie ein Jagdhund, der den Geruch der Beute in der Nase hatte, aber von seinem Herrn zurückgehalten wurde. Wenn er Recht hatte – und er hatte Recht, da war er sich ganz sicher –, wäre der Kauf dieser Akten ein Glücksfall und eine unermessliche Bereicherung für die Sammlung über das Hexereiwesen. Sie würden dem Ansehen der historischen Abteilung der Corneller Universität einen gewaltigen Schub geben.

Betont gelassen trat George Lincoln mit der Liste ans Fenster und wendete sie hin und her. Er sprach kein Wort, setzte zunächst eine zweifelnde Miene auf, und tat schließlich so, als sei er sich ganz sicher. Er spürte, wie ihn White beobachtete, schwieg jedoch beharrlich – so lange, bis sein Mentor es nicht mehr aushielt.

»Was haben Sie denn?«

Burr machte ein paar Mal nur »Hm, hm«, hob dann langsam den Blick und sah White fest in die Augen. »Wir sind dabei, einen Schatz zu heben, aber wir müssen dabei ein kleines Risiko eingehen.« Er hatte immer noch Mühe, seine Erregung zu unterdrücken. »Das hier«, er machte ein paar kurze Schritte hinüber zum Tisch, wo er das Papier ablegte, »das hier, was ist das Ihrer Meinung nach für ein Buchstabe?«

White beugte sich über die Liste. »Ein A?«, meinte er nach einer Weile unsicher.

»Könnte es auch ein F sein?«

»Ja, könnte schon sein.«

»Und das hier, dieses zweite, lange, hoch stehende Zeichen?«

»Ein l oder ein t. Es ist etwas verwischt.«

»Können wir uns auf F und l einigen?«

»Versuchen wir es mal!«, erwiderte White, der keinen blassen Schimmer hatte, worauf Burr hinauswollte.

»At oder Al ergibt keinen Sinn, F und l sehr wohl – wenn man es mit der Jahreszahl kombiniert. Den dritten Buchstaben könnte man als a deuten, den vierten als d und den fünften als i oder e. Dieser Schnörkel hier ist wahrscheinlich nur ein Ausrutscher, der zufällig wie ein s aussieht. Wir hätten dann Fladi oder Flade. Hier haben wir 1589 stehen, hier Raum Trier. In diesem Jahr wurde der Schultheiß Dietrich Flade nach einem weit über Trier hinaus Aufsehen erregenden Prozess als Hexer hingerichtet!« George Lincoln war es nun unmöglich, noch länger an sich zu halten. »Wissen Sie, hinter was wir her sind?«, entfuhr es ihm.

»Langsam, langsam. Es geht um eine nicht ganz unbeträchtliche Summe ...«

»... die aber in keinem Verhältnis zum Wert steht!«, fiel der sonst immer so höfliche Burr seinem Gegenüber ins Wort.

White schlug vor, Albert Cohn anzuschreiben, worauf Burr entgegnete, ein Brief wäre viel zu lange unterwegs, womöglich würden die Akten unterdessen verkauft. In seiner Stimme schwang ein beinahe verzweifelter Unterton, als er vorschlug, ein Telegramm zu schicken.

»Ein Telegramm? Ist Ihnen klar, was das über den Atlantik kostet?«, entgegnete White beinahe erschrocken. »Um die zwanzig Dollar! Nicht pro Telegramm, sondern für jedes einzelne Wort! Und dann muss Cohn zurücktelegrafieren, wenn er das überhaupt macht!«

George Lincoln verbrachte zwei schlaflose Nächte, bevor White endlich einwilligte, die Dokumente in Berlin zu bestellen. Ein paar Wochen später nahmen sie in Whites Arbeitszimmer ein in dickes, braunes Papier eingeschlagenes Paket in Empfang. Burr öffnete es und kurz darauf entfuhr ihm ein triumphierender Aufschrei. Es handelte sich tatsächlich um die lange Zeit verschollen geglaubten Prozessakten des Dietrich Flade! Allerdings waren sie, wie er enttäuscht feststellen musste, nicht vollständig.

Nun also saß er dank White in Berlin, die beiden Briefe seines Mentors vor sich. Der erste war eine lange Liste von Vorschlägen, nach welchen Büchern George Lincoln Ausschau halten sollte, und der zweite ein sehr persönliches Schreiben, in dem sich White nach dem Fortschritt seiner Dissertation erkundigte. Seine Doktorarbeit! Eigentlich war er auf einen Doktortitel nicht sonderlich versessen, aber er kam wohl kaum darum herum, schließlich unterrichtete er schon seit geraumer Zeit an einer Universität, ohne einen akademischen Grad vorweisen zu können. Das durfte nicht so bleiben. Außerdem war Whites Angebot zu verlockend gewesen, als dass er es hätte ausschlagen können: Er solle in Europa weiterstudieren und in Leipzig seinen Doktor machen. White werde den Aufenthalt finanzieren, wenn Burr als Gegenleistung Augen und Ohren offen halte, um seltene Exemplare für die Bibliothek zu entdecken. George Lincoln war klar, dass man eine solche Chance nur einmal im Leben erhielt. Das größte Hindernis war Pee gewesen. Mit Tränen in den Augen hatte sie an seiner Schulter gelehnt und er hatte sich völlig hilflos gefühlt. Ihn war es ebenfalls hart angekommen, verdammt hart sogar. Aber er hätte es sich nie verziehen und auch Pee hätte das schlechte Gewissen geplagt, wenn er das Angebot ausgeschlagen hätte.

Mit in die Hände gestütztem Kopf starrte er auf die noch ungeöffneten Briefe. Allein die Beantwortung der anfallenden Post war, soweit er es bisher überblickte, mit mindestens eineinhalb Tagen zu veranschlagen. Wie sollte er da mit seiner Dissertation vorankommen? Draußen in der Küche lärmten die beiden Buben, die immer wieder von ihrer Schwester Anne und der Mutter ermahnt wurden, etwas leiser zu sein. Neugierig und ein wenig verschüchtert waren sie anfangs dem fremden Mann begegnet, aber das hatte sich schnell gelegt. Nach einem energischen Machtwort von Frau Schmidtchen wurde es mit einem Mal ruhig, nur das Knarzen der steilen Treppe war noch zu hören, auf der sich Anne im Halbdunkel in ihren Verschlag oberhalb der Küche tastete.

Mit einem leisen Seufzen zog George Lincoln die blakende Lampe zu sich her und drehte seine Aktentasche ins Licht. Schließlich holte er eine graue Mappe hervor, auf der in großen Buchstaben stand: »Dissertation über den Prozess gegen Dietrich Flade«. Als er sie aufschlug, seufzte er noch einmal. Zehn, vielleicht zwölf Blätter. Nein, sehr weit war er mit seiner Doktorarbeit bis jetzt noch nicht gekommen.

Über Nacht war ein scharfer, kühler Wind aufgekommen, der tief hängende Regenwolken vor sich hertrieb. George Lincoln war es gerade recht und er machte sich daran, seine Korrespondenz aufzuarbeiten, was zwei volle Tage dauerte, an denen er sich regelrecht in seiner Kammer vergrub. Erst dann kam er dazu, sich um das zu kümmern, weswegen er eigentlich nach Berlin gekommen war.

Das erste Mal sah er Lichterfelde im hellen Tageslicht. Welch ein Kontrast! Hier die großen vornehmen Häuser der Villensiedlung, die ihren Reichtum beinahe höhnisch zur Schau stellten, und dahinter grau und trostlos die an ebenso grauen Straßen zu Spalieren aufgereihten hässlichen Behausungen! Zwei Welten, so nahe beieinander und sich doch so fremd. Je näher er der Stadt zu kam, desto öfter blieb er an einer Kreuzung stehen, um den Zettel hervorzuholen, auf dem er Annes Wegbeschreibung notiert hatte, und fand ohne sich auch nur einmal zu verlaufen Cohns Buchhandlung.

Albert Cohn sah beinahe unwillig auf, als Burr eintrat. Er war gerade damit beschäftigt, eine neu eingegangene Lieferung in Augenschein zu nehmen, was für ihn auch noch nach vielen Jahren als Buchhändler mit einem Nervenkitzel verbunden war. Manche gingen auf die Pferderennbahn, andere wetteten auf Hunde oder spielten mit hohen Einsätzen in der Lotterie, um sich dieses gewisse Kribbeln zu verschaffen. Er aber brauchte dies alles nicht, dazu hatte er seinen Beruf und seine antiquarischen Bücher. Jede frisch eintreffende Sendung erzeugte in ihm ein ungleich heftigeres Gefühl. Manches mit hohen Erwartungen erstandene Buch entpuppte sich als nicht den Bruchteil des Geldes wert, das er bezahlt hatte, dafür hatte er mit dem ein oder anderen unscheinbaren Dokument durch geschicktes Taktieren und Verhandeln einen immensen Erlös erzielt. Doch dazu musste man die richtigen Leute kennen und Cohn hatte das, was in diesem Beruf unabdingbar war, nämlich weitreichende Beziehungen. In seinen Laden verirrten sich jedoch nicht allzu viele Leute, seine Abnehmer waren hauptsächlich Universitäten, Bibliotheken und eine Hand voll Sammler.

»Kann ich Ihnen helfen?«, fragte er nach geraumer Weile und versuchte erst gar nicht, seinen Ärger über die Störung zu verbergen.

»Ich bin George Lincoln Burr!«

Cohn wäre fast das Buch entglitten. Er fuhr in die Höhe und starrte seinen Kunden ungläubig an. »Burr? Der Bibliothekar von Cornell? Aus Amerika?«

»Ja, genau der!«, gab dieser freundlich zurück.

»Was machen Sie hier in Europa?«

»Studieren und Bücher jagen«, grinste Burr spitzbübisch, »und nebenher soll ich noch meinen Doktortitel mit einer Dissertation über den Flade-Prozess machen! Aber da habe ich ein kleines Problem – vielleicht können Sie mir weiterhelfen?«

»Es lag nicht an mir«, antwortete Albert Cohn ein wenig verlegen, »die Nachforschungen waren alles andere als einfach.

»Das kann ich mir lebhaft vorstellen!«

Noch von Cornell aus hatte Burr den Buchhändler angeschrieben mit der Bitte, nach den fehlenden Teilen der Flade-Akten zu suchen, hatte aber nie mehr etwas von ihm gehört, außer dass es eine vage Spur über ihre Herkunft gebe, der Cohn nachzugehen versuche.

»Die Akten, die Sie erhalten haben, stammen aus dem Nachlass eines Kölner Privatsammlers, die von einer Erbengemeinschaft verkauft wurden. Ich erwarb sie nicht direkt von den Nachkommen, sondern erhielt sie über verschlungene Wege. Über die fehlenden Teile habe ich leider nichts herausbekommen, aber erst vor ein paar Tagen ...« Cohn brach mitten im Satz ab, schritt zu einem der bis zur Decke reichenden Regale und zog mit gezieltem Griff eine dünne, graubraune Pappmappe heraus. »Da, sehen Sie selbst!«

»Was ist das?«

»Der Katalog des Buchhändlers Lempertz in Köln. Beachten Sie das Jahr!«

1874 stand da.

Burr sah Cohn fragend an, der sich keine Mühe gab, seinen Stolz über die Entdeckung zu verbergen. »Ja, Lempertz bot bereits 1874 die Akten in seinem Katalog zum Verkauf an, die dann offensichtlich von dem erwähnten Privatsammler erworben wurden!«

»Und woher hatte dieser Lempertz sie?«

Cohn zuckte nur mit den Schultern.

7

Obwohl die Sonne aus einem wolkenlosen Sommerhimmel schien, fröstelte Michael Stappert. Er hörte nicht das Zwitschern der Vögel in den Bäumen, bemerkte nicht, wie der warme Wind wogend durch die sattgrünen Felder des Sauerlands strich und ihm seine langen, dunklen Haare ins Gesicht fächelte. Hinter ihm verwehte das heisere Schreien, Johlen und ekstatische Aufheulen der Menschenmenge und er beschleunigte unwillkürlich seinen Schritt. Nichts wie weg hier, möglichst weit fort! Das erste Mal hatte er bewusst in ihre Gesichter gesehen, hatte ihre Empfindungen gespürt, diesen Hass, diese Wut und die Mischung aus Befriedigung und verstörter Angst. Was, wenn Catharina Schutes die Wahrheit gesagt hatte? Wenn sie wirklich unschuldig war? Was war dann mit all den anderen? Was, wenn das alles nur ein furchtbarer Irrtum war? Hatte er sich mitschuldig gemacht? Vor Gottes Angesicht wollte sie ihn verklagen! Wenn er nicht Pastor geworden wäre und von der Kanzel herab die Ausrottung der Hexen gefordert hätte, wäre ihr dieser Gang erspart geblieben und in Hirschberg nicht so viel unschuldiges Blut vergossen worden! Das hatte sie ihm vom Karren herab zugekrächzt, als er sie hinaus zum Richtplatz begleitet hatte. Er war zwar nur ein einfacher Landpfarrer, wusste nicht viel von Juristerei und großer Wissenschaft, aber was ihm die Schutes ins Gesicht geschleudert hatte, in ihrer Verzweiflung und Todesnot, der Leib zerschlagen, der Geist noch nicht völlig gebrochen ... nein, um das zu verstehen brauchte man kein Gelehrter zu sein. Vielleicht war es sogar die Gelehrsamkeit, die den Blick trübte, weil man die Welt vom Kopf her zu erklären versuchte und dabei vergaß, dass der Mensch auch eine Seele hatte. War es nicht so, dass der Rat eines ungebildeten Bauern oftmals besser und vernünftiger war als der so manchen eitlen Akademikers, der, auf seinen Doktortitel pochend, behauptete, nur er habe die nötige Einsicht und die entsprechende Befugnis? Oder wie hatte es Jesus Sirach schon zweihundert Jahre vor der Geburt des Herrn ausgedrückt? »Viel bessere Auskunft gibt dem Menschen das Gewissen als sieben Wächter auf dem hohen Turm.«

Angelogen habe sie ihn bei seinen Besuchen in der Zelle, wenn er sie eindringlich ermahnte, bei der Wahrheit zu bleiben, um nicht ihr Seelenheil zu verspielen. Er sei es gewesen, der eigene Pfarrer, der sie so weit gebracht habe, der ihr erst vollends das Gefühl gegeben habe, von allen verlassen zu sein. Wenn sie ihm die Wahrheit gesagt hätte, hätte er sie aufgefordert, sie vor Gericht zu wiederholen, worauf sie wieder so lange gefoltert worden wäre, bis sie ihre Aussage zurückgenommen hätte. Auch das hatte sie herausgekeucht und dass es schandbar sei, wenn sich ein Geistlicher wie er zum Handlanger solcher Blutschlecker wie des Doktor Schultheiß oder des Kommissars Höxer mache. Hatte er nicht noch am Sonntag eine scharfe Predigt gegen das Hexenwesen gehalten und gefordert, diesem Treiben mit allen Mitteln ein Ende zu setzen? Und hatte nicht Heinrich Schultheiß, ein wahrlich frommer Mann, ihn in seinem Tun stets bestärkt?

»Stapirius«, hatte der Hexenrichter mehr als einmal geradezu begeistert zu ihm gesagt, »Ihr seid ein Mann mit dem Herzen am rechten Fleck! Ihr nennt die Dinge beim Namen, anstatt um den heißen Brei herumzureden! Eure Predigt – alle Hochachtung! Wir werden mit diesem Gesindel aufräumen, und zwar radikal!«

Stappert hatte sich geschmeichelt gefühlt, von einem so gelehrten Herrn gelobt zu werden, der bei den Jesuiten zur Schule gegangen war, der in Köln und Würzburg die Juristerei studiert und sich dort gründlich mit dem Hexereiwesen auseinander gesetzt hatte. Der Doktor hatte ihm ausdrücklich versichert, es sei unmöglich, eine unschuldig angeklagte Hexe hinzurichten, da Gott dies nicht zulassen würde. Das habe schon Binsfeld geschrieben!

Nun aber nagten die Zweifel an ihm und je näher er dem auf einer Anhöhe gelegenen Hirschberg kam, desto stärker und bohrender wurden sie. Er versuchte den Gedanken an eine eigene Schuld aus dem Kopf zu drängen, aber der hatte sich in sein Gehirn verkrallt, drückte wie ein tonnenschwerer Stein auf seine Brust und nahm ihm beinahe den Atem. Wieso musste es ausgerechnet ihn auf die Pfarrstelle nach Hirschberg verschlagen?

Friedlich lag das Städtchen da, nur ein paar Hühner scharrten auf einem Misthaufen und aus einem Stall kam das satte Grunzen eines Schweines. Auf einer Bank neben dem Stadttor saß die alte, halb blinde und fast taube Greth, alle anderen waren draußen bei der Hinrichtung. Schon um nicht ins Gerede zu kommen, hatte es niemand gewagt, ihr fern zu bleiben. Die alte Greth war eine von den Frauen, aus der er nicht ganz schlau wurde. Meistens erweckte sie den Eindruck, nicht mehr ganz richtig im Kopf zu sein, hatte aber zwischendurch lichte Momente.

»Gelobt sei Jesus Christus, Greth!«, sagte Stappert so freundlich, wie es ihm sein Gemütszustand erlaubte.

»In Ewigkeit, Amen!«, kam es mit alterszittriger Stimme aus zahnlosem Mund. »Na, Herr Pastor, brennt sie gut, die Schutes?«

»Du sollst dich darüber nicht lustig machen! Bete lieber für sie!«, fuhr er sie unwirsch an.

»Das Beten hat ihr auch nichts geholfen und sie hat den Herrgott bestimmt viel heftiger angefleht, als ich es kann. Da ist selbst Gott machtlos, wenn seine Diener hier auf Erden anderer Meinung sind als er!«

»Wie meinst du das?«

»Wie ich es sage! Die Schutes war eine fromme und gottesfürchtige Frau. Ihr Verhängnis war, dass sie zu nahe am Kirchplatz wohnte!«

»Was soll das wieder heißen?«

»Ist es Euch noch nicht aufgefallen? Man sagt, schon der Doktor Schultheiß hatte ein besonderes Interesse an den Leuten vom Kirchplatz! Dort ist wohl ein richtiges Hexennest!«

In Stappert fuhr es wie ein Blitz, den Spott hörte er nicht mehr. Wo hatte er nur die ganze Zeit über seine Sinne gehabt? War er mit seinen achtundzwanzig Jahren schon blinder, tauber und seniler als die alte Greth?

Die Alte schwieg nun, ihr grauer Kopf pendelte auf ihrem dürren Hals hin und her, her und hin, die stumpfen Augen waren auf Stappert gerichtet, nahmen ihn aber nicht mehr wahr. Sie schien wieder in einer anderen Welt zu sein.

Kaum hatte sich der Pastor ein paar Schritte von ihr entfernt, schickte sie ihm ein meckerndes Lachen hinterher. »Ja, ja, um den Kirchplatz lebt es sich gefährlich!«

Kurz wandte er sich um, aber die Alte starrte teilnahmslos und leer vor sich hin.

Wie war das damals mit der Winter gewesen? Stappert hatte ihr keinen Glauben geschenkt, als sie ihm unter Tränen gebeichtet hatte, das Geständnis sei unter Folter erzwungen worden und die von ihr benannten Personen seien allesamt unschuldig. Trotzdem war sie nicht bereit gewesen, die Anschuldigungen vor Gericht zurückzunehmen. Immer wieder hatte sie beteuert, der Doktor habe sie immer so gefragt, dass sie genau gewusst habe, wen er beschuldigt haben wollte, und aus Angst vor erneuter Marter habe sie die gewünschten Leute angegeben. Bis zu ihrem Ende war sie bei ihrer Aussage geblieben, die von ihr Bezichtigten wurden ebenfalls vor Gericht gestellt und verbrannt. Sie alle hatten beim Kirchhof gewohnt. Und auch der Wolrath hatte behauptet, von Schultheiß dazu gebracht worden zu sein, bestimmte Personen um den Kirchhof zu beschuldigen, und als er, Stappert, ihn aufgefordert hatte zu widerrufen, geantwortet: »Das werde ich wohl besser bleiben lassen. Denn sonst werde ich wieder gefoltert.« Auf seine Vorhaltung hin, dass er dann nicht selig werden könne, hatte Wolrath gesagt: »Das will ich die Schelme selbst verantworten lassen, die mich dazu gezwungen haben!«

Plötzlich sah Stappert den Hexenrichter in einem anderen Licht. Dieses kleine, hagere Männlein mit dem in der Mitte gescheitelten und bis auf Kinnhöhe herabwallenden Haar, dem sorgfältig gekämmten und weit ausladenden Schnurrbart, unter dem ein akkurat viereckig zugeschnittener Kinnbart beinahe bis zur Brust hinabreichte. Die breite, in den Barthaaren endende Nase vermittelte den Eindruck eines hungrigen Löwen. Der Blick unter den hoch geschwungenen Augenbrauen – starr und eiskalt. Nie hatte man bei Schultheiß auch nur den Anflug einer Gefühlsregung gesehen.

Michael Stappert hatte immer alles für bare Münze genommen, was der Hexenrichter ihm erzählt hatte. Als der Schultheiß ohne eine einzige Anschuldigung gegen Johann Steineke ermittelte und beteuerte, er habe sein Lebtag lang noch nie so viele Indizien gefunden wie in diesem Fall, da hatte er ihm vorbehaltlos geglaubt. Und als der Steineke gestanden hatte, hatte Stappert ihn zu Buße ermahnt und zu Standfestigkeit, was seine Aussagen betraf. So bemüht war er um die Rettung der Seele, dass er sogar noch einen Amtsbruder um Unterstützung bat. Der Steineke wollte nach dem Gespräch mit dem anderen Pastor nichts mehr mit Stappert zu schaffen haben und lehnte ihn auch als Beichtvater ab. Erst nach der Hinrichtung erfuhr Stappert den Grund dafür. Sein Amtsbruder erzählte ihm, der Steineke habe ihm geklagt, dass er keinen Menschen habe, dem er noch vertrauen könne.

»›Wenn Ihr mir Verschwiegenheit versprecht und es nicht den Kommissaren erzählt, so will ich Euch sagen, wie es um mich steht!‹, sagte er, was ich ihm dann versprach. Wörtlich hat der Steineke gesagt: ›Ich hätte es nicht geglaubt, dass ein Mensch durch Pein und Marter zu Lüge und Unwahrheit gezwungen werden kann, bis ich es an mir selbst erfahren habe. Ich bin kein Zauberer und den Teufel habe ich nie gesehen. Und doch habe ich sagen müssen, ich sei ein Zauberer, und muss mich selbst um das Leben und andere um die Ehre bringen. Ich bitte Euch um Gottes willen, ach Pastor, so helft mir doch, dass ich noch selig werden kann! Ich bitte Euch aber, sagt es unserem Pastor Stappert nicht, der gute Mann ist viel zu eifrig bei der Sache und meint, es sei alles Evangelium, was hier getan wird. Wenn er jetzt bei mir wäre, so müsste ich lügen bis zum Tod, dass ich etwas getan habe, was mir nicht einmal in Gedanken eingefallen wäre.‹«

Hatte Catharina Schutes sterben müssen, um seinen Verstand zu öffnen? Um ihm zu zeigen, dass er die Geschundenen in eine aussichtslose Lage getrieben hatte? Ekel vor sich selbst stieg in ihm hoch.

»Anstatt ihnen zu helfen, hast du sie schmählich im Stich gelassen, sie noch tiefer in ihre Verzweiflung hinabgestoßen. Wenn du darüber nachdenkst, gibt es keinen einzigen Fall, indem die Angeklagten nicht ihre Unschuld beteuert hätten. Aber aus Angst vor neuen Torturen haben sie geschwiegen und den Tod vorgezogen. Und du hast es nicht wahrhaben wollen, hast blind auf die Obrigkeit und den Schultheiß vertraut. Wieso sieht denn keiner der anderen die Wahrheit? Warum sehen sie vor allem diejenigen nicht, die sich weitaus mehr mit den Untersuchungen beschäftigen als du, der du nicht den Prozessen beiwohnst und dessen Aufgabe sich darauf beschränkt, den Delinquenten als Beichtvater beizustehen und sie zum Richtplatz zu begleiten? War denn noch keinem von ihnen wenigstens ein Hauch von Zweifel gekommen?«

Anstatt auf das Pfarrhaus hielt Michael Stappert auf die Kirche zu. Er musste zuerst mit sich ins Reine kommen.

Kommissar Doktor Höxer aus Werl, der nun in Hirschberg die Prozesse führte, ging noch härter vor als Schultheiß. Er war von gedrungener Gestalt, sein Haar war schütter und seine Stimme klang unangenehm schrill. Die Schöffen sagten, er sei während der Verhöre ungeduldig und aufbrausend, und ihm ging der Ruf voraus, dass bei ihm schneller gestanden werde als bei den meisten anderen Kommissaren. Das bestätigte auch Pater Fredericus aus Münster, der Stappert in dessen Studierzimmer gegenübersaß. Der Minorit war schon Beichtvater vieler Angeklagter gewesen und hatte sich vom glühenden Verfechter der Verfolgungen zu einem erbitterten Gegner gewandelt.

»Mein lieber Mitbruder«, es klang bedrückt, »wir leben in einer dunklen Zeit. Du musst vorsichtig vorgehen, auch wenn es schwer fällt. Wenn die Richter merken, dass du nicht auf ihrer Seite stehst, werden sie dich unverzüglich durch einen Beichtvater ersetzen, der den Verzweifelten jede Hoffnung nimmt, ihr Gewissen tyrannisiert, indem er mit der ewigen Verdammnis droht, wenn sie nicht bei ihrer belastenden Aussage blieben, oder der im gegenteiligen Fall von ihnen fordert, ihre Aussage vor Gericht zu widerrufen. Was das bedeutet, weißt du ja selbst!«

»Ja, erneute Folter!«, nickte Stappert.

»Kannst du dir ihre Gewissensqualen vorstellen? Entweder Lüge und Verlust des Seelenheils oder weitere Marter in dem Wissen, dass sie dich so lange foltern werden, bis du sagst, was sie hören wollen!«

»Ich weiß. Ich habe lange genug selbst zu denen gehört. Viel zu lange!«, gestand Stappert.

»Ich auch!«, antwortete der Minorit.

Beide schwiegen eine Zeit lang und hingen ihren Gedanken nach.

»Sie brauchen dich, mein lieber Michael! Sie brauchen Leute wie uns beide mehr als jeden anderen Menschen auf der Welt, mehr als ihre Eltern, Geschwister oder Kinder! Wir können ihnen zwar nicht die körperlichen Schmerzen ersparen, aber wir können ihren geschundenen Seelen Trost und Halt geben! Und wenn wir sie auch nicht vor dem Tod retten können, so können wir ihn zumindest leichter machen. Ich weiß, das klingt zynisch, doch so ist es!«

»Ich habe gerade begonnen, mich mit der Hexenliteratur zu beschäftigen. Den ›Hexenhammer‹ habe ich schon gelesen und bin nun beim Werk von Binsfeld!«, sagte Stappert in die wieder entstandene Stille.

»Und?«

»Ich weiß nicht, ob es Zauberer oder Hexen wirklich gibt. Aber beide Bücher bestätigen meine Erfahrung, dass die Richter ohne Folter kaum ein einziges Geständnis bekommen würden!«

»Im Binsfeldius gibt es eine Stelle, an der er sich über einen Theologen beschwert, der sich über ihn lustig machte und seine Autorität zu untergraben versuchte!«

»Ja, ich entsinne mich!«

»Wenn du mehr darüber wissen willst und wie es solchen Leuten ergeht, solltest du dir noch ein anderes Buch besorgen. Es ist von Martin Del Rio und heißt ›Disquisitionum magicarum de libri sex‹.«

»Del Rio? Hört sich nach einem Spanier an! Die hatten und haben doch keine oder kaum Verfolgungen?«, fragte Stappert ein wenig erstaunt.

»Ja, schon der ›Hexenhammer‹ war in Spanien auf entschiedene Ablehnung gestoßen. Was Del Rio angeht: Seine Eltern waren vornehme kastilische Adelige im Dienst des Königs in den spanischen Niederlanden. Er studierte Philosophie, Rechtswissenschaften, war Rechtsberater Philipps II., Militärrichter und später Statthalter des Königs in Brabant. Im Alter von fast dreißig Jahren trat er in den Jesuitenorden ein, unterrichtete später in Lüttich, Löwen, Graz und Salamanca. Im Vorwort zu seinem Buch legt er besonderen Wert auf die Feststellung, er sei als Jurist, Philosoph und Theologe für eine Auseinandersetzung über Magie und Hexerei geradezu prädestiniert. Pass auf – jetzt kommt es: Einerseits war er ein erbitterter Gegner jeden Aberglaubens, andererseits verteidigte er die Notwendigkeit der Ausrottung von Hexen und Zauberern. Hast du schon mal von Cornelius Loos gehört? Wahrscheinlich nicht, weil Binsfeld ihn kein einziges Mal namentlich erwähnt. Aber dieser Loos ist zweifelsfrei der Theologe, der sich mit ihm angelegt hat. Binsfeld schreibt, er wolle dessen Namen nicht nennen, um seinem Ruf nicht zu schaden. Dieser Heuchler! Eigentlich wollten sie ihn totschweigen, aber Del Rio brauchte ihn als abschreckendes Beispiel dafür, wie es einem ergeht, der sich auf die Seite der Hexen und

Magier schlägt, und hat ihm damit unwillentlich ein Denkmal gesetzt!«

Der Minorit schilderte nun in knappen Sätzen, was er dank Del Rios Ausführungen über Cornelius Loos wusste. »Nachdem Loos aus Trier vertrieben worden war, bekam er anscheinend eine Kaplansstelle in Belgien, wo er trotz seines Widerrufs keine Ruhe gab. Del Rio regt sich jedenfalls ziemlich darüber auf, dass er das Gift des Weyer besonders in Brüssel verbreitet habe. Loos wurde eingekerkert, starb aber, bevor Anklage erhoben wurde.«

»Wann war das denn?«

»1595. Drei Jahre später wurde Binsfeld von der Pest hinweggerafft und Del Rio segnete 1608, also vor neunzehn Jahren, das Zeitliche.«

Es klopfte zaghaft an der Tür, dann ging sie einen Spalt auf. Der Haushälterin war es sichtlich unangenehm, das Gespräch zu unterbrechen. »Die Herren möchten bitte die Störung entschuldigen, aber es ist wichtig! Ein Bote vom Gericht steht draußen!«

»Er soll hereinkommen!«

Auch der Büttel schien ziemlich verlegen zu sein, wie er vor den beiden Geistlichen stand und seine wollene Kopfbedeckung in den Händen drehte.

»Der Bernhard Rham lässt nach Euch schicken. Der Kommissar glaubt, er möchte ein Geständnis ablegen und seine Untaten beichten!«

Pater Fredericus warf Stappert einen fragenden Blick zu.

»Der Rham ist ein hiesiger Bürger, ein frommer Mann, wenn du es hören willst. Er ist ins Gerede gekommen und schon ein paarmal verhört worden, aber er beteuert immer noch seine Unschuld. Würdest du mich begleiten?«

Fredericus nickte und erhob sich.

Schon auf dem Gang des Rathauses war trotz der schweren eichenen Tür zum Vernehmungsraum ein gedämpftes Wimmern zu hören, dazwischen die schneidend hohe Stimme von Kommissar Höxer.

Noch während der Büttel die Tür aufstieß, ging das Wimmern in ein heiseres Krächzen über. Dann aber wurde die Stimme fester und fester.

Stapperts Gehirn weigerte sich aufzunehmen, was seine Augen sahen. Auf dem Boden lag ein Körper, halb nackt, blutig verstriemt, das Fleisch aufgerissen, mit blau, grün und violett schimmernden Blutergüssen übersät, die linke Hand auf der Brust, die rechte sonderlich abgestreckt. Es war der Rham oder vielmehr das, was von ihm übrig war. Die verquollenen Augen im zerschlagenen Gesicht starrten entrückt zur Decke, nur seine Lippen bewegten sich noch.

Und der Rham sang. Er sang! Tatsächlich, er sang! Inmitten des Grauens stieg seine Stimme empor, hell und klar, hinauf zu seinen Peinigern und höher, hindurch durch alle Mauern und vorbei an all den kalten Herzen um ihn.

»*Auf Dich hab ich gehofft, o Herr / Hilf, dass ich nicht zuschanden werd / Noch ewiglich verspottet / Des bitt ich Dich / Erhalte mich in Deiner Treu.*

Dein gnädig Ohr neig her zu mir / erhör mein Bitt / tu' Dich herfür / Eil' bald um mich zu retten: / In Angst und Weh lieg ich und steh / Hilf mir in meinen Nöten:

Mein Gott und Schirmer steh mir bei / sei meine Burg / darin ich frei / Und ritterlich mög' streiten / wider mein' Feind / der gar viel sind / an mir auf beiden Seiten.«

Es war der Psalm 31 des David. Welch felsenfester, unerschütterlicher Glaube und welche Verzweiflung mussten in diesem Mann stecken! Für einen winzigen Augenblick schwankte die Stimme, fasste sich aber gleich wieder.

»*Du bist mein' Stärke und mein Fels, mein Hort, mein Schild und meine Kraft / Sag mir Dein Wort / Mein' Hilfe, Heil, mein Leben / Mein starker Gott in aller Not: / Wer mag Dir widerstreben?*

Mich hat die Welt betrügerisch gericht' / mit Lüg' und falsch Gedicht / Viel Netzen und heimlich Stricken: /

Herr, nimm mich an in der Gefahr / behüte mich vor Tücken!

Herr, meinen Geist befehl ich Dir / mein Gott, mein Gott, weich nicht von mir /

Nimm mich in Deine Hände / O wahrer Gott, aus aller Not / Hilf mir am letzten Ende!«

Mit einem Aufstöhnen versuchte Rham, seine rechte Hand zu sich heranzuziehen und anzuheben. Nur Stappert begriff, was er wollte. Langsam kniete er neben ihm nieder, nahm den offensichtlich gebrochenen Arm behutsam hoch und legte ihn sanft auf Rhams Brust. Ein kaum merkbares Lächeln zuckte um den Mund des Geschundenen, brachte sein Gesicht zum Leuchten, während er sich mühte, seine Hände zu falten.

»*Glorie, Lob, Ehr' und Herrlichkeit / Sei Vater Gott und Sohn bereit /*

Dem Heiligen Geist mit Namen / Die göttlich Kraft uns sieghaft mach /

Durch Jesus Christus!«

Sein Gesang war zu einem kaum mehr hörbaren Flüstern abgesunken, der Blick aber wurde plötzlich klar und offen und traf Stappert völlig unerwartet. Dieser zuckte kurz zusammen, hielt ihm jedoch stand.

Rham öffnete noch einmal den Mund. Offensichtlich kostete es ihn beinahe übermenschliche Anstrengung.

»Amen!«

Es war nurmehr ein Hauchen. Dann lief ein kurzes Zittern über den zerschlagenen Leib und der Kopf fiel kraftlos zur Seite.

Mit den Schöffen erwachte auch der Kommissar aus seiner Starre.

»Schüttet Wasser über ihn!«, schrie er aufgeregt den Henker und den Büttel an, die fassungslos dastanden.

»Lasst es bleiben. Er ist tot!«, warf der Minorit ruhig ein.

»Das war der Teufel!«, schrie Höxer wie von Sinnen. »Er hat ihm dazu verholfen! Er war es, der ihn so lange in der Marter standhaft gehalten hat!«

Jetzt war es an Pater Fredericus, die Fassung zu verlieren. »Verehrter Herr Doktor, ich habe schon viele Gefolterte gesehen, aber – und da sei Gott mein Zeuge –, aber noch keinen, der so furchtbar zugerichtet war wie dieser. Wie wäre es, wenn ihn Gott aus den Fängen seiner Peiniger erlöst hätte? In seiner höchsten Not hat er immerhin Gott um Hilfe angerufen und nicht Satan!«

Doch der Kommissar ließ sich nicht beirren. Er berief sich auf den Richter Schultheiß, an dessen Gelehrtheit und Frömmigkeit bestimmt niemand zweifeln wolle und der beweisen könne, dass Gott den Tod Unschuldiger nicht zulasse.

»Das behaupteten auch schon Binsfeld und Del Rio. Nur den endgültigen Beweis sind sie beide schuldig geblieben, ebenso wie Euer Doktor Schultheiß!«, fauchte der Minorit.

Stappert bohrte sich die Fingernägel in die Handflächen, um sicher zu sein, dass er das alles nicht träumte. Da standen eine Reihe erwachsener Männer um einen Menschen herum, der in vollem Bewusstsein Gott um Beistand angefleht hatte, und dieser Tyrann von einem Hexenrichter versuchte ihnen weiszumachen, der Teufel habe ihn dazu gebracht!

Der Pastor zwang seinen Blick auf den zerschundenen Leichnam, der einmal die Seele von Bernhard Rham beherbergt hatte, und er meinte, dessen soeben aus seinem Gefängnis entwichenen Geist noch hier im Raum zu spüren. Würgend stieg es in ihm hoch. Wortlos, mit bleichem Gesicht verließ Stappert das Marterzimmer, stürzte wie von Furien gejagt über den Gang, riss das Tor ins Freie auf und übergab sich mitten auf die Straße. Schwer atmend lehnte er sich dann an die Hauswand und wartete auf den Minoriten. Keine zehn Pferde hätten ihn zurück in das Gebäude bekommen.

Ein paar Tage später ging es wie ein Lauffeuer durch Hirschberg. Der Hexenkommissar hatte sechs Frauen festsetzen lassen. Aber die Weiber schienen ziemlich verstockt zu sein und Höxer machte kein langes Federlesen, sondern ließ sie alle bis auf Ida Teipels peinlich befragen. Und siehe da, die fünf Gefolterten beschuldigten genau diese als Zauberin. Damit konfrontiert, bat die Teipels, Gott möge ihnen verzeihen. Doch fünf Aussagen standen gegen eine. Offensichtlich wollte Ida Teipels mit ihrer geheuchelten Frömmigkeit den Richter und die Schöffen hinters Licht führen. Für Höxer war es eine Kleinigkeit, den wahren Sachverhalt aufzudecken, und schon am nächsten Vormittag hatte er das Geständnis aus ihr herausgequetscht.

Der kühle Abendwind fuhr durch Stapperts Soutane, blähte sie auf und ließ ihn größer erscheinen, als er war. Doch es war niemand da, der es hätte bemerken können. Hirschberg schien nur noch aus Häusern zu bestehen. Keine Menschenseele war auf der Straße, der Ort wirkte verlassen, verwunschen wie aus einer der Schauergeschichten, die man den Kindern am abendlichen Herdfeuer erzählte. Einsam klackte sein Schritt auf dem Kopfsteinpflaster, kam hallend von den Wänden zurück. Niemand hielt sich in diesen Tagen unnötig lange im Freien auf. Man könnte ja mit jemandem gesehen werden, der womöglich im Gerücht stand, oder in ein Gespräch verwickelt werden und dabei seine Worte nicht sorgfältig genug wählen. Da war es schon besser und gesünder, zu Hause zu bleiben. Auch Stappert, den eigenen Pfarrer, mieden sie, drückten sich verlegen an ihm vorbei, wenn sich eine Begegnung nicht vermeiden ließ, und ins Pfarrhaus kamen sie nur noch, wenn jemand im Sterben lag oder eine Geburt zu vermelden war.

Die Teipels hatten sie in eine abgesonderte Kammer gesperrt, wohl um ihr die Möglichkeit zu nehmen, sich mit ihren Besagerinnen abzusprechen. Vor dem Eintreten wies Stappert den wachhabenden Büttel an, nicht vor der Tür, sondern am Ende des Ganges zu warten.

Ida Teipels lag auf einer hölzernen Pritsche, hob kaum den Kopf, das Einzige, was sie von sich gab, war ein leises Aufseufzen. Dann schwieg sie wieder. Sie schwieg auch, als Stappert sie ermahnte, Buße zu tun und vor allem bei der Wahrheit zu bleiben. Mit zusammengepressten Lippen und ihm zugewandtem Rücken starrte sie an die Wand. Je mehr er auf sie einsprach, desto mehr zogen sich ihre Schultern zusammen und ihre starre Haltung ließ ihn ihre ganze Ablehnung spüren.

»Ich habe gehört, du hast nicht nur dich selbst, sondern ebenso die anderen fünf Frauen der Hexerei beschuldigt? Du weißt, das ist eine schwere Anschuldigung und es gibt mir deswegen zu denken, weil du, als die anderen fünf dich beschuldigten, gebeten hast, dass Gott ihnen verzeihen möge. Oder stimmt das nicht?«

Ganz langsam und mit einem gequälten Aufstöhnen wandte Ida Teipels ihm nun ihr Gesicht zu. Ihre Lider waren rot, unter den Augen lagen dunkle Schatten und auf ihren knochigen, schmutzigen Wangen hatten vertrocknete Tränen helle Streifen hinterlassen.

»Herr Pastor, wenn ich wüsste, dass ich Euch vertrauen kann … wenn ich nur einen Menschen hätte, dem ich alles sagen kann …« Ein heftiges Schluchzen schüttelte ihren Körper und würgte ihre Stimme. »Wenn … ich … Euch … nur …«

Ihr Atem ging stoßweise und erst jetzt sah Stappert, wie sie die Frau zugerichtet hatten. Grenzenloses Mitleid überkam ihn, gemischt mit Verachtung für sich selbst. Die anderen Gefolterten, deren Beichtvater er in der Vergangenheit gewesen war, hatten keinen Deut besser ausgesehen, aber er hatte keinen Blick dafür übrig gehabt. Er war nur um ihre Seelen besorgt gewesen und hatte mitgeholfen, sie direkt in die Fänge der Kommissare zu treiben.

»Du kannst mir vertrauen!«

Er sah den Zweifel in ihren Augen, aber auch das drängende Verlangen, sich ihm mitzuteilen.

»Du kannst mir wirklich vertrauen!«

Sie zögerte noch immer.

»Ich weiß, du hast Angst davor, dass ich mit dem Richter unter einer Decke stecke und es ihm erzähle!«

Sie nickte.

»Willst du beichten? Du sagst mir die Wahrheit unter dem Siegel der Beichte und mein Mund wird Zeit meines Lebens verschlossen bleiben!«

Ida Teipels schüttelte den Kopf. »Keine Beichte. Euer Wort genügt!«

»Also gut! Ich verspreche, dass der Richter nichts von unserem Gespräch erfährt, solange das Verfahren dauert!«

»Ich bin unschuldig!« Sie schrie es, gerade so, als ob es alle Welt hören solle, alle, die ihr übel nachredeten, sie bezichtigten, an ihre Schuld glaubten oder denen sie einfach nur gleichgültig war. »Selbst wenn ich gestanden habe, ich bin unschuldig! Der Kommissar fragte mich, wie es denn möglich sei, dass ich keine Zauberin sei, wenn das doch die anderen fünf ausgesagt hätten, und als ich es weiter bestritt, zogen mich der Henker und seine Knechte nackt aus und begannen mich auszupeitschen!« Ida Teipels schlug die Augen nieder. »Diese Schande! Splitternackt vor all den Männern!«

Stappert spürte, dass sie diese Erniedrigung mindestens ebenso tief, wenn nicht noch tiefer getroffen hatte wie die Schläge.

»Während sie auf mich eindroschen, dachte ich, hier kommst du nicht heil heraus, ebenso wenig wie die anderen vor dir. Da kannst du gleich sagen, dass du zaubern kannst, und so habe ich angefangen zu lügen und das gesagt, was sie hören wollten!«

»Aber warum hast du denn die anderen fünf beschuldigt?«

»Was hätte ich denn tun sollen?« Ihre Stimme wurde tonlos flach, als sie fortfuhr: »Sie haben mich gezwungen. Der Richter und der Henker schleppten mich zu den Frauen ins Gefängnis, wo ich jede einzelne beschuldigen und sie auffordern musste, ihre Sünden zu bekennen und sich zu bekehren!«

»Die anderen fünf hatten doch noch gar nichts eingestanden und bleiben alle bei der Aussage, was dich betrifft!«

Beiden war bewusst, was das bedeutete. Die Teipels saß in der Falle. Sie hatte gestanden. Zwar konnte sie widerrufen, aber dann würden sie sie so lange peinigen, bis sie erneut ihr Geständnis hätten. Und dann waren da noch die anderen fünf Frauen, die sie unisono bezichtigten, sich selbst aber nicht einmal unter der Folter beschuldigten. Fünf Aussagen gegen eine ... Kommissar Höxer würde alles daransetzen, auch die anderen zu überführen, und dazu brauchte er Ida Teipels.

Kalt lief es Stappert über den Rücken bei dem Gedanken, der ihm eben kam. Es war ungeheuerlich, grausam, unmenschlich und doch die einzige Möglichkeit, das Leben weiterer Unschuldiger zu retten. Verzweifelt suchte er nach einem anderen Ausweg – vergeblich. Was er nun von ihr verlangen würde, war furchtbar. So furchtbar, dass er sich schon allein wegen des Gedankens bis auf den Grund seines Herzens schämte.

»Ida Teipels«, hob er behutsam an, »du sagst, die anderen sind unschuldig? Obwohl sie dich bezichtigen?«

Ihr Blick war offen und klar. »Ja! Der Kommissar hat sie so weit gebracht!«

»Würdest du das vor Gericht bestätigen?«

Die Teipels wurde weiß, begann zu zittern wie Espenlaub. »Nein!«, rief sie. »Nein!«

Es wurde still in der Kammer. Es war ein entsetztes Schweigen, unterbrochen nur von dem Geräusch der knarrenden Dielen draußen auf dem Gang, verursacht durch den gelangweilt auf und ab gehenden Büttel.

»Nein!«, wiederholte sie. »Nein! Sie werden mich so lange martern, bis ich sage, was sie hören wollen!«

»Ja, das werden sie! Sie werden dich peinigen, bis du den Verstand verlierst!« In der Stimme des Pfarrers war nun keine Spur einer Gefühlsregung. »Es liegt in deiner Hand! Du musst dich entscheiden! Wenn du deine Aussage nicht zurücknimmst, wird der Kommissar nicht eher Ruhe geben, als bis sich die anderen fünf auf deine Beschuldigung hin gegenseitig bezichtigen.«

»Das kann selbst Gott nicht von mir verlangen!« Ihre Stimme überschlug sich beinahe. »Ich soll wieder in die Folter, um ausgerechnet die zu retten, die mich um mein Leben bringen?«

Stappert gab darauf keine Antwort.

»Ich werde für dich beten!«, sagte er nur leise und verließ den Raum.

8

Ein paar Tage später hatte Stappert Ida Teipels auf ihren Gang zum Scheiterhaufen begleitet. Bis zu ihrem letzten Atemzug war sie dabei geblieben, ihre Anschuldigungen gegen die fünf anderen seien falsch und erzwungen gewesen. Diese mussten freigelassen werden, aber keine war bereit, im Gegenzug ihre Aussage gegen die Teipels zurückzunehmen.

Nun hatten sie Agatha Kricks festgesetzt und hielten sie in derselben Kammer gefangen, in der schon die Teipels eingesperrt gewesen war. Unter der Folter hatte sie zugegeben, zaubern zu können und einer Reihe ihrer Mitbürger Schaden zugefügt zu haben. Am späten Vormittag war Stappert bei ihr gewesen. Sie hatte wenn auch nur zögernd Vertrauen zu ihm gefasst, ihm ihre Geschichte erzählt und immer wieder ihre Unschuld beteuert. Und er hatte auf sie eingeredet, vor Gericht die Wahrheit zu sagen.

»Lieber Herr Pastor«, hatte sie ihm zur Antwort gegeben, »seht nur auf meine Beine! Sie brennen wie Feuer und ich könnte es nicht aushalten, wenn sich auch nur eine Fliege darauf setzen würde. Hundertmal lieber sterbe ich, als noch einmal solche Schmerzen aushalten zu müssen. Wie es da zugeht und was für unerträgliche Qualen das sind, kann sich kein Mensch vorstellen! Gott weiß, dass ich unschuldig bin, und darauf will ich leben und sterben!«

Jetzt aber standen ein paar Schöffen bei ihm im Pfarrhaus. Kurz nach seinem Besuch waren sie zusammen mit dem Richter bei der Angeklagten gewesen.

»Ja, die Kricks! Da haben wir eine üble Unholdin erwischt. Sie scheint ihre Untaten wirklich zu bereuen. Sie hat ihr ganzes Geständnis wiederholt und alles freiwillig nochmals bestätigt, was sie bereits unter der peinlichen Befragung ausgesagt hat!«

Stappert blickte in ihre satten, zufriedenen Gesichter, sah wortlos einem nach dem anderen in die Augen.

»Kommt mit!«, befahl er dann knapp und in einem Ton, der keinen Widerspruch duldete.

Im Flur des Gefängnisgebäudes hieß er die verdutzten Männer die Schuhe ausziehen.

»Ihr seid ganz leise und steigt möglichst geräuschlos die Treppe hoch. Dann stellt ihr euch mucksmäuschenstill im Gang auf. Die Kricks soll glauben, ich sei allein bei ihr! Achtet darauf, was sie zu mir sagt, und vergleicht es mit der Aussage vor euch!«

Oben angekommen, deutete er ihnen, sich hinter der Tür zu postieren, während der Büttel die beiden Eisenriegel zurückzog.

Erleichtert atmete die Frau auf, als sie den Priester erkannte.

»Agatha«, seine Stimme klang streng, »sind der Richter und die Schöffen bei dir gewesen?«

»Ja.«

»Und, was hast du ihnen gesagt?«

»Ich habe alles bestätigt. Darauf wollte ich leben und sterben!«

»So, so! Du hast ihnen also die Wahrheit gesagt?« Ohne Vorwarnung fing Stappert an zu brüllen. »Wenn aber das die Wahrheit ist, dann hast du mich bei meinem letzten Besuch belogen! Welche Wahrheit ist jetzt die wirkliche, die, die du mir erzählt hast, oder die, die du dem Gericht angegeben hast? Du wirst der ewigen Verdammnis anheim fallen, wenn du deine Seele nicht reinigst!«

Sie versuchte vom Pritschenrand zu rutschen, um sich vor ihm niederzuwerfen, fiel aber mit einem Schmerzensschrei zurück. Er bemerkte ihren verzweifelten Blick, aber seine Augen blieben eisig.

»O Herr Pfarrer«, schluchzte sie, »ich bitte Euch um Gott und Gottes willen – zürnt doch nicht mit mir, weil ich Euch die Wahrheit gesagt habe! Vor den Richtern habe ich bei meinem Geständnis bleiben müssen, sonst hätten sie mich wieder gemartert, und lieber will ich sterben, als nochmals eine Tortur durchleiden zu müssen!«

»Es stimmt also nicht, dass du dich in Tiere verwandelt, Wind und Ungeziefer gemacht hast?«

»Bei meiner Seligkeit, nein!«

Ohne die Kricks weiter zu beachten, drehte sich der Pfarrer um und trat aus der Kammer.

»Ihr habt es mit eigenen Ohren gehört. Was sagt ihr nun? Ist es nicht so, dass ihr jede gewünschte Antwort bekommt und sei sie noch so närrisch? Man muss sie nur lange genug quälen, dann geben sie alles zu, sie gestehen, sich in einen Berg, in eine Dornenhecke, einen Wolf, Bären, Katze oder Hund verwandeln zu können! Sie sagen euch, was immer ihr hören wollt! O welch Narrenwerk! Aber was sage ich, Narrenwerk? Narrenpossen sind nicht so ehrverletzend, qualvoll und tödlich!«

Verstockt hielten sie ihre Blicke gesenkt, die Hüte kreisten in ihren Händen.

»Was sagt ihr?«

Schweigen. Nur vereinzelt verlegenes Hüsteln. War das noch ihr Seelsorger? Der sie noch vor kurzem von der Kanzel herab aufgefordert hatte, das Hexengesindel mit Stumpf und Stiel auszurotten? Der andauernd mit dem Hexenrichter Schultheiß zusammengesteckt hatte?

»Wollt Ihr damit ausdrücken, es gebe gar keine Hexen, dass wir uns das nur ausdenken?«

Eine Stimme warnte Stappert, erinnerte ihn an die Worte des Minoriten. »Nein!«, antwortete er nun ruhiger. »Aber es kann geschehen, dass man die Falschen erwischt, wie es hier offensichtlich geschehen ist, und sie dann so lange quält, bis sie die hirnrissigsten Vergehen eingestehen!«

Einige fingen an zu murren und zu tuscheln, dann schoben sie den ältesten von ihnen nach vorn. Das schlechte Gewissen stand ihnen ins Gesicht geschrieben.

»Na, Josef, was ist?«

»Das hier mit der Kricks geht uns eigentlich nichts an. Das soll der Kommissar verantworten und er soll zusehen, wie er es vor Gott und der Welt rechtfertigen will!«

Das hatten die feigen Hohenpriester dem Verräter Judas auch zur Antwort gegeben. Doch das behielt Stappert lieber für sich. Er versuchte den Blick des Sprechers, dann in zunehmender Verzweiflung den irgendeines anderen einzufangen, aber sie alle wichen ihm aus. Der Pastor fühlte sich mit einem Mal müde, leer und ausgebrannt. Er hatte das Spiel gespielt und Agatha Kricks hatte es verloren.

»Ihr seht nur das, was ihr sehen wollt«, sagte er noch, dann ließ er sie grußlos stehen.

9

Der Bahnhof in Basel war ein lang gestrecktes Gebäude, überragt von einem gewaltigen und weithin sichtbaren Uhrturm. George Lincoln hatte den Zwischenaufenthalt für einen kurzen Abstecher in die Stadt genutzt, um sich ein wenn auch nur unscharfes Bild jener Stadt zu machen, von der aus sich, ausgelöst durch die Diskussionen auf dem Basler Konzil in den Dreißigerjahren des fünfzehnten Jahrhunderts, der Hexenglaube über fast ganz Europa verbreitet hatte. Hier hatte Johannes Nider damals seinen »Formicarius« vorgestellt, den fünfzig Jahre später seine dominikanischen Ordensbrüder Heinrich Institoris und Jakob Sprenger im »Hexenhammer« als Beweis für die tatsächliche Existenz von Hexen anführten.

Nun stand Burr wieder auf dem großen Bahnhofplatz und bestaunte den umlaufenden Säulengang mit der darüber liegenden filigranen Balustrade. Ihm war zwar nicht ganz klar, wozu ein Bahnhof eine Balustrade brauchte, aber er musste zugeben, dass sie dem Bauwerk etwas von seiner nüchternen Zweckbestimmung nahm. Ein Blick auf die Turmuhr sagte ihm, dass er noch knapp eine Stunde Zeit hatte, bis sein Zug nach Zürich fuhr. George Lincoln setzte sich in die Bahnhofsgaststätte und bestellte Schweizer Rösti mit zwei Spiegeleiern. Während er auf das Essen wartete, blätterte er in seiner beinahe fertigen Dissertation über den Flade-Prozess. Nach längerem Suchen nach weiteren verschollenen Dokumenten war er doch noch fündig geworden. 1818 war beim Antiquar Clotten in Echternach das Fragment einer zeitgenössischen Abschrift aufgetaucht, das sich inzwischen aber wieder in Trier befand. Unverzüglich war Burr daraufhin in die Moselstadt aufgebrochen, hatte sich eine Abschrift besorgt und war dann auf Whites Vorschlag hin zum Studium der Grundlagen der Diplomatie an die Pariser Sorbonne gegangen, wo er außerdem ein Seminar über Paläografie, die Lehre über die Entstehung und die Formen alter Schriften, belegt hatte.

George Lincoln war ganz in das Manuskript versunken und musste sich erst orientieren, wo er überhaupt war, als die Kellnerin mit einem Teller in der Hand neben seinem kleinen Ecktisch erschien. Eilig klappte er die Mappe zusammen und verstaute sie in seiner Aktentasche, die er auf dem leeren Stuhl neben sich ablegte.

Es war Ostermontag, die Gaststätte füllte sich zusehends und Burr bezahlte sofort, um nachher nicht womöglich endlos auf die Serviererin warten zu müssen. Ein kleiner, dicker Mann sah sich suchend um, kam dann auf ihn zu, fragte, ob an seinem Tisch noch ein Platz frei wäre, und ließ sich schwer schnaufend auf einem Stuhl nieder. Es stellte sich heraus, dass der Dicke in Bern eine Druckerei besaß und über die Feiertage zu Besuch bei seinem Bruder gewesen war. George Lincoln erinnerte sich begeistert an seine eigene Zeit als Drucker in Cortland, wollte wissen, welche technischen Neuentwicklungen es gab und wie die Geschäfte hier in Europa liefen.

»Ja, das war die schönste und vor allem glücklichste Zeit meines bisherigen Lebens, selbst wenn es manchmal hart war«, lächelte er und ließ nebenher den Deckel seiner Taschenuhr hochklappen.

»Um Gottes willen!«, entfuhr es ihm. »In vier Minuten geht der Zug und ich weiß nicht einmal, von welchem Bahnsteig!«

Noch im Aufspringen fasste er nach seinem Gepäck und warf sich den Mantel über den Arm. Dann rannte er zu dem Ausgang, der zu den Zügen führte, fragte sich zum Bahnsteig nach Zürich durch und erwischte gerade noch die Tür des letzten Wagons, die der Schaffner soeben schließen wollte. Der Bahnbedienstete sah ihn unfreundlich an, Burr aber setzte der Grantigkeit ein Lächeln entgegen und zwängte sich an ihm vorbei. Im Abteil wuchtete er den Koffer in die Gepäckablage und hängte seinen Mantel an den Haken, wobei er darauf achtete, dass sich möglichst wenige Falten bildeten.

»Das war ganz schön knapp!«, meinte die Frau gegenüber, während die Lokomotive einen hellen Pfiff ausstieß und sich der Zug ruckend in Bewegung setzte.

George Lincoln liebte das Zugfahren. Er genoss es immer wieder, wie Häuser, Bäume, Sträucher, Wälder und Seen an ihm vorbeiflogen. Wie sonst konnte man innerhalb kürzester Zeit so verschiedene Landschaften erleben? Hier mäanderte noch ein Bächlein gemächlich durch die Wiesen, gleich darauf wuchs eine Felswand bedrohlich auf und nach der nächsten Biegung donnerte man über ein Viadukt, tief unter sich ein Tal! Höflich, wie es seine Art war, bat er die Frau, das Fenster öffnen zu dürfen, wogegen diese nichts einzuwenden hatte. Breit auf den Querrahmen abgestützt, hielt Burr seinen Kopf in den Fahrtwind, der sogleich seine Haare zerzauste. Mit zusammengekniffenen Augen wehrte er sich gegen die vereinzelt herumfliegenden Rußpartikel, und als er genug hatte, schloss er das Fenster und ließ sich auf die Holzbank fallen. Die Beine übereinander geschlagen, saß Burr nun da, hörte auf das rhythmisch stampfende Fauchen der Lokomotive und das monotone Dadang-Dadang-Dadang der Räder.

Unvermittelt wich alle Farbe aus seinem Gesicht und er sprang mit einem Satz in die Höhe, worüber die Frau so sehr erschrak, dass sie ein kleines, spitzes »Huch« ausstieß. Mit einem Ruck riss er den Koffer herunter, sah hinter seinen Mantel, stieg auf die Bank, tastete mit fliegenden Händen über die Gepäckablage und ließ sich dann am Boden auf die Knie nieder. Aber auch da lag nichts! Sie war weg! Verschwunden! Die Aktentasche mit der fast fertigen Dissertation war weg! Wie in Trance ließ sich George Lincoln auf die Bank gleiten. Wo hatte er sie zuletzt gehabt? Er überlegte fieberhaft. Nein, in den Zug hatte er sie nicht mitgenommen, da war er sich sicher. Jetzt erinnerte er sich. Er hatte sie in der Gaststätte in Basel auf dem Stuhl neben sich abgelegt und in der Eile seines Aufbruchs dort vergessen! Die ganze Arbeit womöglich umsonst!

»Ruhig, George, ruhig!«, ermahnte er sich halblaut, während die Frau ihn beinahe ängstlich anstarrte und jede seiner Bewegungen verfolgte. Wahrscheinlich dachte sie, es mit einem Irren zu tun zu haben. Doch das war ihm momentan völlig gleichgültig.

»Wissen Sie, wann die nächste Bahn nach Basel geht?«

Die Frau schüttelte den Kopf und meinte verwundert: »Sie kommen doch gerade von da ...«

Der Zug verlangsamte seine Fahrt, grell schrillten die Bremsen auf und der Lokführer kündigte mit einem lang gezogenen Pfeifen die Einfahrt in einen Bahnhof an. George Lincoln blieb keine Zeit für Überlegungen oder Erklärungen. Hastig warf er sich seinen Mantel über, langte nach dem Koffer und zerrte ihn hinter sich her auf die rückwärtige Plattform des Wagens. Der Zug war noch nicht ganz zum Stillstand gekommen, als er ungeduldig absprang und auf den Bahnhofsvorsteher zustürzte, der mit seiner roten Mütze und einer Kelle in der Hand auf dem Bahnsteig stand.

»Wann geht der nächste Zug nach Basel?«

Der Mann sah ihn wie schon vorher die Frau irritiert an. »Nach Basel?« Er überlegte einen Augenblick. »Sind Sie in den falschen Zug eingestiegen?«

»Nein, aber ich muss unbedingt zurück!«

»In eineinhalb Stunden«, antwortete der Mann.

Burr überlegte. »Gibt es hier einen Telegrafenapparat?«

Kopfschütteln.

»In der nächsten Station?«

Wieder Kopfschütteln.

Wie es aussah, blieb ihm nichts anderes übrig, als sich in sein Schicksal zu fügen und zu hoffen, dass die Tasche noch auf dem Stuhl in der Gaststätte lag oder sie jemand bei der Bedienung abgegeben hatte. Nach einer längeren Debatte um die Rückerstattung eines Teiles des Fahrpreises, in der der Vorsteher beharrte, dafür sei er nicht zuständig und der Herr müsse das schriftlich beantragen und begründen und mit einem Rückkuvert an die Hauptverwaltung schicken, sah sich Burr gezwungen, ein neues Billett nach Basel zu lösen.

Die Zeit, von dem gleichmäßigen Ticktack der Perpendikeluhr im Warteraum in kleine Einheiten zerhackt, verging endlos langsam. Je länger George Lincoln über sein Missgeschick sinnierte, desto stärker wuchs in ihm die Überzeugung, die Tasche mit der Flade-Dissertation bald wieder in Händen zu halten. Schließlich konnte nur er damit etwas anfangen, für andere war der Inhalt lediglich ein Packen wertlosen Papiers. Als endlich der von Zürich kommende Zug einrollte, kam es Burr wie eine Erlösung vor. Während der Rückfahrt hatte er allerdings keinen Blick mehr übrig für vorbeiziehende Landschaften und mäandernde Bäche.

In Basel stürzte er sofort in die Gaststätte. Dort saß nur noch eine Hand voll Leute. Zielstrebig hielt er auf den Tisch zu, zog die Stühle zurück, aber die Tasche war fort. Mit einer gewissen Erleichterung stellte er fest, dass wenigstens die Serviererin, die ihn bedient hatte, noch da war. Burr spürte sein pochendes Herz bis hinauf in den Hals. »Verzeihen Sie«, sagte er mit vor Aufregung heiserer Stimme, »Sie sind meine letzte Hoffnung. Ich habe heute Mittag hier gegessen und meine Aktentasche liegen gelassen!«

Die Kellnerin sah ihn einen Moment lang an und überlegte. »Ja, Sie sind doch da hinten an dem kleinen Tisch gesessen?«

Burr nickte heftig.

»Eine Tasche sagen Sie?«

»Ja, schwarz mit zwei Schnallenverschlüssen!«

Sie legte den Kopf in den Nacken und dachte nach. »Jetzt fällt es mir wieder ein!« Sie machte eine kurze Pause und George Lincoln kam es vor, als ob sie ihn als Strafe für seine Schussligkeit ein wenig zappeln lassen wollte. »Nach Ihnen hat ein Mann auf Ihrem Stuhl Platz genommen und ein großes Bier bestellt!«

»So ein Dicker?« Mit den Händen deutete er den Leibesumfang des Berner Druckers an.

»Nein, der ist gleich nach Ihnen gegangen. Es war ein hagerer Mann, dem Aussehen nach ein Arbeiter, Handwerker oder Bauer, so genau habe ich ihn mir nicht angeschaut. Aber der ist mit einer Tasche gegangen!«

»Ostermontag 1886«, murmelte Burr leise, »diesen Tag werde ich so schnell nicht vergessen.«

Wie benommen wandte er sich um, suchte die Bahnhofspolizei auf und erstattete eine Verlustanzeige, wobei ihm noch einfiel, dass es vielleicht hilfreich sein könnte, einen Finderlohn auszusetzen. In einem kleinen Gasthof nahm er sich ein billiges Quartier. Zweimal täglich erschien er im Bahnhof, aber die Tasche blieb verschwunden. In der übrigen Zeit durchstöberte Burr Antiquariate, Buchhandlungen und Bibliotheken. Besonders angetan hatte es ihm die Basler Buch- und Antiquariatshandlung, in der er seine Corneller Adresse hinterließ. Nach einigen Tagen kaufte er sich eine Bahnkarte nach Trier, um von neuem die Arbeit an seiner Dissertation zu beginnen. Dort war man nicht wenig erstaunt, den Amerikaner so schnell wieder zu sehen.

Nach fast vier Wochen musste sich George Lincoln eingestehen, dass die Frist, die er sich gesetzt hatte, nicht ausreichen würde, um seine Doktorarbeit neu zu verfassen. Sicher, er besaß ein phänomenales Gedächtnis, was vieles erleichterte, aber es war trotzdem nicht zu schaffen. Zudem sah er es als vergeudete Zeit, da es ihm selbst ziemlich gleichgültig war, ob er einen Doktortitel besaß oder nicht. Sein Zeitplan war durch den Verlust vollkommen durcheinander geraten, eigentlich sollte er jetzt in Leipzig sein, saß aber hier in Trier fest. Entsprechend war seine Stimmung, und die letzten Briefe von Pee trugen nicht dazu bei, sie aufzuhellen. Zwischen den Zeilen las er, wie sie sich immer weiter von ihm entfernte. Selten noch schimmerte so etwas wie Begeisterung für eine gemeinsame Zukunft durch, von Sehnsucht war kaum noch die Rede und ihre Sätze empfand er seltsam steif und gedrechselt.

Es war nicht so, dass sich George Lincoln mit Arbeit betäuben wollte, aber sie kam einfach auf ihn zu. Gerade war ihm die deutsche Ausgabe von Binsfelds Werk in die Hände gefallen, deren Vorwort er entnehmen konnte, dass sie der heimische Drucker Heinrich Bock selbst aus dem Lateinischen übersetzt hatte. Ausdrücklich widmete er die Schrift Zandt von Merl und dankte der Trierer Obrigkeit überschwänglich für ihren Eifer bei den Verfolgungen. Zandt von Merl war demnach nicht nur ein Mitläufer gewesen, wie man bisher allgemein angenommen hatte, sondern eine, wenn nicht sogar die treibende Kraft hinter den Hexenjagden. Einer, der Amt und Beziehungen als kurfürstlicher Statthalter dazu genutzt hatte, Widersacher in Verruf zu bringen, und der Verfahrensregeln missachtet hatte, wenn es ihm opportun erschien. Das entnahm Burr einem anderen Dokument. Ein Adam Röder, dessen Unschuld in einem Purgationsverfahren festgestellt und dessen Ehre damit wieder hergestellt hatte werden sollen, was aber augenscheinlich nicht im Sinne des Statthalters war, hatte Zandt von Merl des Amtsmissbrauchs und der Manipulation bezichtigt. Gern hätte sich George Lincoln weiter in die Röder-Papiere vertieft, aber er war auf etwas aufmerksam geworden, was ihm bedeutend wichtiger erschien. Das Musiel-Register! Über verschlungene Umwege war dieses einzigartige Schriftstück nach Trier zurückgelangt. Zwar hatten sich schon einige Leute damit beschäftigt, waren aber zu widersprüchlichen Ergebnissen gekommen. Auch er, Burr, würde es nicht vollständig auswerten können, dazu reichte die Zeit nicht, doch er wollte wenigstens überschlägig die Einträge erfassen. Das Ergebnis jagte selbst ihm, dem nüchternen Wissenschaftler, der es gewohnt war, eine gewisse Distanz zu seiner Arbeit zu halten, gelegentlich Schauder über den Rücken. Über sechstausend Einträge zählte er, festgehalten für den Zeitraum vom 12. März 1586 bis zum 4. August 1594. Über sechstausend Besagungen, Denunziationen, Verdächtigungen in nur acht Jahren! Neben vielen Namen standen Vermerke wie »besagt«, »ist hingerichtet«, »ist tot«, »ist gefangen«, »ist entlaufen«, »Schadenszauber«. Welche Angst, welche Trübnis musste damals in den Herzen der Menschen geherrscht haben! Konnten sie überhaupt noch so etwas wie Freude oder Lebenslust empfinden? War nicht der Anbruch eines neuen Tages eine erneute Bedrohung, die Dämmerung des Abends lediglich deren Fortsetzung? Das Format des Verzeichnisses war trotz seiner fünfhundertsiebenundfünfzig Seiten sehr handlich. Es konnte problemlos überallhin mitgenommen werden und so konnte unverzüglich gleich an Ort und Stelle festgestellt werden, ob gegen einen Befragten schon eine Aussage vorlag, ohne lange verschiedene Prozessakten studieren zu müssen. Bei der Zahl der Hinrichtungen kam er auf etwa dreihundert, aber das war etwas schwierig zu verifizieren, da hinter manchen Namen mehrere Kreuze standen. Waren damit Verhöre gemeint? Oder war es die Häufigkeit der Besagungen?

Vorgestern war er auch noch auf ein Amtsbuch gestoßen, das auf unbekannten Pfaden in den Besitz einer Bäuerin namens

Maria Magdalena Rummel gelangt und in dem der erste nachweisbare Hexenprozess im Territorium der Abtei St. Maximin verzeichnet war. Heute war Sonntag und noch eine Woche hin bis Pfingsten. Eigentlich hatte er vorgehabt, einer weiteren seiner Leidenschaften nachzugehen. Wandern war an sich das Gegenteil von Zugfahren, für Burr aber eine wunderbare Ergänzung. Die Bäume standen in voller Blüte und außerhalb der Stadt roch die Luft bestimmt nach Frühling. Doch gestern hatten sich von Westen her zuerst ein paar einzelne, dann immer mehr dunkle Wolken herangeschoben, hatten sich zunehmend verdichtet und schwer über das Land gelegt. Die Quecksilbersäule des Barometers im Hausgang hatte gestern Abend auf sein Antippen hin zwar einen leichten Zucker nach oben gemacht, aber jetzt drang durch das halb geöffnete Fenster kühler Wind und vom Dach her das eintönige Trommeln des Regens. Enttäuscht zog er sich die Decke über den Kopf, stand wenig später doch auf, kleidete sich an und schritt zielstrebig hinüber zur Stadtbibliothek. Vor ein paar Tagen erst hatte er dort eine kleine unscheinbare Tür bemerkt, die verschlossen war, und den Bibliothekar Max Keuffer darauf angesprochen.

»Ach«, hatte dieser mit einer abwertenden Handbewegung gemeint, »da war schon seit ewigen Zeiten niemand mehr drin. Irgendjemand hat einmal die Bestände der Bibliothek gesichtet und das wertlose oder uninteressante Zeug in diesen Raum gebracht. Ich weiß nicht einmal, wo der Schlüssel ist, aber ich werde in den nächsten Tagen danach suchen.«

Nun standen sie beide vor der Tür, Keuffer mit einem eisernen Ring in der Hand, an dem eine Menge verrosteter Schlüssel hingen. Umständlich hielt er einen nach dem anderen ins Licht und murmelte: »Nein, der passt nicht ... der auch nicht ... der auch nicht ... der ist es auch nicht!«

Burr wurde ungeduldig, spürte das ihm nur zu gut bekannte Kribbeln im Magen. Sein Jagdinstinkt raunte, dass er etwas Geheimnisvollem auf der Spur war. Endlich schien der Bibliothekar einen Schlüssel gefunden zu haben, der passen könnte. Aber so fest er ihn auch im Schloss drehte, die Tür ließ sich nicht öffnen. Schon wollte er es mit dem nächsten Exemplar versuchen, als ihn George Lincoln bat, es einmal probieren zu dürfen.

Leicht hob er die Tür am Griff an, ein kurzer Ruck, ein rostiges Quietschen – und sie war einen Spalt breit offen. Von oben her rieselten Staub und Dreck, vertrocknete Käfer und Fliegen. Burr wartete einen Augenblick und stieß dann die Tür ganz auf. Wie es aussah, hatte wirklich seit Ewigkeiten niemand mehr den Raum betreten. Überall, an den Wänden, von der Decke, an den Regalen hingen Spinnweben dicht an dicht, die sich sofort in seinen Haaren und im Bart verfingen.

»Wartet einen Moment!«, meinte Keuffer, verschwand und kam gleich darauf mit zwei Besen zurück.

Durch dic schmalen Fenster konnte sich das Licht nur mühsam gegen den auf den Scheiben abgelagerten Staub behaupten. Burr versuchte sie zu öffnen und hätte sie vielleicht sogar aufbekommen, aber so verklemmt, wie sie waren, hätten sie sich vermutlich nicht mehr schließen lassen.

»Donnerwetter!«, entfuhr es dem Bibliothekar. Einen so großen Bestand hatte offensichtlich auch er nicht erwartet. In dem düsteren Raum standen reihenweise Regale, fast alle waren sie voll mit Büchern. Vergessenen Büchern, denen niemand mehr Beachtung schenkte und die nur noch deshalb dastanden, weil es irgendjemand nicht übers Herz gebracht hatte, sie wegzuwerfen.

»Ich muss wieder nach unten. Sonntags ist immer ziemlich viel los!«

Burr nickte und trat hinaus auf den Gang, um abzuwarten, bis sich der aufgewirbelte Staub gelegt hatte. Der Bibliothekar wäre ihm keine große Hilfe gewesen, da nicht einmal er selbst eine Ahnung hatte, wonach er überhaupt suchen sollte. Wie George Lincoln schon bald feststellte, stand alles willkürlich durcheinander. Das meiste waren alte Rechnungsbücher, Akten über belanglose Streitereien sowie – wie sollte es in Trier auch anders sein – eine Reihe frommer Traktate der theologischen Fakultät. Und über alldem lag Staub, stellenweise fingerdick. Er würde nicht darum herumkommen, jedes Buch einzeln in die Hand zu nehmen und zu sichten. Schon nach einer Stunde war seine Nase verstopft und die Augen tränten. Seit gestern Abend hatte er nichts mehr gegessen, sein leerer Magen begann sich zu melden, aber als er im Gang an einem Spiegel vorbeikam, wurde ihm klar, dass er so, wie er aussah, in keinem Gasthaus etwas bekommen würde. Burr musste lachen, als er den Gesichtsausdruck des Bibliothekars sah, den er um Wasser bat, um den Staub aus seiner kratzenden Kehle zu spülen und sein Hungergefühl zu überlisten.

Ein Platzregen zog über die Stadt, das durch die trüben Fenster einfallende Licht wurde zunehmend schwächer. Nur ein einziges Regal hatte Burr noch vor sich und die Hoffnung von heute Vormittag, hier etwas Aufregendes zu finden, war nach und nach einer enttäuschten Ernüchterung gewichen. Mit einem Seufzer nahm er das nächste Buch in die Hand. Genau genommen war es gar kein richtiges Buch, die Blätter waren lediglich zusammengeheftet. Gerade war er dabei, das Ganze vom Staub zu befreien, als der Bibliothekar eintrat.

»Na, haben Sie etwas gefunden?«

»Bis jetzt noch nicht.«

Burr wandte sich wieder den Blättern zu. Das Titelblatt fehlte und ein paar Seiten waren herausgerissen. Der Index war mit einer blasseren Tinte geschrieben als das Werk selbst. Dann aber verschlug es ihm den Atem. Langsam ging er hinüber zum Fenster. Keuffer, dem Burrs Veränderung nicht entgangen war, folgte ihm.

»1. Die Verschiedenheit der Zauberei«, stand da, »2. Das Wesen der Dämonen, 3. Die Vielfalt der Zauberei«.

»Bodeghemius!« Burrs Stimme war nur noch ein Flüstern.

»Was ist mit Bodeghemius?«

»Eine Schenkung an die Jesuiten, wie es aussieht. Aus dem Nachlass von Bodeghemius!«

Die beiden Männer sahen sich ungläubig an.

»Zeigen Sie her!« Auch Keuffer konnte seine Aufregung nicht verbergen.

Ihre Blicke trafen sich und sie wussten, dass sie dasselbe dachten, aber keiner wollte es als Erster aussprechen. Der Bibliothekar beugte sich über den Fund. Er zählte dreiundachtzig Blätter, eines davon unbeschrieben, von den restlichen waren sechsundvierzig mit Seitenzahlen versehen. Keuffer begann zu lesen, zuerst langsam, dann mit zunehmender Gewissheit schneller. Schwer atmend richtete er sich auf.

»Wissen Sie, was Sie da gefunden haben?«

»Wir!«, unterbrach ihn Burr bescheiden. »Wir! Das ist die erste schriftliche Stellungnahme eines Theologen aus Deutschland gegen den Hexenwahn!«

»Cornelius Loos! ›De vera et falsa magia‹ – das ›ficta‹ haben sie durchgestrichen und teilweise durch ›falsa‹ ersetzt. Also ›eingebildet‹ durch ›falsch‹. Was das für Sinn machen sollte, ist mir schleierhaft.«

»Del Rio?«

»Gut möglich. Er hat sich ja von Binsfeld den Widerruf von Loos besorgt und ihn in seinem fünften Buch als abschreckendes Beispiel ausführlich angeführt. Auch bei Del Rio steht ›falsa‹. Vielleicht waren sie nicht sicher, ob sie wirklich alle Exemplare erwischt hatten? Dieses dürfte eigentlich nicht existieren und ›falsch‹ hört sich auf jeden Fall prägnanter an als ›eingebildet‹.« Keuffer machte eine kurze Pause und in seinem Blick stand offene Bewunderung. »Unglaublich!«, fuhr er fort. »Da muss erst jemand aus Amerika kommen, um ein dreihundert Jahre lang bis auf das letzte Blatt vernichtet geglaubtes Schriftstück zu finden!«

»Wie es aussieht, wussten die Jesuiten nichts so Rechtes damit anzufangen«, antwortete Burr.

»Es ist offensichtlich mit den Beständen des Jesuitenkollegs in die der Universität übergegangen, aus denen später die Stadtbibliothek wurde! Und keiner hat sich je die Mühe gemacht, es einmal in die Hand zu nehmen!«, meinte Keuffer.

»Wenn es bei den Jesuiten war, hat es einer mit Sicherheit in der Hand gehabt – und auch gelesen!«, widersprach Burr bestimmt.

Der Bibliothekar überlegte, aber nur einen winzigen Moment. »Spee!«

Teil II

Cautio criminalis

10

Friedrich Spee von Langenfeld hatte auf Wunsch des Vaters die Juristerei erlernen und dessen Nachfolge als Burgvogt und Amtmann des kurkölnischen rechtsrheinischen Brückenkopfes Kaiserswerth bei Düsseldorf antreten sollen, aber schon als Kind davon geträumt, als Missionar nach Indien zu gehen, dort die Heiden zu bekehren und Abenteuer zu bestehen wie sein großes Vorbild Franz Xaver, der Indienmissionar von der Gesellschaft Jesu, dessen Berichte regelmäßig gedruckt wurden und von denen Friedrich nie genug bekommen konnte. Mit geschlossenen Augen lag er als Junge in einem stillen Winkel auf der Mauer des Wehrumgangs der Festung. Oft stundenlang. Der Rhein wurde unendlich, wurde so breit, dass er mit dem Horizont verschmolz, die Kähne verwandelten sich in große, mächtige Segler. Hoch wogten dann die Wellen, drohten die Besatzung über Bord zu spülen, während die Piraten einen erneuten Angriff auf das Schiff unternahmen. Einen Räuber nach dem anderen warf er eigenhändig ins Meer, hell blitzten die klirrenden Schwerter um ihn herum im Sonnenlicht und er öffnete die Augen nicht eher, bevor sie nicht die Schlacht siegreich bestanden hatten. Meist aber sah er sich unter halbnackten Heiden, die vor ihm am Boden saßen. Noch nie hatten diese armen Menschen etwas vom Erlöser, von dessen unendlicher Liebe zu ihnen gehört und ergriffen lauschten sie ihm, wenn er aus dem Leben Christi erzählte. So stellte sich der kleine Friedrich das Leben als Missionar vor, er lebte mit und unter den einfachen Leuten, arbeitete wie sie und aß dasselbe wie sie.

Für Friedrich Spee stand es unverrückbar fest, dass er eines Tages Mitglied des tapferen und elitären Ordens der Jesuiten werden würde. Sein Vater versuchte alles, um ihn umzustimmen – vergeblich. 1609, im Alter von achtzehn Jahren, trat Friedrich in das Noviziat bei den Trierer Jesuiten ein, legte drei Jahre später seine ersten Gelübde in Fulda ab und schloss nach weiteren drei Jahren sein Studium als Magister artium in Würzburg ab. Im Anschluss daran wurde er als Lehrer nach Speyer und Worms geschickt. Spee war siebenundzwanzig, als er einen ersten Anlauf unternahm, seinen Traum zu verwirklichen, dessentwegen er in den Orden eingetreten war.

»*Schon lange, Hochwürdiger Vater*«, so schrieb er an den Ordensgeneral Mutius Vittelesci nach Rom, »*währt es, dass eine verzehrende Leidenschaft in mir brennt wie glühende Kohlen. Bis zum heutigen Tag habe ich sie zu unterdrücken und aus mancherlei Gründen zu verheimlichen versucht. Doch während ich Narr das Feuer unter der Asche begraben will, glüht es immer heftiger und heißer und will in offenen Flammen emporlodern. Indien, mein Vater, und jene fernen Länder haben mein Herz verwundet! So bitte, ja flehe ich kniefällig um der Liebe Christi willen, dass mir erlaubt werde, dorthin zu reisen, wo mein Herz schon ist – das aber nur, sofern es Gott so will, denn ich liebe ihn so innig und heiß, dass ich mir keine noch so erniedrigende Arbeit, nichts so Ekelerregendes und keine Schmerzen denken kann, die ich nicht auf mich zu nehmen bereit bin.*«

Die Antwort traf ihn wie ein Hammerschlag. Es gebe genügend geeignete Missionare aus anderen Ländern, die nicht so weit entfernt von Indien seien, der Orden brauche alle Kräfte in Deutschland und er, Spee, solle seinen Fleiß dazu verwenden, diesen Acker zu bestellen.

Seit der Glaubensspaltung hatten sich die beiden Konfessionen in immer heftigere Streitereien verwickelt und der Ton war zunehmend unversöhnlicher geworden. 1608 hatten die protestantischen Stände den Reichstag verlassen und die »Union« gegründet, der die katholischen Reichsstände noch im selben Jahr die »Liga« entgegengesetzt hatten. Kurz zuvor hatte ein Komet mit einem riesigen Flammenschweif drohendes Unheil angekündigt. Vier Wochen nach der Ablehnung von Spees Ansuchen durch den Ordensgeneral stürzten am 18. Mai 1618 wütende protestantische Adlige zwei kaiserliche Beamte aus dem Fenster der Prager Burg und warfen den Schreiber gleich hinterher. Alle drei überlebten dank eines Misthaufens. Defenestrieren, so hieß das, war die verschärfte Form des Fehdehandschuhs und kam einer Kriegserklärung gleich. Im November desselben Jahres zog wieder ein Stern mit einem peitschenförmigen Schwanz über den schwarzen Nachthimmel, aber da hatte der Krieg bereits begonnen. 1620 wurden die aufständischen Böhmen von den kaiserlichen Truppen unter Graf Tilly in der Schlacht am Weißen Berg geschlagen, der »Winterkönig« Friedrich V. floh in die Niederlande. Weitere Niederlagen führten zur Auflösung der protestantischen Union. Die Rädelsführer des Aufstands wurden hingerichtet. Vom Machtzuwachs Habsburgs herausgefordert, marschierten dänische, schwedische, französische und englische Truppen unter Führung des Königs von Dänemark in Deutschland ein. Diesem Aufgebot stellte auf habsburgischer Seite der aus einer protestantischen Adelsfamilie stammende Emporkömmling Albrecht Wenzel Eusebius von Wallenstein ein Söldnerheer entgegen.

Cuius regio – eius religio, hieß es nun, wessen Gebiet – dessen Religion. Die Untertanen hatten damit nur zwei Möglichkeiten: entweder mit jedem Herrscherwechsel das Glaubensbekenntnis des jeweils neuen Landesfürsten anzunehmen oder das Land unter Zurücklassung allen Hab und Gutes zu verlassen. Nicht wenige der nun Mittellosen verdingten sich in einem der bunt zusammengewürfelten Haufen aus Piemontesen, Sachsen, Bretonen, Schotten, Schwaben, Katalanen, Tirolern, Florentinern, Wallonen, Franken, Lappländern, Navarresen oder Rheinländern.

1628 befahl der Kölner Kurfürst Ferdinand von Bayern den Stadtvätern von Peine, umgehend alle protestantischen Geistlichen durch katholische Pfarrer zu ersetzen. Ebenso hatte sich die Bevölkerung auf seine Anordnung hin unverzüglich zum katholischen Glauben zu bekennen oder innerhalb von sechs Monaten das Land zu verlassen. Nicht wenige kehrten daraufhin ihrer Heimat den Rücken. Um eine noch größere Abwanderung zu verhindern, bat der Kurfürst als ehemaliger Schüler der Jesuiten den Orden um die Entsendung eines geeigneten Paters. Die Wahl fiel auf Friedrich Spee.

Über der Heide begann sich die Nacht vom Tag zu trennen, das sanfte Licht der aufgehenden Sonne färbte die weißen Rinden der Birken in zartes Rosa, die Büsche des Stechginsters trugen die ersten gelben Blüten und die Schatten der säulenartigen Wacholderbüsche wurden zunehmend kürzer. Schwerer Tau, der noch auf Gräsern und kargen Halmen lag, zerstob unter den galoppierenden Hufen des kleinen Pferdes. An den moorigen Stellen wuchsen Schach- und Kuckucksblumen, Tausendgüldenkraut und

Fleisch fressender Sonnentau. Friedrich Spee kannte sie und sie alle zeugten von der Allmacht und der Herrlichkeit des Schöpfers. Im Wald vor ihm hatte sich Frühnebel im Geäst der Bäume verfangen, schien sich nur mühsam lösen zu können. Der Pater zwang das Pferd zu einer langsameren Gangart. Der morastige Weg wurde nun schmal, Wurzeln wanden sich wie armdicke Schlangen über den Pfad. Der Wald lag etwa auf der Hälfte der Strecke zur kleinen Ortschaft Woltorf, wohin Spee zum Lesen einer Morgenmesse unterwegs war. Es war die Zeit, die nur ihm gehörte, die unbeschmutzt war von all dem Gezänk, Streit, Hass und der Not um ihn. Die Zeit, in der sich seine Seele erhob und er seine Empfindungen in Worte zu fassen versuchte.

»Wann Morgenröt sich zieret
Mit zartem Rosenglanz,
Und gar sich dann verlieret
Der nächtlich Sternentanz:
Gleich lüstet mich spazieren
Im grünen Lorbeerwald,
Allda dann musizieren
Die Pfeiflein ... mannigfalt.«

Er überlegte. Vöglein oder Pfeiflein, entschied sich dann aber doch für Pfeiflein. Schließlich pfiffen Vögel mit ihrem Schnabel und zudem fand er es poetischer.

»Nun hab ich dich!«

Spee erschrak heftig. Wie aus dem Nichts war sie aufgetaucht. Eine massige Gestalt auf einem plumpen Gaul, das Gesicht unter einer tief herabgezogenen Kapuze versteckt. Spee sprang die Feindseligkeit an wie ein wilder Löwe, auch das Tier unter ihm wurde unruhig. Für einen Augenblick verrutschte die Kapuze und er glaubte einen der Männer von heute früh zu erkennen, die ihm den Zugang zur Morgenmesse in Peine verwehrt hatten, einen Graubärtigen mit düsterem Blick. Langsam hob sich der Umhang seines Gegenübers. Instinktiv schien Spees Pferd die Gefahr zu wittern, mit panischem Wiehern stieg es urplötzlich in die Höhe, während ein kurzer Blitz aufzuckte und ein gewaltiger Knall die Stille zerfetzte. Ein dumpfer Aufschlag – die Kugel fuhr in den Baum neben ihm, löste splitternd auf der Breite einer Elle die Rinde vom Stamm. Spee drängte das Tier noch im Aufbäumen mit harter Hand vorwärts, vorbei an dem Fremden, sah in ungläubigem Erstaunen aufgerissene Augen und ritt um sein Leben. Das kurze Stück aus dem Wald hinaus erschien ihm wie eine Ewigkeit. Hinter sich hörte er das Brechen von Ästen, das schwere Schnauben des immer näher kommenden fremden Gaules und das heisere Fluchen des Reiters. Aufrecht in den Bügeln stehend jagte er über das freie Feld, erkannte im Umdrehen eine auf ihn gerichtete Pistole, wartete auf den nächsten Schuss, der ihn gleich in den Rücken treffen würde. Spee versuchte sich möglichst klein zu machen, warf sich an den Hals des Pferdes. Dort, wo gerade noch sein Kopf gewesen war, hörte er ein Sirren. Wieder daneben! Nun ritten sie scharf nebeneinander, Spee versuchte seitlich auszuweichen. Vergeblich. Hart und unnachgiebig drängte sich der andere an ihn heran, nun den Lauf einer der beiden Pistolen in der Faust. Spee überkam für einen Augenblick so etwas wie Erleichterung, denn offensichtlich hatte der Mordbube nur zwei Schießeisen und im vollem Galopp konnte er nicht nachladen. Spee sah die hoch erhobene Hand, duckte sich und der Schlag ging ins Leere, dafür traf ihn der nachfolgende Hieb umso furchtbarer. Er glaubte seinen Schädel zerspringen zu hören, als der eisenbesetzte Pistolenknauf mit voller Wucht auf seinen Kopf prallte.

Der plumpe Gaul neben ihm kam kurz ins Stolpern und Spee nutzte den winzigen Vorteil, hielt in weit ausholendem Bogen auf Woltorf zu. Aber schon war der Unbekannte wieder da, noch ein Schlag, dann noch einer und noch einer sauste auf ihn herab. Die ersten Häuser waren schon in Sichtweite, aber je näher sie kamen, desto wütender wurden die Attacken. Etwas drang in seine linke Schulter ein. Zweimal. Er sah das Aufblitzen des Stahles, spürte gleich darauf die harten Schläge des Degens auf seinem Hinterkopf, ein Streich traf ihn über der Stirn und hinterließ eine klaffende Wunde. Erst als sie das erste Haus des Weilers erreichten, gab der andere auf, machte kehrt und galoppierte zurück, dem Wald zu.

Nur schemenhaft und kurz davor, ohnmächtig vom Pferd zu fallen, nahm Spee die Leute wahr, die auf dem Kirchplatz standen und auf ihn warteten. Die Gespräche endeten abrupt und wichen entsetztem Schweigen. Friedrich Spee klammerte sich an die Mähne des Pferdes, schwankend wie ein Betrunkener. Nur zögernd kamen sie näher, ein paar Frauen fingen an zu weinen. Als Erster fasste sich ausgerechnet der von Spee abgesetzte protestantische Pfarrer. Tyle Walckeling hieß er, aber man nannte ihn wegen seiner Hitzköpfigkeit nur den Tollen Tyle.

»Um Gottes willen!«, entfuhr es Walckeling. »Wer hat Euch so zugerichtet? Ihr müsst sofort zu einem Arzt!«

Spee schüttelte leicht, aber energisch seinen blutüberströmten Kopf. »Nein! Das kann warten! Zuerst kommt der Gottesdienst! Helft mir vom Pferd und bringt mich auf die Kanzel!«

Einige versuchten ihn umzustimmen, sich wenigstens zuerst seine Wunden versorgen zu lassen, doch Spee wollte nichts davon hören. Aber auch der Tolle Tyle blieb stur, riss auf der Stelle sein Hemd in Streifen und legte dem Verwundeten einen behelfsmäßigen Verband an. Auf zwei kräftige Männer gestützt, schleppte sich Spee in die Kirche. Die steile, schmale Treppe zur Kanzel bewältigte er mehr kriechend als im Gehen. Oben angekommen, gelang es ihm nur mit Mühe, sich aufrecht zu halten. Die Hände fest in der Brüstung verkrallt, predigte er das Gleichnis vom Guten Hirten, der seine ihm anvertraute Herde nicht im Stich lässt, sondern eher sein Leben für sie hingibt. Unten war es so still wie noch nie. Sie alle spürten in diesem Augenblick die Kraft und die Ausstrahlung, die von dem blutverschmierten Mann ausging. Der da oben gehörte nicht zu jenen Pfaffen, deren einziges Mittel, sie gefügig zu machen, das Drohen mit dem Landesverweis war. Zugegeben, das hatte er auch schon gemacht, war aber andererseits für jeden da, der Not hatte. Er war einer, der nicht über ihr Elend hinwegsah. Der sich beim Kurfürsten für die Bauern einsetzte, dafür sorgte, dass sie wenigstens Saatgut bekamen, und der bei der Verteilung keinen Unterschied zwischen Katholiken und den noch nicht bekehrten Protestanten machte. Bei den Wohlhabenden sammelte er Almosen für die Bedürftigen, spendete den Kranken Trost und war einer, dem selbst der letzte Lumpensammler nicht gleichgültig war. Ja, sogar sein eigenes Geld gab er her. Das hatten sie von seinem Begleiter, dem Laienbruder Theodatus Dyant erfahren, der vor ein paar Tagen eine Fuhre Saatkorn hierhergebracht und sich dabei verplappert hatte.

Spee konnte sich kaum mehr auf den Beinen halten. Mit zitternder Stimme hob er an zum Schlusslied: »Dich, Gott, loben wir, Dich, Herr, preisen wir. Dir, dem ewigen Vater, huldigt das Erdenrund ...« Der letzte Ton war verklungen, aber niemand wagte es, als Erster aufzustehen. Alle Augen waren auf den Pater gerichtet, der sich an der Balustrade zum Treppengeländer vortastete. Schwankend hielt er inne, sah nochmals nach unten. »Bin ich euch denn ein schlechter Hirte? Bleibe ich nicht bei ...«

Seine Stimme versagte, kraftlos lösten sich die Finger, die Hände griffen ins Leere und schon schlug der Körper dumpf zu Boden. Erstarrt sahen alle nach oben.

»Komm!« Es war der Vorsteher, der sich als Erster fasste und seinen Nachbarn anstieß. Behutsam trugen sie Spee nach unten, hinaus auf den Kirchplatz, legten den Ohnmächtigen auf eilends herbeigeschaffte Decken.

»Sechs Kopfwunden, ein tiefer Schnitt über der Stirn, die Schädeldecke von sieben oder acht stumpfen Hieben zumindest lädiert, wenn nicht gar zertrümmert, zwei Schwertstiche in der linken Schulter!«, sagte Walckeling, sich schnaufend aufrichtend, zu den Umstehenden. »Bringt mir etwas zum Verbinden, eine Schere und zwei rohe Eier!«

Vorsichtig schnitt er einige Hautlappen ab und strich die verrührten Eier auf ein Tuch, das er sorgfältig über die klaffenden Wunden legte. »Mehr kann ich nicht tun!«, meinte er dann schulterzuckend. »Jemand muss ihn zurück nach Peine bringen, wo man ihn besser versorgen kann!«

»Das überlebt er nicht!«, wandte einer ein.

»Dann stirbt er eben hier!«, gab der Tolle Tyle barsch zurück.

Nach einigem erregten Hin und Her banden sie zu viert den immer noch Bewusstlosen mit Stricken auf sein Pferd. Der Vorsteher schwang sich in den Sattel seines Reittiers, um den Pater von der Seite her zu stützen, während ein paar andere, Walckeling voran, zu Fuß vorausschritten.

In der Stadt sprach es sich schnell herum, dass es draußen bei Woltorf einen Überfall gegeben habe und ein Pfaffe übel zugerichtet worden sei. Der Jesuit sei es, wurde gemunkelt und nicht wenige hörten es mit einer gewissen Häme. Sechsundzwanzig Ortschaften rund um Peine hatte er in kurzer Zeit dazu gebracht, sich wieder zum katholischen Glauben zu bekennen. Das war allerdings nicht sonderlich schwierig gewesen, denn die erste Frage der Menschen lautete immer, ob sich die Preise für Taufen, Trauungen und Beerdigungen erhöhen würden, worauf Spee stets antwortete, das würde er sogar kostenlos machen. Der Kurfürst hatte, durch diesen Erfolg ermutigt, den Befehl erlassen, dass in der widerspenstigen Stadt keine protestantischen Räte mehr gewählt werden durften. Und fast auf den Tag genau vor einem Monat hatte er ein Exempel statuiert und den aufmüpfigen und auch in Peine bekannten lutherischen Pfarrer Johannes Bissendorf von Gödringen köpfen lassen, der auf seiner Schmähschrift gegen die Jesuiten und den Papst beharrte und kein Jota davon zurücknehmen wollte. Das Urteil lautete jedoch auf Landfriedensbruch, Missachtung der Reichsgesetze und Gotteslästerung. Konnte es da jemand Peines sonst durchaus besonnenen Bürgern verdenken, dass sie das alles nicht so hinnehmen wollten und für ein paar Münzen einen Strolch dingten, den lästigen Pfaffen aus dem Weg zu räumen? Sogleich machte ein Gerücht die Runde. War es nicht sonderbar, dass ausgerechnet der abgesetzte protestantische Pfarrer so schnell zur Stelle und so besorgt um den Spee gewesen war? Dass er ihn auch noch nach Peine zurückbegleitet und unverzüglich auf einen Arzt aus Hildesheim gedrängt hatte? Womöglich war er ein Mitwisser, zuzutrauen wäre es ihm. Schließlich hieß er nicht umsonst der Tolle Tyle.

11

Am Dienstag nach Pfingsten erreichte Burr ein Telegramm. Es enthielt lediglich zwei Worte. George Lincoln hielt es erst für einen Streich, den ihm jemand spielen wollte, aber der Bote bestätigte ihm mehrmals, es komme wirklich aus Basel von der dortigen Polizei.

»Tasche gefunden«, stand da, sonst nichts.

Fassungslos schüttelte Burr immer wieder den Kopf. Was hatte der Dekan gesagt, als er ihm vom Verlust der Dissertation erzählt hatte? »Wenn der Dieb ein Katholik ist, dann geht er an Pfingsten zur Beichte und Sie bekommen Ihre Tasche wieder!«

Die Erleichterung wich jedoch augenblicklich kalter Ernüchterung, fast so, als hätte man ihm einen Kübel Wasser über den Kopf geschüttet. Was war jetzt wichtiger? Die Dissertation oder das Loos-Dokument?

George Lincoln konnte sich nicht entscheiden und je länger er die Fakten gegeneinander abwägte, desto unsicherer wurde er. In der Zeitung von heute war ein groß aufgemachter Artikel über den Fund erschienen und hatte ihn als Sensation gewertet. Bei dieser einen Meldung würde es – davon war Burr überzeugt – nicht bleiben. Am späten Nachmittag suchte er den Bibliothekar Keuffer auf.

»Mein lieber Keuffer, ich bin in der Zwickmühle und weiß nicht, was ich tun soll. Stellen Sie sich vor, meine fast fertige Doktorarbeit ist aufgetaucht. Eigentlich müsste ich unverzüglich nach Basel, um sie abzuholen ...«

»Das gibt es doch nicht!«, unterbrach ihn der Bibliothekar ungläubig. »Es ist doch schon eine halbe Ewigkeit her, dass sie Ihnen abhanden gekommen ist!«

»Ja, zu Ostern. Aber wenn ich jetzt nach Basel fahre ... Ich brauche unbedingt eine Abschrift von dem Loos-Traktat, und zwar, bevor es weiteren Gutachtern zur Überprüfung der Echtheit vorgelegt wird. Mein Gott, mir zerrinnt die Zeit wie Sand zwischen den Fingern. Ich möchte die Loos-Schrift nicht aus den Augen lassen, ohne eine Kopie für Cornell zu haben!«

»Das ist verständlich. So etwas findet man ja nicht alle Tage!« Keuffer überlegte. »Ich kenne einen älteren ehemaligen Schreiber, der genügend Zeit hat und sich sicher gern etwas zu seiner mageren Pension dazuverdient.« Er kratzte sich nachdenklich an der Nase. »Allerdings weiß ich nicht, wie gut sein Latein ist!«

»Ach, was soll's. Abschreiben wird er es wohl können!«, antwortete Burr bestimmt.

»Wie wäre es mit einer dieser neuen Schreibmaschinen? Da könnte man gleich ein oder zwei Durchschläge machen?«

George Lincoln sah ihn mit geradezu sprachlosem Entsetzen an. »Den Loos mit einer Schreibmaschine?«, fragte er, nachdem er sich wieder gefasst hatte. »Mit so einem seelenlosen Eisenkasten? Ich bin zwar gelernter Drucker, mein Herr, aber trotzdem ...! Die Abschrift des Originals wird von Hand gemacht, das ist das Mindeste! Das Allermindeste!«

»War ja nur so eine Idee!«, erwiderte Keuffer verlegen.

Burr dachte einen Moment nach. »Papier! Ich brauche noch Papier, aber nicht irgendeines! Ich gehe gleich in die Stadt und schaue mich um. Würden Sie das mit dem Schreiber in die Wege leiten?«

Der Bibliothekar nickte.

Am nächsten Morgen erschien George Lincoln zur vereinbarten Zeit in der Bibliothek. Keuffer und der Schreiber waren schon da. Letzterer hatte einige Schreibproben mitgebracht, die Burrs Zustimmung fanden. Er selbst hatte eine Flasche indische Tinte besorgt und entgegen seiner sonstigen Sparsamkeit feines transparentes Papier erstanden, das mit einer dünnen Ölschicht überzogen war. Burr wies den Schreiber noch an, die Schriftgröße, die Zeilenendungen und die Absätze peinlich genau beizubehalten, um nicht womöglich die Seitenzahlen zu verschieben.

Dann wandte er sich an den Bibliothekar. »Jetzt ist mir leichter und ich kann beruhigt in die Schweiz fahren!«

Der Gesichtsausdruck des Polizeibeamten in Basel hatte etwas leicht Süffisantes, als Burr nach seiner Tasche fragte und das Telegramm vorlegte.

George Lincoln war nun mindestens ebenso aufgeregt wie vor ein paar Tagen in Trier und musste sich zwingen, ruhig zu bleiben. Gewicht und Umfang nach zu urteilen war die Tasche zumindest nicht leer. Bedächtig löste er die Riemen und breitete alles vor sich auf dem Tresen aus.

»Unglaublich!«, murmelte er dann. »Es ist einfach unglaublich!«

Als er aufblickte, hatte der Polizist noch immer diesen sonderbaren Ausdruck im Gesicht, ganz so, als wüsste er ein Geheimnis, wonach er bitteschön gefragt werden wollte. Burr interessierte das allerdings im Augenblick genauso sehr, wie wenn in Indien einem Maharadscha eine Fliege in die Teetasse fällt. Hauptsache, es war alles da. Er konnte es immer noch nicht fassen. Tatsächlich, es fehlte nichts, kein einziges Blatt!

Der Beamte hielt es nun nicht mehr länger aus. »Der Finder hat gesagt, kein Mensch könne dieses fürchterliche Geschreibsel lesen!«

So, nun war es heraus und ihm war die Befriedigung anzusehen, es einem dieser überheblichen Akademiker gegeben zu haben, die keiner anständigen Arbeit nachgingen und von denen man nicht wusste, womit sie eigentlich ihr Geld verdienten. Das war zwar nicht besonders schmeichelhaft, aber Burr konnte nicht anders und musste laut lachen. Seine Handschrift war in der Tat etwas ungewöhnlich und für einen Fremden nicht zu entziffern. Vor Jahren hatte er sich mit einer neuen Form der Kurzschrift beschäftigt, das System jedoch nie richtig in den Griff bekommen und war daher zur herkömmlichen Schreibweise zurückgekehrt. Allerdings streute er hin und wieder einzelne Kürzel ein, was zugegebenermaßen ein ziemlich eigenwilliges Schriftbild ergab. Zudem war alles auch noch in Englisch.

»Wie ist denn die Tasche wieder aufgetaucht?«

»Ein Bauer hat sie am Dienstag vorbeigebracht und darauf bestanden, die Belohnung zu kassieren. Angeblich hat er sie vor der Scheune auf seinem Hof gefunden. Am Ostermontag war er natürlich nicht in Basel. Darauf hat er Stein und Bein geschworen!«

»Na, vielleicht hätte er sie zuerst zurückbringen und erst dann zur Beichte gehen sollen.«

Der Polizist sah ihn verständnislos an.

»Sind Sie katholisch?«

»Nein, Calvinist!«

»Ach so!«, antwortete Burr, bedankte sich nochmals und verließ eilig den Polizeiposten, um seinen Zug zu erwischen. Kaum im Wagon, machte er sich sofort daran, an seiner Dissertation weiterzuarbeiten, gab es aber nach kurzer Zeit auf, da seine Gedanken ständig abschweiften. Siedend heiß fiel ihm Pee ein. Ihren letzten Brief hatte er immer noch nicht beantwortet. Pee! Bei ihrem Namen fühlte er nicht mehr dieses heiße Lodern in seiner Brust, eher ein schwaches Glimmen. Er erschrak über dieses Eingeständnis und versuchte sich zu erinnern. Nein, in den letzten drei Tagen hatte er kein einziges Mal an sie gedacht. Mögliche Entschuldigungen dafür verwarf er sogleich als laue Ausreden. Das sollte Liebe sein? Er beschloss, ihr auf der Stelle einen Brief zu schreiben und ihr vorzuschlagen, dass sie ihre Situation nach seiner Rückkehr von Angesicht zu Angesicht klären und nichts überstürzen sollten, worunter einer von ihnen und womöglich sogar beide zu leiden hätten.

In der Moselstadt überschlugen sich die Ereignisse. Von überall her kamen Anfragen, die nationale und die gesamte europäische Presse berichtete über Burrs Fund, lobte ihn in den höchsten Tönen. Täglich trafen Schreiben mit der Bitte um möglichst schnelle Beantwortung ein und als der große Historiker Janssen die Echtheit der Dokumente bestätigte, gab es kein Halten mehr. Zu alledem teilte ihm Andrew Dickson White mit, dass er, White, als Attaché ins Zarenreich nach Sankt Petersburg berufen sei und Burr vor seiner Abreise gern wieder in Amerika sähe.

12

Der Peiner Bürgermeister hatte unverzüglich Musketiere und Berittene ausgesandt, um des Attentäters habhaft zu werden, doch der war längst über alle Berge. Friedrich Spee war dank des Wundarztes am folgenden Morgen transportfähig, sodass er in einer Kutsche nach Hildesheim verbracht werden konnte.

Dem Provinzial des Ordens, Pater Bavingh in Köln, kam der Überfall alles andere als gelegen. Nicht dass er mit Spee besonderes Mitleid gehabt hätte, vielmehr wurmte es ihn, dass ausgerechnet dieser widerborstige und eigensinnige Mitbruder, der nicht einmal Vollmitglied des Jesuitenordens war, geradezu zu einem Märtyrer hochstilisiert wurde. Ausgerechnet Friedrich Spee von Langenfeld, den er aus Köln hatte weghaben wollen und deshalb nach Peine geschickt hatte! Nichts als Schwierigkeiten hatte er bislang mit ihm gehabt. Spee hatte sich beim Ordensgeneral über die Einstellung des Ordens zur Armut beklagt, dann war er auf die Idee verfallen, das Terziat, also das dritte Jahr der Ausbildung, in Italien zu verbringen, dort das Italienische zu lernen, um mit den verwundeten und erkrankten welschen Landsknechten und Söldnern in ihrer Sprache parlieren zu können! Es hatte einige Mühe gekostet, den Ordensgeneral, der Spee schon einen Platz im Mailänder Kolleg zugewiesen hatte, dazu zu bewegen, seine Zusage zurückzunehmen und den aufmüpfigen Pater stattdessen nach Speyer zu schicken.

Nach Abschluss des Tertiärjahres war eine Versetzung nach Wesel vorgesehen gewesen, aber in Köln war Iberus Fekenius, Professor der Philosophie, erkrankt und an seine Stelle war ausgerechnet Spee beordert worden, obwohl er nicht einmal alle dazu nötigen akademischen Prüfungen vorweisen konnte! Das war auch seinem Unterricht anzumerken, wo er es nicht nur an der nötigen Strenge fehlen ließ, sondern dazu noch unverblümt seine Meinungen und Ansichten verkündete, besonders wenn es um den Hexenglauben und die damit verbundenen Prozesse ging. Allerdings war ihm da nur schwer beizukommen, weil er sich auf den Tiroler Ordensbruder Adam Tanner, der in Ingolstadt Moraltheologie lehrte, und dessen von vielen Autoritäten anerkanntes Werk »Theologia scholastica« berief. Auch Tanner ging gegen die Auffassung von Binsfeld und Del Rio an – die wie schon der »Hexenhammer« in der Hexerei ein außergewöhnliches Verbrechen sahen, das ebenso außergewöhnliche Maßnahmen und härteste Bestrafung erforderte – und verlangte die Einhaltung der Prozessordnung, bestritt die Rechtmäßigkeit erfolterter Geständnisse und beharrte darauf, noch so viele Denunziationen seien kein Beweis für irgendetwas. Der Tiroler stellte auch in Abrede, dass es, wie von Binsfeld und Del Rio behauptet, unmöglich sei, Unschuldige hinzurichten, und führte als Argument die Exekution zweier Hexenrichter in München und Fulda an. Und ausgerechnet in Köln schlug dieser Spee in die gleiche Kerbe, in Köln, wo der Magistrat ein halbes Jahr vor seiner Ankunft in einem Aufsehen erregenden Prozess die verwitwete Postmeisterin Katharina Henot hinrichten hatte lassen. Ohne Frage, der Prozess war spektakulär gewesen und es gab Stimmen, die die Ansicht vertraten, da habe der Postmeister Coesfeld von der Taxis-Post seine Finger im Spiel gehabt, um die lästige Konkurrenz auszuschalten. Obwohl die Henot ohne Geständnis verurteilt worden war, sprach doch alles dafür, dass sie eine Hexe gewesen war. Davon waren auch ihre beiden Beichtväter, die jesuitischen Mitbrüder Adrian Horn und Hermann Mohr, überzeugt. Selbst ihr Bruder Hartger, Domherr, Dechant von Sankt Andreas, Probst von Sankt Severin, Doktor beider Rechte und Kurfürstlicher Rat, hatte ihr nicht helfen können. Und überhaupt – was für ein Licht warf es auf den Orden, wenn sich die Mitglieder nicht schämten, ihre eigenen Confratres bloßzustellen?

Doch das war noch lange nicht alles! Wegen der Druckerlaubnis für seine Schrift »Vom immerwährenden Lobe Gottes« hatte sich Spee erst vor kurzem direkt an den Ordensgeneral in Rom gewandt und ihn, Hermann Bavingh, seinen direkten Vorgesetzten, einfach übergangen. Zwar erhielt er dafür einen geziemenden Rüffel, aber es blieb dennoch ein Beigeschmack, da der General die Schrift trotzdem wohlwollend prüfen lassen wollte. Den Gipfel der Unverfrorenheit nach alldem bildete das Gedicht, das Spees Schüler zum Abschied auf ihren Lehrer verfasst hatten:

»Ach, vom Rumpfe getrennt ist das Haupt des Iberus.
In Spe war die Hoffnung, Friedrich, die Hoffnung.
Friedrich Spe, lebe wohl, während des Meisters Siechtum,
Gnädiger, warst du die Hoffnung der verzweifelten Weisen.«

Widerlich, diese Anspielung auf Spees Namen und das lateinische Wort spe – Hoffnung – und die Verächtlichmachung des Vorgängers! Nein, es war schon eine gute Entscheidung gewesen, diesen Unruhestifter nach Peine zu schicken. Nun war er zur Genesung in Falkenhagen, wo er sicher noch eine Weile bleiben würde, und mit der Zeit würde sich die allseitige Bewunderung für seine bestimmt maßlos aufgebauschte Heldentat legen.

Der Brief war knapp gehalten. In wenigen Sätzen bat ihn der Fürstabt von Corvey um die Abhaltung von Exerzitien im dortigen Benediktinerkloster, wogegen sein Vorgesetzter Bavingh nichts einzuwenden hatte. Nach dem Überfall hatte Spee eine kurze Zeit in Hildesheim verbracht und war dann vor drei Monaten, als es sein Zustand erlaubt hatte, ins Kloster Lilienthal bei Falkenhagen gezogen, das von zwei alten Mitbrüdern bewohnt wurde. Der Ruf nach Corvey erweckte in ihm zwiespältige Gefühle. Es hieß, die Mönche nähmen es dort mit den Ordensgelübden nicht so genau, völlerten und sauften und weder der Abt noch der Prior seien in der Lage, sie in die Disziplin zu nehmen. Wenn sie sich nicht mehr anders zu helfen wussten, als einen Jesuiten anzufordern, steckte sicher mehr dahinter als übel meinender Tratsch. Von wem der Vorschlag gekommen war, ausgerechnet ihn anzufordern, darüber musste Spee nicht lange nachdenken. Der dortige Prior war sein Vetter. Arnold von Waldlois war ein gutmütiger Mann, ein offener Geist ohne Hinterlist – Eigenschaften, die vermutlich der Grund für die Schwierigkeiten in Corvey waren.

Der Empfang war frostig. Der feiste Pförtnerbruder fuhr regelrecht zusammen, als Spee seinen Namen nannte, und die Augen, über denen schwere Lider hingen, konnten ein feindseliges Aufblitzen nicht verbergen. Missmutig watschelte er wie ein Enterich vor dem Besucher her, die mächtigen Gesäßbacken schoben sich unter der Kutte beinahe rhythmisch zu gewaltigen Bergen zusammen, um gleich darauf der Schwerkraft zu folgen. Vor dem Arbeitszimmer des Priors ließ er ihn einfach stehen, murmelte verkniffen Unverständliches und deutete mit dem Kopf zur Tür, was Spee allerdings nicht daran hinderte, sich freundlich zu bedanken. Friedrich Spee sah ihm nach, wie er versuchte, möglichst schnell seinem Blick zu entschwinden. Erst als der Bruder Pförtner ums Eck gebogen war, klopfte ein belustigter Spee an die Tür.

»Um Gottes willen, Friedrich!«, entfuhr es Arnold von Waldlois anstatt eines Willkommensgrußes. »Wie siehst denn du aus?«

Er erhob sich aus seinem Sessel und drückte dem Gast herzlich die Hand. Sein Blick fand nur kurz Spees Augen und fuhr dann tastend über dessen Kopf. Ein Teil der Narben wurde von dem sorgsam gestutzten Vollbart verdeckt, aber ein langer Schmiss zog sich sichtbar über Stirn und Nasenwurzel, die Ränder der vom Tollen Tyle abgeschnittenen Hautlappen hatten sich zu Furchen verwachsen.

»Ich habe natürlich von dem Überfall gehört und dass du dem Tod näher warst als dem Leben …«

»Gottes Wille. Offensichtlich hat er mit mir noch etwas hier auf Erden vor«, lächelte Spee, wurde aber gleich darauf ernst. »Immer wieder habe ich den Herrn angefleht, mir eine schwere Bürde aufzuerlegen. Wie spricht Christus am Kreuz zu den betrübten Herzen? Dich will ich brauchen, wie ich will, nicht, wie du es willst. Ich will dich werfen in den Abgrund der Traurigkeit, ich will dich plagen ohne Unterlass, ich will dein Herz dermaßen pressen, dass du vergehst wie der Schaum auf dem Wasser und du sollst vor Herzeleid zerspringen. Wann ich dich trösten will – es steht bei mir!«

Kaum hatte er ausgesprochen, presste er beide Hände an die Schläfen und sein Mund verzog sich zu einem schmalen Strich. Er begann leicht zu taumeln, fing sich aber gleich wieder. »Entschuldige, die Schmerzen kommen oft ohne Vorwarnung und ich habe dann das Gefühl, dass es mir den Kopf zerreißt! Aber sie sind lächerlich gegen das, was der Herr für uns erdulden musste!«

»Und du glaubst, du bist in der Lage, hier Exerzitien abzuhalten?«

Der Prior sah seinen Vetter unsicher an, doch der nickte energisch. »Die Schmerzen werden mich mein ganzes Leben lang begleiten – sagen die Ärzte. Die Schädeldecke war stellenweise zertrümmert, die Hirnhaut jedoch nicht verletzt. Meinen Verstand habe ich behalten, also soll ich ihn wohl auch weiterhin benutzen!«

Arnold von Waldlois war sichtlich betroffen, aber Spee meinte nur, es sei eben der Wille des Schöpfers und es gebe viele Mitmenschen, deren Los viel härter und beklagenswerter sei als das seine.

»Wie sieht es hier im Kloster aus? Stimmt es, was man so hört?«

Der Prior nickte. »Ja, leider. Der größte Teil des Konvents ist durch und durch verweltlicht. Der Reichtum ist ihnen zu Kopf gestiegen, ihre hauptsächliche Beschäftigung besteht darin, sich um ihren Bauch zu kümmern!«

Schmerzlich stieg die Erinnerung in Spee hoch. War es nicht paradox? Hatte er nicht im eigenen Orden die lasche Auslegung des Armutsgelübdes angemahnt und war dafür von Bavingh harsch gemaßregelt worden? Nun stand er hier bei den Benediktinern, die ihn genau deswegen hatten kommen lassen. Aber er empfand keinen Groll gegen seine Vorgesetzten, schließlich waren sie nur Werkzeuge im unermesslichen Willen des Schöpfers.

Das Licht zwängte sich durch die Seitenfenster und zeichnete verhuschte Farbkleckse auf den steinernen Boden der Kirche. Friedrich Spee stand oben auf der Kanzel und versuchte, in den Mienen der Mönche zu lesen. Die meisten hielten den Kopf gesenkt, zwischen die Schultern gezogen, und mieden den Blickkontakt mit ihm. Das war nichts Neues. Er musste nicht nur ihre Köpfe, sondern besonders ihre Herzen erreichen.

Hoch schwang sich seine Stimme empor, zuerst einsam, verlassen, dann fielen nach und nach zögerlich einige der Brüder mit ein.

»*O Heiland, reiß die Himmel auf, herab, herab vom Himmel lauf. / Reiß ab vom Himmel Tür und Tor, reiß ab, wo Schloss und Riegel vor!*«

Es war ein Lied, das er vor einigen Jahren eigentlich als Adventslied geschrieben hatte, ein Lied, das alle kannten und inzwischen selbst die Lutheraner sangen. Mit Bedacht stimmte er die vierte Strophe an:

»*Wo bleibst du, Trost der ganzen Welt, darauf sie all ihr Hoffnung stellt.*

O komm, ach komm vom höchsten Saal, komm tröst uns hier im Jammertal!«

Er benutzte den Schluss als Überleitung zu einer Betrachtung der Zeitgeschehnisse.

»Ja, Jammertal! Seit über zehn Jahren zieht der Krieg durch Deutschland, er verschlingt Mensch und Vieh, verroht und verdüstert die Herzen. Unsere Zeit ist wie ein dunkler Raum, finster und ohne Licht. Aber in diesem dunklen Raum liegt eine Kerze, wir müssen sie nur finden und anzünden. Wo aber ist diese Kerze, dieses Licht? Es ist in jedem Einzelnen von uns, es ist die Liebe!«

Spee predigte über die Lieblosigkeit, sprach ihre geheimsten Gedanken aus, die so geheim waren, dass sie sie selbst kaum zu Ende zu denken wagten, sprach über fleischliche Versuchungen, ihre Intrigen untereinander, ihre Habgier, ihre Gleichgültigkeit, ihre Eitelkeit und ihren Aberglauben. Er schonte sie nicht. Sein Ton war bestimmt, doch nie belehrend oder aburteilend, und Spee spürte, dass seine Worte Wirkung zeigten. Ihm war bewusst, das er mit Zwang und Drohungen hier gar nichts erreichen konnte. Als er geendet hatte und fragte, wer für die Fortsetzung der Exerzitien sei, blieben nur vier Hände unten. Darunter die des feisten Pfortenbruders.

Ein schwerer Sturm fegte über das Land, drängte wie ein wütendes Heer an die Klostermauern, verfing sich an den Simsen und in den Fensternischen, fiel urplötzlich ab zu einem jaulenden Winseln, um gleich darauf zu einem hohen Pfeifen anzusteigen. Direkt vor Spees Fenster brach mit lautem Krachen ein beinahe armdicker Ast vom Birnbaum, wie ein Spielzeug trieb ihn der Wind vor sich her, bis er sich in der Hecke gegenüber verfing und sich dort festzuklammern schien. Spee legte den Gänsekiel beiseite und erhob sich. Wie konnte er in Ruhe hier sitzen und an erbaulichen Gedichten für seine Sammlung, die er »Trutz-Nachtigall« nennen wollte, feilen? Da draußen waren die Elemente in Aufruhr und wahrscheinlich würden sie wieder Schuldige suchen und auch finden, wenn der Sturm größere Schäden anrichtete. Hatten sie denn noch immer nicht genug davon? Genügte den Menschen der Krieg nicht mit verwüsteten Städten, brachliegenden Äckern, die niemand mehr zu bestellen wagte, verrohten marodierenden Landsknechten, verstümmelten Leichen von Alten und Kindern, vergewaltigten Frauen und Mädchen?

Er fand seinen Vetter dort, wo er ihn vermutet hatte – im Arbeitszimmer.

»Mein lieber Arnold, ich brauche deinen Rat. Ich wüsste nicht, an wen ich mich sonst wenden könnte!«

»Nur zu! Wenn ich dir helfen kann, gern!«

»Sagt dir der Name Katharina Henot etwas?«

»Nur so nebenher habe ich von ihr gehört!«

»Bevor ich 1627 nach Köln kam, wurde sie als Hexe hingerichtet. Angefangen hat es damit, dass einige besessene Schwestern des Klosters Sankt Klara sie der Hexerei bezichtigten und behaupteten, sie könnten nur dann von ihrem Leiden erlöst werden, wenn man mit aller Härte gegen die Henot vorginge. Eine der Schwestern wurde nach Lechenich ins Gefängnis verbracht, dort gefoltert und letztlich verbrannt. Und auch die Henot wurde verbrannt, obwohl sie immer wieder ihre Unschuld beteuerte und selbst unter der Folter nicht gestand. So ist es immer! Gesteht eine Angeklagte, wird sie umgebracht. Gesteht sie nicht, wird sie gemartert. Gesteht sie immer noch nicht, wird sie trotzdem umgebracht, weil es ja der Teufel ist, der sie standhalten lässt. Was ist das für eine Rechtsprechung! In Köln haben wir diesen Fall oft diskutiert und er lässt mir keine Ruhe. Er ist zwar nur einer von Tausenden, aber er zeigt deutlich den Vernichtungswillen der Hexenrichter und deren Handlanger, ebenso die Gleichgültigkeit der Herrschenden!«

Er machte eine Pause und fasste sich an den Kopf.

»Schmerzen?«

Spee nickte und fuhr fort: »Trier, Würzburg, Mainz, Köln – überall, wo ich hinkomme, nichts als Hexen, Hexen, Hexen. Halb Deutschland scheint von Hexen bewohnt zu sein! Der Henot-Prozess zieht einen Rattenschwanz weiterer Anklagen hinter sich her und ein Ende ist nicht abzusehen.«

»Ich verstehe deine Einstellung, auch wenn ich sie nicht in allen Punkten teile. Und was du in deiner Anleitung zur geistlichen Besinnung, dem ›Güldenen Tugend-Buch‹, geschrieben hast, hat mich sehr nachdenklich gemacht. Ich kann die Stelle, so glaube ich, auswendig: ›Gar viele, ja unzählbar viele werden unschuldig gefoltert, gepeinigt, gereckt, müssen aus unerträglicher Pein gegen sich und andere bekennen, woran sie nicht einmal gedacht hatten. Und wenn sie tausendmal vor Gott unschuldig sind, will man ihnen doch nicht glauben. Hinzu kommen unwissende Beichtväter, bei denen sie keinen Trost finden, die sie mit ihrer Ungestümheit überfallen und innerlich noch mehr peinigen als alle Schergen zusammen. O Gott, was ist das für ein Gräuel, was ist das für eine Gerechtigkeit!‹«

Arnold von Waldlois schwieg sichtlich berührt.

»Dieser Glaube an eine Unmenge von Hexen in unserem Land wird aus zwei Quellen genährt. Deren erste heißt Unwissenheit und Aberglauben und die andere Neid und Missgunst«, fügte Spee hinzu.

Draußen wütete immer noch das Unwetter, der Sturm hatte zwar etwas nachgelassen, dafür klatschte nun schwerer Regen an die Scheiben.

Spee deutete zum Fenster. »Der Herr möge verhüten, dass allzu großer Schaden entsteht!«

Arnold von Waldlois nickte stumm und sah dann seinen Vetter an. »Ich ahne, was du vorhast. Das ist lebensgefährlich! Du kannst nicht in die Rechtsprechung eingreifen. Friedrich, du bist ein von Gott begnadeter Poet, aus deinen Liedern und Gedichten strömt eine Leidenschaft und Glut, die mitreißt, begeistert und die Herzen öffnet. Du bist einer, der in dieser dunklen Zeit Hoffnung verbreitet ...«

Spee winkte verlegen ab. »Aber ich kann die Leute aufrütteln, zumindest muss ich es versuchen, das ist meine Christenpflicht! Kennst du jemanden, der bereit ist, finanziell ein gewisses Risiko einzugehen? Am besten einen Drucker?«

Der Prior wusste, dass es sinnlos war zu versuchen, seinen Vetter von seinem Vorhaben abzubringen. Ein Friedrich Spee von Langenfeld gehorchte nur Gott und seinen Vorgesetzten. Und Letzteren auch nicht immer unwidersprochen.

»Es tut mir Leid, da kann ich dir nicht helfen. Du wirst dein Buch schreiben, so oder so, und wenn sie dich dafür auf den Scheiterhaufen bringen, nicht wahr?«

»Wenn ich dadurch auch nur ein paar wenige Menschen rette, bin ich dazu bereit!«

Arnold von Waldlois glaubte ihm das unbesehen. Wer nach Indien wollte, obwohl er wusste, dass sie dort schon genug Missionare abgeschlachtet hatten, ließ sich von der Aussicht auf den eigenen Tod nicht abschrecken. Und wer sich halbtot auf eine Kanzel schleppte, dem war ein einmal gefasster Vorsatz nicht so einfach auszureden.

»Eine Imprimatur ...«, wandte der Prior vorsichtig ein.

»Eine Druckerlaubnis des Ordens?« Spee verzog das Gesicht zu einem schiefen Lächeln. »Die wäre zwar eine Absicherung, doch das kann ich getrost vergessen. Schließlich bin ich nicht so berühmt wie mein hochverehrter Mitbruder Adam Tanner und sie haben schon bedeutend harmlosere meiner Schriften nicht freigegeben.«

»Anonym?«

»Ja, das scheint vorerst der einzige Weg zu sein. Aber ich muss aufpassen, damit es mir nicht ergeht wie Cornelius Loos!«

»Loos? Wer ist das?«

Spee erzählte, wie sie in Trier eines Tages auf den Flade-Prozess zu sprechen gekommen waren, wonach ihn der Stiftsherr Johannes Linden beiseite genommen und ihm geheimnisvoll zugeraunt hatte, er solle mal in der Jesuitenbibliothek nach einem Buch suchen, das mit einer Widmung von einem gewissen Bartholomäus Bodeghemius versehen sei und den Titel »De vera falsa – oder ficta – magia« trage.

»Und? Hast du es gefunden?«

»Ja!«

»Weiter! Erzähl!«

»Seine Arbeit war umsonst. Noch während des Druckes kamen sie ihm auf die Schliche, zwangen ihn zur Abbitte und bei Del Rio steht, er sei in den Niederlanden im Gefängnis gestorben. Sein Freund Linden wusste auch nichts Genaueres, außer dass er noch ein anderes Werk in einem Versteck in einer Kirche geschrieben hat.«

Der Prior sah eine Weile gedankenverloren ins Leere. »Also gut! Du schreibst das Buch und ich höre mich nach einem verschwiegenen Drucker um. Darf ich dir noch einen Rat geben?«, fragte er und sprach ohne eine Antwort abzuwarten weiter. »Schreib es so, dass es für alle Konfessionen gilt, schließlich stehen die lutherischen und calvinistischen unseren katholischen Obrigkeiten beim Hexenbrennen in nichts nach!«

Spee nickte und erhob sich. »Übrigens«, sagte er wie beiläufig, »der Bruder Pförtner war heute Morgen bei mir. Er will jetzt von sich aus an den Exerzitien teilnehmen und die Generalbeichte ablegen!« Er lächelte verschmitzt. »Wie mir scheint, ist ihm ernst damit. Er hat gesagt, er habe auch schon ein paar Pfund abgenommen!«

Draußen rieb sich der Sturm immer noch ungestüm an den Klostermauern.

13

Irgendetwas stimmte nicht. Obwohl er die Augen geschlossen hatte, spürte er, dass er nicht allein im Raum war. Angestrengt horchte er auf ein Geräusch, aber nichts regte sich. Durch die geschlossenen Lider drang die Helligkeit des Morgens und er musste für einen Moment überlegen, wo er überhaupt war. Irgendwo zwischen Arcachon und Bordeaux, doch wie der kleine Weiler mit dem langen Namen hieß, wollte ihm nicht mehr einfallen. War auch gleichgültig, der Ort bestand aus lediglich drei kleinen

Gehöften und die einzige Bedeutung, die er für ihn hatte, war, dass er hier für eine Nacht ein billiges Quartier gefunden hatte. Sein schlafverhangener Blick tastete sich langsam die nach Lavendel duftende Bettdecke entlang und kroch dann ohne Hast nach oben. Am Fußende des Bettes stand ein dicker Polizist mit einem martialischen Schnurrbart und starrte unbeweglich auf ihn herab.

George Lincoln beschloss, erst einmal herzhaft zu gähnen und so zu tun, als ob es das Alltäglichste sei, den Tag unter polizeilicher Aufsicht zu beginnen.

»Bonjour!«, sagte er dann freundlich und räkelte sich scheinbar wohlig in seiner Schlafstatt. Der Wachtmeister knurrte erst etwas Unverständliches und forderte ihn dann in harschem Amtston auf, unverzüglich aufzustehen und ihm seine Papiere zu zeigen. Das war leichter gesagt als getan. Mit dem Aufstehen hatte Burr zwar keine Probleme, doch was die Papiere anging, sah es schon anders aus. In Verona, wo er zu einem Spottpreis einige wertvolle Chorbücher erstanden hatte, war er das erste Mal in der Situation gewesen, dass er seinen Pass nicht bei sich hatte. George Lincoln tat nun dasselbe, was er auch in Italien getan hatte: Er beschränkte die Konversation seinerseits auf hilfloses Schulterzucken und verzweifeltes Hochheben der nach oben gedrehten Handflächen, um dem Ordnungshüter zu signalisieren, dass er rein gar nichts verstand. Sein Gegenüber aber blieb hartnäckig. Ihn unentwegt zu fragen, was er hier tue, gab er nach einer Weile zwar auf, dafür wiederholte er ständig *lettre d'identité* und zeichnete unentwegt mit Daumen und Zeigefingern ein Viereck in die Luft. Als er damit nicht weiterkam und George Lincoln ihn zunehmend hilfloser ansah, reduzierte er seine Aufforderung auf *lettre* und, als auch das nichts half, auf *papiers*.

Nein, den würde er so nicht loswerden. Ein begreifendes Strahlen lief plötzlich über Burrs Gesicht, mit der Rechten tippte er sich in freudiger Erkenntnis an die Stirn und sagte dann auf Deutsch: »Ach, Papiere! Dass ich nicht gleich darauf gekommen bin!«

Immer noch im Nachthemd, zog er seinen Rucksack unter dem Bett hervor und begann umständlich den Inhalt auf dem kleinen

Tisch auszubreiten. »Mist!«, dachte er. »Du musst dir endlich einmal angewöhnen, deinen Pass bei dir zu tragen. In der Gepäckaufbewahrung am Bahnhof hilft er dir nicht viel!«

Endlich hatte er gefunden, was er vorgestern mehr zufällig in der Innentasche seiner Jacke entdeckt hatte. »Hier, meine Papiere!«, sagte er freundlich auf Deutsch und hielt dem Ordnungshüter ein Blatt hin, auf dem sich einige Stempel befanden. Misstrauisch und mit amtsernster Miene drehte der es nach allen Seiten, hob es gegen das Licht und besah sich eingehend die Abdrücke. Bevor der Polizist auf andere Gedanken kommen konnte, trat Burr neben ihn und deutete auf den handschriftlichen Eintrag.

»George L. Burr« stand da und er las ihm »Georg Ludwig Burr« vor, während er sich an die Brust tippte. Dass darüber »Ausweis für die Bibliothek der Universität Leipzig« stand, brauchte den anderen ja nicht zu interessieren.

»Ah, allemand!«, sagte nun der Amtmann. As er George Lincoln zum Mitkommen aufforderte, waren dessen Französischkenntnisse auf den absoluten Nullpunkt gesunken. Mit kaum verhüllter Wut stopfte der Gendarm das Papier in seine Joppentasche, warf die Tür hinter sich zu und polterte die Treppe hinab. Nach gut einer Stunde – Burr hatte das Frühstück hinter sich und saß mit seinem Gastgeber, einem Lehrer, der nebenher eine kleine Schafzucht betrieb, in der Küche – kam der Ordnungshüter zurück. Verärgert, weil er wegen der Halsstarrigkeit dieses Deutschen den Weg doppelt hatte machen müssen, warf er das Papier unwirsch auf den Tisch. Burr zog es mit einem freundlichen Lächeln zu sich heran. Neben den grauen Leipzigern und dem roten Veroneser Stempel prangte nun ein dunkelgrüner des Bezirks Bordeaux.

Sobald der Polizist außer Hörweite war, lachten George Lincoln und Gérard Aintroux laut auf.

»Glück gehabt«, sagte Gérard, »dass nur unsere kleine Tochter da war, als er aufgetaucht ist, und meine Frau und ich draußen bei den Schafen waren. Einem von uns wäre es bestimmt herausgerutscht, dass Sie Amerikaner sind! Wenn Sie wollen, können Sie mich hinaus zur Herde begleiten und von dort weiter zum Bahnhof gehen.«

Während die beiden Männer das Haus verließen, begann sich der leichte Nebel über der weiten Ebene zu heben, deren Horizont schimmernde Berge in bläulichem Dunst begrenzten. George Lincoln hatte am Tag zuvor in diesem Nest seine Bahnfahrt unterbrochen, da er nicht in der Stadt hatte übernachten wollen. Unsicher, welchen Weg er nehmen sollte, war er einen Augenblick dagestanden, und als der einzige andere Fahrgast, der aus dem Zug gestiegen war, die staubige Straße unter die Füße nahm, folgte er ihm nach und lief einfach neben ihm her. Gérard Aintroux, der aus der Nähe von Biarritz im Baskenland stammte, war als Lehrer hierher in die Umgebung von Bordeaux versetzt worden und hatte hier seine Frau kennen gelernt, deren Eltern ein kleines Haus mit ein paar Schafen besaßen. Übernachten? Ja, das könne er bei ihnen, in einer kleinen Dachkammer, wenn er keine allzu großen Ansprüche habe. Nein, es mache keine Umstände, es sei genug Platz im Haus. Nach dem Essen hatte George Lincoln bei einer Flasche schwerem Médoc-Wein mehr über das Baskenland wissen wollen und irgendwann spätabends waren sie bei Pierre de Lancre gelandet, dessen Buch über die Unbeständigkeit der bösen Engel und Dämonen er verhältnismäßig günstig für die Universität in Cornell erworben hatte.

»Ja, de Lancre!«, nahm Monsieur Aintroux nun den Faden auf. »Er soll ziemlich gewütet haben, besonders in meiner Heimat Bayonne und im Bezirk Labourd. Als königlicher Anwalt im Departement Bordeaux füllte er innerhalb von zwei Jahren von 1609 bis 1610 die Gefängnisse derart mit Hexen, dass für gewöhnliche Gefangene kaum mehr Platz war. Auch dem Bischof wurde es zu viel, sagt man, er versuchte ihn loszuwerden, wandte sich deswegen sogar an den König, weil de Lancre die Leute mit seinen Hexen verrückt mache. Bei mir zu Hause erzählt man sich noch heute phantastische Geschichten über ihn, vor allem, dass er kaum die Folter einzusetzen brauchte, da die Frauen bei ihm alle freiwillig gestanden hätten, und dass die Hinrichtungen besonders feierlich gewesen seien!«

»Das hat er sich von den spanischen Autodafés abgeschaut.«

»Ich weiß, diese pompösen Massenverbrennungen konvertierter Mauren und Juden während der spanischen Inquisition.«

»Genau! Darauf scheint sein ganzes Buch ausgerichtet zu sein. Ihm ging es anscheinend mehr um die äußere Form, um die Korrektheit und Eleganz seiner Prozessführung zu unterstreichen. De Lancre war ein Bürokrat und Schöngeist. In seinem Buch wirkt fast jeder Satz gespreizt, man spürt geradezu, wie er um die Eleganz jedes einzelnen Wortes gerungen hat.«

»Aber wieso sollten die Frauen alle freiwillig gestanden haben? Man erzählt, er selbst habe geschrieben, bei über fünfhundert Verhörten habe er nur in drei Fällen die Tortur anwenden müssen!«

Burr blieb stehen.

»Der Schlüssel dazu – sofern die Zahlen überhaupt stimmen – dürfte in seiner Eitelkeit liegen. Satan war listig, aber er, Pierre de Lancre, war noch listiger. Mit dessen eigenen Methoden wollte er den Teufel vorführen. Dazu brauchte er das Vertrauen der Angeklagten. Vielleicht so: Nein, Marie, das ist kein Verhör, das ist nur ein Gespräch zwischen uns beiden. Komm, setz dich doch! Marie ist erleichtert, der Herr da ist kein strenger Richter, wie sie alle sagen, sondern ein gebildeter und einfühlsamer Mann. Marie, sagt er dann, du wirst verstehen, dass noch nicht alle Fragen geklärt sind. Ich muss jetzt fort, dringende Geschäfte, verstehst du, aber ich komme wieder und dann reden wir weiter. Doch de Lancre lässt sich Zeit, sehr viel Zeit. Wenn er endlich zu den Verhören kommt, wird er schon längst nicht nur von Marie geradezu sehnsüchtig erwartet. Sobald er da ist, gibt es bessere Verpflegung, frisches Stroh wird eingeschüttet und die verrohten Wachen sind mit einem Mal beinahe zuvorkommend. Marie freut sich, ja sehnt sich nach dem freundlichen Richter, der ihr zuhört, ihr das Gefühl gibt, fast so etwas wie gleichwertig mit ihm zu sein, der sie nicht anschreit, höchstens tadelnd eine Augenbraue in die Höhe zieht. Endlich wieder heraus aus dem Loch. Es vergessen, wenn auch nur für kurze Zeit. Um ja nicht so schnell wieder dahin zurückzumüssen, will sie ihm gefallen, schmückt sie ihre Geschichte mit immer noch verrückteren Details aus und als sie merkt, dass sie hereingelegt wurde, ist es zu spät. Alles ist protokolliert. Der Hexensabbat ist das wahre Paradies, dort ist mehr Vergnügen, als Ihr Euch vorstellen könnt! Das hat sie gesagt und so steht es jetzt fein säuberlich in den Akten. Aber de

Lancre ist ja nicht der einzige Hexenrichter im Land – nur der Einzige, der nicht oder kaum foltern lässt, wiewohl er sich diese Option offen hält – und er will sich nicht mit seinen Kollegen anlegen, wenn er schreibt: In Wahrheit bereitet ihnen ihr Martyrium, ob durch Folter oder Galgen, so viel Vergnügen, dass viele darum bitten, zur Hinrichtung geführt zu werden, und freudig ihre Qualen ertragen. So sehr sehnen sie sich danach, bei ihrem Teufel zu sein!«

»Gérard, kannst du dich ein wenig beeilen? Wir haben Nachwuchs bekommen und das gleich zwei Mal. Aber ich werde mit ihnen nicht fertig!« Die Stimme der Frau klang aufgeregt, ein leicht verärgerter Ton ließ sich nicht überhören.

George Lincoln Burr hatte nicht den blassesten Schimmer vom Umgang mit Schafen, geschweige denn von Geburten, und konnte daher nichts Ungewöhnliches entdecken. Gérard aber ließ ihn wortlos stehen und hastete auf die Weide.

»Sie will es nicht und allein komme ich ihr nicht bei!«

Das Mutterschaf war schon wieder auf den Beinen, die beiden Jungen versuchten an ihre Zitzen zu kommen, aber sie ließ nur eines an sich heran. Das andere schubste sie immer wieder von sich weg, trat nach ihm und jedes Mal, wenn Madame Aintroux es auch nur in die Nähe brachte, machte die Mutter einen Satz zur Seite oder nach vorn. Aintroux packte das Schaf blitzschnell am Kopf und seine Frau versuchte das jämmerlich blökende Lämmlein anzulegen, doch die Alte wehrte sich mit ganzer Kraft und wollte der Umklammerung entkommen. George Lincoln überlegte nicht lange, trat breitbeinig hinter das Schaf und klemmte es wie ein Reiter mit starkem Schenkeldruck fest.

»Bei Zwillingsgeburten verstoßen sie manchmal eines von beiden, meistens das Zweitgeborene«, presste Gérard zwischen den Zähnen hervor, als sich das Tier langsam zu beruhigen und seinen Nachwuchs, wenn auch zögerlich, zu akzeptieren schien.

Nach einer Weile lockerten die beiden Männer die Umklammerung und als sie das Tier ganz freigaben, blieb es ruhig stehen. Madame Aintroux entfuhr ein Seufzer der Erleichterung, während Burr an sich heruntersah. Gott sei Dank hatte er heute früh seine dunklen Hosen angezogen, da sah man den Schmutz nicht so sehr. Madame bedankte sich überschwänglich für seine Hilfe und verabschiedete sich dann, da im Haus noch Arbeit auf sie warte.

»Sie wollten mir noch etwas über de Lancre erzählen!«, meinte George Lincoln, nachdem er eine Zeit lang die Geschicklichkeit des schwarzen Hundes bewundert hatte, der auf einen Pfiff seines Herrn hin die verstreute Herde zusammentrieb.

Gérard Aintroux überlegte einen Moment lang. »Ach ja, die Werwolf-Geschichte. Ich habe die Geschichte von unserer Nachbarin, Madame Soutier, Gott hab sie selig, sie ist vor ein paar Jahren hochbetagt gestorben. Sie wiederum hatte sie von ihrer Großmutter, die ausdrücklich den Namen Pierre de Lancre erwähnt haben soll. Madame Soutier war, wie viele Leute noch heute, überzeugt, dass sich Menschen in reißende Wölfe oder andere beliebige Tiere verwandeln können. Also, die Geschichte: Ein Mädchen hütete hier im Departement Bordeaux zusammen mit einem Buben Vieh. Am helllichten Tag wurde die Kleine von einem Wolf angefallen, worauf sich ein Junge brüstete, er sei das gewesen und er hätte sie gefressen, wenn sie ihn nicht mit einem Stock vertrieben hätte. Er erzählte ihr, er könne sich in einen Wolf verwandeln, habe schon mehrere Hunde und zwei Kinder gerissen, das Hundefleisch schmecke ihm aber nicht so gut. Zwei Freundinnen des Mädchens sagten, dass der Bub immer wieder solche Geschichten erzähle. Auf die Frage, warum er so dunkelhäutig sei, habe er geantwortet, das komme von der Wolfshaut, die ihm ein im Wald angeketteter Mann gegeben habe und mit deren Hilfe er sich jederzeit in einen Wolf oder jedes andere Tier verwandeln könne. Selbst wenn er gerade keine Wolfsgestalt hatte, bewegte sich der Knabe am liebsten auf allen vieren und er behauptete, er sei nicht der Einzige hier in der Gegend, sondern sie seien ein ganzes Rudel. Nach und nach wuchsen ihm richtige Krallen, sogar seine Augen wurden wölfisch. Er machte aus seinem Treiben kein Geheimnis, erzählte, wie er sich bei einem Überfall das fetteste und zarteste von drei Kindern ausgesucht habe, wobei ihm aber der Onkel der drei Geschwister in die Quere gekommen sei. Vor Gericht stellte sich heraus, dass das verletzte Kind wirklich das dickste von den dreien war. Daraufhin führte man ihn durch alle Straßen und Häuser. Ein Mädchen erkannte ihn und zeigte den Beamten die Wunden, die er ihr in Wolfsgestalt beigebracht habe. Das Gericht in Bordeaux urteilte milde, da er unter Tränen darum bat, Gott möge ihm zu einer besseren Lebensweise verhelfen. Man sperrte ihn in einem Karmeliterkloster in einen Käfig, wo er sich solange er lebte wie ein Wolf benahm!«

»Grenier. Jean Grenier – wenn ich mich recht entsinne!«

»Wo... woher kennen Sie seinen Namen?«, fragte Aintroux perplex. »So – oder zumindest so ähnlich – soll er tatsächlich geheißen haben! Jetzt, wo Sie es sagen, fällt es mir wieder ein! Madame Soutier hat den Namen gelegentlich erwähnt!«

»De Lancre schreibt, er habe ihn mehrere Male im Kloster besucht, und berichtet ausführlich über diesen und ähnliche Fälle. Insgesamt hat er der Lycanthropie, den Tierverwandlungen also, an die hundertfünfzig Seiten gewidmet. Die Geschichte stimmt in großen Zügen mit seinen Schilderungen überein: Grenier sei wie ein Tier auf allen vieren über Gräben gesprungen, zwar sei er stumpfsinnig, aber nicht ganz blöd gewesen und habe halb abgeschliffene, schwarze Fingernägel gehabt.«

»Erstaunlich. Ich habe bis jetzt geglaubt, das sei nur eine der Schauergeschichten, wie es ja viele gibt.«

»Na ja, sie variieren von Gegend zu Gegend. In Teilen Deutschlands erhalten diese Werwölfe vom Teufel einen Gürtel, mit dessen Hilfe sie sich verwandeln können. Aber trotzdem war Ihre Schilderung hochinteressant. Zeigt sie doch, wie sich eine Geschichte über Generationen hinweg halten kann, wenn sie nur gruselig genug ist.«

Es war früher Nachmittag und Burr hatte noch fast eine Stunde Zeit, bis der Zug nach Bordeaux eintreffen würde. White hatte ihm telegrafiert, dort gebe es zwei seltene Bücher über Architektur im Angebot, die Burr sich unbedingt anschauen und gegebenenfalls erwerben solle. Kaum dass er sich in einer windstillen Ecke der winzigen Bahnstation niedergelassen hatte, nahm er einen sonderbaren, scharf stechenden Geruch wahr. Er brauchte eine Weile, bis er darauf kam, dass er selbst es war, von dem der Gestank ausging. Am anderen Ende des Gebäudes befand sich ein kleiner Brunnen mit einer Ziehpumpe. Nachdem sich Burr vergewissert hatte, dass weit und breit keine Menschenseele zu sehen war, öffnete er seinen Rucksack und kramte sein Seifenstück hervor. Dann entledigte er sich seiner Hose, schrubbte sie gründlich ab und spülte sie anschließend kräftig durch. Kurz dachte er daran, sie auszuwringen, ließ es dann aber bleiben, da sie aus leicht knitterndem Leinen war. Klatschnass hängte er sie über die Banklehne zum Trocknen in die Sonne und schlüpfte in seine helleren Beinkleider.

Gleichmäßig strich der Wind über das weite Land und durch die wogenden Gräser. Die Sommerluft war erfüllt vom Zirpen Tausender und Abertausender Zikaden, ein sichtlich vergnügter Sperling genehmigte sich in einer ausgetrockneten Pfütze ein Staubbad, auf einem sonnenheißen Stein lag bewegungslos eine kleine Eidechse und hoch oben zog ein Bussard ohne einen Flügelschlag seine Kreise. George Lincoln lehnte sich zurück, schloss die Augen und spürte, wie der Friede dieses Landes in ihm Einzug hielt, ihn erfüllte und ihn klein, ganz klein werden ließ. »Und doch ist das alles für dich, nur für dich allein, weil du es bist, der es wahrnimmt!«, sagte er sich. »Was wäre, wenn du reich wärest, die Taschen voller Geld hättest? Deine Ohren würden es hören, deine Augen würden es sehen, aber deinem Herzen bliebe es verborgen. Es wäre dir gleichgültig, es würde dich langweilen. Dein Kopf wäre wahrscheinlich nur damit beschäftigt, nach Möglichkeiten zu suchen, wie du aus dieser kargen Gegend Profit herausquetschen und dein Geld mehren könntest!«

War der kleine Spatz da vorn nicht glücklich in seiner Staubwolke, freute sich nicht die Eidechse über das schöne Leben in der Sonne? Nein. Mit keinem Millionär hätte George Lincoln tauschen wollen.

Ein heiserer Pfiff aus der Ferne kündigte das Herannahen des Zuges an. George Lincoln erhob sich, faltete seine inzwischen halbwegs getrocknete Hose sorgfältig zusammen und verstaute sie in seinem Rucksack.

14

Arnold von Waldlois hatte seinem Vetter beim Abschied noch ein Buch in die Hand gedrückt. »Malleus judicum« stand darauf und »Der Gesetzeshammer der unbarmherzigen Hexenrichter.

Von etlichen Christlichen Meistern geschmiedet und jetzt durch einen barmherzigen Catholischen Christen aufs Neue bearbeitet«.

Friedrich Spee hatte selbstverständlich davon gehört, aber bisher war es ihm nicht gelungen, an ein Exemplar zu kommen. Über die Autorenschaft gab es widersprüchliche Gerüchte. Die einen meinten, es stamme tatsächlich von einem Katholiken, andere mutmaßten, dahinter steckten die Lutheraner, die damit die Katholiken verwirren wollten.

»Wo hast du das her?«

Der Prior lächelte nur verschmitzt und zuckte die Schultern. »Das spielt keine Rolle. Es ist für dich bestimmt hilfreich. Übrigens: Du wirst dich wundern, warum sich ein angeblicher Katholik hauptsächlich auf Lutheraner beruft wie Anton Prätorius oder Weyer, von dem man ja bis heute nicht genau weiß, auf welcher Seite er gestanden hat. Der Verfasser, Cornelius Pleier, ist der Sohn eines evangelischen Geistlichen aus Coburg. Er studierte Medizin und ein wenig Theologie und soll, wie ich gehört habe, soeben seine Stelle als Medicus in Kitzingen am Main aufgegeben haben, da die Stadt an Würzburg gefallen und somit nun wieder katholisch ist.«

Zurück in Falkenhagen, machte sich Spee unverzüglich an die Lektüre. Der »Gesetzeshammer« war eine klare Antwort auf den unsäglichen »Hexenhammer« von Sprenger und Institoris, der immer noch als Richtschnur diente, obwohl viele inzwischen den verschärften Ausführungen Binsfelds und Del Rios den Vorzug gaben. Pleier forderte wie schon vor ihm Prätorius oder dessen reformierter Glaubensbruder Hermann Witekind, der unter dem – recht schnell enträtselten – Pseudonym Augustin Lercheimer die Schrift »Christlich Bedenken« veröffentlicht hatte, die sofortige Abschaffung der Folter. Pleier begründete, die Tortur sei ein Relikt heidnischer Tyrannen und eines Christenmenschen nicht würdig, da sie die Lehre von der Nächstenliebe auf den Kopf stelle. Zudem verlangte er für die Angeklagten eine Möglichkeit zur Verteidigung.

Friedrich Spee empfand es nicht nur als tröstlich, sondern begriff es als Aufmunterung und Ansporn, dass es trotz aller Gegnerschaft der Konfessionen auch auf der anderen Seite des Grabens Leute gab, die sich gegen den Wahnsinn auflehnten und die Gründe dafür trotz Gefahr für Leib und Leben mutig beim Namen nannten. Seine Pflicht war es, auf katholischer Seite zu bellen und nicht zu schweigen wie ein stummer Hund. Selbst dann, wenn er sich selbst damit gefährdete. Und wo sonst, wenn nicht hier in Falkenhagen, hatte er die Zeit und die Ruhe, eine klare und bezwingende Strategie aufzubauen? Obwohl es ihn zur Eile drängte, durfte er jetzt nichts überstürzen, jeder Satz musste glasklar und von unwiderlegbarer Logik sein. Schließlich würde er sie, die Fürsten, Beamten und Juristen, nicht mit Samthandschuhen anfassen, würde seinen eigenen geistlichen Stand mit seinen oftmals ungehobelten und grobschlächtigen Priestern nicht schonen. Er würde sich nur auf wenige Autoritäten berufen – auf Adam Tanner, dessen ebenfalls aus Tirol stammenden Landsmann Paul Laymann und einige andere –, ansonsten mit christlicher Vernunft und nur Gott sowie seinem Gewissen verpflichtet die Dinge prüfen und darlegen. Spee begann damit, sich ein Fragengerüst zu notieren: »*Ob es wirklich Hexen, Zauberinnen und Unholde gibt?*«, »*Ob es in Deutschland mehr Hexen und Unholde gibt als anderorts?*«, »*Was die Hexerei oder Zauberei für ein Verbrechen ist?*« und »*Ob Hexerei zu den Sonderverbrechen gehört?*«

Der Sommer in Falkenhagen neigte sich dem Ende zu und der Herbst hielt ungewöhnlich früh Einzug. Die Blätter der Buchen färbten sich schon mit ersten Altersflecken, wurden schneller welk als sonst. Friedrich Spee hatte es nicht mehr in seiner Stube gehalten, es zog ihn hinaus zu den klösterlichen Bienenstöcken. Auf einem Baumstumpf sitzend, ein Schreibbrett auf den Knien, beobachtete er das Gewusel vor den Stockeingängen, lauschte auf das Summen, das ihm wie ein Konzert erscheinen wollte. Zweiundvierzig Strophen seines Bienengedichtes zum Lob des Schöpfers hatte er für sein Erbauungsbüchlein »Trutz-Nachtigall« bereits vollendet.

»Ihr Völker viel auf Erden,
Ihr Menschen allegar,
Frisch, fröhlich in Gebärden,
Vor Ihm euch stellet dar.

Ihm danket seiner Gaben,
Der Vöglein wunderfein,
Des Wachs und Honigwaben,
So wundersüß und rein.«

Spee machte einen Absatz, setzte in die Mitte des Blattes »44.« und schrieb dann weiter:

»*Steigt auf und steigt hinunter*
In allen Werken sein.
Ruft überall: Wie wunder
Muss Er doch selber sein.
Ruft überall: Wie wunder
Sind alle Wunder sein.
Wie wunder und wie wunder
Muss Er dann selber sein!«

Hinter sich hörte er Schritte nahen, das Rauschen einer Soutane. Noch im Umdrehen erkannte er den Rektor des Hildesheimer Jesuitenkollegs, Pater Augustinus Turrianus.

»Einer der beiden Brüder hat mir gesagt, dass ich Euch hier finden würde! Hier, ein Schreiben aus Köln. Ich wollte in Falkenhagen wieder einmal nach dem Rechten sehen und dachte mir, dass ich es Euch bei der Gelegenheit gleich aushändigen kann!«

Spee erkannte auf den ersten Blick die Handschrift des Provinzials Hermann Bavingh. Sein Herz zog sich zusammen und gleichzeitig durchfuhr ein Schmerz seinen Kopf, wie wenn ein langer, spitzer Nagel mit einem Hammer eingetrieben würde. Ein heftiger Schwindel warf ihn beinahe vom Baumstumpf, kurz schloss er die Augen und biss heftig die Zähne zusammen.

Als der Anfall vorbei war, schaute er den Hildesheimer Rektor an. Was er von ihm halten sollte, darüber war er mit sich selbst im Zwiespalt. Einerseits hatte Pater Augustinus seinen Einsatz in Peine in den höchsten Tönen gelobt, andererseits war er einer von denen, die den Überfall auf ihn erst ausgelöst hatten. Turrianus war ein erbitterter Gegner des Lutheraner-Pfarrers Bissendorf gewesen, dessen Hinrichtung das Fass zum Überlaufen gebracht hatte. Für diesen Tod hatten die Protestanten ihn, Spee, als Jesuiten letztlich mit verantwortlich gemacht. Ohne Zweifel – Bissendorfs Sticheleien waren unversöhnlich gewesen, besonders die gegen die Jesuiten hatten von Hinterlist und Häme getroffen. In seinem Traktat »Treuherzige Mahnung an die Jesuiten« hieß es:

»Ich will's dir leise sagen
(All Pfaffen können's nicht ertragen).
Dein Mutter ist mit Gunst ein Hur,
Des Teufels Braut und recht Figur.
Bleibst du gleichwohl steif und fest
Sitzen auf dei'm Hurennest
Und laufest hin zu Papstes Thron,
So wird aus dir ein Hurensohn.
Der Papst, der große Antichrist,
Aller Erzhuren Vater ist …«

Die Katholiken waren in ihren Schmähreden keinen Deut besser und beide Seiten suchten sich mit Geschmacklosigkeiten solcher Art zu übertrumpfen und den Hass zu schüren. So lange zu schüren, bis es legitim erschien, den anderen dafür ohne jegliche Besinnung auf das Gebot der Nächsten- und der Feindesliebe umzubringen, im Namen Gottes Kriege zu führen und unsägliche Gräuel zu verüben.

Spee überflog Bavinghs Zeilen und ließ das Blatt dann sinken. »Ich muss von hier weg. Der Pater Provinzial schickt mich nach Paderborn. Und zwar ›unverzüglich‹!«

»Ich weiß. Moraltheologie sollt Ihr dort unterrichten«, antwortete Turrianus.

Insgeheim hatte Spee gehofft, noch ein paar Wochen in der verschwiegenen Idylle von Falkenhagen bleiben zu können, in den umliegenden Dörfern die heilige Messe zu halten, den Menschen von der Liebe Gottes, den Wundern der Schöpfung zu predigen und ihnen in den Wirren einer wahnwitzig gewordenen Zeit mit dem Licht des Glaubens in der Düsternis voranzugehen. Aber er war Jesuit, ein Soldat Gottes, und ein Soldat hatte zu gehorchen.

Paderborn. Drei Jahre, von 1623 bis 1626, hatte er hier verbracht, hatte an der Akademie Philosophie unterrichtet und war

Katechet zu Sankt Pankraz gewesen. Hier in Paderborn hatte er Freunde. Aber es gab auch viele, die ihm nicht wohlgesonnen waren, die jeden neuen Gedanken und jede neue Fragestellung als Ketzerei, als Angriff auf ihr fest gemauertes Weltbild und somit als persönlichen Affront verstanden. Wie er es geahnt hatte, so kam es. Sie bespitzelten ihn, fragten seine Schüler aus, schlichen mit verkniffenem Mund und kalten Augen in seine Vorlesungen, verschwanden zum Ende hin lautlos im Lärm des allgemeinen Aufbruchs.

Heute ging es in Spees Stunde besonders stürmisch zu. Er hatte soeben die Frage gestellt, was davon zu halten sei, dass der Zweck die Mittel heilige. Eine Hand ging hoch. Es meldete sich Herrmann Busenbaum, einer seiner Lieblingsschüler: »Mit Verlaub, die Frage müsste anders lauten, nämlich: Wenn der Zweck erlaubt ist, sind dann auch die Mittel erlaubt?«

Spee nickte anerkennend. Aus dem würde noch etwas werden. Gerade wollte er erklären, dass dieser den Jesuiten zugeschriebene Spruch von den Ordensfeinden frei erfunden sei, da stach eine andere Hand in die Luft, respektlos, drängend. Sie gehörte einem dieser Adelsbengel, die glaubten, sich aufgrund ihrer Abstammung besondere Freiheiten herausnehmen zu können.

»Wie ist das mit den Hexen, die Ihr immer so in Schutz nehmt? Da ist doch jedes Mittel recht! Was ist jetzt gerade in der Herrschaft Tomburg, in Flamersheim, Kirchheim, Palmersheim los, das ist nicht weit von hier?! Ich komme aus der Gegend! Die Fürsten und Beamten dort sind keine Trottel und bestimmt nicht leichtfertig!«

»Mein lieber Syberg«, entgegnete Spee ruhig, »bitte mäßige deinen Ton. Ich weiß, einer deiner Verwandten, der Amtmann Dietrich von Syberg, hat dort den ersten Prozess eröffnet. Auch wenn du mit ihm versippt bist, heißt das noch lange nicht, dass deswegen alles rechtens ist. Im Übrigen: Falls du dich nochmals im Ton vergreifen solltest, wirst du unverzüglich den Saal verlassen. Haben wir uns verstanden?« Spee blieb vor ihm stehen und sah ihm gerade in die Augen. »Trotzdem will ich versuchen, dir eine Antwort zu geben, obwohl wir vom eigentlichen Thema abkommen. Aber ich denke, wir sprechen hier über eine der brennendsten Fragen dieser Zeit und daher kann ich das verantworten. Also, meine Antwort: Jeder einmal begonnene Prozess wird kein Einzelfall bleiben, sondern sich über Jahre hinziehen und die Zahl der Verurteilten dermaßen anschwellen lassen, dass ganze Dörfer ausgerottet werden. Wie ihr wisst, habe ich einige Zeit in Würzburg und Trier verbracht, dort war es so. In Köln, wo die Postmeisterin Henot hingerichtet wurde, zog ihr Prozess einen ganzen Rattenschwanz weiterer nach. Das war vor zwei Jahren. Und bis heute finden sie dort immer neue Hexen. Die Beispiele ließen sich beliebig fortsetzen. Die Hexenplage wird nicht geringer, im Gegenteil. Die Protokolle füllen sich mit immer neuen Namen, dic Zahl der Verurteilten wächst derart, dass bis jetzt all diese Prozesse durch einen Machtspruch des Fürsten beendet werden mussten. Noch nie endeten sie von selbst! Das sind Fakten, meine Herren!«

Syberg hatte nur kurz den Kopf eingezogen. Als Spee zu Ende gesprochen hatte, schoss er mit süffisantem Unterton seine nächste Frage ab. »Wenn ich Euch richtig verstehe, dann gibt es also in Wirklichkeit gar keine Hexen?«

Es war eine jener Fragen, die Spee schon öfter gestellt worden waren, entsprungen dem aufrichtigen Wunsch zur Wahrheitsfindung oder aber auch der Hoffnung, ihm daraus zu gegebener Zeit eine Falle stellen zu können. Er hielt sich an das Bibelwort, das da sagte: »Seid klug wie die Schlangen und ohne Falsch wie die Tauben.«

»Ich weiß wohl, dass das von manchen Gelehrten bezweifelt wird. Auch hat es in der Geschichte der Kirche eine Zeit gegeben, in der nicht an Hexensabbate geglaubt wurde, dies sogar als Aberglauben angesehen und mit Strafen belegt wurde. Ich war schon oft in den Kerkern bei der Hexerei Beschuldigten und bin dabei in solche Verwirrung geraten, dass ich kaum mehr wusste, was ich von der ganzen Sache halten sollte. Inzwischen glaube ich, dass es wirklich etliche Zauberer auf der Welt gibt und nur Leichtfertigkeit das leugnen kann. Lest nur nach, was Binsfeld, Del Rio, Bodin, de Lancre und wie sie alle heißen darüber berichten. Doch dass es so viele sein sollen, daran glaube ich – und da bin ich nicht allein – wahrlich nicht. Wieso brennen in Deutschland so viele Scheiterhaufen? Gibt es woanders weniger oder gar keine Zauberer? Glaubt ihr wirklich, alle die Tausende und Abertausende, die in unserem Land in Glut und Asche aufgegangen sind, haben alle diese Verbrechen auch begangen? Ich sage: Unter fünfzig Verurteilten werdet ihr keine fünf, ach was, keine zwei wirklich Schuldigen finden.«

»Aber sie haben es selbst zugegeben, sie haben ja gestanden!«, hielt der junge Syberg dagegen.

»Wieso gestehen sie denn? Weil man ihnen auf die Schliche gekommen ist? Wie, so frage ich, haben die Richter das denn bewerkstelligt? Mit der Kraft des Verstandes, mit dem Zusammentragen wirklicher Beweise? Ich sage: nein, sondern mit nackter, blanker Gewalt! Habt ihr euch schon einmal überlegt, was ihr in der Lage eines dieser Unglücklichen tun würdet? Stellt euch vor, sie peitschen euch aus, zerquetschen eure Beine, ziehen euch an auf den Rücken gefesselten Armen hoch, bis diese aus den Gelenken springen, treiben euch glühende Holzspieße unter die Finger- und die Zehennägel – und wenn ihr nicht gesteht, was sie euch zur Last legen, fangen sie von vorn an.«

Im Saal war es mucksmäuschenstill. Kein Scharren, kein Rutschen, nicht einmal ein Räuspern. Spee las in ihren betroffenen Gesichtern, dass er sie erreicht hatte.

»Glaubt ihr wirklich, ihr würdet unter diesen Umständen nur die reine Wahrheit sagen? Ich habe schon Männer gesehen, stark wie Bäume, die der Marter nicht standgehalten haben. Keiner von uns allen hier, mich eingeschlossen, hätte die Kraft, diesen unbeschreiblichen Schmerzen zu widerstehen. Alles würde ich zugeben, jede Frage zu ihrer Zufriedenheit beantworten, selbst wenn am Ende der Scheiterhaufen auf mich wartet. Lieber sterben, als weiter gepeinigt zu werden, schlimmer noch als der Herr am Kreuz. Ich habe sie gesehen, diese Elenden, wie sie sie zugerichtet haben. Kein deutscher Edelmann würde es ertragen, wenn man seinen Jagdhund so zerfleischen würde.« Er machte eine kurze Pause, überlegte. »Schon Cicero hat gesagt – und Cicero war ein Heide, wusste noch nichts von christlicher Barmherzigkeit – und es meiner Ansicht nach treffend beschrieben, dass die Folter der Gegner der Wahrheit ist. Er schreibt in ›Pro Sylla‹: ›Auf der Folter regiert der Schmerz, er beeinflusst jeden an Leib und Seele, dort herrscht der Richter, da beugt der nackte Überlebenstrieb den Willen, verdirbt die Hoffnung den Charakter und macht die Furcht zum Schwächling, sodass unter so viel Angst kein Platz mehr ist für die Wahrheit!‹«

Vor seinem inneren Auge traten sie auf, die ihn oftmals so beschäftigten, dass sie ihm noch nachts im Traum erschienen. Der Hexenkommissar Schultheiß, voll frommem Eifer und gnadenlos, Romeßwinkel aus Köln, borniert und verschlagen, Doktor Höxer aus Werl, aufbrausend und keinen Widerspruch duldend, Kaspar Reinhards, blutrünstig und hasserfüllt, Franz Buirmann, raffgierig und skrupellos. Sie alle waren unterwegs im Land, gut beschäftigt, füllten ihre Taschen mit Blutgeld, ließen ihre Beziehungen spielen wic beispielsweise Schultheiß, der durch die Einheirat in die Familie des kurkölnischen Kanzlers Kemp nach und nach zu einer Reihe von Ämtern gekommen war und, als die Zeit reif gewesen war, einen seiner Söhne nach dem Kurfürsten benannt hatte, worauf Ferdinand von Bayern persönlich die Patenschaft übernommen hatte.

»Aber die Folter … in der peinlichen Halsgerichtsordnung der Carolina gibt es doch eine gesetzliche Regelung, wie die Marter anzuwenden ist!«, warf einer aus der hinteren Reihe ein.

»Richtig. Aber ihre Anwendung und die Auswahl der Mittel sind den Richtern und deren Helfern überlassen. Auch bei der Dauer gibt es Freiräume. Sind schon fünf Minuten wie eine halbe Ewigkeit und selbst für einen Menschen mit eisernem Willen kaum zu ertragen, wie soll dann jemand eine Viertelstunde aushalten? Und selbst die mildesten Richter haben es sich zur Gewohnheit gemacht, die Tortur auf eine ganze oder zwei halbe Stunden anzuwenden. Von den strengen reden wir erst gar nicht. Wer wird nicht lieber sterben und sich mit tausend Lügen von den unmenschlichen Schmerzen loskaufen?«

»Aber sie müssen doch nicht nur in der Tortur, sondern zudem noch freiwillig außerhalb der Marter gestehen! Sie können ja widerrufen!« Es war wieder der junge Syberg, nun sehr kleinlaut und beinahe zögernd.

»Ja. Im Prinzip jedenfalls. Die Richter denken da vielfach ohne schlechtes Gewissen anders. Sie sagen, sie oder er hat unter der Folter zwar gestanden, will sich jetzt jedoch, wo die Schmerzen nachlassen, herausreden. Sie sagen, wenn jemand nach der Folter widerruft, hat er zumindest einmal gelogen. Entweder während der Tortur – oder während des Widerrufs. Also, was tun sie? Richtig. Sie unterwerfen ihn nochmals der peinlichen Befragung. Schließlich geht es ja um die Wahrheit! Wer aber schon in der ersten Tortur gestanden hat, wird in der zweiten erst recht reden! Und außerdem wird der Beschuldigte über Dauer und Intensität der Folter im Unklaren gelassen. Er muss in Angst gehalten werden, darf nicht wissen, wie weit sie gehen. Ich erzähle euch jetzt eine Geschichte. Neulich war ich mit einigen Gerichtspersonen zusammen. Ein scharfsinniger Mann fragte, wie sich jemand befreien könne, der wirklich unschuldig ins Gefängnis gekommen sei. Die Gerichtsleute wanden sich hin und her, her und hin, wussten keine zufrieden stellende Antwort. Als der Mann nicht lockerließ, einigten sie sich schließlich darauf, über Nacht darüber nachzudenken! Stellt euch das vor! Diese Leute haben schon so viele Scheiterhaufen entzündet, so viele Prozesse geführt, aber sie wissen bis zu dieser Stunde keine Antwort darauf, wie sich ein Unschuldiger aus ihren Händen befreien kann! Und da wundern wir uns, wenn alles voll ist von Hexen? Wundern wir uns lieber über die ungeheuere Blindheit der Menschen und die Dummheit der Gelehrten, aber auch eines Teiles unserer Priesterschaft!«

Das Refektorium des Jesuitenkollegs war ein eher düsterer Raum, nordseitig gelegen, dazu noch mit gelbtrüben Fenstern. Als Spee zu Mittag den Raum betrat, schienen sich die Mienen einiger Mitbrüder der Umgebung angepasst zu haben. Finstere Ablehnung schlug ihm entgegen, nur widerwillig erwiderten sie seinen Gruß und die, die ihm eigentlich wohlgesonnen waren, wagten nur ein kurzes, verstohlenes Nicken. Wie es aussah, hatte sich der Inhalt seiner Vorlesung bereits herumgesprochen. Er wusste, es gab einige, die ihm seine Professur neideten oder gar ihre Rechtmäßigkeit anzweifelten, da er noch nicht zu den letzten Gelübden zugelassen war, mit denen sich der Orden an ihn band. Das war bestimmt Wasser auf die Mühlen derer, die diesen letzten, endgültigen Schritt zu verhindern suchten. Nach dem Essen nahm ihn Pater Arnold zur Seite: »Friedrich, sei vorsichtig! Es wird schon gemunkelt, du seiest möglicherweise selbst ein Hexer! Ich weiß um deinen größten Wunsch, die Profess abzulegen, aber du lieferst deinen Gegnern bereitwillig Munition!«

»Ich bin mir dessen bewusst«, antwortete Spee, »aber ich kann und vor allem darf ich nicht schweigen! Das tun schon genug andere! Mein Amt ist es zu warnen, das gebieten Nächstenliebe und Christenpflicht. Wer für seinen Nächsten eine drohende Gefahr sieht und ihn nicht warnt, der hasst ihn, der liebt ihn nicht!«

Die folgenden Tage und Wochen versank Spee immer wieder in endloser, tiefer Traurigkeit. Eine neue Welle von Hexenprozessen schwappte nicht nur über das Bistum Paderborn, auch aus Würzburg wurden schwere Verfolgungen unter Adolf von Ehrenberg mit Hunderten von Hinrichtungen vermeldet, ebenso aus Bamberg. Und im kurkölnischen Amt Fredeburg war Heinrich Schultheiß so weit gegangen, ein zwölfjähriges Mädchen festsetzen zu lassen.

Sah denn niemand die Zusammenhänge? Der Kölner Fürstbischof Ferdinand von Bayern war der Bruder von Herzog Maximilian von Bayern, der sich ebenfalls als unbarmherziger Hexenjäger hervortat, ja noch grausamer vorging als sein Bruder. Ferdinand und der andere Bruder Philipp waren in Trier bei den Jesuiten gewesen, just in der Zeit, als dort die Scheiterhaufen loderten, als sie Dietrich Flade hinrichteten und Binsfeld sein Buch vollendete, das er dann in der zweiten, in München erstmals ins Deutsche übersetzten und beim Drucker Berg verlegten Auflage den beiden Fürstensöhnen widmete. Wer das wusste, wunderte sich bestimmt nicht mehr, wieso das Werk besonders bei den bayerischen Juristen gleich nach seinem Erscheinen so schnelle Verbreitung gefunden hatte, dass innerhalb eines Jahres eine zweite deutsche Ausgabe gedruckt werden musste. Und dass sich der junge bayerische Justizrat Fickler wie schon sein Vater beinahe sklavisch an Binsfeld sowie dessen juristisches Leitbild Bodin hielt, war ebenfalls kein Geheimnis.

Im Kloster ging eine Reihe von Mitbrüdern Spee aus dem Weg, andere wiederum suchten seine Nähe, je mehr sich die Nachrichten über das Wüten der Hexengerichte überschlugen. Was ihm zu denken gab, war der Umstand, dass man ihn von oben her in Ruhe ließ. Kein Vorgesetzter wies ihn zurecht, kein Bischof bestellte ihn zu sich. Irgendetwas braute sich zusammen, das spürte er. Zwar war die Oberfläche des Sees noch spiegelglatt, aber darunter brodelte es.

Ob Bavingh von alledem wusste? Sicher hatten sie es ihm nach Köln gemeldet.

Einige Monate waren seither ins Land gegangen, als der Pater Rektor Friedrich Spee auf die Fortschritte seines neuen Werkes, des »Güldenen Tugendbuches«, ansprach.

»Gut«, antwortete Spee, »gut. Es wächst, langsam zwar, aber beständig!«

»Habt Ihr es schon gehört?«, fragte der Rektor wie nebenbei.

»Was denn?«

»In Balve haben sie versucht, Kommissar Kaspar Reinhards während des Abendessens zu erschießen. Es soll eine ganze Gruppe von Verschwörern gewesen sein, aber Reinhards sei nur verletzt, heißt es. Dafür sollen sein Diener und der Gerichtsschreiber tot sein.«

Balve! Vor zwei Jahren hatte es dort auf Druck der Bevölkerung begonnen. Noch vor Eintreffen der Kommission, also noch vor der ersten Verhaftung, hatten sie schon buchstäblich mit Feuereifer Holz für die Scheiterhaufen zusammengetragen! Über zweihundertfünfzig Einwohner, das war fast jeder zwanzigste, waren bislang auf einem davon gelandet.

»Haben sie die Attentäter gefasst?« Seine Stimme klang müde, angewidert.

»Ja. Doktor Schultheiß ist als Richter bestellt und soll sobald als möglich ein Urteil fällen!«

Spee holte tief Luft. »Gnade ihnen Gott!«, flüsterte er dann kaum vernehmbar.

Er und Schultheiß waren sich schon mehrfach begegnet und Spee wusste nur zu genau, dass der furchtbare Ruf dieses kleinen, bigotten Mannes mit den eiskalten Augen begründet war. Sein letztes Gespräch, vielmehr der Ansatz dazu, war ihm noch in unguter Erinnerung. Barsch hatte der Hexenrichter ihn angefahren, man könne keine Unschuldigen prozessieren, das würde Gott niemals zulassen, und er solle sich lieber um das Seelenheil der Verurteilten kümmern und sich nicht in Dinge einmischen, von denen er nichts, aber rein gar nichts verstünde. Im Übrigen solle er sich in Acht nehmen, Priester seien besonders gefährdet!

Spee spürte, wie es in seinem Kopf zu pochen begann. »Ich muss hinaus, an die frische Luft! Entschuldigt mich bitte!«

Er empfand keine Schadenfreude über den Anschlag auf Reinhards, nur tiefes Mitleid. In welch tiefer Verzweiflung mussten die Menschen verfangen sein, dass sie keinen anderen Ausweg mehr sahen, als einen fürstlichen Beamten zu meucheln, obwohl ihnen klar sein musste, dass dies nur einen zeitlichen Aufschub brachte und eine exemplarisch harte Strafe nach sich ziehen würde? Trotzdem – sie würden weiterhin an Hexen glauben, nur bestreiten, dass die eigene Ehefrau, die Tochter oder der Mann dazugehöre. Mutlosigkeit sprang ihn an, drückte felsenschwer auf sein Gemüt. Er musste mit Ihm reden, mit Ihm, dem er sich anvertrauen konnte, der in den tiefsten Abgrund seines verzweifelten Herzens sah.

Gerade aus der Kirche zurück, wollte er über die Treppe hinauf in seine Kammer, als ihn eine Stimme zurückhielt. »Pater Friedrich, da ist ein Brief für Euch!« Es war einer der Novizen, der Pfortendienst hatte. »Hier, aus Rom!«

Rom! Vom Ordensgeneral Vittelesci! An ihn persönlich gerichtet! Also doch! Scheinbar gelassen nahm er das Schreiben entgegen, dankte freundlich.

In seiner Stube erbrach er das Siegel und begann noch im Stehen zu lesen. Es war genau das, was er befürchtet hatte. Von ordensschädigendem Verhalten war die Rede, dass er auf die jüngeren Mitglieder und insbesondere die Schüler einen ungünstigen Einfluss ausübe, vor allem mit gewissen Reden. Gewissen Reden! Zum Schluss bat ihn Vittelesci um eine unverzügliche Stellungnahme zu den Vorwürfen. Eigentlich war im ganzen Schreiben nichts Greifbares, alles war irgendwie schwammig. Offensichtlich hatten die Denunzianten – wie er zwischen den Zeilen lesen konnte, waren es mehrere – davor zurückgescheut, den wahren Grund ihrer Beschwerde zu erkennen zu geben. Kein Wunder, schließlich wussten sie, dass man in Rom über die Hexenfrage ganz anders dachte als hierzulande. Zwar schmerzte die Hinterlist, aber Spee kam nicht umhin, grimmig zu lächeln. Kein einziger der Anwürfe bot einen konkreten Anhalt und es würde ihm geradezu Vergnügen bereiten, sie allesamt zu widerlegen. Doch erst musste er etwas Abstand gewinnen, um sich nicht zu emotionalen Antworten hinreißen zu lassen. Spee zog den Stuhl heran, setzte sich, überlegte kurz und begann zu schreiben.

»*Wann schon die Stolzen spotten mein*
Und ihr Gelächter treiben;
Wann schon all Welt mit stimmet ein,
Und wollt sich an mir reiben;
Will ich doch ohne alle Scheu
Für Fürsten und für König
Von Gottes Worten reden frei!«

Im Kloster sprach sich die Nachricht, dass Spee einen Brief aus Rom bekommen hatte – sicher einen Rüffel, wenn nicht gar die Androhung einer Disziplinarstrafe –, schnell herum. Nach dem Abendessen kam der eine und andere auf ihn zu, wie zufällig, die Neugier nur mühsam verbergend. Bald hatte sich ein kleines Grüppchen um ihn gesammelt. Ja, es stimme schon, beschied er, der Brief sei vom Pater General, um eine Stellungnahme sei er gebeten worden. Wozu, das könnten sie sich denken.

»Aber da ist mir nicht bange. Ich werde mich auf die Mitbrüder unseres Ordens beziehen, die zu den gleichen Schlussfolgerungen gekommen sind. Besonders auf den trefflichen Adam Tanner und den verehrten Paul Laymann!«

»Laymann?«, kam eine spöttische Entgegnung. »Gerade Laymann redet neuerdings den Prozessen und der Folter das Wort! Lest doch einmal, was er in seinem Buch ›Processus juridicus contra sagas et veneficos‹ schreibt, das gerade auch in deutscher Übersetzung erschienen ist: ›Rechtlicher Prozess gegen Unholden und zauberische Personen‹, so heißt es! Er bezieht sich darin laufend auf den ›Hexenhammer‹, auf Binsfeld und Del Rio! Früher, ja, da hat er sich dagegengestellt, jetzt aber scheint er anderer Meinung zu sein. Wenn ihr mich fragt, so hängt er sein Mäntelchen nach dem Wind!«

Spee nickte. »Ich kenne es. Nur, es ist nicht von Paul Laymann!«

»Von wem soll es denn sonst sein? Sein Name steht dick und fett auf dem Einband!«

»Es gibt bereits eine zweite Ausgabe, allerdings ohne seinen Namen! Warum wohl?« Spee konnte nicht umhin, sich ein wenig an ihren ratlosen Blicken zu weiden. »Paul Laymann ist unser Ordensbruder. Also müsste das lateinische Original in einem Verzeichnis des Ordens vermerkt sein, doch da gibt es kein Buch mit diesem Titel, schon gar nicht von Laymann. Ein Drucker hat es verfasst und sich da und dort etwas zusammengesucht. Und um es besser verkaufen zu können, hat er den weithin bekannten Pater Laymann als Autor angegeben. Dieser hat ihm daraufhin einen geharnischten Brief geschrieben und ihm mit einer Klage gedroht, wenn er solche Machenschaften nicht unterlasse. Der richtige Laymann fordert, dass erfolterte Geständnisse nicht als erbrachte Beweise gelten dürften und niemand ohne ausreichende Indizien und nur auf Denunziationen hin vor Gericht gezerrt werden dürfe. Immerhin war er es, der in Ingolstadt erreicht hat, dass im Zweifelsfall juristische Gutachten eingeholt werden. Ohne Gutachten hätten sie dort vor wenigen Jahren sechs Waisenkinder bedenkenlos als Hexer hinrichten lassen, in der festen Überzeugung, Recht zu sprechen. So aber wurden die Kinder in die Obhut von Handwerkern gegeben. Ist das ein Mann, der obrigkeitshörig seinen Mantel in den Wind hängt? Das Machwerk, von dem wir hier reden, soll von dem Mann sein, der vor allzu eifrigen Hexenverfolgungen warnt, bei denen ganze Landstriche entvölkert werden könnten? Hat er nicht Recht? Schaut euch doch um!«

Sie schwiegen betreten, auch noch, als Spee sich schon von ihnen entfernt hatte.

Ein klammer, grauer Sonntagmorgen lag über der Stadt, von den Paderquellen schob sich Nebel in die Gassen, schwärzte die Pflastersteine und verdichtete sich in der Gefangenschaft zwischen den Häuserwänden. Mit Lumpen notdürftig verhängte Fenster und faustgroße Einschusslöcher in den bröckelnden Mauern zeugten von den marodierenden Truppen Christians von Braunschweig, der schon mehr als ein Mal in Paderborn zu Besuch gewesen war. Das letzte Mal 1626.

Eine zweispännige Kutsche hielt auf das Jesuitenkolleg zu, klappernde Hufe mischten sich mit dem schweren Mahlen der Räder. Was zunächst als Gerücht umgegangen war, hatte sich doch als wahr erwiesen. Ab heute hieß der Rektor des Paderborner Konvents Hermann Bavingh. Ausgerechnet Bavingh! Alle Bewohner des Klosters waren angetreten, standen vor der Pforte Spalier, manch einer von ihnen mit gemischten Gefühlen. So auch Friedrich Spee. Nein, der Herr ließ wirklich keinen Kelch an ihm vorübergehen! Langsam und bedächtig stieg Bavingh aus, zupfte seine Soutane zurecht und straffte dann seinen Oberkörper wie der Feldherr vor seiner Truppe, von der er den zustehenden Respekt erwartete.

»Gelobt sei Jesus Christus!«

Im Chor schallte der Gruß zurück.

»Wie Ihr wisst, hat mich die Ordensleitung hierher berufen. Ich werde mich mit Gottes Hilfe darum bemühen, Euch ein verständnisvoller und gerechter Vorgesetzter zu sein. Man sagt mir nach, dass ich eine straffe Führung pflege. Manche sehen das insgeheim als Bedrohung an, ich aber fasse es als Lob auf.«

Seine Augen glitten über die Gesichter. Er kannte sie fast alle, war mit ihren Stärken und Fehlern vertraut, hatte als Provinzial Einblick in ihre Lebensläufe und Beurteilungen, wusste, wer gegen wen intrigierte und wer mit wem sympathisierte. Sein Blick blieb für einen kurzen Moment an Spee hängen, wanderte ohne Anzeichen einer Regung weiter.

Er ist kein schlechter Mensch, in seinem Innersten meint er es sogar gut. Aber seine Entscheidungen kommen nur aus dem Kopf, nicht aus dem Herzen!, dachte Spee bei sich.

Eine Abordnung der Stadt überbrachte in schier endlosen Reden – angefangen bei der Geschichte des Klosters über die Bedeutung des Ordens für Paderborn – Willkommensgrüße. Manch einer begann schon von einem Fuß auf den anderen zu treten, als Bavingh kurz entschlossen das Wort ergriff. Aus den Augenwinkeln hatte er gesehen, wie der nächste Festredner sein Manuskript in seinem Hut zu glätten versuchte.

»Ich danke allen, die mich so freundlich begrüßt haben! Wenn es recht ist, halten wir um zwei Uhr einen Gottesdienst!«

Man konnte Bavingh vieles nachsagen – aber ein Freund langer Worte war er nie gewesen.

Knapp fiel denn auch die persönliche Begrüßung aus. Während er für den einen und anderen mehr Zeit fand, blieb er vor

Spee nur kurz stehen. »Na, haben wir uns wieder gegenseitig am Hals?«, meinte er beinahe jovial und lächelte säuerlich.

Am folgenden Dienstag, Spee kam gerade von der Universität zurück, wurde ihm gemeldet, er solle sich unverzüglich beim Rektor melden. Die Sache mit Rom konnte es nicht sein, solche Dinge dauerten länger.

Einsam hallten seine Schritte auf den Steinplatten des Flures, er spürte, wie sein Puls schneller wurde, je näher er der Tür von Bavinghs Arbeitszimmer kam. »Herein!« Es klang nicht wie eine Aufforderung, eher wie ein Befehl.

»Ach, Pater Spee!« Die Miene des Rektors war undurchdringlich, nur seine Haltung verriet Ablehnung. »Kaum zwei Tage erst bin ich in Paderborn! Zwei Tage – und schon gibt es Ärger! Nicht mit irgendjemandem, nein, mit wem? Mit Pater Spee!« Bavingh holte tief Luft und seine Stimme wurde lauter. »Was glaubt Ihr, wer Ihr seid? Was nehmt Ihr Euch heraus? Was maßt Ihr Euch an?« Nun hielt es ihn nicht mehr im Sessel, er sprang auf und stellte sich breitbeinig vor Spee. »Was glaubt Ihr, wo ich heute Vormittag war? Bei Bischof Pelking und bei Lennep, dem Rektor des Kollegs! Und was war? Schon der dritte Satz des Gespräches war eine Beschwerde über Euch! Bei beiden!«

Spee hätte zu gern gefragt, wer zuerst die Sprache auf ihn gebracht hatte, war sich aber sicher, es auch so zu wissen.

»Langsam verliere ich die Geduld! Ihr wollt zu den letzten Gelübden zugelassen werden? Der Orden soll sich an einen Mann binden, der ihm nichts als Schaden zufügt? Der nichts als Scherereien macht, sich nicht einordnen kann? Der die Fürsten beleidigt, Beamte der Dummheit bezichtigt, Mitglieder der Kirche in den Schmutz zieht und die Jugend verdirbt?!«

»Das ...«

»Schweigt!«, fuhr ihn Bavingh an. »Der Rektor der Universität ist dafür, Bischof Pelking ist dafür und ich bin ebenfalls dafür! Hiermit entziehe ich Euch mit sofortiger Wirkung die Lehrerlaubnis! Keine Widerrede! Ihr werdet als einfacher Beichtvater abgestellt, so lange, bis Ihr zur Besinnung kommt. In der Zwischenzeit könnt Ihr Euch um die angeklagten Hexen kümmern, vielleicht gehen Euch dann endlich die Augen auf!« Mit einer herrischen Bewegung des Kinnes wies er Spee die Tür.

15

In Bordeaux wurde Burr tatsächlich fündig. Nachdem er den Buchhändler auf zweihundert Franc heruntergehandelt und die gewünschten zwei prächtigen Bände über französische Kathedralen für Whites Architektursammlung erstanden hatte, wollte er sich nun in Ruhe im Laden umsehen. Hinten in einem Winkel lag ein etwa sechs Fuß hoher Stapel, fein säuberlich mit einer bereits ausgebleichten, ehemals vermutlich hellblauen Kordel zusammengebunden. Wie es aussah, hatte der Buchhändler noch keine Zeit gefunden, den Haufen genauer zu inspizieren.

George Lincoln öffnete behutsam die Verschnürung, legte den obenauf liegenden Karton beiseite, hob das erste Blatt hoch, dann das zweite, dritte, vierte. Was er hier in Händen hatte, ließ ihn die Luft anhalten. Nach außen hin gelangweilt, innerlich aber fast zum Zerreißen gespannt, blätterte er weiter in den Papieren, zog da und dort scheinbar wahllos ein Blatt heraus, öffnete eine Kladde, schloss sie wieder, fragte den Händler, um diesen abzulenken, ob er nicht doch noch etwas zu de Lancre finden könne, schließlich komme er so schnell nicht wieder nach Bordeaux. Das hatte er ihn zwar schon einmal gefragt, aber etwas Besseres fiel ihm in der Aufregung nicht ein.

Es bestand kein Zweifel. Was da vor ihm lag, war das Finanzarchiv des Grafen von Artois, des letzten Bourbonenkönigs von Frankreich! »Hoffentlich sind sie halbwegs geordnet!«, dachte Burr, hob die Papiere stapelweise zur Seite, um weiter nach unten zu kommen. Aber im untersten Teil lag ganz anderes, etwas von einem Herzog von Bordeaux, der um 1850 herum gestorben sein musste, wie George Lincoln überschlägig schätzte. Das gehörte zwar irgendwie dazu, aber was ihn im Augenblick viel mehr interessierte, war Charles X.! Endlich hatte er das letzte Blatt dieses Teiles gefunden – und tatsächlich, es schien komplett zu sein, durchgängig von 1772 bis zu dessen Todesjahr 1836! Verträge waren darunter, Gebietskarten, die bis ins fünfzehnte Jahrhundert zurückgingen. Insgesamt waren es sicherlich mehrere tausend Blatt, viele von ihnen mit Stempeln übersät und mit ebenso vielen Unterschriften versehen!

»Heiliger Bürokratius!«, schmunzelte Burr vergnügt und schob die Papiere wieder zusammen.

»Ich habe alles nochmals nach de Lancre oder etwas Ähnlichem durchsucht – und nichts gefunden!«, meldete sich der Buchhändler wieder. Sein Blick fiel auf die geöffnete Verschnürung und die lose am Boden liegenden Bänder. »Haben Monsieur noch etwas gefunden?«

»Hm«, machte George Lincoln und bemühte sich um einen unentschlossenen Gesichtsausdruck.

»Was wollen Sie denn dafür? Ich meine, für alles zusammen?«

Der Buchhändler kratzte sich unschlüssig den Kopf. »Tja«, meinte er dann, »ich habe es erst vor ein paar Tagen hereinbekommen, ich weiß nicht einmal genau, was das alles ist!«

»Charles X. Also nichts sonderlich Altes!« Burr taxierte den Haufen. »Hundertfünfzig?«

Entrüstet sah ihn der andere an. »Monsieur! Hundertfünfzig? Dreihundert! Mindestens!«

Zweifelndes Kopfschütteln. »Darf ich es mir genauer anschauen?«

»Selbstverständlich!«

Burr machte sich wieder über den Stapel her. Urkunden mit Unterschriften der Könige Ludwig XIII., Ludwig XV., Ludwig XVI., das Schriftstück, das freies Geleit zur Flucht nach Edinburgh zusicherte, Personallisten, Befehle, Erlasse ... sogar die privaten Schulden waren säuberlich aufgezeichnet. Während er die Papiere durchsah, fragte er sich, ob es in Frankreich wirklich jemals eine Revolution gegeben hat oder ob Charles X. und seine Umgebung sie nur nicht bemerkt hatten.

»Ich hätte da vielleicht doch noch etwas!«

George Lincoln fuhr leicht zusammen, da er den Buchhändler nicht hatte zurückkommen hören.

»Im Keller! Es liegt sicher schon ein paar Jahre dort. Aber wer interessiert sich schon dafür! Boguet, Henri Boguet! Allerdings ist es nicht vollständig!«

Burr warf einen nur scheinbar flüchtigen Blick auf den zerfledderten Einband. »Discours des Sorciers« stand darauf. Boguet hatte Seltenheitswert, war kaum noch zu bekommen, obwohl er einmal weit verbreitet gewesen war. Seine Nachkommen schämten sich seiner, kauften jedes Buch auf, dessen sie habhaft werden konnten, und steckten es in den Ofen.

»Zweihundert!«, sagte er unvermittelt und deutete auf den großen Haufen vor sich.

»Zweihundertachtzig!«

»Darf ich mal den Boguet haben?« George Lincoln blätterte ihn kurz durch. »Da fehlt ja die Hälfte!«

»Deswegen habe ich wohl auch nicht mehr daran gedacht!«, antwortete der Buchhändler beinahe entschuldigend, aber dennoch in einem Ton, als hätte er etwas ganz Wertvolles anzubieten. Anscheinend handelte es sich um ein Exemplar der Erstausgabe von 1602.

»Also gut, ich nehme ihn. Und den Charles. Zweihundertfünfzig für den Bourbonenkönig und dreißig für den Hexensenger!«

Burr streckte seinem Gegenüber die Hand hin. Er hatte ein schlechtes Gewissen, da mit White die Vereinbarung bestand, größere Ausgaben vorher abzusprechen. Andererseits hatte er die Architekturbücher einen vollen Hunderter unter dem Limit erstanden, das White ihm gesetzt hatte, und er konnte einfach nicht anders, er musste den Charles haben.

Der Händler zögerte, schlug dann aber doch ein.

»Können Sie das alles bahnlagernd nach Paris schicken? Nur den Boguet nehme ich mit. Als Reiselektüre.«

»Ah, nach Paris? Von da kommt der Charles. Aus einem kleinen Buchladen, der keinen Platz mehr hatte!«

»Haben Sie die Adresse? Vielleicht finde ich dort noch etwas!«

Der Händler verschwand hinter seinem Pult, kam kurz darauf mit einem Zettel zurück. »Hier, Rue de Rivoli. Wie der Laden heißt, weiß ich nicht. Ich habe nur einen Namen, Monsieur Bracony, ich nehme an, der Besitzer!«

Gleichmäßig, mit monotonem Rattern fraß sich der Zug die eisernen Schienen entlang in die Dämmerung, Paris entgegen. Vor Burrs Fenster verabschiedete sich der glutrote Feuerball mit einem spektakulären Schauspiel hinter den Horizont, überschwemmte das Land mit einem leuchtenden Orange, das nach und nach fahler wurde, um schließlich wie ein zitternder Schatten noch kurz über der Landschaft zu verweilen. Mit einem unruhigen Flackern ging im Wagon das elektrische Licht an, es war gerade hell genug, dass man sich orientieren konnte. George Lincoln nahm seine Aktentasche und wechselte zu einem Platz direkt unter der Lampe. In der Nähe der Kathedrale hatte er an einem Kiosk eine Ansichtskarte erstanden, hatte auch vorgehabt, sie noch von Bordeaux aus abzuschicken, aber als es ans Schreiben ging, war ihm nichts eingefallen. Nun holte er sie hervor, legte die Tasche als Unterlage auf die Knie und die Kappe des Waterman-Füllers neben sich auf die Holzbank.

»Meine liebe Pee …« Weiter kam er nicht. Was sollte er ihr schreiben? Dass er wieder ein paar Bücher erstanden hatte? Das wusste sie auch so. Er versuchte in sein Inneres zu horchen, doch von dort kam keine Antwort. Pee war weg, fort. Verschwunden.

Er spürte einen Stich im Herzen, spitz und schmerzhaft.

»Pee … Pee! Wo bist du?!«

Er schloss die Augen, sah ihre schlanke Gestalt aber nur wie durch einen Nebel, schemenhaft und unklar. Weit weg.

Vielleicht kommt sie wieder. Wenn du zu Hause bist!, sagte er sich.

Entschlossen rückte er die Karte zurecht und schrieb weiter: »Ich sitze gerade im Zug von Bordeaux nach Paris. Mr. White hat mich gebeten, noch nach Den Haag zu fahren, es geht da um einen Grenzverlauf zwischen Venezuela und Britisch Guyana. Anschließend werde ich nach Amsterdam weiterreisen und von dort so bald als möglich ein Schiff in die Heimat nehmen. Ich hoffe, es geht dir gut. Bis zu unserem Wiedersehen wünsche ich dir alles Liebe. Dein George L.«

Im Grunde war er froh, dass auf der Karte kein Platz mehr war. Aufatmend ließ er sich zurückfallen, verstaute Karte und Füller in seiner Tasche und holte den »Diskurs über Hexen« hervor. Wie de Lancre beschrieb Boguet ausführlich die unterschiedlichen Arten von Werwölfen, empfahl schnelles und wiederholtes Befragen, Einzelhaft in einer fensterlosen Zelle, scheinbare Komplizen, die die Inhaftierten zu einem Geständnis bewegen sollten. Als mögliche Anzeichen für eine Hexe führte er stetiges Zu-Boden-Blicken, einen zerbrochenen Rosenkranz und Tränenlosigkeit an.

Welch tiefe Überzeugung an die Richtigkeit seines Tuns musste in einem Mann wie Henri Boguet gesteckt haben, der sich schamvoll selbst bemitleidete, einmal nicht hart genug gewesen zu sein? Der es bedauerte, kleine Kinder lediglich nackt und dreimal mit Ruten geprügelt um den Richtplatz getrieben zu haben, während die Schreie ihrer Eltern aus den Flammen gellten? Der empfahl, sie zwar nicht mit zu verbrennen, aber wenigstens aufzuhängen? Der heilsamen Eifer in der Bestrafung dem schädlichen Schein einer Begnadigung vorzog und an andere Richter appellierte, nicht so weichherzig zu urteilen wie er? Wie konnte so jemand, selbst wenn er von der Richtigkeit seines Tuns durchdrungen war, mit sich und seinem Leben im Einklang sein?

Boguets Zeitgenosse Remigius kam ihm in den Sinn, den man schon zu Lebzeiten »die Hexenpeitsche« genannt hatte. Eigentlich hieß er Nicolas Remy, war lothringischer Generalprokurator und Hexenrichter und rühmte sich, in nur sechzehn Jahren an die achthundert Hexen und Zauberer zum Tod verurteilt zu haben. Andere Quellen sprachen von insgesamt zweitausend Todesurteilen. Verdächtig waren ihm Frauen, die nicht oder nur selten zur Kirche gingen, und noch verdächtiger diejenigen, die sehr häufig die Messe besuchten. Remigius stimmte zwar grundsätzlich mit den Ausführungen des »Hexenhammers« überein, fand ihn aber in manchen Bereichen zu nachsichtig, weshalb er ein Buch schrieb, in dem er eindringlich auf diesen Umstand hinwies. Natürlich verkaufte es sich gut.

Burr rechnete im Kopf. Achthundert geteilt durch sechzehn Jahre, das macht fünfzig, also ungefähr jede Woche ein Todesurteil. Der vom Teufel befleckte Körper der Hexe war für Remigius das Schlachtfeld, auf dem er mit dem Höllenfürsten kämpfte. Es war ein furchtbarer Kampf, da die Hexen in der Lage waren, die Folter zu ertragen, ja dabei sogar einschliefen. Auch Remy kam zu der Erkenntnis, dass das Alter ein Kind nicht von Schuld befreie. Wie Henri Boguet starb Nicolas Remy verehrt und hoch angesehen. Das Amt als Hexenrichter übernahm sein Sohn Claude, der sich sehr schnell den zweifelhaften Ruhm als »gerichtlicher Attentäter« erarbeitete.

George Lincoln stand auf und öffnete das Fenster. Die Sichel eines honiggelben Mondes hing hoch oben am Nachthimmel und zeichnete mit seinem falben Licht die Konturen der Hügel scharf, wie mit einer Schere ausgeschnitten. Tief sog er die frische Luft in seine Lungen, hielt den Kopf mit zusammengekniffenen Augen in den Fahrtwind und freute sich jungenhaft, wie dieser in seinen Haaren zauste. Nach und nach spürte er, wie der vergangene Tag seinen Tribut forderte. Durch das Rattern der Räder drang von einem nahen Kirchturm Glockenschlag. Burr zog seine Taschenuhr aus der Weste, ließ den Deckel aufspringen und hielt sie ins Licht.

»Zwölf«, murmelte er, schob das Fenster nach oben, legte sich auf die harte Bank, zog seine Jacke über den Kopf und schlief fast augenblicklich ein. Ihm schien, als hätte er sich gerade erst hingelegt, als jemand heftig an seiner Schulter rüttelte. Ein Mann stand vor ihm im Halbdunkel. Soweit er es erkennen konnte, war es ein Uniformierter.

Nein! Nicht schon wieder!, durchfuhr es ihn. Nicht schon wieder ein Polizist! Und auch noch mitten in der Nacht!

»Orléans! Umsteigen!« Die Stimme des Schaffners klang ungeduldig.

»Merci, Monsieur!«, murmelte George Lincoln benommen, richtete sich langsam auf und rieb sich mit beiden Händen den Schlaf aus den Augen.

Die Zeiger auf dem großen Ziffernblatt an der Stirnseite des Gebäudes standen auf vier Uhr. Der Bahnhof war fast menschenleer, auf der anderen Seite des Perrons wartete bereits mit wie ihm schien ungeduldigem Fauchen die Lokomotive mit dem Anschlusszug nach Paris. Der salzige Schafskäse, den ihm Gérard Aintroux als Wegzehrung mitgegeben hatte, zeigte seine fatale Wirkung. Sein Mund war ausgetrocknet, ihm schien, die Zunge sei am Gaumen festgeleimt. Wasser! Aber wo war hier ein Wasserhahn? In dieser Dunkelheit würde er wohl nicht einmal dann einen sehen, wenn er direkt davor stünde. Sein Blick wanderte den Bahnsteig auf und ab und blieb schließlich an der Lokomotive auf der anderen Seite hängen.

Gerettet!, dachte George Lincoln erleichtert. Was braucht eine Dampflok? Wasser!

Den Koffer in der Rechten, den Rucksack über die Schulter geworfen und die Aktentasche unter den Arm geklemmt, hastete er schräg über die Gleise direkt auf die Pumpstation zu, vor der er dann ratlos stehen blieb. An dem riesigen Wassertank fand sich nur ein ebenso riesiger Hebel und ein Blick nach oben auf den gewaltigen Schlauch sagte ihm, dass er mit dessen Betätigung vermutlich den halben Bahnhof fluten würde. Im Führerstand tauchte ein geschwärztes Gesicht auf.

»Wasser!«, krächzte Burr.

Der Heizer zuckte nur die Schultern und hob die Hände, um zu deuten, dass er ihm nicht helfen könne.

George Lincoln war es inzwischen gleichgültig, was passieren würde. Er hatte Durst, gewaltigen Durst und bis Paris war es noch weit. Kurz entschlossen zog er den Ausleger zu sich her, bis der Schlauch über dem Bahnsteig schwebte, und legte dann den Hebel nur ein kleines Stück weit um. Was daraufhin von oben kam, hatte entfernte Ähnlichkeit mit dem Taughannock-Wasserfall daheim in Ithaca. Gurgelnd schoss das Wasser in das dicke Rohr, platschte in einem schenkeldicken Strahl auf den Boden und sprang von dort etwa eine Elle in die Höhe. An seine Schaufel gelehnt, blickte der Heizer mit halb offenem Mund herab von der Lokomotive, während Burr seine Hände zu einer Kelle formte und das rettende Nass gierig in seine ausgedorrte Kehle laufen ließ. Dass er dabei von oben bis unten durchnässt wurde, ließ ihn vollkommen unberührt. Als er genug hatte, wischte er sich mit dem Handrücken über den Mund und schob den Hebel in die ursprüngliche Position zurück. Inzwischen hatte der Heizer seine Fassung wiedergefunden. Was er sich da erlaube, schimpfte er, wenn das jeder machen würde, wo käme man da hin …

George Lincoln beschloss zum zweiten Mal innerhalb weniger Stunden, der französischen Sprache nicht mächtig zu sein, lächelte freundlich zum Führerstand hinauf, nahm sein Gepäck und bestieg vergnügt einen der Wagons.

Am frühen Vormittag rollte der Zug mit grellem Quietschen im Pariser Bahnhof aus. Nach und nach machte sich Enttäuschung in Burr breit. So sehr er auch den Perron absuchte, er konnte ihn nirgendwo entdecken und Caspar René Gregory war normalerweise nicht zu übersehen. Gregorys Kleidung war, höflich formuliert, merkwürdig. Seine Hosen und Westen hatten mindestens sechs Taschen, die Jacken wenigstens zehn und wenn sein Schneider eine freie Stelle für eine elfte entdeckte, war Caspar glücklich. Wichtig war ihm, dass sie alle möglichst groß und geräumig waren. So hatte allein seine Uhrentasche ein solches Ausmaß, dass eine kleine Ausgabe des Neuen Testaments darin Platz fand, das er immer bei sich führte. Zu seiner Ausrüstung zählten ein Schraubenzieher, ein verstellbarer Schraubenschlüssel, Nägel, eine Schere, Verbandstoff, Bindfaden und ein kleiner Hammer. All das schleppte er aber nicht für sich selbst mit herum, sondern weil es ja sein konnte, dass sich ein barfuß laufendes Kind an einer Glasscherbe verletzte oder der Leiterwagen eines alten Mütterchens den Dienst quittierte.

George Lincoln nahm sein Gepäck auf, hielt direkt auf den Wartesaal zu und wollte gerade die schwere Tür öffnen, als er Gregorys unverkennbares, mit sächsischem Akzent eingefärbtes Englisch hörte.

»Hallo, George, schön, dich zu sehen!«

Da stand er nun plötzlich neben ihm, Caspar René Gregory, in seinem Taschenanzug, hager, drahtig, braun gebranntes, von einem Vollbart umrahmtes Gesicht, das widerspenstige Haar in der Mitte gescheitelt, dunkle Augen unter buschigen Brauen. Diese Augen! Aus ihnen sprach Güte, Ernst, Würde und Willen. Nicht sanfte, nachgiebige Güte, sondern geradezu glühende Tatkraft und Treue. Selbst wer ihm nur flüchtig begegnete, spürte die Aura, die diesen Mann umgab. Geboren war er in Philadelphia, seine Vorfahren waren französische Protestanten und seine Eltern denggläubige Presbyterianer. Ihnen zuliebe hatte er Theologie studiert und Priester werden wollen, obwohl ihm ein Ingenieurstudium oder die Laufbahn als Offizier mehr zugesagt hätte. Schon bald war er in Gewissenskonflikte geraten, denn er konnte die Auslegung der Bibel als unumstößliche, vom Heiligen Geist selbst diktierte und bis in die kleinste Kleinigkeit unanzweifelbare Richtlinie so nicht hinnehmen. Ihm wurde klar, dass er unter diesen Umständen nicht Pfarrer werden konnte, andererseits in der Bibel weit mehr stand als nur Buchstaben.

In seiner Not wandte er sich an einen seiner Professoren, der ihm einen Ausweg wies. Bei Constantin von Tischendorf in Leipzig solle er studieren, da sei er erst einmal weit weg. Am 10. Mai 1873 verließ Gregory Amerika, ging über Schottland, England und Irland nach Deutschland. Für den sechsundzwanzigjährigen Studenten war es fast wie ein Lotteriegewinn. Tischendorf war nicht irgendwer, er war weltberühmt. Im Februar 1859 hatte ihm der Verwalter des Katharinenklosters auf dem Sinai einen Packen alter Pergamentblätter übergeben, die in ein rotes Tuch eingeschlagen in einer Ecke seiner Zelle gelegen hatten. Es war die älteste je gefundene Handschrift der griechischen Bibel aus dem vierten Jahrhundert. Fünfzehn Jahre vorher hatte Tischendorf dreiundvierzig Blätter dieser Schrift in demselben Kloster in einem Papierkorb gefunden und sie dem sächsischen König geschenkt. Wenige Tage vor Gregorys Ankunft in Leipzig war Tischendorf an Überarbeitung gestorben. Gregory, so gut wie mittellos, hielt sich mit Gelegenheitsarbeiten über Wasser, bis er mit der Übersetzung des Johannes-Evangeliums einen Fuß in die Tür bekam. Tischendorfs Witwe hatte ihm das letzte, noch unvollendete Werk ihres Mannes anvertraut, zu dem Gregory eine Einleitung schreiben sollte, mit der er aber bis heute nicht fertig war. In der Zwischenzeit hatte er nämlich begonnen, das Lebenswerk Tischendorfs, die Übersetzung des griechischen Urtestaments ins Lateinische, fortzusetzen, nicht ahnend, worauf er sich da eingelassen hatte. Unvermittelt fand er sich in Tischendorfs Fußstapfen wieder. In den letzten Jahren war er in Österreich, Italien, England und – wie auch jetzt – Frankreich gewesen.

Burr war Gregory während seines Aufenthalts in Leipzig zwar nicht begegnet, hatte aber eine Menge Geschichten und Anekdoten über ihn gehört. Seine größte Freude bestand demnach darin, für einen einfachen Mann aus dem Volk gehalten zu werden. Wenn er etwa einer Krankenschwester den Koffer zur Straßenbahn trug und sie ihm ein Trinkgeld geben wollte, da sie ihn für einen Kofferträger vom Bahnhof hielt. Oder wenn ihn ein junger Student mit dem Bibliotheksdiener verwechselte und er diesen eine Stunde lang bediente. Oder auch die, als ein Student nicht zur Vorlesung erschien, worauf sich Gregory, nachdem er herausbekommen hatte, dass der junge Mann sturzbetrunken im Bett lag, unverzüglich zu ihm aufmachte, ihn freundlich weckte, sich besorgt nach seinem Befinden erkundigte und ihn zu einem gemeinsamen Spaziergang aufforderte, der bis Halle gegangen sein soll.

Oder, oder … der Schnurren und Geschichten waren unzählige.

Ihre Wege hatten sich erstmals in Paris gekreuzt, als Burr an der Sorbonne studierte und Gregory in der Nationalbibliothek auf der Suche nach neutestamentlichen Unterlagen war. Nun standen sie wieder hier in Frankreich, zwei Amerikaner, von denen einer nicht nur mit sächsischem Akzent sprach, sondern inzwischen sogar Bürger des Landes Sachsen war.

»Abends kann ich dir gern behilflich sein und es würde mir Freude bereiten, wieder einmal mit dir durch die Buchläden zu ziehen«, sagte Caspar und in seinen Augenwinkeln war ein verschmitztes Funkeln. »Übrigens, eine Unterkunft habe ich dir besorgt. Gleich bei mir in der Nähe!«, setzte er hinzu und schnappte sich ohne lange zu fragen Burrs Koffer. George Lincoln wusste, was jetzt kommen würde, und tatsächlich, schon nach wenigen Schritten hatte er Mühe, dem Freund zu folgen, obwohl er nur noch den Rucksack und die Aktentasche zu tragen hatte. Gregory rannte zwar nicht, aber er schritt aus – und wie. Rennen musste Burr, um ihm hinterherzukommen. Caspar war durchtrainiert, an ihm war kein Gramm Fett zu viel. Nach dem Mittagessen – meist ein Apfel und ein Stück Vollkornbrot – machte er immer hundert Liegestützen, und wenn das nicht ging, weil er Besuch hatte, stellte er sich hinter den schweren Eichenschreibtisch in seinem Büro und lupfte – für den Besucher nicht wahrnehmbar – ersatzweise diesen hundertmal in die Höhe.

Burrs Unterkunft war winzig, lag im zweiten Stock eines schmalen, eingezwängten Hauses in der Rue du Rhône und war über eine enge, steile Treppe zu erreichen. Das Inventar bestand aus einem nicht gerade breiten Bett, einer kleinen Kommode, einem kleinen runden Tisch und einem Rohrsessel. Die Vermieterin war eine neugierige Frau, wollte von Burr unter anderem wissen, was er beruflich mache. Als Gregory das Zimmer gemietet hatte, hatte sie diesen ebenfalls ausgefragt und dann gemeint, mit Bibelforschern habe sie schlechte Erfahrungen gemacht, die meisten seien ziemlich aufdringlich. Freundlich hatte er sich daraufhin die Zeit genommen, ihr zu erklären, dass sie da etwas verwechsle, seine Arbeit eine andere sei, dass es über viertausend Handschriften des Neuen Testaments in der griechischen Ursprache gebe, die über dreihundert Museen, Klöster und Bibliotheken in aller Herren Länder verstreut seien und fünfzigtausend oder vielleicht noch mehr Verschiedenheiten im Wortlaut aufwiesen, und dass es seine Arbeit sei herauszufinden, welche die älteste und ursprünglichste sei.

Nun schien die gute Frau jedoch etwas anderes zu plagen. »Monsieur«, sagte sie, »ich habe über Ihre Arbeit nachgedacht. Ich kenne nur das, was der Pfarrer in der Kirche predigt. Aber wenn es so viele Unklarheiten gibt, wie Sie neulich erklärt haben, dann ist ja alles nur – wie soll ich sagen? – Auslegungssache? Ein Christ, der so etwas hört, muss doch zu zweifeln anfangen!«

In ihrem runden Gesicht stand Ratlosigkeit.

»Nein«, erwiderte Gregory freundlich, »vielleicht ein Achtel ist Auslegungssache, sieben Achtel des Urtestaments sind nach unserem Wissensstand geklärt. Aber auch über dieses eine Achtel, über jede noch so winzige Kleinigkeit brauchen wir Gewissheit. Wenn wir einen Stein oder eine Pflanze erforschen, verlangen wir ganz selbstverständlich Sicherheit. Wie viel mehr ist sie dann geboten, wenn es um die Bestimmung des Menschen geht? Die Wahrheit ist die Heimat der Seele. Nur in der Wahrheit findet die Seele Ruhe!«

Die letzten beiden Sätze sagte er in großem Ernst und mit Feierlichkeit. In seinen Augen stand dieses seltsame Leuchten. Für einen Augenblick spürte Burr wieder etwas von der Durchdrungenheit dieses Mannes, den die Eltern mehr oder weniger zum Theologiestudium gezwungen hatten und der durch eben diesen Zwang etwas gefunden hatte, was den meisten anderen verschlossen blieb. Etwas umgab ihn, das eine Art Scheu einflößte, aber dennoch anzog. George Lincoln wusste nicht warum, doch plötzlich fiel ihm eine Geschichte ein, die ihm Caspar einmal erzählt hatte. Furchtlos war dieser zu Fuß allein durch das öde Palästina gezogen, nur ein paar Datteln und ein Stück Brot in der Tasche. Sein Trinkwasservorrat war erschöpft und so betrat er eine einsame Hütte und bat um etwas Wasser. Die Leute waren finstere Gesellen und nötigten ihn zu bleiben. Als er Anstalten machte, das Haus zu verlassen, versperrten sie ihm drohend den Weg. Gregory wartete eine günstige Gelegenheit ab und entkam. Er wähnte sich schon in Sicherheit, als zwei der Männer hoch zu Pferd ihm nachsprengten und ihn aufforderten, unverzüglich stehen zu bleiben. Unmissverständlich forderten sie sein Gepäck, durchwühlten seine Taschen, fanden jedoch nur seine Uhr, zwei Schlafdecken und ein paar Münzen. Der eine der beiden war darüber so aufgebracht, dass er Caspar mit seinem großen Dolch an die Kehle wollte. Während der ganzen Zeit hatte Gregory den anderen freundlich und ruhig angesehen. Dieser fiel nun seinem Kumpan in den Arm, sie stritten kurz miteinander, einigten sich und verabschiedeten sich beinahe unterwürfig mit seinen Habseligkeiten als Beute. Sie waren erst wenige Meter weit geritten, als sie kehrtmachten und ihm beschämt sein Eigentum zurückbrachten.

Auf dem Weg zu Gregorys Unterkunft erzählte George Lincoln begeistert von dem großen Fund, den er gemacht hatte und der in den nächsten Tagen in Paris eintreffen würde. »Weißt du, das ist so viel, dass ich es gar nicht tragen kann. Ich muss mir irgendwo einen Handkarren besorgen!«

»Ich muss dir auch etwas zeigen«, schmunzelte Gregory, während er die Haustür öffnete und im Sturmschritt die Treppe hinaufjagte. »Es wird dich interessieren!«

In seiner Kammer öffnete er einen Schrank, legte beinahe ehrfürchtig ein paar Bogen Pergament auf den Tisch und trat einen Schritt zurück.

Burr trat näher. »Griechische Großhandschriften ... alles mit Großbuchstaben geschrieben. Welches Jahrhundert?«

»Ich nehme an, viertes bis fünftes!«

George Lincoln pfiff anerkennend durch die Zähne. Es gab kaum jemanden – weder in Europa noch sonstwo auf der Welt –, der mit bloßem Auge das Alter alten Pergaments beurteilen konnte. Früher war, um Kosten zu sparen, Pergament manchmal einfach mit einer kräftigeren Tinte überschrieben worden, dazu war es vielfach durch Nässe, Schmutz und Wurmstich verdorben. Aber das war für Caspar kein unüberwindliches Problem. In Paris hatte er das Schema entdeckt, nach dem die alten Buchbinder hier die Blätter gebunden hatten, und er wusste genau, wie man im Rom des fünften Jahrhunderts oder im Konstantinopel des achten Jahrhunderts griechische Buchstaben geschrieben hatte. Oft waren es nur Winzigkeiten, denen es auf die Spur zu kommen galt.

»Woher hast du sie?«

»Von Athos. Eine ganze Woche habe ich danach gesucht! Sie scheinen aus einer Reihe zu stammen, die man ›Hp‹ nennt.« Mit einem Mal schien Gregory leicht bedrückt zu sein. »Der Rest ist weit verstreut oder verschollen. Zweiundzwanzig Bogen sind in Paris, deswegen bin ich hier. Acht sind in einem anderen Kloster auf Athos, je drei befinden sich in Moskau, Petersburg und Kiew und zwei weitere in Turin. Ich hoffe nur, dass ich die Gelder für die Reisen zusammenbekomme!«

Am Nachmittag machte sich Burr auf in die Rue de Rivoli. Der Buchhändler Bracony war ein junger Bursche, achtzehn bis zwanzig Jahre alt, und sich offensichtlich in keiner Weise bewusst, was er da nach Bordeaux verkauft hatte. Charles X. war ihm jedenfalls gänzlich unbekannt. Er meinte nur, er habe den Packen von einem dem Aussehen nach besser gestellten Herrn, der vermutlich seinen Müll hatte loswerden und damit noch ein paar Franc verdienen wollen.

George Lincoln erinnerte sich an den Staub, der sich in den Kordelknoten festgesetzt gehabt hatte und ihn schon in Bordeaux darauf schließen hatte lassen, dass das Bündel nie geöffnet worden war. Er sah sich im Laden um, konnte jedoch nichts entdecken, was seinen Puls in die Höhe getrieben hätte. Wie elektrisiert war er dann aber, als der junge Mann wie nebenher bemerkte, er habe noch einen anderen Buchladen, in der Nähe des Louvre, in dem er ausschließlich gebrauchte Bücher führe.

Burr zog seine Taschenuhr hervor. »In zwei Stunden?«

Der Buchhändler nickte. Burr erwog, in der Zwischenzeit seiner alten Vermieterin, bei der er bei seinem letzten Aufenthalt gewohnt hatte, einen Besuch abzustatten, und hatte sofort ihre fistelige Stimme im Ohr: »Monsieur, wenn Sie den Ofen einheizen, gehen die Kohlen extra ... Monsieur, Sie haben nun schon so oft warmes Wasser geholt, das muss ich Ihnen separat berechnen!«

Nein, lieber doch nicht! Er beschloss, stattdessen zum Postamt zu gehen und die Karte an Pee abzusenden. Danach wollte er den sonnigen Tag nützen und in einem Straßencafé die aufgelaufene Post aufarbeiten. Na ja, wenigstens einen Teil, dachte er, als ihm der Beamte den Packen aushändigte.

Punkt fünf Uhr stand er vor der Nationalbibliothek, wo er sich mit Gregory verabredet hatte. Gemeinsam betraten sie nach einem der für Caspar typischen Eilmärsche den Buchladen, eigentlich ein kleines, muffiges Loch, für das Burr die Bezeichnung »Laden« ziemlich hochtrabend erschien.

Zur Verstärkung hatte der junge Buchhändler seine Mutter mitgebracht. Während Burr und Gregory wortlos die Bestände sichteten, wuselten die beiden hin und her, sahen ihnen über die Schulter, wollten von Burr wissen, was er denn für den Charles X. bezahlt habe, und ließen kein Buch aus den Augen, das die beiden anfassten.

»Ich habe da was für dich«, sagte Caspar nach einer Weile, aber er sagte es auf Latein, und als er die verdutzten Gesichter der beiden Braconys sah, machte es ihm Spaß, auf Griechisch weiterzureden. Sein Tonfall war belanglos, nichts, was irgendwie einen verräterischen Unterton hatte. »Das dritte rechts von dem, das ich jetzt ins Regal stelle, rot, daneben stehen noch zwei in derselben Farbe. Schau es dir unauffällig an!«

Nachdem Burr eine angemessene Zeit hatte verstreichen lassen, trat er zum Regal und zog die beiden anderen Bücher heraus. Es handelte sich um eine neuere, gebundene Sammlung von Briefen Heinrichs III. und Heinrichs IV. sowie um eine Abhandlung über Tirol und das Veltlin von 1772. Plötzlich schien dem Buchhändler eine Erleuchtung zu kommen. Blitzschnell fasste er nach dem nächsten Band und kam damit Burr zuvor. Triumphierend deutete er auf den Einband. Dort prangte das Wappen von Charles X.! Was George Lincoln jedoch stutzig machte, war der Umstand, dass die drei Bücher offensichtlich zusammengehörten. Alle drei waren marocrot gebunden. Nur, wie kamen sie hierher? Wieso erinnerte sich Bracony mit einem Mal an Charles X., der ihm vor ein paar Stunden noch völlig unbekannt gewesen war? Der junge Mann ließ ihm keine Zeit, darüber nachzudenken. Immer wieder deutete er auf die drei eingeprägten Lilien auf dem Einband, nötigte ihn, das Buch genau zu inspizieren, während er ihn wie ein Luchs belauerte, um irgendeine Regung aufzufangen.

In Burr keimte ein Verdacht. »Von wem haben Sie diese Bücher erworben?«

Der Bursche druckste herum, wand sich und es war ihm anzusehen, wie er bedacht war, nur ja nichts zu sagen, was den Preis herabsetzen konnte. »Von einem vornehmen Adligen!«, meinte er dann zögernd.

»Ebenfalls vor etwa sechs Wochen?«

»Ja, das kommt in etwa hin!«

»Könnte es sein, dass es sich bei dem Verkäufer um dieselbe Person handelt, von der Sie die paar tausend Papiere erstanden haben, die ich in Bordeaux gekauft habe?«

Bracony warf einen Hilfe suchenden Blick zu seiner Mutter, den diese aber nur ebenso hilflos erwiderte.

Der Buchhändler überlegte. Wenn dieser Monsieur den alten wertlosen Charles-Plunder gekauft hatte, wie viel mehr musste ihm dann erst das viel neuere und gut erhaltene Buch wert sein? Und wenn er schon das ganze andere Zeug hatte, konnte er ja wohl schlecht umhin, dieses ebenfalls zu erwerben.

»Ja, es stammt alles von demselben Herrn. Aber Sie müssen doch zugeben, dass es eine Schande gewesen wäre, diese Prachtexemplare zusammen mit dem Ramsch zu verkaufen.«

George Lincoln lächelte in sich hinein und nickte. »Wie viel möchten Sie, ich meine für den Charles?«

Bracony nannte eine horrende Summe, aber Burr hatte nichts anderes erwartet.

»Schau du es dir noch an«, meinte er zu Gregory in einem möglichst desinteressierten Tonfall.

Dieser verstand sofort, blätterte ein wenig gelangweilt in dem Buch herum, stellte es zurück und schüttelte leicht den Kopf.

Dem Buchhändler und seiner Mutter war die Enttäuschung anzusehen. Burr musste nun zusehen, dass er Gregory schleunigst aus dem Laden bekam, bevor diesen Mitleid mit den beiden überwältigte.

»Wir überlegen es uns!«, sagte er daher freundlich und zog seinen Freund hinaus auf die Straße.

»Mein lieber Caspar, wenn der junge Bursche nicht so faul wäre und sich darüber informieren würde, was er verkauft! Anscheinend glaubt er, nur schön gebundene Bücher hätten einen Wert – und so was ist Buchhändler! Ich werde ihn zappeln lassen und auf die Hälfte herunterhandeln. Allein die Auswertung des Charles-Fundes ist für die Studenten in Cornell Arbeit für ein Vierteljahrhundert!«

»Du musst aufpassen!«, warnte Gregory. »Wenn Bracony mitbekommt, was wir da gefunden haben, wird er es auch anderen Leuten anbieten. Dann ist es nur noch eine Frage der Zeit, bis die Nationalbibliothek davon Wind bekommt. Halte ihn also nicht zu lange hin und schau zu, dass du alles schleunigst außer Landes schaffst!«

Zwei Tage später, Burr wollte zum Bahnhof, um sich nach der Lieferung aus Bordeaux zu erkundigen, versperrte ein Leiterwagen den ohnehin schon engen Hausflur. Gerade wollte er ihn in der Annahme, er gehöre der Vermieterin, unter die Treppe schieben, da entdeckte er einen an der Deichsel befestigten Zettel mit unverkennbar Gregorys winziger Handschrift.

»Lieber George«, stand da, »war heute früh schon am Bahnhof. Sendung aus Bordeaux ist da. Vergiss aber deinen Pass nicht! Den Handwagen habe ich besorgt, da du gesagt hast, es sei zu viel zum Tragen. Gruß, Caspar.«

Das war Caspar René Gregory, wie er leibte und lebte! In seiner Gegenwart einen Wunsch zu äußern war gefährlich, er würde nichts sagen, aber alles daransetzen, ihn zu erfüllen. Bestimmt war er um drei oder vier Uhr in der Früh aufgestanden und zum Bahnhof gerannt. Doch wo er den Karren aufgetrieben hatte, das wusste der Kuckuck.

Der Packen lag tatsächlich in der Gepäckaufbewahrung, sauber eingewickelt und verschnürt – und so schwer, dass George Lincoln einige Mühe hatte, ihn in den Karren zu verfrachten. Wie er ihn nach oben in sein Zimmer bekommen sollte, daran dachte er vorerst lieber nicht. Kaum bog er mit dem quietschenden und eiernden Leiterwagen um die Ecke zu seiner Straße, sprang ihm auf dem Gehsteig eine hagere Gestalt in unförmiger Bekleidung in die Augen.

»Ich habe mir gedacht, so etwa um diese Zeit müsstest du zurück sein!«, sagte Gregory lächelnd, während seine Hände schon nach den Bändern der Verpackung griffen.

»Wo hast du denn den Karren her?«, wollte Burr wissen, während sie über die enge Treppe nach oben ächzten.

»Von der Nachbarin. Seit ich da bin, steht er bei ihr unbenutzt im Hinterhof!«

Gleich nach Mittag suchte George Lincoln den Buchhändler auf und handelte ihn auf die Hälfte des Preises herunter. Anschließend erstand er bei einem Kistenmacher einen stabilen Kasten. Den Leiterwagen hatte er gleich mitgenommen, um die Wege nicht doppelt machen zu müssen.

Zurück auf seinem Zimmer, ging er unverzüglich daran, seine Beute genauer zu sichten. Es war schon weit nach Mitternacht, als er noch einen Brief an White aufsetzte, indem er ihm Umfang und Inhalt der gefundenen Schätze schilderte.

»*Wenn Sie mich sehen könnten!*«, schrieb er. »*Am Kopfende meines Bettes stapeln sich die Papiere und Bücher. Ich glaube, dass ich heute Nacht sehr schlecht schlafen werde!*«

Als er den Brief am nächsten Morgen zur Post brachte, war ein Schreiben von White da, in dem dieser ihn bat, unverzüglich nach Italien zu fahren, genaue Instruktionen finde er in der Anlage.

»Um Gottes willen!«, entfuhr es Burr und er dachte im selben Augenblick an Pee. Wie sollte er ihr das wieder beibringen?

16

In Köln erregte ein neuer Fall von Hexerei die Gemüter. Die zweiundzwanzigjährige Anna Segens sollte vom Teufel besessen sein. Der Fall wäre vielleicht einer unter vielen geblieben, wäre der Exorzismus nicht von den beiden Jesuitenpatres Hermann Mohr und Adrian Horn vorgenommen worden, die schon in den Fall Henot verwickelt gewesen waren, und wäre nicht kurz vorher das Buch »Cautio Criminalis seu de processibus contra sagas« – »Rechtliche Bedenken wegen der Hexenprozesse« erschienen. Es stammte angeblich aus der Feder eines katholischen Theologen, der seinen Namen nicht preisgeben wollte. Im Schlusswort stand, der Verfasser habe sich nicht zum Druck bewegen lassen und daher sei ein frommer Diebstahl des Manuskriptes begangen worden. Von der ersten bis zur letzten Seite ging es in einer unerhörten, geradezu zornigen Art gegen die Hexenprozesse, die Folter, die Obrigkeit, gegen Beamte, Richter und willfährige Geistliche.

Was zuerst gerüchteweise nur im Orden kursiert war, war bald zur Gewissheit geworden. Obwohl Arnold von Waldlois einen

Drucker im entfernten Rinteln aufgetrieben hatte, dazu sogar einen evangelischen, hatte sich die Urheberschaft nicht lange verheimlichen lassen, dazu war die Schrift durch zu viele Hände gegangen. Kein Zweifel, der Verfasser war Friedrich Spee von Langenfeld, und der leugnete es nicht einmal! Das Einzige, was er bestritt, war, das Werk selbst in Druck gegeben zu haben, was ja der Wahrheit entsprach. Bischof Pelking hatte wütend an den Fürstbischof berichtet, es sei ein pestverseuchtes Buch, das aber von den Paderborner Studenten begeistert gekauft werde und inzwischen in so großer Stückzahl verbreitet sei, dass der angerichtete Schaden kaum wieder gutzumachen sei. Das war im Mai 1631 gewesen. Wer Spee gerettet hatte – wenn auch nur vorläufig –, war ausgerechnet der Schwede Gustav Adolf, der mit einem großen Heer auf Paderborn vorgerückt war. Überstürzt war das dortige Jesuitenkolleg geschlossen worden und die Patres waren in das sicherere Köln übergesiedelt.

Von den Anschwärzungen durch seine Paderborner Mitbrüder in Rom war nichts übrig geblieben. Nun unterrichtete Spee in Köln Moraltheologie und war so einsam wie noch nie in seinem Leben. Gott schien wirklich keinen Kelch an ihm vorübergehen zu lassen, ihn immer noch härteren Prüfungen unterziehen zu wollen. Er zwang ihn, mit seinen schärfsten Gegnern unter einem Dach zu leben. Mit Mohr und Horn saß Spee nun am Tisch, ausgerechnet Mohr und Horn, die den Verfolgungen das Wort redeten und die Argumente seines Buches rundherum ablehnten, ja nicht einmal zu einer Diskussion bereit waren. So musste sich ein Verfemter fühlen, mit dem niemand redete, von dem jeder abrückte, dem jeder geflissentlich aus dem Weg ging, als ob er Aussatz hätte. Und diejenigen, die auf Spees Seite standen, getrauten sich nicht, es offen zu zeigen. Das waren nicht mehr allzu viele, eigentlich nur zwei. Der eine war Pater Goswin Nickel, der nun als Bavinghs Nachfolger als Provinzoberer eingesetzt worden war, und der andere Pater Adam Kasen, der Rektor des Gymnasiums.

Der Abend war schon fortgeschritten, die Patres hatten sich bereits in ihre Kammern zurückgezogen, als es leise an Spees Tür klopfte.

»Du musst entschuldigen«, sagte Nickel beim Eintreten, »aber je weniger man uns zusammen sieht, desto besser. Momentan ist es sicherer, nicht mit offenen Karten zu spielen. Zwar hat der General in Rom wegen der fehlenden Druckerlaubnis durch den Orden nur die Ermahnung ausgesprochen, du sollst mit deinen Schriften etwas sorgfältiger umgehen. Ich würde das als milden Tadel, wenn nicht sogar als Zustimmung bezeichnen. Wahrscheinlich wäre man in Rom sogar bereit, einer Neuauflage die Imprimatur zu erteilen. Aber nun versucht unser Mitbruder Peter Roestius, dein Werk auf die Liste der verbotenen Bücher setzen zu lassen. Das hat er bereits öffentlich verkündet. Du weißt, was das bedeutet!«

Spee nickte. »Im schlimmsten Fall lande ich selbst auf dem Scheiterhaufen!«

»Noch schützt dich der Orden – ich habe übrigens ebenfalls eine Stellungnahme an General Vittelesci geschickt –, aber wie mir zu Ohren gekommen ist, gibt es weitere, persönliche Anschuldigungen gegen dich, die sie nach Rom melden! Auch versuchen sie Rektor Kasen für sich zu gewinnen und zweifeln die Rechtmäßigkeit deiner Professur an, weil du kein Vollmitglied des Ordens bist!«

»Wie in Paderborn. Der blanke Neid!«, antwortete Spee. »Das tut weh!«

Mit Goswin Nickel war Spee freundschaftlich verbunden. Beide hatten sie vor Jahren hier in Köln am Gymnasium unterrichtet, bis Bavingh Spee nach Peine weggelobt hatte. Auch Nickel war früher ein Verfolgungsbefürworter gewesen. Erst die Hinrichtung der Henot ohne Geständnis hatte ihn nachdenklich gemacht. Doch seine Pflicht als Provinzial und Vorgesetzter war es zu einen, nicht zu spalten. Eine offene Stellungnahme für eine der beiden Seiten hätte den Graben nur noch tiefer gemacht. Hinzu kam, dass der Orden von den Zuwendungen der Fürsten abhängig war, und daher war es ratsam, sich nicht allzu weit aus dem Fenster zu lehnen. Kein Wunder also, dass Goswin Nickel nicht sonderlich erfreut gewesen war, als er erfahren hatte, wer hinter dem katholischen Theologen steckte, »der seinen Namen nicht nennen wollte«. Aber nachdem er die »Cautio criminalis« gelesen hatte, war ihm klar, dass es für einen Menschen mit Verstand eigentlich nur eine Möglichkeit gab, dieses Buch abzulehnen, nämlich die, es erst gar nicht aufzuschlagen. Es entlarvte den Kreislauf, zeigte auf, wie die Fürsten sich auf die Beamten verließen, die sich wiederum auf Erstere beriefen. Dass die Richter schon deshalb ein Interesse daran hatten, ein Geständnis um jeden Preis zu erzwingen, da sie für jedes Todesurteil ein nicht unbeträchtliches Kopfgeld erhielten. Erstmals sah er die Gewissensnot, in die viele verblendete Priester die Verurteilten brachten, wenn sie diejenigen, die ihre Unschuld beteuerten, dazu zwangen, zu ihrer unter der Folter erpressten Aussage zu stehen, da sie ansonsten wie ein Stück Vieh ohne Sakramente verrecken müssten.

»Ich rate dir dringend, nimm dich in deinen Vorlesungen zurück, biete ihnen keine Angriffsfläche!«

»Meine Pflicht ist es zu bellen, nicht wie ein feiger Hund das Maul zu halten!«, fuhr Spee auf.

»Also gut! Wenn du es nicht anders willst, so befehle ich es dir als dein Vorgesetzter! Im ganzen Orden gibt es keinen zweiten, der so viel Ärger macht wie du. Das weißt du selbst, aber ich möchte dich nur wieder einmal daran erinnern! Schreib lieber weiter an deinen Kirchenliedern, das ist ungefährlicher!«

»Ich kann nicht! Ich weiß, ich bin dir gegenüber zu unbedingtem Gehorsam verpflichtet. Aber es ist gegen mein Gewissen!« Er machte einen Schritt auf den Provinzial zu. »Schau dir meine Haare an! Welche Farbe haben sie? Grau! Mausgrau! Warum? Ich sage es dir! Wegen der Hexen! Ich habe sie gesehen in ihren verdreckten Löchern, ihre zerschundenen Leiber. Ich habe sie erlebt, ihre Verzweiflung in tränenleerem Weinen. Ich habe sie gehört, ihre Unschuldsbeteuerungen, und ich schwöre, ich habe keine Einzige gefunden, von deren Schuld ich auch nur ansatzweise überzeugt gewesen wäre! Dafür habe ich einen Richter gefunden, der sich brüstet, wenn der Papst bei ihm vor Gericht stünde, würde er selbst diesen zu einem Geständnis bringen! Ein Beichtvater darf bei den Folterungen nicht dabei sein, da er Einfluss nehmen könnte! Ich aber sage, die Beichtiger sollen sich das mit ansehen, ja mit ansehen müssen, meinetwegen hinter einem Vorhang, durch ein Guckloch oder eine Ritze! Sie sollen mit eigenen Augen sehen, wie sie die Ebenbilder Gottes verwüsten! Sie sollen genau hinschauen, wo die Zauberer und Hexen sind! Auf, greift die Kapuziner, Jesuiten, alle Ordenspersonen und foltert sie! Sie werden gestehen! Leugnen welche? Foltert sie dreimal, viermal, sie werden schon bekennen! Bleiben sie immer noch verstockt? Exorziert sie, schert ihnen die Haare vom Leib, weil sie sich durch Zauberei schützen! Fahrt nur fort, sie werden sich ergeben! Wollt ihr noch mehr? So packt Prälaten, Kanoniker, Kirchenlehrer. Sie werden gestehen, denn wie sollen es denn diese zarten, feinen Herren aushalten? Wollt ihr immer noch mehr? Dann foltert mich. Ich werde nicht in Abrede stellen, was ich gestanden habe!« Spee hielt inne, sah Goswin Nickel an. »Doch schweigen werde ich nicht!«

Spee war erleichtert, als das gemeinsame Abendessen im Refektorium vorbei war. Mohr und Horn straften ihn wie üblich mit Nichtbeachtung, dafür schien es in Peter Roestius zu arbeiten. Immer wieder trafen sich ihre Blicke, wobei Roestius jedes Mal wie ein beim Apfeldiebstahl ertappter Schulbub sofort die Augen niederschlug. Irgendetwas war da los, wenn der sich sonst stets so selbstsicher und überlegen gebende Roestius nicht wusste, wie er sich ihm gegenüber verhalten sollte. Nach dem gemeinsamen Gebet räusperte sich Goswin Nickel und sagte, Bruder Friedrich Spee solle in sein Arbeitszimmer kommen. Roestius hatte es plötzlich auffallend eilig, das Refektorium zu verlassen.

»Mein lieber Friedrich«, begann Nickel, als er die Tür hinter sich geschlossen hatte, »es liegen drei Nachrichten aus Rom vor, die dich betreffen. Die erste ...«, er langte nach einem Brief auf dem Schreibtisch und reichte ihn Spee, »da, lies selbst! Irgendwie ist es zum General durchgedrungen!«

»Ich erfahre«, stand da, »dass der Pater Peter Roestius dem Pater Spee durch eine zu strenge Zensur des Buches einige Unannehmlichkeiten bereitet, welches gegen seinen Willen veröffentlicht worden ist, und er sogar damit droht, er werde dafür sorgen, dass es auf den Index kommt. Da ein solches Benehmen wenig der religiösen Liebe entspricht, möge Euer Hochwürden den Pater Peter ermahnen, von der Zensur dieses Buches abzusehen und den Pater Spee in keiner Weise zu belästigen!«

»Die zweite Nachricht ist, dass du zu den letzten Gelübden zugelassen wirst, womit sich der Orden an dich bindet und du ein vollwertiges Mitglied der Gesellschaft Jesu wirst!«

Spee spürte, wie es ihn heiß durchflutete, eine Woge von Glück über ihn hereinbrach und seine Seele zum Überlaufen brachte. »Endlich!«, sagte er leise. »Endlich!«

Wie lange hatte er darauf gewartet! Es gab für ihn keinen tieferen, sehnlicheren, innigeren Wunsch als diesen, seit er in den Orden eingetreten war! Nicht mehr länger nur ein einfacher Landsknecht Christi, sondern ein Soldat des Herrn! Nicht mehr kämpfen aus der zweiten Reihe, sondern an vorderster Front! Streiten für den Glauben und die Liebe im Bewusstsein, den Orden hinter sich zu haben! Wie viele Prügel hatte man ihm schon zwischen die Füße geworfen, Intrigen gesponnen, Verleumdungen in Umlauf gebracht, um das zu verhindern!

»Die dritte Nachricht ist«, Nickels Stimme erreichte ihn nur halb, »dass man bereit ist, für dein Buch eine Druckerlaubnis zu erteilen!«

Es brauchte ein paar Augenblicke.

»Sehr gut! Die erste Auflage ist nämlich schon längst restlos verkauft! Was Not tut, wäre eine deutsche Ausgabe!«

»Ja. Aber man knüpft in Rom ein paar Bedingungen daran!«

»Und die wären?«

»Du sollst das Buch nochmals durchsehen und eine bereinigte Fassung erstellen. Das heißt, einige Stellen zurücknehmen, entschärfen ... verstehst du? Besonders die, die sich hart gegen die Fürsten wenden! Auch unser Fürst Ferdinand von Bayern ist da empfindlich!«

Spees Augen verengten sich zu zwei schmalen Schlitzen.

»Wie Schießscharten«, dachte Nickel. War das derselbe Friedrich Spee, der so zarte und innige Kirchenlieder wie »Zu Bethlehem geboren«, »Die ganze Welt, Herr Jesu Christ« oder »Lasst uns erfreuen herzlich sehr« schrieb? Das hatte er sich schon gefragt, nachdem er die »Cautio« gelesen hatte. Auf der einen Seite der sanfte, von Liebe zu Gott und allem Lebenden durchglühte Poet, auf der anderen der zornige, scharfe Ankläger? Wie Spee so dastand, wusste der Provinzial, was gleich kommen würde.

»Nein!«

In dem einen Wort lag eine solche Wucht und Entschiedenheit, dass Widerspruch oder gar ein Befehl zum Gehorsam von vornherein sinnlos war.

17

Pater Adrian Horn war außer sich. In einem Kölner Buchladen hatte er es selbst in der Hand gehabt. »Das muss unverzüglich nach Rom gemeldet werden. Es ist ungeheuerlich, was sich unser Mitbruder Spee herausnimmt! Schon die zweite Auflage der ›Cautio criminalis‹ – natürlich wieder ohne Druckerlaubnis des Ordens! Diesmal wurde sie nicht in Rinteln gedruckt, sondern in Frankfurt. Vermutlich hat der Rintelner Drucker kalte Füße bekommen, weil er beim letzten Mal nur knapp an einer Anklage wegen Druckes ohne Imprimatur vorbeigeschlittert ist!«

Mohr und Roestius machten bedenkliche Gesichter und nickten heftig.

»Wer hat es diesmal gedruckt?«, fragte der Provinzial mit ruhiger Stimme.

»Im Vorwort ist ein Johannes Gronaeus Austrius genannt, offensichtlich ein Österreicher. Er schreibt, er habe es auf seine Kosten drucken lassen, auf der Grundlage eines von einem Freund in Marburg übergebenen Manuskriptes! Das riecht doch ...!«

»Pater Peter, mäßigt Euch und unterlasst die unterschwelligen Verdächtigungen!«, wies ihn Nickel scharf zurecht. »Marburg ist lutherisch. Wie kommt die Vorlage dorthin? Fragen wir doch Pater Friedrich selbst!«

Spee hatte die Tür noch nicht hinter sich geschlossen, als Pater Horn ihn anfuhr: »Kennt Ihr einen Johannes Gronaeus Austrius?«

»Nein. Warum?«

»Er hat die ›Cautio criminalis‹ neu herausgegeben!«, kam Nickel Pater Horn zuvor.

»Er nimmt den Mund ziemlich voll und behauptet, etliche Nationen und Fürsten hätten nach der Lektüre bereits Hexenprozesse abgebrochen!«, warf Mohr dazwischen und sah sich triumphierend um. »Er lügt, dieser Austrius! Mir ist kein einziger Abbruch bekannt! Oder Euch?!«

»Vorangestellt ist ein Spruch von Seneca: ›Ich will dir zeigen, was den großen Herren mangelt und was denen fehlt, die schon alles besitzen: einer, der die Wahrheit spricht!‹ Nicht nur, dass er die Berater der Fürsten als Schleimer hinstellt, er beschimpft die

Fürsten selbst als Dummköpfe! Aber damit nicht genug ...«, Horn war nun sichtlich erregt, »anstatt sich zu mäßigen, hat er den Inhalt einzelner Kapitel noch verschärft! Ich habe es gelesen, jedenfalls teilweise!«

»Wen meint Ihr mit ›er‹?«, wollte der Provinzial wissen.

»Da kommt nur einer in Betracht! Hier steht er: Pater Friedrich Spee!«

»Was hast du zu deiner Rechtfertigung vorzutragen?« Nickels Stimme fuhr scharf durch den Raum.

»Wenn ich etwas schreibe, bin ich nie ganz damit fertig. Ich verbessere da etwas, formuliere einen Satz um, korrigiere einen Irrtum, ergänze Ungenügendes, füge neue Erkenntnisse ein und gebe es Freunden zum Lesen, um mich zu vergewissern, dass es auch verständlich ist. Aber ich kann nicht verhindern, dass meine Schriften in falsche Hände gelangen!«, verteidigte sich Spee.

»Das passiert nun schon zum zweiten Mal! Einen Verweis deswegen hast du vom General schon bekommen!«

Nickels Augen schienen nun Funken zu sprühen.

»Johannes Gronaeus«, murmelte Pater Roestius, der sich bisher auffallend zurückgehalten hatte, »Johannes Gronaeus, der Name sagt mir etwas, aber ich komme nicht darauf!« Eine Weile blieb er stumm, wandte sich dann an seinen Mitbruder Horn. »Woher, sagt Ihr, hat dieser Gronaeus das Manuskript?«

»Aus Marburg. Von den Lutherischen. Auch die fangen jetzt anscheinend an, so ein Machwerk ernst zu nehmen!«

»Machwerk?! Ihr beleidigt eine Leuchte unseres Ordens, den großen Adam Tanner, der vieles von dem geschrieben hat, was ich nur wiederhole! Hat nicht schon Nero die ersten Christen gefoltert und viele haben unter der unerträglichen Pein gestanden und andere denunziert? Hat nicht Nero die Scheiterhaufen vorweggenommen, indem er die Verurteilten reihenweise als lebende Fackeln an der Via Appia aufstellen ließ? Darauf bezieht sich Tanner, nämlich dass Gott dem Menschen den freien Willen gibt und so auch nicht verhindert, dass Unschuldige hingerichtet werden, was Ihr aber vehement bestreitet! Waren demnach die Apostel Petrus und Paulus schuldig? Wenn Ihr schon mein Buch nicht lesen wollt, dann lest die alten Geschichtsschreiber, lest Tacitus, Sueton, Cassius Dio, Sulpitius und wie sie alle heißen! Gott ließ es damals zu, dass Nero unschuldige Christen folterte, wie er es heute zulässt, dass eben diese Christen ihre eigenen Schwestern und Brüder zerfleischen! Seht da Deutschland, so vieler Hexen Mutter! O Blindheit des Volkes!«

Spee hielt inne und blickte einen nach dem anderen an. Zwar schwiegen sie nun, aber er sah in ihren Augen, dass er sie nicht erreicht hatte. Sie hatten ihre vorgefassten Meinungen, übernommen von den Vorfahren, bestärkt durch Fürsten, Beamte, Richter, Theologen und die einfachen Leute.

Sie standen einfach nur da, mit unsicherer Hilflosigkeit, die Lippen zusammengepresst, den Blick ins Leere gerichtet.

»Ich werde nach Rom berichten! Ihr könnt jetzt gehen. Pater Friedrich bleibt noch hier!« Nickels Stimme klang kalt, abweisend, verhieß nichts Gutes für Spee.

»Gronaeus«, sagte Roestius im Hinausgehen noch zu Mohr, »der Name kommt mir bekannt vor!«

Kaum hatten die Mitbrüder den Raum verlassen, kam ein Lächeln in das sonst so ernste, kantige Gesicht des Provinzials. »Anscheinend haben wir die Spuren gut verwischt. Manuskript aus Marburg, Druck in Frankfurt und als Herausgeber ein Österreicher. Vielleicht sollten wir noch das Gerücht streuen, Gronaeus Austrius sei ein Jurist, sagen wir aus Wien. Du weißt schon, in ein paar Tagen ist er es dann auch. Wer könnte das machen?«

»Rektor Kasen?«

Sie nickten zufrieden.

»Übrigens – was hatte denn Pater Roestius immer mit dem Gronaeus?«

Spee konnte nicht anders, er musste lachen. »Den gibt es wirklich!«

»Was? Wie bitte? Mach keine Witze! Ich dachte, du hättest ihn erfunden!«

Spee lachte nochmals, als er Nickels Gesicht sah. »Johannes Gronaeus war der erstbeste Student, der mir nach unserem Gespräch damals über den Weg gelaufen ist. Er studiert hier Theologie und stammt aus Paderborn. Ich habe einfach einen Österreicher aus ihm gemacht und den kann ich nun wirklich nicht kennen, weil er gar nicht existiert!«

»Friedrich, Friedrich«, lächelte Nickel gequält, »über diesen

Gronaeus Austrius werden sie sich noch den Kopf zerbrechen, wenn wir beide schon längst tot sind!«

Die beiden hatten es sich nicht leicht gemacht, nachdem Spee sich geweigert hatte, auch nur ein Komma zurückzunehmen, sondern im Gegenteil seine Schrift noch verschärfen wollte. Als Jesuiten waren sie zwar zu absolutem Gehorsam ihren Oberen gegenüber verpflichtet, doch in gleichem Maße ihrem Gewissen.

»Darf ich einen Mörder täuschen, um seine Geisel zu retten?«, hatte Spee den Provinzial gefragt, aber keine Antwort bekommen, weil sie selbstverständlich war. Wenn er um eine Druckerlaubnis angesucht hätte, so würden sie die »Cautio« sicher nach allen Unwägbarkeiten abgeklopft haben, da sie dann ja mit seinem Namen und somit seinem Orden verbunden gewesen wäre. Daher war sie anonym erschienen, eben von einem unbekannten und ungenannt bleiben wollenden katholischen Theologen.

»Du weißt, ich kann nicht viel für dich tun. Falls es auffliegen sollte, bleibt uns nichts anderes übrig, als dir die alleinige Verantwortung in die Schuhe zu schieben. Im Orden wissen genügend Leute, wer der Verfasser ist, und nicht alle sind so wohlwollend wie General Vittelesci.«

»Ich bin dazu bereit!«

Der warme Wind schob den wohlvertrauten Geruch vom Fischmarkt vor sich her, vermischte ihn mit dem Gestank der Kloaken und presste den fauligen Hauch durch die engen Gassen. Ein dürrer, zerlumpter Landsknecht schlug an einer Hausmauer sein Wasser ab, als Spee um die Ecke bog, ließ sich aber in seinem Tun nicht weiter stören, öffnete nur kurz seinen Mund zu einem zahnlosen Grinsen. Unendliche Traurigkeit umschlang Spees Herz, drohte das ehemals lodernde Feuer zu ersticken, saugte den Mut aus seiner Seele. Zuerst hatte er dem Gerücht nicht geglaubt, doch Pater Kasen hatte es ihm gerade bestätigt. Einer der schrecklichsten Hexenkommissare, der Doktor Schultheiß, soll für seine Verdienste in den Adelsstand erhoben werden! Schultheiß, der in Hexenfragen keinem Argument zugänglich war. Der gesagt hatte, wenn er des Adam Tanner habhaft werden könnte, würde er diesen hergelaufenen Tiroler ohne zu zögern hinrichten lassen. Nur weil dieser gefordert hatte, Hexen gehörten vor den

Beichtvater und nicht in die Hände des Henkers! Sollte damit seitens der Obrigkeiten ein Zeichen gesetzt und demonstriert werden, wer die Macht hatte? Hatte sein Buch das genaue Gegenteil von dem bewirkt, was er hatte erreichen wollen?

Der Novize an der Pforte blickte nur kurz auf. »Pater Friedrich, Ihr sollt sofort zum Pater Provinzial kommen!«

Als Spee in das Gesicht von Goswin Nickel blickte, wusste er sofort, dass etwas Unangenehmes anlag. »Friedrich«, Nickels Stimme klang belegt, die Augenbrauen hoben sich und die Stirn schob sich in Falten. »Friedrich«, sagte er nochmals, »nimm Platz, setz dich!«

Er spielte mit einem Gänsekiel, aber an der Art, wie er seine Finger bewegte, erkannte Spee die kaum beherrschte Anspannung.

Im Arbeitszimmer des Provinzials war es totenstill. Nicht einmal eine Fliege summte.

»Friedrich«, fing Nickel nun zum dritten Mal an, »ich habe Nachricht aus Rom!« Sein Brustkorb hob und senkte sich schwer, sein Atem kam stoßweise. »Um es kurz zu machen: Sie wollen dich aus dem Orden haben!«

Spee brauchte einen Moment, bis er verstand. Noch im Begreifen floh das Blut aus seinem Herzen, jagte wie feurige Lava durch seine Arme und Hände, wandelte sich in ein Stechen wie mit eisigen Nadeln, kroch langsam zurück, presste sich eisig in seine Brust. Die Pupillen weit, starrte sein Blick ins Nirgendwo.

»Um Gottes willen, Friedrich ...«

Nickel sprang auf, trat vor Spee, redete auf ihn ein, packte ihn schließlich an den Schultern, schüttelte ihn. Wie musste ihn dieser eine Satz getroffen haben! Friedrich, der sich vor nichts fürchtete, der letztes Jahr in Falkenhagen in vorderster Reihe mit dabei war, als die Patres einen Haufen marodierender schwedischer Söldner in die Flucht schlugen!

Nur zögerlich kehrte etwas Farbe in Spees Gesicht zurück. »Loswerden ... wollen sie mich?«

»Ja. Und ich soll dich dazu bringen, freiwillig auszuscheiden.« Der Provinzial sah Spee grimmig an. »Den Teufel werde ich tun!« Mit auf dem Rücken verschränkten Armen begann er im Zimmer auf und ab zu gehen.

»Was willst du machen? Sie werden keine Ruhe geben!«, fragte Spee und seine Stimme klang müde, ohne Hoffnung.

»Ja, du hast Recht. Sie werden keine Ruhe geben. Aber nur so lange, wie du hier in Köln bist. Du kennst das Sprichwort: Aus den Augen – aus dem Sinn. Natürlich ist es in Rom sauer aufgestoßen, dass die zweite Ausgabe wiederum anonym und ohne Druckerlaubnis erschienen ist. Zwar denke ich, dass inzwischen der Großteil der Mitbrüder auf deiner Seite ist, aber Mohr und Horn werden weiterhin alles melden, von dem sie annehmen, dass es dir schaden könnte. Darüber hinaus sind vermutlich auch Beschwerden von außerhalb eingegangen!« Mit einem Ruck blieb er vor Spee stehen. »Ich werde versuchen, dich aus dem Schussfeld zu nehmen. Du musst von hier weg!«

18

Gleißend stach die weiße Pyramide der Aiguille Verte über den noch morgenschwarzen Wäldern in den Himmel. Die ersten Strahlen der Sonne fingerten sich tastend in die schlafdunkle Nordwand, zeichneten anwachsend scharfe Schattenstriche in den Abbrüchen des gewaltigen Hängegletschers. In der felsigen Rippe löste die Wärme die ersten Steinlawinen, die mit lautem Poltern von vielfachem Echo verstärkt und zurückgeworfen von den riesigen Mauern mit dumpfem Aufschlag im Couloir Couturier verschwanden. Wie Flammen aus Stein erglühten Grande Rocheuse und Aiguille Jardin, erloschen dann zu felsigem Grau, während sich drüben das Schauspiel an wilden Zacken von Pic sans Nom und Grand Dru fortsetzte. Über den Gipfel des Mont Blanc schob sich zaghaft ein winziges, kleines Wölkchen, das dann einsam verlassen in der weiten Bläue hängen blieb.

Burr kam aus Italien, wohin er in zwei nicht gerade einfachen Missionen von White geschickt worden war. Im ersten Fall handelte es sich um eine Schenkung, die die Frau eines Professors aus dem Erbteil ihres Vaters der Universität vermacht hatte, was aber von ihrer Verwandtschaft angefochten wurde und worauf der Professor, den andauernden Streitereien mit den Verwandten überdrüssig, nach Florenz gezogen war.

Bei der zweiten Mission ging um das Grabmal des Gründers der Universität, Ezra Cornell, wo White es gerne gesehen hätte, wenn sich über dessen Gruft noch ein paar gipserne Engel gebeugt hätten. Das hatte der Bildhauer in Rom anfangs energisch abgelehnt, ließ sich dann doch noch von Burr überzeugen. Auf dem Weg von Mailand nach Zürich hatte er zwei Landsleute kennen gelernt, Bradley und Meriwether. Spontan hatten sie beschlossen, dem höchsten Berg Europas einen Besuch abzustatten. Am Col de Forclaz hatten sie bei Hirten in einer Almhütte übernachtet und waren nun auf dem Steiglein unterwegs, das hinüber zum Col de Balme führte.

»Wie kann man so schönen Bergen so hässliche Namen geben: Maudit – verflucht, Mont Maudit, Combe Maudit, Aiguille du Diable, Corne du Diable …«, meinte Bradley, während er stehen blieb und sich den Schweiß von der Stirne wischte.

Am kleinen Charamillonsee legten sie eine Rast ein, tranken von dem klaren, eiskalten Wasser, setzten sich dann auf die warmen Felsen und machten sich über die Butterbrote und das gedörrte Obst her.

»Was meint ihr?«, sagte Bradley, blinzelte zufrieden in die Sonne und warf übermütig einen Stein in den See, »eine Tour am Mont Blanc ist doch kein richtiges Unternehmen, ohne dass wir auf einem Gletscher waren! Wozu haben wir uns dann überhaupt Eispickel für teures Geld ausgeliehen?«

Den anderen leuchteten beide Argumente spontan ein.

Meriwether packte seinen Pickel, fasste ihn an der Haue, warf sich in Pose und zeigte theatralisch mit dem Schaft nach oben hinauf zu den blau schimmernden Eisbrüchen.

»Männer, lasst es uns wagen!«, rief er übermütig, »Lasst uns Abenteuer bestehen, von denen wir noch unseren Urenkeln erzählen werden!«

Kurz entschlossen stiegen sie hinauf durch das verblockte Geröll, wichen dann seitlich auf die Moräne aus, in deren Schutt sie mühsam höher stapften, stiegen dann hinab auf den zerschrundenen Gletscher, sprangen über die Spalten, in denen tief unten das Schmelzwasser gurgelte und rauschte. Obwohl sie keine Steigeisen mit sich führten, war es ein angenehmes Fortkommen. Trotz der hier oben herrschenden kühlen Temperatur hatte es aufgefirnt und der körnige Schnee bot den Schuhsohlen ausreichenden Halt. Immer höher und höher stiegen sie, wilde Zacken stachen wie unzählige Finger ins Blau und steile Grate bäumten sich, als wollten sie sagen: Bis hierher, du kleines Menschlein – und nicht weiter! Wie zur Ermahnung löste sich auf der anderen Seite ein Eisturm, schob sich zuerst langsam, dann immer schneller werdend auf die Kante zu, kippte, fiel beinahe lautlos an die zwei-, dreihundert Fuß durch die Luft, explodierte dann regelrecht zwischen den Felsblöcken. Der Lärm war ohrenbetäubend, während sich das Serac in eine riesige, weiße Wolke verwandelte, die lange über dem Wandfuß stehen zu bleiben schien.

Der erste, der die Sprache wieder fand, war Bradley. »Wenn ich das meinen Urenkeln erzähle – das glauben sie mir nicht! Das ist ja richtig gefährlich hier!«, meinte er und spähte verunsichert nach oben. »Ich denke, es ist besser, wir verschwinden von da!«

Alle drei sahen sich wortlos an und George Lincoln machte sich als Erster an den Abstieg. Was beim Aufsteigen noch leicht erschienen war, verkehrte sich nun ins Gegenteil. Zunehmend steiler wurde der Gletscher im unteren Teil, Burr wich nach rechts aus, dann fiel ihm aber ein, dass sie sich eigentlich auf die andere Seite halten müssten. Argentière lag talaus, also nach links. Die Absätze fest in den Schnee stampfend, tasteten sie sich über die Schründe, rammten den Pickel bei jedem Schritt in den eisigen Untergrund, krochen eigentlich mehr als sie gingen über die ihnen nun endlos erscheinende und bedrohlich geneigte Fläche.

»Wo sind wir eigentlich?« Es war Meriwether, der zaghaft die Frage stellte, kaum dass sie wieder felsigen Boden unter den Füßen hatten. Beide sahen auf Burr, schließlich war er der Älteste, dazu noch Professor und ein Professor hatte einfach auf alles eine Antwort zu wissen, selbst wenn er in Wirklichkeit keine Ahnung hatte.

»Ich weiß es nicht!«, antwortete Burr kleinlaut, und als er die betroffenen Gesichter sah, fügte er hinzu: »Jedenfalls nicht genau!«

Von hier aus war nicht zu erkennen, wie es weitergehen sollte. Aber sein Gefühl sagte ihm, dass sie schon ziemlich weit unten sein müssten. Andererseits hatte ihn der heutige Tag gelehrt, dass hier andere Dimensionen galten, die Entfernungen immer größer waren, als sie ursprünglich geschätzt hatten.

»Bleibt hier, ich schaue mich einmal um!«, sagte er dann entschlossen, verschwand um einen riesigen Felsblock, kam dann aber gleich wieder zurück. Der Professor brauchte nichts zu sagen. Sein Gesichtsausdruck genügte, um seinen Begleitern das Herz in die Hosen rutschen zu lassen.

»Und?«

»Wir müssen abklettern!«

Die beiden sahen sich entsetzt an.

»Wir können aber nicht klettern!«, sagte Bradley beinahe trotzig.

»Ich auch nicht!«, entgegnete Burr, »Aber wir haben keine andere Wahl. Entweder hier herunter oder zurück auf den Gletscher und hoffen, dort unsere Aufstiegsroute wieder zu finden! Aber wir haben schon späten Nachmittag!«

George Lincoln überlegte nicht lange, nahm seinen Eispickel auf und schob ihn von oben her zwischen Rücken und Rucksack. Ohne ein weiteres Wort wandte er sich um, Bradley und Meriwether folgen ihm nur zögernd. Als sie dann sahen, wo sie hinunter sollten, fuhr beiden der Schreck in die Glieder. Aber nicht nur ihnen, auch Burr war mulmig zu Mute, auch wenn er es niemals zugegeben hätte. Vor ihnen zog ein kaminartiger Riss fast senkrecht in die Tiefe, endete auf einem Band, das höchstens die Breite eines schmalen Tisches hatte. Ein paar Meter daneben schoss aus dem Gletschereis milchig trüb ein Wasserfall talwärts. George Lincoln suchte sich zwei gute Griffe und ließ sich über die Kante gleiten. Seine Beine baumelten nun über dem Abgrund, tasteten nach Tritten, zuerst noch mit erzwungener Ruhe, dann aber zunehmend hektischer werdend. Es nutzte alles nichts, er musste sich mehr strecken, sich nicht so krampfhaft mit gebeugten Armen an die Griffe klammern. Endlich! Mit dem linken Fuß erfühlte er einen Vorsprung, gleich darauf auch mit dem rechten. Vorsichtig löste er nun seine Rechte, fand für sie eine nach innen gewölbte Leiste, hatte nun drei Haltepunkte und langte mit der anderen Hand in eine bierkrughenkelgroße Vertiefung.

»Da ist ein Griff und hier ist rechts ein großer Tritt, es geht ganz leicht!«, rief er nach oben. Heikel wurde es im unteren Teil, dort, wo sich die sprühende Gischt über die Felsen legte und diese mit einer glitschigen Schicht überzogen hatte. Burr wusste, wenn er hier abrutschte, würde ihm kein Zahn mehr wehtun. Er zwang sich, nicht hinabzusehen in die gähnende Tiefe, die sich dann sofort jedes Mal an seinen Beinen festsaugte und ihn aus der Wand zu ziehen drohte. Aufatmend schwang er sich hinab auf das schotterige Band, von wo aus es in leichteres Gelände ging. Nun war Bradley an der Reihe. Burr schloss die Augen und schickte ein Stoßgebet zum Himmel. Aber Bradley stellte sich gar nicht so ungeschickt an. Zwar langsam, aber dafür stetig kam er tiefer. Als er wohlbehalten endlich neben ihm stand, gestand er, noch nie in seinem Leben so viel Angst gehabt zu haben.

»Ich auch nicht!«, gab Burr unumwunden zu.

Beide warteten nun auf Meriwether, der es bestimmt auch schaffen würde. Aber der kam nicht. Sie riefen, schrieen sich die Lungen halb aus dem Leib, aber kein Meriwether ließ sich blicken.

»Was macht er denn? Er kann doch nicht da oben sitzen bleiben!«

»Keine Ahnung! Vielleicht sehe ich nach!«, entgegnete George Lincoln, während sein Blick den Kamin abtastete.

»Da!« Bradley stieß einen entsetzten Schrei aus und deutete nach oben, noch über den Wasserfall, hinauf auf den Auslauf des Gletschers.

Etwas Dunkles kam heruntergeschossen, sprang in die Höhe, überschlug sich. Deutlich waren mit Gamaschen umwickelte Beine auszumachen, kurz blitzte die Haue des Eispickels im Sonnenlicht, dann war der Spuk verschwunden.

»Meriwether! Du ... Rhinozeros!«

Bradley war wie von Sinnen, Burr wie gelähmt. Schon von hier aus konnte man sehen, dass die Gletscherzunge oberhalb einer Felswand endete, über die ihr Gefährte unweigerlich wie eine Kanonenkugel in die Tiefe katapultiert werden musste. Das überlebte niemand!

Unten im Tal glitzerte das Band der Arve, ein paar winzige Fuhrwerke waren auf der Straße zu erkennen und weiter vorne waren die Häuser von Argentière. Wie in Trance tapste Burr nun das Band entlang, hinüber in das schrofige Gelände, in der Hoffnung, von dort aus eine bessere Übersicht zu bekommen. Als er die Felswand sah, über die Meriwether hinausgeschossen war, zog sich alles in ihm zusammen. Irgendwo da unten musste er liegen, zerschmettert, tot. Daran gab es keinen Zweifel. Burr zwang sich, den Blick nach unten zu richten. Seine Augen hasteten über die verblockten Felsen, das Bachbett, die Schrofen … nein, so weit drüben konnte er nicht liegen. Vielleicht im Gestrüpp? Auch da sah er nichts. Er blickte nun wieder nach oben, um in etwa Meriwethers Flugbahn abzuschätzen, als ihm der Atem stockte. Nein, das war nicht möglich! So etwas kam höchstens in schlechten Romanen vor! Einen, vielleicht waren es auch zwei Meter von der senkrecht abbrechenden Kante entfernt saß Meriwether im Geröll!

Bradley war nun nachgekommen und starrte ebenso ungläubig hinüber. Auch Meriwether schien sie nun bemerkt zu haben. Er riss seinen Eispickel in die Höhe, um zu deuten, dass er in Ordnung sei. War er nun, so unglaublich es auch sein mochte, am Leben, so war er aber noch lange nicht in Sicherheit. Auf der anderen Seite endete der Gletscher an einer blank geschliffenen Felswand, zu ihnen herüber war der Zugang auf das Band durch einen hohen Riegel versperrt, vor dem auch noch der Gletscherbach reißend talwärts schoss. Die einzige Möglichkeit schien ein Stück weiter oben zu sein, an einer Stelle kurz unterhalb des Gletschers, dort, wo das Wasser unter dem Eis hervortrat. George Lincoln kletterte hinauf, das Gelände war gut gestuft und unschwierig. Aber an eine Überquerung des Baches war auch dort nicht zu denken, der Druck des Wassers hätte ihm vermutlich sofort die Beine weggerissen.

Meriwether saß in der Falle. Alleine kam er hier nicht mehr heraus.

»Wir brauchen ein Seil!«, meinte Burr. »Das könnte man ihm von schräg von oben hinüberwerfen!«

»Ein Seil? Wo kriegen wir hier so etwas her?«, fragte Bradley und zuckte hilflos mit den Schultern.

»Ich steige ab ins Tal und hole Hilfe. Du bleibst derweil bei Meriwether und passt auf, dass er keine weiteren Dummheiten anstellt!«

Burr hatte keine Ahnung, wie lange er nun schon unterwegs war. Immer wieder blieb er stehen und prägte sich die Route durch das unwegsame Gelände ein. Ein riesiger gekippter Felsquader ... ein abgestorbener Baum ... eine vom Wandfuß herabziehende Rinne ... eine große flechtenbewachsene Platte ...

Hundegebell! Dann wieder Stille. Nur noch der Wind ... Wahrscheinlich hatte er sich getäuscht. Da, wieder, diesmal deutlicher, näher! Er blieb stehen, lauschte. Links, es kommt von links unten. Burr hastete vorwärts, riss sich die Hände blutig, rutschte aus, fing sich wieder, überlegte, ob er rufen sollte. Aber wie sollten sie ihn zwischen diesen Gräben und Büschen sehen? Das Gebell kam näher, wurde lauter. Vor ihm lichtete sich mit einem Mal das Gestrüpp, der schwarze Hund hatte ihn nun entdeckt und raste mit wütendem Kläffen auf ihn zu. Ein gellender Pfiff riss ihn zurück. Knurrend und mit gefletschten Zähnen blieb er zwar stehen, aber Burr zog es dennoch vor, einen großen Bogen um ihn zu machen. Die beiden Männer, die damit beschäftigt waren, das Heu einzubringen, hielten beinahe gleichzeitig mit ihrer Arbeit inne. Bestimmt war es einer dieser verrückten Engländer aus Chamonix oder Argentière, die jedes Jahr hier einfielen und die nichts besseres zu tun hatten, als hier in den Bergen herumzusteigen, und noch behaupteten, das sei ein Vergnügen. Mon Dieu, ein Vergnügen! Die Herren sollten einmal hier leben und sich das Brot mit ihrer Hände Arbeit verdienen müssen! Tatsächlich – der Fremde sprach zwar Französisch, sogar recht gut, aber trotzdem war ihm anzuhören, dass er kein Franzose war.

Burr hielt sich nicht mit einer langatmigen Erklärung auf, sondern erzählte knapp, was passiert sei und dass er ein Seil brauche.

Die beiden Männer waren beide so um die vierzig, knorrig, untersetzt und wettergegerbt. Den Gesichtern nach zu urteilen waren sie Brüder. Der größere zeigte nach oben, sah zuerst Burr, dann seinen Bruder ungläubig an.

»Glacier du Tour«, sagte er dann und schüttelte den Kopf. Der andere tat es ihm gleich, hob seinen Hut ein wenig von der Seite her an und kratzte sich dann nachdenklich. Dann unterhielten sie sich einige Zeit in dem ihm kaum verständlichen Dialekt des Tales und nickten dann entschlossen.

»Wir kommen mit!«

George Lincoln war es, als ob ihm ein Stein vom Herzen fiele. Der Kleinere band den Hund an der Bank unter dem Vordach fest, langte zwei Heuseile von der Wand des Stadels, warf sie über die Schulter und begann ohne ein Wort mit dem Aufstieg.

»Wir waren noch nie da oben. Was haben wir da zu suchen, da gibt es nichts als Steine und Eis!«, meinte der Kleinere. In seiner Stimme war der Vorwurf nicht zu überhören.

Schon von weitem sahen sie Bradley winken. Meriwether saß immer noch unbeweglich auf dem schmalen Geröllstreifen über dem Abgrund. Emile und Joseph, so hießen die beiden, stiegen wortlos hinter Burr her, hinauf zu der Stelle, an der seiner Meinung nach am ehesten ein Durchkommen war. Die Brüder nickten zustimmend, starrten dann aber ratlos auf die beiden Seile.

»Was ist los?«, wollte George Lincoln wissen.

»Das sind Heuseile, schaut euch den Durchmesser an.«

Tatsächlich waren die Stricke nicht dicker als der Durchmesser eines halben kleinen Fingers.

»Wir sind nicht sicher, ob sie einen Mann aushalten und dann kommt noch der Druck des Wassers hinzu!«, erklärte Emile.

»Nehmen wir sie doppelt!«, sagte Joseph, legte die Seile sorgfältig aus und warf sie dann hinunter zu Bradley, den er anwies, sie ineinander zu verflechten. Die Schwierigkeit bestand nun darin, das so fabrizierte Seil schräg nach unten zu werfen, und zwar so, dass das Ende in der Nähe Meriwethers zu liegen kam. Der fünfte Versuch gelang dann endlich. Nun aber stellte sich heraus, dass das Seil in der Länge noch gerade ausreichte, aber über keine Reserve mehr verfügte, einen Rest um einen Felszacken zu schlingen.

»Ach, das geht doch so!«, sagte Bradley. »Wir sind doch zu viert!«

»Ich bin zwar nur ein Bauer!«, fuhr ihn Emile an, »aber mein Bauernverstand sagt mir, wenn er ausrutscht und dadurch auch nur einer von uns ins Stolpern kommt, dann gibt es eine größere Beerdigung!«

»Aber wir haben keine andere Möglichkeit, wir müssen es probieren!«, entgegnete sein Bruder und gab Meriwether ein Zeichen.

Langsam wandte sich nun dieser um, langte nach dem hinter ihm eingeschlagenen Eispickel, fasste den Schaft und zog sich vorsichtig höher. Unter seinen Füßen verschwand prasselnd eine

Ladung Steine im Abgrund. Die Rechte griff nach dem Seil, so gut es ging schlang er es über den Unterarm, während er mit der Linken den immer noch im Eis steckenden Pickel umklammerte und verzweifelt versuchte, ihn zu lösen.

»Lass den blöden Pickel, nimm beide Hände!«, schrie Emile, aber das Tosen des Wassers verschluckte seine Stimme.

Immer wieder versuchte Meriwether höher zu steigen, rutschte dann aber wieder zurück und beförderte das Geröll unter seinen Schuhen in die Tiefe. Unten kämpfte Meriwether einsam um sein Leben, oben wagten sie nicht zu ziehen, aus Angst, ihn vollends aus dem Gleichgewicht zu bringen. Alle schrien, brüllten. Zuerst durcheinander, dann im Chor, nachdem die beiden Franzosen noch eine Schnelllektion in Englisch bekommen hatten: »No ice-axe! No ice-axe!«

Aber Meriwether war auf seinen Pickel fixiert. Er war das Einzige, das für ihn wirklich greifbar war und ihm wirklichen Halt gab. Wieder glitt er zurück, seine Bewegungen wurden immer hastiger, unkontrollierter, panischer. Plötzlich passierte es. Nur Joseph hatte es kommen sehen. Sein Schrei war eins mit dem Ruck, der durch das Seil ging, aber er kam noch rechtzeitig. Mit dem Mut des Verzweifelten hatte Meriwether den Pickel endlich losgelassen, hatte gesehen, wie dieser nun auch den Steinen über die Kante folgte und sich regelrecht nach oben schnellend mit seinem ganzen Gewicht auf das Seil geworfen. Der folgende Stoß zog die Männer nach vorne, ihr Glück war der letztendlich doch noch ausreichende Standplatz, der es erlaubte, mit einem wenn auch nur kleinen Schritt vorwärts den Ruck abzufangen. Die Querung durch das reißende Wasser erwies sich dann doch als einfacher, als sie es sich vorgestellt hatten. Ohne Seil wäre es zwar unmöglich gewesen, aber Emile war ein Stück abgeklettert und hatte ihm bedeutet, sich breitbeinig gegen den Druck zu stemmen.

Meriwether war vollkommen erschöpft, warf sich, oben angekommen, auf den Boden. Niemand sagte etwas, kein Vorwurf, keine Anschuldigung. Nach ein paar Minuten fing er an zu schnattern, seine Zähne schlugen aufeinander und seine Lippen waren bläulich angelaufen.

»Da, zieh das an!«, sagte Burr und reichte ihm seine Ersatzhose, während Bradley ein Hemd und seine Jacke spendierte.

Meriwether erholte sich langsam wieder. »Ich wollte nicht durch den Kamin abklettern und dachte, ich könnte die Wand vielleicht umgehen. Das Eis wurde immer steiler, dann bin ich ausgeglitten, habe mich ein paar Mal überschlagen, kam dann auf dem Bauch zu liegen und konnte den Schwung noch etwas mit dem Pickel abbremsen. Aber das hätte auch nichts mehr genutzt. Mein Glück war ein quer liegender, lediglich armlanger Felsen, auf den ich mit den Füßen gerutscht bin und der mir das Leben gerettet hat. Ein paar Zentimeter links oder rechts vorbei ... es war der einzige feste Stein, sonst nur loses Geröll!«

Unten im Tal der Arve breiteten sich die Schatten, wurden zunehmend länger und dunkler, während sich die Bergspitzen in ein zartes Rosa verfärbten.

»Geht es?«, fragte George Lincoln und Meriwether nickte.

Langsam machten sie sich mit dem angeschlagenen Kameraden an den Abstieg.

Joseph erbot sich, sie noch vom Stadel weg ein Stück weit bis ins Tal zu begleiten. Jedenfalls so weit, bis sie sich nicht mehr verirren konnten. Vor Argentière fanden sie in einem kleinen Gasthof eine preiswerte Unterkunft, aßen noch eine Kleinigkeit zu Abend und fielen dann todmüde ins Bett.

»Hey, Professor, willst du nicht aufstehen?« Es war Bradley, der im Türrahmen stand. Durch das Fenster flutete hell und warm das Licht der Morgensonne. Noch halb benommen setzte sich George Lincoln auf. Von draußen drang das Rauschen der Arve, die nahe am Haus vorbeifloss.

Meriwether saß schon beim Frühstück, hatte sich offenbar gut erholt und schien bester Laune zu sein. Seine aufgeschrammte Nase sah stellenweise immer noch aus wie eine überreife Himbeere und auch die Blessuren an der Stirne zeugten von dem gestrigen Abenteuer, von dem sie bestimmt noch ihren Urenkeln erzählen würden. Natürlich jeder in seiner eigenen Version.

»Was machen wir heute?«, fragte er unternehmungslustig und nahm einen großen Schluck Milch.

Für George Lincoln war diese Frage der Anlass, seine bergsteigerische Laufbahn zu beenden. »Ich habe Salzburg gesehen und Neapel, war in Thüringen und Tirol. Sicher, hier ist alles größer, verzaubernder. Aber das Auge findet keine Ruhe, es ist keine Umgebung, in der ich leben könnte. Behaltet eure Berge und gebt mir Fall Creek, den sonnigen Cayuga und die blauen, weiten Enfield-Hügel zurück!« Kein Zweifel, er hatte Heimweh.

»Wir haben daran gedacht, unseren beiden Rettern eine gute Flasche Wein nach oben zu bringen!«, sagte Meriwether, dem seine Betroffenheit ebenso anzumerken war wie Bradley. Aber sie wussten, dass es sinnlos war, den Professor von etwas abzubringen, wenn er fest entschlossen war.

»Ich werde hinaus nach Chamonix wandern, aber ohne Umwege«, antwortete Burr, »ich habe dort noch etwas zu erledigen!«

»Warum? Hat es hier auch Hexenverfolgungen gegeben?«, feixte Bradley.

»Eben das möchte ich ja herausbekommen!«

Der Pfarrer von Chamonix war bereits um die siebzig, ein kleiner, hagerer Mann mit schütterem Haar und scharfen Augen. »Ja, auch hier haben Hinrichtungen stattgefunden, aber da müsste ich nachsehen! Ich glaube, ein Fall Anfang des fünfzehnten Jahrhunderts, also schon ziemlich früh und ein weiterer Mitte des siebzehnten Jahrhunderts! Wir sind da etwas besser dran als die Kollegen in Deutschland, wo die meisten Kirchenbücher im Dreißigjährigen Krieg verbrannt wurden oder sonst wie verloren gingen!«, bemerkte er lächelnd.

Der Geistliche hatte sich nicht geirrt. Tatsächlich fand sich ein Eintrag Jean Greland, der 1438 auf den Scheiterhaufen kam, zusammen mit zehn anderen, die aber nicht namentlich genannt waren.

»Scheint ein Kettenprozess gewesen zu sein!«, meinte Burr.

Beim zweiten Fall handelte es sich um einen Hostienfrevler namens Joan Gehauds, der auf die Hostie eingetreten und dem sie dafür vor der Verbrennung noch als verschärfte Strafe den Fuß abgehackt hatten.

19

Es war die Nacht vom 25. auf den 26. März 1635. In der Jesuitenkirche lagen die Patres vor dem Altar auf den Knien. Das war das Letzte, was ihnen Kurfürst Philipp Christoph von Sötern noch zugestanden hatte: ein vierzigstündiges Gebet um das Wohl der Stadt, danach hatten sie Trier am kommenden Tag zu verlassen, und zwar mit Sack und Pack! Im August des vorletzten Jahres hatte sich der Kurfürst mit den Franzosen verbündet und sie als Schutzmacht geholt. Der Kaiser im fernen Wien versprach zwar viel, aber man hatte ja am Beispiel von Mainz gesehen, was seine Obhut wert war. Anstatt die Stadt zu verteidigen, waren die habsburgischen Truppen einfach abgehauen. Was sollte Philipp Christoph von Sötern also tun? Er hatte nur die Wahl zwischen Pestilenz und Cholera. Entweder von den Schweden überfallen zu werden oder sich mit den hugenottischen Franzosen zusammenzutun. War das wirklich so schlimm, wenn selbst ein Kardinal Richelieu nicht vor einem solchen Schritt zurückschreckte? Den Bürgern und den einfachen Leuten war es gleichgültig, mit wem er paktierte, Hauptsache, die Stadt blieb vom Krieg verschont. Sie hatten auch nichts dagegen, als er gleich darauf noch vorsichtshalber einen Vertrag mit den Schweden schloss. Nur die Jesuiten waren der Ansicht, dass das alles nicht anginge und man treu zum katholischen Kaiser zu stehen habe. Mit Repressalien waren sie nicht zum Schweigen zu bringen, da half es nicht einmal, ihre Schulen zu schließen und das Kolleg in Brand stecken zu lassen.

»Pater noster, quiet in coelis ...«

Schwer schwangen die dunklen Männerstimmen in dem von spärlichem Kerzenschein erhellten Altarraum empor, durch die hohen Kirchenfenster kündigte sich zaghaft der neue Tag an. Friedrich Spee kniete in der zweiten Reihe, kämpfte mit dem Schlaf und beschloss, nach dem Ende dieses Rosenkranzes seine Kammer aufzusuchen, um sich ein wenig auszuruhen.

Mit einem Mal lag ein hohes, singendes Pfeifen in der Luft, kam näher, immer näher und endete mit einem gewaltigen Einschlag. Splittern, Bersten, ein paar Dachziegel fielen scheppernd auf das Steinpflaster, dann war es wieder still. Aber nur für einen

Augenblick. Im nächsten Moment brach es von der Mosel her über Trier herein, und zwar mit solch brachialer Gewalt, dass manch einer sich in den letzten Winkel des Hauses verkroch, weil er glaubte, der Jüngste Tag sei angebrochen. Über den Dächern zogen kindskopfgroße Kugeln jaulend ihre Bahn, erschütterten die Mauern der Bürgerhäuser und brachten sie teilweise zum Einsturz. Da und dort brachen die ersten Brände aus, warfen ihr flackerndes Licht gespenstisch durch die gelben Seitenfenster der Jesuitenkirche. Noch während die Haubitzen und Mörser mit einem Schlag verstummten, dafür Trompeten und Trommeln ertönten, krachten die ersten Gewehrschüsse. Die Straßen füllten sich mit verängstigten Bürgern und überraschten französischen Soldaten, die mit Säbeln, Pistolen und Flinten der Mosel zu liefen.

Friedrich Spee hielt es nicht mehr in der Kirche. Mit geraffter Soutane rannte er ins Freie.

»Die Kaiserlichen!«, schrieen die Leute. »Spanier sind es!«, riefen andere. Ein Trupp Reiter sprengte heran, wilde Gestalten auf gedrungenen Pferden, in buntem Rock, mit wehenden Federn am Hut, den Säbel in der Faust, bereit, jeden abzustechen oder niederzuhauen, der sich ihnen in den Weg stellte. Von hinten nahmen sie die Franzosen in die Zange, die sich nun nach beiden Seiten zu wehren hatten. Schreie, Kommandos, Wiehern, Klirren, Schüsse, Harnischgeklapper, Schnauben, Hufgetrappel, Flüche, Stöhnen – alles vermischte sich zu einem einzigen, nicht enden wollenden Aufschrei. Eines der Pferde ging zu Boden, von einer französischen Kugel getroffen. Der Reiter sprang noch während des Sturzes aus dem Sattel und warf sich mit vollem Gewicht auf den Schützen. Mit zwei, drei kurzen Hieben der scharf geschliffenen Klinge zwang er ihn aufs Pflaster, wollte gerade zum tödlichen Streich ausholen, als er mitten in dem Getümmel und Lärm direkt neben sich eine Stimme hörte.

»Halt!«

Der Landsknecht warf einen Blick zur Seite, stieß dann ein höhnisches Lachen aus. »Hau ab, Pfaffe! Sonst stech ich dich auch ab!« In seinen Augen lag ein gefährliches Glitzern.

Spee beachtete ihn gar nicht, beugte sich über den halb bewusstlosen Franzosen, langte mit beiden Händen unter dessen

Arme und schleifte den Stöhnenden weg, hinüber zur Jesuitenkirche. Der Landsknecht ließ ihn gewähren, knurrte etwas Unverständliches und stürzte sich wieder in den Kampf. Schließlich hatte er anderes zu tun, als sich mit einem Pfaffen herumzustreiten.

Zunehmend füllten sich die Straßen und Gassen zum großen Sterben. Es war ein Hauen, Schießen und Stechen, Mann gegen Mann. Wer an eine Hauswand gedrängt wurde, war so gut wie verloren. Kugeln flirrten, reiterlose Pferde jagten mit panischem Wiehern durch die Stadt, wurden von Trossbuben als Beute für ihren Herrn eingefangen. Klebriger, roter Menschensaft verschmierte die Pflastersteine, versickerte in den Ritzen, jämmerliches Wehklagen der Sterbenden und Verwundeten mischte sich mit dem übermütigen Geschrei derer, die noch am Leben waren und sich für unverwundbar hielten.

Friedrich Spee hastete, rannte, stieg über Leichen, verharrte bei Todgeweihten, spendete Trost und die letzten Sakramente, hielt ihnen die Hand, schloss ihre gebrochenen Augen, zerrte zerschlagene, übel zugerichtete Leiber durch das Getümmel hinüber zur Kirche.

Christenblut, fuhr es ihm durch den Kopf. Katholiken gegen Katholiken, Lutheraner gegen Zwinglianer, Zwinglianer gegen Calvinisten, Calvinisten gegen Katholiken, Katholiken gegen Lutheraner …

Hier zählte nicht die Zugehörigkeit zum Glauben, sondern wer den besseren Sold bezahlte.

»Pater!«

Pater! Wie oft hatte er es gehört in den letzten Stunden. Bittend, flehend, flüsternd, keuchend, hilflos, schamvoll, verzweifelt. Müde wandte er sich um.

Auf dem Boden sitzend lehnte an einer Hauswand ein Soldat, die Beine von sich gespreizt, die Hände auf die rot verfärbte Binde vor dem Bauch gepresst. Spee wollte sein Wams öffnen.

»Lasst es gut sein. Mit mir geht es zu Ende. So ein verdammter Franzmann hat mich aufgeschlitzt! Aber den habe ich dafür noch vor mir hinübergeschickt, damit er mir einen Platz freihält!« Er wollte lachen, verzog jedoch sogleich schmerzhaft das Gesicht. »Ich bin kein schlechter Mensch, Pater! Nicht, dass Ihr das glaubt! Der Krieg hat das aus mir gemacht, was ich bin!« Er sah Spee lange an. »Erkennt Ihr mich nicht?«

Spee überlegte. Irgendwo hatte er ihn schon gesehen. Aber er wusste nicht, wo.

»Heute früh!«, sagte der Verwundete, hustete und spuckte aus. Im Auswurf war Blut. »Ich wollte gerade diesen Sauhund von Franzmann abstechen!«

Jetzt fiel es Spee wieder ein. »Und hast es dann doch nicht getan! Sein Leben war in deiner Hand. Gott wird es dir hoch anrechnen. Du wirst ihm bald gegenüberstehen!«

»Ich weiß. Hab darüber aber noch nie nachgedacht. Mit mir ist es aus.« Er zögerte einen Augenblick. »Ich bin zwar Lutheraner, war früher mal katholisch. Katholisch hin, lutherisch her. Ich hoffe, der Herrgott ist nicht allzu engstirnig. Ich möchte beichten, geht das?«

Spee nickte und legte seine Stola um.

Nach dem *Ego te absolvo* lehnte der Mann seinen Kopf an die Wand, in seinen Augen schimmerten Tränen. »Jetzt kann ich gehen. In eine hoffentlich bessere Welt!« Ein heftiger Hustenanfall schüttelte ihn. »Pater, bleibt bei mir!«

In den Augen des Landsknechts lag die ganze Verlassenheit eines Menschen, der unabänderlich seinen letzten Gang zu gehen hat. Spee hob seine blutverschmierte Soutane in die Höhe und setzte sich neben ihn. Dann langte er nach dem Hut des Söldners, säuberte ihn so gut es ging und setzte ihn ihm auf den Kopf.

»Ohne Hut bei der Sonne ...«, lächelte er, wobei er ihm tröstend über die Wange strich.

Ein trockenes Schluchzen drang aus der Kehle des Kriegsknechtes. Wie lange war das her, dass ihn jemand als Mensch berührt hatte? Seine Frau war schon beinahe zehn Jahre tot und bei den Trosshuren und Marketenderinnen gab es das nicht einmal für viel Geld. »Vergelt's Gott, Pater! Ich bin glücklich! Der glücklichste Mensch hier in der Stadt. Wie heißt sie?«, flüsterte er.

»Trier.«

»Ja, Trier«, sagte er. Ein Zittern ging durch seinen Körper, dann sank das Kinn auf die Brust.

Spee erhob sich und machte dem Toten das Kreuzzeichen auf die Stirn.

Am Abend lagen an die fünfhundert Franzosen tot in den Straßen, etwa ebenso viele waren gefangen genommen worden. In der Nacht zuvor waren die kaiserlichen Truppen mit zwölfhundert Mann beinahe unbemerkt auf Schiffen die Mosel herabgekommen und hatten den Franzosen eine vernichtende Niederlage bereitet. Auf jeden zweiten Einwohner Triers kam nun ein Soldat.

Eigentlich hätte es den Jesuiten recht sein können. Die Franzosen waren geschlagen, die Stadt war wieder unter habsburgischer Herrschaft und damit auch ihr Verbleib gesichert.

Pater Heinrich Turck empfand wie viele andere Mitbrüder die Behandlung der Gefangenen als für einen Christenmenschen beschämend. Mit ihm verband Spee eine gewisse Seelenverwandtschaft. Der junge Turck hatte nicht unwesentlichen Anteil daran, dass Spee im Orden eine vollständige Rehabilitierung erfahren hatte, ja sogar zum Professor der Exegese befördert worden war.

»Wie die Tiere haben sie die Gefangenen zusammengetrieben, nein, Tiere behandeln sie besser. Selbst auf Verwundete nehmen sie keine Rücksicht, prügeln und hauen gnadenlos auf sie ein!«

Spee nickte.

»Gleich morgen früh gehe ich zu Graf von Emden. Jetzt aber will ich hinüber zum Sommerhaus, um mich um die Verwundeten zu kümmern.«

Das Sommerhaus, das den Patres an freien Tagen zur Erholung zur Verfügung stand, lag außerhalb der Stadt. Die beginnende Nacht legte gnädig ihren dunklen Mantel über die Straßen, in denen überall noch Leichen lagen, um die sich niemand kümmerte. Söldner der siegreichen Soldateska und Trossbuben beugten sich über die Toten, durchsuchten ihre Taschen, nahmen deren Waffen an sich und durchstöberten die Häuser nach Trink- und Essbarem.

Als Spee und Pater Turck das Sommerhaus betraten, hielten sie unwillkürlich den Atem an. Der Gestank war fürchterlich. Aber hier hatten die Verletzten wenigstens ein Dach über dem Kopf und es waren Menschen da, die sich so gut es ging um sie kümmerten. Aus einem der Räume drangen entsetzliche Schreie, kurz öffnete sich die Tür, gab den Blick frei auf die am übelsten Zugerichteten.

»Wir brauchen Schnaps! So viel zu bekommen ist!«, übertönte der Wundarzt den Lärm.

»Ich sehe zu, was ich auftreiben kann!«, sagte Turck.

»Ihr, Pater«, wandte sich der Doktor an Spee, »könnt mir helfen. Ich brauche einen kräftigen Mann, die Leute festzuhalten!«

Auf einem Stuhl saß ein Patient mit einem riesigen Kopfverband und glasigem Blick, eine halb leere Schnapsflasche in den Händen. Im rechten Oberschenkel klaffte daumenbreit eine tiefe Fleischwunde bis zum Knie.

»In der Schulter hat er eine Kugel!«, sagte der Doktor wie nebenher.

Spee wunderte sich immer wieder, welche Schmerzen der Mensch ertragen konnte. Und wie viel Alkohol. Der Mann nahm einen letzten großen Schluck und nickte dann. Trotz der beträchtlichen Schnapsmenge, die der schmächtige Verwundete intus hatte, hatte Spee Mühe, ihn dann im Stuhl zu halten.

Es war bereits früher Vormittag, Friedrich Spee hatte nur noch das Verlangen, sich hinzulegen und zu schlafen, irgendwo, am liebsten dort, wo er gerade stand. Aber zuerst musste er sich um die gefangenen Franzosen kümmern und dazu musste er zu General Emden. Der hatte allerdings anderes zu tun, als das Lamento eines Pfaffen über sich ergehen zu lassen. Dieser Ansicht war jedenfalls die Ordonnanz, die Spee gar nicht erst nach seinem Anliegen fragte, sondern ihn barsch abwies und empfahl, es in ein paar Tagen wieder zu versuchen. Spee nickte, trat ein paar Schritte zurück und blieb an der Wand stehen. Es war ein Kommen und Gehen, prächtig gekleidete Kommandeure gaben sich die Klinke in die Hand, Abgeordnete der Stadt wurden vorgelassen, dazwischen erschien der hagere Schädel des Generals in der Tür, bellte einen Befehl in den Raum, was sofort hektische Betriebsamkeit auslöste. Es ging schon auf Mittag zu, als es etwas ruhiger wurde. Aufatmend schob der Adjutant einen Packen Papier auf die rechte Seite des Tisches, rückte den Stuhl nach hinten und war gerade im Begriff aufzustehen, als sein Blick auf den verschmutzten Geistlichen fiel.

»Was wollt Ihr denn immer noch hier?!«, fuhr er Spee an, der sich nur noch unter Aufbietung seines ganzen Willens auf den

Beinen halten konnte. »Habe ich Euch nicht gesagt, Ihr sollt in ein paar Tagen wieder kommen?«

»Es hat aber nicht so lange Zeit«, entgegnete Friedrich Spee, »ich werde hier warten, bis ich vorgelassen werde, und wenn es Tage dauern sollte!«

»So, so. Um was geht es denn überhaupt?«

»Um die Franzosen, insbesondere um die verwundeten!«

Dem Goldbetressten verschlug es erst die Sprache, dann lief er rot an. »Die Franzosen? Was gehen Euch die Franzosen an? Sie sind Gefangene und im Übrigen kommen zuerst unsere eigenen Leute!«

»Wir könnten Euch helfen. Dazu hätte ich dem Herrn General Emden einen wie ich denke nicht uninteressanten Vorschlag zu machen!«

»Und der wäre?«

»Das möchte ich mit ihm unter vier Augen besprechen.«

Der Adjutant musterte Spee nun genauer, besah ihn sich eindringlich von oben bis unten. Der Pfaffe machte nicht den Eindruck eines Mannes, der sich nur wichtig machen und dem General die Zeit stehlen wollte.

»Referenzen?«, knurrte er dann.

»Keine. Außer Euer gutes Herz und ein Appell an die christliche Nächstenliebe!«

Der Goldbetresste lachte auf. Höhnisch. »Ich und ein gutes Herz? Christliche Nächstenliebe? Mein guter Mann, wir haben Krieg, falls Ihr das noch nicht mitbekommen habt, seit fast zwanzig Jahren! Und jetzt kommt Ihr daher und faselt von gutem Herz und Nächstenliebe!«

»Eben darum. Hass, Gewalt, Verrohung und Abgestumpftheit gibt es schon genug!«, gab Spee zurück. »Ich weiß, wovon ich spreche!«

Der Adjutant gab ihm zunächst keine Antwort. »Also dann«, sagte er nach einer Weile, »ich werde Euch melden. Wie war der Name?«

»Friedrich Spee von Langenfeld!«

»Sieh an, auch noch ein Adliger!«

Spee überhörte den spöttischen Unterton.

Das Gespräch mit dem General zog sich in die Länge. Wie

schon vor ihm der Adjutant verbot er sich anfangs jede Einmischung, was die gefangenen Franzosen anging, meinte dann aber, gegen die Pflege der Verwundeten habe er nichts einzuwenden, obwohl es ihm eigentlich gleichgültig sei, ob dieses Gesindel verrecke oder nicht. Als ihm Spee jedoch vorschlug, die Franzosen allesamt freizulassen, wurde er richtig wütend.

»Laufen lassen soll ich sie?«, brüllte er los. »Einfach so, als ob nichts geschehen wäre? Damit sie sich gleich beim nächstbesten Haufen verdingen können? Ausgerechnet Ihr kommt auf einen solchen Gedanken, wo doch gerade Ihr Jesuiten heilfroh sein müsst, dass wir die Stadt von den Franzosen befreit haben? Gerade für Euch war es Rettung in buchstäblich letzter Minute!« Emden schüttelte verständnislos den Kopf. »Die Stiefel müsstet Ihr mir küssen, Euer ganzer Orden! Aber nein! Stattdessen erdreistet Ihr Euch, mich um die Freilassung der Franzosen anzugehen. So etwas von Undank ist mir in meinem ganzen Leben noch nicht untergekommen!«

Spee wartete, bis Emden nichts mehr einfiel und dessen Wut sich langsam legte. »Wie viele Franzosen habt Ihr gefangen genommen?«

»So um die fünfhundert!«, knurrte der General gereizt.

»Fünfhundert«, erwiderte Spee, »plus zwölfhundert Eurer eigenen Soldaten macht siebzehnhundert. Wie viele Einwohner hat Trier?« Er wartete nicht erst lange auf eine Antwort. »Etwa dreitausend. Männer, Frauen und Kinder zusammen. Die Franzosen waren an die tausend Mann und konnten schon kaum ernährt werden. Jetzt sollen die Bürger für fast doppelt so viele Soldaten aufkommen …«

»Das weiß ich selbst. Aber verlasst Euch darauf: Da bin ich schon mit ganz anderen Schwierigkeiten fertig geworden. Die Franzosen bleiben als Faustpfand und damit ist alles besprochen!« Der General drehte Spee abrupt den Rücken zu und beachtete ihn nicht weiter. Dieser aber war vorerst zufrieden, wenigstens für die verwundeten Franzosen eine Linderung ihres Schicksals erreicht zu haben.

Ein paar Wochen waren seither ins Land gegangen. Die Trierer Bürger ächzten und stöhnten unter der Abgabenlast und die kaiserlichen Soldaten murrten über die karge Nahrung, die sie außerdem noch mit den Feinden teilen mussten. An einem frühen Vormittag klopfte ein Bote an die Pforte des Jesuitenkollegs und verlangte nach Pater Friedrich Spee von Langenfeld, der sich unverzüglich bei General Emden zu melden habe. Der sei im Sommerhaus bei den Verwundeten, hieß es, worauf sich der Soldat, nicht ohne vorher ein paar kräftige Flüche abzulassen, auf den Weg hinüber auf die andere Moselseite machte.

Emden machte einen sichtlich genervten Eindruck. Von seiner Arroganz war nicht mehr viel übrig. »Pater«, kam er ohne Umschweife zum Thema, »ich habe mir Euren Vorschlag überlegt. Die Franzosen können gehen, allerdings unter der Bedingung, dass sie unverzüglich nach Frankreich verschwinden!«

Spee war klar, dass es sich nicht um einen Gnadenakt handelte, sondern dem General daran gelegen war, die Gefangenen möglichst schnell loszuwerden, da ihr Unterhalt einfach zu viel Geld kostete. »Das geht nicht!«, sagte er bestimmt und schüttelte den Kopf.

»Und warum soll das nicht gehen? Zuerst bettelt Ihr mich regelrecht an und jetzt stellt Ihr Euch plötzlich dagegen? Langsam verliere ich die Geduld. Wisst Ihr eigentlich, was Ihr wollt?«

»Mit Verlaub«, entgegnete Spee energisch, »habt Ihr sie schon einmal gesehen? Abgemagert, nur noch Haut und Knochen, barfuß, restlos ausgeplündert, nicht einmal mehr das Nötigste auf dem Leib – wie sollen sie so ohne Rauben und Stehlen nach Frankreich kommen?«

»Ist das mein Problem? Ich gebe Euch einen Monat Zeit, dafür eine Lösung zu finden!«

Spee spürte wieder das pochende Stechen in seinem Kopf, wusste, dass ihn gleich ein Schwindel erfassen würde, ballte die Fäuste und wartete, bis der Anfall vorüber war.

»Also gut!«, sagte er dann. »Ihr könnt Euch darauf verlassen!«

Zurück im Konvent, suchte er sofort seinen Mitbruder Turck auf. Dieser wiegte sein Haupt bedenklich hin und her. »Wie sollen wir die Leute dazu bringen, freiwillig etwas abzugeben, wo sie selbst kaum mehr das Notwendigste haben?«

»Predigen. Wir müssen ihnen von der Kanzel aus klar machen, dass letztlich sie es sind, die ansonsten die Gefangenen auf womöglich unabsehbare Zeit durchfüttern müssen. Ich selbst werde von Haus zu Haus gehen und ihnen ins Gewissen reden!«

Nach knapp vier Wochen war es so weit. Jeden Tag war Spee bis spät in die Nacht durch die Stadt gezogen, hatte gebettelt, gefleht, überzeugt und, wenn es nicht anders ging, den einen oder anderen als eigensüchtigen Raffsack bezeichnet, dem man seine Schäbigkeit nicht vergessen werde, wenn das hier einmal alles vorbei sein würde. Dieses letzte Argument öffnete sogar den verschlossensten Geldbeutel. Als eines Morgens alle gehfähigen französischen Soldaten, notdürftig ausgerüstet und jeder mit einem Beutel voll Nahrungsmitteln, durch das Stadttor verschwanden, glaubte man beinahe, ein hörbares Aufatmen durch die ganze Stadt zu vernehmen.

Kaum waren die Franzosen fort, bedrohte neues Ungemach die Stadt Trier. Unheimliche Gestalten in langen, schwarzen Gewändern und mit langnasigen Masken schritten durch die Gassen, pochten mit ihren langen Stöcken an die Türen, um ihre Visite anzukündigen. Scheu wechselten die Menschen auf die andere Straßenseite, machten bei ihrem Anblick auf der Stelle kehrt oder drückten sich in den nächstbesten Eingang. Die Pest war ausgebrochen. Wahrscheinlich hatte sie einer der Soldaten eingeschleppt, vermutlich schon länger mit sich herumgetragen und nach und nach den einen und den anderen angesteckt. Friedrich Spee war fast Tag und Nacht im Sommerhaus, wohin sich nur noch wenige wagten. Selbst manche der Pestdoktoren schützten irgendwelche Gründe vor, nur um das Gebäude nicht betreten zu müssen.

Es war spät in der Nacht. Spee fühlte sich schon seit Tagen müde und zerschlagen, jetzt aber spürte er, wie ein erster Fieberschauer durch seinen Körper jagte. Dann kamen die Schübe in immer kürzeren Abständen. Kalte, schweißige Ausbrüche ließen ihn zittern, brachten seine Zähne zum Klappern. Am Morgen war er unfähig, sich von seinem Lager zu erheben. Die Hände waren mit roten Pusteln übersät und als er über sein Gesicht fuhr, fühlte es sich an wie genarbtes Leder.

Der 7. August 1635 war ein warmer Tag, vielleicht noch etwas wärmer als die vorhergehenden. Es war ein Uhr Mittag, Turck hatte das Fenster weit geöffnet, saß auf einem Stuhl neben dem Krankenbett, tupfte behutsam mit einem Tuch den Schweiß vom Gesicht seines Mitbruders und benetzte dessen aufgesprungene Lippen.

Mit einem Mal schlug Spee die Augen auf. In ihnen war ein Leuchten, wie es Turck noch nie an einem Sterbenden gesehen hatte. In seinem Blick lagen Hoffnung, Glück und Freude. »Ich gehe heim zu meinem Schöpfer. Gleich werde ich ihn sehen, werde mit ihm vereint sein!«

Turck wagte nicht zu atmen. Spees Augen wurden immer strahlender. Sein Mund verzog sich zu einem Lächeln, während sein Kopf ganz langsam zur Seite glitt. Nur noch ein leichter Seufzer, dann war es still. Turck erhob sich, machte ein Kreuzzeichen und verließ den Raum, um die Confratres zusammenzurufen.

Am späten Nachmittag desselben Tages wurde Spees Leichnam – obwohl nicht vollwertiges Mitglied des Ordens – aus Sorge um eine mögliche Ansteckung in der Totengruft des Kollegs unter der Jesuitenkirche bestattet. Friedrich Spee war vierundvierzig Jahre alt geworden.

20

Freiherr Heinrich von Schultheiß hatte sein Werk 1634 vollendet. Es trug den sperrigen Titel »Instruction, wie in Inquisitionssachen des gräulichen Lasters der Zauberei gegen die Zauberer, der göttlichen Majestät und der Christenheit Feinde, ohne Gefahr der Unschuldigen zu prozedieren«. Auf fünfhundert Seiten versuchte er darin, den schon lange angekündigten wissenschaftlichen Beweis zu erbringen, dass es unmöglich sei, der Hexerei und Zauberei Angeklagte zu verurteilen, wenn diese unschuldig seien. Die »Cautio criminalis« erwähnte er darin nicht wörtlich, bezeichnete sie lediglich abschätzig als ein »Büchlein«, mit dem man sich nicht länger aufzuhalten brauche. Dafür befasste er sich ausführlich mit Tanner, den er mit seinen eigenen Erfahrungen als Hexenkommissar zu widerlegen trachtete.

»Kurfürst Ferdinand von Bayern, der ja sonst nicht zimperlich ist, was Hexensachen angeht, hat es gelesen und ist über seine Argumentation, wenn auch erst nach nunmehr fast neun Jahren, doch ein wenig nachdenklich geworden. Jedenfalls hat er jetzt unsere theologische Fakultät in Köln um ein Gutachten ersucht. Wie du dich sicher noch erinnern kannst, hast du mir vor längerer Zeit einen Entwurf zu deinem Traktat über die Prozesse in Hirschberg zu lesen gegeben. Ich habe es Nikolaus ausgehändigt, ohne dich um Erlaubnis zu fragen. Dafür möchte ich dich um Entschuldigung bitten, aber du kennst ihn ja selbst schon lange.«

»Es wirft ein bezeichnendes Licht auf die Denkweise der Hexenrichter!«, warf Doktor Nikolaus Haustadt dazwischen.

»Deswegen haben wir beschlossen, dich hier in Grevenstein aufzusuchen. Eigentlich schade, dass du deine eigene Schrift nicht veröffentlichen willst!«, fuhr Professor Bernhard Habbel fort.

Michael Stappert schob erschrocken seinen Stuhl zurück. »Um Gottes willen, nein! Das käme einem Selbstmord gleich, da schützt mich selbst mein geistliches Gewand nicht.«

»Du hast doch noch andere Prozesse von Schultheiß hautnah miterlebt?«, fragte Haustadt.

»Das kann man wohl sagen! Schultheiß ist mein Schicksal, er verfolgt mich bis heute in die Nächte, raubt mir den Schlaf!« Stappert atmete schwer und musste sich überwinden weiterzusprechen. »In Hirschberg haben die Kommissare die Gertrud Koch viermal streng gefoltert, dann aber freigelassen. Sie ist nach Anröchte gezogen, wo sie nach fast zehn Jahren, das war 1628, dem Schultheiß in die Hände gefallen ist, der sie nach der dritten Tortur endgültig auf den Scheiterhaufen schickte. Im selben Jahr hat er ein junges Ding, Else Kigel hat sie geheißen, hinrichten lassen, nachdem sie in der Folter noch ihren Vater, ihre Brüder und Verwandten angegeben hat. Mir hat sie gesagt, sie habe dem Richter Schultheiß versprechen müssen, bei ihrem Geständnis zu bleiben, da er sie ansonsten weiter martern würde. Kurz danach suchten der Richter und die Schöffen ihren Bruder Johann in dessen Haus auf und nahmen zur Einschüchterung den Henker mit. Auch das habe ich selbst miterlebt. Sie redeten auf ihn ein, freiwillig zu gestehen und sich so die Folter zu ersparen. Als das nichts nützte, folgten Drohungen. Dann ließen sie ihn mit seiner Frau allein, die ihn beschwor, sich nicht den Qualen zu unterwerfen. Nach einer Stunde kamen sie zurück, diesmal ohne den Scharfrichter. Seine Frau wiesen sie an, vor dem Haus zu warten. Johann Kigel gab sofort zu, ein Zauberer zu sein, seine Eltern hätten es ihn gelehrt. Nach dem Geständnis verschwanden sie wieder. Kaum war er wieder mit seinem Weib allein, beteuerte er, kein Zauberer und unschuldig zu sein. Wieso hast du denn um Gottes willen deinen Vater angegeben? Hättest du denn nicht jemand anderen nennen können?, fragte sie ihn. Was hätte ich denn machen sollen?, antwortete er. Sie wollten seinen Namen hören und drohten mir mit furchtbaren Schmerzen.«

Der Pfarrer hielt inne. Die beiden sahen, wie es ihn immer noch quälte.

»Es hat ihm nichts genützt. Sie haben ihn dann doch gefoltert, wobei er zugab, ein Pferd zu Tode gehext zu haben. Schultheiß ließ nachfragen, aber die Diedrichs, so hießen die Besitzer des Tieres, wussten nichts davon. Daraufhin ließ ihn Schultheiß noch einmal martern, um zu klären, warum er gelogen habe. In der Zwischenzeit war es dem Kigel gelungen, den Diedrichs eine Botschaft zukommen zu lassen. Darin bat er sie flehentlich, doch um Gottes willen seiner Geschichte zuzustimmen, auch wenn sie erstunken und erlogen sei, und darauf zu bestehen, er sei es gewesen, der das Pferd getötet habe, damit sie endlich aufhörten, ihn zu martern. Er stürbe gern, da er, selbst wenn er freikäme, nur noch ein verachteter Mann wäre.«

In der Stube des Pfarrhauses entstand eine schwere Stille.

»In den Protokollen der Gerichte steht natürlich nicht die Wahrheit!«, brach es aus Stappert heraus. »Da wird alles schöngeschrieben, verharmlost und verniedlicht. Wird eine Frau in der Tortur ohnmächtig, dann schreiben sie, sie sei aus Langeweile eingeschlafen. Haben sie endlich aus vor Schmerzen halb Wahnsinnigen ein Geständnis herausgequetscht, heißt es, es hätte nur der Anwendung ganz leichter Folter bedurft, um sie zur Wahrheit zu bringen! Wie aber soll man das nachprüfen? Einem Häufchen Asche sieht man davon nichts mehr an!«

»So ähnlich oder genau so haben wir es uns vorgestellt. Wir wollten es von jemandem bestätigt haben, der die Prozeduren aus der Praxis kennt. Wir Wissenschaftler in unseren Elfenbeintürmen haben davon ehrlich gesagt nicht viel Ahnung!«, meinte Nikolaus Haustadt beinahe verlegen. »Schultheiß beschwert sich, in Anröchte habe es ein Priester gewagt, ihn zu kritisieren! Meint er damit vielleicht dich?«

Michael Stappert nickte kurz, überlegte einen Moment, erhob sich und kam bald darauf mit einer Kladde aus dem Nebenzimmer zurück. Auf dem Deckblatt war die Zeichnung einer Brille, im linken Glas eine Sonne mit hellem Strahlenkranz, die rechte Seite mit einem Mond, darüber eine Schraffur in düsterem, dunklem Grau.

»Mein Brillentraktat«, sagte er, während er es auf den Tisch legte. »Die Sonne der Wahrheit, klar und hell gegen den getrübten Blick durch das blutbesudelte Glas! Es ist eine fertige vollständige Abschrift. Ich habe noch ein fiktives Kapitel in Form eines Zwiegesprächs zwischen einem Hexenrichter und mir eingefügt, das sich auf das Buch von Schultheiß bezieht. Ihr könnt die Abschrift haben, sorgt aber bitte dafür, dass sie nicht in falsche Hände gelangt! Ich hänge noch ein wenig an meinem Leben!«

»Versprochen! Es wird uns eine wertvolle Hilfe sein, um das Werk von Schultheiß entsprechend zu würdigen!«, antwortete Habbel süffisant und Haustadt nickte grimmig.

Ein warmer Frühlingshauch strich über das Land, die Obstbäume blühten weiß und rosa, gelb stand der Löwenzahn im Wiesengrün, Vögel zwitscherten im Geäst und die ersten Bienen wagten sich aus ihren Stöcken.

Heinrich von Schultheiß hörte nichts, sah nichts von der Pracht und der Vielfalt des erwachenden Lebens um ihn herum. Den Kopf schwer in die Hände gestützt, saß er draußen bei den Fischteichen in seiner Laube. Bestimmt schon ein Dutzend Mal hatte er es gelesen, aber sein Verstand weigerte sich aufzunehmen, was hier stand. Wieder und wieder fing er von vorn an, las das Gutachten der theologischen Fakultät von Köln, aber es ging einfach nicht in seinen Kopf.

Sein fünfhundert Seiten starkes Werk stehe auf unsicherem Fundament, beruhe auf Mutmaßungen, stand da, auf liederlichem, frevlerischem Nachdenken und er, Schultheiß, unterstelle Gott Urteile, welche selbst den seligen Geistern unbekannt seien, und andere unerforschliche Dinge dazu. Ferner missbrauche er Gottes Wort, komme zu bösen Folgerungen, fälle leichtfertige Urteile und insgesamt sage es genau das Gegenteil dessen, was er im Titel versprochen habe, nämlich dass man gegen Unschuldige gefahrlos prozessieren könne. Was dann folgte, war vernichtend, roch unverkennbar nach der »Cautio criminalis«.

Hatte da noch jemand anderer seine Finger im Spiel? Stappert vielleicht? Ach was, das war ein kleiner, dummer Landpfarrer! Woher sollte dieses unbedeutende Pfäfflein Beziehungen zur theologischen Fakultät haben? Schultheiß verwarf den Gedanken wieder und las weiter, auch wenn sich alles in ihm dagegen sträubte.

Wie, so hieß es da, sollte jemand, der von einem solchen Richter verhaftet worden ist, aus der Sache herauskommen? Denn alsbald wird der Gefangene ausgeforscht, die Indizien gegen ihn werden mit für ihn unverständlichen Fragen vermischt, sodass er nicht wissen kann, was sie tatsächlich gegen ihn in der Hand haben. Bekennt er, so wird er verbrannt, leugnet er, so wird er dreimal gefoltert. Und das ohne neue Indizien. Bekennt er nach der Tortur, so wird er verbrannt. Widerruft er, so wird er nochmals gepeinigt. Wenn er aber auch in drei Folterungen nicht gesteht, so bleibt er so lange in Haft, bis neue Indizien gegen ihn vorliegen. Durch welche Weise, war die abschließende Frage, soll dann der Unschuldige freikommen?

Langsam ließ Schultheiß das Gutachten sinken, starrte hinüber zu den Fischteichen. Er spürte Bangigkeit, die sein Herz mit eiserner Faust umschloss. Was, wenn sich der Fürst nun anders besinnen würde? Schließlich war es seine Hoheit gewesen, die das Gutachten in Auftrag gegeben hatte. Er würde seine Beziehungen spielen lassen müssen und beweisen, dass das Gutachten nichts anderes war als weltfremde Schlussfolgerungen ahnungsloser Gelehrter. Und bis jetzt hatte Fürst Ferdinand schließlich noch immer auf ihn gehört.

21

George Lincoln Burr war endlich wieder daheim. Vor der Überfahrt hatte er in Den Haag wie von White gebeten noch einige Dokumente eingesehen, die den Grenzverlauf zwischen Venezuela und Britisch Guyana betrafen. Sein erster Besuch in Amerika galt seinen Eltern, und was er in Newark Valley vorfand, erschütterte ihn. Grau waren sie beide geworden, der Vater noch hagerer, als er immer schon gewesen war, und einsilbig, seine Mutter gebeugt von der Bürde des Alters. Überrascht von seinem unerwarteten Erscheinen, hatte sie gleich nach seinem Eintreten verschämt versucht, unauffällig ihre Schürze auszuziehen. George Lincoln aber hatte wohl bemerkt, dass sie schon vielfach geflickt war. Von oben kam das nicht enden wollende bellende Husten seines lungenkranken Bruders, der sich nun langsam, wie ein Greis an das Treppengeländer geklammert, Stufe für Stufe nach unten tastete. Nie hatten sie in ihren Briefen erwähnt, wie schlimm es um sie stand.

»Er hat einen Rückfall erlitten. Man hat ihn nochmals operieren müssen!«, sagte der alte Burr.

»Wieso habt ihr mir nichts davon geschrieben?«

»Wir wollten dich nicht beunruhigen«, antwortete die Mutter.

George Lincoln konnte nur mit Mühe sein Erschrecken unterdrücken, als er William kurz umarmte, dessen ausgemergelten Körper spürte und sein bleiches Gesicht sah.

Der Bruder lächelte gequält. »Sie haben mir einen weiteren Teil der Lunge entfernt!«, sagte er dann und es klang beinahe schuldbewusst.

Burr wagte nicht zu fragen, womit sie die Operation bezahlt hatten.

Zum Mittagessen kam ein dünner Kartoffeleintopf auf den Tisch, in dem ein paar Kohlblätter schwammen und klein geschnipselte Karotten für ein wenig Farbe sorgten. Das Brot dazu war bestimmt schon einige Tage alt.

»Mehr haben wir leider nicht!« Die Stimme seiner Mutter war bedrückt, als ob sie sich schämte.

In George Lincoln stieg ein tiefes Gefühl von Dankbarkeit auf. Was wäre er ohne ihre Fürsorge, ihre Liebe, ihre Wärme? Nun war es an ihm, ihnen wenigstens einen winzigen Bruchteil von dem zurückzugeben, was sie für ihn getan hatten. Er rechnete nach, wie viel Geld er bis Ithaca und für die ersten Tage in Cornell brauchen würde. Na ja, viel blieb nicht übrig, aber immerhin mehr, als sie hatten. Bevor er sich verabschiedete, ging er in die Küche und schob ein paar Scheine und Münzen in die Schürzentasche.

In Ithaca war das Erste, bei Pee vorbeizuschauen. Im letzten Brief hatte er ihr seine ungefähre Rückkehr angekündigt und war nun ein wenig enttäuscht, sie nicht anzutreffen. Sie sei bei einer Freundin, beschied ihn die Vermieterin, vor einer Stunde gegangen. Burr holte seinen Waterman-Füller aus der Tasche, suchte nach einem Papier und schrieb ein paar Zeilen.

»Würden Sie ihr das bitte geben?«

Es war ein strahlender Sonntag, in der Luft lag schon der Geruch des Herbstes, die Laubbäume wechselten ihre Farbe zu Rot, Ocker, Hell- und Dunkelbraun, dazwischen leuchtete das Gold der Ahorne. Spinnfäden schwebten schaukelnd im hellen Licht, glitzerten wie hauchdünne Lamettafäden, wurden verweht und legten sich weich über Gesicht und Hände. George Lincoln war trotz der Pracht um ihn herum bedrückt, seine Seele war schwer. Schon von weitem sah er ihre schlanke, anmutige Gestalt, über ihre Augen fiel der Schatten eines breitrandigen Hutes. Pee! Behände sprang sie von der Mauer, kam ihm leichtfüßig entgegen, während er das Gefühl hatte, dass seine Beine sich mit Blei füllten. Nun standen sie sich gegenüber, unsicher und unbeholfen, suchten nach Worten und fanden sie nicht. Ihre Blicke tasteten sich ab, versuchten in den Augen des anderen zu lesen. Als das Schweigen beinahe unerträglich wurde, streckte George Lincoln zögernd seine Hand aus, die sie ebenso zögernd ergriff, zog Pee zu sich her und drückte ihr einen Kuss auf die Wange. »Schön, dich zu sehen, Pee!«

»Das war aber keine besonders stürmische Begrüßung nach so langer Zeit!«, meinte sie, schob ihn ein wenig zurück, warf den Kopf in den Nacken und lachte.

Vor ihm stand nicht mehr das junge Mädchen, sondern eine selbstbewusste, modisch gekleidete junge Frau. Herrgott, dachte er, ist sie hübsch! Gleichzeitig wusste er, dass die kommenden Stunden einen eisernen Willen und ein hartes Herz erfordern würden.

Wieder stand das Schweigen wie eine gläserne Wand zwischen ihnen.

»Wollen wir hier Wurzeln schlagen?«, fragte Pee mit gespieltem Übermut.

»Ich habe mir gedacht, wir könnten ein wenig spazieren gehen. Wir haben uns viel zu erzählen. Der Tag gehört uns – vorausgesetzt natürlich, du hast nicht noch etwas anderes vor!«

»Selbstverständlich nicht. Wohin gehen wir?«

»Einfach drauflos. Was hältst du davon? Zu essen habe ich dabei!« Er deutete mit dem Daumen nach hinten auf seinen Rucksack.

»Mein George! Du hast dich nicht verändert!«, lächelte sie.

»Mit dem Ding bin ich schon durch halb Europa gezogen!«, grinste er zurück.

Endlos wellten sich die Enfield-Hügel vor ihnen, Pee erzählte von ihrer Arbeit als Zeichnerin in einer kartografischen Anstalt, von ihren Vorgesetzten, den Späßen unter den Kollegen, dass ihre Eltern wohlauf seien und ihr Bruder vor zwei Monaten geheiratet habe.

»Jetzt bist du dran!«, meinte sie nach einer Weile. »Komm, erzähl, wie war es in Europa? Viele Frauen?«

Burr lachte auf. So eine Frage hätte sie früher nie gestellt, auch nicht im Scherz. »Wie überall. Aber nicht für mich!« Er schilderte ihr, wie er seine Aktentasche verloren und die Umstände, unter denen er sie zurückbekommen hatte, von seinem Fund in Trier …

»Das hat auch hier groß in der Zeitung gestanden!«, warf sie nicht ohne Stolz dazwischen.

Dann kam er auf seine Bekanntschaft mit Caspar René Gregory zu sprechen, erzählte, dass Gregory nach seiner Rückkehr aus Paris in Leipzig einen Arbeiterverein mit großem Zulauf gegründet und den Meisterbrief als Tischler erworben habe, fünfzehn Sprachen beherrsche oder zumindest verstehe und soeben geheiratet habe.

»Die Tochter eines amerikanischen Theologieprofessors!«, fügte er noch hinzu.

»John und Amanda haben ebenfalls geheiratet und Andrew und Josephine erwarten Nachwuchs. Robert und Cheryl haben für nächsten Monat das Aufgebot bestellt. Wir sind übrigens eingeladen!« In ihrer Stimme schwang ein leiser Vorwurf, aber auch unsichere Erwartung.

Burr blieb stehen. »Pee«, sagte er und es klang gequält, »wir müssen miteinander reden. Komm, lass uns einen Platz suchen, wo wir uns setzen können!«

Sie sah ihn mit großen Augen an, sagte aber nichts. Schweigend schritten sie nebeneinander her, fanden am Wegrand einen großen, verwitterten Baumstumpf und ließen sich darauf nieder.

Burr wusste nicht, wie er beginnen sollte. Im Kopf hatte er sich zwar alles schon zurechtgelegt, aber jetzt war es weg.

»Ich weiß!«, begann Pee. »Und du hast Recht! Erinnerst du dich an deinen Brief, in dem du geschrieben hast, wir sollen nichts überstürzen?«

Überrascht sah er sie an.

»Doch, George, bestimmt, du hast Recht!«, bekräftigte sie nochmals. »Noch vor ein paar Stunden habe ich geglaubt, das Erste, was du machen würdest, wäre ein Heiratsantrag. Einerseits hätte ich mich darüber gefreut, andererseits hätte es mir Angst gemacht. Du warst jetzt zwei Jahre fort und ich weiß, dass es nicht das letzte Mal war. Wenn du hier bleiben würdest, wäre es nur mir zuliebe. Ich hätte dabei ein schlechtes Gewissen, weil ich dir die Freiheit nehme, und du hättest Schuldgefühle, wenn du dich doch wieder irgendwo in der Welt herumtreibst. Entschuldige die Formulierung, aber mir ist keine bessere eingefallen.«

Beide schwiegen.

Langsam langte George Lincoln nach ihrer Hand und zog sie zu sich heran. »Pee«, seine Stimme war leise und es kostete ihn Überwindung, weiterzusprechen, »es ist nicht nur das. Schau, gestern war ich auf der Herfahrt kurz bei meiner Familie. Meinen Eltern geht es finanziell sehr schlecht, sie haben kaum das Notwendigste zum Essen. Hinzu kommt mein kranker Bruder, der keinen Cent Rente oder eine andere Unterstützung bekommt. Meine Schwester ist verheiratet, hat selbst Familie. Was ich verdiene, weißt du ja. Ich lebe spottbillig in einer Wohngemeinschaft in Whites Haus. Zu einer Ehe gehören aber Kinder, das heißt, du müsstest aufhören zu arbeiten. Meine Eltern und meinen Bruder kann ich nicht ihrem Schicksal überlassen. Ich hätte also eine eigene Familie zu ernähren und eine zweite zu unterstützen. Wie soll das gehen?« Er hielt einen Moment inne. »Nein, Pee, es geht nicht! Wir würden uns nur unglücklich machen!«

Wie lange sie noch auf dem Baumstumpf saßen, sie wussten es nicht. Im Gebüsch hinter ihnen raschelte es.

»Es war ein Traum!«, flüsterte Pee.

»Ja, ein schöner!«, ergänzte Burr leise.

Andrew Dickson White war schon nach Petersburg abgereist, als George Lincoln in Cornell eintraf. Aber er hatte ein längeres Schreiben und eine Liste mit von ihm in letzter Zeit erworbenen Büchern hinterlassen, mit der Bitte, Burr möge sie sichten und katalogisieren. Als dieser die Tür zu seinem Arbeitszimmer in der Bibliothek öffnete, traf ihn beinahe der Schlag. Zwar hatte White ihn vorgewarnt, die Liste beinhalte nur einen Teil der Neuerwerbungen, doch was er hier vor sich sah, übertraf seine Vorstellungen bei weitem. Bis an die Decke stapelten sich die Bücher. Wenigstens waren sie, wie George Lincoln mit ein wenig Erleichterung feststellte, nach Sachgebieten abgelegt. Was sich da auftürmte, war Arbeit für Jahre! Den größten Anteil hatte die Französische Revolution, an zweiter Stelle lag die Reformation, dicht gefolgt von Büchern und Dokumenten, die die Hexenverfolgung betrafen.

Es klopfte an der Tür. Leise und zaghaft.

Überrascht wandte er sich um, da bislang kaum jemand von seiner Rückkehr aus Europa wusste. Vor ihm stand eine junge Frau, die er noch nie gesehen hatte. Oder doch? Etwas irritiert starrte er auf den irdenen Topf in ihren Händen, in dem ein kugeliger Kaktus blühte.

»Professor Burr, ich möchte Ihnen danken. Für alles, was Sie für mich getan haben!«

Wer war denn das? Eine Studentin? Nein, dazu passten weder ihre Erscheinung noch ihr Auftreten. Jemand, der ihn einmal um Rat gefragt hatte? Irgendwie kam sie ihm bekannt vor. Wer verflixt nochmal war sie?

»Entschuldigung«, sagte George Lincoln verwirrt, »aber ich weiß nicht …«

»Joana Shriver!«

Da fiel es ihm wieder ein. Das Mädchen, das sich nach dem Tod ihres Freundes umbringen hatte wollen und dessentwegen er zwei Schiffe angehalten hatte.

»Und?«, fragte er lächelnd. »Ist das Leben nicht doch schön?«

Joana Shriver errötete leicht und nickte. »Ja. Ich war damals ein verzweifeltes, dummes Ding, hätte beinahe mein Leben weggeworfen!«

»Woher wissen Sie eigentlich, dass ich aus Europa zurück bin?«, fragte er.

»Mein neuer Freund studiert hier in Cornell!« Sie wurde noch eine Spur röter.

»Aha!«, sagte Burr. »Und was studiert er?«

»Geschichte!«

»So, so, Geschichte. Dann werde ich ihn wohl bald kennen lernen!«

»Sie kennen ihn schon!«, antwortete sie. »Es ist Andrew Hopkins!«

»Aha!«, sagte Burr nochmals. »Netter Kerl!«

»Ich wollte zu den Ersten gehören, die Sie willkommen heißen, und meine Dankbarkeit ausdrücken. Das hier«, sie deutete mit dem Kopf auf den Kaktus, »ist ein Echinocereus, ein Ableger eines Geburtstagsgeschenks, das mir mein verstorbener Freund gemacht hat. Er blüht in vielen Farben, wie nun wieder auch mein Leben, das ich Ihnen zu verdanken habe!«

»Schon gut!«, wehrte er leicht verlegen ab.

»Er ist sehr pflegeleicht!«, sagte sie und streckte ihm den Topf entgegen.

»Also genau das Richtige für einen Mann!«, schmunzelte Burr. »Er wird einen Ehrenplatz auf meinem Schreibtisch bekommen!«

George Lincoln nahm die Pflanze entgegen, suchte nach einem freien Platz, wollte ein Blatt Papier zur Seite schieben. Erst auf den zweiten Blick bemerkte er, dass es mit einem Reißnagel am Holz befestigt war. »MALLEUS MALEFICARUM« stand da dick unterstrichen in Großbuchstaben. Er erkannte Whites markante Handschrift. Die Sammlung besaß doch schon drei Exemplare des »Hexenhammers« aus verschiedenen Ausgaben! Noch den Kaktus in der Hand, ging Burr ein wenig um den Schreibtisch herum, um besser lesen zu können.

»Antiquariatsangebot. Vermutlich aus dem Erstdruck, Datumseintrag vom April 1487. Bitte umgehend darum kümmern!!!!«

George Lincoln dachte, dass in diesem Falle ein einziges Ausrufezeichen auch genügt hätte.

Teil III

Wehmütige Klage

22

Klatschend brachen sich die Wellen an der Kaimauer in Amsterdam und zogen sich dann schmatzend zurück. Vom Meer her wehte eine steife Brise, in der Luft hing das Gekreische der Möwen, Entenmütter pflügten mit ihren Jungen durch das schwarze Wasser. Hermann Löher fröstelte. Er warf einen letzten Blick auf das aus den indischen Kolonien einlaufende Handelsschiff, stülpte seinen Mantelkragen hoch und wandte sich zum Gehen. Amsterdam war nun seine Heimat. Er war Bürger dieser Stadt, war stolz darauf, aber sein eigentliches Zuhause würde er nie wieder sehen. Rheinbach. Was war aus dem schönen Städtchen geworden? Ein heruntergekommenes, verarmtes Nest! Bitterkeit und ohnmächtige Wut machten sich in ihm breit, füllten ihn aus. Rheinbach! Allein der Gedanke an das Wort genügte und sie standen wieder vor ihm. Beinahe jeden Tag kamen sie, selbst in der Nacht ließen sie ihn nicht in Ruhe. Als Erster tauchte meist Franz Buirmann auf, ihm folgte Jan Moeden, Christina Böffgen erschien zusammen mit Hilger Lirtz und Doktor Schwegeler. Dietrich Halfmann urinierte unter den Tisch, Melchior Heimbach zählte Geld, Johann Bewell soff, Johann Thynen nickte, Augustin Strom hob einen Zuckerhut, Herbert Lapp blickte unsicher, ebenso Richard Gertzen. Hinter diesen drängten andere in seinen Kopf, Hilger Lirtz' Magd war da, das Ehepaar Peller, Schall von Bell, Dietrich von der Stegen und wieder dahinter weitere, deren Gesichter allerdings verschwommen waren. Vierzig Jahre war es nun schon her, aber sie verfolgten ihn noch immer, ließen ihm keine Ruhe.

Hermann Löher blieb stehen, zog seine rechte Hand aus der Manteltasche, hielt sie nahe unter die Augen und betrachtete sie. Die Haut war welk, mit braunen Flecken gesprenkelt, spannte sich gelb über die Knöchel.

»Allzu viel Zeit verbleibt dir nicht mehr«, murmelte er, verwarf sein ursprüngliches Vorhaben, in sein Haus in der Koningstraat zurückzukehren, und beschloss stattdessen, seinen Freund Abraham Palingh aufzusuchen. Der handelte wie er selbst mit Leinwand, stammte ursprünglich aus Brabant, von wo seine Familie nach Holland geflüchtet war.

»Schau meine Hände an!«, sagte Löher, kaum dass er eingetreten war.

Der andere sah ihn verständnislos an. »Was soll damit sein?«

»Alt!«

Palingh warf seinem Freund einen Blick zu und wusste sofort, was diesen wieder einmal bedrückte. »Euer Aberglaube! Wie viel Leid hat er über die deutschen Lande gebracht! Gleichgültig, ob Katholiken oder Lutheraner, wenn es um Hexen und Zauberer geht, gibt es keine Konfessionen mehr. Schau doch nur einmal nach Lemgo im Lippischen, da geht es jetzt fast so zu wie bei dir daheim damals in Rheinbach. Dort sind sie evangelisch und beziehen sich auf ihren Luther, der gepredigt hat, dass das Töten von Hexen ein gerechtes Gesetz sei und er etliche Hexen selbst gesehen habe. Mein Vetter schreibt mir, in Lemgo sei Hermann Cothmann wieder Bürgermeister. 1667 kam er zum ersten Mal in dieses Amt und was tat er damals? Er trat sofort in die Fußstapfen seines Vorgängers, half diesem noch, den eigenen lutherischen Pfarrer als Hexer hinrichten zu lassen, und schickte gleich im ersten Amtsjahr siebenunddreißig Bürger ins Feuer. Jetzt ist er erneut Bürgermeister und es fängt schon wieder an in Lemgo. Der angeblich so gelehrte Herr Cothmann hat nichts dazugelernt. Das scheint bei ihm in der Familie zu liegen. Seine eigene Mutter hatten die Lemgoer auf den Scheiterhaufen gebracht, da war er um die fünfundzwanzig. Selbst das hat ihn nicht nachdenklich gemacht, genauso wenig wie seinen Onkel. Lieber studieren sie Bücher wie den ›Hexenhammer‹, Binsfeld, Bodin, Boguet, de Lancre und wie sie alle heißen oder schreiben selbst welche, wie eben der Bruder seiner Mutter, dieser Goehausen!«

»Wieso, wer ist das nun wieder?« Löher hatte den Namen noch nie gehört.

»Herrmann Goehausen? Den kennt jeder Jurist. Sein Buch gilt schon seit Jahrzehnten als das Werk schlechthin, um die Folter bei Hexereiprozessen zu rechtfertigen. Goehausen ist nämlich der Ansicht, dass ohne Folter keine Geständnisse zu bekommen seien!«

»Dann ist er sich ja zumindest in einem Punkt mit der ›Cautio criminalis‹ einig!«, knurrte Löher.

Abraham Palingh war Mennonit und die Mennoniten glaubten nicht daran, dass Dämonen Krankheiten über die Menschen bringen konnten und dass ein Pakt mit dem Teufel möglich sei. Für sie war das alles Aberglaube und schuld daran war mangelndes Gottvertrauen. Zwar lag die letzte Hinrichtung wegen Zauberei in Amsterdam schon an die hundert Jahre zurück, aber, die Hexenbrände in Deutschland vor Augen, hatte Palingh zur vorbeugenden Ermahnung der holländischen Behörden ein Buch über den Unsinn der Zauberei geschrieben, in dem er auch von den Erlebnissen seines Freundes Löher berichtete, ohne allerdings dessen Namen zu nennen.

»Ja, Bücher verändern die Welt! Im Schlechten wie im Guten!«, sagte Abraham und deutete auf ein Buch, das aufgeschlagen auf dem Tisch lag. Es hatte ein etwas ungewöhnliches Format, war nicht wie üblich rechteckig, sondern quadratisch.

»Das wäre etwas für dich. Du wärest auch einer, der ihnen eine Antwort geben könnte!«

»Was ist das?«

»Heinrich Schultheiß.«

Hermann Löhers Gesicht lief wutrot an. »Dieses Arschloch! Dieser elende Blutsäufer! Hoffentlich hat ihn der Blitz beim Scheißen getroffen!«

Palingh schmunzelte. Das war der Hermann Löher, wie er ihn kannte. Aufbrausend, geradeheraus und die Sprache deftig.

»Ich lese es gerade. Er wollte den Beweis erbringen, dass Gott es nicht zulasse, dass Unschuldige hingerichtet würden!«

»Ich weiß. Und ich hätte es mir schon längst gekauft, wenn es nicht teilweise in Latein wäre – du kennst ja meine Kenntnisse in dieser Sprache. Der Buirmann, dieser verkommene Hundeschläger, hat immer den hochgelehrten Doktor Schultheiß zitiert, wenn ihm nichts mehr einfiel. Auch der falsche Zauberrichter Doktor Moeden zählte zu seinen großen Bewunderern. Von Pater Freylink, du weißt schon, meinem Jugendfreund aus Rheinbach, habe ich gehört, die Kölner Theologen hätten an dem Machwerk kein gutes Haar gelassen.« Löher machte eine kurze Pause und fuhr dann immer noch wütend fort: »Er war ihr Lehrmeister, dem es nachzueifern, den es wenn möglich sogar zu übertreffen galt! Einmal hat er einen Schafhirten als Werwolf hinrichten lassen, den irgendeine Grete beschuldigt hat. Darauf war er anscheinend besonders stolz, weil, einen richtigen Werwolf zu überführen, das ist ja nicht so einfach. Da braucht es schon List, Schläue, Mut und Ausdauer, mein Lieber!« Sein kurzes Auflachen war höhnisch. »Während in Rheinbach, Flerzheim, Schweinheim und Meckenheim die Feuer brannten, wollten der Moeden und der versoffene Bürgermeister Augustin Strom von Flerzheim ihren eigenen Werwolf haben. Weil, wie gesagt, so einen Werwolf zu fangen, das ist schon etwas Außergewöhnliches, das schafft Ruhm, Ehre und Ansehen! In Todenfeld und Loch, das sind zwei armselige, gottverlassene Weiler, wurden zwei Kinder, so zwischen sieben und acht Jahren, von Wölfen in die Büsche gezerrt und dort zerfleischt. Die Eltern waren auf Taglohn, die Kinder allein zu Hause. Man fand nur noch die Gebeine und zerrissene Kleider, nicht aber den Wolf. Wer konnte das gewesen sein? Sonnenklar, da waren sich die beiden Halunken einig, es kam nur der einarmige Jacob infrage! Sie haben ihn erst unsäglich gefoltert und dann als Werwolf verbrannt.«

Hermann Löher war erregt, als sei all das erst gestern geschehen. »Diese Blutschlürfer! Wo Büsche, Sträucher, Wälder und Wildnis sind, da verstecken sich Wölfe, das weiß jedes Kind, sogar diesen beiden eitlen Trotteln hätte das bekannt sein müssen! Um sein Vieh zu schützen, hat sich das Kloster in Schweinheim große kräftige Hunde angeschafft, weil Wölfe nicht einmal vor einem Pferd zurückschrecken. Warum, frage ich, sollten sie dann die günstige Gelegenheit versäumen, zwei unbeaufsichtigte Kinder zu fressen?«

»Schultheiß war auch der Ansicht, dass die Werwölfe das Menschenfleisch nicht im Magen behalten können, sondern es wieder auswürgen müssen!«, warf Palingh ein.

»Eben. Daran siehst du, wie einfältig sie sind. Warum sollten die Werwölfe denn das Fleisch fressen, wenn sie wissen, dass ihnen speiübel davon wird?«

»Wie hat die Frau geheißen, die den Schafhirten beschuldigt hat?«, fragte Palingh nach einer Weile nachdenklich.

»Grete, soweit ich mich recht erinnere. Der Name des Mannes war – er fällt mir nicht mehr ein. Irgendetwas mit Tö…, ach, ich weiß es nicht mehr!«, antwortete Löher.

Abraham Palingh trat zum Tisch und begann in dem Buch zu blättern. Nach einiger Zeit hob er den Kopf. »Da! Da habe ich es! Steffen Thönnissen, so hat der Schafhirte geheißen und gefangen hat ihn der Heinrich Schultheiß in Kallenhardt. Der gute Doktor war sich so sicher, im Recht zu sein und eine Seele gerettet zu haben, dass er sein Verhör mit der Grete als geradezu beispielhaft empfand und im Wortlaut wiedergab!«

Er schob Löher das Buch zu. »Da!«

Dieser versuchte sich an den ersten Zeilen, wandte sich dann seinem Freund zu.

»Diese lateinischen Silbenfresser!«, schimpfte er. »Soviel ich mitbekomme, geht es darum, der Grete das Versprechen abzunehmen, gegen den Thönnissen auszusagen und kein Wort mehr zu sprechen, als Schultheiß sie ausdrücklich fragen würde. Danach holen sie den Schafhirten in den Gerichtssaal.«

»Genau. Die Grete fragt den Schultheiß, was sie tun soll. Komm, gib her!« Palingh nahm ihm das Buch aus der Hand.

»*Doktor: ›Gretchen, sag mir, du siehst den Mann dort vor Gericht stehen, sag mir: Wer ist der Mann?‹*

Grete: ›Das ist der Thönnissen, von dem ich schon gesagt habe, dass ich ihn auf dem Tanz habe tanzen gesehen.‹

Doktor: ›Ist das der Thönnissen, der hier vor deinen und meinen Augen steht, der, wie du gestanden hast, mit dir und den anderen auf dem teuflischen Tanzplatz gewesen ist und dort getanzt hat?›

Grete: ›Ja, den Thönnissen habe ich dort selbst tanzen und hüpfen gesehen.‹

Doktor: ›Sag mir, Grete, hast du denselben Thönnissen, der jetzt vor deinen und meinen Augen steht, auf dem teuflischen Hexentanzplatz tanzen sehen?‹

Grete: ›Ja, Herr Doktor, da habe ich ihn gesehen, und er ist da gewesen zum Tanz.‹

Thönnissen: ›Du verlogenes Weibsstück, wo bin ich mit dir gewesen und wo hast du mich tanzen sehen?‹

Doktor: ›Du, Grete, sollst ihm nicht antworten und schweigen, bis ich dich fragen werde. Dann erst sollst du mir Antwort geben.‹

Thönnissen: ›Herr Doktor, ich muss doch fragen und von ihr hören und wissen, wo sie mich hat tanzen gesehen.‹

Doktor: ›Ich frage dich, Grete, willst du nun darauf leben und sterben, um am Jüngsten Tag wieder aufzuerstehen, dass du diesen Thönnissen, welcher hier vor deinen und meinen Augen steht, auf dem teuflischen Tanzplatz gesehen hast?‹

Grete: ›Ja, Herr Doktor, denn was soll und kann ich denn anderes machen, als das zu sagen, was ich weiß und was ich in der Folter gelehrt worden bin.‹

Doktor: ›Nun gehe du, Grete, hinaus aus dem Gericht und lasse dir deine Sünde Leid tun. Dann sollst du ein Kind des ewigen Lebens werden.‹

Grete: ›Meine Sünden tun mir Leid, und dafür muss ich leiden und sterben.‹

Doktor: ›Der Herr Jesus Christus sei mit dir, Gretchen. Er stärke dich im Glauben und vergebe dir deine Sünde.‹

Grete: ›Gott behüte Euch, Herr Kommissar, und dir, Thönnissen, sage ich: Lasse dich nicht peinigen und bekenne. Ich habe es tun müssen und du wirst es ohne Zweifel auch.‹«

Löher atmete tief durch. Einen Doktorhut auf dem Kopf, aber nichts als Läuse darunter! Mit welch bodenloser Dummheit überführte sich der gelehrte Doktor Schultheiß selbst und wie bekannt kam ihm das vor! Vielleicht hatte die Grete den Thönnissen sogar tanzen gesehen, auf der Kirmes, dem Maitanz, in der Fasnacht oder sonst irgendwo. Aber sie hätte sich verplappern oder der Schafhirte sie in die Enge treiben können. Da sorgten sie schon vor, die Herren Zauberdoktoren, indem sie die Umstände der Gegenüberstellung vorher mit den Zeugen absprachen und befahlen, nur auf die von ihnen gestellten Fragen zu antworten.

Hermann Löher sah auf seine faltigen Hände und richtete sich dann auf. »Es wird Zeit, dass ich es hinter mich bringe! Kannst du mir das Buch leihen?«

»Was willst du denn damit? Ich meine, wo dein Latein nicht besonders ist und der Schultheiß hie und da recht geschwollen daherkommt?«

»Der Sohn eines meiner Neffen studiert, er soll es mir übersetzen! Wie heißt das Buch von diesem Goe…?«

»Goehausen? ›Processus juridicus contra sagas et veneficos‹, ›Rechtsprechungsprozess gegen Hexen und Zauberer‹!«

»Natürlich! Auch Latein! Na, da wird sich der Junge freuen!«

»Das braucht er nicht zu übersetzen. Es gibt eine deutsche Ausgabe, allerdings ist da nicht Goehausen als Verfasser angegeben, sondern ein Doktor Paul Laymann. Ich weiß nicht, wo ich es hingesteckt habe.« Dabei deutete er auf das Regal hinter sich, in dem kein Finger breit Platz war und vor dem sich die Bücher kniehoch stapelten.

»Komm morgen oder übermorgen wieder, ich suche es!«

Hermann Löher hatte es nicht sonderlich eilig, nach Hause zu kommen. Er nahm einen Umweg zur *Ouden Kerk*, wo seine erste, vor dreizehn Jahren verstorbene Frau Kunigunde begraben lag. Vierundvierzig Jahre waren sie zusammen gewesen, hatten Freud und Leid geteilt, acht Kinder in die Welt gesetzt und allen Widrigkeiten zum Trotz großbekommen.

Löher bekreuzigte sich und blieb vor der Grabplatte stehen.

»Gunde, ich muss etwas mit dir besprechen!«, sagte er stumm. »Mir bleibt nicht mehr allzu viel Zeit auf dieser Erde, wir werden uns bald wiedersehen, das spüre ich. Aber ich kann nicht gehen, ohne es für die Nachwelt aufzuschreiben. Ich habe mich mitschuldig gemacht an dem, was damals geschehen ist. Viel zu lange habe ich den Mund gehalten aus Rücksicht auf die noch Lebenden, die oft unverschuldet in dieses Räderwerk geraten sind. Inzwischen sind die meisten von ihnen vor den ewigen Richter gerufen worden, vor dem ich auch bald stehen werde. Hermann, wird er mich dann fragen, warum habe ich dich nach Rheinbach geschickt? Um verschämt zu schweigen, anstatt deine Stimme zu erheben?«

»Deine Frau? Was meint sie dazu?«, fragte Kunigunde und er spürte ihre Besorgnis.

»Ach, Gunde«, antwortete er, »sie weiß noch nichts davon, aber sie ist sicher dagegen. Du weißt, es war keine Liebesheirat, aber ich konnte die Tringen nach dem Tod unseres Nachbarn doch nicht allein mit fünf Kindern dastehen lassen, das jüngste erst ein Jahr alt. Da habe ich sie halt irgendwann gefragt.«

»Na, na, Hermann, so ganz stimmt das nicht. Mir brauchst du nichts vorzumachen!«

In ihren Augen saß dieser verschmitzte Schalk, den er an ihr so gemocht hatte.

»Du hast ja Recht«, räumte er ein. »Natürlich war sie eine gute Partie. Wenn du es ganz genau wissen willst, fünftausendzweihundertneunzehn Gulden hat sie mitgebracht. Das lässt sie mich auch spüren und auf dem Geld sitzt sie wie eine Glucke auf den Eiern.«

»Das hättest du wissen müssen, du kanntest sie lange genug. Und dann das Alter, schließlich bist du jetzt achtzig!« Es klang ein wenig vorwurfsvoll.

»Ja, so richtig passen wir wirklich nicht zusammen. Über vierzig Jahre Unterschied, da reibt man sich halt mehr als nötig!«

»Dazu kommt noch deine Sturheit! Die wurde im Alter bestimmt nicht besser!«

»Ich würde es lieber Beharrlichkeit nennen!«, versuchte er sich zu rechtfertigen.

»Das kann ich wohl besser beurteilen! Meistens war es doch so, dass ich um des lieben Friedens willen nachgegeben habe!« Ihre Stimme schwang sanft in Löhers Kopf, war trotz des Tadels nachsichtig und milde.

»Entschuldige. Du hast bestimmt genug Kummer mit mir gehabt!«

»Ist schon gut. So schlimm war es nun auch wieder nicht!«

»Wenn ich das Buch schreibe, brauche ich Geld, doch ich habe keines. Was soll ich tun?«

Die Antwort kam nicht spontan, ließ eine Weile auf sich warten. »Ein Drucker wird kaum das Risiko eingehen, das Buch eines Greises zu finanzieren, der noch nie eine Zeile veröffentlicht hat. Schreib also nicht Hunderte von Seiten, ein kleines Büchlein tut es ebenso. Kauf das Papier auf eigene Rechnung, damit sparst du den Aufschlag beim Drucker. Wenn du nicht gerade mit der Tür ins Haus fällst, sondern behutsam vorgehst, wird dir Tringen vielleicht etwas Geld geben oder zumindest vorstrecken.«

Ja, so müsste es gehen. Der alte Mann berührte die Grabplatte, machte ein Kreuzzeichen und verließ die Kirche.

23

Man schrieb das Jahr 1631. Über dem Städtchen Rheinbach, etwa vier Stunden Fußmarsch von Bonn entfernt, spannte sich ein juniklarer Sternenhimmel. Die Luft war samtig, ein paar Katzen streunten um die Hausecken, durchsuchten Abfälle und fauchten neidisch, wenn ihnen eine andere zu nahe kam. Hermann Löhers Schritt war fest und sicher, sein Verstand hellwach und kein noch so leichtes Schwanken verriet, dass er mindestens eineinhalb große Krüge Wein geleert hatte.

Angefangen hatte alles drüben in Schweinheim, wo eine angeklagte Frau Rheinbacher Bürger der Hexerei beschuldigt hatte. Als Erste wurde die Magd des Bauern Hilger Lirtz verbrannt, ihr folgte die mittellose Grete Hardt. Der Rheinbacher Amtmann Degenhard Schall von Bell hatte sich nach Bonn gewandt und um die Entsendung eines Spezialisten für Hexenfragen angefragt. Es kam der Kommissar Doktor Franz Buirmann – und der griff hier durch. Aber wie! Der Schöffe Löher hätte viel darum gegeben, wenn er das alles nicht hätte miterleben müssen.

Er betrat sein Haus durch das Kontor, in dem sich die Wollballen stapelten, holte einen Krug Wein aus dem Keller und stapfte über die Holztreppe nach oben. Wortlos betrat er das Wohnzimmer und ließ sich schwer auf die Bank fallen.

Kunigunde sah ihn erschrocken an, wie er da hockte, das Gesicht selbst im schwachen Schein der Tranlampe erkennbar bleich, den Blick in finsterer Starre auf den Tisch gerichtet.

Es musste etwas Schlimmes passiert sein, so hatte sie ihn noch nie gesehen. Sie wagte nicht einmal, ihn danach zu fragen.

»Sind die Kinder im Bett?«

Sie nickte.

»Ja, schon eine Weile!«

Er schwieg wieder, stierte weiter dumpf vor sich hin. Seine Hand tastete nach dem Weinkrug, den er wie geistesabwesend zu sich herzog. Er schenkte erst gar nicht in den Becher ein, sondern setzte den Krug an den Mund und begann wie ein Verdurstender zu trinken. Es nutzte nichts. Sein Verstand ließ sich nicht betäuben.

Ganz langsam hob er den Blick und sah seine Frau an. »Die Böffgen!«, sagte er dann.

»Was ist mit der Böffgen?«

»Die Christine Böffgen. Sie ist tot!«, gab er müde zur Antwort.

Kunigunde sah ihn ungläubig an. »Aber sie ist erst vor ein paar Tagen verhaftet worden. Es ist doch noch kein Urteil …«

»Das Urteil hat der Teufel gesprochen!«, unterbrach sie ihr Mann. »Er hat ihr das Genick gebrochen, behauptet jedenfalls der Buirmann.«

Nun brach es aus ihm heraus. Es scherte ihn nicht mehr, dass er als Schöffe zu Verschwiegenheit verpflichtet war, dass er nicht einmal mit seiner Ehefrau darüber reden durfte. Mit dem nur wenig älteren Jan Thynen war er im Gasthaus gewesen, hatte dort versucht, sich zu betrinken. Aber mit dem vernünftig sprechen zu wollen, war sinnlos gewesen, der war schon sturzbesoffen und stand zudem auf der Seite Buirmanns. Er brauchte jemanden Vertrauten, bei dem er nicht jedes Wort auf die Goldwaage legen musste.

»Trotz der Qualen hat sich die Böffgen dagegen gewehrt, die Unterstellungen des Kommissars zu bestätigen. Der Henker hat sich dann geweigert, die Folter noch zu steigern, und dem Buirmann versichert, es bestehe die Gefahr, dass sie die Tortur nicht überleben würde. Das darf natürlich nicht geschehen, schließlich ist ja die Folter keine Strafe, sondern dient der Wahrheitsfindung. Doch der Kommissar wollte davon nichts hören. Er schrie die Böffgen an, wie sie denn eine Märtyrerin des Teufels werden wolle, wenn sie nicht zugebe, zaubern zu können. ›Dann stirb doch in Teufels Namen, du alte verstockte Hexe!‹, keifte er. Die Böffgen ließ ihr Wasser ab und sagte mit ihrem letzten Atemzug: ›Ich will in dieser Marter als ein frommer Christenmensch sterben.‹« Löher hielt kurz inne. »Es war in Wirklichkeit alles noch viel schlimmer, ich kann gar nicht erzählen, wie schlimm. Als sie tot war und der Henker dem Kommissar die Schuld daran gab, fing dieser an, wie ein Wahnsinniger unter uns Schöffen herumzulaufen, ganz wie einer, der sich göttliche und kaiserliche Verdammung verdient hat. ›Herbert Lapp, Johann Bewell, habt Ihr es nicht auch gehört, wie es im Hals gekracht hat, als ihr der Teufel das Genick gebrochen hat? Was meint Ihr, Gottfried Peller, ist das nicht eine verstockte Hexe gewesen? Was sagt Ihr dazu, Jan Thynen und Hermann Löher? Ihr habt es doch auch gehört, wie ihr der Teufel das Genick umgedreht hat, nicht wahr? Das hat der Teufel getan, damit sie nicht selig werden und ihre Komplizen nicht verraten konnte!‹ Unterdessen kam Vogt Schwegeler mit dem Gesetzbuch, der Carolina, bei der Tür herein. Als er die übel zugerichtete Böffgen tot am Boden liegen sah, war er kaum zu besänftigen. ›Diese Tat können wir, wenn sie bekannt wird, vor Gott, dem Landesfürsten und den Menschen nicht verantworten‹, sagte er. Dann schrie er wütend auf den Kommissar ein, allerdings in Latein, sodass ich nichts verstand. Buirmann beharrte darauf, der Teufel sei es gewesen, der der Erzhexe das Genick gebrochen habe. Dann hielt er sich die Nase zu und rief: ›Pfui, pfui, pfui, wie stinkt es hier! Der Teufel ist mit faulem Gestank von hier fortgezogen. Pfui, lasst uns von dieser Bestie weggehen!‹ Als die älteren Schöffen etwas im Sinne des Vogtes sagen wollten, brüllte Buirmann sie an und wir Jüngeren getrauten uns erst gar nicht, den Mund aufzumachen.«

»Aber man stirbt doch nicht gleich in der ersten Folter, das habe ich noch nie gehört. Im Übrigen traue ich der frommen Witwe Böffgen die Hexerei nicht zu! Welche Hexe stiftet denn einen Altar?« In Kunigundes Gesicht stritten sich Abscheu, Mitleid und Entsetzen.

Hermann Löher nickte. »Er hat sie vorher schon gefoltert. Gleich nach der Festnahme fingen sie an, sie zu exorzieren, und als das nichts nutzte, suchten sie unverzüglich nach Hexenmalen. Mit Nadeln stachen sie in ihrem verdorrten, runzeligen Fleisch herum. Dann schor man sie an allen Stellen des Körpers wie ein Türkenschaf, also überall dort, wo sich hätte der Teufel verstecken können und seinen Unfug treiben. Daraufhin legten sie ihr Beinschrauben an und setzten sie auf den Folterstuhl. Aber du hast Recht, so schnell stirbt man nicht. Aus dem besoffenen Thynen habe ich im Gasthaus herausbekommen, dass dieser hochlöbliche Kommissar von Anfang an nicht von ihr abgelassen hat. Normalerweise müssen sieben Schöffen anwesend sein. Zu Anfang waren jedoch nur der Halfmann und der Thynen dabei. Volle drei Tage hat er sie, wie Vogt Schwegeler sagt gegen das Gesetz, gemartert und unseren beiden Ja-und-Amen-Schöffen hat der Buirmann erklärt, auch der weitberühmte Kommissar Heinrich Schultheiß vertrete die Ansicht, dass die Anwesenheit zweier

Schöffen vollständig ausreiche. Uns andere hat man erst zum Schluss geholt …« Mitten im Satz hielt er inne. Mit großen Augen sah er auf seine Frau. »Halfmann!«, sagte er dann. »Wo war der Halfmann? Der war nicht mehr da, als wir anderen kamen, der hat gefehlt!«

»Vielleicht hat er es nicht mehr ertragen. Schließlich war er ja ihr Nachbar und mit ihr befreundet!«, antwortete Kunigunde.

»Ach Quatsch!«, fuhr Löher auf. »Alle haben zu erscheinen, sagt jedenfalls der Vogt!«

Erst jetzt fiel ihm auf, was ihm während der furchtbaren Stunden sonst noch entgangen war. Nicht nur der Halfmann hatte gefehlt, sondern auch Richard Gertzen, ebenfalls Schöffe, weiters der Gerichtsschreiber Melchior Heimbach und der Amtmann Schall von Bell. Er überlegte. Sicher, der Buirmann hatte nicht mit dem so plötzlichen Ableben der Böffgen gerechnet, war aber ziemlich überzeugt gewesen, ihr noch während dieser peinlichen Befragung ein Geständnis abzupressen. Wozu hätte er denn sonst nach den anderen Schöffen geschickt? Aber dass gleich zwei der wichtigsten Leute, nämlich der Amtmann und der Schreiber, nicht anwesend gewesen waren? Wieso hatte es der Kommissar gewagt, unter diesen Umständen überhaupt mit der Marter zu beginnen? Oder durfte er das?

»Wie sollen wir uns da auskennen! Schließlich ist in Rheinbach seit über hundert Jahren niemand mehr gehängt, geköpft, gevierteilt oder verbrannt worden und wir sind Kaufleute, Bauern und Handwerker, die von juristischen Dingen keine bis gar keine Ahnung haben!«, knurrte er.

Richard Gertzen machte einen niedergeschlagenen Eindruck und erwiderte kaum den Gruß, als ihn Hermann Löher am nächsten Morgen aufsuchte. Den Kopf in die Hände gestützt, das Gesicht zerknittert wie altes Pergament und mit dunklen Ringen unter den Augen saß er am Tisch.

»Ich habe es gehört«, sagte er matt. »Furchtbar!«

»Ja, es war furchtbar!«, entgegnete Löher. »Sei froh, dass du das nicht miterleben musstest.«

Als der andere keine Anstalten machte, ihm einen Platz anzubieten, zog sich Löher wortlos einen Stuhl heran.

»Wo warst du gestern?«, fragte er ohne Umschweife.

Richard Gertzen wich seinem Blick aus und murmelte etwas Unverständliches.

»Wo du warst, will ich wissen!«, schnitt Löhers Stimme scharf über den Tisch.

»Geht dich das etwas an?«, blaffte der andere zurück.

»Sehr wohl. Schließlich ist die Böffgen tot. Mausetot. Toter geht es nicht! Du bist Schöffe, genau wie ich. Also, wo warst du?«

Gertzen schob eine volle Tasse Milch zusammen mit einer ebenfalls nicht angerührten Scheibe Brot von sich weg.

»Ich habe keinen Hunger. Es hat mir auf den Magen geschlagen!«

»Was hat dir denn so den Appetit verdorben?«

Am anderen Tischende stieg ein schwerer Seufzer auf. »Hermann, wenn du wüsstest!«

»Deswegen bin ich ja da!«, entgegnete Löher kalt. »Irgendetwas ist vorgefallen. Irgendetwas, was nicht nach außen dringen soll. Das spüre ich, wie du da sitzt und herumdruckst! Du bist das schlechte Gewissen in Person!«

In Gertzens Gesicht begann es zu zucken. »Hermann, ich schäme mich. Ich schäme mich in Grund und Boden!« Langsam hob er den Kopf, sah Löher nun unverwandt an. »Nie hätte ich geglaubt, dass ich mich zu so etwas hergeben würde!«

»Hat es mit dem Gerichtsschreiber, mit Melchior Heimbach, zu tun?«

Gertzen nickte.

»Und mit Schall von Bell?«

Wieder Nicken. »Und mit Dietrich Halfmann und dem Kommissar!«, sagte er dann von sich aus. Er schien nun irgendwie erleichtert zu sein. »Sie haben mich überrumpelt und bis ich gemerkt habe, in was ich da hineingezogen wurde, war ich schon mittendrin!«

Löher schwieg und wartete, bis sein Gegenüber weitersprach.

»Also, das war so«, fuhr Gertzen schließlich fort, »gestern, kurz nach Mittag, kommt der Heimbach bei mir vorbei. Ganz geheimnisvoll tut er, sagt, ich solle um zwei Uhr bei Schall von Bell sein, und als ich antworte, um diese Zeit sei das Verhör mit der Böffgen angesetzt, meint er, das sei nicht so wichtig und sie hätten es mit dem Kommissar abgesprochen. Als ich zur vereinbarten Zeit ins Zimmer des Amtmanns komme, ist dort auch unser Mitschöffe, der Halfmann. Der Schall tut ganz wichtig, redet von Sicherung von Beweismitteln und meint dunkel, der Halfmann wüsste da mehr. Der aber steht nur da, sagt nicht piep oder papp. Alle drei scheinen zu wissen, worum es geht, nur ich nicht. Also, gehen wir, sagt der Schall und grinst den Halfmann an. Beim Haus der Böffgen zieht der Halfmann einen Schlüsselbund aus der Tasche und sperrt auf. Na gut, denke ich, der Halfmann und die Böffgen sind Nachbarn und zudem befreundet. Wir sollen ihm folgen, sagt er, gleich würden wir sie sehen, die Zauberutensilien. Zielstrebig geht er in den Keller, löst dort einen Stein und holt eine Schatulle hervor. Als der Heimbach sie aufmacht, geben sich alle drei furchtbar überrascht. Es sind keine Zaubermittel drin, sondern Geld. Viel Geld sogar. Dann tun sie so, als ob sie weitersuchten, und plötzlich hat der Halfmann wieder eine Kassette in der Hand. Natürlich sind wieder alle drei völlig erstaunt, dass auch da nur Geld drin ist. So geht es weiter. ›Wir müssen das Geld beschlagnahmen‹, sagt der Schall, der Erzlump. ›Vorsorglich, man weiß ja nie!‹ ›Vorher sollten wir es aber zählen‹, meint darauf der Heimbach. Oben in der Wohnung finden sie Papier und Schreibzeug und machen sich über das Geld her wie die Säue über den Futtertrog. Alles zusammen sind es an die viertausend Taler. Als dem Halfmann der Name Buirmann herausrutscht, schauen ihn die anderen beiden giftig an. Ich weiß jetzt, welches Spiel sie treiben. Die Böffgen hat in ihrer Vertrauensseligkeit dem Halfmann die Verstecke gezeigt, falls ihr einmal etwas zustoßen sollte, und der ist sofort nach ihrer Verhaftung zum Buirmann gerannt …«

»… der es wiederum dem Amtmann Schall gesteckt hat«, nahm Löher den Faden auf. »Der hat ihn ja schließlich hierher gebracht. Der Schall holt den Heimbach mit ins Boot, der ist Gerichtsschreiber und somit so etwas wie eine Amtsperson. Außerdem haben sie das Geld dem Heimbach zu verdanken, der mit seinem Lästermaul die Prozesse gegen die Magd des Hilger Lirtz und die Grete Hardt vorangetrieben hat, die wiederum die Witwe Böffgen beschuldigten.«

»Aber wozu haben sie mich gebraucht? Ganz verstehe ich es immer noch nicht!«

Löher lachte, aber es klang alles andere als fröhlich. »Gebraucht ist das richtige Wort. Du bist ihr Feigenblatt. Der Schall ist ein Gauner, ebenso wie der Halfmann, und vom Heimbach reden wir erst lieber gar nicht. Jeder weiß, dass er eine verschlagene Drecksau ist, nur traut es sich keiner laut auszusprechen. So können sie sagen: Schaut, der Gertzen war ebenfalls dabei und der ist eine ehrliche Haut!«

Hermann Löher erhob sich und trat ans Fenster. »Während sie also die arme Witwe im Rathaus zu Tode brachten, seid ihr eingebrochen wie die Räuber und habt in ihrem Haus bereits ihr Geld gezählt!«

Es klang nicht vorwurfsvoll, eher wie eine Feststellung.

Gerade wollte er sich vom Fenster wegdrehen, als er den Stadtboten die Straße herauflaufen und auf Gertzens Haus zuhalten sah. Martin Koch war um die dreißig, hatte das Gemüt eines Fleischerhundes und war nicht nur Löher zutiefst zuwider. Meistens war er voll wie eine Haubitze, und Löher musste sich immer wieder wundern, mit welcher Behändigkeit sich Koch trotz seiner angesoffenen Wampe bewegte. Auch jetzt war er kaum außer Atem.

»Ah, Ihr seid hier!«, schrie er nach oben, als er Löher erblickte. »Da kann ich mir schon einen Weg sparen! Die Schöffen sollen alle in einer Stunde im Gerichtssaal erscheinen!«

»Worum geht es?«

»Keine Ahnung! Anordnung vom Herrn Kommissar!«

Richard Gertzen und Hermann Löher sahen sich nur stumm an.

Eine gute Stunde später wussten sie mehr. Es ging um Hilger Lirtz, den Bauern, dessen Magd verbrannt worden war und die ihn bezichtigt hatte, mit ihr auf den Tanzplätzen gewesen zu sein. Der Lirtz, ein schon weißhaariger Mann, war einer der größten und reichsten Bauern von Rheinbach und einmal Bürgermeister der Stadt gewesen. Nach und nach hatte sein Augenlicht nachgelassen und vor ein paar Jahren war er ganz erblindet.

Betreten saßen sie nun alle in ihren Stühlen, Löher und Gertzen bildeten da keine Ausnahme. Wie von Sinnen schrie der Kommissar mit sich überschlagender Stimme auf den Schöffen Johann Bewell ein. Seine nur noch wenigen dünnen Haare klebten fettig an seinem glatzigen Schädel, in seiner Wut schob sich seine fleischige Oberlippe bis hinauf über das Zahnfleisch, in dem seine Zähne in einer unregelmäßigen Reihe standen.

»Das hier ist ein ordentliches Gericht! Wer es behindert, macht sich selbst verdächtig! Der soll nur Acht geben! Auch und gerade dann, wenn ein verwandtschaftliches Verhältnis besteht!«

»Der Schwiegervater meines Sohnes ist trotzdem kein Zauberer, das ist ausgemachter Blödsinn!«, schrie Bewell unbeeindruckt zurück. »Jeder der hier Anwesenden kann bezeugen, dass Hilger Lirtz ein gottesfürchtiger und rechtschaffener Mann ist!«

Er sah sich um, wollte Bestätigung. Aber kein Einziger sah ihn an, alle hielten die Augen niedergeschlagen, einige hüstelten verlegen.

»Wenn er kein Zauberer ist, dann kann er ja hier erscheinen. Was spricht denn dagegen? Im Gegenteil! Es ist doch besser, wenn ein für alle Mal seine Unschuld erwiesen wird, als dass er sein ganzes Leben unter dieser Nachrede zu leiden hat!«

Buirmanns Wutanfall schien mit einem Mal wie weggeblasen, so als hätte es ihn nie gegeben. Seine Stimme war ruhig und sachlich, nur in seinem Blick war ein tückisches Glitzern.

»Wer ist gegen die Festnahme des Bauern Hilger Lirtz?«

Niemand rührte sich. Der Kommissar wollte gerade fortfahren, als Vogt Schwegeler aufstand.

»Mit Verlaub, Herr Kommissar, Ihr seid zu uns geschickt worden, um uns zu beraten. Was aber macht Ihr? Ihr reißt auch jetzt wieder das ganze Verfahren an Euch, das ist gesetzeswidrig …«

Im Saal kam zustimmendes Murmeln auf.

»Recht hat er!«, rief Herbert Lapp. »Wir werden hier regelrecht …«

Erpresst und eingeschüchtert, wollte er sagen, doch so weit kam er nicht.

»Recht hat er!«, äffte ihn Buirmann nach, fixierte zuerst noch den Vogt und schoss dann wie eine Muräne hinüber zum Schöffen Lapp.

»Ja, Recht hat er!«, wiederholte er, diesmal hohntriefend. »Deswegen bin ich da. Weil es sich bei Hexerei um ein Crimen exceptum handelt, um ein außergewöhnliches Verbrechen also, das anders behandelt werden muss als ein Eierdiebstahl! Weil Ihr alle nicht wisst, wie man da vorzugehen hat! Und genau deswegen bin ich hier, weil ich ein Spezialist bin, der bis jetzt schon etwa fünfzig Hexen und Zauberern ihr Handwerk gelegt hat. Ließe man Euch allein machen, würdet Ihr nicht einmal die Hälfte finden und Euch womöglich noch gegenseitig decken! Ich hingegen brauche keine Rücksichten zu nehmen und nehme sie auch nicht! Um es ein für alle Mal klarzustellen: Wer mich behindert, behindert das Gericht und damit die Wahrheitsfindung! Wer das tut, hat wahrscheinlich gute Gründe dafür!«

Kommissar Buirmann trat so weit zurück, dass er sie alle auf einmal mit seinen kalten Fischaugen erfassen konnte.

»Nochmals zum Lirtz! Wer ist dagegen?«

Alle schwiegen.

Zur vereinbarten Zeit, um drei Uhr nachmittags, fanden sie eine reichlich gedeckte Tafel und einen beinahe fröhlichen Franz Buirmann vor. Gebratene Koteletts vom Lamm in Kräutern, Schweinefleisch mit Waldpilzen, graues, frisches Brot, rotbraune, pralle Würste, durch deren Haut weiß das Fett schimmerte, geräucherte Fische und süßsaure Hühnerschenkel. Wein stand in großen Krügen bereit, und wer Bier wollte, dem wurde es aus dem nahen Gasthof geholt. Wie es schien, würde es ein längeres Verhör werden. Am Tisch saßen zwei Bettelmönche und machten derbe Witze. Nach Rheinbach waren sie gekommen, weil auch hier etwas für sie abfallen würde. Die beiden folgten dem Hexenrichter Buirmann wie die Geier einem reißenden Raubtier.

»Lasst es Euch munden!«, forderte der Kommissar die Männer auf und wies den Boten an, Hilger Lirtz hereinzuführen.

»Ihr seid also der Hilger Lirtz?«, begann er gleich darauf das Verhör.

»Wer soll ich denn sonst sein? Jeder hier kennt mich!«, knurrte der blinde Bauer zurück und wandte den Kopf dorthin, woher die Stimme kam.

»Na ja, das ist reine Formsache. Nicht dass wir den Falschen, womöglich einen Knecht, vor uns haben!«

Es sollte lustig klingen, aber niemand lachte.

»Also dann, Hilger Lirtz, gebt Ihr zu, ein Zauberer zu sein?«, fragte er nun streng.

»Der Schwiegervater meines Sohnes ist kein Zauberer!«, schrie Johann Bewell auf, während er in die Höhe sprang und mit der Faust auf den Tisch schlug.

Buirmann fuhr herum wie eine in den Schwanz gezwickte Natter. »Johann Bewell!«, brüllte er. »Ihr seid hier Schöffe! Denkt daran! Wenn Ihr noch ein einziges Mal Partei ergreift, werde ich veranlassen, dass Euch der Amtmann aus dem Saal wirft! Das gilt auch für jeden anderen!«

Dietrich Halfmann nickte bestätigend und der neben Bewell sitzende Thynen meinte flüsternd und mit beschwichtigendem Lächeln zu diesem, der Kommissar habe Recht, das müsse er verstehen.

Nach kaum einer Stunde verlor der Kommissar die Geduld. Barsch wies er die beiden Bettelmönche an, den starrhalsigen Angeklagten zu exorzieren, und als das nicht half, befahl er dem Henker, die Nadelprobe vorzunehmen. Die gebrauchten Nadeln legte der Henker in den aufgeklappten Deckel des Kästchens, in dem er sie aufbewahrte. Hatte nicht eine der Nadeln einen leicht rötlichen Schimmer? Und die dritte von links, die sah doch auch anders aus!

Hermann Löher stand auf, das wollte er genauer sehen. Es war, wie er vermutet hatte. An einigen der Nadeln war Blut, an anderen nicht. Buirmann schob ihn sofort zur Seite, schimpfte, er würde im Licht stehen, befahl dem Henker, die blutigen Nadeln abzuwischen, und als Löher protestieren wollte, wurde der Kommissar richtig zornig.

»Was versteht denn Ihr davon? Nichts! Das müsst Ihr alle noch lernen, alle zusammen. Hat keine Ahnung und kritisiert mich! Ausgerechnet auch noch der jüngste und ahnungsloseste Schöffe!« Buirmann war empört. »Also gut, ich erkläre es Euch. Bei einigen Stellen ist kein Blut ausgetreten, was ja, wie es der Doktor Ostermann aus Köln für jeden nachlesbar in seinem Buch dargelegt hat, als eindeutiger Beweis gilt, dass es sich um Hexenmale handelt. Bei den Nadeln aber, an denen ein wenig Blut hängt – na, ich frage die Herren, warum könnte das so sein?«

Er stand nun da, den mageren Brustkorb aufgebläht wie ein kampfeslustiger Hahn und das spitze Kinn nach vorn geschoben.

Niemand sagte etwas.

»Na, wieso? Man braucht nicht viel Hirn, um darauf zu kommen!«, bohrte Buirmann unverschämt nach.

Immer noch war es still, nur der Schöffe Halfmann steckte zögernd den Finger in die Luft.

»Daneben gestochen!«, sagte er dann unterwürfig wie ein kleiner Schulbub, der ein Lob des Lehrers erheischen möchte.

»Richtig! Genau so ist es! Unser trefflicher Meister hat einige Male knapp verfehlt, aber dennoch genug gefunden, um den Angeklagten des Teufelsbundes zu überführen!«

Hilger Lirtz begann zu toben, bezeichnete Buirmann als Hundeschinder, Rosstäuscher und hinterhältigen Lumpen. Der Kommissar ließ sich davon nicht beeindrucken und gab dem Henker ein Zeichen. Dieser nickte wiederum Martin Koch zu, über dessen Gesicht daraufhin ein boshaftes Grinsen flog.

Der blinde Lirtz stieß einen überraschten Schrei aus, als ihn die beiden an den Armen packten und hinüber zur Kammer schleiften, in der die peinlichen Untersuchungen vorgenommen wurden.

»Schert ihm die Haare! Aber sorgfältig, nicht, dass er noch irgendwo ein Zauberamulett verstecken kann!«

Der Alte versuchte sich lautstark zu wehren, sträubte sich aus Leibeskräften. Vergebens. Was wollte er, dazu noch in Fesseln, gegen zwei wesentlich jüngere Männer ausrichten?

Schall von Bell, der Schreiber Heimbach und der Kommissar steckten die Köpfe zusammen, tuschelten und verschwanden dann ebenfalls in den Raum, aus dem abwechselnd Jammern und Schimpfen des greisen Bauern tönte.

Als sie den Lirtz herausführten, war er nicht mehr wiederzuerkennen. Er sah aus wie ein geschorener Hammel, von seinen langen, schlohweißen Haaren war nichts geblieben, grauweiß spannte sich die Kopfhaut über seinem Schädel.

»Ich frage Euch nochmals im Guten, Hilger Lirtz, bekennt Ihr Euch dazu, mit Eurer Magd auf dem Tanzplatz gewesen zu sein?«, bedrängte Buirmann sein Opfer.

»Hört endlich auf damit!«, schrie der Bauer. »Das ist üble Nachrede. Seht mich an! Was soll ich dort als Blinder?«

Aber der Kommissar ließ das nicht gelten. Es gebe dort andere Vergnügungen, die ziemlich pervers seien, und von den Blinden wisse man, dass deren Phantasie oft besonders stark ausgeprägt sei.

Erneut gab er ein Zeichen, worauf sie den Lirtz wieder in die Kammer schleppten und dort auf den am Boden festgeschraubten Folterstuhl zwangen. Weder mit der Beinschraube noch mit dem Krokodilmaul war ihm ein Geständnis zu entlocken. Der Kommissar wurde zunehmend ungeduldiger. Jetzt schrie und brüllte er nur noch auf den Angeklagten ein. Zwischendurch ließ er sich vom Boten Koch den Becher nachfüllen, trank in großen, langen Schlucken.

Mit einem Mal hielt er inne, beugte sich zum Lirtz und flüsterte ihm ins Ohr: »Glaube nur nicht, dass du mir entkommst. Wir tanzen jetzt zur Abwechslung nicht auf dem Tanzplatz, sondern hier!«

»Galgentrott!«, rief er dann. »Wir tanzen jetzt den Galgentrott!«

Der Henker löste die Schrauben des Stuhles, dann hoben sie Lirtz hoch, stellten ihn auf die Sitzfläche, legten ihm ein eisernes Halsband an, das innen mit Stacheln bewehrt war, und verzurrten den Eisenring mit Seilen an den Haken in den vier Ecken der Kammer. Da stand der Alte nun, hager, hochaufgerichtet und der Henker rüttelte und schüttelte den Stuhl, bis der Lirtz nur noch im Halsband hing. Der Bauer ächzte und stöhnte, aber auf jede Frage des Kommissars kam eine Beschimpfung, was diesen noch rasender machte.

»Also gut!«, brüllte Buirmann, fasste nach einem Stock und drosch auf die gespannten Seile ein. »Dann schlagen wir die Laute!«

Hilger Lirtz konnte nur noch krächzen, doch die Worte »Mörder«, »Schelme« und »Diebe« waren deutlich zu verstehen.

Der Kommissar geriet außer Rand und Band. Den Kopf hochrot, die Nasenflügel gebläht und die Zähne gebleckt, sprang er um sein Opfer herum, stieß den Stuhl hin und her und kreischte: »Galgentrott! Wir tanzen jetzt den Galgentrott!«

Selbst dem Henker wurde es zu viel. Er warf einen Hilfe suchenden Blick zum Amtmann, dem allmählich unwohl in seiner Haut wurde. »Herr Doktor Buirmann«, sagte er, »ich denke, für heute ist es genug!«

Der Kommissar sah ihn kurz aus seinen Glubschaugen an und verzog den Mund zu einem schiefen Lächeln. »Ja«, stimmte er zu, »heute werden wir wohl noch nichts aus ihm herausbekommen. Dazu ist er zu verstockt!«

»Bringt ihn zurück ins Gefängnis!«, gab der Amtmann den Befehl. Während der Henker und der Bote Koch den halb bewusstlosen Hilger Lirtz vom Folterstuhl holten, wieselte Buirmann hinüber zu den Schöffen, nahm Jan Thynen und Dietrich Halfmann zur Seite und sprach auf sie ein. Zu gern hätte Hermann Löher gewusst, was sie zu tuscheln hatten. Er versuchte möglichst nahe an ihnen vorbeizugehen, als sein Blick zufällig auf Halfmanns Beinkleider fiel. Sie waren durchnässt und der Boden darunter glänzte feucht. Löher tat so, als ob er etwas vergessen habe, ging zurück und bückte sich unter den Schöffentisch. Dort, wo der Halfmann gesessen hatte, war ein große Pfütze.

»Das sieht ihm ähnlich«, sagte er draußen zu Gertzen, der es ebenfalls bemerkt hatte, »aus Angst davor, vom Buirmann gerüffelt zu werden, geht er nicht auf den Abtritt, sondern pinkelt lieber in die Hose!«

Der nächste Tag war Fronleichnam. Von den beiden Pfarreien St. Martin und St. Gregor läuteten feierlich die Glocken. Schalmeien, Flöten und Pfeifen wechselten mit dem getragenen Klang von Violinen, Musketenschüsse und Böller ließen die Luft erzittern, Burschen- und Bruderschaften zogen mit wehenden Fahnen durch Rheinbach – voran jeweils zwei Trommler –, Chöre und Priester sangen ergreifende Lieder auf Deutsch und Lateinisch, junge Frauen in ihren Festgewändern beteten den Rosenkranz, Schulmeister dirigierten die Singscharen der Kinder, die mit Blumen geschmückten wertvollen Kreuze der beiden Pfarreien wurden begleitet von jeweils zwei Jungfrauen, denen gemessenen Schrittes vier stattliche Männer mit den Bildern der Pfarreipatrone folgten. Bettler, Krüppel, Invaliden fädelten sich in den Umzug, wer nicht mehr gehen konnte, wurde auf einer Bahre vors Haus getragen oder auf einen Schemel gesetzt. Es war das erste Mal seit über fünfzig Jahren, dass Hilger Lirtz nicht in der Prozession mitschritt. Stattdessen saß er auf dem Peinstuhl, ihm gegenüber Doktor Buirmann. Der Henker nutzte die Zeit, in der das Geläut der Glocken möglicherweise nach außen dringende Schreie des Gefolterten übertönen würde. Auch den beiden Franziskanern war das Fest des Leibes und des Blutes Christi gleichgültig, sie hielten sich lieber an die irdischen Genüsse. Vom Absingen frommer Psalmen wurde man schließlich nicht satt und vom gestrigen Abend war im Gerichtssaal noch genug übrig. Dass der Kommissar den Lirtz ausgerechnet an einem hohen kirchlichen Feiertag der Marter unterzog, war für sie daher kein wirkliches Ärgernis oder gar Grund zur Empörung. Langsam verebbte der Glockenklang, nur noch vereinzelt und unregelmäßig schlugen die Klöppel, dann verstummte das Geläut vollends, um gleich darauf mit dem Stundenschlag wieder einzusetzen. In der Kammer war nur das keuchende Atmen des Hilger Lirtz zu hören, draußen lachten die beiden Bettelmönche mit den Schöffen Thynen und Halfmann über irgendeine Zote.

Der Hexenrichter ließ den Bauern nicht aus den Augen, belauerte ihn wie eine Katze die Maus. »Was machst du da?« Buirmann hatte bemerkt, wie sich die Lippen seines Opfers kaum merklich bewegten.

»Zählst du Zauberer die Stunden und berechnest die Zeit der Folter?«

Hilger Lirtz nickte matt.

»Das kann und wird dir Erzzauberer nicht helfen!«

»Es wird mir wohl helfen! Denn wenn ich die Folter noch fünf oder sechs Stunden aushalte, dann habe ich sie nach dem kaiserlichen Recht ausgestanden und Ihr Schinder müsst mich losbinden und freilassen!«

Buirmann trat ganz nahe an ihn heran, seine Augen funkelten kalt, dann verzog sich hämisch sein Gesicht. »Dich laufen lassen? Wegen eines alten und schon längst von der Praxis überholten Gesetzes? Nein! Wenn du schon auf so etwas spekulierst, wirst du nach meinem Willen nochmals vierundzwanzig Stunden auf dem Peinstuhl sitzen – und das wieder und wieder, so lange, bis du deine Zauberkunst zugibst und deine Spießgesellen bekennst!«

Abrupt drehte er sich weg und wartete. Draußen endete der Abgesang eines Evangeliums, Böller erschütterten die Luft und die Prozession nahm mit Trommeln, Schalmeien und Flötenspiel ihren Fortgang.

Buirmann gab dem Henker ein Zeichen, zum Lirtz sagte er: »Wir setzen jetzt die Tanzstunde von gestern fort. Ist es dir nicht aufgefallen? Da draußen fehlt ein Instrument, das dir gestern bestimmt nicht gefallen hat, mir dafür umso mehr. Was hältst du davon, wenn wir wieder die Laute schlagen und den Galgentrott tanzen?«

Der Kommissar stellte keine Fragen mehr. Er saß nur da, starrte düster auf den Bauern, nahm dann und wann einen Schluck Wein, stand gelegentlich auf, griff sich scheinbar achtlos einen Stock und schlug auf eines der gespannten Seile.

Durch die kleinen, doppelwandigen Fenster drang der dumpfe Ton der beiden großen Trommeln, die nach altem Brauch kurz vor dem Ende der Prozession geschlagen wurden. Hilger Lirtz nahm es noch auf, obwohl er kurz davor war, ohnmächtig zu werden.

Der Henker war ein Mann mit jahrzehntelanger Erfahrung, der die Anzeichen zu deuten wusste. »Ich denke, wir sollten aufhören. Er ist zwar zäh wie Ochsenleder, aber trotzdem schon so mitgenommen, dass er es nicht mehr lange durchsteht!«

Te deum, laudamus! Ganz Rheinbach schien sich zum Schlusslied in einer einzigen, gewaltigen Stimme vereint zu haben. Andächtig und inbrünstig füllte das Lob Gottes die Straßen des Städtchens, stieg empor in einen hellen, sonnigen Festtagsmorgen.

Buirmann trat zum Bauern, besah ihn kurz und nickte dann. Eine zweite Böffgen würde er sich nicht leisten können.

»Also, lassen wir es gut sein. Bringt ihn zurück ins Gefängnis und verbindet seine Verletzungen!« Ohne noch einen weiteren Blick auf den Lirtz zu verschwenden, machte er kehrt und verließ die Kammer.

»Und?«, fragte der Schöffe Thynen.

»Nichts!«, antwortete der Kommissar und hob bedauernd die Schultern.

»Er ist schon ein harter Brocken. War immer schon so!«, meinte der Halfmann.

»Den klopfe ich schon noch weich! Verlasst Euch darauf!«

Von St. Matthias herüber schlug es die Stunde.

»Elf Uhr. Wir sind beim Schreiber Heimbach eingeladen. Wir

alle! Er hat ein großes Essen für uns vorbereitet!«, sagte Buirmann, worauf sich die beiden Schöffen verwundert ansahen.

Thynen und Halfmann waren stadtbekannte Geizkragen, die noch nie einen Schoppen Wein ausgeschlagen hatten, aber auch nie auf den Gedanken gekommen wären, einen auszugeben. Und wer den Heimbach kannte, wusste, dass der ebenfalls nicht zu denen gehörte, die in Spendierhosen herumliefen.

Buirmann hatte den Blick bemerkt. »Der Gerichtsschreiber Heimbach hat alles nur ausgerichtet, bei sich zu Hause. Bezahlen tut er es selbstverständlich nicht!«

»Wer dann?«, fragten die beiden Schöffen fast gleichzeitig.

Der Kommissar grinste und entblößte seine schiefen Zähne. »Na, wer denn? Der Lirtz natürlich!« Er vergnügte sich an den verdutzten Gesichtern. »Prozesskosten!«, lachte er und auch die beiden Franziskaner grienten.

Hermann Löher stieß Gertzen mit dem Ellbogen an. »Da, sieh mal!«

Zusammen waren sie nach der Prozession in einem Gasthaus eingekehrt, saßen nun mit anderen Rheinbacher Bürgern an den im Freien aufgestellten Tischen bei einem Krug Bier.

Gertzen blickte um sich, sah aber nichts Besonderes. »Was meinst du?«

Aber Löher war schon aufgesprungen und zwischen den Leuten verschwunden. Als er zurückkam, bedeutete er Gertzen aufzustehen und mit ihm abseits zu treten. Offensichtlich ging es um etwas, was nicht für jedermanns Ohren bestimmt war.

»Wo bist du denn plötzlich hingerannt?«

Löher überhörte die Frage. »Der Kommissar stolziert herum wie ein Gockel, mit ein paar Schritten Abstand folgt der Halfmann unterwürfig wie immer, hinter dem wiederum kommen die beiden Bettelmönche und dahinter läuft der Thynen daher und versucht jedem auszuweichen, der ihn kennt. Einzeln verschwinden sie dann in Heimbachs Haus, nicht ohne vorher zu schauen, ob sie auch niemand sieht. Ich bleibe stehen, warte. Dann kommt die Küchenmagd vom ›Vollen Becher‹ mit einem großen, leeren Tablett aus der Tür. ›Oho‹, sage ich, ›beim Heimbach wird Fronleichnam aber festlich begangen, wie es scheint.‹ ›Ja‹, plappert sie drauflos, ›eine große Tafel hat er bestellt, Fasane, Tauben, Kalbfleisch, Fische und rote und weiße Weine, alles vom teuersten und feinsten!‹«

»Der Heimbach zahlt das nie im Leben!«, sagte Gertzen nach einer Weile und Löher nickte.

»Selbst wenn er die Rechnung begleicht, bezahlen tut sie jemand anderer. Er weiß schon, wie man das macht. Momentan ist er ja gut im Geschäft, ist nicht nur hier in Rheinbach Gerichtsschreiber, sondern auch bei Buirmanns Freund, dem Hexenkommissar Doktor Moeden drüben in Flerzheim, wo mein Schwiegervater Schultheiß ist. Der Thynen ist auf meinen Schwiegervater nicht gut zu sprechen, weil er vor drei Jahren einen Hexerprozess abwürgte, den der Thynen angestrengt hat. Der Heimbach hatte dort ebenfalls seine Finger im Spiel, lässt sich aber nichts anmerken. Jetzt sind die beiden hier in Rheinbach, wo sie im Halfmann einen Gleichgesinnten gefunden haben!«, antwortete Löher nachdenklich.

Seit nunmehr über drei Wochen lag der Bauer Lirtz in seiner Zelle und immer noch hatte er nicht gestanden. Der Henker, dem seine Pflege oblag, wunderte sich nicht nur einmal, ihn am Morgen überhaupt noch lebend anzutreffen. Niemandem wäre es auch in den Sinn gekommen, den Gefangenen aufzusuchen. Das hätte nur zu Verdächtigungen Anlass gegeben. Von den Vorgängen an Fronleichnam wussten zudem nur die Beteiligten und diese hüteten sich, auch nur ein Sterbenswörtchen darüber zu verlieren. In der Zwischenzeit waren etliche andere Verdächtige festgesetzt worden, wozu der Kommissar jedes Mal die Zustimmung der Schöffen einholen musste. Das war zwar lästig, ließ sich aber nicht umgehen. Ein Teil der Männer schien nach wie vor misstrauisch, da half es auch nicht viel, dass Buirmann die Sitte eingeführt hatte, die Genehmigung zu einer neuen Verhaftung gemeinsam mit den Schöffen mit einem guten Umtrunk zu begießen.

Heute wollte er es wissen, heute würde er herausfinden, wie weit er gehen konnte, wie groß ihre Angst vor ihm war und wer es noch wagte, sich ernsthaft gegen ihn zu stellen.

Langsam stand Buirmann auf, trat in die Mitte des Gerichtssaals, sodass er sie alle im Auge hatte, verschränkte die Arme vor seiner mageren Brust und musterte wortlos einen nach dem anderen.

»Es ist eine ungewöhnliche Zeit, schon so früh am Morgen, ich weiß ...«

»Neun Uhr!«, unterbrach ihn Löher ungehalten. »Irgendwann sollte ich mich wieder um meinen Wollhandel kümmern können und ich denke, den anderen geht es genauso!«

Fast alle nickten und murrten unwillig.

Mit einer herrischen Geste brachte Buirmann sie zum Schweigen. »Im Gefängnis ist wieder Platz, nachdem wir gestern die fünf Hexen auf den Richtplatz gebracht haben. Dank Eurer Mithilfe und Unterstützung war es ein schneller Prozess. Anklage, Verhör, Urteil und Vollstreckung in nur drei Tagen. So sollte es sein, denn mir ist daran gelegen, Rheinbach möglichst schnell und zügig von dieser Plage zu befreien. Von den Hingerichteten, aber auch von außerhalb wurden zwei Personen sehr schwer beschuldigt. Von Euch will ich die Zustimmung, diese Personen nach meinem Gutdünken festnehmen lassen zu können, ohne dass Ihr erfahrt, um wen es sich handelt! Ebenso bestimme ich den Zeitpunkt!«

Unter den Schöffen herrschte zunächst lähmende Stille, die jedoch schlagartig einem lautstarken Tumult wich. Jan Thynen und Dietrich Halfmann stellten sich sofort auf die Seite des Doktors, während besonders Herbert Lapp, der als ältester Schöffe zugleich der Sprecher war, heftig gegen das Ansinnen aufbegehrte.

Aber schon stand Buirmann vor ihm. »Ich bin hier als Kommissar eingesetzt. Soll ich vielleicht Namen nennen? Ich als Kommissar? Das ist bei Zaubereiprozessen nicht üblich!« Sein Gesicht hatte die Farbe eines gekochten Krebses angenommen und seine Glubschaugen schienen noch weiter als sonst aus ihren Höhlen zu treten. Zornig und bar jeder Beherrschung schrie er weiter: »Ich befehle Euch, Herbert Lapp, und den anderen Schöffen, die erste Beschuldigte noch heute ins Gefängnis bringen zu lassen. Falls Ihr das verweigert, so verurteile ich Euch, Herbert Lapp, und auch die anderen Schöffen wegen Ungehorsams gegen die Obrigkeit zu einer Geldstrafe von einhundert rheinischen Goldgulden!«

Buirmann trat in die Mitte des Saales zurück, um von dort aus die Wirkung seiner Worte besser beurteilen zu können. Seine

Stimme wurde mit einem Mal versöhnlich, ja fast schon liebenswürdig. »Meine Herren«, sagte er, »was soll das Ganze eigentlich? Dass sich das Gericht selbst durch die Gerichtspersonen behindert? Das hat doch bei Zauberprozessen nichts zu suchen!«

Dabei ließ er den Schöffen Lapp nicht aus den Augen.

Herbert Lapp erhob sich, nahm seinen Hut vom schneeweißen Haar. »Herr Buirmann«, sprach er leise, »Ihr befehlt mir kraft Eurer Amtsmacht, dass ich eine unbekannte Person ins Gefängnis bringe, oder ich falle einer ehrenrührigen Geldstrafe anheim. Ich sage daher, der Herr Doktor Buirmann soll nach seinem Belieben die ungenannte Person ins Gefängnis holen und mit ihr tun, was vor Gott recht und billig ist!«

Der Erste, der sich Lapps Worten anschloss, war Jan Bewell. Seit der Verhaftung des Hilger Lirtz und dessen erniedrigender Marter, die er hilflos mit ansehen hatte müssen, war mit ihm eine seltsame Veränderung vorgegangen. Alles schien ihm gleichgültig zu sein, nichts interessierte ihn mehr. Der Nächste, der seine Zustimmung gab, war Gottfried Peller. Thynen und Halfmann waren selbstverständlich auch dafür. Nur Hermann Löher und Richard Gertzen stimmten dagegen, was ihnen rüde Bemerkungen Buirmanns eintrug, diesen aber sonst nicht weiter bekümmerte, denn schließlich hatte er nun seine Mehrheit.

»Den Umtrunk verschieben wir auf einen späteren Zeitpunkt. Ich denke, die Herren haben noch einiges zu tun. Ich schlage vor, wir treffen uns um zwei Uhr wieder!« Der Kommissar sagte es in einem Ton, der jeden Ansatz zum Widerspruch erstickte.

Hermann Löher hätte sich am liebsten vor dem Mittagsmahl gedrückt, der heutige Vormittag schlug ihm schwer auf den Magen. Aber Kunigunde hätte es nicht zugelassen, allein schon wegen der Kinder, für die er ein Vorbild zu sein hatte. Als er von seinem Wollkontor herauf in die Wohnung kam, saßen sie alle bereits um den Tisch und warteten auf ihren Vater, damit er das Gebet anstimmte, in das sie mit ihren hellen Stimmen einfielen. Mit ernsten Gesichtern zeichneten sie das Kreuzzeichen auf Stirn, Mund und Brust und langten dann nach ihren Löffeln. Erschrocken zog die kleine Mathilde den Teller zurück, als sie des grünen Inhalts der Schüssel ansichtig wurde.

»Wääh, Portulak!«, verzog sie angewidert das Gesicht.

»Das macht groß und stark!«, erklärte Kunigunde streng. »Du isst das Gemüse wie deine Geschwister auch!«

»Ich will aber gar nicht groß und stark werden!«, maulte die Kleine zurück, was ihr einen ermahnenden Blick des Vaters eintrug.

Hermann Löher zwang etwas von dem Portulak hinunter und zwei Bissen von der Wurst. »Ich muss noch zwei Briefe schreiben, einen nach Köln und einen nach Münstereifel, wenn ich schon nicht selbst hinkomme!«, murmelte er bedrückt und stand auf.

»Da, der Vater isst auch nicht!«, begehrte Mathilde trotzig auf und wollte ihrerseits den Löffel beiseite legen, doch als sie den Blick ihrer Mutter sah, überlegte sie es sich gleich wieder anders.

Hermann Löher saß bewegungslos in seinem Arbeitszimmer, ein leeres Blatt Papier vor sich und das Tintenfass, in dem der Federkiel steckte. Selbst beim Eintreten seiner Frau rührte er sich nicht, sondern starrte weiter an die Wand.

»Hermann, was ist los? Was hast du, du bist so sonderbar?« Von hinten trat sie an ihn heran und legte ihre weichen Hände auf seine Schultern. Kurz schmiegte er seine Wange an ihren Handrücken, bevor er sich zu ihr umdrehte.

»Ach, Gunde, jemand ist in großer Gefahr!«

»Wer?«, fragte sie erschrocken. »Jemand, den wir kennen?«

»Ich weiß es nicht. Der Buirmann, dieser hergelaufene Sohn eines Landsknechttrommlers aus Euskirchen, dieser Blutsäufer und leibhaftige Satan, dieser Frevelrichter, der sich gegen alle Gebote Gottes versündigt, hat die Schöffen erpresst, noch heute eine Person gefangen nehmen lassen zu dürfen, deren Namen nur er kennt! Eine weitere soll folgen!«

»Kann man denn nichts gegen ihn unternehmen?« Sie wusste, ihre Frage war töricht.

»Wie denn? Der Amtmann steht hinter ihm, der Gerichtsschreiber Heimbach, der Thynen und der Halfmann, diese beiden Ja-und-Amen-Schöffen sowieso, und der Bewell ist jetzt auch noch umgefallen. Wie willst du gegen die ankommen?« Er erhob sich. »Ich muss jetzt los. In einer Stunde wissen wir, was dieser Hundsfott vorhat!«

Als Hermann Löher auf die Straße trat, blieb er für einen Augenblick geblendet stehen. Unbarmherzig warf die Sonne ihre Glut vom Himmel, brannte auf Steine und Mauern. Die Luft flirrte, war schwül und stickig, roch nach Gewitter. Rheinbach schien wie ausgestorben, wer nicht unbedingt draußen zu tun hatte, verkroch sich im Haus und die Alten flüchteten in die Kühle der Keller. Hermann Löher suchte Schutz in den schmalen Schattenstreifen der Häuserwände, wollte gerade zum Rathaus abbiegen, als er seinen Namen rufen hörte. Er blieb stehen und wartete.

»So eine Affenhitze!«, stöhnte Gottfried Peller und wischte sich über die Stirn.

»Sogar die Vögel sind still, ihnen setzt die Hitze genauso zu!«, pflichtete ihm Löher bei.

Schweigend gingen sie ein paar Schritte nebeneinander her.

»Gleich wird ein Vogel zwitschern. Bin nur gespannt, wie er heißt!«, sagte Peller dann unvermittelt.

Löher gab ihm keine Antwort.

Sie waren die Letzten, die den Gerichtssaal betraten. Kaum hatten sie Platz genommen, ergriff der Amtmann Schall von Bell das Wort. »Unser verdienter, fast möchte ich sagen unersetzlicher Gerichtsschreiber, der verehrte Herr Melchior Heimbach, hat, wie wir alle wissen, Schwierigkeiten mit seiner verdorbenen rechten Hand.«

Löhers Augen hatten sich an das dämmerige Licht gewöhnt. Er blickte hinüber zum Schreiber und fuhr unmerklich zusammen.

»Ich habe daher eingewilligt, dass unserem verdienten Herrn Heimbach ein Hilfsschreiber zur Seite gestellt wird, der die Protokolle in Reinschrift überträgt!«

Hermann Löher kannte den Mann neben dem Gerichtsschreiber. Er stammte aus Flerzheim und diente dort dem Heimbach bereits als Adjutant. Eigentlich war er Wollweber, hatte gelegentlich für Löher gearbeitet, war dann aber so blutarm geworden, dass er den Beruf hatte aufgeben müssen und seinen Lebensunterhalt von da an als einziger Mann landauf, landab mehr schlecht als recht als verachteter Flachsspinner verdiente. Richtig hieß er Augustin Rohr, aber man nannte ihn nur den »Geck Augustin«, weil seine Mutter während der Schwangerschaft derart in Raserei und Wahnsinn verfallen war, dass sie angebunden werden hatte müssen. In Flerzheim hatte er mit seiner Lästerzunge schon eine Reihe von Leuten bezichtigt, an seinem Elend schuld zu sein.

»Herr Augustin Rohr wird dem verehrten Herrn Heimbach im wortwörtlichen Sinn zur Hand gehen. Notwendig ist das nun auch hier geworden, weil sich Vogt Schwegeler, der ja als Beamter der Verwaltung und als fürstlicher Prozessbeobachter an den Verfahren teilnimmt, beschwert hat, er könne die Schrift des verehrten Herrn Heimbach nicht lesen. Von den Schöffen scheint ebenfalls niemand dazu in der Lage zu sein, außer den beiden Herren Halfmann und Thynen!«

Löher sah aus den Augenwinkeln, wie Halfmann geschmeichelt lächelte und sich dazu noch leicht verbeugte.

»Damit werden wir die langjährige Erfahrung und das scharfe Ohr unseres bewährten Herrn Heimbach weiterhin in unseren Diensten haben! Herr Heimbach schreibt wie gehabt die Protokolle und Herr Rohr überträgt sie in eine saubere Schrift!«, schloss Schall von Bell und übergab das Wort an den Kommissar.

Der ließ sich Zeit, kramte umständlich in seinen Papieren, schob einen Stapel dorthin, den anderen dahin und würdigte alle zusammen keines Blickes. Im Saal war es totenstill. Niemand wagte zu husten oder sich zu räuspern. Mit einem unerwarteten Ruck schob Buirmann schließlich den Stuhl zurück und schritt mit auf dem Rücken verschränkten Armen in die Mitte des Gerichtssaals. Um seine Lippen spielte ein böses Lächeln. Wortlos sah er einen nach dem anderen der Schöffen an.

»Also gut«, hob er an, »mit Eurer Zustimmung – die beiden Herren Gertzen und Löher ausgenommen, die waren zu feige – haben wir die erste beschuldigte Person verhaftet!«

Er wandte sich an den Boten Koch. »Ist sie da?«

»Ja«, antwortete dieser und warf dabei ein höhnisches Grinsen hinüber zu den Schöffen.

Löher kam sich vor wie in einer Vorführung des Schultheaters eines seiner Kinder. Aber der Eindruck sollte unverzüglich verfliegen. »Bringt sie herein!«

Langsam öffnete sich die Tür. Zwischen zwei Bütteln erschien eine Frau.

Für einen Augenblick herrschte entsetzte Stille. Dann gellte ein markerschütternder Schrei durch den Saal.

»Anna! Anna!« Gottfried Peller war weiß wie eine gekalkte Wand, zitterte am ganzen Körper. Auch allen Übrigen, sogar Thynen und Halfmann, war das Blut aus den Adern gewichen. Die Frau war Anna Peller, die Gemahlin ihres Mitschöffen.

Vogt Schwegeler war aufgesprungen, schrie wütend auf Kommissar Buirmann ein, auch Herbert Lapp, Richard Gertzen und Hermann Löher hielt es nicht mehr auf ihren Stühlen. Thynen, Halfmann, Bewell und der Gerichtsschreiber warteten darauf, dass der Amtmann Schall von Bell dazwischenging.

»Was soll das Geschrei?«, fuhr dieser Doktor Schwegeler an.

»Es ist rechtswidrig, alles hier ist rechtswidrig. Das ist eine Posse!«, schrie der Vogt zurück.

Lapp und Gertzen hatten ihre Mühe, Gottfried Peller davon abzuhalten, sich auf den Kommissar zu stürzen.

»Die Schöffen haben bestimmt, dass sie angeklagt wird. Sogar ihr eigener Mann war dafür!«

Die Stimme des Amtmannes war schneidend, sorgte für einen Augenblick für Ruhe.

»Das war betrügerisch! Wir sind erpresst worden!«, schrie Gottfried Peller in das Schweigen.

»Das ist nicht wahr!«, mischte sich nun Halfmann ein. »Jeder hätte dagegen stimmen können, wie die Herren Löher und Gertzen es getan haben!«

Thynen nickte zustimmend.

Buirmann wandte sich dem immer noch tobenden Peller zu. »Gottfried Peller, Euer Benehmen hier vor Gericht ist unerhört! Wenn Ihr nicht sofort den Gerichtssaal räumt, lasse ich Euch zu einer Strafe von einhundert Goldgulden verurteilen. Denn wer zugunsten einer Hexe spricht, wird selbst als Zauberer angesehen, besonders dann, wenn es seine Ehefrau ist!«

Damit ließ er ihn einfach stehen, gerade so, als ob er Luft wäre, warf sich in die Brust und blickte hinüber zum Amtmann und zum Schreiber. »Nachdem also festgestellt worden ist, dass die Festnahme nicht gegen geltendes Recht spricht, beantrage ich die unverzügliche Aufnahme des Verhörs! Anna Peller wird beschuldigt, das Kind des Ehepaars Horst krankgehext zu haben! Es liegen zwei Zeugenaussagen vor, nämlich die des Vaters Jakob und seines Sohnes Josewin!«

»Was soll ich? Ich weiß nicht einmal, dass das Kind krank ist!«, schrie die Frau von der Tür her, wo sie immer noch zwischen den beiden Bütteln stand.

»Ihr hört es selbst!«, rief Gottfried Peller verzweifelt. »Sie ist unschuldig! Sie ist genauso schuldig oder unschuldig wie wir alle hier! So helft ihr doch!«

Mit gespielter Verwunderung drehte sich Buirmann zu ihm um. »Seid Ihr immer noch da? Wenn Ihr nicht auf der Stelle verschwindet, lasse ich Euch unverzüglich verhaften und ebenfalls ins Gefängnis stecken!«

Peller schien ihn gar nicht zu hören. »So helft ihr doch!«, flehte er wieder, versuchte seinen Mitschöffen in die Augen zu sehen, aber alle starrten betreten zu Boden.

Buirmann, Heimbach und Schall von Bell standen beieinander, lauernd, habichtäugig, ob sich nicht in einem der Gesichter etwas regte, das auf einen Sinneswandel hindeutete.

Keiner sagte ein Wort. Nur Herbert Lapp schüttelte leicht sein schlohweißes Haupt. Mit einem Aufschrei stürzte Peller zur Tür, wollte zu seiner weinenden Frau, wurde aber von Koch abgefangen und roh zurückgestoßen. Die Hände vors Gesicht geschlagen, mit zuckenden Schultern stand er nun wenige Schritte vor seiner Frau.

»Gottfried, Gottfried, was machen die mit mir?«

Bebend warf er seiner Anna einen Blick zu, in dem alle Hoffnung erloschen war, dann schob ihn der Bote hinaus und schlug beinahe noch auf Pellers Absätzen hart die Tür zu.

Schall von Bell setzte sich wieder und forderte die Schöffen auf, auf ihre Plätze zurückzukehren.

Buirmann ergriff sofort das Wort, ließ keine Zeit zur Besinnung. »Wir beginnen unverzüglich mit der Vernehmung. Bringt sie her!«

Die beiden Büttel packten die Gefangene respektlos und schleppten sie nach vorn.

»Welche Schande! Durch die Stadt haben sie mich gezerrt! Kaum dass mein Mann das Haus verlassen hat, um zum Gericht zu gehen, sind sie wie Räuber eingebrochen und über mich hergefallen! Ich habe niemandem etwas getan! Ich schwöre es bei Gott und bei meiner unsterblichen Seele! Dass dem Jakob Horst sein Kind krank ist, habe ich erst jetzt erfahren!«

»Schweigt!«, herrschte Buirmann sie an.

Erschrocken hielt sie inne, blickte Hilfe suchend zu den Schöffen. »Ich will einen Verteidiger!«, forderte sie entschlossen, als sie deren Gesichter sah.

Buirmann trat ganz nahe zu ihr hin, die Glubschaugen ganz schmal, die Lippen kräuselten sich, legten seine Zähne frei und verzogen sich zu einem scheinbar amüsierten Lächeln. »Hohoho! Habt Ihr das gehört? Einen Anwalt will sie haben! Hohoho!« Belustigt schlug er sich mit beiden Händen auf seine mageren Schenkel. Der Kommissar schien schon lange keinen so guten Witz mehr gehört zu haben. »Ja, hat das die Welt schon gehört! Einen Verteidiger möchte sie! In einem Hexenprozess! Hohoho!«

»Das ist nicht üblich! Hexerei ist ein außergewöhnliches Verbrechen, da gibt es keinen Verteidiger!«, belehrte Amtmann Schall von Bell die Angeklagte, wozu der Schreiber und sein Gehilfe heftig nickten.

Drei oder vier Stunden mochten vergangen sein. Buirmann kam mit dem Verhör nicht voran. Beinahe jede seiner Fragen erntete eine Wehklage, immer wieder flehte Anna Peller die Schöffen um Mitleid an.

»Wie oft habt Ihr als Vogt, Schöffe und Rat in meinem Haus gegessen und getrunken?«, wandte sie sich an Doktor Schwegeler. »Euch ist alle Ehre und alles Gute von mir und meinem Mann erwiesen worden! Ach, ich arme, unschuldige Frau! Niemand ist hier, der ein Wörtchen für mich einlegen würde!«

Wütend hieß der Kommissar sie schweigen. »Ich beantrage, dass sie auf der Stelle exorziert und, wenn das nicht hilft, dem peinlichen Verhör unterzogen wird!«, wandte er sich an den Amtmann.

Anna Peller erbleichte. »Ich bin die Frau eines angesehenen Schöffen und Ihr gebt mir nicht einmal ein paar Tage Zeit!«, rief sie und hob flehentlich ihre gefesselten Hände.

Löher, Gertzen und der Vogt protestierten, auch Herbert Lapp wagte einen schwachen Einwand. Sogleich aber wurden sie von

Buirmann niedergeschrieen und mit Drohungen überschüttet. Nach knapp einer weiteren halben Stunde war der letzte Widerstand des Gerichts gebrochen. Der Kommissar wies den Boten an, die beiden Franziskaner hereinzuschicken und im Gasthaus ausreichend Essen und Trinken zu bestellen.

Hermann Löher ahnte, dass es heute wieder länger dauern würde.

Anna Peller blieb trotz des Exorzismus verstockt. Buirmann hatte aus dem Fall des Hilger Lirtz gelernt und entsprechend vorgesorgt. Zur Nadelprobe waren dieses Mal gleich zwei Henker anwesend und das Ergebnis war eindeutig. Kein Blut!

»Damit ist ganz klar erwiesen, dass sie eine Hexe ist! Es geht also nur noch darum, sie dazu zu bringen, es auch zu gestehen!«

Die Henker wussten, was sie zu tun hatten. Mit festem Griff zogen sie die Anna Peller in die Kammer, rissen der sich sträubenden und schreienden Frau die Kleider vom Leib und warfen sie auf den Tisch.

»Wo ist mein Mann? Wo ist der Trost meines Lebens? Wehe den Horsts, wehe ihnen!«, drang es klagend durch die halb offene Türe, in der plötzlich einer der beiden Henker erschien, grinsend zu Buirmann trat und ihm etwas ins Ohr flüsterte. Dieser verschwand nun ebenfalls in der Kammer, in der sich das Wimmern und Weinen der Frau mit schallendem Gelächter mischte. Der Kommissar kam zurück, kicherte wie ein kleiner Junge, der etwas Verbotenes entdeckt hatte.

»Was ist so lustig?«, wollte der Vogt befremdet wissen.

Buirmann feixte läppisch weiter, öffnete die Hand, spreizte die Finger und machte dabei eine Bewegung, als ob er zufassen wollte.

»Mein lieber Mann!«, schnaufte er. »Die hat einen Bewuchs zwischen den Beinen …«, er suchte nach einem passenden Wort, sah dabei nicht den Ekel und die Abscheu in den Gesichtern, »… wie eine ungemähte Wiese!«

»Diese Drecksau!«, flüsterte Löher zu Gertzen. »Dort, wo höchstens die Hand ihres Mannes etwas zu suchen hat, vergreifen sich jetzt Pferdeschinder und Hundeschläger! Wahrscheinlich denkt er jetzt an ihre Schwester und ob die unten gleich aussieht!«

»Möglich!«, antwortete Gertzen.

Franz Buirmann war hinter jedem Weiberrock her. Das war kein großes Geheimnis. Ebenso wenig wie die Tatsache, dass er damit ziemlich erfolglos war. Annas Schwester Maria Kemmerling war ein hübsches Ding, schlank, lebenslustig und mit Rundungen an den richtigen Stellen. Allerdings war auch bei Maria seinem Werben kein Erfolg beschieden – im Gegenteil. Von oben herab behandelte sie ihn, was nicht allzu schwer war, da sie seinen Kahlkopf mindestens um Haupteslänge überragte. Was wollte sie mit so einem klapperdürren, blutarmen Gortzig, der aussah wie eine Kreuzung aus Gaul und Fisch? Der dazu noch jähzornig, rechthaberisch und meist übellaunig war?

»Warum sollen wir nicht lachen?«, fragte Buirmann auf Vorhaltungen des Vogtes.

»Weil hier nichts, aber schon gar nichts lustig ist, im Gegenteil!«, antwortete Herbert Lapp.

Der Kommissar trat vor ihn hin, verschränkte die Arme auf dem Rücken, stellte sich auf die Zehenspitzen und wippte mit dem Oberkörper. Er war nun sichtlich verärgert.

»Satan ist ein Schelm«, sagte er zornig, »der sich am liebsten an verborgenen Orten versteckt! Das ist eine anerkannte wissenschaftliche Erkenntnis, so steht es schon im ›Hexenhammer‹! Und diese hier«, er hob seine linke Hand hoch, als würde er eine Kugel darin halten, und strich mit der rechten darüber, um deren Größe anzudeuten, »diese hier hat an ihrer Heimlichkeit so viele Haare wie ich hier in meiner Hand! Für den Teufel muss es geradezu eine Aufforderung sein, hier Unterschlupf zu suchen! Neben den unblutigen Stechmalen ist das ein weiteres Indiz dafür, dass sie eine Erzzauberin ist. Mehr noch – womöglich sogar eine Königin!«

Seine Herablassung schlug um in Verachtung. Einen nach dem anderen musterte er wie ein Schullehrer seine abgrundtief dummen Schüler. »Ich liefere die Beweise, sonnenklar und unwiderlegbar! Aber was tun die Herren Schöffen? Anstatt zu einem Urteil zu kommen, halten sie Maulaffen feil, behindern die Justiz, sind unwillig und widerborstig und ich weiß nicht, was ich von einigen von ihnen halten soll!«

Buirmann wandte sich um und warf dem Amtmann einen Blick zu.

»Beinschrauben?«, fragte er dann knapp.

Schall von Bell nickte.

Anna Peller schrie und flehte, bettelte, ihr wenigstens ein paar Tage Zeit zu geben, um die Anschuldigung der beiden Horsts widerlegen zu können, führte an, dass ihr Mann zweimal Bürgermeister der Stadt gewesen sei, Rheinbach als Rat und Schöffe gedient habe und es ihm als Baumeister stets nur um das Wohl der Bürger gegangen sei.

Ungerührt vermaß der Henker ihre Beine, während Buirmann, Schall von Rauch, der Gerichtsschreiber Heimbach und sein Gehilfe Rohr mit Wolfsblicken die Schöffen belauerten.

»Mein liebster Gottfried, Gottfried, wo bist du? Komm und hilf mir aus dieser Not und Angst!«, schrie sie, als der Henker den Druck der Schrauben verstärkte.

»Du Erzzauberin, gib es endlich zu, das Kind des Jakob Horst verdorben zu haben. Ein Hellseher hat dich gesehen und bestätigt, dass du es warst!«

»O wehe den Horsts! Wehe Vater und Sohn! Diese gottlosen Menschen haben mich durch Wahrsager und Teufelsbeschwörer in das ehrabschneidende Gerücht gebracht! Wehe Jakob und Josewin Horst, wie wird es Euch noch ergehen!«

»Beantworte meine Fragen, anstatt zu lamentieren!«, lärmte Buirmann auf sie ein.

Sie sah ihn aus schmerzverzerrten Augen an. »Der gerechte Gott soll Euch und Eure Schöffen strafen! Tut Ihr den Menschen so wie mir, so werdet Ihr das schwerlich vor Gott …«

Weiter kam sie nicht. Gereizt nestelte der Henker sein dreckiges Taschentuch aus der Joppentasche und stopfte es ihr in den Mund.

Das durch die kleinen schießschartenartigen Fenster einfallende Tageslicht verdunkelte sich zunehmend, wechselte in ein Grau mit tintenblauem Stich. Von Flerzheim herüber rollte ein dumpfes Grummeln, anfangs noch leise, kam näher, wuchs zu einem bedrohlichen Grollen an, gegen das die Glocken der beiden Kirchen mit zunehmender Mutlosigkeit anzukämpfen schienen. Ein Blitz jagte einen schwefelgelben Streifen Licht in den Raum, erhellte Buirmanns Gesicht, das für die Länge eines Wimpernschlags eher einer teuflischen Fratze als einem menschlichen Antlitz glich. Im selben Augenblick brachte ein gewaltiger Donnerschlag die Luft zum Erzittern. Hermann Löher erwartete beinahe, im nächsten Moment über sich eine Stimme zu vernehmen: »Seht her! Hier steht er! Der Satan in Menschengestalt! Sein Name: Franz Buirmann!«

Aber kein Ruf ertönte, keine Stimme klagte an. Vielleicht war ja das Gewitter die Stimme, die Antwort auf ihr frevelhaftes Tun, nur wollte sie niemand hören. Ein zweiter Schlag, noch heftiger als der erste, fuhr herab auf Rheinbach. Alle in der Kammer, mit Ausnahme von Buirmann, bekreuzigten sich. Löher hätte sich nicht gewundert, wenn der nächste Strahl das Rathaus mit ihnen allen getroffen hätte, wenn der Herrgott mit feuriger Faust dazwischengeschlagen hätte.

Buirmann gab Anweisung, die Delinquentin aus den Beinschrauben zu befreien, ging ruhelos auf und ab, schien der Einzige zu sein, der vor dem tobenden Unwetter keine Bange hatte. Wieder zuckte ein greller Streifen durch die schmalen Fenster, warf gespenstisch lange Schatten auf den Boden. Rollend walzte der Donner über Rheinbachs Dächer, zwängte sich durch die Gassen und brach sich hallend an den Wänden der Häuser.

Der Kommissar blieb vor dem Folterstuhl stehen. »Hörst du es?«, schrie Buirmann gegen das Toben an. »Gott selbst ist gegen dich!«

Anna Peller gab ihm keine Antwort. Der Kommissar trat näher, beugte sich zu ihr herab, versuchte in ihren Augen zu lesen. Trotz des Dämmerlichts sah er, dass sie noch lange nicht gebrochen war. Buirmann besprach sich kurz mit den beiden Ja-und-Amen-Schöffen, dem Schreiber und dem Amtmann.

»Ich schlage vor, wir beenden für heute das Verhör und machen morgen weiter!«, wandte er sich an die übrigen Schöffen, die erleichtert zustimmten. Dann hieß er den Boten, die Angeklagte in ihre Zelle zu bringen. Draußen wurde das Gewitter schwächer, dafür öffnete der Himmel seine Schleusen.

Löher und Gertzen blieben unter dem Tor stehen, um das Nachlassen des Platzregens abzuwarten.

»Dieser brünstige Hurenbock!«, sagte Hermann Löher, schwieg dann und starrte in den Regen.

»Bei ihrer Schwester hat er auf Stein gebissen. Vielleicht muss das jetzt die Pellerin büßen. Ich vermute, er will der Maria, wenn er sie schon nicht bekommen kann, zeigen, was für ein mächtiger Mann er ist!«

Löher sah Gertzen von der Seite her an und nickte. »Das muss ein Ende haben. Es kann nicht angehen, dass er unseren christkatholischen Glauben benutzt, die heiligen Dinge missbraucht, um sein schändliches Spiel zu treiben und sich die Taschen zu füllen. Der Schall von Bell ist der gleiche Lump, genauso der Heimbach! Hast du bis heute eine Abrechnung oder auch nur etwas Ähnliches von einem einzigen Prozess gesehen? Weißt du, was der Schall mit den sechshundert Reichstalern gemacht hat, die die Witwe Böffgen der Stadt für die Armen geschenkt hat, als ich Bürgermeister war? Kannst du oder sonst wer sagen, wo die abgeblieben sind? Nein? Ich schon! Der Schall hat sie bei der nächstbesten Gelegenheit klammheimlich in seinem Sack verschwinden lassen! Ich rede mal mit deinem Vetter, und zwar jetzt gleich ...«

Löher hielt erschrocken inne, als er hinter ihnen den Vogt bemerkte. Keiner der beiden hatte ihn kommen hören. Hatte er etwas mitbekommen? Schwegelers Miene war undurchdringlich, doch Löher meinte ein winziges Aufblitzen in dessen Augen gesehen zu haben.

»Der Regen scheint nachzulassen!«, sagte Schwegeler wie beiläufig und als Herbert Lapp mit Jan Bewell zu ihnen trat, sprach niemand mehr ein Wort.

Doktor Johann Freylink, Gertzens Vetter, war Löhers Freund seit Kindertagen. Zusammen waren sie durch die Wiesen und die Felder um Rheinbach gestreift, auf Bäume geklettert, hatten Vogelnester ausgehoben und wilde Beeren gesammelt. Schon früh hatte Johann sich für den geistlichen Beruf entschieden, war in den Orden der Dominikaner eingetreten und von seinen Kölner Oberen zum Studium nach Österreich, Italien, Spanien und Frankreich geschickt worden. Nun war er zu Besuch bei seinen Eltern in Rheinbach. Was er hier vorfand, bedeutete für ihn nur noch eine matte Überraschung. Was hatte er nicht schon alles gesehen und gehört? Halb Deutschland lag in Schutt und Asche, ganze Landstriche hatte der Krieg bereits entvölkert, aber die

Menschen hatten nichts Besseres zu tun, als Hexen und Zauberer zu jagen. Da grenzte es eher an ein Wunder, dass Rheinbach so lange von der Sengerei verschont geblieben war.

»Wieso fährt die heilige Kirche nicht dazwischen? Wieso schützt sie nicht die frommen Unschuldigen, die von teuflischen Leuten wie Buirmann, Moeden, Schultheiß und wie sie alle heißen zu Tode gebracht werden? Wieso duldet sie solche Mörder und Schinder in ihrer Mitte, wirft sie nicht hinaus, exkommuniziert sie? Wieso nimmt sie nicht so verkommene Bettelmönche wie unsere beiden hier in Rheinbach an die Kandare?« Hermann Löher war wütend.

»Viele Wiesos auf einmal«, entgegnete Freylink ruhig, »aber so ganz stimmt es nicht. Es sind sehr wohl schon einige Ermahnungen aus Rom an die deutschen Fürsten ergangen. Aber Rom ist weit, wohl zu weit. Die Frage müsste lauten: Wieso in Deutschland? Und wenn du Kirche sagst: Welche meinst du denn? Natürlich die katholische! Schau doch, was die Fürsten in den Gebieten der Lutheraner, Calvinisten und Zwinglianer machen! Da brauchst du nicht die Hand umzudrehen!«

»Das ist keine Entschuldigung!«, fuhr Löher auf.

»Da hast du Recht«, sagte Freylink, »aber was machen wir jetzt mit dem Kommissar Buirmann?« Nachdenklich rieb er sich eine Weile die Nase. »Ich glaube, ich hab's!«

»Und das wäre?«

»Vielleicht ist es besser und gesünder für dich, wenn du es nicht weißt!«, entgegnete Freylink und lächelte.

Wie Füchse vor dem Hühnerstall belauerten der Schreiber Heimbach, der Amtmann und der Kommissar die Schöffen vor der endgültigen Abstimmung über das Schicksal der Pellerin, kein Mienenspiel und keine Bewegung entging ihnen. Plötzlich sprang Buirmann mit verzerrtem Gesicht vom Richtertisch auf und bedeutete den beiden anderen, ihm zu folgen.

»Was haben sie denn vor?«, fragte Herbert Lapp den neben ihm sitzenden Jan Bewell, der nur gleichgültig die Schulter zuckte.

Heimbach kam zurück, konnte nur mit Mühe ein hämisches Grinsen unterdrücken.

»Jan Bewell, würdet Ihr bitte zu uns kommen?«

Mit teilnahmsloser Stumpfheit erhob sich Bewell, sah niemanden an und trottete wie ein Hündchen, das den Zipfel einer Wurst erwartet, hinter dem Schreiber her.

Im Gerichtssaal machte sich Stille breit, lastete bleischwer, verbot jedes Wort. In ihren Köpfen rasten die Gedanken, sie überlegten, mutmaßten, folgerten und kamen doch zu keinem Ergebnis. Hermann Löher spürte, dass etwas Unheimliches, etwas Böses im Gange war, von dem sie keine Ahnung hatten und wogegen sie sich nicht wappnen konnten. Zäh wie Harz dehnte sich die Zeit, schien irgendwann vollends zum Stillstand gekommen zu sein. In banger Beklommenheit richteten sich alle Blicke zur Tür, als diese sich langsam öffnete. Mit Gesichtern wie aus Stein nahmen Kommissar, Amtmann und Schreiber auf ihren Stühlen Platz, nur Bewell blieb hinter dem seinen neben Herbert Lapp stehen.

»Herbert Lapp«, fing er an, »hört, was ich Euch im Namen von Doktor Buirmann, des Amtmannes Schall von Bell und des Herrn Heimbach zu sagen habe!«

»Was habt Ihr mir zu sagen?«, fuhr Lapp auf.

»Ich sage Euch im Namen dieser drei, dass Ihr sofort vom Richtertisch aufstehen und Euer Schöffenamt als unehrenhafter Mann auf der Stelle niederlegen sollt. Denn Ihr seid als Zauberer erkannt und kommt unverzüglich ins Gefängnis!«

Die Luft roch plötzlich nach Entsetzen, ließ den Atem stocken. Aschfahl wandte sich Lapp zu Bewell um, sah ihn fassungslos an.

»Was behauptet Ihr da von mir, Johann Bewell? Seit über zwanzig, ja schon fast dreißig Jahre sitzt Ihr hier neben mir auf dem Schöffenstuhl ...«

»Ich sage Euch das auf Befehl des Amtmanns und des Doktor Buirmann!«, unterbrach ihn Bewell ungerührt.

»So ist es!«, sagte der Kommissar und Amtmann und Schreiber murmelten und nickten Zustimmung.

Herbert Lapp schnappte wie ein Fisch an Land, protestierte heftigst, nahm Gott, Himmel und Erde zu Zeugen und beschwor beim Leiden Christi seine Unschuld, wandte sich an die Schöffen, appellierte an ihren Verstand und ihren Sinn für Gerechtigkeit. Als er einsah, dass er von dort keine Hilfe zu erwarten hatte, rief er, alle ergangenen Urteile seien falsch, bösartig und ungerecht gewesen, so wie jetzt die Anschuldigungen gegen ihn.

Buirmann stand auf, schlich geduckt wie ein sprungbereites Raubtier an ihn heran, richtete sich plötzlich mit einem Ruck auf, warf die Hände theatralisch in die Luft und begann schallend zu lachen. »Hört Ihr ihn? Hahaha, was ist denn das für ein Protest? Was will uns denn der alte Zauberer weismachen, wo schon zehn oder mehr Aussagen gegen ihn vorliegen? Ich werde ihn überführen!« Immer noch prustend wandte er sich an Martin Koch: »Kommt her, kommt her! Bringt mir die gefangene Hexe, die Bella Kloster herauf!«

Der Bote ließ sich das nicht zweimal sagen. Wieselflink und mit einem breiten Grinsen verschwand er durch die Tür, kam bald darauf mit dem einfältigen Weiblein zurück.

Buirmann empfing sie wie eine alte Freundin, hakte sich unter wie ein Bräutigam und stolzierte mit ihr durch den Saal. Vor Herbert Lapp blieben sie stehen und Buirmann deutete auf ihn. »Sag, Bella, kennst du den Mann da?«

»Eieiei, ja ja, den Mann kenne ich sehr wohl, Herr Doktor!«

»Wer ist es denn?«

»Das ist der Herbert Lapp, der älteste Schöffe!«, antwortete sie mit gesenktem Kopf.

»Was weißt du denn vom ältesten Schöffen?«

»Eieiei, was soll ich denn von ihm wissen? Wie ich zaubern kann, so kann auch er zaubern!«

Herbert Lapp setzte empört an, sich zu verteidigen. Buirmann aber drehte ihm unwirsch den Rücken zu und führte die Kloster zurück zu Martin Koch.

»Genügt das nicht?«, fragte er spöttisch die Schöffen und entblößte seine Zähne. »Also gut, wenn das den Herren zu wenig ist«, sagte er zum Boten, »dann bringt die Bella weg und holt die Schuhmacherfrau, Magdalena Poppertz!«

Auch bei ihr hakte er sich unter und führte sie zu Herbert Lapp. »Sag, Magdalena, kennst du den Mann da?«

»Ja ja, den Mann kenne ich sehr gut, Herr Doktor!«

»Wer ist es denn?«

»Das ist der Herbert Lapp, der älteste Schöffe!«, gab sie zur Antwort, ohne diesen anzusehen.

»Was weißt du denn und sagst du vom ältesten Schöffen?«

»Was soll ich denn von ihm wissen und von ihm sagen? Wie ich zaubern kann, so kann auch er zaubern, denn ich habe ihn auf dem Tanz gesehen!«

Der Schreiber Heimbach beschloss, die beiden Aussagen im Protokoll ein wenig umzuformulieren, da sie fast wörtlich übereinstimmten und man ihnen anmerkte, dass sie einstudiert waren.

Erneut wollte sich Herbert Lapp verteidigen, aber Buirmann drehte ihm wieder verächtlich den Rücken zu und wies den Boten an, die Poppertz wegzuführen.

»Magdalena!«, rief ihr Lapp nach. »Wie kommst du dazu, mich anzuschuldigen?«

Die kleine Frau wandte den Kopf halb über die Schulter, während Koch sie ungeduldig dem Ausgang zu zog.

»Lieber Herbert, du bist der älteste Schöffe. Wie sind denn andere dazu gekommen, mich anzuklagen? Genau so bin auch ich dazu gekommen!«

Magdalena Poppertz und Bella Kloster wurden, wie Hilger Lirtz und Anna Peller, am nächsten Tag hingerichtet. Buirmann brauchte sie nicht mehr.

24

Noch schlaftrunken, die Nachtmütze schief auf dem Kopf, wankte Melchior Heimbach nach unten. Es war wieder eine dieser Nächte gewesen, die sich fast endlos hinzogen, seit sich der Doktor Buirmann und die beiden Franziskaner bei ihm einquartiert hatten. Lustig war es zugegangen, nur der Kopf tat ihm jetzt fürchterlich weh. Seit Augustin Rohr die Sitte aufgebracht hatte, den Wein aus ausgehöhlten Zuckerhüten zu trinken, hatte er beim Aufwachen immer diesen Brummschädel. Das sei die neueste Mode in den großen Städten, hatte der Hilfsschreiber behauptet. Die Zuckerhüte waren nicht gerade billig, aber der Rohr konnte sich das jetzt ja leisten.

Mürrisch öffnete Heimbach die Haustür, kniff seine kleinen Äuglein zusammen und blinzelte in den frühen Tag. »Was ist?«, knurrte er ungnädig.

»Ein Schreiben für den Herrn Kommissar Doktor Buirmann!«, antwortete der Bote.

»Gebt her!«, befahl Heimbach und wollte nach dem Brief langen.

»Nein! Ich muss ihn dem Herrn Doktor persönlich übergeben!«

Melchior Heimbach brummte etwas Unfreundliches und stapfte wieder nach oben, um den Kommissar zu wecken. Interessiert hätte es ihn schon, was da so geheimnisvoll und wichtig war.

Auch Buirmann war noch etwas benommen, als er das Schreiben in Empfang nahm. Das legte sich aber gleich, nachdem er das Siegel erbrochen hatte. Das Papier vor Augen, ging er wie ein Traumwandler zurück in den Hausgang und setzte sich fassungslos auf die Treppe. Seine Gesichtsfarbe war in kalkiges Weiß umgeschlagen, in feinen Perlen stand Schweiß auf seiner Stirn. »Nein!«, murmelte er. »Nein! Das kann nicht sein!«

Wieder und wieder las er es, fing von vorn an, setzte in der Mitte ab, begann erneut von oben, zwang sich bis zum Ende. Inbrünstig hoffte er, dass es nur ein Streich war, den ihm jemand spielen wollte.

Aber es stand da, unmissverständlich und es gab keinen Zweifel an der Echtheit. Er war exkommuniziert. Aus der Kirche ausgeschlossen. Verfügt vom Papst höchstpersönlich!

»Ich bin erledigt«, flüsterte er, »ein exkommunizierter Beamter! Wenn das aufkommt, kann ich mich gleich aufhängen!«

Franz Buirmann sah auf seine Hände, bemerkte, wie sie zitterten. Wer konnte dahinter stecken? Es musste jemand sein, der weit reichende Beziehungen hatte, jemand, dessen Arm bis nach Rom reichte. Feinde hatte er genug, darüber hatte er sich nie einer trügerischen Vorstellung hingegeben. Im Kopf ging er sie alle durch. Es war eine lange Liste, erheblich länger, als er sich bisher bewusst gewesen war. Er fand jedoch niemanden, dem er das zutraute.

Schwerfällig erhob er sich und ging nach oben, wo ihn der Heimbach abpasste. »Ich muss sofort nach Köln!«, kam Buirmann der lästigen Fragerei des Schreibers zuvor. »Ich brauche ein Pferd, und zwar auf der Stelle!«

»Wie lange wollt Ihr denn wegbleiben?«, fragte Heimbach überrascht. »Ich meine, wegen des Schöffen Lapp. In zwei Stunden ist das nächste Verhör angesetzt. Was sollen wir mit ihm machen?«

»Er bleibt im Gefängnis, bis ich zurück bin. Aber das kann dauern, wie lange weiß ich noch nicht!«, antwortete Buirmann schroff.

Über zwei Monate war es nun her, dass der Kommissar überstürzt aus Rheinbach abgereist war, und kaum jemand außer Jan Bewell bedauerte es. War er nach der Hinrichtung des alten Lirtz zunächst einfach nur teilnahmslos gewesen, so schien sein ganzes Tun und Trachten nun auf Selbstzerstörung zu zielen. Er aß kaum mehr, hockte in den Gasthäusern herum, soff sich das Hirn aus dem Kopf und die Leber aus dem Leib. Nach Hause kam er nur noch, um seinen Rausch auszuschlafen, und wenn er wieder halbwegs nüchtern war, sorgte er dafür, dass dieser Zustand nicht allzu lange anhielt. Schlimmer noch: Aus dem besonnenen Gegner der Prozesse war ein fanatischer Befürworter geworden, der den Doktor Buirmann vorbehaltlos bewunderte, sein entschlossenes Vorgehen in den höchsten Tönen lobte und seine Methoden entschieden verteidigte. Wäre es nach Bewell gegangen, hätte jeden Tag eine Hinrichtung stattfinden können, aber seit der Kommissar fort war, geschah in dieser Hinsicht gar nichts mehr und mit dem Schöffengeld und den üppigen Tafeln bei Gericht war es vorbei.

Löher traf ihn am späten Nachmittag auf der Straße und sein Mitschöffe schien für diese Tageszeit in einer erstaunlich guten Verfassung zu sein.

»Na, Hermann Löher«, sagte Bewell und kam gleich zur Sache, »wir haben uns ja schon eine Ewigkeit nicht mehr gesehen. Wenn es Eure Zeit erlaubt, könnten wir einen Krug Bier miteinander trinken. Was haltet Ihr davon?«

»Ein schnelles Bier geht!«, antwortete Löher. Es war sicher klüger, den Bewell nicht zum Feind zu haben.

Die Gaststätte war menschenleer.

»Zwei Humpen!«, rief Bewell noch während des Eintretens und steuerte zielstrebig seinem inzwischen angestammten Platz am Fenster zu. »Was machen die Geschäfte?«, fragte er dann, eher der Höflichkeit halber.

»Gut! Der Wollhandel ernährt seinen Mann. Nächste Woche soll ich nach Frankfurt!«

»Da seid Ihr aber ganz schön mutig! Habt Ihr denn keine Angst vor den Schweden? Überall jagen sie die Katholischen wie die Hasen, gewinnen eine Schlacht nach der anderen. Der Doktor Buirmann ist der Ansicht, es sei eine Strafe Gottes, dass der Ketzerkönig Gustav Adolf den kaiserlichen Truppen vernichtende Niederlagen bereitet, weil in den katholischen Ländern die Hexen und Zauberer zu wenig verfolgt würden! Hat er nicht Recht?«

»Wo ist er eigentlich, der Kommissar?«, fragte Löher statt einer Antwort.

»Immer noch in Köln, sagt der Heimbach.« Bewell zog den Stuhl näher heran und beugte sich über den Tisch. »Man vermutet, dass es jemand aus Rheinbach war, der ihn angeschwärzt hat. Ich meine, Ihr habt ja bestimmt schon gehört, weshalb der Doktor in Köln ist. Er hat zwar versucht, es geheim zu halten, aber irgendetwas sickert immer durch. Wie es aussieht, soll der Kirchenausschluss zurückgenommen werden – sagt jedenfalls der Heimbach!«

»So, so«, meinte Hermann Löher nur und lächelte grimmig in sich hinein. Er glaubte zu wissen, wer dahinter steckte. Schließlich hatte sein Freund Freylink des Öfteren von Professor Nikolaus Haustadt erzählt, der als Theologe einen hervorragenden Ruf genoss und mit dem er lange Zeit im Kölner Dominikanerkloster zusammengelebt hatte. Löher hatte Freylink darauf angesprochen, aber keine Antwort erhalten.

Bewell trank den Rest des Kruges mit einem Schluck leer und bestellte einen neuen. Während er auf das Bier wartete, sah er Löher mit einem sonderbaren Blick an, sagte aber nichts.

»Was ist los?«

»Nichts. Wieso, was soll sein?«

Löher beschlich ein unbehagliches Gefühl.

»Wenn der Kommissar zurückkommt«, hob Bewell an, »werden sich noch einige wundern. Es gibt hier genug für ihn zu tun. Ja, da werden sich noch einige wundern!«

»Was meint Ihr damit? Ihr scheint mehr zu wissen!«

Bewell nahm wieder einen großen Schluck und wischte sich mit dem Ärmel den Schaum vom Mund. Dann lachte er. »Nicht viel mehr als Ihr, Hermann Löher!« Er kniff die Augen zusammen und schien beinahe über die Tischplatte zu kriechen. »Erinnert Euch! Er hat noch einen Namen frei! Die Anna Peller, die ist schon …«

Er machte eine langsame, verhuschte Handbewegung himmelwärts, pfiff dabei anschwellend, ließ dann den Ton abfallen und in einem Hauch ausklingen.

»Ja. Zusammen mit dem Hilger Lirtz!«

Kurz bekam Bewells trüber Blick etwas Klares, vernebelte sich aber sofort wieder.

»Überlegt einmal! Einen Namen, eine Person hat er noch frei! Und die holt er sich, so wahr ich Jan Bewell heiße!«

Hermann Löher wurde immer unbehaglicher zumute. »Habt Ihr einen Verdacht, wer es sein könnte?«

»Einen Verdacht?«, lachte der andere. »Einen Verdacht? Habt Ihr denn die Protokolle nicht gelesen, die der Geck Augustin mit seiner wunderschönen Handschrift angefertigt hat? Denkt an die Bella Kloster und die Magdalena Poppertz! Da war doch noch ein Name, den die beiden genannt haben!«

»Da waren viele Namen. Außerdem sind die beiden schon hingerichtet und alle Protokolle bekommen wir nicht zu lesen!«, antwortete Löher unwirsch, da ihm Bewells verschwörerische Heimlichtuerei zunehmend zuwider wurde.

»Als Zeugen braucht er sie nicht mehr, da hat er andere. Im Übrigen steht ja alles in den Protokollen und das genügt, sagt der Doktor!«

»Noch ist er nicht zurück!«, antwortete Löher und rief nach der Wirtin.

»Für mich noch ein Bier!«, schrie Bewell hinterher und langte ebenfalls in seine Tasche.

»Ach, so ein Mist!« Mit ungläubigem Gesicht tat er so, als ob er aufgeregt weitersuchte. »Ich habe tatsächlich meinen Geldbeutel daheim liegen gelassen! Es ist mir unangenehm, aber …«

Da passen die drei gut zusammen, der Thynen, der Halfmann und der Bewell, dachte Löher verärgert, wenn es ums Zahlen geht, sind alle drei die gleichen Entenklemmer und sie finden immer wieder einen Dummen! »Alles auf meine Rechnung! Ich muss nach Hause, noch etwas arbeiten!«, sagte er und trat hinaus in die abendliche Dämmerung.

Wen konnte der Bewell mit seinen geheimnisvollen Andeutungen gemeint haben? So sehr er sich den Kopf zerbrach, er kam nicht dahinter. Mit einem Mal wurde sein Schritt langsamer, dann blieb er mitten auf der Straße stehen. Warum hatte sich bis jetzt noch niemand Gedanken darüber gemacht? War es vielleicht so, dass die Mäuse leichtsinnig und übermütig geworden waren, weil die Katze aus dem Haus war? Die Katze war fort, ja, aber sie würde wiederkommen, da hatte der Bewell Recht! Wieso war er nicht früher darauf gekommen? Er konnte es drehen und wenden, wie er wollte, es blieb eigentlich nur eine Person übrig, die von mindestens vier Frauen besagt worden war. Die Person wohnte in seiner Nachbarschaft, ihr Mann lag schon seit Wochen im Kerker und die Frau hieß – Gertrud Lapp. Und wenn er sich irrte? Zögernd blieb er vor seiner Haustür stehen, hatte sie schon einen Spalt breit geöffnet, zog sie dann entschlossen wieder zu. Er musste die Lapp zumindest warnen.

Gertrud Lapp sah ihn misstrauisch an, wie er nun unbeholfen vor ihr stand, verlegen herumdruckste und nicht wusste, wie er anfangen sollte.

»Also, es ist so, Gertrud«, fasste er sich dann, »der Buirmann hat sich zwei Personen ausbedungen, die er ohne Namensnennung verhaften lassen will. Eigentlich dürfte ich dir das gar nicht sagen und bitte dich auch, es für dich zu behalten. Die eine war die Frau unseres Schöffenkollegen Gottfried Peller, Gott sei ihrer Seele gnädig und er schenke ihr eine fröhliche Auferstehung. Jetzt hat er noch eine Person frei und er wird die erpresste Zusage der Schöffen einfordern, sobald er zurück ist!«

»Und? Was geht mich das an?«, fragte sie mit unwilliger Höflichkeit.

»Dein Herbert liegt schon im Gefängnis …«

»Das ist ein Irrtum! Das wird sich aufklären und sie werden es nicht wagen, sich an meinem Mann zu vergreifen, der seit fast dreißig Jahren Schöffe ist, zweimal Bürgermeister war und sich auch sonst vielfach um die Stadt verdient gemacht hat!«, unterbrach sie ihn schroff.

Löher hatte da so seine Zweifel, wollte ihr aber die Hoffnung nicht nehmen. »Gott gebe, dass es so sei«, lenkte er ein, »trotzdem möchte ich dir empfehlen, auf der Hut zu sein!«

»Was willst du damit sagen?«

Löher spürte, wie sie noch abweisender wurde, ja beinahe feindselig.

»Was ich damit sagen will, ist, dass vermutlich du diese zweite Person bist. Ich bin mir sogar ziemlich sicher, dass es so ist. Tatsache ist, dass dein Name auf Buirmanns Liste ganz oben steht. Mindestens vier Besagungen liegen gegen dich vor!«

»So! Und von wem? Ich bin eine ehrbare Frau! Wer hätte einen Grund, mich zu besagen?«

Kurz überlegte er. Er kannte die Gertrud lange genug, um zu wissen, dass Geheimnisse bei ihr nicht sonderlich gut aufgehoben waren. Bis morgen Abend würde halb Rheinbach erfahren haben, wer sie beschuldigte, und sie würde überall herumerzählen, was das für üble Weiber seien, und damit den Wahnsinn nur weiter anheizen.

»Namen kann ich dir keine nennen. Es muss genügen, dass du mir glaubst!«

»Und was würdest du mir raten?«, fragte sie spitz.

»Sieh zu, dass du von hier fortkommst, solange du noch Zeit dazu hast! Geh nach Köln oder sonst wohin!«

Ihre schmalen Lippen verkniffen sich zu einem dünnen Strich und ihre Augen blickten böse. »Hermann Löher, du kommst in mein Haus, sagst mir mehr oder weniger unverblümt, ich sei eine Hexe, und rätst mir, aus Rheinbach zu verschwinden? Das ist ungeheuerlich! Das lasse ich mir nicht gefallen! Namen kannst du natürlich keine nennen! Glaubst du, ich bin wirklich so dumm und durchschaue das nicht? Kaum wäre ich weg, hieße es, ich sei eine Zauberin und geflohen, bevor man mich entdecken konnte! Das wäre ein klares Schuldbekenntnis und ich bräuchte mich hier nie mehr blicken zu lassen! Und ihr könntet euch über das Geld hermachen! Nein, mein Lieber, ich werde den Spieß umdrehen! Morgen früh bin ich beim Amtmann Schall von Bell! Er soll ruhig erfahren, welch feine Herren als Schöffen hier im Gericht sitzen!«

Löher war, als hätte ihm jemand einen Prügel über den Kopf gezogen. Unfähig, ein Wort zu entgegnen, stand er da, den Mund halb offen und im Blick Fassungslosigkeit. Hatte die Lapp noch alle Schüsseln im Schrank? Auf was hatte er sich da eingelassen? Ausgerechnet zum Schall wollte sie laufen, diesem Erzlumpen, der schon ihren Mann in den Kerker gebracht hatte, der nur dank Buirmanns Exkommunikation überhaupt noch am Leben war?

»Gertrud, ich ...«

»Von dir hätte ich so etwas nicht erwartet! Wenn mein Sohn da wäre, der würde dich hinauswerfen, auf der Stelle und in hohem Bogen!« Ihre Erregung steigerte sich fast zur Hysterie. Jedes Mal, wenn er sie zu unterbrechen versuchte, lärmte sie umso lauter.

Löher wusste sich nicht mehr anders zu helfen und schrie sie an. »Halt endlich den Mund!«

Erschrocken hielt sie inne.

»Also, jetzt hör einmal zu! Dein Geld interessiert mich so viel wie Hühnerdreck und hat mich auch nie interessiert. Ich habe selbst genug. Wenn du zum Amtmann rennst, überlege dir ganz genau, was du sagst! Wenn du meine Warnung in den Wind schlägst, so ist das deine Sache. Ich wollte dir helfen, aber du würdest mich dafür noch ans Messer liefern! Wenn ich das vorher geahnt hätte, wäre mir kein Sterbenswörtchen über die Lippen gekommen, da kannst du sicher sein!«

In ihren Augen stand nach wie vor Misstrauen und ihre Haltung drückte Ablehnung aus.

Löher redete nun um sein Leben. Er versprach ihr, alles zu tun, um ihren Mann freizubekommen, beteuerte, dass es keine Verschwörung gegen sie gebe, appellierte an die langjährige gute Nachbarschaft, schwor bei Gott und allem, was ihm heilig sei, dass er es nur gut gemeint habe. Nach fast einer Stunde glaubte sie ihm zwar immer noch nicht, versprach aber wenigstens, von einer Anzeige abzusehen.

Mit einem lauten, erleichterten Aufatmen warf Löher die Lapp'sche Haustür hinter sich zu.

Dumme Kuh, dumme!, dachte er und dass es besser sei, der Lapp in nächster Zeit aus dem Weg zu gehen.

Wie ein Lauffeuer ging es schon am frühen Morgen durch Rheinbach. Der Doktor Buirmann sei wieder da. Beinahe drei Monate hatten hier die Prozesse geruht, während Doktor Moeden drüben in Flerzheim und Meckenheim munter weitergebrannt hatte. Aber nicht allein sei er gekommen, ein anderer Kommissar solle dabei sein und zusammen mit den ebenfalls zurückgekehrten Bettelmönchen hätten sie wieder alle beim Gerichtsschreiber Quartier bezogen. Noch vor dem Mittagläuten wurde Gertrud Lapp verhaftet und ins Gefängnis geworfen. Hermann Löher erfuhr erst am Abend davon, da er zu einer Beerdigung in Münstereifel, seinem Geburtsort, gewesen war, von wo die Familie nach Rheinbach gezogen war, als er fünf Jahre alt war.

»Dietrich von der Stegen heißt er, der neue Doktor. Morgen früh um neun Uhr haben sie eine Sitzung angesetzt, lassen sie dir ausrichten!«, schloss Kunigunde. Löher lief ein kalter Schauer über den Rücken und er spürte, wie sich sein Gehirn kräuselte. Was, wenn die Gertrud ihn angeben würde? Wenn sie aussagte, er habe sie gewarnt? Er überlegte. Nein, das wäre inzwischen wohl gleichgültig und er konnte immer noch sagen, sie mache es aus Rache.

Doktor von der Stegen war ein junger Mann, vielleicht Mitte zwanzig, schlank, mit sorgsam gescheiteltem Haar und affektiertem Benehmen. Schnösel!, dachte Löher, nachdem der Amtmann den neuen Hexenrichter vorgestellt und gesagt hatte, Herr von der Stegen sei dem Kommissar zur Seite gestellt worden, er habe schon einige Prozesse hinter sich und es könne nicht schaden, hier weitere Erfahrungen zu sammeln. Im Übrigen sei es der ausdrückliche Wunsch des Herrn Doktor Buirmann gewesen.

Löher entging nicht, wie Vogt Schwegeler bei den letzten Worten kaum wahrnehmbar den Kopf schüttelte.

Von der Stegen stand auf und bedankte sich mit einer seltsam hohen Stimme bei den weisen Herren in Bonn. Darauf ließ er eine schleimige Lobhudelei auf den hochverehrten Herrn Kommissar Buirmann und den Amtmann Schall von Bell folgen, die sich so entschieden für ihn eingesetzt hätten. Wieder bewegte der Vogt leicht den Kopf und Löher sah die hasserfüllten Blicke, mit denen Buirmann und Schall von Bell ganz unverhüllt den Schwegeler bedachten, der aber so tat, als bemerke er sie nicht.

Etwas war vorgefallen, das die drei betraf. Aber was?

»Dann wollen wir beginnen!«, hörte er Doktor von der Stegen sagen. »Bringt den Angeklagten Herbert Lapp herein!«

Lapp schien in den knapp drei Monaten um Jahre gealtert zu sein. Der ehemals behäbige Mann war abgemagert, sein Haar verfilzt, die Falten im Gesicht hatten sich eingegraben wie Ackerfurchen in trockenen Boden und die Augen lagen leblos in tiefen Höhlen. Das Gewand schlotterte um seinen Körper, die Ärmel seiner Joppe und sein Hemd waren durchgewetzt, sodass die nackten Ellbogen hervortraten.

War der neue Doktor auch ein eingebildetes Bürschchen, so waren seine Verhörmethoden gegenüber denen Buirmanns beinahe angenehm. Jedenfalls für die Schöffen. Er schrie und brüllte nicht herum, bekam keine Tobsuchtsanfälle, beschimpfte niemanden und lief nicht schreiend auf und ab. Fast freundlich redete er an die drei Stunden lang auf Herbert Lapp ein, ohne allerdings etwas aus ihm herauszubekommen. Am Nachmittag brachten sie die beiden Franziskaner mit, die es mit einem Exorzismus versuchten. Auch nach dem Scheren fanden sich keine versteckten Amulette oder andere Dinge, lediglich die Nadelprobe war erfolgreich. Auffallend war, dass sich Kommissar Buirmann nicht einmischte, sondern von der Stegen anscheinend freie Hand ließ. Als es draußen dunkel wurde, meinte Buirmann lediglich, es wäre nicht erforderlich, dass alle Schöffen anwesend seien, es würde genügen, wenn die Herren Thynen und Halfmann dablieben, die anderen könnten nach Hause gehen. Vogt Schwegeler versuchte zu protestieren, wurde aber vom Amtmann scharf zurechtgewiesen. Wieder sah Löher den Hass in dessen Augen aufleuchten wie feurige Kohlen in der Esse. Etwas war vorgefallen, da war er sich nun sicher.

Während er auf dem Gang auf Richard Gertzen wartete, kam der Vogt durch die Tür. Löher fasste sich ein Herz und sprach ihn an. »Verzeihung, Herr Doktor Schwegeler, wenn ich so zudringlich und unverschämt bin. Ich weiß nicht, ob es mich etwas angeht, aber ich habe die Blicke vom Buirmann und vom Schall gesehen. Auch der Heimbach hat Euch angeschaut wie eine Giftnatter, ebenso sein Gehilfe, der Geck Augustin, dieser Läusehund!«

»Ihr habt schon eine deftige Sprache, Löher!«, meinte Schwegeler lächelnd. »Nicht hier. Gehen wir hinaus!« Kaum auf der Straße, fuhr er fort: »Was glaubt Ihr, warum der Buirmann so lange weg war? Wegen der Aufhebung seiner Exkommunikation? Ja, auch deswegen, aber nicht nur. In der Zwischenzeit habe ich einige Beschwerden nach Bonn geschickt, wie es hier zugeht, und die Erben der Christina Böffgen haben Einspruch erhoben. Daraufhin haben sie den Heimbach mit allen Unterlagen einbestellt und verlangten eine genaue Aufstellung der beschlagnahmten Vermögen und der Prozesskosten. Ist Euch aufgefallen, dass die Bewirtung nur noch aus Würsten, Wein und Bier besteht? Na eben. Sie haben dem Buirmann faktisch das Kommissariat hier entzogen, doch er und Schall von Bell haben den von der Stegen als Nachfolger, oder wie man es nennen will, durchgedrückt. Der wird ihnen natürlich dafür dankbar sein!«

Der nächste Tag begann sonnig und für Februar ungewöhnlich warm. In der Folterkammer hatten sie die Fenster geöffnet, um etwas frische Luft herein- und den Gestank von Schweiß, Blut, Urin und Fäkalien nach draußen zu lassen. Aus Herbert Lapp hatten sie immer noch nichts herausbekommen. Doktor von der Stegen hatte daher die Anwendung der Beinschrauben vorgeschlagen und stolzierte wie ein Gockel um den Delinquenten herum, wobei er besonderen Wert darauf legte, seine Fragen so zu formulieren, dass sie Heimbachs Gehilfe Augustin Strom wortwörtlich niederschreiben konnte. Die rechte Hand von Melchior Heimbach war inzwischen so verdorrt, dass das Schreiben nur noch unter außergewöhnlicher Anstrengung und mit entsprechender Langsamkeit vonstatten ging. Sehnsüchtig starrte Lapp auf das helle Viereck des Fensters, dorthin, wo die Freiheit war und die Pein ihr Ende hatte. Um sich von den Schmerzen abzulenken, hatte Lapp in Gedanken mit Psalmieren begonnen.

»*Sie lauern mir bei meinen Worten auf*
Und trachten, mich zu stürzen in dem Lauf.
Sie sammeln sich und graben mir mein Grab
Belauschen meine Tritte ...«

Mit einem Mal erfüllte ein flatterndes Rauschen die Luft, stieg höher, wurde lauter, unterbrach den Psalm 56 in Lapps Kopf, verdunkelte das Fenster. Von der Stegen blieb stehen, so abrupt, als ob vor seinem Fuß ein Blitz eingeschlagen hätte. Sein Gesicht war blutleer und die Unterlippe zitterte heftig.

»Das Fenster zu!«, schrie er. »Schließt das Fenster!«

Doch niemand rührte sich, alle sahen ihn nur verständnislos an.

»Fenster zu! Macht das Fenster zu!« Seine Stimme überschlug sich beinahe vor Angst.

»Was hat er denn? Ein Taubenschwarm!«, sagte Gertzen.

Als immer noch niemand Anstalten machte, sich zu bewegen, stürzte von der Stegen wie von Sinnen zum Fenster und warf es zu. Schwer atmend drehte er sich um. »Dämonen!«, keuchte er. »Das sind Teufel!«

Buirmann wandte ein, das könne nicht sein, weil, wie es schon bei Binsfeld stünde, der Teufel nicht die Gestalt einer Taube annehmen könne, da diese das Sinnbild des Heiligen Geistes sei.

Aber von der Stegen ließ sich nicht beruhigen. »Wo ist der Bote?«, schrie er. »Er soll sofort die Fensterläden schließen, damit die Dämonen keinen Blick auf den Lapp werfen können!«

Martin Koch war sein übliches Grinsen vergangen. Ängstlich spähte er nach draußen, ob nicht noch einer dieser gefiederten Teufel in der Nähe war, und zog dann hastig die beiden Läden zu sich heran. In der Kammer war es nun beinahe stockfinster, nur zwei schmale Lichtstreifen zwängten sich durch die Spalten der Läden und der Bote hatte Mühe, die Kienspäne zu finden.

Zwei Kinder liefen zu Mittag auf dem Nachhauseweg vor Löher her. Mit seinem Kopf war er immer noch in der Folterkammer, wo der Buirmann dem Vogt wieder einmal erklärt hatte, dass die Carolina ein altes Buch sei, wobei er höhnisch auf Schwegelers ziemlich abgegriffenes Exemplar gedeutet hatte. Für ein Gericht, das sich mit Zauberprozessen befasse, sei es völlig ungeeignet, ja, es sei geradezu verboten, sich danach zu richten. Es gebe viel bessere und ausführlichere Bücher, an die man sich zu halten habe, und im Übrigen stehe schon in der Bibel, Zauberer solle man nicht leben lassen.

»Im Alten Testament, aber nicht im Neuen!«, war der Vogt wütend aufgefahren.

Die beiden Kinder, ein Knabe und ein Mädchen, hatten zu hüpfen begonnen und riefen irgendetwas. Erst als Erwachsene stehen blieben und ihn ansahen, wurde Löher bewusst, dass es sich auf ihn bezog. Erschrocken nahm er wahr, wie sie zunehmend frecher vor ihm hertanzten und immer lauter schrieen: »Hexenmeister! Hexenmeister!« Löher tat, als bemerke er nichts, beschleunigte dabei kaum merklich seinen Schritt, sah, wie sie immer sorgloser wurden, sich der Abstand verringerte. Als sie in eine Seitengasse verschwinden wollten, machte er plötzlich einen Satz nach vorn und erwischte den Buben am Hemd, während das Mädchen kreischend davonlief.

»So, Bürschchen!«, sagte er. »Was ruft ihr da? Hexenmeister?«

Der Knabe blickte verstockt zu Boden. Grob legten sich die Männerhände um die dünnen Oberarme, zogen sich zu wie eiserne Klammern.

»Woher hast du das? Wer sagt so etwas?«, fragte Löher mit heiserer Stimme.

Der Kleine gab keine Antwort.

»Du sagst mir jetzt, von wem du das gehört hast! Sonst prügle ich dich auf der Stelle windelweich, auch wenn du der Sohn vom Küfer bist!« Der Druck verstärkte sich nochmals und Löher machte Anstalten, ihn übers Knie zu legen.

»Von meinem Vater!«, rief der Junge schnell, als er die große Hand drohend über sich sah.

»So, von deinem Vater! Und wie kommt der dazu?«

»Der Vater hat zur Mutter gesagt, er habe gehört, der Kaufmann Löher sei vielleicht ein Hexenmeister!«

»Wenn das so ist, dann gehen wir jetzt gleich zu deinem Vater!«

Der Küfer war gerade damit beschäftigt, ein Fass auszuschwefeln, und im ganzen Hof stank es fürchterlich. Dem Mann war sichtlich unwohl in seiner Haut, sein Bub stand unvorsichtigerweise neben ihm und fing sich sogleich eine Backpfeife ein, während das Mädchen es vorzog, alles aus sicherer Entfernung zu beobachten.

»Am Sonntag hat man im Wirtshaus davon geredet, es sei schon fast verdächtig, wie sich der Löher gegen die Prozesse sperre! Ich habe mir nichts dabei gedacht und es daheim meiner Frau erzählt!«

»Vor den Kindern!«

»Darauf habe ich nicht geachtet!«, meinte der Küfer verlegen.

Als Löher verspätet nach Hause kam, saßen Frau und Kinder bedrückt um den Tisch. Ihre Gesichter sagten alles, sie hatten es schon gehört.

»Ich muss mit dir reden, Gunde. Komm mit ins Arbeitszimmer!«

»Das Mittagessen?«, fragte sie.

»Kann warten!«

Kunigunde stand auf und folgte ihm nach unten.

Er erzählte ihr von dem Vorfall und dass er unverzüglich den Küfer aufgesucht und zur Rede gestellt habe.

»Ich war am Vormittag auf dem Markt«, sagte sie, »ein paar haben mich ganz sonderbar angesehen, die Köpfe zusammengesteckt und hinter mir hergetuschelt. Die Pomgartin, bei der ich immer den Käse kaufe und die sonst redet wie ein Wasserfall, hat kaum ein Wort herausgebracht und war sichtlich froh, als sie mich los war. Bei der Mathilde haben sie in der Schule ebenfalls Andeutungen gemacht, sie ist heulend heimgekommen!« Kunigunde sah ihn ratlos an. »Was sollen wir tun? Was geht hier vor? Du bist Schöffe, du müsstest es doch wissen!«

»Was hier vorgeht? Siehst du nicht, wie es sich von unten nach oben entwickelt? Zuerst die arme Magd vom Hilger Lirtz, dann die Grete Hardt, schon nicht mehr ganz mittellos, dann die reiche Böffgen, dann der größte Bauer, dann die Frau vom Peller, dem sie für ihren Prozess und die Hinrichtung eine schöne Stange Geld abverlangt haben, dann der Herbert Lapp mit seiner Frau, was bestimmt ebenfalls einen schönen Batzen einbringt. Der Lirtz war Bürgermeister, der Peller war Bürgermeister, der Lapp war Bürgermeister – und ich war Bürgermeister. Das ist kein Zufall, es geht um viel Geld und um Macht, denn auch Macht ist Geld. Wir müssen aus dem Gerede kommen, und zwar schnell, bevor es zu spät ist!«

»Aber wie?«, fragte sie verzagt.

»Ich weiß es noch nicht. Klar ist mir nur, dass die Lösung im Gerichtssaal liegt!«

Eines musste man dem Doktor von der Stegen lassen: Er verstand es, für Überraschungen zu sorgen. Hatten sie die Fortsetzung der peinlichen Befragung des Herbert Lapp erwartet, so war nun seine Frau Gertrud an der Reihe.

»So bleibt es in der Familie!«, bemerkte Buirmann süffisant.

Die beiden Bettelmönche hatten sie dieses Mal gleich mitgebracht und Jan Bewell schickte Koch unverzüglich nach einem großen Humpen Bier. Gertrud Lapps Auftreten war sehr selbstsicher, sie war überzeugt, das Ganze sei ein Versehen, was sie auch unentwegt lautstark zum Ausdruck brachte. Von der Stegen fragte, ob sie die oder den kenne, machte sich Notizen und zog den Kreis weiterer Verdächtiger immer enger.

Hermann Löher saß am Richtertisch, den Kopf in die linke Hand gestützt, scheinbar gelangweilt. Gelegentlich sah er durch die Finger zum Amtmann und zu Schreiber Heimbach. Sein Blick fiel auf Heimbachs Rechte, dürr und braun war sie und die Finger standen ab wie die Triebe einer vertrockneten Wurzel.

Gott hat dich gestraft, dachte er, dafür, dass du die arme Magd des Lirtz ins Gerücht und damit die Prozesse hier in Gang gebracht hast!

Er ertappte den Amtmann dabei, wie dieser zu ihm herübersah. In Schall von Bells Augen war etwas Abwartendes, Lauerndes. Es war der gleiche Ausdruck, den der Bewell vor ein paar Wochen im Gasthaus gehabt und den er nicht zu deuten gewusst hatte. Ob der Bewell etwas damit zu tun hatte? Er verwarf den Gedanken. Nein, den brauchten sie nur für die Urteile. Aber vielleicht hatte der Bewell in einem seiner lichten Momente etwas geahnt. Wieder fing er durch seine Finger einen Blick auf. Kein Zweifel, der Schall beobachtete ihn und so, wie er es tat, wusste er etwas, war womöglich gar die treibende Kraft. Der Amtmann hatte den Schlüssel, der die Tür zur Freiheit offen hielt oder die Zelle hinter ihm verschloss. Wie bekam er ihn dazu, den Schüssel nicht umzudrehen? Geld. Das war klar. Das Herz eines Schall von Bell war nur über den Geldbeutel zu erreichen. Bestechung! Aber wie machte man so etwas? Er konnte doch nicht einfach hingehen und zu ihm sagen: »Herr Amtmann, ich möchte Euch bestechen!

Von draußen kroch inzwischen die Dämmerung in den Saal und von der Kirche herüber schlug die Glocke fünf Uhr.

»Willst du hier übernachten?«, stieß Richard Gertzen Hermann Löher an.

»Wieso? Was ist?«, fragte der überrascht.

»Für heute ist Schluss. Sie machen morgen weiter!«

Löher warf einen Blick hinüber zum Schall, der sich mit von der Stegen unterhielt, verließ dann den Saal, um den Abtritt aufzusuchen, obwohl er eigentlich gar nicht musste. Dort wartete er so lange, bis die massige Gestalt des Amtmanns im Gang erschien. Hermann Löhers Herz pochte bis in den Hals hinauf. Jetzt galt es – alles oder nichts!

»Ah, der Herr Amtmann!«, tat er unbefangen. Er sah es zwar nicht in der Dämmerung, aber er spürte, wie ihn Schall von Bell schräg von der Seite her ansah.

»Ach, der Herr Löher!« Die Stimme klang unangenehm überrascht.

»Gut, dass ich Euch hier treffe«, hörte Löher sich sagen, »ich habe ein kleines Problem, über das ich gern mit Euch sprechen würde!«

»Ein kleines?«, lachte der Schall. »Ich würde eher sagen, es wächst sich aus. In ein paar Tagen tratscht die ganze Stadt. Ich an Eurer Stelle würde zusehen, dass die Gerüchte möglichst bald verstummen!«

»Das möchte ich ja! Aber wie?«

Der Amtmann schien angestrengt zu überlegen. »Phhh«, schnaufte er dann, bevor er in gönnerhaftem Ton meinte: »Vielleicht könnte ich Euch helfen – allerdings …«

Löher verstand sofort. »Natürlich weiß ich, dass das Geld kostet. Daran soll es nicht scheitern!«

»Nein, nein«, wehrte der Schall ab, »ich möchte mich nicht bereichern! Um Gottes willen!« Er tat geradezu entrüstet. »Na ja, vielleicht eine Kleinigkeit für meine Frau! Aber wirklich nur eine Kleinigkeit!«

Löher war klar, was der Amtmann meinte. Eine Kleinigkeit hieß, dass sie nicht besonders groß sein musste, dafür umso wertvoller.

»Das geht in Ordnung!«, antwortete er erleichtert und setzte hinzu: »Ich möchte mich für Eure gütige Hilfe bedanken!«

Der letzte Satz fiel ihm außerordentlich schwer.

25

George Lincoln Burr hatte immer noch keinen Doktortitel oder irgendeinen anderen akademischen Grad. Ein Titel aber war etwas, das man brauchte, wenn man ernst genommen werden wollte, selbst wenn die Dissertation ein Thema behandelte, das keine Menschenseele interessierte, und bis zum Jüngsten Tag in der Abgeschiedenheit eines Archivkellers vor sich hingilbte. Ein Titel brachte Ansehen und bares Geld. George Lincoln Burr? Wer war das? Ach ja, der Bibliothekar. Doktor George Lincoln Burr? Das war etwas ganz anderes! Das vermittelte Stallgeruch, das Gefühl von Ebenbürtigkeit, ja Erhabenheit. In ganz Amerika gab es wahrscheinlich keinen anderen Historiker, der ein so breit gefächertes Wissen über Geschichte und Zusammenhänge abrufbereit in seinem Kopf gespeichert hatte, kaum einen, der so oft um Rat und Hilfe gefragt wurde. Das wurde ihm zur Genüge von Kollegen anderer Universitäten bestätigt. Doch hier in Cornell sahen sie ihn nicht als Geschichtsforscher und Lehrer, sondern als einen einfachen Bücherverwalter, der seine Sache zugegebenermaßen recht brav machte.

Ja, die Zeiten hatten sich geändert, seit Andrew Dickson White nicht mehr Präsident war, und auch in Cornell hatte die Eitelkeit Einzug gehalten. Diese Erkenntnis war bitter. Zwar hatten sie ihn einstimmig zum Vorstand der von White gegründeten Bibliothek gewählt, ihm formell den Titel des Bibliothekars zugestanden, doch in seinem Gehalt kam das nicht zum Ausdruck. Er hatte in langen Jahren die White-Sammlung aufgebaut, sie archiviert, verzeichnet, katalogisiert, fast jedes einzelne Buch gesichtet und bewertet. Die Sammlung über die Französische Revolution war weltweit einzigartig und die über Hexerei brauchte einen internationalen Vergleich nicht zu scheuen. Dafür hatte er einen hohen persönlichen Preis bezahlt, auf vieles verzichtet, was für andere selbstverständlich war, seine gesamte freie Zeit geopfert. Aber sie betrachteten ihn scheinbar nur als nützlichen Idioten. Ihm ging es weniger ums Geld, vielmehr um Würde und um die Anerkennung seiner Arbeit. Burr hatte sich gegen diese Herabsetzung gewehrt, sich mehrfach bei Präsident Adams beschwert, hatte darauf bestanden, als gleichwertiges Mitglied des Kollegiums behandelt zu werden – ohne Erfolg.

Heute fand ein weiterer Abschnitt seines Lebens ein Ende. Es war auch sein Werk, er hatte den Anstoß dazu gegeben, er war fast jeden Tag auf der Baustelle zu finden gewesen.

Am Rednerpult stand Andrew Dickson White, hochaufgerichtet, mit funkelnden Augengläsern. »Es wäre eine große Ungerechtigkeit, hier nicht mit Dankbarkeit und Hochachtung den Namen eines Mannes laut auszusprechen. Dieser Mann hat für diese neue Bibliothek, die meinen Namen trägt und zu deren Einweihung wir zusammengekommen sind, mehr getan als jeder andere!«

Burr sah, wie sich einige Mienen versteinerten.

»Dieser Mann«, fuhr White fort, »hat aus dieser Bibliothek das gemacht, was sie heute ist. Einen großen Teil der Sammlung habe ich zusammengetragen. Aber mein Teil ist ein bescheidener gemessen an den Anschaffungen allein der letzten zehn Jahre, die auf diesen einzelnen Mann zurückgehen! Dieser Mann, dem wir alle hier zu tiefem Dank verpflichtet sind«, White hielt inne und suchte Burrs Blick, »dieser Mann ist mein Freund, Professor George Lincoln Burr!«

George Lincoln schluckte und hoffte, niemand würde das feuchte Glitzern in seinen Augen sehen. Doch White war mit seiner Ansprache noch nicht zu Ende.

»Sein enormes und exaktes Wissen, sein außergewöhnliches Urteilsvermögen, sein tiefer Sinn für die wirklichen Aufgaben ist mehr wert als alles, was ich für diese Bibliothek getan habe. Die größten Schätze unserer historischen Sammlung hat er in Europa entdeckt und er hat dieser Kollektion den einmaligen Wert gegeben, der ohne seine selbstlose Arbeit undenkbar wäre!«

Applaus brandete auf und George Lincoln hätte lügen müssen, wenn er das Gefühl glorioser Genugtuung in Abrede gestellt hätte.

Ein paar Studentinnen blickten stolz zu ihm herüber. Sie waren aus der Gruppe, mit der er gewöhnlich in der Mensa das Mittagessen einnahm, was ihm einige verübelten. Mädchen hatten deren Ansicht nach an einer Universität nichts zu suchen. Kaum wären sie mit dem Studium fertig, würden sie sowieso heiraten.

Da war eine gute Haushaltsschule sinnvoller, als den Jungen die Studienplätze wegzunehmen. Er lächelte kurz zurück. Auf White folgte als letzter Redner ein Vertreter der Regierung, der den Mut und die Weitsicht der Universität hervorhob, in einer so kleinen Stadt wie Ithaca und so weit weg von den großen Zentren ein solches Wagnis einzugehen.

Während des anschließenden Buffets – Burr schwankte kurz zwischen Roastbeef und geräuchertem Aal, entschloss sich dann für beides – trat ein älterer Herr neben ihn.

»Räucheraal habe ich schon lange nicht mehr gegessen!«, sagte dieser und legte sich ein fingerlanges Stück auf seinen Teller. »Professor Burr?«, fragte er dann.

George Lincoln bejahte.

»Ich bin David Starr Jordan von der Stanford-Universität in Palo Alto. Ich würde gern mit Ihnen reden! Wäre das möglich? Ich sitze da hinten rechts in der Ecke!«

Offensichtlich hatte Jordan den Tisch mit Absicht gewählt. Er war klein und bot höchstens drei Personen Platz. »Wie gesagt, ich komme aus Kalifornien. Kennen Sie Kalifornien?«

George Lincoln verneinte und schob sich ein paar Salatblätter in den Mund.

»Ah, Kalifornien! Das müssen Sie sich einmal ansehen! Es ist ein Land voller Gegensätze, die Berge der Sierra Nevada im Osten, der Stille Ozean im Westen, dazwischen fruchtbare Ebenen mit Wiesen und Wäldern, aber auch Wüsten, Canyons und gewaltige Felswände. Dann dieses Licht, am Abend, wenn die Sonne untergeht und die Berge um Palo Alto in ein fast schwarzes Lila färbt!«

Doktor Jordan schwärmte weiter von den angenehmen Sommern und dem milden Klima im Winter, die kein Vergleich seien zu denen hier in Ithaca und der Gesundheit weit zuträglicher wären. »Könnten Sie sich vorstellen, in einer solch angenehmen Umgebung zu arbeiten? Wir suchen für Stanford einen Bibliothekar, den wir uns eigentlich genau so vorstellen wie Sie. Auch wir möchten unsere Büchersammlung erweitern, denn eine Universität ist nur so gut wie ihre Lehrer und ihre Bücher. Außerdem soll er unterrichten, wir denken so an sieben Stunden in der Woche. Sie sind natürlich vollwertiges Mitglied der Universität und das Gehalt ist dem angemessen. Eine entsprechende Wohnung bekommen Sie zur Verfügung gestellt, selbstverständlich mit unverstelltem Blick, damit Sie die Sonnenuntergänge in Muße von der Veranda aus genießen können!«, lächelte Jordan.

George Lincoln tauchte ein Stückchen Roastbeef in die Meerrettichsoße und schwieg.

»Ich weiß, es ist nicht gerade die feine Art, die Gastfreundschaft zu missbrauchen und zu versuchen, die besten Mitarbeiter abzuwerben, aber ich habe mir gedacht, wenn ich schon hier bin, dann packe ich die Gelegenheit beim Schopf«, sagte Doktor Jordan entschuldigend.

»Das ist in diesem Fall in Ordnung!« Burr überlegte. Das Angebot war ohne Zweifel verlockend. »Ich brauche etwas Zeit, um darüber nachzudenken!«, antwortete er dann.

George Lincoln lag auf einer kleinen Mauer auf dem Rücken und versuchte mit sich ins Reine zu kommen. Was sollte er tun? Palo Alto oder Ithaca? Stanford oder Cornell? Hatte er Whites Rede zu viel Bedeutung beigemessen, hatte nur er sie als Wink mit dem Zaunpfahl verstanden? Alles war wie vorher, Präsident Charles Kendall Adams hatte nicht um ein Gespräch gebeten. Was aber würde aus seinen Büchern, wenn er nach Kalifornien ginge? Es waren seine Bücher, seine Bibliothek, sein Werk, auch wenn andere es finanziert hatten. Sollte er noch länger zuwarten? Doktor Jordan drängte, schrieb seitenlange Briefe, malte ihm die Zukunft in hellen Farben aus.

In seinem Arbeitszimmer schob Burr kurz darauf die obenauf liegende Post beiseite, um an die darunter liegenden Pakete heranzukommen. Braunes Packpapier, mit einem Stich ins Rötliche. Er tippte auf England und hatte Recht. Agrippa von Nettesheim, »Die Unzuverlässigkeit und Eitelkeit der Wissenschaften«, London 1643. Auf dem Umschlag war ein schwarzer Elefant.

Seine trüben Gedanken waren verflogen wie Herbstnebel im Sonnenlicht. Er wusste, schon Cornelius Loos hatte sich mit diesem Werk beschäftigt. Das hier war eine späte englische Ausgabe, White hatte sie bei einem Londoner Buchhändler entdeckt. Zwar hatte sie Gebrauchsspuren, aber die Leimung war noch einwandfrei. Kurz hielt er das Buch unter die Nase, sog den Geruch ein.

Packpapier grau, grob gesprenkelt. Ziemlich schwer. Burr ahnte es. Frankreich. Es war ein gewichtiger Wälzer, eintausendeinhundertachtzig Seiten dick, die französische Übersetzung Del Rios von 1611 durch André du Chesne.

George Lincoln wollte nach der Schere langen, um die Kordel zu durchtrennen, als sein Blick auf den Stapel mit den Kuverts fiel. Ganz oben lag ein Telegramm. Wieso hatte er das übersehen? Es kam aus Newark Valley. Hastig entfaltete er es. Die Nachricht traf ihn unvorbereitet und wie der Faustschlag eines Boxers unterhalb der Gürtellinie. »Vater tot. William.«

Fassungslosigkeit machte seinen Körper starr, nahm ihm den Atem und füllte seinen Kopf mit ziehendem Schmerz. Nein! Nicht sein Vater! Alles in ihm begann sich zu sträuben. Das war nicht möglich! Sein Vater war zwar betagt, aber rüstig! War er nicht noch bei seinem letzten Besuch hinter dem Haus gestanden und hatte Holz gehackt? Hatte nicht noch letzte Woche seine Mutter geschrieben, er plane für das nächste Jahr den Gemüsegarten zu vergrößern? Zögerlich, nur ganz langsam ließ George Lincoln den Gedanken zu und als er ihn akzeptiert hatte, legte er seine Arme auf den Schreibtisch, vergrub den Kopf darin und begann hemmungslos zu weinen.

Es war eine kleine Beerdigung im engeren Familienkreis, lediglich eine Abordnung der Veteranen spielte am Grab ein Abschiedslied und der alte Peter Maxwell hielt mit zittriger Stimme eine Rede. Die Mutter hatte es arg mitgenommen. Ihre Kinder mussten sie sanft zwingen, den Friedhof zu verlassen. George Lincoln blieb noch eine Woche, begleitete die Mutter täglich zum Grab, säuberte die Dachrinne und verarbeitete das restliche Holz.

Zurück in Cornell, setzte Burr eine Frist von zwei Monaten, verlängerte um einen Monat und dann um noch einen. Aber niemand rührte sich. Dann hatten sie ihn so weit zermürbt und erniedrigt, dass er bereit war, den Brief abzusenden, den er schon vor längerer Zeit geschrieben hatte. Er las ihn ein letztes Mal durch:

»Lieber Doktor Jordan,
wie Sie wissen, ist meine Vorstellung von Geschichte keine enge. Nicht die Kriege oder die jeweiligen Regierungen allein sind es,

die ein Geschichtsbild ergeben, sondern das Leben der Menschen in ihrer Gesamtheit. Ihre Institutionen, Ideen, ihr Dasein, ihre Hoffnungen, Ängste, Lieben und Irrtümer, erst das alles zusammen ist es. Meine Jungs und Mädels müssen eintauchen in den vollen, pulsierenden Strom der menschlichen Geschichte, sie müssen deren Luft atmen und deren Gedanken denken. Dieser Strom endet nicht, er trägt uns in die Zukunft. Es gibt keine Wissenschaft, keine Kunst, keine Erfahrung, nichts, was geholfen hätte, die menschliche Zivilisation und den Charakter mehr zu formen, als das Wissen und das Verstehen um unsere Vergangenheit. Das bedeutet: Bücher, Bücher, Bücher und nochmals Bücher! Nicht irgendwelche, die vielleicht nur Sammlerwert haben, sondern Bücher, die in der Geschichte etwas bewegt haben, die verschüttete Quellen freilegen oder das Denken und Fühlen der Zeit aufzeigen! Diese aber sind sehr rar und ihre Beschaffung ist kostspielig. Verzeihen Sie meine Weitschweifigkeit, Sie sind selbst ein Mann der Wissenschaft und der Forschung! Sie wissen, dass ich als Historiker nicht Geschichte bin, so wenig wie Sie als Zoologe Natur sind, und ohne Bücher kann Geschichte nicht wirklich studiert werden! Sie sind mein Laboratorium, mein Museum, meine Welt! Ich bin der Führer meiner Studenten und meine Aufgabe ist es, sie zu lehren, wie man sucht, findet und interpretiert! Nur, wenige Bücher sind fast schlimmer als gar keines. Daher verlange ich die Bereitstellung von fünfundfünfzigtausend Dollar für die ersten elf Jahre. Zu viel? Ich kann es nicht ändern, aber ich weiß, was man damit schaffen kann, wenn man Geduld hat, und ich habe Geduld. Nur muss es eine sichere Hoffnung geben oder ich werde bleiben, wo noch Hoffnung ist!

Mit freundlichem Gruß
Ihr
George Lincoln Burr«

Entschlossen steckte er den Brief in ein Kuvert und legte ihn zur übrigen Post. In den nächsten Tagen sorgte er dafür, dass ein paar Leute davon erfuhren, von denen er wusste, dass sie den Mund nicht halten konnten. Und siehe da, plötzlich ging alles sehr schnell. Was er mit seinen Petitionen, Eingaben und Schreiben nicht erreicht hatte, schaffte nun das bloße Gerücht. Präsident

Adams höchstpersönlich wurde vorstellig, entschuldigte sich wortreich, versprach ihm die Gleichstellung im Kollegium und eine sofortige Erhöhung der Bezüge. George Lincoln sagte ihm, das komme alles ein wenig spät, da er bei Doktor Jordan so gut wie im Wort stehe. Als kurz darauf die Antwort aus Stanford eintraf, fiel ihm ein Stein vom Herzen. Jordan schrieb ihm, das Angebot als solches gelte noch immer, nur die fünfundfünfzigtausend Dollar könne er unmöglich durchsetzen. Burr war gerettet, konnte bleiben, wo sein Herz war, und erst jetzt wurde ihm so richtig bewusst, was der Verlust für ihn tatsächlich bedeutet hätte.

26

An einem kalten Tag im Februar 1632 hatten sie Herbert Lapp mitsamt seiner Frau im Rauch himmelwärts geschickt. Kurz zuvor hatte Hermann Löher der Frau des Amtmanns zähneknirschend die gewünschte Kleinigkeit zukommen lassen. Sie bestand aus einer vergoldeten Silberlampe und einem Lavoir und hatte lediglich die Winzigkeit von zweihundert Reichstalern gekostet. Tatsächlich hatte daraufhin das Getuschel beinahe über Nacht aufgehört. Doch gleich darauf war sein Schwiegervater, der Flerzheimer Schultheiß Matthias Frembgen, ins Gerede gekommen und nach einem kurzen Prozess von nur fünf Tagen von Doktor Moeden auf den Scheiterhaufen geschickt worden. Zur Verbrennung des Bürgermeisters war der Gerichtsschreiber Augustin Rohr hoch zu Ross auf einem geliehenen Pferd erschienen, in der Hand einen großen, ausgehöhlten Zuckerhut, aus dem er genüsslich seinen Wein schlürfte und stolz den Gaffern zuprostete. Die Auslagen von zweihundert Reichstalern hatte die nunmehrige Witwe noch vor Sonnenuntergang zu bezahlen gehabt und später hatten sie ihr nochmals eine Rechnung von über vierhundert Talern gestellt. Ein paar Monate danach war Gottfried Peller gestorben. Der Gram über den Tod seiner Frau, an dem er sich mitschuldig fühlte, hatte ihm das Herz gebrochen.

Das war vor gut vier Jahren gewesen. Nach der Exekution des Ehepaares Lapp hatte das Brennen in Rheinbach und Umgebung ein Ende gefunden. Nun aber ging es drüben in Flerzheim wieder los. Kommissar Moeden war aus dem nahen Münstereifel zurück und nun nicht nur für Flerzheim, sondern auch für Rheinbach zuständig. Löher und Gertzen vermuteten, dass er Geld brauchte. Wie er war seine dicke Frau eitel und prunksüchtig, liebte große Gesellschaften und warf das Geld mit offenen Händen zum Fenster hinaus. Es war kein Geheimnis, dass zu Hause sie es war, die die Hosen anhatte.

Der Hexenkommissar war nun auf eine perfide Methode verfallen, um an neue Namen und Besagungen zu kommen. Er veranstaltete Ratespiele! Zuerst sorgte er dafür, dass die Identität der Verhafteten nicht bekannt wurde, worauf die Leute wie die Motten zum Licht vor das Gefängnis strömten, um zu erfahren, um wen es sich handelte. Moeden stellte sich vor die Menge und fragte: »Na, was glaubt Ihr, wer ist es?« Sofort fing ein großes Rätselraten an, Namen flogen hin und her und Augustin Rohr stand verborgen im Hintergrund, schrieb eifrig mit und passte auf, dass ihm ja keiner entging. Auch den Gefangenen im Kerker verschwiegen sie, wer soeben in die Nachbarzelle gesteckt worden war, und forderten sie auf zu raten, wer es sein könnte.

Ja, der Geck Augustin! Der hatte es durch die Prozesse wirklich zu etwas gebracht! Der kleine, blutarme Gnom, der vor nicht langer Zeit sein Dasein noch mühsam als verachteter Leinenweber gefristet hatte, hatte sich nach dem Tod Matthias Frembgens auf das Amt des Flerzheimer Bürgermeisters beworben und niemand hatte es gewagt, sich seinem Ansinnen zu widersetzen. Gleich darauf hatte er ein stattliches Bürgerhaus in Flerzheim erworben und war nun dabei, sich in Rheinbach einen zweiten Wohnsitz zuzulegen. Aber der Posten als Bürgermeister war eine kostspielige Angelegenheit und verschlang viel Geld.

»Dieser verlauste Hund!« Hermann Löhers breite Nase zuckte im gelben Licht der Öllampe, ließ sie noch mächtiger erscheinen, als sie ohnehin war, und sein kleines, schmales Kinnbärtchen richtete sich auf wie ein Klappmesser. »Der Geck, dieser erbärmliche Läusehund mit seinem Schandmaul, er und der Heimbach! Ja, den Heimbach hat Gott gestraft! Seine Hand ist verdorrt, kaum dass er sitzen kann, und zum Gehen braucht er zwei Stöcke, an denen er unter Qualen seinen verschwürten Leib herumschleppt!«

Im Haus Löher herrschte miserable Stimmung. Um den runden Tisch im Wohnzimmer saßen Kunigundes Mutter, genau genommen ihre Stiefmutter und inzwischen durch Moeden zwangsverwitwet, Richard Gertzen mit seiner Frau, das Ehepaar Löher mit den beiden ältesten Söhnen Hermann und Bartholomäus.

»Ich bin im Gerücht, was soll ich machen?«, bestimmt zum fünften Mal wiederholte Löhers Schwiegermutter nun diesen Satz.

»Sie brauchen Geld, schließlich muss der Geck von irgendwas seine Häuser zahlen, dem Moeden seine feiste Alte braucht neue Kleider und bei dir ist noch einiges zu holen!«, knurrte Löher grob.

»Der Moeden wollte doch den Pfarrer Hubertus zu Meckenheim als Hexer hinrichten lassen, nachdem der mehrmals von der Kanzel herab die Prozesse als Mordprozesse bezeichnet hat!«, sagte Kunigunde nachdenklich.

»Worauf ihm der Moeden seine fettesten Schafe und Hammel abschlachten und verbrennen ließ, was der Pfarrer nicht einfach so hinnehmen wollte und deshalb seine Predigten noch verschärfte!«, setzte Bartholomäus hinzu.

Kunigunde nickte. »Aber der Fürst selbst hat sich dann vor ihn gestellt und ihnen persönlich jedes weitere Vorgehen gegen den Pfarrer verboten!«

Der junge Hermann konnte dem Disput nicht ganz folgen und blickte ein wenig verwirrt vom einen zum anderen.

»Deine Frau hat Recht!«, wandte sich Gertzen an Löher. »Jetzt sind sie eingeschüchtert und gewarnt. Der Moeden, der Geck und die beiden Flerzheimer Ja-und-Amen-Schöffen, der Achsenmacher und der Miller, werden sich hüten, dem Fürsten in nächster Zeit einen erneuten Anlass zu geben. Weißt du was? Ich sage euch, in Flerzheim werden sie jetzt aufhören, jedenfalls so lange, bis ein wenig Gras über die Sache gewachsen ist!«

»Der Moeden geht so schnell nicht weg aus der Gegend!«

»Das glaube ich auch!«, gab Gertzen zurück.

Hermann Löhers Brauen schoben sich nach oben und seine großen Augen weiteten sich noch mehr. »Du meinst ...«

Stumm und schwer hing die Antwort in der Luft.

»Er wird in Flerzheim etwas Ruhe geben, dafür seine Tätigkeit für einige Zeit hierher nach Rheinbach verlagern!«, sprach sie Kunigunde aus.

Hermann Löher sprang hoch und lief wortlos auf und ab. »Ist dein Vetter noch da?«

»Er wollte noch auf einen Schoppen bei mir vorbeikommen!«, erwiderte Gertzen nickend. Nach einem Blick zum Fenster meinte er: »Wahrscheinlich ist er schon bei uns zu Hause!«

»Komm! Gehen wir!«, sagte Löher entschlossen und langte nach seiner Jacke hinter der Tür.

Leicht, beinahe heiter legte sich der Abend über Rheinbach, der Juliwind raschelte leise in den Blättern der Bäume, schubste hoch oben kleine Federwölkchen übers Firmament, die ersten Sterne glitzerten wie goldene Sandkörner auf dunklem Samt. Wehmut überkam Hermann Löher. Wie oft waren er und sein Freund Johann Freylink an Abenden wie diesem draußen vor der Stadt gelegen, die Hände hinter dem Kopf verschränkt, hatten aufgeschaut, klein und winzig waren sie sich vorgekommen, und, ergriffen von der Macht des ewigen Schöpfers, hatten sie kaum zu atmen gewagt. Nachts, daheim im Bett, hatte er weitergeträumt, den Himmel mit Gottvater auf einer Wolke gefüllt und die Mutter Maria stieg langsam mit dem Jesukind im Arm auf der Sichel des Mondes stehend am Horizont empor. Aber die Träume hatten sich gewandelt. Kein Lächeln huschte im Schlaf mehr über seine Lippen, stattdessen stieß ihn Kunigunde in die Seite, wenn er wieder einmal heftig mit den Zähnen knirschte.

»Ach, die Herren Löher und Gertzen!«

Es war Jan Bewell. Löher fuhr merklich zusammen. Weniger, weil Bewell ihn aus seinen Gedanken gerissen hatte, sondern wegen dessen Aussehens. Zwar verlöschte die Dämmerung die Farben, verwischte die Konturen, trotzdem war auszumachen, dass Bewells Gestalt mehr Ähnlichkeit mit einer Vogelscheuche hatte als mit einem Menschen. Sein Haar hing in zottigen Strähnen über aufgedunsene Wangen, der Blick unter den schweren Augenlidern war der eines Blöden, der seinen Verstand ertränkt hatte. Die an ihm herabhängenden, mit faustgroßen Löchern durchsetzten Fetzen waren von oben bis unten mit Schmutz und Dreck verkrustet. Offensichtlich war es wahr, was man sich erzählte, nämlich, der Bewell schleppe solche Räusche mit sich herum – oder besser gesagt der Rausch ihn –, dass er oft nächtelang nicht den Weg nach Hause fand und draußen auf dem freien Feld seinen Suff ausschlief. Sogar auf einem Misthaufen hatten sie ihn angeblich schon gefunden.

»Gehen wir einen trinken?«, lallte er und machte einen tapsenden Schritt auf die beiden zu.

»Keine Zeit, Jan Bewell«, antwortete Gertzen, »vielleicht ein andermal!«

Bewell murmelte etwas Unverständliches und sah ihnen mit stierem Blick nach.

»Vier Jahre lang war es jetzt weitgehend ruhig mit dem Hexen- und Zaubererbrennen. Das ist einem Buch zu verdanken, ›Cautio criminalis‹ heißt es. Einige Leute scheint es nachdenklich gemacht zu haben. Jedenfalls hat die kurkölnische Regierung kurz nach seinem Erscheinen Anweisung gegeben, mit den Prozessen etwas vorsichtiger zu sein.« Pater Johann Freylink lief mit besorgter Miene auf und ab. »Aber es ist wie mit mancher Medizin: Irgendwann verliert sie die Wirkung. Jetzt fangen sie mit der Sengerei wieder an. Was den Moeden betrifft, so denke ich auch, dass er sich für ein Weile aus Flerzheim zurückziehen und einen neuen Acker suchen wird, auf dem er eine reife Ernte vorfindet. Und hier in Rheinbach ist noch längst nicht alles abgeerntet. Rheinbach soll enthauptet werden. Ob dabei der Buirmann, der von der Stegen oder der Moeden das Schwert führt, ist nebensächlich. Sie wollen die Führungsschicht beseitigen, die Macht an sich reißen. Alle, die hier etwas zu sagen und Einfluss haben, sollen weg! Lirtz, Lapp und Peller haben sie bereits erledigt, Bewell ersäuft sich selbst und Thynen und Halfmann brauchen sie. Wer ist dann wohl als Nächster dran? Dass ihr beide auf der Liste seid, ist so sicher wie das Amen in der Kirche!«

Es entstand eine beklemmende Stille. »Was sollen wir deiner Meinung nach tun?«, fragte Gertzen dann zaghaft.

»Ich will ja nicht gleich den Teufel an die Wand malen, doch ich würde mir an eurer Stelle schon Gedanken machen, wie ihr notfalls von einer Stunde auf die andere aus Rheinbach verschwinden könnt!«

»Aber mein Geschäft, mein Haus … meine Frau, meine Kinder …«, stammelte Löher, während Gertzen nur dastand und kein Wort herausbrachte.

Durch das geschlossene Fenster klang gedämpft das Kullern von Steinen. Keiner beachtete es.

»Eben. Auch da müsst ihr Vorsorge treffen, vor allem, was eure Frauen angeht.« Freylink sah Löher an. »Du siehst ja selbst, was sie gerade gegen deine Schwiegermutter anzetteln. Ich denke, der Rüffel des Fürsten wegen des Pfarrers hat ihr eine Schonfrist verschafft, aber darauf zu hoffen, dass dieser Zustand ewig anhält, wäre ziemlich kühn!«

In Löhers Kopf zwängte sich mit einem Mal Gertrud Lapp, die lieber auf den Scheiterhaufen gegangen war, als ihren Besitz im Stich zu lassen.

»Also, wie sollen wir vorgehen?« Es klang nicht nach einer Frage, sondern nach festem Entschluss.

Löher horchte zum Fenster hin. War da nicht etwas?

»Erstens«, sagte Freylink, »zu niemandem ein Sterbenswörtchen, außer zu euren Frauen. Zweitens: Schafft alles, was ihr an Barvermögen habt, aus der Stadt. Drittens: Deponiert es nicht an einem einzigen Ort, sondern in mehreren Städten. Viertens: Streut rechtzeitig das Gerücht aus, ihr wolltet eure Häuser verkaufen. Dein Haus mit dem Kontor ist doch inzwischen viel zu klein, stimmt's nicht, Hermann? Deines ja auch, Richard, du wolltest doch schon längst neu bauen oder irre ich mich? Fünftens, das gilt für Kunigundes Mutter: Sie soll so tun, als ob nichts wäre. Das Geld holst du oder Kunigunde selbst am besten bei ihr persönlich ab, das schafft kein Gerede!«

»Wohin? Ich meine, wegen der Depots. Es macht wenig Sinn, das Geld nach Frankfurt zu schaffen, wenn ich dann nach Bremen gehe!« Gertzens Stimme klang unwillig, gereizt. Gerade so, als ob sein Vetter an allem schuld wäre.

Wieder polterten ein paar Steine.

»Was ist das?«, fragte Löher misstrauisch.

»Pflastersteine. Ein Haufen, vor dem Fenster. Wahrscheinlich pinkelt wieder so ein verdammter Köter darauf!«, meinte Gertzen.

Die drei schwiegen, lauschten in die Stille.

»Übermorgen fahre ich nach Köln. Ich höre mich dort um und gebe euch baldmöglichst ...«

»Das muss aber ein großer Köter sein mit einer noch größeren Blase!«, brummte Löher und war mit ein paar Schritten beim Fenster, löste die beiden Riegel, riss es auf und versuchte in der Dunkelheit etwas zu erkennen. Sehen konnte er zwar nichts, aber er hörte, wie sich jemand im Laufschritt entfernte.

27

Mattie Alexander Martin kroch hinaus in einen zauberhaften Morgen. Der Himmel war durchsichtig wie dünnes Glas, im Osten schimmerte ein schmaler Streifen in der Farbe einer reifen Honigmelone und vom Cayuga her wehte eine leichte Brise. Mattie, die aber alle nur Sandy nannten, abgeleitet von ihrem zweiten Vornamen, richtete sich auf, schloss die Augen, hielt ihren Kopf mit hochgerecktem Kinn in den warmen Wind und genoss das sanfte Streicheln durch ihr wuscheliges Haar. Der Geruch von Holzfeuer stieg ihr in die Nase, irgendwo klapperte Kochgeschirr. Nach und nach kam Bewegung in die Decken unter der Plane, die sie zwischen die Bäume gespannt hatten, schlaftrunkene Gesichter schnitten Grimassen in das Licht des neuen Tages. Es war ein spontaner Einfall von George Lincoln gewesen, die Nacht mit ein paar Freunden und einigen seiner Studenten im Freien zu verbringen. Mit Decken, Rucksäcken, Kochgeschirr und einer Gitarre waren sie einfach drauflosgezogen, waren gewandert, bis sie am späten Abend einen geeigneten Platz zum Schlafen gefunden hatten. In unmittelbarer Nähe des Lagers plätscherte ein Bach und an Brennholz war in den weiten Wäldern um den Cayuga kein Mangel.

Sandy Martin reckte sich, sog tief die frische Luft ein. Ihr Kleid spannte sich über ihren festen Brüsten, deren Warzen sich für einen Augenblick wie kleine Karamellbonbons abzeichneten. Barfuß schlenderte sie im noch taufeuchten Gras hinunter zum Wasser, blieb dort stehen und blickte hinaus auf die funkentanzende Fläche, auf der sich ein paar dunkle Punkte mit kaum wahrnehmbarer Geschwindigkeit dem Ufer näherten. Wahrscheinlich Fischer, die ihren Fang einholten.

George Lincoln hockte versunken auf seiner Decke, die Beine im Schneidersitz. Der halb geöffnete Rucksack lag neben ihm. Leise trat sie von hinten an ihn heran und sah ihm über die Schulter. Das war typisch für ihn und sie hätte sich gewundert, wenn es anders gewesen wäre. Bis hier heraus schleppte er seine Arbeit! Zwischen seinen Knien lag ein Buch, das er als Schreibunterlage benutzte, und sein Waterman-Füller flog über das Blatt. Sandy knickte einen langen Grashalm und fuhr damit leicht über Burrs Nacken. Unwillig schüttelte er den Kopf, um das vermeintliche lästige Insekt loszuwerden. Erst beim dritten Mal löste sich sein Blick vom Papier.

Sandy lachte. »Du bist unmöglich! Kannst du auch einmal an etwas anderes denken als an deine Arbeit?«

»Ich habe schon Holz gesammelt und Wasser geholt!«, verteidigte er sich. »Momentan mache ich bestimmt zehn Sachen gleichzeitig! Schon vor fast fünfzehn Jahren habe ich mich breitschlagen lassen, für die Serie ›Helden der Geschichte‹ einen Band über Karl den Großen zu verfassen«, redete er weiter und es klang beinahe entschuldigend, »er ist bis heute nicht fertig. Dazwischen kam der Streit über den Grenzverlauf zwischen Britisch Guyana und Venezuela, mit dessen Klärung ich ganze drei Jahre beschäftigt war, und jetzt hänge ich an einer Hexenjagd, die sich in Massachusetts, in Salem, zugetragen hat. Hör mal zu!«

»Das tue ich ja schon die ganze Zeit!«, lächelte sie und fuhr ihm neckend mit dem Grashalm über die Wange.

»In nicht einmal drei Monaten haben sie dort im Jahr 1692 neunzehn Menschen hingerichtet. Was dabei interessant ist, sind die verschiedenen Vorstellungen über die Gestalt des Teufels. Der ›Hexenhammer‹, Binsfeld, Bodin und wie sie alle heißen beschreiben ihn als bösartig, aggressiv und Furcht erregend. Er denkt in großen Maßstäben, will die ganze Welt verderben, feiert mit seinen Anhängern orgiastische Gelage. Bei den Puritanern in Salem aber ist er eher ein kleiner Dieb, schleicht des Nachts um die Häuser, wobei er die Gestalt eines honorigen Mitbürgers annehmen kann. So beschreibt ihn auch Mathers, der sich als Spezialist in Hexereifragen hervortat und mit seinen Predigten zur Verbreitung der Raserei beitrug, sodass der Funke auf Cambridge, Boston und Ipswich übersprang. Also, auf der einen Seite des Atlantiks ist er ein Massenmörder und hier in Neuengland ein kleiner Gauner!«

Vom Lagerfeuer herüber drang Gelächter, Gordon Malkovech war auf einen Baum geklettert, saß auf einem ausladenden Ast und klimperte auf der Gitarre.

»Rutsch ein wenig zur Seite!«, sagte Sandy, worauf George Lincoln Buch, Papier und Füller in seinem Rucksack verstaute.

Schweigend hockten nun beide auf der Decke, sahen hinaus auf die weiten Wasser des Cayuga.

»Sandy, wir müssen miteinander sprechen!«

»Ich weiß«, antwortete sie und wandte sich ihm zu, »aber ich bin noch nicht so weit!«

Es war ihr sichtlich unangenehm.

»Sandy«, fing er nochmals an, »ich weiß, dein Vater bedeutet dir alles. Du vergötterst ihn, wie er dich vergöttert, und du misst jeden anderen Mann an ihm. Ich kann und werde aber niemals ein Ersatzvater für dich sein. Und ich will es auch nicht, selbst wenn ich es könnte! Erwarte nicht zu viel von einem Mann! Es ist das lange Zusammenwachsen, das den Wert ausmacht. Das Teilen, das Vergeben, die langsam gewonnene Geduld, das Heranreifen der Zärtlichkeit, das Gefühl des Gebrauchtwerdens. Ohne all das ist es nur Leidenschaft, und eine Beziehung, deren einziger Kitt die Leidenschaft ist, wird wortlos und macht die Menschen stumm und einsam. Aber gesegnet sei die Leidenschaft, wenn sie die Woge ist, die uns überschwemmt, die uns nicht fortreißt, sondern den Boden für die Liebe bereitet. Dann ist sie ein Geschenk nicht nur für die beiden Liebenden, sondern für alle.«

George Lincoln blickte in ihre haselnussfarbenen Augen und gab ihr einen leichten Kuss auf die Nasenspitze.

»Du bist jetzt sechsunddreißig, ich neunundvierzig und es gibt für manche Dinge biologische Grenzen. Du weißt schon, was ich meine.« Er erhob sich, warf ihr einen zärtlichen Blick zu, nahm einen flachen Kieselstein auf und ließ ihn übers Wasser flitzen.

Sandy zog ihre Beine an und stützte den Kopf in die Hände. Sie wusste, dass er Recht hatte, und es plagte sie das schlechte Gewissen, ihn nun schon so lange hinzuhalten. Seit wann kannten sie sich eigentlich? Das erste Mal begegnet waren sie sich vor etwa sechs Jahren, als sie zum Studium nach Cornell gekommen war. Nach und nach hatte sich eine Freundschaft entwickelt. Wann daraus mehr geworden war, konnte sie nicht genau sagen. Von Cornell aus war sie als Lehrerin nach Ypsilanti in Michigan gegangen, wohin er ein Bild von sich nachschickte, das ihr aber nicht gefiel, weil er so humorlos und ernst dreinsah. Trotzdem hatte sie sich mit einem Strauß getrockneter Blumen revanchiert. Vor nun über einem Jahr war sie nach Cornell zurückgekehrt, wo sie nun Philosophie unterrichtete.

Hat er dir eigentlich den Hof gemacht?, überlegte sie. Diese Frage konnte sie beinahe mit Entschiedenheit verneinen. Jedenfalls nicht in der Art, wie man sich das im Allgemeinen vorstellte. Doch er war da, wenn sie ihn brauchte, unaufdringlich und selbstverständlich.

»Hey, Sandy, guten Morgen! Was ist los?« Es war Morse Stephens, der Engländer, Burrs Kollege und Freund, in dessen Äußerem aber noch nie jemand einen Briten vermutet hatte, sondern fast immer einen Franzosen. Sandy musste lächeln, als sie zu den anderen trat und Stephens seinen kleinen, zerlegbaren Rasierapparat auseinander nahm und gewissenhaft säuberte. Selbst hier heraußen legte er Wert auf eine Rasur, besonders was sein schmales Oberlippenbärtchen anbelangte. Es passte zu ihm, sein Aussehen. Schließlich war er Spezialist für die Französische Revolution und er hatte aus England einen riesigen Bestand an Büchern und Dokumenten darüber nach Cornell mitgebracht.

»Wo ist George Lincoln?«, wollte Stephens wissen.

»Keine Ahnung. Auf einmal war er verschwunden.« Sandy stellte sich ans Feuer, über dem an einem dreibeinigen Gestell der große Wassertopf hing.

Morse Stephens war mit seiner Morgentoilette fertig, langte nach der Axt, zerkleinerte einen armdicken Ast und warf ein paar Prügel in die Glut. Funken stoben knisternd auf, das Feuer saugte den Saft mit einem zischenden Simmern aus dem feuchten Holz und verwandelte den leichten Rauch in beißenden Qualm. Unwillkürlich trat sie einen Schritt zurück.

»In Wirklichkeit sind es doch Ausflüchte. In Wirklichkeit hast du Angst vor deinem Vater und dem Gerede in Cornell!«, ging sie mit sich selbst ins Gericht. »Du willst nur der Auseinandersetzung mit Vater aus dem Weg gehen, weil du seinen Standpunkt kennst! Aber du kannst nicht in alle Ewigkeit um den heißen Brei herumreden! Schließlich geht es nicht nur um deine, sondern um euer beider Zukunft, um euer Leben!«

»Da kommt er ja, der Professor!«, rief einer der Studenten.

Sandy sah auf und war irritiert.

Burrs Aufzug war etwas ungewöhnlich. Über dem nackten Oberkörper spannten sich die breiten Hosenträger, das Hemd, in das offensichtlich etwas eingewickelt war, hielt er in der Hand.

»Was hast du da? Ich meine, warum kommst du halb nackt daher?«, fragte sie in ihrem breiten Südstaatendialekt, in den sie immer dann verfiel, wenn sie überrascht war. Genau vor Situationen wie dieser hatte sie Angst. Ihr Vater war strenggläubiger Presbyterianer, dem sein Glaube ein solches Verhalten verbot, und er hätte es niemals geduldet.

George Lincoln gab keine Antwort, lächelte nur. Wortlos legte er dann sein Hemd ins Gras und schlug es langsam auf.

»Fische!«

Es klang beinahe wie ein einstudierter Chor.

»Ja, Barsche! Ich habe sie gerade einem Fischer abgekauft, der sie gleich ausgenommen hat. Einmal etwas anderes zum Frühstück. Wir brauchen jetzt nur noch ein paar Stöcke, um sie braten zu können!«

Burr wandte sich an Sandy. »Wie hätte ich sie denn sonst hierher bringen sollen? In den Händen? In den Hosentaschen?«

Für die Umstehenden klang es heiter, doch sie spürte seine Verärgerung.

George Lincoln ließ scheinbar belustigt den rechten Hosenträger schnalzen und ging zur Decke hinunter am Ufer, auf der immer noch sein Rucksack lag.

Sandy kam nach einer Weile hinterher.

»Entschuldige«, sagte sie, »ich habe es nicht so gemeint!«

»Du nicht! Aber dein Vater!« Burr streifte sein Ersatzhemd über den Kopf.

»Jock?«

Das war ihr Kosename für ihn, wenn sie allein waren. »Jock of Hazeldean« war eines seiner Lieblingslieder, das er eine Zeit lang unentwegt vor sich hingeträllert hatte.

Er hielt einen Augenblick inne. »Ja?«

»Jock, ich möchte mit dir reden!«

George Lincoln sah in ihre Augen und lächelte.

28

Kunigundes und Freylinks Folgerungen schienen richtig gewesen zu sein. Seit ein paar Tagen trieb sich Doktor Moeden auffallend oft in Rheinbach herum. Der Geck Augustin, seines Zeichens Bürgermeister von Flerzheim und Hilfsgerichtsschreiber, strich wie ein hungriger Wolf durch die Gassen, saß mit großen Ohren und schneller Zunge in den Gasthäusern und suchte fast täglich den Heimbach auf.

Aber auch Hermann Löher war öfters als früher in den Wirtshäusern zu finden, ebenso Richard Gertzen. Löher war gerade auf dem Weg zum Dämmerschoppen, als er etwas Ungewöhnliches bemerkte. Mitten auf der Straße stand Pfarrer Wienand Hartmann und redete sichtlich erregt auf die beiden Ja-und-Amen-Schöffen Thynen und Halfmann ein. Einige Leute waren in respektvollem Abstand stehen geblieben in der Erwartung, etwas von dem Disput aufzuschnappen. Doch Hartmann machte ohnehin kein Geheimnis daraus, um was es ging. Löher trat hinzu und erschrak. War der Pfarrer denn von allen guten Geistern verlassen? Dachte er nicht an den Pfarrer von Esch und an den von Wiesbaum drüben in der Eifel, die der Moeden durchs Feuer hatte jagen lassen? War ihm der Meckenheimer Pfarrer Hubertus keine Warnung?

»Könnt Ihr das mit Eurem Gewissen vereinbaren?«, schrie er Thynen und Halfmann regelrecht an. »Könnt Ihr das vor Gott verantworten, wenn Ihr ihm dereinst entgegentretet? Ja und Amen zu allem? Seht Ihr denn nicht das himmelschreiende Unrecht, Eure Blutsudelei?«

Die beiden standen da wie ertappte Eierdiebe, mit vor Verlegenheit hochrotem Kopf und den Blick zu Boden gerichtet. Nur gelegentlich wagten sie einen kurzen, hastigen Zwinker zur Seite auf der Suche nach einer Möglichkeit, dem Strafgewitter zu entkommen. Aber es gab kein Entrinnen. Pfarrer Hartmann spießte sie auf mit seinen Worten, meinte jedoch nicht nur die beiden, sondern auch den Schall, den Heimbach, den Rohr, den Moeden, den Buirmann, den von der Stegen und die neuen Schöffen. Das war nur zu deutlich herauszuhören. Erst als immer mehr Leute stehen blieben, wurde er etwas leiser.

»Vier Jahre lang war jetzt Ruhe dank der ›Cautio criminalis‹. Gebt es den Herren, die Latein lesen können, und sie werden große Augen machen!«, sagte er noch und ließ die beiden dann verdattert stehen.

Im »Goldenen Lamm« saß der Flerzheimer Bürgermeister Augustin Rohr. Er war nun ein wichtiger Mann, einer, der Verantwortung trug, auf dem eine schwere Bürde lastete, einer, von dem erwartet wurde, dass sein Rat und seine Entscheidungen von geradezu salomonischer Weisheit waren. Da ein bedenkliches Kopfwiegen, hier eine beschwichtigende Handbewegung, dort ein bestätigendes Nicken, ein von Zweifeln geplagtes Gesicht, scheinbar angestrengtes Überlegen – das musste man dem Geck lassen, was die Mimik anbetraf, reichte kein Moritatensänger an ihn heran. Scheinbar mit einer wichtigen Überlegung beschäftigt, langte er gedankenverloren zum Weinkrug, schenkte sich ein und trank in kleinen, abgehackten Schlucken. Die Zunge schleckte noch genüsslich über seine falben Lippen, fuhr dann mit einem Schmatzlaut zurück in den Mund.

Löher war beim Eintreten erleichtert gewesen, dass am Tisch des Nachfolgers seines Schwiegervaters kein Platz mehr frei war. Zwei Tische weiter und in ausreichend erscheinendem Abstand setzte er sich zu Pens Leinen, Wollhändler wie er, und dem Bauern Anton Henkel.

»Nein, ich glaube das nicht!«, hörte er den Geck von drüben. »Sicher, es könnte sein und es macht sie durchaus verdächtig. Denn wer so lange mit einem nach Recht und Gesetz verurteilten Zauberer unter einem Dach gewohnt hat und mit ihm verheiratet war, muss es sich schon gefallen lassen, dass man sich Gedanken macht. Aber ich denke …«

Den Rest konnte er nicht verstehen. Er sah nur, wie der Bote Martin Koch ihm einen lauernden Blick zuwarf, gerade so, als ob er auf etwas wartete. Der Steinhaufen! Ja, der Steinhaufen vor Gertzens Haus! Das war der Koch gewesen, da war er sich jetzt sicher! Aber wem stieg der hinterher? Ihm? Dem Gertzen? Oder allen beiden?

»... mein Vorgänger in Flerzheim ...«, schnappte er auf.

Hermann Löher spürte, wie ihm das Blut in den Kopf schoss. Nun wusste er, von wem die Rede war. Wollte der Geck ihn herausfordern? Dieser verlauste Hund getraute sich, in seiner Anwesenheit über seine Schwiegereltern zu reden und so zu tun, als nähme er, Rohr, Kunigundes Mutter in Schutz! Löher musste sich mühsam beherrschen, um nicht aufzuspringen und dem Rohr die Zähne in den Hals zu schieben.

Er trank sein Bier in einem Zug leer, zahlte und verließ die Wirtschaft, ohne an die Gesellschaft um den Geck Augustin auch nur einen einzigen Blick zu verschwenden.

Die Sonne stach auf Rheinbachs Dächer nieder und zwischen den Häuserwänden war die Hitze kaum auszuhalten. Im Kontor, bewehrt durch die dicken Mauern, war es erträglicher. Hermann Löher rann dennoch der Schweiß in den weit geöffneten Hemdkragen, während er die schweren Wollballen nach oben in die Regale verfrachtete. Knarrend drehte sich das schwere Tor hinter ihm in den Angeln, helles Licht flutete in einem schmalen Streifen in den Raum, wanderte nach oben bis fast zur Decke. Geblendet versuchte Löher die Gestalt zu erkennen, doch erst als sich das Tor wieder geschlossen hatte, sah er, dass es Richard Gertzen war. Er schob den Ballen mit einem Ruck nach hinten und stieg langsam von der Leiter.

»Was treibt dich hierher?«, fragte er und spürte ein leichtes Unbehagen in sich hochsteigen, als er Gertzens Gesicht sah.

»Ich habe gehofft, mein Vetter übertreibt und sieht Gespenster. Aber es stimmt, er hat Recht gehabt!«

»Kannst du sagen, wovon du redest, oder soll ich raten?«

Gertzen blickte ihn stumm an. »Du bist im Gerede!«

Obwohl Löher damit gerechnet, ja eigentlich darauf gewartet hatte, traf es ihn wie ein Keulenschlag. Mit tapsigen Schritten ging er zurück zur Leiter und setzte sich benommen auf eine der Sprossen. »Wer steckt dahinter?«, fragte er heiser.

»Ich weiß nicht, von wem es ausgeht. Man tuschelt, wenn schon der Schwiegervater als Zauberer geendet habe und die

Schwiegermutter im Gerede stehe, mit dem Teufel einen Bund zu haben, dann wäre es kein Wunder, wenn der Schöffe Löher mit ihnen unter einer Decke stecke. Verdächtig sei es auf alle Fälle, wie du die Angeklagten in Schutz genommen hättest und sich dann doch jedes Mal ihre Schuld herausgestellt habe!«

Löher wischte sich mit dem Ärmel den Schweiß von der Stirn.

»Hast du dein Haus verkauft?«, fragte Gertzen besorgt.

»Ja, schon. Aber das Geld habe ich noch nicht!«

»Was wirst du tun?«

»Zuerst mit meinen beiden Ältesten reden. Momentan sind die Kinder noch nicht in Gefahr, sie bleiben hier, das habe ich so mit dem Käufer vereinbart. Pfarrer Hartmann übernimmt die Obhut. Kunigunde geht unverzüglich nach Flerzheim zu ihrer Mutter und mit ihr sofort weiter nach Münstereifel, wohin ich nachkomme. Von dort aus fahren wir in die freie Reichsstadt Köln, wo wir vor den Häschern des kurkölnischen Herrschaftsbereichs halbwegs sicher sind. Das ist schon alles vorbereitet.« Nach einer Weile erhob er sich von der Leiter und blieb vor Gertzen stehen. »Vergelte es dir Gott, Richard! Aber bedenke: Du bist der Nächste!«

Was das anbetraf, sollte er sich irren. Die nächste Verhaftung in Rheinbach betraf eine Person, die als unantastbar galt und von allen Rheinbachern mit Respekt behandelt wurde, wiewohl es in der Vergangenheit gelegentliche Reibereien gegeben hatte. Löher erreichte die Nachricht nur wenige Tage nach seiner Flucht in Köln, wo er mit den beiden Frauen bei einem seiner Geschäftsfreunde Unterschlupf gefunden hatte. Der Überbringer war sein Freund Johann Freylink, der es von Pfarrer Hartmann erfahren hatte. Der Nächste war demnach nicht Richard Gertzen gewesen, sondern der Vogt, Doktor Andreas Schwegeler.

»Damit haben sie in Rheinbach eine Grenze überschritten, hinter der es keine weitere gibt!«, schloss Löher.

Totenstill war es nun in der kleinen Küche. Nur der Deckel des Wassertopfes auf dem Herdfeuer hob sich gelegentlich und fiel mit einem blechernen Scheppern zurück.

»Die Gertzens? Was ist mit ihnen?«, fragte Kunigunde mit banger Stimme.

Hermann Löher zuckte die Schultern. »Wie es aussieht, sind sie noch in Rheinbach. Pfarrer Hartmann hat jedenfalls über sie nichts mitgeteilt. Aber das ist noch nicht alles!« Er holte tief Luft. »Behaltet den 3. August 1636 als unseren persönlichen Feiertag in Erinnerung! Er ist unser aller zweiter Geburtstag! Gleich nach unserer Flucht haben sie einen Haftbefehl gegen mich ausgestellt, aber es ist auch möglich, dass er schon vorbereitet war und wir den Halunken nur knapp zuvorgekommen sind!«

Wieder hob sich der Deckel und klappte zurück auf den Topfrand. Kunigundes Mutter erhob sich und schob ihn etwas zur Seite, damit der Dampf entweichen konnte.

»Ach ja«, fuhr Löher wie nebenher fort, »das Haus haben sie beschlagnahmt!«

»Was haben sie?«, fuhr seine Frau auf. »Es gehört ja gar nicht mehr uns! Was ist mit den viertausend Reichstalern, die wir noch zu bekommen haben?«

»Ebenfalls beschlagnahmt!«, antwortete er trocken.

»Und die Kinder?«

»Sie können sie nicht von heute auf morgen auf die Straße setzen und Pfarrer Hartmann ist ja auch noch da. Der Hermann und der Bartholomäus werden sofort beim Kurfürsten Beschwerde einlegen!«

»Welch Unglück, welch Unglück! Was haben wir verbrochen, dass uns Gott so bestraft!«, fing Kunigundes Mutter zu schluchzen an.

»Hör auf zu lamentieren! Freu dich vielmehr darüber, dass sie dich nicht in einer Rauchwolke nach oben geschickt haben!«, knurrte Löher grob.

Dem Blick, den er dafür zurückbekam, konnte er beim besten Willen nichts Freundliches entnehmen.

»Ich war noch im Hafen. Für übermorgen haben wir ein Schiff, das den Rhein hinauf bis nach Wesel fährt. In diesen Zeiten mit dreitausend Reichstalern in der Tasche über Land zu reisen, ist zu riskant!«, sagte er dann, wandte sich um und fing an, in seinem Felleisen zu kramen.

»Was suchst du denn?«, fragte Kunigunde verwundert.

Löher zog eine schwere, ledergebundene Bibel hervor, ein Erbstück seines Vaters. Außer ihr und den notwendigsten Kleidungsstücken sowie ein paar Kleinigkeiten, an denen sein Herz hing, hatte er nichts mitgenommen. Langsam, beinahe ehrfürchtig legte er sie auf den Tisch, schlug sie auf und schien etwas zu suchen.

»Da!«, rief er plötzlich aus. »›Prediger! Fluche nicht wegen der Plagen zu Gott und halte es nicht für Teufelei oder Zauberei wie die Gottlosen, die damit den Nächsten beschuldigen! Halte es nicht für ein Unglück, das andere dir angetan haben‹ ... Trifft das nicht auch auf Rheinbach zu?!«

29

Sergeant Taylor Martin war ein gestrenger Herr mit ebensolchen Prinzipien und mit geradlinigen Ansichten. Trotzdem – oder vielleicht gerade deswegen – war sein Weltbild vor ein paar Tagen in beträchtliche Schieflage geraten. Sergeant war er eigentlich schon lange nicht mehr. Während des Krieges hatte er ein Artillerieregiment befehligt und war zugleich Feldgeistlicher gewesen. Nach Kriegsende hatte er sich lange Zeit beharrlich geweigert, die graue Uniform der Konföderierten an den Nagel zu hängen, und er vertrat bis heute vehement die Ansicht, die Südstaaten wären moralisch im Recht gewesen. In der Negerfrage war er zwar moderater, als es hier üblich war: Er sah in den Schwarzen nicht eher mit dem Tier verwandte Untermenschen, war aber der Ansicht, sie hätten nichts zuwege gebracht, was auch nur annähernd die Bezeichnung Kultur verdiente. Und nun schleppte seine Tochter, seine Sandy, einen Yankee an, Baptist noch dazu – vielleicht auch Methodist, Quäker, Lutheraner oder womöglich sogar Katholik. Zugetraut hätte er es ihm jedenfalls. Doch das war nicht alles. Lincoln hieß er mit zweitem Namen, wie dieser unsägliche Präsident, dem sie das ganze Schlamassel hier im Süden zu verdanken hatten! George, so würde er ihn vielleicht noch nennen, aber niemals George Lincoln. Eher würde er sich die Zunge abbeißen.

»Wenn es überhaupt so weit kommt!«, klammerte sich Sergeant Taylor Martin an den dünnen Strohhalm, in Wirklichkeit machte er sich allerdings keine großen Hoffnungen. Schließlich war Sandy seine Tochter und wie er mit einer gehörigen Portion Sturheit gesegnet. Das versöhnte ihn wieder etwas, erfüllte ihn mit ein wenig Stolz.

Taylor Martin warf einen Blick hinüber zu den beiden, die sich in den schattigen Teil der Veranda zurückgezogen hatten.

So übel war der Kerl eigentlich nicht, außer dass er erheblich älter war, schon auf die fünfzig zuging. Na ja, Sandy war auch nicht mehr die Allerjüngste. An Verehrern hatte es ihr wahrlich nie gefehlt, aber sie war zu wählerisch gewesen. John Huitcroft, das wäre ein Bursche für sie gewesen! Tabakfarmer, groß wie ein Baum und Presbyterianer durch und durch! Doch den hatte sie nicht gewollt, lieber brotlose Kunst studiert, Philosophie und Psychologie!

»Dieser Burr, was war der? Geschichtsprofessor!«, begann er wieder zu hadern. Hatte genau so einen Hungerleiderberuf wie seine Tochter! Dazu brachte er die Familie Martin durcheinander. Bei Sandy hatte er es schon geschafft. Während des Geschichtsstudiums hatte er ihr die Aufgabe gestellt, sich kritisch mit Johannes Calvin zu befassen, und als sie in den Ferien nach Hause gekommen war, hatte sie ihre Mutter und ihn, den Vater, davon überzeugen wollen, dass Calvin bei weitem nicht die leuchtende Gestalt gewesen sei, zu der ihn die Presbyterianer verklären würden. Calvin habe zwar Gewissensfreiheit gefordert, jedoch nur für sich und seine Anhänger, nicht für Andersdenkende. Gestern hatte es dann beinahe dem Fass den Boden ausgeschlagen! Hatte dieser Burr doch glatt behauptet, Hexenprozesse seien einer der Gründe für die rasche Verbreitung der presbyterianischen Lehre gewesen! Das hatte er noch nie gehört, und wenn das jemand anderer behauptet hätte, hätte der ihn kennen lernen können! So hatte er nur abweisend geschwiegen und sein Schwiegersohn in spe hatte das Thema von sich aus beendet. Aber es ließ Taylor Martin keine Ruhe. Langsam drehte er seinen Schaukelstuhl den beiden zu und hüstelte ein paar Mal, so lange, bis George Lincoln und Sandy endlich aus ihren Büchern aufsahen.

»Ich möchte nicht stören«, sagte er, »das Gespräch gestern … ich meine, ich würde doch gern mehr darüber wissen!«

»Hexenprozesse und Presbyterianer?«, versicherte sich Burr vorsichtshalber.

Der Sergeant nickte.

»Es war im November, Dezember 1691. Samuel Parris war Pfarrer von Salem in Massachusetts. In seinem Haushalt wohnten seine Tochter Betty, drei Jahre alt, deren elfjährige Nichte Abigail und deren zwölf Jahre alte Freundin Anne. Parris hatte von einer Reise nach Barbados eine Farbige westindischer Abstammung mitgebracht. An den langen Winterabenden erzählte diese Tituba von Voodoozauberern, Geistern, Dämonen und Wahrsagerei in ihrer Heimat. Die Kinder saugten das wie ein Schwamm auf, glaubten natürlich jedes Wort, und ihre liebste Beschäftigung wurde es, sich gegenseitig die Zukunft vorherzusagen. Zunehmend wurde das Verhalten der Kinder merkwürdig. Betty schien völlig durchgedreht, sauste treppauf, treppab, durch die Räume, versteckte sich unter Möbeln, bekam Krampfanfälle und klagte über Schmerzen. Der herbeigerufene Doktor war ratlos. Dann zeigten sich ähnliche Symptome bei Anne, bald darauf bei Abigail. Dazu muss man sagen: Parris war ziemlich unbeliebt und die Gemeinde versuchte ihn loszuwerden. Er wehrte sich, predigte von einer Verschwörung gegen ihn und die Puritaner, von bösen Kräften, die Salem im Würgegriff hielten. Schon seit ein paar Jahren kursierte eine Schrift des puritanischen Spezialisten für Hexereifragen, Cotton Mathers, in der ein Fall beschrieben war, wie er sich nun in Salem zutrug. Keine Frage – die Kinder waren verhext und der Pfarrer hatte den Beweis für seine These! Überraschenderweise gestand Tituba sofort – mit Sicherheit hat Parris das Geständnis aus ihr herausgeprügelt. Das war im Januar 1692. Bereitwillig gab sie zu, nicht die einzige Hexe in Salem zu sein, und benannte zwei weitere Frauen. Beide entsprachen dem Bild, das man sich von einer Hexe machte: die eine eine zerlumpte, streitsüchtige Bettlerin, die andere ein altes, zänkisches und mürrisches Weib. Jetzt kamen wieder die drei Mädchen ins Spiel: Sie bezichtigten eine Frau, der es ebenfalls zuzutrauen war, mit dem Teufel im Bund zu stehen. Bridget Bishop war Wirtin zweier Gasthäuser, in denen nächtens ausgelassene Feste gefeiert wurden. Und das mitten im sittenstrengen Salem! Zu alledem lief sie in extravaganter Kleidung herum! Während der Befragung der drei Angeklagten krümmten sich die drei Mädchen vor Schmerzen, wurden angeblich von Dämonen gebissen, gezwickt und geschubst. Die drei Frauen wurden zum Tod am Galgen verurteilt. Nun ging es erst richtig los. Immer mehr Besessene meldeten sich freiwillig und Annes Mutter zog mit ihrer

Tochter im Gerichtssaal ein solches Spektakel auf, dass die Leute von weit her angereist kamen. In Wirklichkeit benutzte sie das Gericht, um politische Gegner ihres Mannes auszuschalten. Als sie jedoch den Geistlichen George Borroughs als Satans persönlichen Statthalter in Salem bezichtigte, ging das einigen einflussreichen Leuten doch zu weit. Borroughs nutzte das zwar nichts mehr, aber der Gouverneur verbot daraufhin die Anerkennung von Geistererscheinungen als Beweise!«

»Und? Was hat das Ganze mit den Presbyterianern zu tun?« Taylor Martin hatte zwar interessiert zugehört, war aber leicht ungehalten, weil er keinen Bezug erkennen konnte.

»Die Geschichte ist noch nicht zu Ende!«, erwiderte Burr freundlich. »In den folgenden Jahren wurden acht der Prozesse neu aufgerollt. Drei der vier Richter gestanden in allen acht Fällen Fehlurteile ein. Die damals zwölfjährige Anne war nun siebenundzwanzig und gab zu, bewusst gelogen und ein Schauspiel veranstaltet zu haben. Diese Enthüllungen führten zum Niedergang des fundamentalen Puritanismus. Es war nicht der Gott der Liebe, der diese Prozesse ermöglicht hatte, sondern der eisige Gott eines Johannes Calvin und Cotton Mathers. Ein Gott der Strafe und des schnellen Schwertes, der seine Feinde gnadenlos vernichtete. Der Begriff ›Puritaner‹ war mit Blut befleckt. Die Gemeinden kehrten den Hardlinern den Rücken, formierten sich neu in der Congregational Church of New England und ein nicht unerheblicher Teil wandte sich den Presbyterianern zu!«

»Das habe ich nicht gewusst!« Taylor Martin war beeindruckt. Offen hätte er es zwar niemals zugegeben, doch dieser Burr fing an, ihm zu imponieren. Er hatte Seitenhiebe gegen seine Kirche erwartet, zumindest unterschwellige Anspielungen, aber der Kerl hatte die Geschichte wie jemand erzählt, der einfach nur dasteht, ein Geschehen beobachtet und sagt, was er sieht. Als er bemerkte, wie Sandy George Lincoln verliebt ansah, war seine gerade aufkeimende Sympathie wie weggeblasen. Er kippte seinen Schaukelstuhl nach vorn, stand auf und verschwand im Haus.

»Dein Vater macht es einem wirklich nicht leicht!«, knurrte George Lincoln.

»Er macht sich Sorgen um mich, das musst du verstehen!«, lächelte Sandy besänftigend und fasste nach seiner Hand.

»Seit zwei Tagen bin ich nun hier in Dublin. Das war die erste Frage, die er von sich aus gestellt hat. Schon der Empfang war kalt wie ein Winterabend in Alaska!«

»Jetzt übertreibst du! Meine Mutter hat sich doch ehrlich gefreut, dich endlich kennen zu lernen!«

»Deine Mutter, ja!«

Nach dem abendlichen Tischgebet sorgte der Sergeant unmissverständlich dafür, dass die Stimmung blieb, wie sie war, nämlich gedrückt. Stumm wie ein Karpfen saß er da, nur seine Backen bewegten sich. Burrs Versuche, eine Unterhaltung mit ihm in Gang zu bringen, würgte er augenblicklich mit einer möglichst einsilbigen Antwort ab. George Lincoln war fast am Verzweifeln, als Mister Martin plötzlich seine Brille auf die Nasenspitze schob und ihn scharf fixierte.

»Die Eltern sind also tot?«

Was sollte die Frage? Das wusste er doch längst von Sandy!

»Ja! Schon seit Jahren! Unsere Mutter ist dem Vater nach wenigen Wochen gefolgt! Sie ...«

»Todesart?«, unterbrach der Sergeant schroff.

Burr war nun vollkommen perplex. Was sollte das werden? Eine Inquisition? »An gebrochenem Herzen ... ohne Vater ... sie wollte nicht mehr leben ...«, stotterte er.

»Das Haus? Es ist doch ein Haus da?«

George Lincoln fasste sich, faltete bedächtig seine Serviette zusammen und legte sie neben den Teller. Er will dich provozieren!, dachte er und lächelte Mister Martin freundlich an. »Ja, es ist ein Haus da! Aber es gehört meinem Bruder!«

»Aha! Dem Bruder! Und was macht der Herr Bruder?«

Auch die beiden Frauen spürten, wie die Situation zu eskalieren begann. »Er ist Invalide, Dad, das habe ich dir doch erzählt!«, ging Sandy dazwischen.

Taylor Martin ließ sich nicht abbringen. »So so, Invalide! Bekommt er eine Rente?«

Sandy warf George Lincoln einen beschwichtigenden Blick zu und antwortete für ihn.

»Nein! Jock unterstützt ihn und hinter dem Haus hat er einen großen Garten!«

»Mit ›Jock‹ ist wohl Mister Burr gemeint. Vermute ich zumindest!«, knurrte Mister Martin seine Tochter ungnädig an.

Sie gab ihm keine Antwort und ihre Mutter nutzte die entstandene Stille, um das Gespräch in andere Bahnen zu lenken.

Taylor Martin ließ seine Tochter für den Rest des Essens nicht aus den Augen. Er sah ihr Feuer, ihre Zuneigung, ihr Vertrauen und ihre Liebe. Seine Gedanken schwebten rückwärts, hielten an in einer Zeit vor etwa vierzig Jahren. Er warf einen kurzen Blick hinüber zu seiner Frau. Etwas berührte sanft sein Herz, Wärme und Dankbarkeit stiegen in ihm auf.

»Betty«, sagte er dann, »haben wir irgendwo eine Flasche Wein im Haus?«

30

Eine blasse, rosafarbene Sonne mühte sich durch das Gewölk, spiegelte sich müde im dunklen Wasser der Grachten. In der Luft hing die feuchte Kühle des zu Ende gehenden Winters, beschlug die Fensterscheiben der großen Kontorhäuser mit einem milchigen Weiß. Von Simsen an den mächtigen Speichergiebeln gurrten zahllos die Tauben, ohne Unterlass beäugten sie das taugeschwärzte Kopfsteinpflaster, stürzten urplötzlich mit rauschendem Flügelflattern in die Tiefe, wenn eine Bewegung dort unten Futter zu versprechen schien.

Pieter Hoeks hockte eingemummt, den Schal bis übers Kinn hochgezogen, auf seinem Schemel an der Straßenecke und musterte ungeniert die Passanten. Manche sprach er an, andere waren ihm nur einen kurzen Blick wert. Die »Goldene Kette«, eine Bier- und Weinschenke, wie es viele gab in Amsterdam, lag nur ein paar Schritte um die Ecke in einer Seitenstraße. Für einen Tag wie diesen herrschte ungewöhnlich viel Betrieb, ungewöhnlich waren auch die Leute, die neben ihm in der Gasse verschwanden. Handwerker, blaubeschürzt oder mit Lederwams, Dachdecker mit breitkrempigen Hüten, in vornehmes Tuch gehüllte Patrizier mit pelzverbrämten Kragen, Kaufleute in grauen Mänteln, leicht an ihrem breiten Gang zu erkennende Seeleute, bleichgesichtige Kontoristen oder Beamte – sie alle schienen nur ein Ziel zu haben. Unwillig und mürrisch sah Hoeks einem Mann nach, den er aufgrund der Hände sofort als Tuchfärber einordnete. So gern er sie sonst hier sah, gelegentlich sogar umwarb, heute waren sie ihm so überflüssig und lästig wie ein Kropf. Sie stahlen Platz im Hinterzimmer, kamen nur zum Gaffen, zum Mitbieten fehlte ihnen das nötige Kleingeld. Hermann Löher schien einer von denen zu sein, die vor seinem gestrengen Auge bestehen konnten.

»Mein Herr!«, sagte Pieter Hoeks in verschwörerischem Ton, als Löher nicht wie viele andere in die Gasse einbog. Dabei stand er nicht auf, schließlich war es eine Ehre, von ihm zu denen gerechnet zu werden, die es sich leisten konnten.

»Mein Herr!«, wiederholte er. »Kommt Ihr nicht auch deswegen?«

Löher schüttelte unwillig den Kopf. »Vor der ›Speckseite‹ bin ich schon angesprochen worden und beim ›Alten Hähnchen‹ ebenfalls.«

»Pah!«, sagte Hoeks verächtlich und machte eine wegwerfende Handbewegung. »Was haben die schon zu bieten? Das taugt bestenfalls als Gemüse! Ich sage nur zwei Worte: Semper Augustus!«

Da war Löher plötzlich hellwach, spürte ein leichtes Kribbeln in seiner Magengrube.

»Sagt das noch einmal!«

»Semper Augustus! In ein paar Minuten geht es los!«

Löher überlegte nicht lange. Dieses Schauspiel konnte er sich nicht entgehen lassen. Wenn es auch viele Prinzessinnen gab, so gab es nur eine, eine einzige Königin! Und die hieß Semper Augustus!

Im Hinterzimmer der »Goldenen Kette« standen sie bereits dicht an dicht wie die Heringe in einem Pökelfass, trotzdem wurde von hinten geschoben, gedrängt, geknufft. Geflucht wurde in Nederduitsch, Flämisch, Alblasserwaardisch, Brabantisch, Rheinisch, Jiddisch, Friesisch. Hälse reckten sich, Köpfe zuckten wie die pickender Hühner hin und her, Hände bohrten sich in die rauchgeschwängerte Luft und aus verzerrten Mündern kamen Schreie, als ob es um das nackte Leben ginge.

Hermann Löher stand auf einem Stuhl, um das Getümmel besser überblicken zu können. Am anderen Ende des Raumes sah er einen Mann erhöht hinter einem Tisch, den seitlich leicht aufgerollten und mit einem breiten Goldband verzierten Hut nach hinten geschoben und, wie es schien, ziemlich stark schwitzend.

»Wer ist das?«, fragte Löher seinen Nachbarn in einem Augenblick, in dem es kurz ruhiger wurde.

»Rutger Boogaard, ein Blumenhändler aus Haarlem!«, antwortete dieser, ohne den Kopf zu wenden.

»Achttausend! Zum ...« Weiter kam Boogaard nicht.

»Neuntausend!«

»Neuntausendfünfhundert!«

»Zehntausend!«

»Elftausend!«

»Elftausendzweihundert!«

Bei achtzehntausend ging plötzlich der goldbebänderte Hut in die Höhe.

»Halt!«, rief der Blumenhändler. »Da ist jemand ohnmächtig geworden! Wir unterbrechen bei achtzehntausend!«

Niemand rührte sich, keiner war bereit, auch nur um einen Zoll von seinem Platz zu weichen. Alle schienen wie am Boden festgeschraubt. Nach längerem Palaver kamen die in unmittelbarer Nähe des Bewusstlosen Stehenden überein, diesen über die Köpfe hinweg zur Tür durchzureichen.

»Ist ein Doktor da?«, schrie vorn der Blumenhändler und fuchtelte aufgeregt mit seinem Hut.

»Ich bin Medicus!«, meldete sich jemand neben dem Eingang. »Aber ich bestehe darauf, dass mein Platz freigehalten wird!«

Löher fasste den Ohnmächtigen unter den Achseln, ein anderer packte dessen Beine, so trugen sie ihn in die vordere Gaststube und legten ihn auf einen Tisch. Der Arzt fühlte kurz den Puls, öffnete dann seine Tasche und holte ein Fläschchen hervor.

»Riechsalz!«, sagte er beiläufig, hielt es dem Bewusstlosen unter die Nase, wobei er übergangslos weiterredete: »Es ist verrückt! Fünftausendvierhundert! Das war bis jetzt der höchste Preis für ein Stück! Der Boogaard ist ein Gerissener, er verkauft sie nicht einzeln, sondern nur alle drei Stück zusammen!«

In die fahlen Wangen des Mannes kehrte etwas Farbe zurück, sein Atem wurde kräftiger und seine Lider fingen an zu zucken. Langsam schlug er die Augen auf, blickte ein wenig verwirrt, sah die Gesichter über sich. Erst nach und nach schien er zu begreifen, doch seine ersten Worte galten nicht seinem Zustand, er wollte nicht wissen, was mit ihm geschehen war. Noch im Liegen fragte er: »Sind sie weg?«

»Nein«, antwortete der Doktor, »bei achtzehntausend hat man unterbrochen!«

»Gott sei Dank!« Sichtlich erleichtert setzte sich der Mann auf. »Dann ist ja noch nicht alles verloren!«

»Ihr habt da drinnen nichts mehr zu suchen! Ihr setzt Euch jetzt hier ganz ruhig an einen Tisch, trinkt ein Glas Rotwein und geht dann schnurstracks nach Hause, wo Ihr Euch sofort ins Bett legt!«, befahl der Arzt.

»Können wir endlich weitermachen?«, kam es ungeduldig von der Tür zum Nebenzimmer her.

»Gleich! Ich komme schon!«, rief der Doktor zurück und drückte seinen Patienten, der unbedingt weiter mitsteigern wollte, mit Löhers Hilfe grob auf einen Stuhl.

»Dreißigtausend!«, dachte Löher auf dem Nachhauseweg. »Die sind verrückt geworden. Wo und wie soll das enden?«

Immer noch durcheinander, betrat er sein Haus in der Koningstraat, das er kurz nach seiner Flucht nach Amsterdam erworben hatte und zusammen mit Kunigunde und seiner Schwiegermutter bewohnte. Ausschlaggebend für die Entscheidung, hierher zu gehen, waren die Empfehlung Freylinks gewesen und der Umstand, dass hier viele Deutsche ansässig waren.

»Gunde, wo bist du?«, rief er, während er seine Schuhe auszog.

»Wo soll ich sein? In der Küche!«, kam es zurück.

Löher hatte es so eilig, dass er nicht einmal in seine Pantoffeln wechselte. »Stell dir vor! Dreißigtausend haben sie geboten! Dreißigtausend Gulden! Für drei Tulpenzwiebeln! Dreißigtausend Gulden für drei Zwiebeln! Geht das noch in den Kopf?« Er konnte es nicht fassen. »Ich habe mir einmal ausgerechnet, was man dafür kaufen kann! Das ist der Gegenwert von drei Häusern in bester Lage oder eines vornehmen Patrizierhauses direkt an einer Gracht! Oder einer Herde von über hundertzwanzig dicken, fetten Schweinen! Oder von zweihundertfünfzig Schafen oder über sechzig schlachtreif gemästeten Ochsen! Für drei Tulpenzwiebeln! Und nicht einmal auf die Hand! Der Käufer weiß gar nicht, was er bekommt! Bis jetzt hat er nur ein Stück Papier, für das er dreißigtausend Gulden bezahlt hat! Gunde, das kann nicht mehr lange gut gehen! Zehntausend Gulden für eine einzige Semper-Augustus-Zwiebel! Ein Arbeiter muss volle siebzehn Jahre dafür schuften!«

Kunigunde sagte nichts dazu, ließ ihn reden. Seit sie hier waren, schienen alle nur noch eines im Kopf zu haben: Tulpenzwiebeln! Weber verpfändeten ihre Webstühle, Schmiede, Wagner, Fassbinder, Schneider, Glasbläser ihre Werkstätten. Müller, Krämer und Kaufleute nahmen Kredite auf, um möglichst viele Anteilscheine zu erwerben. In kunstvollen Kupferstichen wurden neue Sorten angepriesen, Kataloge, Alben und Preislisten machten die Runde, wurden von den Blumenhändlern verteilt, lagen in den Hinterzimmern der Wirtshäuser. Flugblätter kündeten von unglaublichen Gewinnen, die mit dem Handel der Knollen zu erzielen seien. Gastwirte, Bauern, Maurer, fahrende Handwerksburschen und Hausierer steckten ihr ganzes Geld in Tulpenzwiebeln, von denen sie noch nicht einmal wussten, ob sie überhaupt jemals Blüten tragen würden. In den Gärten der Vornehmen und Reichen waren sommers Spiegel aufgestellt, um die Farbenpracht zu vervielfältigen. Wächter waren nur damit beschäftigt, diese Kostbarkeiten nicht aus den Augen zu lassen.

»Die Gertzens sind in Köln«, nutzte Kunigunde eine Pause.

Mit einem Mal waren die Tulpenzwiebeln unwichtig.

»Woher weißt du das?«

»Pfarrer Hartmann hat aus Rheinbach geschrieben. Der Brief liegt in der Stube. Kurz nach der Festnahme des Vogtes sind sie geflohen und sind nun im Wirdenbacher Kloster bei Köln. Das Haus haben sie verkauft. Unsere Kinder sind wohlauf, schreibt er, und ihre Wohlgeratenheit sei eine Freude. Der Doktor Moeden …«

Schon die Erwähnung des Namens reichte aus, um Wutröte in Löhers Gesicht schießen zu lassen. »Dieser gottlose Blutsäufer, dieser Menschenschinder, dieser Falott, dieser …«

Als er seine Frau ansah, verstummte er mit einem Schlag. Über Kunigundes Wangen rannen Tränen.

»Was ist?«

»Die Anne Jacob, die Frau von Gotthardt Krautwig, den Johann Treingens, Appolonius Storm, Pens Leinen, den Peter Henkel und seine Frau …«

Sie sprach nicht weiter, doch Löher wusste ohnehin, was die Nennung dieser Namen bedeutete.

Beide schwiegen. Es war keine bestürzte Stille, dazu hatten sie schon zu viel erlebt. Ihre Seelen waren verschwielt, hatten sich mit der Zeit wie der Stamm eines Baumes mit einer nach und nach stärker und dicker werdenden Rinde überzogen. Es war eher ein hilfloses, zorniges und trauriges Schweigen, in dem aber eine gewisse Dankbarkeit lag. Dankbarkeit über das eigene Schicksal, gemischt mit einem Hauch schlechten Gewissens bei dem Gedanken, andere vielleicht im Stich gelassen zu haben, um die eigene Haut zu retten.

»Der Schwegeler? Schreibt er etwas über ihn?«

»Nur, dass die Sache des Vogtes ohne Zweifel ruchbar werden würde.«

Kunigunde wischte sich mit dem Zipfel ihrer Schürze die Tränen aus dem Gesicht, während Hermann Löher im Flur in seine Pantoffeln schlüpfte und in die Stube hinüberging. Dort lag der Brief auf dem Tisch. Offensichtlich befürchtete Pfarrer Wienand Hartmann, dass sie in seiner Post herumschnüffelten. Wie anders war der Satz zu deuten: »Leider darf ich der Feder nicht zu viel anvertrauen.«

Bis zum nächsten Tag hatte es sich nicht nur in Amsterdam herumgesprochen, auch nach Leyden, Arnheim und Nijmwegen war die Kunde gedrungen. Drei Semper-Augustus-Zwiebeln für dreißigtausend Gulden! Wer Tulpenzwiebeln hatte oder Anteilscheine besaß, fühlte sich bereits als reicher Mann. Es musste ja nicht gleich die Semper Augustus sein, schon die einfache Switzers brachte bis zu zwölfhundert, etwas bessere Sorten erzielten den märchenhaften Erlös des hundertfünfzigfachen Goldpreises! Manch einer ließ es sich nicht nehmen, mit seiner Familie und Freunden in einem Gasthaus ein rauschendes Fest zu feiern, denn er brauchte nur noch zuzuwarten, bis die Preise noch ein wenig mehr anzogen, und dann, genau dann, wenn sie ganz oben standen, – schwuppdiwupp – seine Zwiebeln oder Scheine zu verkaufen und er war ein gemachter Mann!

Löhers Nachbar, der dicke Silberschmied Stelzler aus Neuss, sonst eher verschlossen und wortkarg, war wie aus dem Häuschen. »Na, Meister Löher, was sagt Ihr? Ist es nicht unglaublich? Seit zwei Jahren mache ich jetzt schon in Zwiebeln, jeden Gewinn habe ich sofort wieder in Scheinen angelegt!«

»Dann seht zu, dass Ihr das Zeug schleunigst loswerdet!«, meinte Löher nicht sonderlich freundlich.

Stelzler lachte. »Im Gegenteil! Einen Kredit werde ich aufnehmen und mir noch ein paar Anteile zulegen! Ich müsste ja verrückt sein!« Obwohl weit und breit niemand auf der Straße war, senkte er seine Stimme. »Die Viseroij steht bei etwas über vier, die geht noch hoch auf fünf! Glaubt mir, Viseroij ist nicht nur hundert-, sondern tausendprozentig!«

Löher versuchte seinen Nachbarn und Landsmann davon abzubringen. Der aber fing an sich zu verhalten wie die Gertrud Lapp, als Löher sie zur Flucht hatte überreden wollen. Auch der Silberschmied wurde beinahe feindselig und in seinen Augen stand jenes Glimmen, das in jedem Moment ein Pulverfass zur Explosion bringen konnte.

Zwei Tage darauf kam Stelzler herüber und erzählte stolz, er habe sein Haus verpfändet und alles in Viseroij-Zwiebeln investiert. Er schwärmte von den Farben und der feinen Maserung, die wie Flammen im Kelch hinaufzüngeln würden, und drang auf Löher ein, sein Geld doch ebenfalls in Zwiebeln anzulegen. Erleichtert atmete dieser auf, als der Nachbar endlich die Haustür hinter sich zuzog. Noch weitere zwei Tage hielt Stelzlers Euphorie an, danach wurde sein Gesicht erst lang, dann immer länger. In den Hinterzimmern der Bier- und Weinschenken wurden nun Zwiebeln und Anteilscheine in Mengen angeboten wie nie zuvor – nur kaufen wollte niemand mehr. Manch einer sah ein, dass er vielleicht doch ein wenig überreizt hatte, senkte den Preis widerstrebend um zehn Prozent, aber ein anderer lag inzwischen schon um zwanzig Punkte darunter und wieder ein anderer verlor vollständig die Nerven und bot die Zwiebeln zur Hälfte des ursprünglichen Gebots an. Die Tage wurden kurz und die Nächte schlaflos. Stelzler sah aus wie ein Schatten seiner selbst. Die Preise stürzten in der Geschwindigkeit eines vom Kirchturm herabgeworfenen Ziegelsteins. Die Zwiebeln waren wertlos, kaum einmal geschenkt wollte sie jemand, und die Anteilscheine waren noch wertloser als das alte Zeitungspapier, mit dem sich die Löhers den Hintern wischten.

Zwei Wochen später hatten die Stelzlers ihre Habseligkeiten auf einen kleinen Leiterwagen geladen und waren gerade dabei, möglichst ohne großes Aufsehen aus der Koningstraat zu verschwinden, als es an Löhers Haustür klopfte. Am Postboten vorbei sah Löher seine Nachbarn. Am Tag zuvor hatte er versucht, ihnen Hoffnung und Trost zuzusprechen, aber der Silberschmied war finster, mit Gift im Blick, einfach nur dagestanden, hinter ihm seine tränenlose Frau und die plärrenden Kinder. Und ausgerechnet jetzt musste der Bote die Post bringen. Hermann Löher wollte zum Abschied grüßen, machte einen Schritt hinaus auf die Straße, doch der Stelzler wandte sich mit einem Ruck ab.

Während Löher ins Haus zurückging, sah er halb in Gedanken um die unsichere Zukunft der Nachbarn die Post durch, dabei stach ihm die Handschrift von Johann Freylink ins Auge. Kaum in der Stube, riss er den Umschlag auf und begann zu lesen. Seine Gesichtsfarbe wechselte dabei zum Rot reifer Hagebutten.

»Gunde!«, rief er in einem Ton, der keinen Aufschub duldete, in den Flur. »Komm her! Da!« Mit einer zornigen Bewegung schob er ihr den Brief über den Tisch. »Von Freylink! Sie haben den Schwegeler zu Tode gefoltert! Selbstverständlich hat ihm, wie schon der Witwe Böffgen, der Teufel das Genick gebrochen, damit er seine Konsorten nicht verraten kann. Auf den Schinderkarren, mit dem man die Tierkadaver aus der Stadt schleift, haben sie seinen Leichnam geworfen, seine eigenen Pferde davorgespannt und ihn anschließend mit Holz aus seinem eigenen Wald zu Asche verbrannt. Sein Vermögen, das er den Rheinbacher Armen zugedacht hatte, haben sie sich unter den Nagel gerissen!«

Löher schwieg einen Moment und sein schmales Kinnbärtchen klappte nach vorn. »Viehisch! Vor keiner Scheußlichkeit scheuen sie mehr zurück! Schickt die Buirmanns, Schultheißens, Moedens, von der Stegens zusammen mit den Heimbachs, Rohrs, Bells und wie sie alle heißen ins Feuer – und es ist Ruhe! Keine einzige Hexe und keinen einzigen Zauberer wird es dann mehr geben in Rheinbach oder Flerzheim!«

31

Eigentlich waren sie beide froh, als es endlich vorbei war. Sandy war mit dem praktischen Sinn, den man sonst eher den Yankee-Frauen nachsagte, entschlossen an die Vorbereitungen herangegangen, während sich George Lincoln in seine Bücher vergrub und jedes Mal regelrecht zum Schneider zur Anprobe geschleppt werden musste. Einen Hut brauchte er selbstverständlich auch, ebenso neue Schuhe. Handschuhe? Trägt der Bräutigam Handschuhe? Er trägt! Welche Farbe? Doch nicht Melange! Weiß! Also zurück und umgetauscht! Die Verwandten in Virginia waren verständigt und nach Dublin eingeladen. Für nicht unbeträchtliche Aufregung sorgte ein Artikel über die bevorstehende Hochzeit in der *Tribune* vom 4. Juni, in dem stand, der Bräutigam sei über sechzig und fünfundzwanzig Jahre älter als die Braut. Sandys Mutter tobte und forderte in Südstaatenmanier die sofortige Züchtigung des Reporters mit einer Ochsenpeitsche. Der Empfang durch Sandys Verwandtschaft war wie erwartet nicht gerade überschwänglich. Sie begrüßten Burr zwar höflich, hielten aber Abstand, schwiegen verlegen, wenn er sich an einen ihrer Tische setzte. Einem Yankee war nun einmal nicht zu trauen, die waren allesamt gottlos und verdorben. Selbst die Diener ließen ihn spüren, dass er nicht aus dem Süden stammte. Und dann erst die Glückwünsche! Nach dem zehnten mit süßlichem Timbre und unter heftigem Wimpernflattern vorgetragenem »Wir wünschen euch, eure Ehe möge ebenso gut und glücklich werden wie die unsere«, während sich der Ehemann ein zähnefletschendes Lächeln abrang, ging es an die Schmerzgrenze. Ja, es war eine schrecklich ernste und anstrengende Angelegenheit, das Heiraten.

Nun waren sie zurück in Ithaca. Andrew Dickson White hatte ihnen angeboten, in seinem Haus zu wohnen, da er sich nur noch selten dort aufhielt. Aber Sandy war nach kurzem überschlägigem Rechnen zu dem Schluss gekommen, dass das ihre finanziellen Möglichkeiten bei weitem überschreiten würde – vor allem angesichts ihrer Zukunftspläne. Sie bezogen schließlich eine winzige Wohnung, die sie beide für genau richtig befanden. Ein warmes, heimeliges Nest in einer Mansarde mit einem Wohnzimmer, einem Arbeitszimmer für Jock, einer Küche und einem Schlafzimmer – ein Raum so klein wie der andere. Zusammengekuschelt lagen sie in Sandys Bett, spürten ihre warmen Körper, während der Regen auf den Ziegeln über ihnen sein Konzert trommelte.

»Ich muss los«, flüsterte George Lincoln und biss Sandy zärtlich ins Ohrläppchen.

»Aber heute ist doch Sonntag!«, protestierte sie schwach und wusste, dass es sinnlos war.

»Ich weiß«, antwortete er, »aber ich muss noch die ganzen Briefe zur Hochzeit beantworten. Ich schiebe es schon viel zu lange vor mir her! Ich verspreche dir, ich schreibe nicht mehr ...«, er überlegte kurz, »... also nicht mehr als acht Stück!«

»Wieso schreibst du sie in der Bibliothek statt zu Hause?«

»Weil ich hier die ganze Zeit nur an dich denke, Sandy!«

Wie er Sandy versprochen hatte, beantwortete er nur acht Briefe. Den neunten, an Caspar René Gregory, skizzierte er nur, legte ihn dann zur Seite. Selbst wenn er gewollt hätte, hätte er ihn nicht zu Ende bringen können. Gregory hatte seinem letzten Brief ein gesondertes Schreiben beigelegt, das George Lincoln heftig ins Grübeln brachte.

»Du weißt, viele Befürworter der Hexenverfolgungen beziehen sich auf die Bibelstelle in Exodus, 22,18: ›Zauberer sollst du nicht leben lassen!‹ Vor ein paar Monaten habe ich von einem amerikanischen Fabrikanten eine Großschrift zur Übersetzung bekommen, die er in Ägypten von einem Händler namens Ali Arabi erworben hatte. Sie stammt aus dem vierten bis fünften Jahrhundert und enthält ein bisher unbekanntes Wort Jesu zwischen Markus 16, Vers 14 und 15. Der Text lautet: ›Und jene entschuldigten sich, indem sie sagten: Dieses Zeitalter der Gesetzlosigkeit und des Unglaubens ist unter Satan, der nicht gestattet, dass die durch die Geister verunreinigten Wesen die wahre Macht Gottes ergreifen. Deswegen offenbare jetzt du deine Gerechtigkeit, sagten jene zu Christo. Und Christus sagte zu jenen: Die Grenze der Jahre der Macht Satans ist erfüllt. Doch jetzt naht die Wahrheit.‹«

Burr stand auf. So bibelfest war er nun doch nicht.

Matthäus ... Da, Markus, 16, 14: »Nach der Gefangennahme des Johannes kam Jesus nach Galiläa und predigte die Frohe Botschaft. Er sprach: Die Zeit ist erfüllt und das Reich Gottes hat sich genaht!«

George Lincoln war schlagartig die Bedeutung klar. Er sah Gregory vor sich, verschmitzt lächelnd, seine vor Geist und Freude sprühenden Augen hinter den funkelnden Brillengläsern, er hatte ihn sogar im Ohr mit seinem sächselnden Englisch.

»Ja, mein lieber George. Leider ist diese Urschrift ein paar Jahrhunderte zu spät entdeckt worden. Der eine Satz: ›Die Grenze der Jahre der Macht Satans ist erfüllt‹, hätte vielleicht diese krude theologische Konstruktion des Teufelspaktes bereits im Keim ersticken können!«

Als die große Flügeltür zur Bibliothek hinter ihm ins Schloss fiel, bemerkte Burr, dass es immer noch regnete. Allerdings nicht mehr in Strömen, eher in der Art, wie er es in Salzburg kennen gelernt hatte und die dort als »Schnürlregen« bezeichnet wurde. Wie an einem Bindfaden schien das Wasser aus dem grau verhangenen Himmel erdwärts zu gleiten. Kurz dachte er daran, umzudrehen und seinen Schirm aus dem Arbeitszimmer zu holen.

»Ach was!«, murmelte er dann und schlug den Kragen seiner Jacke hoch.

Während sich George Lincoln im Treppenhaus die Feuchtigkeit aus den Haaren schüttelte, fiel sein Blick auf eine große, senkrecht stehende Rolle.

Siedend heiß durchfuhr es ihn und er stürmte mit großen Schritten nach oben. Der Vorraum zur Wohnung war verstellt mit Geschirr, Kartons und Büchern.

»Der Teppich!«, sagte Sandy unter dem Türrahmen. »Ich habe schon einmal begonnen, wieder auszuräumen!«

»Ich habe gedacht, er sei viel kleiner! Für die Wand!«, antwortete George Lincoln ein wenig kleinlaut.

Sandy brachte aus dem Wohnzimmer ein Kuvert und reichte es ihm.

»Liebe Sandy, mein lieber Freund«, überflog er die Zeilen mit den Glückwünschen, »... es ist ein alter Gartenteppich aus Nordpersien, schätzungsweise aus dem achtzehnten Jahrhundert! ...« Unterzeichnet war mit Andrew Dickson White.

In Burrs Blick lag Ratlosigkeit. »Andrew Dickson hat zwar gesagt, dass er uns einen Teppich schenkt – allerdings nichts davon, wie groß er ist! Wir müssen es versuchen!«, meinte er nach einer Weile in nicht sonderlich zuversichtlichem Ton. Zu zweit wuchteten sie die schwere Rolle durch das enge Treppenhaus, breiteten den Teppich im Wohnzimmer aus.

»Wir können ihn doch nicht auf den Boden legen!« Sandys Stimme klang geradezu entsetzt.

Sie standen nun da und betrachteten das Muster mit dem Lebensbaummotiv und den Zypressen.

»Er ist wunderschön. Aber ...«, sie sprach nicht weiter, hob nur hilflos die Schultern.

Auch George Lincoln brauchte kein Maßband. Für die Wand war das Prachtstück viel zu groß. »Und wenn wir ihn von oben nach unten fallen lassen?«, schlug er vor.

»Wie sieht das denn aus? Die ganze Wandbreite würde er ausfüllen und immer noch zur Hälfte im Wohnzimmer liegen!«

Bestimmt eine halbe Stunde überlegten sie hin und her, hoben ihn hoch, schoben ihn vor und zurück.

»Sandy«, sagte er im Aufrichten, »wir haben keine andere Wahl. Er muss auf den Boden!«

»Jock, wir sind doch keine Barbaren!«, protestierte sie entrüstet, musste aber einsehen, dass dies die einzige Möglichkeit war, obwohl der Teppich selbst dafür zu groß war. Zwar passte die Länge, doch seitlich lappte er etwa eine Hand breit an der Wand hoch.

Nach einer weiteren halbstündigen Diskussion stellten sie den Schrank davor, traten zurück und Sandy besah mit skeptischem Blick das Ambiente. Wie es schien, war sie mit dieser Lösung immer noch nicht ganz einverstanden.

»Da hinten ist eine Lücke. Wenn wir das Ganze mehr in die Mitte schieben?«

»Dann haben wir zwei Lücken!«, antwortete er leicht genervt und beschloss dann, nichts mehr zu sagen.

Die Ehe ist schon eine sonderbare Institution, dachte George Lincoln, da tun sich zwei Leute zusammen, um Probleme zu lösen, die sie allein nicht hätten!

»Was lächelst du so sonderbar?«, fragte sie.

»Ach nichts! Mir ist eben etwas eingefallen!«

Sandy holte entschlossen ein Zollband, maß den Abstand vom Schrank zur Wand. »Da kommt eine Kommode hin!«, bestimmte sie.

»Das ist eine gute Idee!«, pflichtete ihr George Lincoln bei. In seiner Stimme schwang Begeisterung. Fast eine Spur zu viel.

Während sie das Geschirr im Schrank verräumten, Tisch und Stühle hereintrugen, hielt Sandy plötzlich inne. »Ach so, Jock! Bevor ich es vergesse – ich habe heute Mittag deinen Terminkalender durchgesehen. Du weißt, dass du ab Ende nächster Woche eine Reihe von Vorträgen in Chicago halten sollst? Ich meine nur, weil du nie etwas davon erwähnt hast!«

Burr entglitten vor Schreck beinahe einige Teller. »Was sagst du da?«, fragte er fassungslos.

»Ja. An der Universität in Chicago. Über den Aufstieg der religiösen Freiheit!«

Langsam tastete er sich zum Tisch hin und stellte den Stapel ab. »Um Himmels willen!«, stieß er hervor. »Das gibt ein Fiasko! Ich habe es vollkommen vergessen und keine einzige Zeile vorbereitet!«

»Entschuldige bitte!« Das waren die letzten beiden Worte, die Sandy von ihrem Mann bis zum nächsten Morgen hören sollte. Bevor sie zu Bett ging, öffnete sie die Tür zu seinem Arbeitszimmer einen Spalt breit, um ihn dazu zu bewegen, wenigstens etwas zu essen. Er sah nur kurz auf und schüttelte ärgerlich den Kopf. Die nächsten Tage sah sie ihn kaum. Nach dem Unterricht in Cornell vergrub er sich in der Bibliothek und wenn er nach Hause kam, verschwand er sogleich in seinem Arbeitszimmer.

»Das wird die schlimmste Niederlage meines Lebens!«, sagte er beim Abschied durch das Fenster des Nachtzuges nach Chicago.

Es kam jedoch ganz anders. War der erste Vortrag noch eher spärlich besucht, füllte sich der Saal zum darauf folgenden bis zum letzten Platz, und im nächsten waren sogar die Gänge belegt. Die Vortragsreihe musste verlängert werden, Burr wurde als Genie gefeiert und die Nachricht davon drang bis nach Cornell. Sandy hatte Mühe, ihren Stolz zu verbergen, schrieb ihm aber, sie verstünde nicht, wieso er sich vor der Abreise wie ein Idiot benommen habe.

Am letzten Abend ging George Lincoln mit dem Rektor der Chicagoer Universität essen und James Westfall Thompson bat ihn, die Vorträge im kommenden Jahr zu wiederholen. Spät in der Nacht schritt Burr leise pfeifend auf das Gästehaus der Universität zu. Auf seinem Zimmer schlüpfte er sogleich in seinen Schlafmantel. Er öffnete das Oberlichtfenster, das sich an zwei Scharnieren auf der ganzen Länge in den Raum umklappen ließ, und trat, den Waschbeutel unter dem Arm und das Handtuch um den Hals, hinaus auf den Flur, um das Badezimmer aufzusuchen. Noch keine fünf Schritt weit war er gekommen, als ein Windstoß die Zimmertür hinter ihm ins Schloss warf. Plopp! Er sprang augenblicklich zurück, aber es war eine jener Türen, die nur einen feststehenden Knauf besaßen und sich nur mit dem Schlüssel öffnen ließen. Auch das Spähen durch den Briefschlitz half nicht viel. Den Schlüssel sah er zwar – er lag auf dem Tisch am Ende des Raumes. Was tun? Den Hausmeister wecken? Es musste bereits um Mitternacht sein und den alten Mister Parker wollte er um diese Zeit nicht aus den Federn holen. Barfuß stand er im Flur und überlegte, bis ihm das Oberlicht einfiel. Das war es! Eilig rannte er die Treppe hinab, sicherte die Haustür gegen ein mögliches Zufallen mit seinem Waschbeutel. Sein Zimmer lag im ersten Stock und die Fassade stellte sich entgegen seinen Befürchtungen als kein allzu großes Hindernis heraus. Während die linke Hand über dem hölzernen Querholm oberhalb des Fensters im Erdgeschoss Halt fand, setzte seine Rechte nach und schwangen die Beine kurz ins Haltlose. Dieser Bewegungsablauf fiel zu seiner vollständigen Zufriedenheit aus. Als Nächstes musste er, so seine Überlegung, mit dem Kopf und dem Oberkörper durch die Luke, sich dann, halb auf dem Holm liegend, drehen, um die Beine auf die Innenseite des Zimmers zu bringen. Die Breite des Fensters würde ihm dabei entgegenkommen. Mit Zehen und

Fußballen spreizte er sich an dem griffigen Mauerwerk in die Höhe, half mit einem kräftigen Klimmzug nach und schob den Kopf und einen Teil der rechten Schulter in die Öffnung. Das Oberfenster war jedoch erheblich niedriger, als es den Anschein gehabt hatte. Wo aber der Kopf durchgeht, passt auch der Körper durch, dachte Burr und zwängte sich weiter bis zur Hüfte. Doch plötzlich ging nichts mehr – weder vor noch zurück. Er steckte fest! Vorsichtig ließ er sich nach vorn fallen, stützte sich mit den Händen auf der Innenseite des Fensters ab, rutschte noch ein paar Fingerbreit nach. Dann war Schluss. Endgültig. Kopfüber im Oberlicht hängend, warf er einen Blick auf die andere Seite der Glasscheibe, sah dort seine behaarten Beine, hell beleuchtet von der brennenden Deckenlampe. Um Hilfe rufen? Lieber nicht. Mit einem verzweifelten Ruck gelang es ihm, seine eingezwängte Hüfte freizubekommen, unternahm er außer Atem den nächsten Anlauf. Immerhin gelang es ihm, sich so zu drehen, dass er nun mit den Beinen voran im Raum hing. Womit er allerdings nicht gerechnet hatte, war der verflixte Mantel. Kaum begann er sich nach unten zu lassen, schob sich der am Holm verhakte Stoff nach oben, zuerst über die Schenkel und den Hintern, und rollte sich dann wie eine Wurst über die Hüfte. Manch einer wäre spätestens jetzt verzweifelt, George Lincoln jedoch fand die Situation zunehmend erheiternd.

Was, wenn dich jemand so sieht?, dachte er belustigt.

Er musste kichern, aber das Lachen blieb ihm beinahe im Hals stecken. Im Schein der Straßenlaterne sah er zwei Männer stehen, die zu ihm heraufstarrten.

»Was soll das werden?«, hörte er den einen fragen.

»Keine Ahnung!«, kam die Antwort.

Offensichtlich gebannt verfolgten die beiden das Schauspiel, rührten sich nicht vom Fleck. So etwas sah man ja nicht alle Tage: Da hing ein untersetzter, nicht mehr ganz junger Herr mit entblößtem Unterleib mitten in der Nacht in einem hell erleuchteten Fenster, das Gemächt deutlich erkennbar, zog sich ein Stück in die Höhe, zappelte herum, rutschte wieder zurück und begann das Ganze von vorn.

»Ein Exhibitionist!«, mutmaßte der Größere der beiden. »Sollten wir nicht die Polizei verständigen?«

»Ach Quatsch!«, entgegnete der andere. »Ist ja niemand da und wie es aussieht, turnt der da schon länger herum.«

Oben kämpfte Burr mittlerweile mit dem Mut der Verzweiflung.

»Was macht er denn jetzt?«, hörte er von unten eine entgeisterte Stimme, als er sich ruckartig abließ.

Der Mantel schob sich über den Brustkorb, weiter über seinen Hals und wickelte sich wie ein Turban um seinen Schädel. George Lincoln hatte nun zwar die Arme frei, doch der Stoff hatte sich zu einem Knäuel verdichtet, der aussah wie ein überdimensionierter Knödel, und fixierte seinen Kopf im Oberlicht wie in einem Schraubstock. Das Schlimme dabei war: Er sah nichts. Seine Füße scharrten über das Fensterbrett, fanden dort Halt. Irgendwann erwischte er den richtigen Zipfel und begann seinen Kopf auszuwickeln. Die zwei späten Spaziergänger standen immer noch mit offenem Mund unter der Laterne, beobachteten verwirrt den nunmehr splitternackten Mann. Nach seiner endgültigen Befreiung sprang Burr auf den Boden, zog die Vorhänge zu, setzte sich auf die Bettkante und lachte, dass ihm die Tränen über die Wangen liefen.

Am nächsten Morgen begegnete er Mister Parker, dem Hausmeister.

»Haben Sie heute Nacht etwas bemerkt?«, fragte dieser aufgeregt.

»Wieso, was ist passiert?«

»Ein Mann soll splitterfasernackt an einem Fenster hier im Haus herumgeturnt haben!«

»Unglaublich«, antwortete Burr mit ernstem Gesicht, »die Sitten verwildern zusehends!«

»Da haben Sie Recht!«, pflichtete ihm Mister Parker ebenso ernst bei.

Zurück in Ithaca, musste er einige Tage allein zurechtkommen. Sandy war wie vereinbart während seiner Abwesenheit zu ihren Eltern nach Virginia gereist. Für George Lincoln war es ein sonderbares Gefühl, als er die Tür zur Wohnung aufschloss. Alles war irgendwie leer, kalt – und still. Auf dem Tischchen im Flur war eine Pappe aufgestellt, davor lag eine getrocknete Rose.

»Willkommen zu Hause!«, stand vorn auf dem Karton – und auf der Rückseite: »Jock, ich liebe dich!«

Burr lächelte. Und ich dich erst!, dachte er.

Unter dem Briefschlitz hatte sich ein Berg Post angehäuft, den er auf eine aufgeschlagene Zeitung schaufelte und ins Wohnzimmer trug. Eine Einladung zu einem Kongress der Amerikanischen Historiker-Vereinigung war dabei, das Rote Kreuz kündigte seine Jahrestagung an, einer der Studenten bedankte sich für eine Empfehlung; er habe die Stelle als städtischer Archivar in Romsville, wo immer das sein mochte, bekommen.

Es war schon später Nachmittag, als George Lincoln sein Fahrrad unter dem Vordach hinter dem Haus hervorholte. Fahrradfahren war eine seiner neueren Leidenschaften. Mit Schwung kurvte er um die Ecke zur Bibliothek, als ihm Morse Stephens über den Weg lief. Sein Oberlippenbärtchen war exakt gestutzt wie immer.

»Wir haben es schon vernommen, ich meine, das mit Chicago! Gratulation!«

Er blieb stehen und besah Burr von oben bis unten, so wie man ein Bild, eine Statue oder ein Kunstwerk betrachtet.

»Was hast du? Stimmt etwas nicht?«

»Nein, nein!«, lachte Stephens. »Es ist nur so – die Ehe scheint dir wirklich zu bekommen. Jedenfalls siehst du um fünfzehn Jahre jünger aus!«

»Kommt vom Fahrradfahren!«, antwortete George Lincoln und grinste.

»Willst du wirklich noch da hinein?«, wollte Stephens wissen und deutete mit dem Daumen über die Schulter zum Bibliotheksgebäude.

»Warum nicht?«

»Na ja. Viel Spaß. Dann hast du einen langen Abend vor dir, so wie ich dich kenne!«

Morse Stephens sollte Recht behalten.

Neben Burrs Schreibtisch stapelten sich die Pakete. Packpapier rot- und hellbraun, grau, gesprenkelt, blau, Kartons in verschiedenen Schattierungen und Farbstichen. Von Joseph Baer aus Frankfurt die von White entdeckten Prozessakten gegen Maria Renata Sänger, aus Nürnberg eine Carolina aus dem siebzehnten

Jahrhundert, aus Edinburgh etwas über Jacob I., von der Basler Antiquariatsbuchhandlung ein Teil eines Elsässer-Prozesses, hinter dem er schon lange her war, aus Luxemburg die Abschrift der Dokumente gegen Susanne Stein ... eine Moritat über einen Allgäuer Gastwirt, der seine schwangere Frau drei Mördern verkaufte, eine Geschichte, in der eine Frau auf Befehl Satans ihren Mann, ihre drei Kinder und zum Schluss sich selbst mitsamt ihrer Leibesfrucht tötete ... aus Nürnberg drei Ellwanger Hexenpfaffen mit dem Organisten, dasselbe in abgewandelter Form und noch detailreicher ausgeschmückt aus Stuttgart.

Welche verschlungenen Wege mochten all diese Dokumente hinter sich haben? In wie vielen verstaubten Dachböden und Speichern, muffigen Kellern, dunklen Kisten und Schubladen mochten sie die Zeit überdauert haben, um Jahrhunderte später Zeugnis zu geben? Und wie viel mehr wurde beiseite geschafft, weggeworfen, verbrannt – aus Interesselosigkeit, Scham, schlechtem Gewissen, Scheu, Angst oder einfach nur aus Dummheit. Der Aberglaube steckte den Menschen immer noch in den Knochen, viele waren bis heute felsenfest überzeugt, dass es Hexen und Zauberer gebe, die mit dem Teufel im Bund waren. Beispiele dafür hatte Burr zur Genüge erfahren. Die Frau im Schwarzwald, die Stein und Bein schwor, eine Dorfbewohnerin habe sich vor ihren Augen in einen Fuchs verwandelt. Der Bauer bei Eisleben, der nach dem Gottesdienst beobachtet haben wollte, wie der Dorffriseur mitten durch eine angebundene Kuh hindurch lief, weil er zu faul war, um sie herum zu gehen. In den Kirchen geraubtes Glockenfett, vermischt mit Graberde, mit denen man den Rindern die Hörner einschmierte, um die Tiere hexenfest zu machen. Sand, den man dem Nachbarn unter Verwünschungen auf den Acker streute. Ehefrauen, die vor der Aussaat auf dem Acker beschlafen werden sollten, um Zauber wirkungslos zu machen. Ein Uhrmacher in Nancy, der nach einem langen Erbstreit die neue Wohnung nicht eher bezog, als bis er sie gründlichst nach möglichen Zauberzetteln durchsucht hatte. Der Beamte in der Züricher Bibliothek, der es nicht wagte, eine Prozessakte anzufassen, aus Furcht, verhext zu werden, und unter einem Vorwand einen Kollegen dazuholte. Verständlich, dass man so etwas nicht unter dem eigenen Dach haben wollte. Selbst so mancher Bürgermeister mochte davon nichts mehr wissen, ließ die Archive durchforsten und alles bis auf den letzten Fetzen verschwinden!

Manchmal war es sicher im Sinn des Gemeindefriedens, wenn Max Müller oder Ivonne Boucher nicht erfuhren, dass es einer der Vorfahren ihrer Nachbarn gewesen war, der damals die Urgroßmutter auf den Scheiterhaufen gebracht hatte. Noch besser war es natürlich, wenn überhaupt niemand von diesen unrühmlichen Vorgängen irgendeine Kenntnis bekommen konnte, und das sollte möglichst so bleiben bis zum Jüngsten Tag. Jedenfalls, soweit es den eigenen Ort betraf. Wer es wagte, in der Vergangenheit herumzuwühlen, wurde meist scheel angesehen, war ein Nestbeschmutzer, um den man besser einen Bogen machte, um nicht selbst beschmutzt zu werden. Nichtsdestotrotz wurde wie schon seit Jahrhunderten weiter beobachtet, gemunkelt, gemutmaßt, geargwöhnt, verdächtigt. Natürlich nicht öffentlich, nicht in den Wirtshäusern, sondern in Hauseingängen, Küchen, auf dem Heimweg vom Kirchgang, vor dem Laden des Krämers. Nie waren es Gruppen, meistens nur zwei, ganz selten drei, die die Köpfe zusammensteckten, schnellzüngig tuschelten und wie abgehackt misstrauisch verstummten, wenn jemand in ihre Nähe kam. Aber das war nicht nur in Europa so, das gab es auch hier in Amerika. Ja, es war ein Wettlauf gegen die Zeit!

Ganz in seine Gedanken versunken, öffnete George Lincoln das nächste Paket. Es enthielt ein Buch in einem ungewöhnlichen Format: quadratisch. Mit schwarzem Einband. Wie elektrisiert starrte er auf den Titel. Schultheiß! »Instruction, wie in Inquisitionssachen des gräulichen Lasters der Zauberei gegen die Zauberer, der göttlichen Majestät und der Christenheit Feinde, ohne Gefahr der Unschuldigen zu prozedieren«. Heinrich von Schultheiß! Wie viele Jahre schon jagte er diesem Buch hinterher! Schultheiß hatte es auf eigene Kosten in kleiner Auflage drucken lassen und eigentlich hatte sich Burr keine Hoffnungen mehr gemacht, noch irgendwo ein Exemplar aufzutreiben. Er fing an zu lesen. Gehalten war es als fiktives Gespräch zwischen einem Freiherrn Philadelphus des Guten Gewissen zu Gotteshausen und einem Doktor, der die stichwortartigen Einwände des Adligen bezüglich möglicher Falschurteile dahinschmelzen ließ wie frisch gefallenen Schnee in der Märzensonne. Genau besehen war es eine einzige Rechtfertigung und troff geradezu vor bigotter Frömmigkeit. In bizarrem Kontrast dazu stand des Verfassers gnadenlose Herz- und Mitleidlosigkeit. Burr kroch durch die Gehirnwindungen des Hexenkommissars, fühlte dessen Stolz und Triumph, den Schafhirten Thönnissen aus Kallenhardt als leibhaftigen Werwolf überführt zu haben, dessen Befriedigung, der in Hirschberg freigesprochenen Gertrud Koch nach fast einem Jahrzehnt in Anröchte doch noch habhaft geworden zu sein. Er spürte die beleidigte Verärgerung über einen nicht namentlich genannten Landpfarrer, der es gewagt hatte, ihm zu widersprechen. Den Platz zwischen den Zeilen füllte ein fanatischer Eifer, ein von keinem Zweifel getrübtes Bewusstsein, als verlängerter Arm des Weltenlenkers eine gottgewollte Arbeit zu tun, indem er das Unkraut im Weinberg des Herrn ausrottete und ins Feuer warf.

Burr erwachte, als ihn jemand heftig an der Schulter rüttelte. Erschrocken fuhr er hoch, brauchte einen Augenblick, um sich zu orientieren. Durch das Fenster schimmerte bereits matt das erste Licht des heraufziehenden neuen Tages.

»Oh! Ich bin wohl eingenickt!«, sagte er und sah aus noch schlaftrunkenen Augen auf zu Morse Stephens.

»Bestimmt hast du seit gestern nichts gegessen, wie ich dich kenne!«, meinte Stephens mit sanftem Tadel und öffnete seine Tasche. »Da! Ein Butterbrot! Habe ich dir mitgebracht!«

»Weshalb bist du so früh schon da?«, wollte Burr wissen.

»Während deiner Abwesenheit habe ich eine neue Vorlesung übernommen und wollte dich fragen, ob nicht lieber du sie halten willst!«

»Welches Thema?«, fragte George Lincoln und nahm einen herzhaften Bissen, während sein Blick über die neuen Bücher glitt.

»Französische Revolution. Robespierre!«

»Dein Spezialgebiet! Ich wäre dir dankbar, wenn du damit fortfahren würdest!«, gab Burr zur Antwort.

Kaum dass Stephens das Zimmer verlassen hatte, vertiefte er sich wieder in den Schultheiß. Vom Glockenturm auf dem Campus wehte das Schlagen des Läutwerks. Elf Uhr. Burr öffnete die

Kappe seines Füllhalters und schrieb auf das letzte Blatt: »*Dieses Buch ist nach meiner Meinung das grausamste in all der grausamen Literatur der Hexenverfolgung. Ich denke, es ist das frommste und zugleich das grauenhafteste.*«

32

Mit dem Vogt waren sie noch bestialischer verfahren, als es Freylink angedeutet hatte. Sieben endlose Stunden hatten sie den Schwegeler ununterbrochen torticrt, wic sieben Ewigkeiten zusammen musste es dem armen Mann vorgekommen sein. Doch sie hatten kein Geständnis, als sie ihn im Kerker auf eine Pritsche warfen und seinem Schicksal überließen. Nach zwei Tagen wurden seine Wunden brandig, fingen an zu schwären, eiterten und vergifteten das Blut. Wie der Vogt spürte, dass es mit ihm zu Ende ging, bat er um geistlichen Beistand, aber selbst den verweigerten sie ihm hartherzig. Schließlich hätte das ihren vorgefassten Plan zunichte gemacht: Der Scharfrichter bezeugte unverzüglich nach Schwegelers elendigem Tod an Eides statt, der Teufel selbst sei es gewesen, der dem Vogt den Hals umgedreht habe. Einem Kommissar, der bei der Verbrennung des Leichnams anwesend war, sei das helle Wasser über die Wangen gelaufen. Tausend Reichstaler hätte er gezahlt, wenn er bei dieser Vieherei nicht dabei sein hätte müssen. So seien seine Worte gewesen. Freylink hatte das von einem anderen Priester erfahren, dessen Namen er für sich behielt. Vermutlich Wienand Hartmann. Aber es war in diesen Zeiten gesünder, in Rheinbach Lebende nicht namentlich zu erwähnen.

Noch etwas anderes war vorgefallen, etwas, was die Löhers selbst betraf. Zwar handelte es sich dabei möglicherweise um eine Falle, eine Finte – doch die Hoffnung begann die Vorsicht zu übertünchen. Ohne Frage, Amsterdam war eine schöne Stadt, war größer, weiter, offener – nicht nur in räumlicher Hinsicht – als das kleine Nest am Rhein. Ein Viertel der Einwohner stammte aus Deutschland, hier lebten portugiesische Juden, Polen, Mauren, Seeleute aus aller Herren Länder zwischen Calvinisten, Remonstranten, Labadisten, Collegianten, Nestorianern, Quäkern und Brownisten.

Hermann Löher war nun Amsterdamer Bürger, eingetragen als Harmen Leurs van Rijnbeck, was ihn durchaus mit Stolz erfüllte. Aber seine Seele war noch nicht in der großen Stadt angekommen, ebenso wenig die seiner Frau. Beide hatten sie Heimweh. Ein Schreiben aus Rheinbach nährte die Hoffnung, bestärkte den Wunsch, es könne sich alles zum Guten wenden. Vielleicht konnten sie doch wieder in ihrem stattlichen Haus wohnen, konnte er wieder seinen Geschäften nachgehen wie früher, konnten sie wieder mit den Kindern zusammenleben, deren Ferne besonders Kunigunde beinahe das Herz zerriss. Dazu musste Hermann Löher nur eines tun: zurückkehren nach Rheinbach, sich dort dem Gericht stellen und seine Unschuld beweisen.

»Ich bin Amsterdamer Bürger! Sie können mich nicht einfach auf den Scheiterhaufen stellen!«, meinte er beinahe trotzig auf die Einwände seiner Frau. Auch ein Brief seines Freundes Freylink, der ihn beinahe entsetzt und mit Nachdruck davon abzuhalten versuchte, vermochte ihn nicht umzustimmen. Selbst als ihm Adam Herresdorf, ein Geheimrat des Kurfürsten, eindringlich abriet, vor dem Blutgericht zu erscheinen, gab er sein Vorhaben nicht vollends auf.

Ein trüber, nasskalter Novembermorgen lag schwer über Amsterdam, aus den Grachten dampften müde Herbstnebel, mit leichtem Aufklatschen tauchten die Riemen eines vorbeiziehenden Bootes ins dunkle Wasser, hinterließen konzentrische Kreise, die mit leisem Plätschern an den buckligen Pflastersteinen verebbten. Ein Schwarm Tauben stob hoch, flog nur ein paar Fuß weiter, flatterte erst dann hinauf zu den Giebeln, als sich Hermann Löher erneut näherte. Er beachtete sie nicht. Sechsunddreißig Ballen Biberacher Barchent, acht Gulden Aufschlag pro Ballen ... das müsste sich verkaufen lassen, gerade jetzt vor dem Winter. Der Malheim wäre sicher für mindestens fünf Ballen gut, ebenso Abraham Palingh, van Breek würde bestimmt drei abnehmen, Barkhan vielleicht sogar sechs ...

Achtlos erwiderte er den Gruß eines Entgegenkommenden, bemerkte nicht, wie dieser stehen blieb, weil er gerade dabei war, den Balthasar Peenen einzuschätzen.

»Der Hermann! Ich glaube es nicht!«

Löher hielt mitten im Schritt inne, erstarrt wie die biblische Salzsäule.

Die Stimme kannte er. Doch er konnte es nicht glauben. Wortlos wandte er sich um und sah den anderen an wie ein Gespenst.

»Du siehst schon richtig! Ich bin es! Der Richard!« Gertzen war kaum weniger überrascht. »Seit drei Tagen bin ich hier und seit zwei Tagen suche ich dich! Die Adresse, die mir mein Vetter genannt hat, stimmt nicht!«, sagte er.

»Wir sind umgezogen. Letzten Monat!«, antwortete Löher, nachdem er sich einigermaßen gefasst hatte. »Wo kommst du denn her?«

»Über Umwege aus Köln.«

»Euer Haus?«

»Haben wir rechtzeitig verkauft und das Geld sofort in Sicherheit gebracht!«

Sie bogen in eine Seitengasse ein und betraten eine dunkle Kaschemme. An einem der Tische grölten ein paar trotz des frühen Tages bereits angetrunkene Seeleute.

»Engländer! Saufen, aber vertragen nichts!«, meinte Löher abschätzig und bestellte einen Krug Rotwein und zwei Becher.

Kurz erzählte er von den Kindern, die nun in Bonn waren, und davon, dass die beiden Ältesten vor Gericht gegangen seien, um wenigstens einen Teil des Vermögens zu retten. Mehr aber als seine eigenen Angelegenheiten interessierten ihn jetzt die Ereignisse in seiner Heimatstadt und Gertzens Flucht.

»Nachdem sie den Vogt schlimmer als ein Stück Vieh verrecken ließen und sie über euer Entkommen ziemlich wütend waren, habe ich nicht mehr allzu lange überlegt. Um keinen Verdacht zu erregen, ist zuerst meine Frau zu Verwandten nach Meckenheim und ich bin am nächsten Morgen nachgekommen. Dann haben wir im Wirdenbacher Kloster Unterschlupf gefunden. Das hat mein Vetter vorbereitet, er hat Beziehungen zur Kölner Fakultät …«

»Ich weiß. Die Professoren Habbel und Haustadt!«, nickte Löher und konnte ein schadenfrohes Glucksen nicht unterdrücken, weil ihm Buirmann und dessen Exkommunikation einfielen.

»Über dreißig Jahre war der Doktor Schwegeler Vogt. Ein weiser, aufrechter, frommer und gebildeter Mann. Wie viel hat ihm die Stadt zu verdanken! Und dann so ein Ende!«

Gertzen schien es immer noch nicht loszulassen. Wie Löher hatte er Furchtbares erlebt in Rheinbach, doch wie sie mit dem Vogt umgegangen waren, hatte alles andere an Grausamkeit übertroffen.

Hermann Löher wartete, bis sich das aufbrandende Geschrei der Seemänner legte. »Ich gehe zurück nach Rheinbach«, sagte er in die kurze Stille und setzte vorsichtig »Vielleicht!« nach.

Gertzen sah ihn an, als hätte er ihm gerade eröffnet, dass der Papst geheiratet habe. Mit halb offenem Mund und großen Augen starrte er ihn an. »Sag mal – hat dich ein toller Hund gebissen?«, fand er wieder Worte. »Der Moeden fängt in Meckenheim wieder zu brennen an und du kannst darauf warten, bis er in Rheinbach auftaucht. Mit Ach und Krach hast du deinen Kopf aus der Schlinge gezogen und willst ihn jetzt freiwillig wieder hineinstecken! In vier Jahren haben sie an die hundertdreißig Personen verbrannt. Aber den Hermann? Nein, den werden sie mit einer Abordnung der Stadt empfangen und ihm zu Ehren ein großes Fest feiern!«

Gertzen schwieg einen Augenblick. »Du Spinner!«, schrie er Löher dann unvermittelt an. »Du gottverdammter Spinner! Keine fünf Schritte über die Stadtgrenze wirst du deinen Fuß gesetzt haben, bis du – einszweidrei – im Gefängnis steckst. Prozessdauer? Drei Tage, höchstens vier! Den Ausgang kennst du selbst!«

»Aber es sind doch jetzt auch andere Männer Schöffen, der alte Freylink …«

»Pah«, unterbrach ihn Gertzen schroff, »die genauso viel oder wenig ausrichten können wie der Vogt, der Peller, der Lapp und du und ich. Halfmann, Thynen, Bewell, der Schall und wie die Mordbuben alle heißen sind immer noch in Amt und Würden. Was den Vater von Johann angeht«, fuhr er ein wenig ruhiger fort, »der alte Freylink ist vor kurzem gestorben. Sie haben ihn zum Schöffen gezwungen und mein Vetter sagt, er habe sich noch nie über den Tod eines Menschen gefreut mit Ausnahme dessen seines Vaters, da dieser nun das Schandtreiben nicht mehr mitmachen müsse. Wahrscheinlich hat ihm das das Herz gebrochen.«

Hermann Löher gab keine Antwort, saß nur stumm da und kniff die Lippen zusammen. Gertzen hatte Recht. Der Traum von Rheinbach war ausgeträumt.

Nach und nach fügten sich die Löhers in ihr Schicksal. Sie hatten ein Dach über dem Kopf und ein Auslangen, was ihren Lebensunterhalt betraf, wenngleich Hermanns Geschäfte nicht ganz so gut liefen wie damals in Rheinbach. Was sie allerdings vermissten, war die freie Ausübung ihrer Religion, da den Katholiken der Bau eigener Kirchen verboten war. Doch es gab da die so genannten »Liebhaber«: Christen, die die Gottesdienste bei den Reformierten besuchten. Und es gab an die dreißig katholische »Kirchen« im Untergrund, deren Adressen man sich wie einst im alten Rom zuflüsterte, meist war es das Hinterzimmer einer Wohnung, wo man gemeinsam mit einem Priester die heilige Messe feierte. Eine davon lag kaum einen Steinwurf vom Haus der Löhers entfernt. An diesem Sonntag waren die Gertzens aus Jordaan herübergekommen, wo sie eine Bleibe gefunden hatten. Heinrich Mötgens, der aus Löhers Geburtsort Münstereifel stammte, war mit seiner Frau Mathilde ebenfalls da. Nach dem Gottesdienst blieb man gern noch ein wenig beisammen. Der eine oder andere hatte eine Flasche Wein mitgebracht, die Frauen etwas Gebäck. So war es auch heute.

»Habt ihr es schon gehört? Ich meine das mit Rheinbach?«, fragte der Mötgens.

»Was?«, kam es vierkehlig zurück. Es klang erschrocken.

»Die halbe Stadt ist abgebrannt!«

Die vier Rheinbacher sahen den Mötgens ungläubig an.

»Das ist aber kein guter Scherz!«, knurrte Gertzen ärgerlich.

»Es ist kein Scherz! Mein Bruder war gestern hier.«

Es folgte eine bange Stille. Kunigunde fasste sich als Erste. »Wie konnte das passieren?«

»Soldaten. Einer der Ratsherren, Halbmann, glaube ich ... ich habe mir den Namen nicht gemerkt ...«

»Halfmann! Dietrich Halfmann!«, warf Löher dazwischen.

»Ja, genau so hieß er. Dieser Halfmann wollte ihnen aus Geiz nicht einmal die billigen Unschlittkerzen geben, sondern beharrte auf Kienspänen!«

»Soldaten? Welche Soldaten?«, fragte Gertzen.

»Was weiß ich! Soldaten eben. Keine Ahnung, Spanier, Schweden, Kaiserliche, es ziehen ja genügend umher ... Wer kennt sich da noch aus? Jedenfalls ist ein Kienspan gefährlicher als eine Kerze, weil immer irgendwo Glut abfällt. Mit einem Kienspan läuft man nicht in Häusern herum! Das weiß jedes Kind!«

»Außer dem siebengescheiten Halfmann! Riskiert wegen ein paar stinkender Talgkerzen eine ganze Stadt!«, stieß Löher fassungslos hervor.

»Das ist die Strafe Gottes für das Mordbrennen!«, murmelte er nach einer Weile.

33

An Mattie Alexander Burr hatte sich eine seltsame Veränderung vollzogen, für die George Lincoln keine Erklärung fand. Angefangen hatte es damit, dass Sandy zwar das Frühstück auf den Tisch stellte, selbst aber keinen Bissen anrührte. Kurz darauf verschwand sie im Badezimmer, kam mit bleichem Gesicht und schweißperlenbedeckter Stirn zurück, lief wortlos an ihm vorbei und warf die Tür zum Schlafzimmer hinter sich zu. Auf seine besorgten Fragen gab sie ihm ausweichende Antworten. Sie wolle nur ihre Ruhe haben, es würde sich alles wieder geben. Ihr Essverhalten änderte sich in den nächsten Tagen zusehends. Sandy konnte mit einem Mal Unmengen Bratkartoffeln in sich hineinschaufeln, bekam Gelüste auf Ananas, Paprikaschoten, eingelegte Feigen und Ziegenkäse. Zwei Wochen später genügte der bloße Anblick gebratener Kartoffeln, um bei ihr einen Brechreiz auszulösen. Auch war sie nicht mehr die impulsive, lebenslustige Sandy, die George Lincoln kannte. Sie war launisch, gab schnippische Antworten, um ihm im nächsten Augenblick heulend um den Hals zu fallen. Er musste sich eingestehen, dass er mit seinem Latein am Ende war, und er machte sich ernstlich Sorgen um seine Frau, die trotz allen Zuredens nicht dazu zu bewegen war, einen Arzt aufzusuchen.

Eines Morgens – er machte gerade die Betten – erschien Sandy im Schlafzimmer, sah ihm eine Zeit lang zu, riss dann das bereits geordnete Bettzeug schweigend auseinander und fing verbissen an, die Decken erneut zu falten.

»So macht man das!«, schnappte sie.

George Lincoln wusste nicht, sollte er jetzt lachen, ernst bleiben oder so tun, als hätte er es nicht zur Kenntnis genommen. Schließlich bekam die Verärgerung Oberhand.

»Erklär das doch deiner Großmutter!«, knurrte er.

Was nun folgte, war eine regelrechte Explosion, gegen die sich eine Eruption des Stromboli wie ein schwaches Hüsteln ausnehmen musste. So erschien es jedenfalls dem verdutzten Burr. So hatte er seine Frau noch nie erlebt. Auch ihre Logik schien in nicht unerhebliche Mitleidenschaft gezogen worden zu sein. Anders konnte er es sich jedenfalls nicht erklären, wie sie tatsächlich bei ihrer Großmutter anfing, das sei nicht nur eine Beleidigung der Grandma, sondern ihrer ganzen Familie, Vater und Mutter eingeschlossen, und insbesondere ihrer selbst, und sie sei nicht gewillt, eine solche Ungeheuerlichkeit auf sich und ihrer Ahnenlinie sitzen zu lassen, er solle sich sofort und auf der Stelle entschuldigen, sonst ginge sie unverzüglich zurück nach Virginia, das sei allemal besser, als mit einem verrohten Scheusal zusammenleben zu müssen.

»Mistress Burr!«, blaffte George Lincoln, eine Pause nutzend, in der Sandy Luft holte. »Was glaubst du, wie viele Jahre ich Betten ohne dich gemacht habe? Wie kann ich, nachdem ich nun dieser himmelstürmenden Erkenntnis und allein selig machenden Wahrheit teilhaftig werden durfte, meinen über Jahrzehnte verfochtenen und mit ketzerischer Hartnäckigkeit vertretenen Irrglauben über die Art des Bettenmachens wieder gutmachen? Welche Strafe für diesen leichtsinnigen Frevel erwartet mich?«

Sandy stutzte, fing an zu lachen, um dann unvermittelt in Tränen auszubrechen. »Jock, entschuldige!«, schluchzte sie. »Es war nicht so gemeint! Ich weiß nicht, es ging einfach mit mir durch!«

»Ist schon gut!«

Burr nahm sie in die Arme und dachte, dass es so nicht weitergehen könne. Er musste mit jemandem reden. Noch heute würde er Doktor Webber aufsuchen.

Die Sprechstundenhilfe verhielt sich irgendwie sonderbar. Das bemerkte er schon beim Eintreten. Burr warf einen kurzen Blick ins Wartezimmer. Nur zwei Patienten saßen darin, stellte er erleichtert fest.

»Guten Tag, Herr Professor, Sie möchten einen Termin beim Herrn Doktor?«, begrüßte ihn das Fräulein mit einem verkniffenen Lächeln und verschwand sogleich hinter der Tür zum Behandlungszimmer.

Burr überlegte, was hier nicht stimmte. Konnte sie ihm denn keinen Termin geben oder ihn zum Warten auffordern, ohne vorher den Arzt zu fragen?

»Heute geht es leider nicht mehr. Morgen um elf?«

»Wieso? Es warten doch nur zwei Leute!«, protestierte er.

»Privatbesuche! Der Herr Doktor muss anschließend sofort weg!«

Gelogen!, dachte er, enttäuscht von Doktor Webbers Verhalten. So jemand nannte sich Freund.

Vor dem Fenster zu Burrs Arbeitszimmer in Cornell begann es zu dämmern. Zwar besaß sein Fahrrad eine Karbidlampe, die aber in einer umständlichen Prozedur in Gang gebracht werden musste und kaum Licht abgab. Bevor er sich dem langwierigen Prozedere des Lampenanzündens unterwarf, wollte er lieber versuchen, in der restlichen Helligkeit des schwindenden Tages nach Hause zu kommen.

Daheim war alles dunkel. Dunkel im Flur, dunkel in der Küche, im Bad. Und es war still. Burr spürte, wie er unruhig wurde, sich sein Puls beschleunigte. Bis zum heutigen Tag hatte Sandy immer auf ihn gewartet, ihn schon im Flur mit einem Kuss empfangen.

»Sandy?«, rief er ein wenig zaghaft. Nichts rührte sich. Alles blieb still. Er tastete nach dem Lichtschalter, legte die Aktentasche auf die Ablage der Garderobe und öffnete die Tür zum Wohnzimmer. Was er nun sah, verschlug ihm beinahe die Sprache. Das kleine Tischchen aus der Ecke stand vor der Couch, darauf brannten drei Kerzen und stand eine Flasche Wein mit zwei Gläsern. Sandy hockte mit angezogenen Knien auf dem Sofa, ihr lockiges Haar schimmerte seidig und ihre Augen strahlten.

»Was ist hier los?«, fragte George Lincoln unsicher. »Ich meine, was soll das bedeuten?«

Sie sah ihn nur an und lächelte. »Jock, komm, setz dich zu mir!«

Sollte das wieder eine ihrer Launen sein, die von einem zum anderen Augenblick ins genaue Gegenteil kippen konnte? Er beschloss jedenfalls, auf alles gefasst zu sein. Nur zögerlich trat er näher, sie zog ihn zu sich herab, nahm seinen Kopf in beide Hände, überschüttete den überraschten George Lincoln mit Küssen und zwang ihn dann sanft neben sich.

»Du warst heute bei Doktor Webber?«, fragte sie.

»Ja ... schon ... sicher ... woher weißt du?«, stotterte er völlig überrumpelt.

»Der Doktor lässt dir ausrichten, du brauchst morgen nicht zu kommen. Das mit dem Termin habe sich erledigt!«

»Wie ... wie ... wieso?« Er war vollkommen durcheinander. Woher wusste sie, dass er bei Doktor Webber gewesen war und einen Termin vereinbart hatte?

Sandy saß da, ließ ihn zappeln und sah ihn verschmitzt an.

»Ich war nämlich auch bei ihm. Genau zu der Zeit, als du da warst. Aber wir haben vereinbart, dass ich es dir selbst beibringe!«

»Was? Was beibringen?«

Sie stand auf, schob ihren Rock langsam, beinahe feierlich in die Höhe und deutete auf ihren Nabel. George Lincoln saß da, starrte auf ihren nackten Bauch und begriff immer noch nichts.

»Ganz schön gewagt für eine presbyterianische Südstaatlerin!« Mehr fiel ihm dazu nicht ein.

»Jock, du bist ein Idiot! Ich bin schwanger!«

»Öh ... ah, ah ... eh ...«, war alles, was er herausbrachte.

»Dein Wortschatz war auch schon mal größer!«, lachte sie, während George Lincoln um Fassung rang.

»Du meinst wirklich ... ich werde Vater?« Es klang immer noch ungläubig, er brauchte seine Zeit. Beinahe andächtig ging er dann langsam in die Knie, küsste ihren Bauch und legte sein Ohr an ihren Nabel.

»Sandy! Wir bekommen ein Kind! Unser Kind!«

Nachdem er sich beruhigt hatte, goß er den Wein in die Gläser. »Das müssen wir feiern!«

Übervoll von Glück saßen sie schweigend nebeneinander und sahen in die warmen Lichter.

»Wieso hast du mir nichts gesagt?«, fragte er schließlich.

»Weil ich sicher sein wollte, damit wir uns nicht gegenseitig verrückt machen!«

Innerhalb der nächsten Tage wusste bereits halb Cornell von den bevorstehenden Elternfreuden der Burrs. George Lincoln konnte es nicht für sich behalten und ließ alle Welt an seinem Glück teilhaben, obwohl Sandy ihn ermahnte, es damit nicht zu übertreiben. Auch Präsident Adams kam es schließlich zu Ohren und er bat Sandy zu einem Gespräch, wie sie sich denn ihre weitere Lehrtätigkeit vorstelle. Aber das war keine Frage – ihre Stelle an der Universität würde sie aufgeben. So hatten sie und Jock es vereinbart.

Aus Virginia schrieben Sandys Eltern, wie sehr sie ihr Enkelchen erwarten würden, und schlugen vor, das Kind doch in Dublin zur Welt zu bringen. So könnte sich die frisch gebackene Großmutter nach der Geburt um ihre Tochter kümmern. George Lincoln war von dem Vorschlag nicht nur angetan, sondern geradezu begeistert. Noch am selben Tag besorgte er sich eine große Landkarte.

Einen Punkt gab es allerdings, über den es zu lang anhaltenden Auseinandersetzungen im Burr'schen Haushalt kam.

»Mattie!«, schlug George Lincoln vor. »Das ist doch ein wunderschöner Name!«

»Damit dann niemand den richtigen Namen sagt wie zu mir? Nein, eine Mattie kommt mir nicht ins Haus! Eher verlasse ich das Land!« Sie war entrüstet. »Und wenn es ein Junge wird? Vielleicht George Lincoln?!«

Burr lachte.

Mit dem Sergeant hatte er inzwischen ein herzliches Verhältnis, doch bis heute hatte dieser ihn kein einziges Mal mit seinem vollen Namen angesprochen. George ja. Aber George Lincoln? Nein! Da hätte der alte Haudegen lieber seine Zunge verschluckt. Nach langem Hin und Her einigten sie sich schließlich auf Virginia für ein Mädchen und Taylor Martin nach dem Großvater, falls es ein Junge werden würde.

George Lincoln war immer noch überwältigt von dem Gedanken an seine Vaterschaft. Am Abend saß er neben Sandy, streichelte ihren dicker werdenden Bauch, redete jedoch weniger mit ihr als vielmehr mit seinem Sohn – denn für ihn war sonnenklar, dass es ein Junge werden würde.

»Und was, wenn es ein Mädchen wird?«, fragte Sandy, die Angst hatte, er könnte dann enttäuscht sein, ein wenig verärgert.

»Das ist doch gleichgültig. Es ist unser Kind! Aber ich bin nun einmal als männliches Wesen zur Welt gekommen und kann mich daher besser in Jungen hineinversetzen als in Mädchen!«

George Lincoln sah sich draußen in den Weiten der Enfield-Hügel, hörte das helle Lachen und Jauchzen, mit dem sein Kind durch das Gras tollte, fuhr mit ihm im Boot hinaus auf den sonnenglitzernden Cayuga, sie streiften durch die dunklen Wälder und die geheimnisvollen Schluchten mit den stäubenden Wasserfällen, bauten Schneemänner. Er würde ihm Geschichten erzählen von riesigen Elefanten, die über Europas hohe eisbedeckte Berge zogen, würde sein Kind hineinführen in versunkene Welten und diese zum Leben erwecken.

»Was ist eigentlich mit der Landkarte?«, riss ihn seine Frau aus den Träumen. Sandy beugte sich über den Tisch, zog das Päckchen zu sich her und entfaltete es.

»Ach. Ist nur so eine Idee!«

»Ich vermute, ich kenne deine Idee!«, erwiderte Sandy ahnungsvoll. Auf der Karte waren Linien in verschiedenen Farben nachgezeichnet. Ausgehend von Ithaca nach Watkins Glen, quer durch Pennsylvania nach Gettysburg, Hagerstown, Staunton und über Bedford nach Dublin. »Willst du wirklich ... aber das sind ja ...«

»Etwa vierhundertfünfzig Meilen!«, lächelte George Lincoln und versuchte, die sicherlich kommenden Einwände schon im Vorfeld zu entkräften.

»Du wirst nicht erst einen Tag vorher losfahren können, sondern mindestens zwei bis drei Wochen. Drei Wochen sind besser, denke ich. Aber ich kann nicht die ganze Zeit untätig in Dublin herumsitzen. Nach meiner Schätzung müsste die Strecke mit dem Fahrrad leicht in zehn Tagen zu bewältigen sein!«

Doch Sandy widersprach nicht, versuchte nicht, ihn von seinem Vorhaben abzubringen. Ihr einziger Einwand war, dass es bis dahin Winter sei, worauf er erwiderte, er müsse eben abwarten und kurzfristig entscheiden. Notfalls könne er die Fahrt ja auch abbrechen und den Zug nehmen.

»Und dein ganzes Gepäck?«, fragte sie.

»Da halte ich mich an meinen Freund Caspar René Gregory: Minimalausrüstung. Ich brauche nicht viel: etwas warme Kleidung zum Wechseln, Werkzeug, etwas Proviant. Vielleicht noch eine Plane als Unterstand. Das meiste müsste in den Rucksack passen, der Rest kommt auf den Gepäckträger!«

Sandy sah ihn von der Seite her an, richtete den Blick aber gleich wieder nach vorn. In seinen Augen leuchtete Sehnsucht. Sie spürte, wie es in ihm brannte, für eine Zeit von hier wegzukommen, wie sehr er es brauchte, sich zu erden.

»Was ist mit der Historiker-Vereinigung?«

Die Frage traf ihn unvorbereitet. Es war ein Streit, der sich schon länger hinzog, über den er nicht gern sprach, der ihn aber tief verletzt hatte, es noch immer tat und der einer der Gründe für seine Bedrücktheit war, die er von seiner Frau fern zu halten versuchte.

»Es sind noch junge Burschen, die es nicht erwarten können, das Zepter zu übernehmen. Sie meinen, der Vorstand sei zu alt und wir stünden ihnen im Weg. Es ist nur eine kleine Gruppe von Heißspornen!« Der letzte Satz klang beinahe entschuldigend.

»Nein, Jock«, erwiderte sie, »es ist eine Ungeheuerlichkeit! Eine Respektlosigkeit, eine einzige Frechheit! Ich habe den Brief gelesen, den sie dir geschrieben haben!«

»Alle Gründungsmitglieder haben diesen Brief bekommen, nicht nur ich! Sie fordern eine Aufstellung unserer Tätigkeiten, Reise- und Kostennachweise und von mir als Sekretär zusätzlich eine genaue Auflistung über verschickte Rundschreiben, Papier, Porto und andere Auslagen.«

»Du hast die meisten Reisen aus deiner eigenen Tasche bezahlt, hast Tage, Wochen und Monate gearbeitet, ohne einen Cent zu verlangen, dank deiner Hilfe sind die führenden Geschichtsforscher Amerikas in der Gesellschaft vereint und jetzt versuchen sie dir Betrug und Unterschlagung anzuhängen und deinen Namen in den Schmutz zu ziehen!« Ihre Wangen waren gerötet und ihre zierliche Gestalt bebte vor Erregung.

»Beruhige dich, mein kleines Mädchen«, sagte Burr, »denk an unser Kind!«

»Was wirst du tun?«

»Ich habe es schon getan!«, antwortete er fast fröhlich, »Ich habe ihnen trotz ihres unverschämten Tones einen beinahe unverschämt freundlichen Brief zurückgeschrieben und die geforderten Nachweise beigelegt – die Kollegen aus dem Vorstand werden es im Übrigen ebenso halten. Es sind machthungrige Möchtegerns ohne jede Erfahrung oder irgendein Verdienst für die Vereinigung, die nur auf eine winzige unbedachte Äußerung lauern, um sie in der Presse breittreten zu können. Dabei verschwenden sie keinen Gedanken daran, dass sie selbst in fünfzehn, zwanzig Jahren in unserem Alter sein werden. Wir werden es zu verhindern wissen, dass sie in ihrer Eitelkeit einen Keim legen, der den Geist der Gesellschaft beschädigt.«

34

Ausgebreitet über einem kleinen Mäuerchen lag ein ziemlich schmutziges Leintuch, das zudem einige faustgroße Löcher aufwies. Eine Horde Kinder stand darum herum. In der Hand hielten sie Becher, prosteten sich zu, während ein Mädchen mit wichtiger Miene zwischen ihnen umherlief und eifrig nachschenkte. Jedenfalls erweckte es den Anschein. Auf dem Tuch lagen ein paar Stücke graues Brot, reife Himbeeren, ein paar Äpfel und es stand ein Schüsselchen mit Honig dabei.

»Oh!«, rief einer der Buben, während er herzhaft in einen Apfel biss und sich behaglich den Bauch rieb. »Der Schweinebraten schmeckt aber lecker!«

Ein Mädchen tauchte ein Brotstück in den Honig, legte eine Himbeere darauf und meinte, einen so köstlichen Kuchen habe es schon seit langem nicht mehr gegessen. Zwei Knaben ahmten Betrunkene nach, torkelten, schnitten Grimassen und schlugen scheppernd die Becher gegeneinander.

»Der Jost und das Mariechen müssen bezahlen!«, schrieen sie

mit einem Mal alle durcheinander. Zwei der Kinder, die bisher abseits gestanden hatten, traten mit scheinbar betrübten Gesichtern vor, nestelten an ihren Taschen und legten dann ein paar Eicheln auf die Mauer.

»Alle zu mir her!« Ein schlaksiger Junge stand jetzt mitten auf der staubigen Dorfstraße, die Hände vorgereckt und die Fäuste geballt. »Kurz!«, sagte er, ließ die Hände erneut auf dem Rücken verschwinden und hielt sie dann dem nächsten Kind entgegen.

»Schon wieder!«, maulte der Bub.

»Lang!«, stieß das Mädchen einen Freudenschrei aus.

»Kurz!«

»Kurz!«

»Lang!«

Diejenigen, die das kurze Hölzchen erwischt hatten, stoben auseinander, verschwanden hinter den Häusern, während die anderen zu einer Gruppe zusammentraten und miteinander tuschelten.

»Was spielt ihr denn da?«

Erschrocken fuhren die Kinder hoch, sahen misstrauisch zu dem großen Mann im weiten, schwarzen Mantel auf und senkten dann den Blick verlegen zu Boden.

»Na, was ist denn das für ein Spiel?«, fragte der Herr nochmals freundlich.

»Kennt Ihr das denn nicht?«, wollte eine schüchterne Mädchenstimme wissen.

»Nein«, Bartholomäus Löher schüttelte den Kopf, »habe ich noch nie gesehen!«

»Wir jagen Zauberer und Hexen!«, rief einer der Buben.

»Und? Wie macht ihr das? Ich meine, das mit den Hölzchen habe ich begriffen!«

»Das geht ganz einfach!«, fuhr der Junge in verschwörerischem Ton fort. »Die sich jetzt versteckt haben, das sind die Hexen und die Zauberer. Wir hier jagen sie, aber nicht alle, sondern nur zwei von ihnen, auf die wir uns vorher einigen. Wenn wir sie erwischt haben, feiern wir ein großes Gelage – so heißt das, sagt mein Vater –, das die beiden bezahlen müssen.«

»So, so!«, meinte Löher. »Ist das nicht ein etwas grausames Spiel?«

»Nö«, erwiderte der Junge und sah ihn verständnislos an, »wir verbrennen sie ja nicht!«

»Noch nicht!«, rief ein anderer und alle lachten.

Auf der anderen Straßenseite schnaubten aufgeregt ein paar Pferde, der Kutscher saß bereits auf seinem Bock und hatte schon die Bremsen gelöst.

»Wir könnten weiter!«, schrie er ungeduldig herüber.

Gestern war Bartholomäus Löher in Amsterdam eingetroffen, hatte zuerst das Grab seiner vor ein paar Jahren verstorbenen Flerzheimer Großmutter besucht und sich dann sogleich in die Koningstraat begeben. Kunigunde war ganz aufgewühlt, wollte jede noch so winzige Kleinigkeit über seine drei Söhne wissen. Besonders stolz war sie auf ihren ältesten Enkel, den Hermann, der sechs Sprachen beherrschte. Fließend, wie Bartholomäus versicherte. Das konnte sie natürlich nicht für sich behalten. Auf dem Markt brauchte sie heute eine Stunde länger als üblich und auch die Nachbarn mussten in Kenntnis gesetzt werden. Wie ein Wasserfall sprudelte sie von ihren anderen Kindern, von der Mathilde, die ebenfalls schon drei hübsche Kinder habe, von ihren zwei anderen Töchtern, wohlerzogen und natürlich von höchstem Liebreiz, von den beiden kleineren Söhnen, der eine Geistlicher und der Jüngste noch in Bonn in der Schule. Da sei er sehr gut, habe der Bartholomäus gesagt.

Ihr Mann Hermann lächelte nicht darüber. In wie vielen Nächten war sie aus der Schlafkammer geschlichen, bis zum frühen Morgen bei einer Kerze in der Stube gesessen, hatte sich bis zur Tränenlosigkeit die Seele aus dem Leib geweint und einen Rosenkranz nach dem anderen gebetet. Wie musste es einer Mutter das Herz zerreißen, wenn ihre unter Schmerzen geborenen Kinder weit, weit weg waren und ohne ihre Liebe, Fürsorge und Vertrautheit in einer fremden Welt aufwachsen mussten! Die Kleinen, die sie nicht trösten konnte, wenn sie nach den Eltern plärrten! Wie viel Angst und Bangnis hatten sich in den Jahren in ihr eingegraben, eines davon könnte in schlechte Gesellschaft geraten, könnte untergehen und verschlungen werden in den Strudeln dieser gewalttätigen und verrohten Zeit! Um wie viel mehr musste es sie mit unbändiger Freude und Stolz erfüllen, dass keine ihrer Befürchtungen eingetroffen war, die Kinder zusammengehalten und sich gegenseitig erzogen hatten!

»Was meinst du, wenn wir den Schall von Bell verklagen? Ich meine, wegen dem Lavoir und der vergoldeten Silberlampe, mit denen ich ihn damals bestechen musste! Da kommt mit Zins und Zinseszins doch ein schöner Batzen zusammen! Was denkst du?«

Bartholomäus hatte Zweifel. »Ich denke, das wird nicht ganz einfach sein nach all den Jahren. Mein Bruder und ich haben sie damals überbracht. Also stehen unsere Aussagen gegen die von der Frau des Schall. Wir waren ja noch halbe Kinder!«

Hermann Löher schlug mit der flachen Hand auf den Tisch. »Zehntausend Reichstaler! Zehntausend mindestens haben mich diese Lumpenhunde gekostet! Was sind dagegen die paar hundert Taler, die ihr beide, dazu noch in langen Prozessen, erstritten habt? Jeden Pfennig, den ich bekommen kann, hole ich mir von dem Gesindel zurück!«

Draußen fiel die Haustür ins Schloss. Hermann Löhers Stimme wurde leiser. »Wir reden später weiter, wenn wir allein sind. Die Mutter regt sich sonst nur unnötig auf. Du wolltest mir noch etwas vom Freylink sagen?«

»Ach ja. Ich soll dir ausrichten, die ›Cautio criminalis‹ sei jetzt auch in deutscher Sprache erschienen. Ich war auf dem Herweg über Köln bei ihm. Er hat mir etwas mitgegeben.«

Bartholomäus ging hinüber zur Bank, öffnete dort sein Felleisen und schob ein Päckchen über den Tisch. »Es ist eine Abschrift. Du sollst vorsichtig damit umgehen. Pater Freylink hat es von einem Exemplar abgeschrieben, das er von einem Kölner Professor ausgeliehen hatte.«

Löher entfernte das Einschlagpapier, zum Vorschein kam ein nicht sonderlich dickes Heftchen mit einer Brille auf dem Deckblatt. Im linken Glas war eine Sonne mit hellem Strahlenkranz, im rechten ein Mond, überzeichnet mit einer Schraffur in düsterem, dunklem Grau.

Beigefügt war ein ziemlich knapp gehaltener Brief.

»Mein lieber Freund,
dass die ›Cautio‹ jetzt auf Deutsch erschienen ist, hat dir sicher dein Sohn schon gesagt. Das ›Brillentraktat‹ hat mir mein Freund

Professor Haustadt zur Verfügung gestellt, der Verfasser ist ein Bekannter und Landsmann von ihm und Professor Habbel. Du kennst ja beide aus meinen Erzählungen. Ich lege es vertrauensvoll in deine Hände mit der Bitte, vorsichtig damit umzugehen, da Pfarrer Stappert noch lebt. Anders als die ›Cautio‹, in der der Autor (leider immer noch unbekannt) aus verständlichen Gründen keine Namen und Orte benennt, schildert dieser Landpastor einundzwanzig Fälle, nennt Ross und Reiter. Die Prozesse hat er zum Teil selbst erlebt, unter anderem mit dem Kommissar Doktor Schultheiß, dessen Wirken dir nicht ganz unbekannt ist. Es ist ein einmaliges Dokument, wie ich es noch nie gesehen habe. Die beiden Professoren sind derselben Meinung. Es wirft ein grelles Licht auf diese Prozesse, da es die andere Seite, nämlich die Geschundenen und Opfer, in ihren Ängsten und ihrer Verzweiflung zu Wort kommen lässt. Wie gesagt: Geh bitte vorsichtig damit um.
Grüße deine Frau und seid Gottes Schutz befohlen,
dein Freund Johannes Freylink
Post scriptum: Tanner lasse ich dir noch zukommen. Ich schicke es an Richard.«

35

Es war wirklich ein Puppenhaus-Haushalt. Bewusst wurde ihnen das jedes Mal, wenn sie Freunde zu Besuch hatten. Bei mehr als vier Personen wurde es im Wohnzimmer eng. Um Platz zu schaffen, stellte Sandy dann die kleinen Seitentische in den Flur, benutzte sie als Ablage für Gebäck, Salate, Geschirr und Getränke. Kaffee gab es in George Lincolns Studierzimmer. Aber jede Medaille hat zwei Seiten, wie Sandy bemerkte: Die Wege waren kurz. Kopfzerbrechen machte ihr die Unterbringung des Kindes. Zu Anfang würde das noch kein Problem sein, aber was, wenn es heranwuchs? George Lincoln sah das gelassen, meinte, bisher habe sich für alles eine Lösung ergeben. Ein anderes Problem wurde inzwischen die Unterbringung der Geschenke für den heiß erwarteten neuen Erdenbürger und unter dem Ehebett wurde es immer enger.

»Wenn das so weitergeht, ist kein Platz mehr für das Kind!«, ulkte er.

Der Tag der Geburt rückte näher und George Lincoln musste einsehen, dass sein Vorhaben, mit dem Fahrrad im Winter nach Dublin zu fahren, eine Schnapsidee war. Aber auch Sandy hatte sich anders besonnen. Sie wollte das Kind lieber in Ithaca zur Welt bringen, schon wegen der Strapazen einer Rückreise, denn bis zum Frühjahr wollte sie nicht in Virginia bleiben.

Sandy war George Lincoln noch nie schöner und fraulicher erschienen als in ihrem jetzigen Zustand. Alles an ihr strahlte Wärme und stilles Glück aus, was sich auf ihn und alle übertrug, die mit ihr zu tun hatten. Ihr Bauch war prall und fest wie ein großer Kürbis und manchmal fragte er sich, wie ein voll ausgebildetes Menschlein durch eine so enge Öffnung passen konnte. George Lincoln sagte sich immer wieder, dass es schon Millionen und Abermillionen Mal so gewesen war, auch bei seiner Frau so sein würde, trotzdem überstieg es sein Vorstellungsvermögen. Schonen musste sie sich, alle Kräfte sammeln! Aber Sandy meinte, er würde mit seiner Vorsicht manchmal übertreiben, und als er gar noch anfing, seine Kochkünste zu bemühen, stieß er bei ihr auf heftigen Widerstand.

Burr referierte gerade über Toleranz und Intoleranz zwischen Katholiken und Protestanten im sechzehnten Jahrhundert, betonte, ihn interessiere es weniger, wie die Menschen in die Grube hineingefallen seien, sondern viel mehr, wie sie wieder herausgefunden hätten, als sich die Tür öffnete.

»Professor Burr, Professor Burr, Sie sollen sofort nach Hause kommen!«

George Lincoln wurde es abwechselnd heiß und kalt. Vor ein paar Stunden war Sandy doch noch in bester Verfassung gewesen, hatte lächelnd seine Besorgnis zerstreut. Oft konnte es ganz schnell gehen, das hatte er schon gehört. Wahrscheinlich machte er sich nur selbst verrückt. Aber hatte der Bote nicht ausdrücklich »sofort« gesagt? Burr flog geradezu die Treppe hinab, schwang sich auf sein Fahrrad, trat es heimzu mit aller Kraft über den gefrorenen Schnee auf den Gehwegen. Außer Atem rannte er nach oben, riss die Tür zum Flur auf und blieb wie angewurzelt stehen. Die Hebamme war da, Tränen liefen über ihr Gesicht, die Haltung hilflos, die Schürze blutbeschmiert.

George Lincoln wurde bleich. »Was ist mit Sandy?«, fragte er tonlos.

»Doktor Webber ist bei ihr.«

»Wieso Doktor Webber?« Burr wollte zum Schlafzimmer, aber sie hielt ihn zurück.

»Es ist besser, Sie gehen da vorerst nicht hinein!«

»Das Kind? Was ist mit dem Kind?«

»Bitte setzen Sie sich!«

»Nein! Ich will mich nicht setzen! Was ist mit dem Kind?«, schrie er nun beinahe.

Die Hebamme druckste herum, wand sich, knetete ihre Hände. »Es war ein Junge!«, sagte sie dann leise. »Er ist tot!«

George Lincoln war es, als würde ihm der Boden unter den Füßen weggezogen. Wie ein Schlafwandler wankte er ins Wohnzimmer, ließ sich auf einen Stuhl fallen. Dort saß er vornübergebeugt, die Hände verkrampft zwischen den Beinen, und starrte vor sich hin. Das war nicht die ganze Wahrheit, nur ein Teil davon, das war nicht alles. Das spürte, nein, das wusste er.

Die Hebamme trat zu ihm und legte ihm eine Hand auf die Schulter.

Langsam, ohne ein Wort zu sagen, stand er auf. »Sandy? Was ist mit Sandy?« Seine Stimme war nur ein Flüstern.

»Sie hat viel Blut verloren. Ich konnte es nicht mehr aufhalten!«

Für einen Augenblick erschien Doktor Webbers Kopf in der Tür. »Wasser und Handtücher! Schnell!«

Burr wollte zu ihm, wollte fragen. Jonathan Webber, sonst die Ruhe in Person, schien sichtlich nervös zu sein. »Später!«, beschied ihn der Doktor knapp und war schon wieder weg.

George Lincoln wankte zurück zu seinem Stuhl. »Gott«, betete er, »wenn du mir schon mein Kind nicht lässt, so lass mir wenigstens meine Frau!«

Er wusste nicht, wie lange er da gesessen hatte. Jede Sekunde der Ungewissheit kam ihm vor wie eine Ewigkeit. Sein Denken, sein Fühlen, seine Seele waren jenseits der Tür, waren bei Sandy und seinem toten Kind.

Endlich kam Doktor Webber, das Gesicht ernst und bedrückt.

»George«, sagte er, »es fällt mir unsagbar schwer. Ich habe getan, was ich konnte, und werde es weiterhin tun. Aber der Blutverlust ist sehr groß. Es ist zwar jetzt etwas besser geworden ...« Er kam nicht dazu, den Satz zu vollenden.

»Doktor! Schnell!«, rief die Hebamme. »Es geht wieder los!«

George Lincoln wollte mit ins Schlafzimmer, wurde jedoch zurückgeschoben.

»Nicht jetzt!«

Für Burr brach wieder eine Ewigkeit an, voll von Zweifel, Hoffnung und Mutlosigkeit. Wie mochte es erst Sandy gehen?! Er fühlte, wie sich bei dem Gedanken sein Gehirn kräuselte.

Wieder öffnete sich die Tür.

»Du kannst kurz zu ihr! Aber wirklich nur kurz!«, sagte Jonathan Webber.

Burr zog seine Schuhe aus, um kein unnötiges Geräusch zu machen.

Sandy war kaum wiederzuerkennen. Ihr Gesicht war bleich und eingefallen, ihr Haar klebte schweißnass am Kopf.

»Sandy«, flüsterte er, »Sandy, ich bin es, Jock!«

Über ihre geschlossenen Augenlider lief ein feines Zittern.

»Psst! Sie schläft!«, ermahnte ihn die Hebamme.

George Lincoln fasste behutsam nach Sandys Hand und erschrak. Sie fühlte sich kalt an. Es war eine eigentümliche Kälte, eine Kälte zwischen Leben und Tod.

Webber bedeutete ihm, dass er mit ihm sprechen wolle. »George, du siehst es selbst. Es steht nicht gut um sie. Eigentlich müsste sie ins Spital, aber sie ist nicht transportfähig. Ich habe ihr ein Mittel gegeben, damit sie wenigstens keine Schmerzen hat. Das ist alles, was ich im Moment tun kann, aber ich komme jede Stunde vorbei. Die Hebamme bleibt da, das habe ich mit ihr besprochen!«

Es war schon später Nachmittag, als Sandy völlig überraschend die Augen aufschlug.

»Jock«, flüsterte sie, »mein lieber Jock!«

Sie war kaum zu verstehen.

Burr konnte nicht anders und versuchte es auch gar nicht. Das Wasser lief in Bächen über seine Wangen und der ganze Mann bebte. »Mein kleines Mädchen!«, schluchzte er auf. »Mein kleines Mädchen!«

Der Anflug eines Lächelns huschte über ihr Gesicht. Wie oft hatte er das zu ihr gesagt. Mein kleines Mädchen! Sein ganzes Empfinden lag in diesen drei Worten, die sie nie abwertend empfunden hatte, sondern immer als das, was sie waren, als Ausdruck seiner zärtlichen Liebe und Zuneigung.

»Ich liebe dich«, hauchte sie und es kostete sie ihre ganze Kraft weiterzusprechen, »ich werde dich immer lieben in alle Ewigkeit und ich danke Gott für jeden Augenblick, den er uns füreinander geschenkt hat!« Erschöpft schloss sie für einen Moment die Augen. »Jock, halt mich fest! Ganz fest!«

George Lincoln fasste ihre Hände, zog sie leicht zu sich her und drückte einen verzweifelten Kuss auf ihre Fingerspitzen.

»Jock!« Ihre Stimme klang müde und er spürte, wie Sandy zunehmend schwächer wurde, trotzdem ließ sie seine Hände nicht los. »Jock? Kannst du noch beten?«

Er nickte. »Ich werde es versuchen. Vater unser, der Du bist im Himmel, geheiligt werde Dein Name, Dein Reich komme, Dein Wille geschehe ...«

Langsam, ganz sacht verglomm das Licht in ihren Augen, die Hände wurden schlaff und ihr Kopf neigte sich kaum merklich zur Seite.

George Lincoln wagte kaum zu atmen. Sandy war nicht mehr in ihrem Körper, aber sie war hier, war bei ihm, in ihm. Er spürte, wie sie sich behutsam löste und sanft entfernte. Noch hielt er ihre Hände und es kostete ihn beinahe unmenschliche Anstrengung, sie loszulassen.

Die Tür öffnete sich einen Spalt.

»Ist alles in Ordnung?«, wollte die Hebamme wissen.

»Ja«, antwortete Burr, »sie ist gegangen!« Langsam stand er auf, faltete Sandys Hände über der Brust, schloss ihr die Augen und küsste zum letzten Mal ihre Stirn.

»Mein Sohn«, sagte er dann, »ich möchte ihn sehen!«

Es war eine kleine Beerdigung gewesen, als sie Mutter und Kind zusammen in einem Sarg der Erde übergeben hatten. George Lincoln hatte bis dahin mit seiner Trauer allein sein wollen und versucht, den Tod seiner Frau und seines Sohnes möglichst geheim zu halten. Nur Sandys Verwandtschaft und seine beiden Geschwister hatte er verständigt. Als das Hinscheiden dann nach und nach bekannt wurde, traf eine Flut von Briefen ein. Manche waren allgemein gehalten, andere mit christlichen Aphorismen verbrämt, etliche hatten gar nichts anzubieten als die Versicherung des Mitgefühls, aber einige waren darunter, die wirklichen Trost gaben und ihn aufrichteten. Wie der von Morse Stephens:

»*Mein liebster Burr,*
ich habe es gerade gehört – vor einer Stunde. Mein Herz blutet für dich; ich kann an nichts anderes denken. Ich meine, es gibt auf der ganzen Welt niemanden, der das Glück mehr verdient hätte als du; und all deine Freunde – zu denen ich mich als einer deiner engsten zählen darf – glaubten, dass du es erreicht hättest. Und dann kommt dieser Schlag! Ich bin selbst ein trauriger und einsamer Mann, aber ich habe es verdient. Aber du – oh mein lieber Burr! Tu etwas – bete, glaube! Auch wenn es kaum Linderung geben kann – aber vielleicht kann doch Freundschaft ein wenig helfen und niemand hat je mehr bessere Freunde gehabt als du! In diesem Moment jedoch muss selbst die wärmste Freundschaft eiskalt erscheinen. Aber ich kann mir nicht helfen, diese wenigen und unzutreffenden Worte zu schreiben, um dir zu sagen, wie sehr ich dich liebe und bewundere und dass mein Herz bei dir ist. Immer und für immer,
Dein Morse Stephens, 11. Februar 1909.«

Edna Moffet war Sandys beste Freundin gewesen, stammte ebenfalls aus Virginia und von Jugend an waren sie unzertrennlich, hatten miteinander dieselben Schulen besucht, zusammen hier in Cornell studiert und sich das gemeinsame Zimmer geteilt. Sie schrieb ihm:

»*Ich versuche, meine Tränen in Arbeit zu ersticken. Tu es auch! Ihre Liebe hat auch mich reich gemacht. Sie brachte nur Gutes in mein Leben – Süße, Selbstlosigkeit, Nachdenklichkeit. Mein ganzes Leben werde ich ein besserer Mensch sein dadurch, dass ich sie hatte, und auch der Tod wird sie mir nicht nehmen. Ich versuche auch in meinem Herzen die Schönheit in ihrem Ende zu sehen, auch wenn meine Seele dagegen rebelliert. Vergehen und mit ihrem Kind vor Gott zu gehen in die Glückseligkeit ohne langes Leiden und Trauer, wie es ein langes Leben immer mit sich bringen muss. Das ist die Theologie, die ich gelehrt wurde. Ich weiß nicht, ob ich es glaube oder nicht. Aber ich habe nie ein stärkeres Bedürfnis verspürt, es zu tun.«*

Edna Moffet fügte noch hinzu, sie erwarte keine Antwort, aber er tat es dennoch. George Lincoln hatte einfach das Gefühl, sie trösten zu müssen.

»Liebe, liebe Freundin – Schwester, die sie liebte, – sei nicht so verzweifelt!«, schrieb er. »Was die Wahrheit über die Theologie angeht, weiß ich genauso viel wie du. Aber das weiß ich: Eine Frau, deren Leben ich auf eine solche Art zu Ende gehen sah – tapfer, warm, klar, selbstbestimmend, liebend bis zum letzten Atemzug –, ist nicht die Masse eines Lebens, das uns verlassen hat. Als meine Eltern starben, war ihr Leben zu Ende gelebt; ihre Körper brachen zusammen unter der Last der Jahre. Aber Sandys Leben stand in ihrer voller Blüte. Ich habe keine Theorie und wünsche mir auch keine. Aber das weiß ich: In einer Welt, in der ein solches Leben und eine solche Liebe wie ihre sein kann, ist die Seele aller Dinge Leben und Liebe. Und wo solches Leben und Liebe ist, gibt es für mich keine Enttäuschung oder Hoffnungslosigkeit. Selbst wenn mein Glaube umsonst sein sollte, ist er immer noch weise und Gott ist Liebe. Ja, Sandy ist mein für immer, was auch ein lebender Gott mit uns vorhaben mag. Ich weiß nicht, wo seine Inseln sind, wo sich die Palmen der Erkenntnis in die Lüfte recken. Aber in meinem Leben – so wird er mir helfen – wird sie immer weiter in mir leben und ich werde mein Leben edleren Zwecken widmen, von denen ich ohne sie nicht einmal zu träumen gewagt hätte. Alles Gute, alle hohen Dinge, für die die Menschheit geträumt und gelebt hat, werden erst wahr mit Gott in uns. Und wenn er dort nicht ist – wo soll man ihn denn suchen? Religion kann wachsen, sich verändern. Aber sie kann nie, niemals sterben!«

Edna Moffet war daraufhin ziemlich verwirrt. Besonders seine Ausführungen über den Gott in uns brachten sie durcheinander, was sie auch nicht verhehlte.

Burr antwortete: »*Ich meine, falls dies eine verständliche Welt ist und nicht eine des Zufalls – es gibt keinen Mittelweg zwischen diesen beiden Möglichkeiten –, dann muss es eine Seele der Dinge geben, ihre Quelle, ihre Substanz und ihr Ende. Eine Antwort auf die süßesten, höchsten und vornehmsten Dinge, die wir sind und von denen wir wissen. Ist die Liebe einer Mutter Zufall? Oder ist sie beabsichtigt und daher verständlich? Wenn in uns Menschen so etwas wie eine Vorstellung von Freiheit, Verantwortung, Persönlichkeit und Charakter bestehen kann, wenn wir uns entschließen können, für andere zu ackern, opfern und zu schwitzen, dann gibt es im Herzen des Universums, aus dem wir geboren sind, einen Plan, einen Geist, ein Herz, so frei, so hoch, so voller Liebe, dass Unzufriedenheit Narretei ist und Besorgnis Misstrauen. Mögen unsere Philosophien und Religionen nur das Geplapper eines Kindes sein, das an der Brust der Mutter träumt; aber solange die Brust der Mutter da ist, tun wir gut daran, zu träumen und zu plappern. Was Gott auch immer sein mag, für unser kleines Begreifen kann er nicht süßer, höher, treuer und wahrhaftiger sein, als es das Beste in mir, in uns ist. Ich denke, die Vervollkommnung ist der höhere Sinn, das Ziel, das uns bei der Geburt auferlegt wurde. In einer Welt, in der Menschen wie Mattie leben können und ich die Heiligkeit der Liebe durch sie kennen lernen durfte, wie könnte ich an der Personalität der Liebe, nein, an der Menschlichkeit Gottes zweifeln? Es ist schwer, ihren frühen Tod mit Liebe zu verstehen. Aber ist es nicht ungleich schwerer, ohne Liebe überhaupt ihr Sein zu verstehen?«*

Burr tat, wozu ihm Edna geraten hatte: Er stürzte sich in die Arbeit. Zwar hatte er sich immer schon darin vergraben, aber nun wurde es geradezu obsessiv. Über seinen Historiker-Kollegen Edward James war er auf einen Hexenprozess gegen eine Grace Sherwood aufmerksam geworden, um den sich in Virginia noch heute wilde Legenden rankten. Bei ihr war offenbar zum ersten Mal auf amerikanischem Boden die Wasserprobe angewandt worden, wobei die Daumen und die großen Zehen der Angeklagten über Kreuz zusammengebunden wurden. Grace Sherwood schien eine ungewöhnliche Frau gewesen zu sein – angeblich bildhübsch und sie hatte keine Röcke getragen, sondern war in Hosen herumgelaufen. Nach dem Tod ihres Mannes James hatte sie die Plantage mit ihren drei Söhnen bewirtschaftet. Die halbe englische Kolonie war am 10. Juli 1706 zusammengeströmt, um das Schauspiel zu erleben, wie die wegen Schadens- und Voodoozauber angeklagte Hexe in das Wasser des Lynnhaven geworfen wurde. »Die Schuhe habt ihr euch halb durchgelaufen, ihr weißer Abschaum, nur um zu sehen, wie sie mich ersäufen. Aber ich prophezeie euch: Auch ihr kommt nicht trocken nach Hause!«, soll sie den Gaffern höhnisch zugerufen haben. War der Himmel soeben noch blau und klar gewesen, so verfärbte er sich im Augenblick ihres Eintauchens in ein tiefes Schwarz, dann öffneten sich die Schleusen, Blitze zuckten wie feurige Speere aus den Wolken. So erzählte man es sich jedenfalls in Virginia. Grace Sherwood gelang es, ihre Fesseln abzustreifen und sich freizuschwimmen. Wäre sie ertrunken, hätte das ihre Unschuld bewiesen. So aber wurde sie als überführte Hexe zu acht Jahren Haft verurteilt.

Ein Teil der Dokumente war 1865 beim Brand des Gerichtsgebäudes in Williamsburg vernichtet worden, was die Rekonstruktion der damaligen Vorgänge zu einem Geduldsspiel machte. Aber auch mit den Salemer Fällen war George Lincoln noch längst nicht fertig. Hinzu kam eine Reihe neuen Materials aus Europa, das gesichtet, gelesen und katalogisiert werden wollte.

»Der Hexenglaube ist ein Schatten auf der Uhr der Zeit, deren Zeiger sich vorwärts bewegen hin zur Sonne der Zivilisation!«, meinte Burr einmal eines Abends zu Morse Stephens.

36

In der Koningstraat herrschte dicke Luft. Tringen war außer sich gewesen, als ihr Mann mit dem Ansinnen an sie herangetreten war, ihm Geld für ein Buch zu leihen. Die Geschäfte liefen schlecht, nein, nicht nur schlecht, sondern hundsmiserabel. Trotzdem hatte er seit einiger Zeit nichts Besseres zu tun, als sich tagelang oben in seiner Kammer einzusperren und den Gänsekiel ins Tintenfass zu tauchen! Gerade eben hatte es wieder eine heftige Auseinandersetzung gegeben, weil sie ihm auf die Schliche gekommen war. Hatte dieser Nichtsnutz von Ehemann nichts anderes zu tun gehabt, als das bisschen in der letzten Woche verdiente Geld schnurstracks zu van Metelen zu tragen, um Papier zu kaufen! Ertappt hatte sie ihn, weil sie in seiner Jackentasche eine Quittung gefunden hatte, und er zeigte nicht die Spur eines schlechten Gewissens! Ausgerechnet der Tuchhändler Löher wollte ein Buch schreiben – über seine Rheinbacher Erlebnisse! Das war doch zum Lachen! Ein Tuchhändler und ein Buch? Hatte man so etwas schon einmal gehört? Und überhaupt – wen interessierte das außer ihm? Das hatte sie ihm in aller Deutlichkeit gesagt. Aber er hatte sie nur angeschrieen, sie würde schon noch sehen, es würde ein ganz großer Erfolg werden und sie würde ihm noch die Füße küssen vor Dankbarkeit.

Nun zankten sich unten die beiden jüngsten der Kinder, die alle nicht seine waren und die seine Frau immer in Schutz nahm, wenn er sie zurechtwies. Tringen, übel gelaunt ob der vorhergegangenen Streiterei, ließ ihren Unmut nun an den Balgen aus, indem sie den beiden eine schallende Backpfeife verpasste, was er bis in sein Zimmer hören konnte, worauf die Kinder ein schauerliches Geplärre anstimmten. Es war nicht auszuhalten. Hermann Löher schloss den Laymann, in dem er zu lesen versucht hatte, langte nach seiner Joppe, schlich die Treppe hinab und schloss leise die Haustür hinter sich.

In der *Ouden Kerk* erst, vor der Grabplatte seiner verstorbenen ersten Frau, fand er wieder Ruhe. »Gunde«, sprach er stumm, »warum habe ich diesen Besen geheiratet? Warum hast du mich so früh verlassen?«

»Jetzt soll ich womöglich noch schuld sein!«, kam empört die Antwort.

»Vielleicht denkt sie ja dasselbe«, hörte er Kunigunde nach einer Weile in seinem Kopf, »vielleicht denkt sie sich, warum habe ich diesen alten Narren zum Mann genommen? Wegen dem Bett bestimmt nicht!«

»Na, na! Jetzt reicht es aber!«, gab er ein wenig beleidigt zurück.

Auf dem Weg nach Hause kaufte sich Löher eine Zeitung. Die *Oprechte Haarlemsche Courant*, wie immer. Sozusagen seine Leib- und Magenzeitung, seit sie von der Rheinbacher Katastrophe berichtet hatte. Über Rheinbach würde er wohl kaum noch etwas darin finden, weil es kaum mehr etwas gab, was auch nur eine Zeile wert gewesen wäre. Aber der *Courant* war eine der Zeitungen, die regelmäßig Meldungen aus fast allen Teilen Deutschlands brachte.

Damals, vor drei Jahren, 1673, war das übervolle Fass der Strafe für die vorgeblichen Hexenjagden über Rheinbach ausgeschüttet worden – das war jedenfalls Hermann Löhers feste Überzeugung –, indem der Herrgott der Stadt die Verwaltung geschenkt hatte, die sie verdiente. Während des großen Krieges, der an die dreißig Jahre gedauert hatte, waren unzählige kleine und große Heerscharen, kaiserliche, spanische, französische, fürstliche und kurfürstliche, ohne Schaden anzurichten an Rheinbach vorbeimarschiert. Warum? Damals hatte Vogt Schwegeler, den sie später so elendig verbrannten, das Sagen. Er hatte mit freundlichem Zureden und einem guten Schluck Wein die Befehlshaber dazu gebracht, einen Bogen um die Stadt zu machen oder knapp daran vorbeizuziehen. Als aber an den beiden ersten Novembertagen vor drei Jahren der Prinz von Oranienburg mit vier Regimentern vor der Stadt stand, war weit und breit kein Stadtrat oder Bürgermeister mit der Weitsicht und der Klugheit eines Doktor Schwegeler. Anstatt Futter, Mehl und Unterkunft für eine Nacht zu gewähren, glaubte der größenwahnsinnige Bürgermeister Hermann Averdunck, sich mit einem Heer von ein paar tausend Mann anlegen zu können, worauf die Truppen die Stadt in Brand steckten und fast vollkommen abfackelten. Von einhundertfünfzig Häusern wurden nur zwanzig von den Flammen verschont. Fünfundzwanzig Bürger und dreiundzwanzig Bauern aus der Umgebung kamen zu Tode. Die plündernde Soldateska ermordete sogar den Vikar in der Kirche, und das an einem hochheiligen Feiertag! Was der Krieg in dreißig langen Jahren nicht vermocht hatte, das erreichte eine durch Mordbrennen und Intrigen an die Macht gekommene Führung in wenigen Stunden! Es war ihr ergangen, wie es bei den Propheten zu lesen ist, bei Isaias 5, 10, 24, bei Jeremias 2, 4, 5, 14 und Ezechiel 5, 14, 21.

Doch das schien die Rheinbacher Würdenträger nicht weiter zu bekümmern, wie Pfarrer Hartmann schrieb:

»*Rheinbach ist mir nun ein Nein-Bach. Ach, was war sie für eine edle Stadt, als noch der Vogt Schwegeler, Herbert Lapp, Gottfried Peller, Johann Bewell, Richard Gertzen, Euer Vater*

und Ihr selbst in Rheinbach an der Regierung wart! Jetzt aber ist Ungerechtigkeit und keine Ordnung mehr! In Rat und Bürgerschaft sieht es so aus, als sei alles in Kinderhände gefallen. Ehebrecher, Versoffene und Selbstsüchtler haben das Regiment. Ohrenbläser und Hinterträger sind alle diese Ja-Herren. Dankt Gott dem Allmächtigen, dass Ihr nicht mehr unter solchen Menschen und Schweinen zu leben braucht. Ich wünsche und befehle Euch samt Eurer Frau in den Schutz und Schirm des Allerhöchsten.
Rheinbach, 4. Juni anno 1676
Euer Wienand Hartmann, Pastor«

Die beiden Schöffen Thynen und Halfmann erwähnte er mit keinem Wort.

Als Löher am Haus von Hendrick Bra, dem Kupferstecher, vorbeikam, vernahm er ein Klopfen an einer Fensterscheibe und sein Landsmann bedeutete ihm mit einer Handbewegung einzutreten, aber das hatte er sowieso vorgehabt. In dem niedrigen Raum hing eine wilde Mischung von Gerüchen. Fischleim, weihrauchiges Sandrak, nach Zitronen duftendes Mastix und auf dem Herd köchelte schwarzes, höllisch stinkendes Judenpech. Hendrick Bra brummte so etwas wie eine Begrüßung. Löher trat hinter ihn und sah ihm über die Schulter.

»Schön. Gefällt mir«, sagte er nach einer Weile.

Auf dem fast fertigen Kupferstich lag ein Mann auf dem Boden eines Gerichtssaals. Offensichtlich war er tot. Um ihn herum standen die Gerichtsherren ratlos mit betroffenen Gesichtern, einer von ihnen hatte ein Gesetzbuch in der Hand, in dem er, wie es aussah, einen Hinweis zu finden hoffte, dass der Hingeschiedene nach Recht und Gesetz zu Tode gekommen sei, während sich im Hintergrund zwei Schöffen mit Würfelspielen vergnügten.

Auf die Idee, das Buch mit Bildern zu versehen, hatte ihn sein Freund Abraham Palingh gebracht, der in sein eigenes Werk ebenfalls Abbildungen eingefügt hatte, die auch schon Hendrick Bra gefertigt hatte.

Hermann Löher trat hinüber zur Wand, wo er einen anderen Stich zur Hand nahm. Auf ihm war eine Verbrennungsszene zu sehen, bei der ein Reiter das Geschehen beobachtete und einen dreieckigen Gegenstand hochhielt.

»Das erkennt man doch nicht! Wer soll erahnen, was das sein soll?«

»Verschone mich mit deinem blöden Zuckerhut!«, schimpfte Bra. »Ein Zuckerhut hat nun einmal eine Kegelform und wie soll ich die anders abbilden als durch ein Dreieck?«

»Vielleicht schattieren?«, schlug Löher vor.

»Das kann ich schon machen, mein Lieber, nur wird es der Drucker nicht hinbekommen. Selbst wenn man die Kegelform erkennen könnte – wer käme auf den Gedanken, dass dein Geck Augustin oder wie der Kerl heißt seinen Wein aus einem Zuckerhut säuft?!« Bra war nun ziemlich ungehalten. »Ich kann ja einen Pfeil einfügen und Zuckerhut daneben schreiben!«

»War doch nur ein Vorschlag!«

Hendrick Bra brummte etwas Unverständliches und beugte sich wieder über seine Arbeit.

»Ach, übrigens«, sagte Löher nach einer Weile, »kein Sterbenswörtchen von den Kupferstichen zu meiner Frau! Verstanden? Wenn die etwas davon erfährt, dann ist der Teufel los!«

»Das Essen ist kalt. Du kannst es dir selbst aufwärmen!« Tringens Stimme klang immer noch gereizt. Ihr dünner Mund zog eine schmale Linie in das hagere Gesicht.

»Hab' keinen Hunger!«, knurrte Löher zurück und stieg die Treppe hoch zu seiner Kammer, legte die Zeitung ungelesen auf den Tisch und machte sich unverzüglich wieder an die Arbeit. Er schlug den Laymann auf – mit dem Abraham Palingh allerdings einer Fälschung aufgesessen war. Genau genommen war es sogar eine doppelte: Zum einen war der Titel von dem unsäglichen Buch »Rechtlicher Prozess gegen Unholden und zauberische Personen« von Goehausen gestohlen und zum anderen war Paul Laymann in Wahrheit nicht der Autor. Nur dank eines geschäftstüchtigen Druckers war er vom entschiedenen Gegner der Hexenprozesse zu deren fanatischem Befürworter mutiert. Davon wusste Löher nichts und die Geschichten an sich waren nicht aus den Fingern gesogen und auch aus anderen Quellen bekannt.

»Eine berüchtigte Zauberin«, so schrieb Löher, »wurde in einer italienischen Stadt gefangen und vor Grillandus gebracht, holla, ich muss Judex schreiben, also Richter, der, wie Laymann sagt, ein verständiger, sinnreicher und bescheidener Herr war. Oh, welch schöne Namen und ehrenvolle Titel dichtet hier ein Schalk dem anderen an! Hoppla, ich müsste sagen, ein Zauberrichter und Günstlingsschreiber dem anderen! Dieser Grillandus, sagt Laymann, hat die verhaftete Unholdin mit strengen und harten Worten angefahren. Aber er hat ihr auch versprochen, sie ungestraft zu entlassen, wenn sie Reue und Leid erwecke und einen Eid leiste, sich nicht mehr für Teufelskunst und Zauberei missbrauchen zu lassen. Doch vorher müsse sie vor dem Grillandus, den Magistraten und anderen Richtern ein Probestück ihrer Zauberkunst vorführen. Auf dieses schöne Versprechen hin überlegte es sich die Frau nicht lange und schwor, alles zu tun, was Grillandus und die anderen Richter ihr befehlen würden. Daraufhin sind sie zur Stadt hinaus, wo die Frau bat, ein wenig abseits zwischen die Büsche und Hecken gehen zu dürfen, um ihre Kunst zu üben. Das wurde ihr erlaubt und sie machte eine Grube in die Erde – lügen Grillandus und Laymann, und so lüge ich nun auch – und murmelte viele Zauberworte. Dann pisste sie – mit Verlaub gesagt – mit weit aufgesperrtem Maul, verdrehten Augen und gekrümmter Nase in die Grube, wobei ihr die grauen Haare wie Schweineborsten vom Kopf abstanden, sagt Laymann. Ganz schrecklich sei sie anzusehen gewesen.«

Hermann Löher überkam eine unbändige Wut und er musste sich zusammennehmen, damit ihm nicht die Feder durchging. Er lehnte sich kurz zurück und holte tief Luft, bevor er den Kiel wieder eintauchte.

»Wie mag denn die Mutter oder Großmutter von Grillandus oder Laymann ausgesehen haben, als sie alt, greise und grau gepisst und geschissen hat? Als die Frau nun aufstand, sahen die Richter mit Verwunderung, wie sie das gepisste Wasser in der Grube umrührte und mit gewissen Zeichen den Teufel anrief. Alsbald stieg dunkler Dampf auf wie Rauch, wurde zu einer schrecklichen, dicken und finsteren Wolke, die nach der vorliegenden Beschreibung ganz schwarz war. Kurz darauf, sagt Laymann, hörte man aus der Wolke Gemurmel, bis sie sich mit Donnern und einem großen Knall entlud. Und das Erdreich brummte, brauste und sauste, als ob Himmel und Erde über den Haufen stürzen würden, und es war, so sagt Laymann, keiner unter den

Richtern, der noch glaubte, mit dem Leben davonzukommen. Da sprach das Weiblein: O habt doch Mut, Ihr Herren. Ihr habt keine Gefahr zu fürchten! Bestimmt einen Ort, wo sich das Donnerwetter niederlassen soll! Da zeigte ihr Grillandus ein steiniges, wildes und unfruchtbares Stück Land. Kaum hatte er ausgesprochen, sagt Laymann, da erhoben sich schreckliche Sturmwinde, Donner, Hagel, Regen, Blitze mit so unerhörtem Krachen und Knallen, dass die nahe fließenden Gewässer schrecklich aufgeschwemmt wurden.«

Wie waren sie ihm zuwider, wie ekelten sie ihn an, diese gelehrten Mörder und Narrendoktoren wie Grillandus, auf den sich auch andere Federfuchser wie beispielsweise Bodin beriefen. Sicher, der Laymann war zwar kein Brenner wie der Grillandus, aber er verteidigte die Scheiterhaufen vehement und gehörte mit seinen Lügengeschichten zu denen, die dafür sorgten, dass die Sengerei nicht aufhörte.

Wieder tauchte Löher die Feder in die Tinte.

»O ihr lasterhaften blut- und geldgierigen Menschen! Ihr seid ungläubiger, ungerechter und ärger als die Heiden, Juden, Tataren, Barbaren und Türken! Ja, das seid ihr, wenn ihr alten und kraftlosen Frauen göttliche und elementarische Kräfte zuschreibt und behauptet, eine Frau könne aus ihrer Pisse Wolken mit Donner, Platzregen, Hagel und Blitzen machen! Was für Mordlügen gegen die Ehre, Kraft und Macht Gottes! Wenn das möglich wäre, was Laymann schreibt, so wären solche Frauen doch nützliche Helfer für die Kriegsarmeen! Mit den Blitzen könnten sie die feindlichen Magazine anzünden und die Armeen mit Ungewittern, Donner und Hagel ruinieren! O welch gottlose Menschen, die solches schreiben, lehren und glauben und den frommen Leuten durch Pein und Folter abpressen! Die himmlischen Elemente können auch die bösen Geister ohne Erlaubnis Gottes nicht benutzen, wie es bei 3. Könige, 22D, Ezechiel 14 steht!«

Als weitere Beweise führte er die Apokalypse mit 4, 6, 7, und 18 an.

Löher musste dazu nicht nachsehen, die Bibel kannte er so gut wie auswendig. Allerdings war das von seinem Vater vererbte Exemplar keine katholische, sondern eine Züricher Ausgabe, eine zwinglianische. Aber Löhers Vater war das damals gleichgültig gewesen. Hauptsache, sie war auf Deutsch und er konnte sie lesen.

Laymann berichtete von dem Prozess in Trier gegen Doktor Dietrich Flade und den Trommlerbuben, an einer anderen Stelle von dem Beispiel eines tüchtigen Richters, und da blieb Löher hängen. Der Tatbestand der Hexerei kannte nur eine Art der Bestrafung und der Sühne: die Verbrennung. Diese konnte in einem Gnadenakt durch vorherige Enthauptung oder Erdrosselung gemildert werden. Die Veraschung erfolgte meist auf dem Scheiterhaufen, aber es gab noch eine andere Variante, nämlich die der Verbrennungshütten. Löher hatte sich darüber nie besondere Gedanken gemacht, hatte geglaubt, das seien regionale Besonderheiten, doch bei Laymann stand, was es damit in Wirklichkeit auf sich hatte, und das war nun wirklich der Gipfel der Heimtücke! Laymann berichtete von, wie er betonte, einem tüchtigen Richter, bei dem eine Hexe nicht gestehen wollte. Der Judex verfiel auf eine List und versprach der Frau im Fall eines Geständnisses und der Nennung weiterer Namen Speis und Trank auf Kosten der Gemeinde so lange sie lebe, ebenso Kleidung, Feuer und Holz, und stellte ihr sogar ein eigenes Häuschen in Aussicht! Welche Person, sofern sie nur dumm und einfältig genug war, konnte da widerstehen?! Nur dass das Häuschen umgehend in Flammen aufgehen würde – zusammen mit der neuen Besitzerin –, davon war selbstverständlich mit keinem Wort die Rede! Welch abgrundtiefe Verdorbenheit gehörte dazu, alte, arme und törichte Frauen mit solchen Doppeldeutigkeiten aufs Glatteis zu führen, sie womöglich betrunken zu machen und dazu zu bringen, ihre angeblichen Komplizinnen aus den Spinnstuben, Backhäusern, Klatschstuben und von den Waschbänken zu verraten?

Backhäuser? War heute nicht Mittwoch und Tringens Backtag?

Hermann Löher zwickte der Hunger, aber er wartete ab, bis unten die Haustür ins Schloss fiel. Erst dann ging er in die Küche, hob den Deckel des auf der kalten Seite des Herdes stehenden Topfes. Bohnengemüse mit Hammel! Schon wieder! Mit dem Schürhaken löste er ein paar der Eisenringe, warf ein paar Holzscheite in die erlöschende Glut, setzte den eisernen Topf ein und begab sich wieder nach oben in seine Kammer. Wo hatte er vor einiger Zeit den Stappert abgelegt? Bodin, Del Rio, Remy, Ostermann, »Hexenhammer« ... in dem Haufen war er nicht. Binsfeld, Schultheißens Übersetzung von seinem Neffen, Agricola, Johannes Nider ... auch nicht. Die Zeitung fiel ihm in die Hände, die er immer noch nicht gelesen hatte. »Cautio criminalis« auf Deutsch, Weyer, Adam Tanner, die »Cautio« auf Niederländisch ... der Artikel von den zehn schwedischen Kapitänen, die sie in diesem Jahr in Stockholm wegen einer verlorenen Seeschlacht aufgehängt hatten. Mit Zauberern sollen sie verbündet gewesen sein. Wo war denn der Stapel über Schweden und die Prozesse in Mora? Als er ihn endlich gefunden hatte, fand er darin auch Stapperts »Brillentraktat«. Sobald er mit seinem Buch fertig wäre, würde er Ordnung machen, das war sicher. Nur gut, dass Tringen keinen Fuß über die Schwelle zu seiner Kammer setzte! Löher wollte soeben das Heft aufschlagen, als er mitten in der Bewegung innehielt. Was war denn das? Siedend heiß fiel es ihm ein. Achtlos warf er den Stappert auf den Tisch, stürzte hinab in die Küche, aus der ihm beim Öffnen der Tür eine schwarze Wolke entgegenschlug. Hustend tastete er nach dem Wasserkrug, leerte ihn ohne abzusetzen in den Topf. Vom Bohnengemüse war nur mehr ein verkohlter Klumpen übrig. Das würde wieder ein Theater geben! Löher versuchte, den Schaden zu beheben so gut es eben ging, öffnete alle Türen und Fenster und säuberte den Topf mit Hobelspänen. Aber der Geruch würde sich noch einige Zeit halten. Im Kasten fand er einen Kanten Brot und eine Birne, die er mit nach oben nahm.

Zurückgelehnt in seinem Sessel, in der Hand das tropfende Obst, kam er nun endlich dazu, den *Oprechte Haarlemsche Courant* zu lesen. Einen Bericht aus Heidelberg saugte er Wort für Wort in sich auf. Er dachte an Tringen und dass sie es niemals verstehen würde. Seit seiner Flucht aus Rheinbach plagte er sich damit herum. Wer wusste davon, wie es tatsächlich zuging in den Gerichtsstuben, wer berichtete schon von dem unermesslichen Leid in den Gefängnissen und den Grausamkeiten – außer Pfarrer Stappert und der »Cautio criminalis«? Was wussten die Majestäten, die Fürsten, Prinzen, Durchlauchten, Herzöge, Freiherren, Beamten, Doktoren, Rechtsgelehrten, Wundärzte, Mediziner, der Papst in Rom, Kardinäle, Theologen, Pfarrer, Bürgermeister, Stadträte oder Schulmeister von diesem Treiben, Peinigen, Foltern und Brennen? Doch nur das, was diese Mordgesellen, Zauberrichter und Menschenschinder in ihren geschönten Protokollen nach außen dringen ließen oder schönredeten. Er aber hatte beide Seiten miterlebt, war an Todesurteilen beteiligt gewesen und selbst Opfer geworden. Über vierzig Jahre hatte er mit sich gerungen, ob er sein Wissen darüber mit ins Grab nehmen sollte. Nun aber war da ein Satz, der ihn in der Notwendigkeit seines Tuns bestätigte. Bei Heidelberg, so las er, hatten sie gerade wieder eine Menge Leute als Zauberer und Hexen hingerichtet. Zum Schluss des Berichts hieß es: »Gott der Herr bewahre alle Untertanen vor einer solchen Obrigkeit!«

Unten öffnete sich die Haustür. Löher vernahm zwei, drei Schritte, dann war es still.

»Hermann, was stinkt hier so?«, drang die Stimme seiner Frau nach oben.

»Lass mich in Ruhe!«, knurrte er. »Das Buch ist wichtiger als dein blöder Topf!«

37

Für George Lincoln war die Kriegserklärung nicht unerwartet gekommen, obwohl er bis zuletzt auf eine friedliche Einflussnahme seines Landes auf die Streitparteien gehofft hatte. Bereits im Sommer 1915 hatte er sich freiwillig zu einem militärischen Training gemeldet und war dann mit Hunderten von anderen auf dem Campus in etwas herumgelaufen, was er eigentlich verabscheute, nämlich in einer Uniform! Es war nicht sein Krieg, aber er konnte nicht abseits stehen. Es gab eine Zeit der persönlichen Freiheit, aber nun war eine Zeit der Unterordnung. Die Nachricht vom Tod seines Freundes Gregory ergriff ihn auf eigentümliche Weise, die dem Brief seiner Witwe Lucy beigelegte Todesanzeige berührte sein Herz und erfüllte ihn mit tiefem Stolz, einen solchen Menschen zum Freund gehabt zu haben.

»*Statt besonderer Meldung*«, stand da. »*Caspar René Gregory, Professor an der Universität Leipzig, ist im Kampf für die deutsche Sache am 9. April 1917 gefallen. Seine Familie soll keine*

Trauerkleidung tragen, soll nicht trauern, sondern sich freuen, dass er in Gott ruht. Beileidsbesuche werden dankend abgelehnt. Er lässt allen Freunden und Bekannten Lebewohl und auf Wiedersehen sagen.«

Ergänzend war angefügt: »*Diese Anzeige, mit Ausnahme der Angaben über Zeit und Umstände des Todes, hat er selbst am 27. August 1912 geschrieben.*«

Nun hatte Gregory als ältester Kriegsfreiwilliger des deutschen Heeres siebzigjährig sein Leben gelassen.

Er erinnerte sich noch in allen Einzelheiten an den lauen Sommerabend vor Gregorys kleinem Häuschen bei Leipzig, als dieser seine Brieftasche geöffnet und ihm eine Abschrift des Entwurfs gezeigt hatte. Von Athen kommend war Burr damals nach Brüssel gereist, hatte unterwegs noch einige Stiche und Drucke über die Hexenvorstellung um die Jahrhundertwende erworben. Gregory hatte sich in jenen Tagen auf eine gefährliche Reise nach Kaukasien vorbereitet, war auf der Spur einer Großschrift, die von dem halbheidnischen und wilden Volk der Swaneten abergläubisch verehrt wurde.

Für die Front war George Lincoln zu klein, zu alt und – er gestand es sich selbst ein – nicht in Form. So schwirrte er nun als Corporal in der 4. Infanterie-Kompanie D herum, war dort allerdings mehr Seelentröster, Psychiater, Psychologe und Vaterersatz für eine Schar blutjunger Männer, die vielfach noch halbe Knaben waren. Einer wollte nach Ende des Krieges zum Studium nach Cornell, ein anderer unbedingt zur Marine, wieder einem anderen verhalf er zu einer Ausbildung als Ingenieur. Dann kamen die Briefe von seinen Jungs und Studenten. Sie kamen aus Frankreich, berichteten anfangs noch begeistert von den rot gedeckten Dächern der Häuser in Bordeaux, von der schönen Stadt Paris, später wurden sie immer einsilbiger, wortkarger und düsterer. Sie erzählten von Weizenfeldern vor dunklen Wäldern, in denen sich das Korn mit dem Blut der Kameraden in roten Kreisen färbte, von Kartoffelkäfern auf den Äckern, von zerschossenen Häusern, schlammigen Schützengräben und Toten, Toten, Toten. Einer schrieb ihm verschreckt, wie die Barbarei des Feindes die Barbarei in ihm selbst anstachelte, sie befeuerte, wie menschliches Mitgefühl dumpfem Hass und Abgestumpftheit wich, gegen die er sich nicht wehren könne. Betroffen machte Burr auch der Brief seines ehemaligen Studenten Sidney Walcott, der mit dem nächsten Transport nach Europa sollte und dessen Bruder Stuart gerade in Frankreich gefallen war. Er schrieb ihm:

»Lieber Professor Burr,
vom Roten Kreuz in Deutschland haben wir die Nachricht erhalten. Ich kann es nicht glauben. Nur meine Eltern und meine Frau liebte ich mehr als meinen Bruder! Er war mein Kleiner, mein ganzes Leben lang! Ich sträube mich zu glauben, dass die grausamen Berichte von drüben wahr sind – doch weiß ich es! Ich würde am liebsten meinen Dienst quittieren, sofort! Ich muss Ihnen das sagen – ich weiß nicht, warum. Vielleicht nur wegen der Verehrung für Sie und des Vertrauens, das ich zu Ihnen habe. Auch weiß ich, dass Sie meine Trauer teilen und mich verstehen! Es schmerzt so sehr, dass ich mich schwach und ganz verzagt fühle. Aber bitte behalten Sie meine Schwäche für sich. Dem Rest der Welt möchte ich als tapferer Mann erscheinen.
11. Januar 1918.«

Wie vielen tausend und abertausend anderen erging es nicht ebenso wie Sidney Walcott, die ihre Haut auf das Schlachtfeld tragen sollten und sich hinter ihrem Männlichkeitsgehabe verstecken mussten, um nicht als Waschlappen verachtet zu werden?

George Lincoln krampfte sich jedes Mal das Herz zusammen, wenn er einer Familie, einer Mutter, einem Vater, Geschwistern oder Kindern die Nachricht vom Tod ihres Sohnes, Bruders oder Vaters überbringen musste. Es war eine Aufgabe, um die alle einen großen Bogen schlugen, aber genau das war auch der Grund gewesen, weshalb er sich freiwillig zur Verfügung gestellt hatte. Zudem war er Vorsitzender des Roten Kreuzes von Ithaca. An die hundert Familien wurden finanziell unterstützt, über zweihundert erhielten Zuwendungen in Form von Lebensmitteln und Bekleidung. Die Bevölkerung auf dem Land brachte allem, was nur annähernd nach Beamtentum oder Regierung roch, ein tiefes Misstrauen entgegen, das es erst einmal zu überwinden galt. Burr konnte den Zorn und den Unmut der Leute verstehen, wenn fest zugesagte Gelder oder Lieferungen erst Wochen später oder überhaupt nicht eintrafen. Wo die Not am größten war, half er mit eigenem Geld, doch das war natürlich nur ein Tropfen auf den heißen Stein. Deshalb hatte er einen Schnellsiedekurs zum Notar absolviert, um bei den zuständigen Behörden mit seinem Titel mehr Eindruck zu machen. Anwälte und Notare – mit denen legte man sich nur ungern an, das gab meistens Ärger!

Ratternd fraß sich das Ford T-Modell, allgemein nur »Tin Lizzy« genannt, über die holprige Landstraße irgendwo in Tompkins County. George Upton, Burrs Neffe, saß am Steuer und hatte es längst aufgegeben, sich zu erkundigen, wo sie sich überhaupt befanden, ebenso wie die beiden jungen Herren auf dem Rücksitz. Ihnen blieb nichts anderes übrig, als sich auf Burr zu verlassen, der versicherte, er sei mit Professor Gage als Chauffeur schon oft mit dem Auto hier gewesen und kenne die Gegend auch von seinen Wanderungen her. Sie waren ihm ausgeliefert, allein hätten sie niemals zurück nach Ithaca gefunden.

»Nach links!«, stieß George Lincoln seinen Neffen an und deutete nach vorn, nachdem er vergeblich versucht hatte, das Klappern der Karosserie, das knatternde Husten des Motors und das Rauschen des Fahrtwinds zu übertönen. Mit voller Kraft trat der Fahrer auf das rechte Pedal, aber außer einem schaurig metallischen Krächzen von der Hinterachse her geschah daraufhin wenig. Das Automobil schoss mit kaum verminderter Geschwindigkeit vorwärts, die Abzweigung kam näher und näher. George suchte aufgeregt nach dem kleinen Hebel unter dem Holzlenkrad, nahm etwas Gas zurück, wartete, bis sich die Drehzahl des Motors etwas gesenkt hatte, trat auf das für das Getriebe zuständige linke Pedal, während sein rechter Fuß immer noch mehr oder weniger einflusslos versuchte, dem Vorwärtsdrang des Gefährtes mit der Bremse Einhalt zu gebieten. Mit einem harten Ruck griff endlich die Kupplung und die Insassen wurden nach vorn gestoßen, während Upton das Lenkrad herumriss und gerade noch die Einfahrt in den schmalen Feldweg erwischte. Holpernd sprangen die Vollgummireifen über die Steine in den ausgewaschenen Spurrinnen, zunehmend steilte sich der Karrenweg auf, während Upton sein linkes Ohr motorwärts richtete, um mögliche, auf Überhitzung hindeutende Klopfgeräusche rechtzeitig aus dem Lärm herauszufiltern. Entlang eines kleinen Baches ging es nun inmitten dunkler Wälder in eines der unzähligen kleinen und gottverlassenen Täler des Tompkins County.

Das Gebäude, vor dem sie endlich anhielten, war eine windschiefe Hütte und Thomas Johnson auf dem Rücksitz mutmaßte, wahrscheinlich sei es ein Stall.

»Oder eine Scheune!«, meinte Elmer Strong.

»Oh, Mister Burr!«, rief eine schon ältere Frau aus einem Holzverschlag in einem kleinen, eingezäunten Feld. »Ich komme gleich. Ich muss nur noch die Ziege fertig melken!«

Strong und Johnson warfen sich einen angewiderten Blick zu. Burr tat, als hätte er es nicht bemerkt.

Zwei Studenten hatte er zur Hilfe von Cornell angefordert und die beiden waren ihm zugeteilt worden. Sie kamen aus besseren Kreisen. Johnsons Vater war ein hoher Regierungsbeamter und der von Strong beschäftigte in seinem Glaswerk mehrere hundert Leute.

Die Frau schloss das Gatter zum Verschlag, langte nach einem Büschel Stroh und wischte sich die Hände ab. Misstrauisch musterte sie kurz die Fremden, beachtete sie dann aber nicht weiter, während sie auf George Lincoln zukam.

»Ist schon wieder ein Monat um?«, fragte sie und ihr verschlossenes Gesicht wurde mit einem Mal freundlich und offen.

»So ist es, Mistress Flake!«, antwortete er und reichte ihr die Hand.

»Die Lady riecht ein wenig streng!«, bemerkte Johnson leise, doch laut genug, dass alle es hören konnten.

»Habe ich euch feine Herren hierher bestellt?«, fuhr die Frau herum. »Schert euch zurück in eure Stadt mit euren vornehmen Anzügen, weißen Hemden und gelackten Schuhen! Was habt ihr hier draußen eigentlich verloren? Nicht einmal eine Mistgabel halten können, aber sich über Leute, die ihr Brot ehrlich verdienen, lustig machen! Wieso seid ihr eigentlich nicht an der Front? Mein Sohn, nicht viel älter als ihr, ja, der hat für euch Bürschchen den Schädel hinhalten müssen! Er hatte eben keinen reichen Vater mit Geld und Beziehungen! Der Einzige von dem ganzen Gesindel aus der Stadt, der nicht versucht, uns hereinzulegen oder etwas abzuluchsen, ist Mister Burr!« Die Augen der Bäuerin funkelten. »So, und jetzt verschwindet von meinem Grund und Boden!«

»Nein, nein, Mistress Flake!«, nahm George Lincoln die Frau ein wenig beiseite. »Tun Sie ihnen und mir einen Gefallen: Sie sollen ruhig sehen, dass es nicht selbstverständlich ist, bei reichen Leuten auf die Welt zu kommen!«

»Na meinetwegen!«, gab sie nach, klang aber nicht gerade begeistert.

Burr wies seinen Neffen an, das Paket mit der Aufschrift »Flake« aus dem Automobil zu holen und in die Hütte zu bringen.

»Kommen Sie mit!«, forderte er dann die beiden verdatterten Studenten ziemlich schroff auf. »Meine Herren«, sagte er ernst, »Sie haben gerade ein Paradebeispiel arroganten Benehmens geliefert. Diese Leute hier in den Tälern sind großteils bettelarm. Aber sie haben ihren Stolz, krallen sich an ihre Scholle wie ein Baum in die Erde. Das hier«, er deutete auf die Ziegen, »ist ihre Existenz, dazu ein paar kleine Wiesen und ein Kartoffelacker. Der Mann ist seit einem halben Jahr bettlägerig, der einzige Sohn, der sie im Alter hätte versorgen sollen, liegt tot in Frankreich. Sie werden also arbeiten, arbeiten müssen, bis sie in den Sarg fallen. Und dann kommen ein paar eingebildete junge Großstädter vorbei und machen sich auch noch über sie lustig!«

Thomas Johnson und Elmer Strong schwiegen betreten.

Das Innere der Hütte war nicht viel komfortabler, als das Äußere vermuten ließ. Ein kleiner Lehmherd, ein Tisch, eine Bank, ein Schrank, ein schmales Doppelbett, bei dessen Anblick sich Burr jedes Mal fragte, wie darin zwei Menschen Platz haben sollten. Eine Tür führte zu einem Verschlag, in dem die Vorräte lagerten und ehemals der Sohn sein Nachtlager gehabt hatte.

»Wie geht's, Matthew?«, fragte George Lincoln Mister Flake, der sich mühsam aufrichtete.

»Es geht schon wieder, muss wieder werden«, lächelte dieser. »Meine Pillen?«

»Sind in dem Paket. Etwas Kleidung ist dabei, Konserven, Mehl, Salz und Zucker. Das Übliche.«

»Mistress Flake«, wandte Burr sich an die Bäuerin, »ich habe Durst. Wäre es möglich, einen Becher Milch zu bekommen?« Lächelnd drehte er sich zu seinen Begleitern um. »Vier Tassen. Geht das?«

Keiner der drei jungen Männer wagte einen Einwand, aber ihre Augen sprühten Protest, Ablehnung und Abscheu.

»Haben Sie schon einmal Ziegenmilch getrunken?«, fragte George Lincoln fröhlich, als Mistress Flake mit einer großen Kanne zurückkam.

Keine Antwort, alle drei starrten nur wortlos auf die Tassen am Tisch.

»Schön voll, bitte«, lächelte er.

»Ähem … äh … für mich nicht so viel!«, versuchte Johnson die Zwangsverkostung zu begrenzen. Strong und Upton schlossen sich sofort an. Doch die Bäuerin kannte keine Gnade, füllte die Becher randvoll. George Lincoln leerte den seinen in einem Zug, bat sogleich um mehr, während seine Begleiter unschlüssig dastanden. Johnson hielt sich die Tasse unter die Nase, roch daran, konnte sich nicht überwinden, Strong nippte, wobei ihm der Ekel ins Gesicht geschrieben stand, und Upton schien der herbe Geruch ebenfalls nicht zu behagen.

Die Miene von Mistress Flake verfinsterte sich.

»Heikel auch noch, die feinen Herren!«

Burr war bereits bei der dritten Tasse, als sich als Erster sein Neffe einen Ruck gab. Strong schloss fest die Augen und kippte das Zeug mit Todesverachtung in sich hinein. Johnson nippte ein paar Mal, während sein Gesicht zunehmend die Farbe des Tasseninhalts annahm, und folgte dann Strongs Beispiel. Danach schnaufte er, als hätte er gerade mehrmals den Brunnentrog vor der Hütte gestemmt.

»Wie sieht es mit dem Benzin aus? Passt etwas in den Tank?«, wollte Burr von Upton wissen.

Sein Neffe sah ihn verdutzt an, während die beiden anderen noch mit dem Verdauen ihrer Erfahrungen mit Ziegenmilch beschäftigt waren. Woher sollten die Leute hier Benzin haben?

»Na ja, etwas geht sicher hinein«, antwortete er zögernd.

»Matthew«, wandte sich George Lincoln an den Mann im Bett, »wir brauchen wieder mal Benzin!«

»Du weißt ja, wo es steht!«, lachte der.

Hinter der Hütte befand sich ein großes Fass, von dem Upton annahm, es diene zum Auffangen des Regenwassers. Darauf lag ein umgestülpter Kübel, dessen Inneres Burr sich eingehend besah. Vorsichtshalber schüttelte er ihn noch aus, dann stellte er ihn auf den Boden und öffnete den Hahn. Heraus rann eine wasserklare Flüssigkeit.

»Was ist das?«, fragte Upton misstrauisch.

»Probier mal!«

Upton hielt den Finger in den Strahl, roch vorsichtig daran. »Riecht nach nichts!«

»Mit der Zunge!«

»Scharf. Es schmeckt scharf!«

»Kartoffelschnaps!«, lachte Burr. »Schwarz gebrannt, aber den Vorlauf können sie nicht verkaufen. Das Regenfass ist nur Tarnung!«

»Das Auto läuft mit Benzin, nicht mit Schnaps!«

Upton sah seinen Onkel an, als ob der übergeschnappt wäre. An dessen manchmal unkonventionelle Methoden hatte er sich mit der Zeit einigermaßen gewöhnt, aber das hier ging wohl doch etwas zu weit.

»Das machen wir immer so. Die Flakes können mit dem Vorlaufschnaps nichts anfangen, weil er nicht trinkbar ist – beinahe reiner Alkohol. Über das Rote Kreuz bekomme ich für die beiden kein Geld, nur Naturalien. Also kaufen wir ihnen gelegentlich ein paar Gallonen ab – so kommen wir zu billigem Treibstoff und sie zu ein wenig Bargeld!«

»Fahren Sie noch hinauf zu den Durnkees?«, wollte Mistress Flake beim Abschied wissen.

»Ja«, antwortete Burr wahrheitsgemäß, obwohl er wusste, was jetzt gleich kommen würde.

»Haben Sie es dabei?«, raunte sie.

Burr verneinte.

»Ist das Ihr Neffe?«, fragte sie und deutete mit dem Kopf leicht zu George Upton.

George Lincoln nickte.

»Sie kommen beide mit!«, sagte sie in einem Ton, der keinen Widerspruch duldete.

Johnson und Strong bedachte sie mit einem abschätzigen Blick, zog die Mundwinkel nach unten. Die zwei waren es nicht wert, wahrscheinlich würden sie nur darüber lachen. Sollten sie doch in ihr Unglück rennen.

»Was soll das werden?«, fragte Upton leise, während die Bäuerin in einer alten, verbeulten Keksbüchse kramte.

»Später!«, schüttelte sein Onkel den Kopf.

Endlich hatte Mistress Flake gefunden, wonach sie gesucht hatte, und kam mit zwei Kugeln, etwa haselnussgroß, zurück, steckte eine unter kurzem Gemurmel in Burrs Reverstasche, die andere unter ebenso geheimnisvollem Flüstern in das Westentäschchen seines Neffen. Upton musste sich eingestehen, dass ihm dabei ein wenig unheimlich war.

»Sicher ist sicher!«, sagte Mistress Flake bestimmt.

Johnson und Strong hatten das Automobil in der Zwischenzeit startklar gemacht, soweit es in ihren Möglichkeiten lag, und die beschränkten sich auf das Einlegen der Kurbel. George Upton öffnete nun unter dem Auto den Benzinhahn, kontrollierte den Ölstand, was etwas umständlich und zeitraubend war, stellte den Zündversteller auf »Spät«, gab etwas Handgas und Strong ein Zeichen, die Kurbel zu betätigen, um den Motor anzuwerfen. Spotzend, spuckend und hustend hob dieser sich selbsttätig zu drehen an, mahnte mit ein paar knallenden Explosionen, dass es an der Zeit sei, die jetzt eingestellte Frühzündung etwas zurückzunehmen. George legte den Schalter von »Batterie« auf »Magnet« um, trat das linke Pedal durch, schob den Gashebel nach unten und ruckelnd, schüttelnd und blubbernd setzte sich das Gefährt in Bewegung. Sein Gehör war sensibilisiert. Den Kopf schräg haltend und die Ohren nach hinten gerichtet, lauschte er auf jedes verdächtige Geräusch, das eine nahende Zerstörung des Motors der »Tin Lizzy«, herbeigeführt durch Kartoffelschnaps, andeuten könnte. Aber nichts dergleichen geschah. Der Motor blubberte gleichmäßig und Upton wurde etwas ruhiger. Auf einem geraden Wegstück nestelte er die Kugel aus seinem Täschchen, besah sie sich eingehend. Sie war aus Wachs, enthielt ein paar schwarze Haare und irgendwelche graugrünen Krümel.

Ratlos blickte er hinüber zu Burr.

»Später!«, sagte dieser wieder.

Die Hütte der Durnkees am Ende des Tales war in noch desolaterem Zustand als die der Flakes. Sie bestand aus nur einem einzigen großen Raum. In der Mitte der Herd, der Tisch in der Ecke aus rohen Brettern, Brennholz an der Wand, lose zu einem Haufen zusammengeworfen, daneben der Hackstock, in dem die Axt steckte. Mistress Durnkees war um die dreißig, schlank, dunkelhaarig, mit einer scharfen Nase und breiten Händen. Sie war keine Schönheit, trotzdem ging etwas von ihr aus, mit dem sie bestimmte Männer anzog wie Leim die Fliegen. Was an ihr als Erstes auffiel, waren ihre Augen. Dunkel wie Kastanien, dabei stechend und fordernd. Letzteres vor allem dann, wenn ein Hosen tragendes Wesen in ihre Nähe kam, das imstande war, ihre Begierde zu wecken. Dazu brauchte es nicht allzu viel und Burr war jedes Mal heilfroh, zu einem Jahrgang zu gehören, der in ihr kein begehrliches Feuer entfachte. Dass dies an den Kugeln von Mistress Flake liegen könnte, hielt er für eher unwahrscheinlich. An die zehn halb verwilderte Kinder, zerlumpt und barfuß, nannte Mistress Durnkees ihr Eigen, aber es schienen keine zwei darunter, die denselben biologischen Vater hatten. Das fing schon bei der Haarfarbe an. Brünett, braun, schwarz waren sie, soweit es unter dem Schmutz erkennbar war, eine der Töchter war sommersprossig und rotschopfig. In den Adern eines der Buben floss offensichtlich auch indianisches Blut.

Lärmend und schreiend hatten die Kinder unverzüglich den Ford erstürmt, das Geräusch des Autos nachahmend, legten sie sich in die Kurve, kurbelten am Lenkrad, rissen an den Hebeln und betätigten unentwegt die Hupe. George Upton stand da, fassungslos, sah die »Tin Lizzy« schon in Einzelteile zerlegt am Boden und machte sich auf einen mehrtägigen Fußmarsch zurück nach Ithaca gefasst. Auch Johnson und Strong ergaben sich zunächst in verwirrte Hilflosigkeit. Die folgenden gemeinsamen Anläufe, die Kinder zu vertreiben, indem sie eines nach dem anderen aus dem Gefährt hoben, endeten damit, dass diese flugs um das Auto liefen und von der anderen Seite oder von hinten wieder einstiegen.

»Lasst sie!«, sagte Burr schmunzelnd. »Es ist ihre einzige Abwechslung hier draußen und sie machen nichts kaputt!«

Mistress Durnkees nahm ihre Tabakpfeife aus dem Mund, klopfte sie sorgfältig an einem Zaunpfahl aus und ließ sie in der großen Tasche ihrer Schürze verschwinden.

»Ah, Mister Burr«, sagte sie dann, »wir haben sie schon sehnsüchtig erwartet. Sie wissen schon, seit kein Mann mehr im Haus ist!«

Ihre Augen tasteten die drei Burschen ab, schließlich schien sie sich für den etwas älteren George Upton entschieden zu haben, den sie unverzüglich mit ihren Blicken auszuziehen begann. Die anderen beiden waren ihr denn doch ein wenig zu grün hinter den Ohren. George Lincoln rettete seinen Neffen aus der Gefahr, indem er den jungen Männern auftrug, die Pakete zu holen und in die Hütte zu bringen. Nachdem er sich den Empfang hatte quittieren lassen, meinte die Mistress, sie würde ihnen gern etwas anbieten, habe aber leider nur Ziegenmilch. Von Johnson, Strong und Upton wurde das Angebot sofort mit Entschiedenheit abgelehnt und auch Burr verzichtete, da er um die Eigenschaft von Ziegenmilch wusste, in kurzer Zeit den Geruch der Umgebung anzunehmen.

Als sie außer Sicht- und Hörweite waren, hielt Upton an und stellte den Motor auf Leerlauf. Er machte einen ziemlich mitgenommenen Eindruck. Johnson und Strong wirkten ebenfalls angeschlagen. Weniger wegen Uptons erotischer Bedrängnis, sondern weil sich für sie am heutigen Tag ein Fenster geöffnet hatte, von dessen Existenz sie bisher keine Ahnung gehabt hatten.

»So etwas habe ich noch nicht erlebt! Ich hatte schon Angst, sie würde jeden Moment über mich herfallen!«, sagte Upton.

»Mistress Durnkees ist nicht gerade zimperlich. Sie holt sich, was sie braucht. Für einen Mann gibt es bei ihr zwei Möglichkeiten: Entweder hat sie nach einiger Zeit genug von ihm und wirft ihn hinaus oder er hält es nicht mehr aus und verschwindet von selbst! Na, wenigstens sorgt sie für die Kinder. Jedenfalls so gut sie kann!« Burr schwieg einen Moment. »Wegen ihres Männerverbrauchs hält man sie weitum für eine Hexe. Einmal nur in ihre Augen schauen – und schon kann es zu spät sein! Dagegen schützen die Kugeln von Mistress Flake!«

Upton lachte, aber Burr blieb ernst.

»Welche Kugeln?«, fragte Johnson vom Rücksitz aus.

Upton holte die seine aus der Tasche und reichte sie nach hinten.

»Was ist das?«

»Wachs, schwarze Pferdehaare und Wermut!«, antwortete George Lincoln.

»Wofür oder wogegen genau soll das gut sein?«, wollte nun Strong wissen.

»Es schützt gegen den bösen Blick! Mistress Flake ist absolut davon überzeugt, dass Mistress Durnkees mit ihren Augen die Männer einfängt und sie dann ins Unglück stürzt!«

Sein Neffe sah ihn verständnislos an. »Du bist doch Professor, sogar ein ausgewiesener Spezialist und Kenner auf diesem Gebiet. Weshalb klärst du die arme Frau nicht auf, sondern lässt sie in ihrem Aberglauben?«

Um Burrs Mund spielte ein leises Lächeln. »Mein lieber George«, gab er zur Antwort, »Mistress Flake glaubt an die Wirkung von Wachskugeln. Leute mit Geld und Bildung schützen sich mit Edelsteinen, zum Beispiel Onyx oder Hämatit. Oder sie hängen sich teure Ketten aus Ringen um den Hals. Mistress Flake aber kann kaum lesen und schreiben und Geld hat sie auch keines. Wo ist da der Unterschied? Sie weiß um die Wirkung von schwarzen Haaren und Wermut, da ihre Eltern schon darum gewusst haben, ebenso wie die Großeltern und deren Vorfahren, und sie wird sich davon nicht abbringen lassen. Nein, mein lieber George, ebenso gut könntest du wie seinerzeit Don Quichotte gegen Windmühlen ankämpfen.«

Im Westen färbte sich die Sonne zu einem glutroten Ball, stürzte dann förmlich zwischen den breiten Hügeln hinab und überließ das Land der heraufziehenden Dämmerung, während die »Tin Lizzy« beinahe mit Höchstgeschwindigkeit über die Landstraße polterte und ächzte. George Upton hatte keinen Blick für das Schauspiel. Ithaca würden sie nicht mehr bei Tageslicht erreichen.

»So ein Mist!«, schimpfte er leise, lenkte das Gefährt zur Seite und brachte es unter nervenzerrendem Krächzen der Bremse zum Stehen. Natürlich war noch Schlamm vom letzten Mal im Behälter! Mit einem Ast kratzte er das Gröbste heraus, schätzte die restliche Wegstrecke, legte die benötigte Menge Karbid ein, öffnete das Ventil des Wassertanks und wartete. Was jetzt kam, war ein Gedulds- und Nervenspiel. So mancher Automobilist hatte schon, anstatt nur die Laternen anzuzünden, gleich das ganze

Auto in Flammen aufgehen lassen. Es gab verschiedene Methoden, den richtigen Zeitpunkt für das Anzünden zu erwischen. Manche schworen darauf, bis zehn oder fünfzehn zu zählen, George Upton verließ sich lieber auf seinen Geruchssinn, was aber durch den an eine Mischung aus Knoblauch und halb verfaultem Käse erinnernden Duft eine gewisse Selbstüberwindung erforderte. Während der Prozedur waren die anderen ausgestiegen und Burr vertrat die Ansicht, dass eine längere Fahrt mit diesem Gefährt jedes Mal eine erneute Bestimmung der Lage der einzelnen Körperknochen erfordere.

»Professor Burr, warum haben Sie für diese Fahrt Hilfe angefordert? Ich meine, wir haben den ganzen Tag nichts getan, und um die Pakete auszuladen, hätten Sie uns eigentlich nicht benötigt!«

George Lincoln wandte sich zu Johnson und Strong. »Meine Herren, Sie sind – wie die meisten meiner Studenten – vermutlich wohlbehütet und sorglos aufgewachsen. Jeden Morgen frische Wäsche, ein Badezimmer mit frischen Handtüchern, drei Mahlzeiten täglich auf Porzellan, Getränke aus Kristallgläsern, Licht wird es mit dem Drehen eines Schalters, Taschengeld ist selbstverständlich. Aber hier, gleich neben den Hauptstraßen, beginnt eine andere Welt. Hier gibt es keine Avenues, keine Boulevards, keine Revuen und Opern. Hier draußen schwingt noch die Natur den Taktstock und wer sich nicht an den Takt hält, fliegt aus dem Orchester! Haben Sie sich schon einmal Gedanken gemacht, wo all das herkommt, was auf Ihren weißen Porzellantellern landet? Heute haben Sie es gesehen!«

Upton hatte inzwischen eine der beiden Lampen in Gang gebracht.

»Professor Burr«, sagte Elmer Strong leise, »ich muss gestehen, davon habe ich nicht einmal etwas geahnt. Amerika ist ein reiches Land, so habe ich immer geglaubt. Dass es hier solche Armut gibt …«

Johnson pflichtete ihm bei. »Herr Professor«, auch seine Stimme hatte jegliche hochnäsige Überheblichkeit verloren, »ich denke, ich stehe in Ihrer Schuld. Dieser eine Tag hat mir mehr gezeigt und mich mehr gelehrt, als es selbst zwanzig Jahre Studium jemals vermögen würden.« Er schwieg einen Moment, zögerte, dann kam es stockend. »Was die Wachskugeln anbelangt – meine Mutter ist felsenfest davon überzeugt, man könne die Zukunft aus Karten lesen, sie geht am Dreizehnten nicht aus dem Haus und fürchtet sich vor schwarzen Katzen!«

Inzwischen brannten beide Lichter und bohrten sich in die nunmehr vollends zur Nacht gewordene Dunkelheit.

»Einsteigen! Es geht weiter!«, rief Upton, verstaute die Karbidbüchse unter dem Fahrersitz und reinigte sich mit einem Lappen die Hände.

38

Die Grabrede an jenem kalten Herbsttag 1678 auf dem Sankt Anthoniekerkhof war nicht sonderlich lang. Tringen Löher wusste nicht einmal, welcher Konfession der Priester angehörte. Was hätte er auch viel über den Verstorbenen sagen können? Ein deutscher Immigrant, einer von Abertausenden, ein Tuchhändler, nicht sonderlich erfolgreich, dessen Leben hier in Amsterdam zu Ende gegangen war. Das ließ sich in einen einzigen Satz verpacken. Mit am Grab standen seine Kinder aus erster Ehe, die Köpfe scheinbar andächtig gesenkt, während sie in Wahrheit den Blickkontakt mit Tringen und deren Nachkommen zu vermeiden versuchten. Besonders darum bemüht waren Bartholomäus, der die zweite Frau seines Vaters von Anfang an nicht hatte ausstehen können, und dessen Sohn Hermann. Das beruhte auf Gegenseitigkeit, für Tringen war die Sippschaft der Löhers nichts anderes als eine Bande von Aasgeiern, die nur darauf wartete, sich über die Erbschaft hermachen zu können. Besser gesagt über das, was von dem Vermögen übrig war. Kunigunde, Hermanns erste Frau, hatte in einer Kirche bestattet werden können, für ihn selbst langte es gerade noch für einen einfachen Friedhof. Tringen musterte unter den Augenlidern hervor die Trauergäste. Palingh, Hendrik Bra und die Nachbarschaft aus der Koningstraat waren da, der Drucker de Jong und eine ältere Frau, die sie nicht kannte. Während sie noch überlegte, wer das sein konnte, kam der Priester zum Ende, zeichnete ein großes Kreuzzeichen über dem Grab, verbeugte sich kurz hin zu den Trauernden und entfernte sich dann gemessenen Schrittes.

Es war nicht so, dass Tringen nicht ein wenig Schmerz über den Verlust ihres Mannes empfunden hätte, doch das Gefühl der Erleichterung überwog. Ihre Ehe war nichts anderes als eine Zweckgemeinschaft gewesen. Mit einem trockenen Aufschluchzen wischte sie sich eine pflichtschuldig hervorgepresste Träne aus dem Auge und nahm mit trauernder Miene die Beileidsbekundungen entgegen. Neben ihr standen mit steinernem Gesicht ihre Kinder, musterten feindselig die Nachkommen des Toten aus erster Ehe, die ihnen nun ihr Erbteil streitig machen würden. Der Bartholomäus und sein Hermann, das seien die Schlimmsten von allen, das hatte ihre Mutter immer wieder gesagt, sogar im Beisein des Stiefvaters. Nach und nach löste sich die Trauergemeinde auf, sammelte sich vor dem Friedhof wieder in Grüppchen, bevor sie endgültig auseinander ging. Tringen warf noch eine Schaufel Erde auf den Sarg, schlug ein Kreuzzeichen und folgte dann ihren Kindern.

»Frau Löher!« Es war die unbekannte ältere Frau, offenkundig hatte sie auf sie gewartet. Sichtlich verlegen kam sie näher. »Verzeiht bitte. Ich bin mir bewusst, dass dies eigentlich nicht der Augenblick dafür ist. Ich bin die Witwe von Joachim van Metelen!«

»Van Metelen?« Tringen ahnte nichts Gutes.

»Ja, dem Papierhändler!«

»Und?«, fragte sie kalt.

»Es ist so … Euer Mann, der Hingeschiedene, Gott sei seiner Seele gnädig und er schenke ihm eine fröhliche Auferstehung, also Euer Gemahl hat vor zwei Jahren Papier bei meinem Sohn Frederik gekauft, das bis heute nicht bezahlt ist!«

Tringen Löher gab es einen Stich ins Herz. »Das kann nicht sein! Wir haben bei niemandem Schulden!«, antwortete sie mit abweisender Empörung.

»Doch, doch! Ich habe einen Schuldschein! Euer Gemahl hat meinen Sohn immer wieder vertröstet. Das Papier wurde an den Drucker de Jong geliefert, der kann es bestätigen!«

»Die Lieferung kann er vielleicht bestätigen, nicht aber die Bezahlung oder Nichtbezahlung! Kommt mit dem Schein in der

Koningstraat vorbei, dann sehen wir weiter!« In Tringens hagerem Gesicht zuckte es.

»Das ist nicht nötig!« Frau van Metelen öffnete ihre Tasche. »Hier! Das ist die unbezahlte Rechnung für das Papier und das da – das ist doch die Unterschrift Eures Gemahls? –, das ist eine Sicherheitsübereignung.«

Als Tringen nach der Beerdigung das Haus in der Koningstraat betrat, kochte es in ihr hoch. Bücher im Flur, Bücher im Wohnzimmer, Bücher auf der Treppe. Hermanns Kammer – voll gestopft mit Büchern, selbst der Speicher war gefüllt damit. Eintausend Exemplare hatte er drucken lassen und bis heute kein einziges verkauft! Nicht ein Stück! Zornig langte sie nach einem der Stapel, nahm ein Buch in die Hand und schleuderte es an die Wand. Achtlos ließ sie es am Boden liegen, ging in die Küche und setzte sich an den Tisch. Eintausend Bücher, von denen kein Mensch auch nur eines haben wollte! Aber nicht genug damit! Mit einem zweiten hatte er angefangen, mit einem, in dem er der Stadt Rheinbach Ratschläge erteilen wollte! Dieser Narr! Dieser elende, verrückte Narr! Das halbe, nein fast das ganze Vermögen hatte er damit durchgebracht! Tringen Löhers Augen füllten sich, ihre Schultern zuckten und ungehemmt weinte sie, bis sie tränenlos war.

Am Vormittag war Frederik van Metelen da gewesen, aber sie war hart geblieben. Keinen Gulden würde sie freiwillig herausrücken, hatte sie ihm in aller Deutlichkeit gesagt. Als der Papierhändler ein paar Stunden darauf noch einmal bei ihr vorstellig wurde, da Löhers Sohn Bartholomäus, zu dem sie ihn geschickt hatte, gemeint hatte, ihn und seine Geschwister ginge das nichts an und er solle sich an die Witwe halten, verlor Tringen die Nerven.

»Nehmt den Plunder mit!«, schrie sie ihn an. »Nehmt ihn mit! Bis zum letzten Stück! Ich kann das Zeug nicht mehr sehen! Nur Unglück hat es gebracht!«

»Was soll ich damit anfangen? Ich kann die Bücher nur als Altpapier einstampfen und in die Papiermühle werfen! Was glaubt Ihr, was ich dafür noch bekomme?«

Der Papierhändler sah sie ratlos an.

»Das ist mir vollkommen gleichgültig! Die Bücher gehören nicht mir, sondern Euch! Ihr habt es ja schriftlich und ich will kein einziges Stück mehr davon im Haus haben!«, schrie sie weiter.

Noch am Nachmittag desselben Tages hielt ein Pferdefuhrwerk in der Koningstraat. Bald darauf füllte sich der große Wagen mit Büchern, Büchern, Büchern …

39

In Cornell waren die Zeiten wieder ruhiger, gelassener. 1918 war Andrew Dickson White gestorben und Burr war mit dem Ordnen des Nachlasses beschäftigt, was ein ziemlich aufwändiges Unterfangen war.

George Lincoln kam gerade von einer Vorlesung, schritt gedankenverloren über den Campus hinüber zum Bibliotheksgebäude, als er hinter sich jemanden näher kommen hörte, der ein wenig außer Atem bei ihm ankam und dann sein Tempo hielt.

»Professor Burr, könnte ich Sie kurz sprechen?«

Es war Lois Oliphant Gibbons und Burr dachte jedes Mal, wie Eltern einem solch hübschen Mädchen einen so scheußlichen Namen geben konnten.

»Wo brennt's denn?«, fragte er freundlich.

»Herr Professor, ich suche nach einem Thema für meine Dissertation und bin ein wenig ratlos. Ehrlich gesagt, mir fällt nichts Rechtes ein! Ich wollte fragen, ob vielleicht Sie einen Vorschlag haben, worüber ich schreiben könnte?«

»Hm«, machte Burr und sah sie kurz von der Seite an.

Gibbons war eine seiner besten Schülerinnen, aufgeweckt, von rascher Auffassung, fleißig, gewissenhaft und penibel. Ihr Temperament, ihr Humor, ja ihr ganzer Charakter erinnerten ihn manchmal an Sandy.

»Hm«, machte er nochmals und lief stumm weiter.

Über einen der ganz großen deutschen Rechtsgelehrten, den Protestanten Benedict Carpzow vielleicht, sein Standardwerk »Nova practica« und dessen Quellen zur Hexenfrage? Carpzow hatte weitgehend Binsfelds Theorie über Kinderhexen übernommen, Weyer abgelehnt, war dafür umso mehr der Argumentation und der Logik des »Hexenhammers«, den Schriften von Bodin, Remy und Del Rio verhaftet gewesen. Oder über Albizzi, den Kardinal, der fünfzehn angebliche Hexenkinder aus dem Schweizer Valsertal, denen in einem Zuber warmen Wassers die Pulsadern geöffnet werden sollten, nach Mailand bringen lassen und so vor dem sicheren Tod gerettet hatte?

Schweiz! Schweiz ... Basel! Ja, das war es.

»Kommen Sie mit!«, forderte er seine Studentin auf. »Eigentlich wollte ich es selbst einmal in Angriff nehmen, aber mir fehlt die Zeit!«

George Lincoln warf der jungen Frau neben sich einen kurzen Blick zu. Ja, Lois Oliphant Gibbons war dieser Arbeit würdig, er hätte sie nicht jedem seiner Studenten anvertraut. Und sie brachte noch etwas mit, was dafür sprach: Sie konnte Deutsch!

Burrs Schritt verlangsamte sich, dann blieb er ganz stehen.

»Miss Gibbons, wären Sie bereit, nach Europa zu reisen? Ich meine nicht sofort, sondern irgendwann in den nächsten Jahren?«

»Vielleicht«, antwortete sie unsicher.

»Sie werden es tun!«, sagte George Lincoln fröhlich.

In seinem Arbeitszimmer öffnete er einen Schrank, holte etwas, das aussah wie ein gewichtiges Manuskript, heraus und legte es beinahe feierlich auf seinen Schreibtisch.

»Hochnötige untertänige WEHMÜTIGE KLAGE der frommen Unschuldigen« stand auf dem Deckblatt.

»Das hier«, sagte Burr, »ist die Abschrift eines Buches, das nichts bewirkt, nichts verändert und nichts bewegt hat. Also eigentlich ein völlig sinnloses Buch!«

Burr machte eine Pause und sah die Enttäuschung im Gesicht seiner Studentin. Das hörte sich alles andere als aufregend an. »Ich kann Ihnen natürlich auch etwas anderes geben, wenn Sie möchten.«

»Nein, nein!«, wehrte sie ab. »Ich meine nur, wieso ich ...?«

George Lincoln lächelte und legte seine Hand auf die Abschrift. »Das hier haben wir aus Basel in der Schweiz, gekauft am 22. Juli 1907 für einhundertachtundsiebzig Dollar und fünfundneunzig Cent. Abgeschrieben wurde es in Münstereifel, das ist bei Bonn, von einem Graf von Carnap, vermutlich einem Privatsammler.«

Er schlug die erste Seite auf. »Hier ist ein Vermerk: Gymnasium zu Münstereifel. Von dort geliehen und abgeschrieben in der Zeit vom 12. Februar bis zum 9. März 1896.«

»Wie kommt es nach Basel?«

»Keine Ahnung. Ich vermute, es stammt aus einem Nachlass oder etwas Ähnlichem.«

»Und wer ist der Autor?«, wollte sie wissen.

»Ein Hermann Löher!«

»Nie gehört!« Lois Oliphant versuchte ihre erneute Enttäuschung zu verbergen.

»Unsere Bibliothek besitzt zwar inzwischen die weltweit größte Sammlung über die Hexenverfolgungen. Seltene Bücher, außergewöhnliche Literatur, Prozessakten, Traktate, Flugblätter aus ganz Europa und Amerika. Aber das hier ist einer der größten Fänge, den wir je gemacht haben, es ist etwas ganz Besonderes.«

Sie war näher getreten und begann schräg von der Seite her zu entziffern.

»Worin alle hohe und niedrige Obrigkeit samt ihren Untertanen klar und augenscheinlich sehen und lesen können, wie arme unschuldige und fromme Leute durch Feme und Ehrenraub von falschen Zauberrichtern angegriffen, durch die unchristliche Folter- und Peinbank von ihnen gezwungen werden, schreckliche Mord- und Todsünden auf sich selbst und andere zu nehmen und sie ungerecht und falsch zu verleumden.«

Es folgte ein kleiner Absatz.

»Welches auch die Herren Tanner, Cautio Criminalis und Michael Stappert eindrucksvoll bestätigen. Mit verschiedenen schönen Kupferstichen nach dem Leben zierlich abgebildet. Alles mit großem Fleiß und Mühe zum Trost und Heil der frommen christkatholischen Leute zusammengestellt:

Durch HERMANNUM LÖHER, Bürger der Stadt Amsterdam. Gedruckt zu Amsterdam, unter Aufsicht des Autors bei Jacob de Jonge, anno 1676.«

»De Jonge?«, fragte Gibbons.

Burr nickte.

»Richtig. Bei de Jonge wurden auch die niederländische Ausgabe der ›Cautio criminalis‹ und das Buch von Abraham Palingh gedruckt. Ich vermute, Palingh hat die beiden zusammengebracht!«

Lois Oliphant hob die Abschrift hoch.

»An die sechshundert Seiten!«, lächelte Burr.

»Was ist das Besondere daran?«, wollte sie wissen.

Die Augen des Professors glänzten, ja leuchteten geradezu. »Die ›Wehmütige Klage‹ ist ein einzigartiges Dokument, das die Verfolgungen von innen her, nicht aus der gelehrten Perspektive eines Binsfeld, Bodin, Institoris und Sprenger oder Remy, nicht aus den sorgsam geglätteten Protokollen der Richter, sondern aus der Sicht eines einfachen Mannes zeigt, der selbst vom Jäger zum Gejagten wurde. In einer teilweise deftigen Sprache schildert dieser Löher, wie es in den Gerichtssälen tatsächlich zugegangen ist und wie er es selbst erlebt hat. Aber das ist noch nicht alles. Es enthält auch die Wiedergabe eines bisher gänzlich unbekannten Schriftstückes eines Landpfarrers, der sich vom Saulus zum Paulus gewandelt hat, das ›Brillentraktat‹ von dem im Titel erwähnten Michael Stappert.«

Burr schwieg einen Moment und sah seine Schülerin ernst an. »Miss Gibbons, es ist keine einfache Arbeit. Der Text ist gespickt mit Bibelzitaten. Hermann Löher war offensichtlich ein sehr frommer Mann, der die Bibel anscheinend fast auswendig kannte und oft aus dem Gedächtnis zitierte, allerdings nicht immer ganz korrekt. Darüber hinaus ist das Werk ziemlich verschachtelt, da er den Befürwortern der Verfolgungen immer wieder seine eigenen Erlebnisse gegenüberstellt. Erst vierzig Jahre nach den geschilderten Ereignissen hat er es verfasst und man spürt immer noch seine Erschütterung, die ihn wohl sein ganzes Leben lang nicht losgelassen hat!«

»Das hier ist eine Abschrift, sagten Sie. Dann muss es doch auch ein Original geben! Wissen Sie, wo es sich befindet?«

»Es gibt zwei. Ich denke, er hat sie seinen Söhnen geschenkt. Alle übrigen Exemplare hat seine Frau vermutlich als Altpapier einstampfen lassen. Das eine Original, von dem diese Abschrift stammt, liegt im Sankt-Michael-Gymnasium von Bad Münstereifel, Löhers Geburtsstadt, das andere in der Universitätsbibliothek in Amsterdam. Ich habe es schon einmal in der Hand gehabt, doch sie hüten es wie ihren Augapfel. Außerdem ist es nicht vollständig, aber auch im Münstereifler Exemplar fehlen ein paar Seiten.«

40

An der Wand unter dem Vordach hing ein halb zerfetztes Plakat. Ein Großvater, ein Vater und dessen Sohn drehten unter Aufbietung all ihrer Kräfte eine riesige Winde unter der Fuchtel eines auf der Achse sitzenden, eine Peitsche schwingenden Antreibers mit wirren Haaren und diabolischem Blick. »Bis in die dritte Generation müsst ihr fronen!«, hieß es da. Offensichtlich bezog es sich auf den Young-Plan, der für Deutschland Reparationszahlungen von einhundertzwölf Milliarden Reichsmark mit einer Laufzeit bis zum Jahr 1988 vorsah. Dieser Plan war vor kurzem mit einem Volksbegehren abgelehnt worden.

Krachend flog auf der gegenüberliegenden Straßenseite die Tür »Zum deutschen Eck« auf.

Lois Oliphant Gibbons fuhr erschrocken herum.

Ein Mann, etwa Mitte dreißig, torkelte zwischen den beiden Hakenkreuzfahnen links und rechts des Eingangs auf den Gehsteig. Hinter ihm folgten brüllend und schreiend drei andere in Uniform, rissen ihn zu Boden, zwei droschen mit Fäusten auf ihn ein, während der dritte den Wehrlosen mit seinen schweren Stiefeln traktierte. Neben Lois Oliphant waren ein paar Leute stehen geblieben, sahen hinüber, wütend, reglos, ablehnend oder ängstlich. Aber niemand wagte es einzuschreiten.

»Du Volksfeind, du verkommener!«, schrie einer, dem die schwarze Mütze verrutscht war. »Wir werden dir zeigen, was es heißt, dieses Judenpack in Schutz zu nehmen!«

»Gesindel!«, murmelte eine Frau angewidert.

Schnaufend ließen die drei endlich von dem Mann ab, rückten ihre Uniformen zurecht, warfen den Umstehenden einen herrischen Blick zu und verschwanden wieder in der Kneipe.

Der verkrümmt am Boden Liegende begann sich zu regen, kam langsam auf die Beine, wischte sich das Blut aus dem Gesicht, langte nach seinem Hut, den sie ihm hinterhergeworfen hatten, und entfernte sich schwankenden Schrittes.

Gibbons jagten sie immer wieder Schauer ein, diese marschierenden Männer mit den reglosen Gesichtern von Zinnsoldaten in ihren braunen Hemden, den Stiefelhosen, mit Koppel und Schulterriemen und den roten Hakenkreuzbinden am Arm. Vielleicht war es gerade das, was die Menschen am vergangenen Sonntag auf die Straße getrieben hatte und ihnen so etwas wie Zuversicht gab.

»Zum letzten Mal wird nun Appell geblasen
Zum Kampfe steh'n wir alle schon bereit.
Bald flattern Hitlerfahnen über allen Straßen
Die Knechtschaft dauert nur mehr kurze Zeit!«

Das war eines der Lieder, die sie gesungen hatten, während die Stiefel im Marschtritt auf das Kopfsteinpflaster knallten. Im Text kamen auch noch erschossene Rotfront und Reaktion vor und Reaktion schien alles zu sein, was nicht ihrer Meinung war. Vom Weltjudentum, von einer weltweiten Verschwörung zur Erlangung der Weltherrschaft hatte der Redner in schneidigem Ton gesprochen. Das sehe man an Russland, das schon fest in ihrer Hand sei, der ganze Bolschewismus sei nichts anderes als ein riesiges, jüdisches Komplott, unterstützt von Juden in Amerika. Ein paar Leute hatten gebuht und der Applaus war nicht allzu üppig ausgefallen. Vielleicht glaubte der Redner selbst nicht so ganz daran, was er den Leuten einzutrichtern versuchte. Fast jeder kannte einen Juden und da war keiner dabei, der diesen Ausführungen auch nur annähernd entsprochen hätte. Die meisten waren Krämer, Schneider, Beamte, Musiker, Optiker, Apotheker, Ärzte, Handwerker – kleine Leute von nebenan. Was hatten die mit der großen Weltpolitik zu schaffen?

Lois Oliphant stand noch immer da. Erst ein gleichmäßiges, tastendes Klopfen riss sie aus ihren Gedanken. Ein Mann mit einem abgetragenen grauen Mantel tastete sich mit einem weißen Stock an den Häuserwänden entlang. Am Arm trug auch er eine Binde, aber sie war nicht rot, sondern gelb und hatte drei schwarze Punkte. Mit ein paar Schritten trat sie zur Seite, machte dem Blinden Platz und setzte dann ihren Weg fort.

Ein böser Wind fuhr den Rhein herauf, zauste in ihren Haaren. Ans Geländer gelehnt, schweifte ihr Blick über das graugrün schwappende Wasser. Hier bei Bonn hatten sie also den Geck Augustin 1670 oder 1671 im Fischereihafen gefunden.

Sie schloss die Augen und da sah sie ihn. Drüben, auf der anderen Seite. Ein kleiner Mann, dessen Gesicht sie trotz der Entfernung deutlich erkennen konnte, trat unter den Bäumen hervor ans Ufer. Seine Kleidung war ärmlich, die Joppe mehrfach geflickt, die faltigen Wangen erinnerten an einen traurigen Dackel, die Augen leblos, stumpf wie matter Kiesel und bewegungslos geradeaus gerichtet. Mit hängenden Schultern blieb er knapp am Wasser stehen, machte plötzlich einen entschlossenen Schritt vorwärts, trat dann wieder zurück. In seinen soeben noch leeren Augen stritten sich nun nackte Verzweiflung und Todesangst. Wieder nahm er einen Anlauf, hielt zitternd inne. Hilfe heischend, flehend sah er um sich. Aber niemand war da außer ihm. Mit einem lauten, nicht enden wollenden Schrei warf er sich unerwartet nach vorn, schien für einen Moment gleichsam über dem Wasser zu schweben. Die Stimme erstickte in einem hustenden Keuchen. Dort, wo der Geck Augustin verschwunden war, bildeten sich auseinander laufende konzentrische Kreise, die nach und nach schwächer und undeutlicher werdend verebbten. Nur noch sein Hut trieb auf der Oberfläche und zeigte die Stelle seines Untergangs.

Gibbons öffnete die Augen. Aber da war nur der Wind, der das Wasser kräuselte wie Krepppapier. Vielleicht war ja alles ganz anders gewesen, vielleicht war er gar nicht freiwillig aus dem Leben geschieden, sondern jemand hatte nachgeholfen, ihn ertränkt.

Aufatmend wandte sie sich zum Gehen, nahm den nächsten Omnibus nach Bonn und suchte dort ein Postamt auf.

In den Annalen des historischen Vereins für den Niederrhein 1861 waren sie und Burr auf die von Dr. Eckertz verfertigte Abschrift von Prozessen in Flamersheim gestoßen und von dort hatte man Bereitschaft signalisiert, die Originalakten eventuell in die Corneller Sammlung zu integrieren.

»Ein Telegramm bitte!«, sagte sie freundlich zu dem Fräulein hinter dem Schalter.

»Wohin bitte?«

»Nach Amerika. Universität Cornell in Ithaca!«

»Oh«, meinte das Fräulein erschrocken, »das kann ich nicht! Einen Moment bitte!«

Aufgeregt verschwand sie hinter einer Tür und kam dann mit einem großen Mann mit Ärmelschonern und Brille zurück.

Lois Oliphant wiederholte ihren Wunsch, schrieb »Cornell«, »Mister Burr« und »Ithaca« auf einen Zettel, nachdem mehrere Buchstabierversuche nur zu Verwirrung geführt hatten.

»Den Rest auf Deutsch!«, sagte sie dann. »Flamersheimer Akten gekauft! Preis in Ordnung. L.O.G.«

»Das kann etwas dauern. Die Leitungen!«, meinte der Postbeamte und nannte ihr den Preis.

Ein Blick auf ihre Armbanduhr sagte ihr, dass sie noch etwas Zeit hatte. Im Gasthof »Zur Palme« gab es nur drei Gerichte, das erforderte kein allzu langes Abwägen.

»Kabusta? Was ist das?«

»Weißkohl mit Hackfleisch und Kartoffeln«, antwortete die Kellnerin.

»Gut! Nehme ich! Und eine Limonade!«

Während Gibbons auf ihre Bestellung wartete, holte sie einen Stapel Bilder aus ihrer Umhängetasche und breitete sie vor sich auf dem Tisch aus. Es waren Fotografien, die sie von Stichen hatte anfertigen lassen, Karten und Drucke.

Das Foto einer Plastik von Teresa Feodorowna Ries, 1896, zeigte eine Besenhexe ihre Zehennägel schneidend auf einem Felsbrocken sitzend. Wilhelm Volz mit einer aus demselben Jahr datierten Zeichnung: Hexe auf einem Ziegenbock, in der Hand eine Mistgabel. Bei Hans Thomas »Hexenzug« flogen sie zudem noch auf einem Eber. Ein Jahr jünger eine anonyme Karikatur in drei Bildern: Hexe auf Besen, der Besen wandelt sich zum angedeuteten Fahrrad, das sich dann vervollständigt. 1903 jagen zwei nackte Hexen durch die Luft, den mit einer Glocke ausgestatteten Besen halten sie wie einen Fahrradlenker, während sich unter ihnen ein Pärchen auf einem Tandem abstrampelt. Die Skulptur »Walpurgisnacht« von Ernst Herter. »Hexensabbat« von Hans Schram, 1906: ein Mann mit zehn hübschen, ausgelassenen und wilden Feen, im Hintergrund eine teuflische Fratze. Bei Schmidhammer benutzt nur noch eine alte, hässliche Frau einen Eber, die

Jugend fährt mit Rad und Automobil zum Sabbat. 1907, »Hexenschule« von Otto Greiner, eigentlich mehr eine Bordellszene für männliche Begierlichkeit. Aber auch Bilder aus dem Alltag sind dabei, herzlos die einen, berührend die anderen. Sie zeigen die Hässlichkeit des Alters und die Angst der Jüngeren, wie die »Dorfhexe« von Ludwig Knaus von 1885. Eine alte Frau mit Stock kommt auf den Dorfanger, ein kleiner Steppke wirft einen Stein nach ihr, ein anderer dreht ihr eine lange Nase, während eine zur Flucht bereite Mutter ängstlich ihre Kinder einsammelt. Das ernste, traurige Gesicht einer gebeugten »Alten Hexe« um 1913, zwei Jungen, die ihr offensichtlich einen Streich gespielt haben, verschwinden um die Ecke.

Die Kellnerin brachte die Limonade, Lois Oliphant machte ein wenig Platz, ließ sich aber nicht weiter stören und bemerkte so auch nicht den abfälligen Blick der Bedienung auf die Bilder.

Eine Szene in einer Folterkammer, vermutlich letztes Viertel des vorigen Jahrhunderts, von Ferdinand Piloty, in der der Henker der hübschen jungen Frau die Kleider vom weißen Leib reißt. Was Lois Oliphant daran störte, war der Dominikanermönch, der hier eigentlich nichts zu suchen hatte. Ebenso bei der Ablichtung eines Gemäldes einer Hexenverbrennung von Grobet, das im Hintergrund einen Kardinal und drei Bischöfe zeigte.

Vermutlich hat er sich von einem Autodafé der spanischen Inquisition inspirieren lassen und einiges durcheinander gebracht, dachte sie. Für diese Annahme sprach auch die hohe Mütze, die eine der Verurteilten trug und wie sie bei den Massenhinrichtungen der Mauren und Juden in Spanien üblich war.

»Einen guten Appetit!«, wünschte die Kellnerin, ehe sie sich wieder entfernte, nicht ohne vorher einen weiteren neugierigen Blick auf die Bilder zu werfen. Das Gemansche, das sich Kabusta nannte, sah zwar nicht sonderlich einladend aus, schmeckte jedoch wider Erwarten gar nicht so übel.

Beim Verlassen des Lokals stieß Gibbons beinahe mit einem dieser braunhemdigen Uniformierten zusammen und ihr Herz flatterte hinauf bis zum Hals. Noch zu stark klebte das Erlebnis vom Morgen in ihrem Kopf. Der Mann aber lächelte nur freundlich und tippte kurz entschuldigend an seine Mütze. Sie lächelte verlegen zurück.

Die Fahrt nach Rheinbach gestaltete sich kurzweilig, obwohl Lois Oliphant nicht alles verstand, was die untersetzte Frau neben ihr ohne Punkt und Komma dahinplapperte. Dass sie Amerikanerin war, schien die andere nicht sonderlich zu interessieren, und wo Ithaca lag, war ihr nicht zu vermitteln. Der Jobst, ein Schlosser aus der Dürenstraße, der sei ausgewandert, letztes Jahr, zu einer großen Autofirma nach Di… Di…

»Detroit!«, half Lois Oliphant nach.

»Genau! Hier ist es mit der Arbeit nicht gut. Mein Mann ist arbeitslos, mein Sohn ist arbeitslos, beide hängen nur herum und streiten sich. Der Mann ist für die Kommunisten, der Sohn für die Nazis. Wissen Sie was? Das ganze Gedöns um Demokratie und so, das kann mir doch gestohlen bleiben! Unter dem Kaiser hat man wenigstens gewusst, woran man war! Zuerst kommt der Bauch und dann von mir aus das andere, sage ich immer. Jetzt haben wir kaum etwas zu essen und die Alliierten wollen, dass das noch sechzig Jahre so bleibt. Fast sechzig lange Jahre sollen wir für den verlorenen Krieg zahlen. Wir werden das Ende nicht mehr erleben und selbst unsere Kinder werden schon alte Leute sein, wenn damit endlich Schluss ist. Wie soll das weitergehen? Nein, dann schon lieber den Hitler! Wenn sie den machen ließen, der würde schon aufräumen, sei er, wie er wolle. Der würde die Zahlungen von heute auf morgen einstellen und mit dem Geld hier wieder Arbeit schaffen!«

»Und die Juden?«

»Ach was!«, lachte die Frau. »Das meint er doch nicht ernst. Unser Nachbar ist einer. Wenn er nicht Weintraub hieße, käme keiner auf den Gedanken. Der war im Krieg für Deutschland an der Front, ist zweimal verwundet worden und jetzt auch arbeitslos. Wenn der Hitler von den Juden redet, dann meint er nicht solche Leute wie den Weintraub, sondern das Weltjudentum! Die Großen eben!«

Rheinbach war anders, als es sich Lois Oliphant Gibbons vorgestellt hatte. Es war ein kleines Städtchen mit beinahe dörflichem Charakter und pittoresken Fachwerkhäusern. An eine Stadt erinnerten eigentlich nur die alten Befestigungsanlagen mit der teilweise erhaltenen Stadtmauer und dem Wasemer-, dem Kallen- und dem Hexenturm. Das Sättigungsgefühl vom Mittagessen hatte nicht lange angehalten, war verflogen. An einem Stand kaufte sie sich eine Bratwurst mit viel Mostrich, schlenderte dann durch die Gassen, blieb vor einem Geschäft stehen, das auch Souvenirs führte.

Nach einigem Überlegen gab sie sich einen Ruck, betrat den Laden und kaufte den kitschigen blauen Porzellanteller mit einem Ortsbild und dem Gruß »Willkommen in Rheinbach!«.

Na ja, dachte sie, während ihn die Verkäuferin einpackte, vor dreihundert Jahren hätte ich mir das wahrscheinlich gut überlegt!

»Wie weit ist es zum Friedhof von Sankt Martin?«

»Nicht weit. Etwa fünf bis acht Minuten!«

Sie war schon versucht, kehrtzumachen und die Blumen einfach auf irgendein Grab zu legen, als sie ihn doch noch fand. Unter Gestrüpp, halb überwuchert stand ein verwitterter, rotbrauner Gedenkstein in Kreuzform, den Löhers Sohn Bartholomäus hatte setzen lassen. Die Schrift war kaum noch zu entziffern. Aber kein Zweifel – er war es.

GERHARD LEUR
HERMAN LEUR
BARTOLOM. LEUR

Darüber die Todesdaten, das von Hermann Löher mit dem 12. November 1678, und darunter:

G
S
G S D S G
S
G

Ein wenig ratlos versuchte Lois Oliphant dahinter zu kommen, was das bedeuten sollte.

Gott … segne … Nein, das war es nicht.

Eine ältere Frau schlurfte mit einer Gießkanne über den Friedhof, hielt ungefähr in ihre Richtung.

»Entschuldigen Sie«, sprach Gibbons sie an, »können Sie mir helfen?«

Zu zweit standen sie nun vor dem Stein.

»›GSDSG‹, was könnte das heißen?«

»Gott sei den Seelen gnädig«, kam die Antwort ohne Zögern.

Der Mann am anderen Ende der Telefonleitung war ein wenig ungehalten.

»Es dauert halt, über dreihundert Doppelseiten auf Microfilm zu bringen! Da hilft es auch nicht, wenn Sie andauernd anrufen, deswegen geht es nicht schneller. Morgen Nachmittag sind wir fertig, dann können Sie das Buch nach Münstereifel zurückbringen!«

Die Gereiztheit des Fotografen ließ Lois Oliphant kalt. Sie stellte sich stattdessen das Gesicht des Professors vor, wenn sie mit einer Ablichtung der »Wehmütigen Klage« nach Cornell zurückkäme.

Zufrieden schlenderte sie das kurze Stück hinüber zum Hexenturm. Dort setzte sie sich auf die Treppenstufen des Burgtors, stützte den Kopf in die Hände, sah nachdenklich hinauf zu dem runden Turm mit seinem spitzen Dach und suchte nach Gemeinsamkeiten.

Christenverfolgung, Ketzerverfolgung, Hexenverfolgung und Judenverfolgung!

Also, Christenverfolgung? Nero brauchte einen Sündenbock – irgendjemand musste ja Rom angezündet haben, wenn er seinen Kopf retten wollte. Und die Christen waren eine Minderheit. Eine gefährliche Minderheit, die sogar den Sohn ihres Gottes verspeiste und sein Blut trank!

Ketzerverfolgung? Die Katharer spalteten Staat und Kirche, sahen die Welt als Werk Satans und küssten schwarzen Katzen den Hintern! Und sie waren ebenfalls eine Minderheit. Eine gefährliche Minderheit!

Hexen? Wahrscheinlich eine der gefährlichsten Minderheiten überhaupt! Im Geheimen taten sie sich zusammen und waren für alles Übel zuständig: schlechtes Wetter, Missernten, Pestilenzen, Krankheiten, Fehlgeburten, Kindstode, Impotenz, Kriege und Haarausfall.

Die Juden? Na ja, die waren eigentlich schon immer eine Minderheit und mussten von alters her als alles herhalten: Brunnenvergifter waren sie, Kindermörder, Leichenschänder, Sodomiten, Wucherer, Blutsauger. Seit Jahrtausenden schon Volksverderber. Schleimig, hinterhältig, stinkend und widerlich.

Rom steckte durch den Brand in einer sozialen Krise. Die Verfolgungswellen des Hexenwahns schwappten ebenfalls in Zeiten sozialer Krisen über das Land. Nun steckte Deutschland in einer sozialen Krise, für die es einen Schuldigen geben musste, und der war nicht schwer auszumachen: der Jude! Und zu Hause in Amerika? War nicht auch dort der schlafende Drache des Ku-Klux-Klan erwacht und erhob wieder sein feuriges Haupt? Die während des Krieges in Frankreich eingesetzten »Negertruppen« hätten Gefallen an den weißen Frauen gefunden und es sei nur noch eine Frage der Zeit, bis mit Belästigungen und Vergewaltigungen zu rechnen sei. In den Fabriken nähmen sie mit ihren Billiglöhnen den Weißen die Arbeitsplätze weg, forderten sogar das Wahlrecht ein, während beispielsweise in Florida Zehntausende Kleinbauern, deren Existenzbedingungen sich seit über dreißig Jahren keinen Deut verbessert hätten, vor dem Ruin stünden!

Das war es, was es zuerst brauchte: eine soziale Krise. Dann jemanden, der schuld war an dieser Krise; aber es musste jemand sein, der dafür zur Rechenschaft gezogen werden konnte. Wer aber bestimmte diesen Sündenbock? Das konnte entweder von unten aus dem einfachen Volk kommen oder genauso gut von oben, von der Regierung, einer Partei, einem Demagogen, der den Sündenbock klar und deutlich benannte und versprach, das Übel von der Wurzel her auszurotten. Wer damit anfing, war gleichgültig. Wichtig war die Übereinstimmung, der gemeinsame Wille. Wichtig war, dass die Bevölkerung und die Obrigkeit sich einig waren, dass gegen die zweifelsfrei als Schuldige erkannten Volksschädlinge vorgegangen werden musste, und zwar mit aller Härte!

Lois Oliphant langte nach ihrer Tasche, holte ihr Notizheft und ihren Füllfederhalter hervor.

»1. soziale Krise
2. Sündenbock
3. Verfolgungsbereitschaft von unten
4. Verfolgungsbereitschaft von oben«

Etwas fehlte noch. Das Volk als Masse konnte nur einverstanden sein, die Obrigkeit nur die Rahmenbedingungen schaffen. Schließlich gab es ja noch Gesetze, die Übergriffe verhindern sollten, und eine Justiz, die dafür zuständig war. Aber wenn Volk und Regierung dafür waren, wieso sollten sich da die für den Vollzug zuständigen Beamten und Gremien dem gemeinsamen Willen verschließen? Genau, das war es! Das war der Schlüssel zum Schleusentor!

Sie öffnete wieder die Kappe ihres Füllers und schrieb:

»5. willfährige Justiz«

Das war zwar vielleicht alles etwas grob gestrickt, trotzdem, das waren die grundsätzlichen Bedingungen! So hatte es schon bei Nero funktioniert, nicht anders war es bei der spanischen Inquisition gegen die Mauren und die Juden gewesen und deswegen hatten die Hexen und Zauberer auf die Scheiterhaufen gemusst. Auch hier in Rheinbach hatte es so im Kleinen angefangen – geendet hatte es in den Fängen einer außer Rand und Band geratenen Justiz!

»Angst!«, dachte sie. »Du musst den Menschen Angst einjagen! Überall lauern übermächtige Feinde, bedrohen nicht nur das Land, jeder Einzelne ist in Gefahr! Das musst du ihnen eintrichtern, wieder und wieder! Kein Einziger von ihnen ist zwar wahrscheinlich jemals bedroht oder ausgeraubt worden, ist jemals eines wirklichen Bösewichts auch nur von weitem ansichtig geworden. Aber sie sind da, die Feinde, sagst du, man hört sie nur nicht, man riecht sie nicht, man sieht sie nicht! Eben das ist ja das Gefährliche, sie verstecken und sie tarnen sich! Mitten unter uns! Ihr wollt keine Angst mehr haben, ihr wollt endlich in Freiheit leben?, fragst du sie. Dann wählt mich!, rufst du ihnen zu. Mich, Georg, den Drachentöter! Ich bekämpfe das Übel, ich rotte es aus, vernichte die Feinde! Ich bin furchtlos! Doch allein kann ich es nicht, ich brauche eure Unterstützung, eure Hilfe! Seid vorsichtig, seid wachsam, haltet Augen und Ohren offen! Sie werden sich gegenseitig beobachten, sich bespitzeln, werden Bürgerwehren bilden und sich denunzieren. Und sie werden dich wählen! Dich, den Starken! Den unerschrockenen Retter! Aber du wirst sie nicht retten, du bist ja nicht dumm, willst deine Macht schließlich behalten! Den Teufel wirst du also tun! Von neuen, drohenden Gefahren wirst du ihnen stattdessen erzählen. Aber keine Bange, du, nur du kannst und wirst damit fertig werden! Dazu brauchst du lediglich ein paar neue Gesetze! Die alten greifen nicht mehr, sind überholt, erklärst du ihnen und fügst noch hinzu, wer dagegen sei, mache sich verdächtig und habe etwas zu verbergen! Dieses Prinzip hat vor zweitausend Jahren schon funktioniert, es funktioniert heute noch und wird morgen genauso funktionieren. Nicht nur in Europa, überall auf der Welt! Versucht nicht auch in Amerika der Klan immer wieder, den Fuß in die Tür zur Macht zu setzen?«

Lois Oliphant Gibbons kaufte sich beim Busfahrer ein Billett und suchte sich einen Fensterplatz. Als der Wagen endlich losfuhr und sie noch einen Blick nach draußen warf, wurde es bereits Abend über Rheinbach.

41

An einem herrlichen Frühlingsmorgen 1938 schritt ein kleiner, alter Mann über den knirschenden Kies des weiten Campus in Cornell. Auf einer Bank ließ er sich nieder, lehnte sich zurück und hielt sein Gesicht in die warmen Strahlen der Sonne. Einige Zeit war er nun in Philadelphia gewesen, hatte dort unterrichtet, jetzt war er heimgekehrt, dorthin, wo er mehr als sein halbes Leben verbracht hatte. Tief sog er den süßlichen Duft der Jasminsträucher ein, lauschte dem Grageln eines Rabens oben in einer Tanne und sah mit mildem Lächeln auf das Gezänk der Spatzen zu seinen Füßen. Die Brieftasche, die er aus seiner Jackentasche holte, war schon abgegriffen, ebenso das Bild einer übermütig lachenden jungen Frau mit lockigem Haar. In seinen Augen glitzerte es feucht.

George Lincoln erhob sich und ging ohne Eile auf das Telluride-Haus zu, in dem er seit zwanzig Jahren eine winzige Unterkunft hatte. Im Treppenhaus hing der vertraute Geruch von Bohnerwachs. Vor einer Tür im zweiten Stockwerk stellte er seinen Koffer ab, sperrte auf, zog die Vorhänge an den Fenstern zurück. Noch im Umdrehen verließ ihn jeder Mut. Wie es hier aussah! Er hatte es zwar schlimm in Erinnerung gehabt, aber so? Stapel von

Büchern, gelesen, halb gelesen, ungelesen. Begonnene Arbeiten, seit Jahren halb fertige Arbeiten, Mappen voll Vermerke, Verweise und Querverweise. Karteien, Listen, Prospekte, lose Blätter mit flüchtigen Notizen, Abschriften, Zeitungsausschnitte. Manuskripte, Kataloge, Zeitschriften, die er noch nicht einmal aufgeschlagen hatte. Abhandlungen, Broschüren, Landkarten, Jahresberichte, Einladungen. Dissertationen mit der Bitte um Durchsicht, Anfragen von Kollegen und Verlagen, dazu Briefe, Briefe, Briefe ...

Burr zog sich einen Stuhl heran und blickte stumm auf das Chaos. Einundachtzig Jahre alt war er nun. War das hier sein Lebenswerk? Er sprach sich Mut zu, stand auf und machte sich daran, das Durcheinander zu sortieren und zu ordnen. Stunde um Stunde ging dahin und George Lincoln wurde immer verzweifelter. Das hier ließ sich nicht in ein paar Tagen erledigen, sondern brauchte Monate, wenn nicht gar Jahre!

Was war übrig geblieben von seinem langen Leben? Wo waren seine Spuren? Verweht von der Zeit, verwischt und verschwunden in den unzähligen Arbeiten anderer. Von ihm stammten lediglich Teile der Venezuela-Guyana-Bände der US-Regierung, seine »Hexenjagd« von 1896, die »Erzählungen der Hexenprozesse« von 1914, »Neuenglands Platz in der Geschichte der Hexerei«, der Artikel über Andrew D. White im »Handbuch der Amerikanischen Geschichte«, »Die Karlowinger Revolution« und die »Intervention Frankreichs in Italien« in der Cambridger »Geschichte des Mittelalters«.

George Lincoln war darüber nicht verbittert, sondern sah es mit heiterer Gelassenheit. Seit dem Ende des Weltkriegs hatte er den größten Teil seiner Energie im Kampf gegen die amerikanische Hysterie verbraucht. Für die Freiheit der Geschichtsschreibung, die Freiheit der Religionen, die Freiheit der Wissenschaft, die Freiheit des Denkens, die Freiheit der Rassen, die Freiheit der Meinungen. Nicht für die Freiheit seiner eigenen Meinung, sondern die der Andersdenkenden.

Burr unternahm einen neuen Anlauf und machte sich über die Briefe her. Allein die Beantwortung würde Wochen beanspruchen. Aber so viel Zeit hatte er nicht.

Draußen begann es bereits zu dunkeln. Entschlossen steckte er ein Buchmanuskript mit der Bitte um Überprüfung zurück in den Umschlag, holte eine Taschenlampe und ging hinunter auf den Campus. Dort kroch er unter Bäume und Büsche, fand etwas trockenes Holz, das er zu einem Haufen aufschichtete. Dann kehrte er in seine Wohnung zurück und begann Stapel für Stapel nach unten zu tragen. Um Mitternacht war er so weit. Ein letztes Mal ging er nach oben, schleppte seinen Sessel mit den breiten, bequemen Lehnen nach draußen.

Dann zerknüllte er einige Blätter einer Zeitung, schob sie unter das Holz, suchte in seiner Hosentasche nach den Streichhölzern. Den Mantel um die Schultern geworfen, nahm er Platz und sah den im leichten Nachtwind züngelnden und größer werdenden Flammen zu.

Sollte er es wirklich tun?

Aus der Manteltasche zog er eine Orange, schälte sie und warf die Schale ins Feuer, wo sie sich zischend aufrollte und mit glühenden Rändern verglomm.

Er hatte den Nachlass seiner Freunde Andrew Dickson White und Henry Charles Lea, Historiker wie er, geordnet, und das war ein Kinderspiel gewesen gegen das, was denjenigen erwarten würde, der einmal dazu verurteilt werden sollte, dieses, sein Chaos zu sichten! Es wäre eine einzige Zumutung! Langsam, nach und nach warf er ein Bündel Papier nach dem anderen ins Feuer. Es war eine einsame Tätigkeit und außerdem war er schon seit dem frühen Morgen auf den Beinen. Irgendwann schlief George Lincoln Burr ein.

Ein heller, blauer Frühlingshimmel stieg über Cornell herauf. Die ersten Studenten strebten über den Campus, schäkernd, lachend und diskutierend.

»Was ist das da vorn?«, fragte eine der Studentinnen.

Mitten auf einer der Wiesen vor dem Telluride-Haus stieg dünner, fädiger Rauch in die schon warme Luft des jungen Morgens.

Es war ein seltsames Bild, das sich ihnen bot. Immer mehr kamen hinzu, sahen hinab auf den schlafenden Professor vor dem herabgebrannten Lagerfeuer.

»Herr Professor!«, rief einer zaghaft.

Aber Burr gab keine Antwort.

Einer der jungen Männer trat aus der Gruppe, tippte leicht mit der Hand an den Oberarm des alten Mannes. »Aufwachen, Herr Professor!«

Burr rührte sich immer noch nicht.

Der Student zögerte, stupste ihn dann scheu an, schüttelte ihn vorsichtig, wurde ein wenig heftiger. Plötzlich hielt er mitten in der Bewegung inne und legte die Hand an Burrs Wange. Langsam wandte er sich dann an die Umstehenden, sah sie betroffen an.

»Poppy ist tot!«, sagte er leise.

George Lincoln Burr

Epilog

George Lincoln Burr hatte es nicht geschafft, seine Spuren vollständig zu verwischen. Der Tod war schneller gewesen. Fünfzehn Stapel unverbrannter Papiere lagen noch rechts und links neben ihm. Was blieb, war unzusammenhängend, ließ sich nachträglich nur sehr schwer zu einem sinnvollen Ganzen zusammenfügen: Landkarten, Bankauszüge, Mitgliedskarten, gesperrte Schecks, Wäschemarken, Eintrittskarten, Versicherungsschreiben, Rezepte und Platzkarten und Briefe, Briefe, Briefe. Hunderte von Briefen. Anfragen zu Kometenschweifen und Hexentränken, zu Erscheinungsdaten von Büchern, eingesandten Manuskripten, Bitten um seine Meinung, um Ratschläge für Dissertationen, um Kritik an Erstlingswerken, unzählige Bitten um persönlichen oder indirekten Beistand. Briefe von Verzweifelten, Entmutigten, Selbstmordgefährdeten, in der Seele Verletzten. Sie alle sahen in ihm eine Vaterfigur.

Was Burr ihnen geantwortet hatte, erfuhren sein Freund und Biograf Roland Herbert Bainton und seine ehemalige Studentin Lois Oliphant Gibbons nur in Einzelfällen. Auf ihre Nachfragen erhielten sie die meist gleich lautende Auskunft: »Es war ein Brief an mich ganz persönlich!«

George Lincoln Burr erlangte zeit seines Lebens nie einen akademischen Titel. Mit dem Aufbau der Witchcraft Collection innerhalb der White-Bibliothek in Cornell mit inzwischen weit über dreitausend Büchern und einzigartigen Dokumenten schuf er die Grundlage zur weltweit größten und bedeutendsten Sammlung über das Hexereiwesen und wurde zudem zu einem der profundesten Kenner der Materie. Vieles wäre ohne seine aufopferungsvolle und selbstlose Arbeit für uns und die Nachwelt wohl für immer verloren.